DAVID WINGROVE

CHUNG KUO
Eine Chronik in sechzehn Teilen

ERSTES BUCH

Das Reich der Mitte

Roman

Übersetzt, kommentiert
und mit einem Nachwort und
Anmerkungen versehen von
MICHAEL K. IWOLEIT

Deutsche Erstausgabe

WILHELM HEYNE VERLAG
MÜNCHEN

HEYNE SCIENCE FICTION & FANTASY
Band 0605251

Titel der englischen Originalausgabe
THE MIDDLE KINGDOM
CHUNG KUO — BOOK ONE
(Erster Teil)
Deutsche Übersetzung von Michael K. Iwoleit
Das Umschlagbild ist eine Collage
von Jan Heinecke

Redaktion: Wolfgang Jeschke

Erstausgabe by English Library, Hodder and Stoughton, London

Printed in Germany 1994
Umschlaggestaltung: Atelier Ingrid Schütz, München
Technische Betreuung: Manfred Spinola
Satz: Schaber Satz- und Datentechnik, Wels
Druck und Bindung: Presse-Druck, Augsburg

ISBN 3-453-07791-1

EINLEITUNG

Chung Kuo. Diese Worte bedeuten ›Das Reich der Mitte‹[1], und seit 221 v. Chr., als der Erste Kaiser Ch'in Shih Huang Ti[2] die sieben Streitenden Reiche einte, haben die ›Schwarzhaarigen‹, die Han oder Chinesen so ihr großes Land genannt.* Das Reich der Mitte – für sie war es eine ganze Welt, begrenzt von den Bergketten im Norden und Westen und dem Meer im Osten und Süden. Jenseits davon gab es nur Wüste und Barbarei. So blieb es über zwei Jahrtausende und durch sechzehn große Dynastien. Chung Kuo war tatsächlich das Reich der Mitte, das eigentliche Zentrum der von Menschen bewohnten Welt, und sein Kaiser galt als der ›Sohn des Himmels‹, der ›Eine Mann‹.[3] Im achtzehnten Jahrhundert aber wurde diese Welt von den jungen und aggressiven Mächten des Westens mit ihren überlegenen Waffen und ihrem unerschütterlichen Glauben an den Fortschritt überfallen. Es war, zur Überraschung der Han, ein ungleicher Kampf, und Chinas Mythos überlegener Stärke und Unabhängigkeit wurde zerstört. Anfang des zwanzigsten Jahrhunderts war China – *Chung Kuo* – der kranke alte Mann des Ostens: »eine sorgsam konservierte Mumie in einem hermetisch versiegelten Sarg«, wie es Karl Marx ausdrückte. Doch aus den katastrophalen Verheerungen dieses Jahrhunderts erwuchs ein Gigant von einer Nation, der sich aus einer Position unvergleichlicher Stärke durchaus mit dem Westen und seinen eigenen östlichen Rivalen, Japan und Korea, messen konnte. Das einund-

---

* Die Nummern beziehen sich auf die Anmerkungen im Kommentar des Übersetzers: siehe S. 514 ff. im Anhang dieses Buches.

zwanzigste Jahrhundert, ›das pazifische Jahrhundert‹, wie man es schon nannte, bevor es begonnen hatte, erlebte ein China, das wieder zu einer Welt für sich wurde, aber diesmal war seine einzige Begrenzung der Weltraum.

中

國

Für Susan

»Im Fenster voller Sonnenlicht
bündelt sich ihr goldner Schatten
Falte um Falte, bis er mild
wie die strahlenden Rosen leuchtet.«[4]

»Geschichte in China ist wie das Gedächtnis eines alten Mannes. Die ferne Vergangenheit ist oft lebendiger als die Gegenwart, und ihre Geschichten sind ausgeschmückt, übertrieben und vom viel Erzählen verzerrt. Die Chinesen haben immer zu ihren Ahnen für deren Zielstrebigkeit und Pflichtbewußtsein aufgesehen. Sie haben keine Epen und wenige Schöpfungsberichte, nur die Geschichte, die voller moralischer Exempel ist, die in jeder Generation neu herangezogen und bewertet werden. Denn für die Chinesen ist Geschichte keine objektive Darstellung der Vergangenheit. Sie ist eine endlose moralische Fabel, in der die Charaktere explizit Schurken oder Helden sein müssen, deren Tugenden und Laster immer wieder in Bezug zu alltäglichen Dingen gebracht werden.«

– ALASDAIR CLAYRE: *The Heart of the Dragon*

* * *

»Nicht ein Tag im Paradies,
Und tausend Menschenjahre sind vergangen,
Während weiter Steine aufs Brett gelegt werden,
sind alle Dinge der Leere gewichen.
Der Holzfäller schlägt die Straße heimwärts ein.
Der Stiel seiner Axt ist im Wind verrottet:
Nichts ist mehr, wie es war, nur die steinerne
Brücke
spannt noch einen zinnoberroten Regenbogen.«

– MENG CHIAO: *Die Brücke, wo der Stiel verrottet*
Neuntes Jahrhundert n. Chr.[5]

INHALT

PERSONEN-VERZEICHNIS

中

國

PERSONEN

DeVore, Howard – Ehemals Major in den Sicherheitskräften des T'ang, ist er eine der führenden Gestalten im Kampf gegen die Sieben geworden. Als hochintelligenter Mann von kühler Logik, zieht er hinter den Kulissen die Fäden, als der ›Krieg der zwei Richtungen‹ eine neue Wende nimmt.

Ebert, Hans – Sohn von Klaus Ebert und Erbe des gewaltigen Gen-Syn-Konzerns (Genetic Synthetics), zum Major der Sicherheitskräfte befördert, genießt die Bewunderung und das Vertrauen seiner Vorgesetzten. Ebert ist ein komplizierter junger Mann: einerseits ein tapferer und intelligenter Offizier, weist er andererseits egoistische, zügellose, ja grausame Charakterzüge auf.

Fei Yen – Tochter von Yin Tsu, einem der Köpfe der ›Neunundzwanzig‹, den untergeordneten aristokratischen Familien von Chung Kuo. Die klassisch schöne ›Fliegende Schwalbe‹, begehrenswert und heißblütig. Trotz ihrer zierlichen Erscheinung ist sie erstaunlich willensstark.

Haavikko, Axel – Von einem Mitoffizier zu unrecht angeklagt, hat Leutnant Haavikko den Großteil eines Jahrzehnts in Ausschweifung und Selbstverleugnung verbracht. Im Innersten ist er jedoch ein guter, ehrlicher Mann, und die Umstände werden ihm aus der Grube helfen, in die er gestürzt ist.

Kao Chen – Früher ein Attentäter aus dem Netz, der untersten Ebene der großen Stadt, hat Chen sich von seinen bescheidenen Anfängen emporgearbeitet und ist nun Hauptmann in den Sicherheitskräften des T'ang. Als Freund und Helfer von

Karr, ist er einer der Fußsoldaten im Krieg gegen DeVore.

KARR, GREGOR – Ein Riese von einem Mann. In seiner Jugend war er ein ›Blut‹ – ein dem Tode geweihter Kämpfer. Wird von General Tolonen aus dem Netz rekrutiert.

LI SHAI TUNG – T'ang von Europa und einer der Sieben, dem Rat, der Chung Kuo beherrscht. Li Shai Tung steht jetzt in seinen Siebzigern. Viele Jahre lang war er Dreh- und Angelpunkt des Rats und inoffizieller Wortführer der Sieben.

LI YUAN – Zweiter Sohn von Li Shai Tung. Gilt als frühreif. Seine kühle, nachdenkliche Art verbirgt ein leidenschaftliches Naturell.

TOLONEN, JELKA – Als Tochter von Marschall Tolonen ist Jelka in einem sehr männlichen Umfeld ohne Einfluß einer Mutter aufgewachsen. Dennoch verdeckt ihr aufrichtiges Interesse in Kriegskünste, Bewaffnung und Strategie eine ganz andere Seite ihres Wesens; eine Seite, die durch gewaltsame Ereignisse offengelegt wird.

TOLONEN, KNUT – Marschall im Rat der Generäle und ehemals General von Li Shai Tung. Tolonen ist ein großer Mann mit kantigem Kinn und der treuste Anhänger der Werte und Ideale der Sieben. Von heißblütigem und furchtlosem Naturell, läßt er sich von nichts davon abhalten, seine Meister zu beschützen.

TSU MA – T'ang von Westasien und einer der Sieben, dem Rat, der Chung Kuo beherrscht. Nach dem Tod seines Vaters hat Tsu Ma seine frühere destruktive Art abgelegt und ist im Rat einer der größten Anhänger von Li Shai Tung geworden. Ein starker, gutaussehender Mann, der nur eine große

Schwäche hat, eine Schwäche, der er fast zum Opfer fällt.

WANG SAU-LEYAN – Vierter und jüngster Sohn von Wang Hsien, dem T'ang von Afrika. Gilt als unreif, ist tatsächlich aber ein scharfsinniger und höchst fähiger, politisch denkender Mensch, der entschlossen ist – aufgrund von Umständen, die er selbst herbeigeführt hat –, der Vorbote der Veränderung im Rat der Sieben zu werden.

WARD, KIM – Geboren im Lehm, dem dunklen Brachland unter den Fundamenten der großen Stadt. Kim verfügt über einen raschen und in ungewöhnlicher Hinsicht begabten Verstand. Seine Vision eines riesigen Netzes, die er im Dunkeln entwickelt hat, hat ihn nach oben ins Licht getrieben.

DIE SIEBEN UND DIE FAMILIEN

LI FENG CHIANG – Bruder und Berater von Li Shai Tung

LI HAN CH'IN – erster Sohn von Li Shai Tung

LI SHAI TUNG – T'ang von Europa

LI YUAN – zweiter Sohn von Li Shai Tung und Erbe der Stadt Europa

LIN YUA – erste Frau von Li Shai Tung

PEI RO-HEN – Oberhaupt der Pei-Familie (eine der ›Neunundzwanzig‹ Untergeordneten Familien)

TSU MA – Sohn des T'ang Tsu Tiao

TSU TIAO – T'ang von West-Asien

WANG HSIEN – T'ang von Afrika

WANG SAU-LEYAN – vierter Sohn von Wang Hsien

WEI FENG – T'ang von Ost-Asien

WU SHIH – T'ang von Nordamerika

YIN FEI YEN – ›Fliegende Schwalbe‹, Prinzessin einer Untergeordneten Familie; Tochter von Yin Tsu

YIN TSU – Oberhaupt der Yin-Familie (eine der ›Neunundzwanzig‹ Untergeordneten Familien)

FREUNDE UND GEFOLGSLEUTE DER SIEBEN

AUDEN, WILLIAM – Hauptmann des Sicherheitsdienstes

CHUNG HU-YAN – Kanzler von Li Shai Tung

EBERT, HANS – Major im Sicherheitsdienst und Erbe von GenSyn

EBERT, KLAUS STEFAN – Leiter von GenSyn und Berater von Li Shai Tung

FEST, EDGAR – Hauptmann des Sicherheitsdienstes

HAAVIKKO, AXEL – Leutnant des Sicherheitsdienstes

HAAVIKKO, VESA – Schwester von Axel Haavikko

HENG YU – Transportminister der Stadt Europa

KAO CHEN – ehemaliger *Kwai,* später Hauptmann im Sicherheitsdienst

KARR, GREGOR – Major im Sicherheitsdienst

LWO KANG – Minister des Edikts unter Li Shai Tung

NOCENZI, VITTORIO – General des Sicherheitsdienstes, Stadt Europa

SHEPHERD, HAL – Berater von Li Shai Tung und Oberhaupt der Familie Shepherd

TOLONEN, KNUT – Marschall des Rats der Generäle und Vater von Jelka Tolonen

YANG LAI – Minister unter Li Shai Tung

DISPERSIONISTEN

BERDICHOW, SOREN – Chef von SimFic (Simulated Fictions) und Führer der Dispersionisten
DEVORE, HOWARD – ehemaliger Major in Li Shai Tungs Sicherheitskräften
LEHMANN, PIETR – Führer der Dispersionisten
LEHMANN, STEFAN – Albino, Sohn von Pietr Lehmann, dem Führer der Dispersionisten; und später Leutnant von DeVore
WYATT, EDMUND – Konzernchef

ANDERE CHARAKTERE

GOLDHERZ – junge Prostituierte in Mu Chuas Etablissement
LU MING SHAO – ›der Bärtige Lu‹, Boß einer Triade
MU CHUA – ›Madam‹ des Hauses der Neunten Extase, ein Freudenhaus, ein Bordell
PI CH'IEN – Dritter Sekretär von Unterminister Yang Lai
T'AI CHO – Lehrer und ›Bewacher‹ von Kim Ward
WANG TI – Frau von Kao Chen
WARD, KIM – im Lehm geborenes Waisenkind

PROLOG
WINTER 2190

Yin/Yang [6]

中

國

»Wer baute den zehnstöckigen Turm aus Jade?
Wer sah am Anfang alles voraus,
als die ersten Zeichen erschienen?«

Tien Wen (›Fragen an den Himmel‹)
von Ch'u Yüan, aus den *Ch'u Tz'u*
(›Lieder des Südens‹) [7],
zweites Jahrhundert v. Chr.

YIN

In den Tagen, bevor die Welt ihren Anfang nahm, stand der erste *Ko-Ming*-Kaiser Mao Tse-tung[8] auf einem Hang in Wu-ch'i-chen in der Provinz Shensi und blickte auf den Weg zurück, den sie gekommen waren. Der Lange Marsch[9], jene epische Reise von fünfundzwanzigtausend *li* über achtzehn Bergketten und durch zwölf Provinzen – jede einzelne größer als ein europäischer Staat – war vorüber, und als Mao die unermeßliche Weite Chinas vor sich ausgebreitet sah, hob er die Arme und sprach zu jenen seiner Gefährten, die den Jahre dauernden Zug überlebt hatten.

»Seit P'an Ku den Himmel von der Erde trennte und die drei Erhabenen und die fünf Kaiser herrschten[10], hat es in der Geschichte je einen so langen Marsch wie unseren gegeben?« fragte er. »In zehn Jahren wird ganz China uns gehören. Wenn wir so weit gekommen sind – gibt es da etwas, das uns nicht gelingen könnte?«

China. *Chung Kuo*, das Reich der Mitte. Das war es mehr als drei Jahrtausende geblieben, seit der Zeit der Chou, lange vor dem Ersten Reich.

So war es gewesen. Aber jetzt war Chung Kuo mehr. Nicht bloß ein Königreich, sondern die Erde selbst. Eine Welt.

In seinem Winterpalast im geostationären Orbit, 160 000 *li* über der Oberfläche des Planeten, stand Li Shai Tung, ein *T'ang*, Sohn des Himmels und Herrscher der Stadt Europa, auf der weiten Aussichtsgalerie, blickte auf den blau-weißen Globus von Chung Kuo zu seinen Füßen hinab und dachte nach.

In den zweihundertsechsundfünfzig Jahren, seit Mao auf jenem Hügel in der Provinz Shensi stand, hatte die Welt große Veränderungen durchgemacht. Damals war behauptet worden, daß das einzige, was aus dem Weltraum betrachtet auf das Vorhandensein des Menschen hindeutete, die Große Chinesische Mauer sei. So wenig es auch zutraf, so verriet es doch etwas über die Fähigkeit der Han, große Projekte zu planen – und sie nicht bloß zu planen, sondern auch auszuführen. Nun, da das zweiundzwanzigste Jahrhundert in seine letzte Dekade eintrat, hatte sich das Erscheinungsbild der Erde gewandelt. Aus dem Weltraum sah man die großen Städte, von denen jede fast ein Kontinent für sich war; große, gletscherhaft weiße Flächen verhüllten die alten, vergessenen Umrisse der Nationalstaaten; die Welt war eine ungeheure, den Erdball umspannende Stadt, die Stadt Erde.

Li Shai Tung strich nachdenklich durch seinen langen weißen Bart, dann wandte er sich vom Eingang ab und raffte seinen reich bestickten Seiden-*Pau* um sich. Es war warm im Aussichtsraum, doch ihn erfaßte immer die Illusion von Kälte, wenn er durch die Dunkelheit des Weltraums auf den Planeten tief unten hinabblickte.

Die Stadt. Sie hatte seine Gedanken in letzter Zeit viel mehr beschäftigt. Früher war er ihr zu nahe gewesen – selbst hier oben. Er hatte sie als etwas Selbstverständliches betrachtet, Annahmen getroffen, die er nie hätte treffen sollen. Aber jetzt war es an der Zeit, den Dingen ins Auge zu sehen, sie aus einer langfristigen Perspektive zu betrachten.

Die Stadt war vor mehr als einem Jahrhundert mit dem Ziel errichtet worden, zehntausend Jahre zu überdauern. Sie überspannte eine gewaltige Fläche, und ihr Material brauchte nur zuweilen ausgebessert, aber nie ersetzt zu werden. Sie war als eine neue Welt auf den Fundamenten der alten errichtet worden, ein riesiges Dorf, das auf Stelzen über dem stillen See des Vergangenen thronte.

Mit einer Höhe von dreißig Decks – dreihundert Ebenen – und den wabenartigen Stöcken, von denen jeder eine Seitenlänge von zwei *li* aufwies, war sie geräumig genug erschienen, um jede beliebige Zahl von Menschen fassen zu können. Soll die Menschheit sich nur vermehren, hatten die Konstrukteure gesagt, es gibt genug Platz für alle. So war es damals erschienen. Doch in dem Jahrhundert, das darauf folgte, war die Bevölkerung von Chung Kuo angewachsen wie nie zuvor.

Vierunddreißig Milliarden Menschen nach der letzten Zählung, Han und Europäer – *Hung Mao* – zusammengenommen. Und jedes Jahr wurden es mehr, in solchem Maße, daß in fünfzig Jahren die Stadt voll und die Lagerhäuser geleert sein würden. Die Stadt war wie ein immer weiter aufgerissenes Maul, ein immer größerer Magen, ein Wesen, das fraß und sich entleerte und wuchs.

Li Shai Tung seufzte, dann begab er sich über die breiten, flachen Stufen nach oben in seine Privatwohnung. Er entließ seine beiden Begleiter, durchschritt den Raum und zog die Türen zu, dann drehte er sich um und sah in das Zimmer zurück.

So ging das nicht weiter. Er würde die Sache im Rat vorbringen müssen. Die Sieben[11] würden sich über Maßnahmen zur Geburtenkontrolle unterhalten müssen, ob es ihnen gefiel oder nicht. Was sonst? Nun, im besten Fall konnte er sich vorstellen, daß sich die Dinge stabilisierten, die Stadt auch in Zukunft existierte und seine Söhne und Enkel zur Welt kommen würden, um in Frieden zu regieren. Und im schlimmsten Fall?

Li Shai Tung schlug die Hände vors Gesicht, was sonst nicht seine Art war. Ihn plagten Alpträume, in denen er die Stadt brennen sah und alte Freunde tot waren – und die entstellten, blutigen Leiber ihrer Kinder, brutal in ihren Betten ermordet, auf dem Boden der Kinderzimmer lagen.

In seinen Träumen sah er die Dunkelheit in die hellerleuchteten Ebenen hinaufsteigen, sah das ganze gewaltige Bauwerk in den Sumpf des Chaos versinken, sah es so deutlich, wie er jetzt seine Hände vor dem Gesicht sah.

Doch es waren nicht bloß Alpträume. Sie zeigten ihm das, was kommen würde – wenn er nicht handelte.

Li Shai Tung, ein T'ang, Herrscher der Stadt Europa, einer der Sieben, erschauderte, ehe er sich, indem er die Vorderseite seines *Pau* glattstrich, an den Schreibtisch setzte, um an seiner Rede vor dem Rat zu arbeiten. Und während er schrieb, dachte er nach.

Wir haben nicht einfach die Vergangenheit geändert, wie es andere versucht haben, wir haben etwas über ihr errichtet, wie um sie für alle Zeiten auszulöschen. Wir haben dasselbe versucht, was Mao in seiner Zeit mit der Kulturrevolution[12] im Sinn hatte, dasselbe, was Ch'in Shih Huang-ti, der erste Kaiser der Han, vor zweitausendvierhundert Jahren versuchte, als er Bücher verbrannte und die Große Mauer bauen ließ, um die Barbaren des Nordens vom Reich der Mitte fernzuhalten. Wir haben nicht aus der Geschichte gelernt. Wir haben es vorgezogen, ihren Rat zu mißachten. Doch nun holt uns die Geschichte ein. Die kommenden Jahre werden zeigen, wie weise der Weg war, den wir eingeschlagen haben – oder uns für unsere Narrheit bestrafen.

Der Weg seiner Gedanken gefiel ihm, und er schrieb sie nieder. Als er fertig war, stand er auf und ging wieder über die Treppe zur Aussichtsgalerie hinunter. Die Dunkelheit bemächtigte sich langsam der Stadt Europa und zeichnete von Norden nach Süden eine scharfe Trennlinie – einen Terminator – über ihre konvexe Wölbung.

Nein, dachte Li Shai. Wir haben nichts gelernt. Wir sind nicht weise gewesen. Und nun rückt unser Langer Marsch rasch näher. Die hellen Tage, in denen alles einfach war, nichts unsere Herrschaft in Frage stellte, gehören der Vergangenheit an. Vor uns liegt nur Dunkelheit.

Der alte Mann seufzte erneut, dann straffte er sich und spürte die imaginäre Kälte in seinen Gliedern. Chung Kuo. Würde es die kommenden Zeiten überleben? Würde einmal einer von Li Shais Söhnen, so wie er jetzt, hinabblicken und eine friedliche Welt sehen? Oder würde wieder die Veränderung wie eine Schlange herbeikriechen und über alles Verheerung bringen?

Li Shai Tung drehte sich um, hielt inne und lauschte. Es war wieder zu hören, ein ungeduldiges Klopfen an den äußeren Türen. Er ging hinaus und blieb vor ihnen stehen.

»Wer ist da?«

»*Chieh Hsia!* Ich bitte um Vergebung. Ich bin's, Chung Hu-Yan.«

Der Unterton von Panik in der Stimme seines Kanzlers stand so mit seinen Gedanken in Einklang, daß er mit dem Schlimmsten rechnete. Er riß die Türen auf.

Chung Hu-Yan stand mit gesenktem Kopf da, das malvenfarbene Schlafgewand eng um seinen langen, dürren Körper gewunden. Sein Haar war ungeflochten und ungekämmt. Es gab keinen Zweifel, daß er eben aufgestanden war und keine Zeit darauf verschwendet hatte, sich herzurichten.

»Was ist los, Chung?«

Chung sank auf die Knie. »Es geht um Lin Yua, *Chieh Hsia*. Es scheint, als hätten ihre Wehen ...«

»Ihre Wehen?« Er verhinderte instinktiv, daß ihm die Kontrolle über seine Stimme, seine Miene und seinen Atem entglitt, aber innerlich bebte sein Herz, und sein Magen krampfte sich zusammen. Lin Yua, seine erste Frau, war erst im sechsten Monat schwanger. Wie sollte sie jetzt schon ihre Wehen haben? Er sog scharf Luft ein und zwang sich, ruhig zu bleiben.

»Schnell, Chung. Bringen Sie mich sofort zu ihr.«

Die Ärzte blickten auf, als er eintrat, machten tiefe Verbeugungen und zogen sich hastig zurück. Aber die Furcht, die er in ihren Augen entdeckte, verriet ihm mehr, als er wissen wollte.

Er sah an ihnen vorbei auf das Bett. »Lin Yua!«

Er lief durch das Zimmer zu ihr, dann hielt er inne, und seine Furcht verwandelte sich in eisige Gewißheit.

»Bei allen Göttern …«, flüsterte er mit verebbender Stimme. »Kuan Yin sei uns gnädig!«

Das Gesicht bleich wie der Erntemond[13], die Augen geschlossen, ihre Lippen und Wangen bläulich verfärbt, lag sie unter den Laken, die zwischen ihren nackten Beinen wie von einem entsetzlichen Kampf zerwühlt waren, der weiße Stoff von ihrem Blut nahezu schwarz verfärbt. Ihre Arme lagen schlaff an ihren Seiten.

Er warf sich neben sie, schloß sie in die Arme und schluchzte unbeherrscht. Jeder Gedanke an die Würde eines Herrschers hatte ihn verlassen. Sie war immer noch warm, schrecklich, trügerisch warm. Er drehte sich ihr Gesicht zu und küßte es immer wieder, als könnte Küssen es wieder lebendig machen, dann fing er an mit ihr zu reden, flehte sie an.

»Lin Yua … Lin Yua … Mein kleines Mädchen. Mein kleiner Schatz. Wo bist du, Lin Yua? Die Götter mögen uns beistehen, wo bist du nur?«

Er wollte, daß sie die Augen aufschlug, ihn anlächelte und sagte, dies sei alles nur ein Spiel – eine Prüfung, um herauszufinden, wie sehr er sie liebte. Aber es war kein Spiel. Ihre Augen blieben geschlossen, ihre Lider undurchdringlich weiß; ihr Mund ohne Atem. Da begriff er es endlich.

Sanft ließ er ihren Kopf aufs Kissen zurücksinken

und strich ihr mit den Fingern zärtlich das Haar von der Stirn. Zitternd rückte er von ihr ab, dann blickte er zu seinem Kanzler auf, und seine Stimme klang hohl vor Ungläubigkeit.

»Sie ist tot, Hu-Yan. Mein kleines Mädchen ist tot.«

»*Chieh Hsia* ...« Gefühle ließen die Stimme des Kanzlers beben. Dies eine Mal wußte er nicht mehr, was er tun und was er sagen sollte. Sie war eine so starke Frau gewesen. So voller Leben. Daß sie starb ... Nein. Das war unmöglich. Er erwiderte den starren Blick des T'ang, selbst mit Tränen in den Augen, und schüttelte stumm den Kopf.

Hinter ihm bewegte sich etwas. Hu-Yan wandte sich um und sah hin. Es war eine Amme. Sie hielt ein kleines Bündel im Arm. Etwas, das sich weder rührte, noch einen Ton von sich gab. Er starrte sie entsetzt an und schüttelte heftig den Kopf.

»Nein, Exzellenz«, begann die Frau und verneigte sich respektvoll. »Ihr habt das mißverstanden ...«

Chung Hu-Yan warf einen ängstlichen Blick auf den T'ang. Li Shai Tung hatte ihm den Rücken zugekehrt und starrte wieder auf seine tote Frau. In der Überzeugung, etwas tun zu müssen, drehte Chung sich um und faßte die Frau am Arm. Erst da sah er, daß das Kind in den Decken am Leben war.

»Es lebt?« Sein Flüstern klang ungläubig.

»*Er* lebt, Exzellenz. Es ist ein Junge.«

Chung lachte vor Überraschung auf. »Lin Yua hat einen Jungen zur Welt gebracht?«

»Ja, Exzellenz. Er wiegt vier Catties, ziemlich viel für ein Kind, das so früh geboren wurde.«

Chung Hu-Yan starrte das winzige Kind an, dann wandte er seine Aufmerksamkeit wieder dem T'ang zu. Li Shai Tung hatte die Frau nicht eintreten gehört. Chung leckte sich die Lippen, erwog verschiedene Möglichkeiten, dann faßte er einen Entschluß.

»Geh!« befahl er der Amme. »Und sorge dafür, daß

es dem Kind gutgeht. Dein Leben ist verwirkt, wenn es stirbt. Verstehst du mich, Frau?«

Die Frau schluckte erschrocken, ehe sie sich tief verbeugte. »Ich verstehe, Exzellenz. Es wird ihm an nichts fehlen.«

Chung wandte sich von ihr ab und trat an die Seite des T'ang.

»Chieh Hsia?« fragte er auf den Knien und mit gesenktem Kopf.

Li Shai Tung sah mit ausdruckslosen Augen auf, den Blick ins Leere gerichtet, das Gesicht von Schmerz entstellt.

»*Chieh Hsia*, ich ...«

Der T'ang stand unvermittelt auf, schob sich rücksichtslos an seinem Kanzler vorbei, ohne ihn zu beachten, und wandte sich statt dessen der fünfköpfigen Gruppe von Ärzten zu, die am anderen Ende des Zimmers noch immer wartete.

»Warum bin ich nicht früher verständigt worden?«

Der Älteste trat vor und verneigte sich. »Wir hatten das Gefühl, *Chieh Hsia* ...«

»*Was* hattet ihr?« Der wutentbrannte Ton des T'ang ließ den alten Mann verstummen. Schmerz und Zorn hatten Li Shai Tung verwandelt. Sein Gesicht glühte. Im nächsten Moment beugte er sich vor, packte den Mann grob an den Schultern und stieß ihn zurück.

Drohend stand er über ihm. »*Wie* ist sie gestorben?«

Der Alte blickte ängstlich zu ihm auf, dann kauerte er wieder auf den Knien und senkte demütig den Kopf. »Es lag an ihrem Alter, *Chieh Hsia*«, keuchte er. »Zweiundvierzig ist zu alt, um ein Kind zu bekommen. Und das unter den hiesigen Umständen. Sie machen selbst gewöhnliche Arbeit zu einem Risiko. Unten in Chung Kuo ...«

»Ihr unbedarften Metzger! Ihr Mörder! Ihr ...«

Li Shai Tungs Stimme erstarb. Er drehte sich um und betrachtete hilflos, mit zitternden Händen und vor Unglauben geöffneten Lippen seine tote Frau. Einige Sekunden lang stand er vom Schmerz verzehrt da, ehe er in einem Erschaudern herumfuhr, das Gesicht von einem Moment zum anderen gefaßt und beherrscht.

»Bringen Sie sie weg, Chung Hu-Yan«, sagte er kalt, den Blick voller Abscheu. »Bringen Sie sie weg und sorgen Sie dafür, daß sie hingerichtet werden.«

»*Chieh Hsia?*« Der Kanzler starrte ihn fassungslos an. Die Trauer hatte aus seinem Meister einen anderen Menschen gemacht.

Der T'ang hob wütend die Stimme. »Sie haben gehört, was ich gesagt habe, Meister Chung! Bringen Sie sie weg!«

Der Mann zu seinen Füßen fing an, ihn anzuflehen. »*Chieh Hsia!* Es kann uns doch sicher erlaubt werden...«

Er brachte den Alten mit einem Blick zum Schweigen und sah wieder auf. Ihm gegenüber waren die anderen Graubärtigen auf die Knie gefallen und bettelten um Gnade. Chung Hu-Yan schloß sich ihnen unerwartet an.

»*Chieh Hsia*, ich bitte Euch, mich anzuhören. Wenn Ihr diese Männer hinrichten laßt, wird das Leben all ihrer Angehörigen ebenfalls verwirkt sein. Gebt ihnen die Gelegenheit zu einem ehrenvollen Tod. Bestraft sie für Lin Yuas Dahinscheiden, ja, aber laßt ihre Familien leben.«

Li Shai Tung zuckte merklich zusammen. Seine Stimme klang jetzt weich, gedämpft vor Schmerz. »Aber sie haben meine Frau umgebracht, Chung. Sie haben Lin Yua sterben lassen.«

Chung berührte mit dem Kopf den Boden. »Ich weiß, *Chieh Hsia*. Und sie würden dafür nur zu gern sterben. Aber ich flehe Euch an, *Chieh Hsia*, verschont ihre Familien. So viel seid Ihr ihnen schuldig. Bedenkt, daß sie Euren Sohn gerettet haben.«

»Meinen Sohn?« Der T'ang hob überrascht den Blick.

»Ja, *Chieh Hsia*. Ihr habt einen Sohn. Einen zweiten Sohn. Ein kräftiges, gesundes Kind.«

Li Shai Tung stand mit vor Wut finsterem Blick da und bemühte sich nach Kräften, diese letzte, unerwartete Neuigkeit zu verarbeiten. Dann machte sein Gesicht ganz langsam eine erneute Wandlung durch, der Schmerz untergrub die Maske seiner Beherrschung, bis sie Risse bekam und von ihm abfiel, und er brach in bitteres Schluchzen aus, die Zähne vor Schmerz aufeinandergebissen, und Tränen rannen über sein Gesicht.

»Gehen Sie«, sagte er schließlich mit kraftloser Stimme und wandte sich ab, indem er ihn mit einer Handbewegung entließ. »Verfügen Sie es so, wie Sie es für richtig halten, Chung. Aber gehen Sie. Ich muß jetzt mit ihr allein sein.«

YANG

Es war dunkel an ihrem Platz am Rande der Terrasse, die auf den Park hinausging. Die anderen Tische neben ihnen waren leer. Drinnen, im hinteren Teil des Restaurants, schien gedämpft eine einzige Lampe. Nah bei ihnen standen vier Kellner im Schatten an der Wand, um ihnen zu Diensten zu sein. Es war früh am Morgen. Vom anderen Ende des Grüns hörten sie das ungezwungene, spontane Lachen junger Menschen. Der Himmel über ihnen schien mit Sternen ausgefüllt zu sein; Millionen wie mit Nadeln gestochene Lichtpunkte in der samtenen Schwärze.

»Es ist schön«, sagte Wyatt und senkte den Blick, um sich wieder den anderen zuzuwenden. »Wißt ihr, manchmal bringt mich der bloße Anblick soweit, daß ich weinen könnte. Habt ihr auch gelegentlich solche Gefühle?«

Lehmann lachte leise, fast traurig, und streckte die Hand aus, um seinen Freund am Arm zu berühren. »Ich verstehe dich…«

Wyatt ließ den Kopf wieder nach hinten sinken. Er war betrunken. Sie waren alle betrunken, andernfalls hätten sie nicht so geredet. Es war eine Art Verrat. Es gehörte zu den Dingen, die ein Mann nur flüsterte oder für sich behielt. Doch es mußte gesagt werden. Jetzt. Heute nacht. Bevor sie diese Intimität zerstörten und wieder ihrer eigenen Wege gingen.

Er lehnte sich vor, die rechte Hand auf dem Tisch zur Faust geballt. »Und manchmal fühle ich mich erstickt. Eingekerkert. Ich spüre einen Schmerz in mir. Etwas, das unerfüllt ist. Ein *Verlangen*. Und wenn ich zu den Sternen aufblicke, werde ich wütend. Ich rede mir ein, wie sinnlos, wie überflüssig es ist. Ich versuche, all das zu unterdrücken. Was glaubt sie, was wir sind? Maschinen?« Er lachte; ein schmerzhaftes Lachen, weil ihn all das selbst überraschte. »Begreifen sie denn nicht, was sie uns antun? Glaubt ihr, daß sie so blind sind?«

Ein Murmeln des Mitgefühls und der Zustimmung erhob sich.

»Natürlich begreifen sie es«, sagte Berdichow, als sei es ein simpler Sachverhalt, und drückte seine Zigarre aus, während seine Brille das ferne Licht der Sterne reflektierte.

Wyatt sah ihn an. »Vielleicht. Aber manchmal zweifle ich daran. Versteht ihr, ich habe den Eindruck, eine ganze Dimension sei verlorengegangen. Meinem Leben. Und eurem, Soren und Pietr. Dem Leben *aller*. Vielleicht genau das, was unser Menschsein eigentlich ausmacht.« Er lehnte sich auf seinem Stuhl gefährlich weit vor. »Es gibt keinen Platz für Wachstum mehr, keine weißen Flecken auf der Landkarte.«

»Ganz im Gegenteil, Edmund«, erwiderte Lehmann trocken. »Es gibt nur noch weiße Flecken.«

Sie lachten, dann schwiegen sie einige Sekunden lang. Das große Kuppelgewölbe drehte sich unmerklich um eine imaginäre Achse, die durch den Polarstern ging.

Es war eine angenehme Nacht gewesen. Sie waren gerade aus dem Lehm zurückgekehrt, jenem primitiven, lichtlosen Bereich unter dem Boden der Stadt.[14] Acht Tage hatten sie gemeinsam in dieser urzeitlichen Unterwelt aus verwittertem Stein und primitiven Halbmenschen verbracht, Tage, die jeden von ihnen auf seine Art gezeichnet hatten. Bei ihrer Rückkehr hatten sie sich gut gefühlt, doch jetzt war ihre Stimmung gesunken. Als Wyatt fortfuhr, lag echte Bitterkeit in seiner Stimme.

»Sie bringen uns alle um. Langsam und unaufhaltsam. Von innen nach außen. Ihrer Stasis ist eine Art Gift. Es höhlt einem die Knochen aus.«

Lehmann rückte unbehaglich in seinem Stuhl hin und her. Wyatt drehte sich um, sah es und verfiel in Schweigen. Aus dem Schatten nah bei ihnen trat ein Han-Kellner hervor und hielt ihm ein Glas hin.

»Noch etwas *Ch'a*, die Herren?«

Berdichow fuhr ruckartig herum, das Gesicht von Zorn verfinstert. »Hast du gelauscht?«

»Mein Herr?« Das Gesicht des Han erstarrte mit offenem Mund in einem Ausdruck, der freundlich zu sein versuchte, aber Wyatts Aufmerksamkeit entging nicht die Furcht in seinen Augen.

Berdichow stand auf, stellte sich vor ihn und sah drohend auf ihn hinab, denn er überragte den Han um fast einen Kopf.

»Du hast mich schon verstanden, altes Schlitzauge. Du hast uns belauscht, nicht wahr?«

Getroffen von der Unversöhnlichkeit in Berdichows Stimme senkte der Han den Kopf. »Nein, ehrwürdiger Herr. Ich habe nichts gehört.« Sein Gesichtsausdruck änderte sich nicht, doch dafür zitterten ihm jetzt die Hände und ließen die Schalen auf dem Tablett klirren.

Wyatt erhob sich und faßte seinen Freund sanft am Arm. »Soren, bitte ...«

Berdichow blieb noch für einen Moment so stehen, starrte den Mann finster an und verströmte nahezu greifbaren Groll, der den Raum zwischen ihnen ausfüllte, dann drehte er sich um und sah Wyatt kurz an.

Wyatt nickte dem Kellner zu. »Mach die Schalen voll und dann laß uns allein. Das geht alles auf meine Rechnung.«

Der Han verbeugte sich, seine Augen gaben Wyatt Dankbarkeit zu erkennen, dann füllte er rasch die Schalen.

»Verdammte Schlitzaugen!« brummte Berdichow, als der Han außer Hörweite war. Er beugte sich vor und nahm seine Schale in die Hand. »Man muß heutzutage aufpassen, was man sagt, Edmund. Auch ein kleiner Han hat große Ohren.«

Wyatt betrachtete ihn einen Moment lang, dann zuckte er die Achseln. »Ich weiß nicht. So schlimm sind sie nicht.«

Berdichow lachte verächtlich. »Dreckige kleine Hosenscheißer sind sie.« Er starrte über das Grün hinweg und zog sich den Seiden-*Pau* enger um den Hals. »Ich würde lieber all meine Firmen meinem ärgsten Feind überlassen, als einen einzigen von ihnen als Vorgesetzten zu beschäftigen.«

Lehmann seufzte und langte nach seiner Schale. »Ich finde sie ganz nützlich. Auf ihre Art.«

»Als Diener, ja …« Berdichow lachte säuerlich, dann trank er seinen *Ch'a* aus und stellte die Schale geräuschvoll ab. Während er redete, wechselten seine Blicke vom einen zum anderen. »Wißt ihr, wie sie uns nennen, wenn sie unter sich sind? Großnasen! Stellt euch diese Unverfrorenheit vor! Großnasen!«

Wyatt sah Lehmann an, und beide Männer lachten. Er streckte die Hand aus und tippte neckisch an Berdichows Nase. »Nun, in deinem Fall ist das angemessen, Soren, findest du nicht?«

Berdichow zog den Kopf zurück, dann lächelte er nachsichtig. »Kann schon sein …« Er rümpfte die Nase und lachte, dann wurde er wieder ernst. »Vielleicht. Aber mich soll der Schlag treffen, wenn ich mich von diesen kleinen Wichsern veralbern lasse, solang sie mir Geld aus der Tasche ziehen.«

»Aber sind nicht alle Menschen so?« erwiderte Wyatt und fühlte sich plötzlich weniger betrunken. »Ich meine … so sind doch nicht bloß die Han. Sind die meisten von unserer Rasse – die *Hung Mao* – nicht genauso?«

»Wenn du das so siehst«, sagte Lehmann und lehnte sich zurück. Seine ganze Haltung bezeugte Unentschiedenheit und Schwanken. »Wie auch immer, in dieser Welt haben die Han das Sagen. Und das ändert alles. Unter diesen Umständen bildet sich noch der mieseste kleine Han ein, er sei ein T'ang.«

»Das kannst du laut sagen!« pflichtete Berdichow ihm bei und wischte sich den Mund ab. »Es sind arrogante Säcke, einer wie der andere!«

Wyatt zuckte, nicht ganz überzeugt davon, die Achseln, dann blickte er zwischen seinen beiden Freunden hin und her. Sie waren härtere, stärkere Männer als er. Das anerkannte er. Doch beiden fehlte etwas, ein gewisses Maß an Mitgefühl, und das schadete ihrem Wesen, so gute Freunde sie auch waren. Es war ihm unten im Lehm aufgefallen; sie hatten einfach zur Kenntnis genommen, was ihn zutiefst entsetzte.

Ihre Vorstellungskraft, dachte er. Es hat etwas mit der Vorstellungskraft zu tun, der Fähigkeit, sich in jemand anderen hineinzuversetzen. Wie in den Kellner zum Beispiel. Oder in die Frau, die ich dort unten in der schrecklichen Verkommenheit des Lehms kennengelernt habe.

Er schauderte und betrachtete die unberührte Schale mit seinem *Ch'a*. Er sah die Frau noch immer vor sich. Und das Zimmer, in das man sie eingesperrt hatte. Mary war ihr Name gewesen. Mary …

Der Gedanke daran machte ihn frösteln. Sie war noch immer dort. Dort, in dem Zimmer, wo er sie zurückgelassen hatte. Und wer wußte, welch ein perverses Schwein sie als nächstes benutzen würde, wem es gefiele, ohne Grund auf sie einzuprügeln, so wie sie schon oft verprügelt worden war.

Er hatte sich selbst wieder vor Augen, sah, wie er ihr Gesicht ins Licht hob und mit den Fingern die Schramme an ihrem Auge entlangfuhr. Ganz sanft, weil er spürte, wie sehr sie Angst vor ihm hatte. Er hatte schließlich mit ihr geschlafen, mehr aus Mitleid denn aus irgendeinem Gefühl der Lust. Aber war das ganz ehrlich? Hatte nicht auch Neugier in seinen Gefühlen eine Rolle gespielt? Sie war so klein gewesen, ihre Arme so dünn, ihre Brüste fast nicht vorhanden. Und doch, allem zum Trotz, auf eine seltsame Weise hübsch. Vor allem ihre Augen hatten eine besondere Qualität gehabt – vielleicht spiegelten sie die Erinnerung an bessere Tage wider.

Es war falsch gewesen, sie dort zurückzulassen. Doch welche Wahl hatte er gehabt? Sie war dort zu Hause, er hier. So sah es das Schicksal in dieser Welt vor. Und doch müßte er etwas tun können. Irgendwas.

»Woran denkst du, Edmund?«

Er sah auf und begegnete Lehmanns Blick. »Ich habe an diese Frau gedacht.«

»An die Frau?« Berdichow warf ihm einen Blick zu, dann lachte er. »An welche? Wir sind Hunderten von diesen mageren Dingern begegnet.«

»Und Jungen ...«

»Die Jungen wollen wir natürlich auch nicht vergessen ...«

Er wandte den Blick ab, nicht imstande, sich ihrem Gelächter anzuschließen, wütend auf sich selbst, weil er solche Gefühle hatte. Dann nahm sein Zögern plötzlich Form an, und er drehte sich wieder um und beugte sich ihnen über den Tisch entgegen.

»Sag mir eins, Soren. Wenn du einen Wunsch frei hättest – nur einen einzigen –, was würdest du dir wünschen?«

Berdichow starrte eine Weile über die dunkle Grünfläche hinweg, ehe er ihn wieder ansah, die Augen hinter den Brillengläsern verborgen. »Kein Han mehr.«

Lehmann lachte. »Das ist ein ziemlich unbescheidener Wunsch, Soren.«

Wyatt wandte sich ihm zu. »Und du, Pietr? Diesmal aber die Wahrheit. Keine Scherze.«

Lehmann lehnte sich zurück und sah zur gewaltigen Wölbung der Kuppel über ihnen empor. »Das da«, sagte er und deutete mit dem Arm langsam nach oben. »Dieser falsche Eindruck eines Sternenhimmels über uns. Ich würde gern den wirklichen sehn. Sonst nichts. Nur ein offener Himmel über unseren Köpfen. Das und der Anblick der Sterne. Nicht die große Illusion, die für ein paar Auserwählte geschaffen wurde, sondern die Wirklichkeit – für jeden.«

Berdichow blickte mit ernstem Gesicht und nickte. »Und du, Edmund? Was würdest du dir wünschen?«

Er hob die unberührte Schale und barg sie in beiden Händen. Dann drehte er sie langsam und bedächtig um und verschüttete ihren Inhalt auf die Tischplatte.

»He!« rief Berdichow und wich ruckartig zurück. Verblüfft von der plötzlichen Härte in seinem Gesicht, der für ihn ungewöhnlichen Heftigkeit dieser Geste, starrten er und Wyatt Lehmann an.

»Veränderung«, sagte Wyatt in herausforderndem Ton. »Das wünsche ich mir, Veränderung. Mehr als alles andere. Mehr als das Leben.«

ERSTER TEIL
FRÜHLING 2196

Ein Frühlingstag am Rande der Welt

中

國

»Ein Frühlingstag am Rande der Welt
Am Rande der Welt neigt sich ein neuer Tag.
Der Pirol schreit, als seien es seine eignen Tränen
die noch die höchsten Blüten der Bäume benetzen.«

LI SHANG-YIN[15]: *Exil,*
neuntes Jahrhundert n. Chr.

KAPITEL · 1

Feuer und Eis

Flammen tanzten in einem Glas. Dahinter, im Schein des nackten Feuers, lächelte verkniffen das Gesicht eines Mannes.

»Nicht mehr lang«, sagte er und trat näher an das wild flackernde Licht. Er hatte zarte, asiatische Züge, die fast weiblich wirkten, eine kleine, wohlgeformte Nase und große, dunkle Augen, die das Licht des Feuers widerspiegelten. Sein pechschwarzes Haar war zu einem Zopf geflochten und in seinem Nacken zu einem dicken Knoten zusammengebunden. Er war weiß gekleidet, in der Farbe der Trauer – ein schlichtes, einteiliges Gewand, das seine schmächtige Gestalt locker umspielte.

Ein warmer Nachtwind blies über den Berghang und ließ das Feuer aufflackern. Die Kohlen in seiner Mitte glühten hell. Asche und Funken wirbelten umher. Dann verebbte der Wind und die Schatten breiteten sich aus.

»Diese Männer haben große Schmerzen auf sich geladen, Kao Jyan.«

Der zweite Mann trat wieder aus der Dunkelheit hervor, wo er mit leeren, ausgebreiteten Händen gestanden und den anderen angesehen hatte. Er war sehr viel größer, hatte breite Schultern und einen muskulösen Körper. Sein großer, knochiger Schädel war frisch geschoren, und sein weißes Gewand saß eng. Er hieß Chen, und er hatte das grobschlächtige, schwer zu beschreibende Gesicht eines Mannes, der auf tausend Generationen von Han-Bauern als Vorfahren zurückblickte.

Jyan musterte seinen Partner einen Moment. »Es sind mächtige Männer«, sagte er. »Sie haben viel in uns investiert. Sie wollen entsprechend viel zurück.«

»Ich verstehe«, erwiderte Chen und sah das vom Mondlicht erhellte Tal in Richtung der Stadt hinab. Dann lachte er unvermittelt.

»Was ist?« Jyan kniff die Augen zusammen.

»Schau doch!« Chen deutete zu seiner Rechten. »Dort! Da oben, wo die Berge fast die Wolken berühren.«

Jyan sah hin. Dünne Bänder büscheliger Wolken verfinsterten den Vollmond. Dahinter war der Himmel tief blauschwarz. »Und?«

Chen wandte sich ihm zu, und seine Augen glänzten im Licht des Feuers. »Es ist schön, nicht wahr? Wie das Mondlicht die Bergspitzen mit weißem Schimmer überzogen hat.«

Jyan erschauderte, dann sah er an dem großen Mann vorbei auf die fernen Gipfel. »Das ist Eis.«

»Was? Plastik, meinst du?«

Jyan schüttelte den Kopf. »Nein. Nicht das Zeug, aus dem die Stadt gebaut ist. Echtes Eis. Gefrorenes Wasser. Dasselbe, was die *Ch'un tzu* in ihre Drinks geben.«

Chen sah noch mal hin, und sein breites Gesicht legte sich in Falten. Dann wandte er ruckartig den Blick ab, als beunruhigte ihn schon der Gedanke.

So sollte es auch sein, dachte Jyan, der selbst Unbehagen empfand. Die Drogen, die man ihm gegeben hatte, ließen all das vertraut erscheinen, verliehen ihm falsche Erinnerungen an solche Dinge wie Kälte, Wolken und Mondlicht, doch unter der ruhigen Oberfläche seines Geistes empfand sein Körper immer noch Angst.

Etwas strich leicht an seiner Wange entlang, eine aufgebauschte Strähne seines Haars. Zu seinen Füßen flackerte das Feuer erneut auf, geschürt von der unvermittelten Bö. Wind, dachte Jyan und fand es seltsam, das Wort auch nur zu denken. Er bückte sich und hob einen Scheit vom Stapel, drehte ihn in den Händen und spürte sein Gewicht. Dann drehte er sich ein Ende zu und betrachtete das eigenartige Gewinde seines Kerns. Seltsam. Hier draußen, außerhalb der Stadt, wirkte alles so eigenartig, unvorhersehbar, ohne Plan zusammengefügt. Ganz unerwartet, so vertraut es auch erschien.

Chen trat an seine Seite. »Wie lang noch?«

Jyan warf einen Blick auf den kleinen drachenförmigen Chronometer, der in seinen Handrücken eingesetzt war. »Vier Minuten.«

Er beobachtete Chen, der sich wieder abwandte und – zum hundertsten Mal, wie es schien – auf die Stadt zurückblickte. Seine Augen weiteten sich und versuchten den Anblick in sich aufzunehmen.

Die Stadt. Sie füllte die große nördliche Ebene Europas aus. Von dort, wo sie standen, auf den Vorbergen der Alpen, erstreckte sie sich fünfzehnhundert *li* nach Norden, wo sie auf die Ostsee traf, während sie im Westen von einer großen Mauer begrenzt wurde, die über eine Länge von dreitausend *li* an der atlantischen Küste aufragte, von Kap St. Vincent im Süden bis zum Kristiansund im rauhen Norden. Zum Süden hin, jenseits der gewaltigen Bergketten der Schweizer Wildnis, setzte sie sich fort, um wie eine gewaltige Porzellanschale das Mittelmeer zu umgeben. Nur im Osten, wo sie sich in einer gezackten Linie von Danzig im Norden bis Odessa im Süden erstreckte, war ihr Wachstum rigide unterbunden worden. Dort fingen die Plantagen an, ein ungeheures grünes Meer, das bis ins Herz Asiens wucherte.

»Es ist seltsam, nicht wahr? Draußen zu sein. Es erscheint unwirklich.«

Chen antwortete nicht. Jyan sah an ihm vorbei und ihm fiel auf, wie die dunklen, steilen Hänge des Tals eine riesige, abgeflachte Speerspitze aus Weiß umrahmten. Es schien eine kolossale Mauer zu sein – nicht weniger als zwei *li* hoch –, die den Talausgang versperrte. Ihre Oberfläche war von einem leicht opaleszenten Perlgrau, durch das von innen Licht drang. *Ch'eng* nannte man sie. Die Stadt und die Mauer. In seiner Muttersprache gab es für beides dasselbe Wort. Aber natürlich kannte er nicht mehr als ein paar Brocken seiner Muttersprache.

Er wandte den Kopf und sah Chen wieder an. Der tapfere Chen. Ein phantasieloser Kerl. Sein einfältiges Gesicht war rund wie ein Teller, sein Stiernacken so hart wie die Felsen, von denen sie umgeben waren. Sein Anblick ließ Jyans frühere Befürchtungen verfliegen. Schließlich war Chen ein *Kwai*, ein geschulter Kämpfer, und *Kwai* waren außerordentlich zuverlässig. Jyan lächelte in sich hinein. Natürlich, Chen war in Ordnung. Ein gutes Gefühl, ihn bei sich zu haben.

»Bist du bereit?« fragte er.

Chen sah ihn wieder an, Entschlossenheit und Unbeirrbarkeit im Blick. »Ich weiß, was ich zu tun habe.«

»Gut.«

Jyan schaute in sein Glas. Kleine Flammenzungen wanden sich wie Schlangen in der Dunkelheit des Weines, zeichneten vergängliche Spuren auf die durchsichtige Wölbung des Glases. Er warf es ins Feuer, um die Flammen selbst zu betrachten, und wurde sich zum erstenmal bewußt, wie wandelbar sie waren, wie sie sich einem entwanden, wenn man ihr Bild im Gedächtnis zu behalten versuchte, und nur den blassesten aller Eindrücke hinterließen. Trotz ihrer augenscheinlichen Klarheit waren sie nicht Teil der Wirklichkeit. Vielleicht betrachten uns so die Götter, dachte er, als bloße Spuren, zu flüchtig, als daß das Auge ihrer habhaft werden könnte.

Das Glas zersplitterte mit einem scharfen Klirren.

Jyan erschauderte, dann blickte er auf und hörte das tiefe Dröhnen des sich nähernden Kopters.

»Sie sind da«, erklärte Chen mit gleichmütiger Miene.

Jyan nickte dem *Kwai* zu. Und während sie noch ihre Einteiler im Nacken zuknöpften, begaben sich die beiden Attentäter zum Schiff.

* * *

»Ihr Paß, Sir.«

Pi Ch'ien, der Dritte Sekretär des Unterministers Yang, blickte zur Kamera auf und bemerkte dabei die langsame, flüssige Bewegung der Zielgeber unter der Decke, der abgeflachten Mündungen ihrer Gewehrläufe, die aus den Mäulern stilisierter Drachen züngelten. Er verbeugte sich tief, zog die Karte aus seiner Robe und schob sie in den Prüfschlitz. Indem er das Gesicht in die gepolsterte Mulde in der Wand drückte, hielt er sein linkes Auge dem Kameraobjektiv hin. Dann trat er zurück und sah sich um.

Er hatte noch nie eines der Kaiserlichen Solarien betreten. Selbst als Bezirksmagistrat, der in seinem Deck für das Leben von zwanzigtausend Menschen verantwortlich war, hatte er nicht den Status erreicht, um einen solchen Ort zu besuchen. Jetzt aber, als Dritter Sekretär von Yang Li, war ihm erlaubt worden, seinen Namen auf die Liste zu setzen. Aber diese Liste war nur eine Liste, so wie alle anderen auf der Welt – kurzfristig bewirkte sie nichts. Es würde viele Jahre Warten und einige weitere Beförderungen erfordern, bevor er hier zur Muße Einlaß fände.

Die äußeren Türen glitten auf, und er machte Anstalten einzutreten.

Doch ein bewaffneter Wachmann verstellte ihm den Weg und forderte ihn mit einem Wink seiner Pistole dazu auf, das Vorzimmer zu seiner Rechten zu betreten. Mit einer Verbeugung tat Pi Ch'ien, wie ihm geheißen. Drinnen saß vor einem riesigen, lebhaft gefärbten Wandteppich, der die ganze Rückwand einnahm, ein Beamter an seinem Schreibtisch. Der Mann warf einen flüchtigen Blick auf den Bildschirm vor sich, dann sah er auf und lächelte.

»Guten Abend, Dritter Sekretär Pi. Ich bin der Erste Haushofmeister Huong. Darf ich den Grund Ihres Besuchs erfahren?«

Pi Ch'ien senkte respektvoll den Kopf.

»Ich soll Grüße ausrichten, Erster Haushofmeister Huong. Ich habe nur eine unbedeutende Mitteilung zu überbringen. Für Seine Durchlauchtige Exzellenz, Unterminister Yang Lai. Ich bitte zehntausend Mal um Vergebung, Sie zu beanspruchen, denn es handelt sich um eine Angelegenheit von geringer Dringlichkeit.«

Er hob den Blick und hielt dem Haushofmeister die nahezu durchsichtige Memokarte zur Begutachtung hin. Beide Männer wußten, daß es ungemein wichtig war.

»Verzeihen Sie, Dritter Sekretär Pi, aber darf ich das einmal sehen?«

Pi Ch'ien senkte erneut den Kopf. »Es tut mir sehr leid, Haushofmeister Huong. Nichts würde mich mehr erfreuen, als Ihnen zu Diensten zu sein, aber ich fürchte, das ist unmöglich. Ich bin angewiesen worden, diese Nachricht, so unwichtig sie auch ist, nur dem erhabenen Unterminister selbst in die Hände zu geben.«

Haushofmeister Huong verharrte einen Moment lang, dann kam er hinter dem Tisch hervor und trat an Pi Ch'iens Seite. »Ich verstehe, Dritter Sekretär Pi. Aber sind wir denn mehr als die Hände unseres Meisters, hm?« Er lächelte wieder, jetzt ganz liebenswürdig. »Wenn Sie mir bitte gestatten würden, den Unterminister zu unterrichten.«

Pi Ch'ien verbeugte sich und spürte einen Stich der Enttäuschung. Würde man ihn doch nicht hineinlassen?

»Bitte folgen Sie mir, Dritter Sekretär«, sagte der Haushofmeister und verbeugte sich andeutungsweise, wobei er den Kopf kaum senkte, als gezieme sich das bei ihrem Rangunterschied nicht. »Unterminister Yang hat gerade eine Unterredung mit dem Minister persönlich und kann im Augenblick nicht gestört werden. Aber ich werde eine Magd kommen lassen, die Ihnen Tee serviert, während Sie warten.«

Pi Ch'ien verneigte sich erneut, erleichtert über die Höflichkeit, die man ihm entgegenbrachte. Er folgte dem Beamten nach draußen und durch einen breiten Korridor mit hoher Decke, an dessen Wänden eine Folge großer *Shanshui*-Landschaftsgemälde hing, die zerklüftete Gipfel und anmutig bewaldete Täler darstellten.

An der Biegung des Korridors konnte er kurz einen weiteren, reich geschmückten Durchgang mit einer Reihe bronzener Statuen von Göttern und Drachen sehen, und an seinem Ende einen ausgedehnten, hell erleuchteten Raum, das Solarium selbst. Sie gingen weiter, bis sie ein kleines, nur mit Plüsch ausstaffiertes Zimmer erreichten, in dem farbenfrohe Wandteppiche hingen.

Der Erste Haushofmeister Huong wandte sich ihm zu, lächelte und bedeutete ihm, einzutreten und Platz zu nehmen. »Seien Sie versichert, daß ich Sie nicht länger aufhalten werde als nötig, Dritter Sekretär. In der Zwischenzeit wird die Magd Ihnen alle Wünsche erfüllen.« Dann war er mit einer Verbeugung verschwunden.

Fast im selben Augenblick trat durch die Tür an einer Seite eine Magd ein. Sie trug ein puderblaues Seidengewand mit einem Muster aus winzigen gelben Sonnenblumen. Mit einem Lächeln stellte die das Tablett, das sie trug, auf einen niedrigen Tisch an Pi Ch'iens Seite ab, dann ging sie in die Knie und verbeugte sich tief vor ihm. Nachdem sie sich wieder aufgerichtet hatte, goß sie den *Ch'a* ein und bot ihm, den Blick abgewandt, eine Tasse an. Er nahm die Tasse und betrachtete das Mädchen aufmerksam. Sie war ein hübsches kleines Ding mit fast weißer Haut und hatte ihr dunkles, feines Haar mit einem blauen und gelben Seidenband zurückgebunden. Er sah auf ihre Füße und bemerkte zu seiner Zufriedenheit, wie zierlich sie war.

»Haben Sie noch einen Wunsch, Sir?«

Er beugte sich vor und schob sanft das Haar zurück, um ihren Hals zu entblößen. Ganz so, wie er es vermutet hatte. Nah am Schlüsselbein an der linken Seite ihres Halses trug sie ein kreisrundes Mal. Ein großes G mit einem kleineren S darin, englische Buchstaben, aber im Stil – der Art des Pinselstrichs – eindeutig die Arbeit von Han. Sie war künstlich, ein Produkt von GenSyn.

Er zögerte, weil er weder wußte, wie lang der Unterminister brauchen würde, noch was der Anstand hier gebot. Dann erinnerte er sich an die Worte des Ersten Haushofmeisters Huong. »Die Magd wird Ihnen alle Wünsche erfüllen.« Er mußte allen Mut zusammennehmen, um dem Mädchen zu sagen, sie solle die Tür schließen.

Als sie sich ihm wieder zuwandte, winkte er sie zu sich heran. Dann, als sie sich vor ihm verbeugte, öffnete er Mantel und Hose und zog ihren Kopf in sein entblößtes Glied.

»Hier, Mädchen. Kümmere dich um mich.«

* * *

Die drei Männer in dem Kopter hatten Masken getragen und geschwiegen. Dennoch hatte Kao Jyan sie an dem sauren, milchartigen Geruch ihres Schweißes als *Hung Mao* – Weiße – erkannt. Das hatte ihn überrascht. Seine eigenen Vermutungen hatten eine andere Richtung eingeschlagen. Aber in dem Moment, als der Kopter auf dem Dach der Stadt aufsetzte, konnte er diesen Mosaikstein in das einfügen, was er wußte.

Als die Tür sich mit einem Zischen öffnete, stieg er flink hinaus, gefolgt von Chen. Die Kuppel des Kaiserlichen Solariums befand sich unmittelbar vor ihnen, nicht mehr als ein *li* – fünfhundert Meter – entfernt; eine mächtige halbkugelförmige Blase, die von innen beleuchtet wurde. Ein halbes *li* weiter mündete der Wartungsschacht. Ohne ein Wort zu sagen, liefen die beiden Attentäter los und wußten dabei, daß sie, falls andere ihre Arbeit nicht ordentlich erledigt hatten, schon so gut wie tot waren.

Aber es würde gutgehen. Jyan spürte das. Mit jedem Schritt war er mehr davon überzeugt. Er begriff allmählich, wie die Dinge zusammenhingen, fing sogar schon an, Vermutungen anzustellen, was Namen und Personen anging.

Es gab Leute, die für derartige Informationen viel bezahlen würden. Die sogar denen eine Amnestie zusichern würden, die nur die Werkzeuge anderer Männer waren.

Als sie sich der Kuppel näherten, wurde Jyan langsamer und sah sich um. Der Mond stand jetzt viel tiefer, ihnen zur Rechten. In seinem Licht erschien es so, als liefen sie über die Oberfläche eines gewaltigen Gletschers.

»Links herum«, flüsterte er Chen zu. Aber das war nicht nötig. Chen bewegte sich bereits um die Kuppel auf den Schacht zu. Es war seine Aufgabe, ihn zu sichern, während Jyan die Arbeit erledigte.

Jyan hielt inne und warf einen Blick auf den Drachen an seinem Handgelenk. Von jetzt an zählte das Timing. Er hatte vier Minuten, um die Außenwand herunterzuklettern, dann insgesamt drei Minuten, um in den Schacht zu gelangen und zu verschwinden. Wenn alles gutging, wäre das eine Kleinigkeit.

Wenn alles gutging. Jyan atmete tief durch und straffte sich.

Er ging in die Knie, dann langte er hinter sich. Das leichte Bündel wurde von vier Haken gehalten. Er löste sie vorsichtig und entfernte das in Stoff gewickelte Paket von seinem Rücken. Vorsichtig legte er es in seinen Schoß und zog mit behutsamen, geübten Bewegungen die dünnen Stofflagen zurück.

Die vier tellergroßen Ringe waren mit einem haardünnen Draht eng zusammengebunden worden. Sie hatten die Farbe von matter Bronze und waren glatt bis auf die Stellen, wo die fingerdicken Stränge sich scheinbar mit sich selbst vereinigten, so wie Schlangen, die ihre eigenen Schwänze schluckten. Schnell und vorsichtig löste er die Drahtknoten und trennte die Ringe zu zwei Stapeln auf seinen Oberschenkeln. Sie fühlten sich warm an, so als lebten sie. Mit einem leichten Schaudern zog er zwei von ihnen über seinen linken Arm bis an die Schulter, dann tat er dasselbe mit den anderen und sicherte sie über seiner rechten Schulter.

Indem er tief durchatmete, stand er wieder auf. Chen war hinter der Kuppel außer Sicht. Mit raschen Schritten brachte Jyan das letzte Stück bis zur Basis der Kuppel hinter sich und kauerte sich dort hin, atmete flach. Aus der Tasche über seinem Herzen zog er die Klauen hervor und ließ sie aufspringen. Mit Vorsicht vor den messerscharfen Spitzen, trennte er sie und steckte sie auf seine Hände. Dann machte er sich an den Aufstieg.

* * *

Lwo Kang, der Sohn des Lwo Chun-Yi und Minister des Edikts, sank in die hohe Lehne seines Stuhls zurück und sah sich im Kreis der Männer um, die sich um ihn versammelt hatten. Die Falten seines lachsrosa *Pau* hingen lose an ihm herab, und seine olivfarbene

Haut glänzte vor Schweiß im heißen Licht der Kuppel. Er hatte ein starkes, aber irgendwie häßliches Gesicht; seine Augen waren zu groß, die Nase zu breit, und die Ohren standen ab. Doch wenn er lächelte, erwiderten die Gesichter der Dutzend Männer, die um ihn saßen, sein Lächeln wie ein Dutzend Spiegel. Im Moment schwiegen diese Männer allerdings und hörten aufmerksam zu, denn sie spürten, daß ihr Herr wütend war.

»Sie reden von Entgegenkommen, Shu San, aber das Edikt ist in diesem Punkt ganz eindeutig. Wir sind nicht hier, um zu interpretieren, sondern um auszuführen. Wir tun das, was man uns sagt, klar?«

Lwo Kang zur Linken neigte Shu San unterwürfig den Kopf. Einen Moment lang richteten sich alle Blicke auf ihn, um die Schande mit ihm zu tragen. Minister Lwo rümpfte die Nase, dann redete er weiter.

»Erst heute nachmittag haben mich zwei dieser Geschäftsleute – Lehmann und Berdichow – besucht. Wir haben im Laufe der Audienz über viele Dinge geredet, aber am Ende haben sie mir präsentiert, was sie als ein ›Ultimatum‹ bezeichneten.« Lwo Kang sah streng in die Runde seiner Ministerminister. »Sie sagten, daß bestimmte Parteien ungeduldig werden. *Hsien Sheng* Lehmann hatte sogar die Stirn zu behaupten, wir hätten ihnen unnötige Verzögerungen zugemutet. Er sagt, unsere Beamten seien übereifrig gewesen, was die Umsetzung des Wortlauts des Edikts angeht.«

Die Männer vor ihm tauschten Blicke. Keinem war entgangen, daß der Minister den Begriff *Hsien Sheng* für Lehmann benutzt hatte – einfach *Herr* Lehmann, nicht einmal das übliche *Shih* oder *Meister* –, wo die Etikette die Verwendung seines vollen Titels Untersekretär forderte. Es war eine gewollte Abwertung.

Lwo Kang lachte scharf und säuerlich, dann schüttelte er in einer wütenden Geste den Kopf. »Diese Männer sind von einer unglaublichen Impertinenz!

Weil sie Geld haben, glauben sie, sie stünden über den Gesetzen, die für alle Menschen gelten!« Er verzog das Gesicht zu einem abschätzigen Ausdruck. *»Hsin fa ts'ai!«*

Diesmal verfielen einige Männer in mildes Gelächter. Andere, die den Ausdruck nicht verstanden, sahen sich hilfesuchend um und fingen an zu lächeln, als hätte man ihnen einen Hinweis gegeben, was der Scherz bedeutete.

Lwo Kang rümpfte erneut die Nase und lehnte sich etwas zurück. »Entschuldigung. Ich habe vergessen, daß wir hier nicht alle *Ch'un tzu* sind, nicht?«

Lwo Kang sah sich um. *Hsin fa ts'ai.* Soziale Emporkömmlinge. *Ch'un tzu.* Ehrenmänner. Dies waren *K'uan hua-* oder Mandarin-Begriffe. Aber nicht alle, die um ihn saßen, waren in dieser Sprache erzogen worden. Mehr als die Hälfte der Männer hier waren Stufe um Stufe hinaufgestiegen, hatten sich in den fünf konfuzianischen Klassikern[16] selbst geschult und waren die Leiter des Prüfungssystems emporgeklettert. Er verachtete sie deswegen nicht; im Gegenteil: er war stolz auf sich, weil er Männer nicht aufgrund ihrer Beziehungen, sondern aufgrund ihrer natürlichen Begabungen förderte. Dennoch, manchmal sorgte es für peinliche Situationen. Er heftete seinen Blick an Shu San.

»Wir werden darüber kein Wort mehr verlieren, Shu San. Sie wissen, was ich empfinde. Wir werden nicht weiter über Entgegenkommen reden. Noch will ich diese Männer je wieder sehen.«

Shu San senkte den Kopf, dann begegnete er dem Blick seines Herrn, dankbar für die zweite Chance. Er hatte weniger erwartet, als herausgekommen war.

Lwo Kang lächelte und sah woanders hin. Seine ganze Haltung änderte sich, wirkte entspannt. Er hatte den Ruf eines gewissenhaften und anständigen Mannes; seine Ehrlichkeit war über alle Zweifel erhaben, und er galt als unbestechlich. Aber das hieß nicht, daß er Beliebtheit genoß. Seine Berufung vor drei Jahren hatte viele überrascht, die familiäre Beziehungen für eine wichtigere Qualität eines Mannes hielten als Ehrlichkeit und Kompetenz. Nichtsdestoweniger hatte Lwo Kang sich als eine gute Wahl für den Posten des Ministers erwiesen, der für die Ausführung des Edikts verantwortlich war.

Während seine Untergebenen untereinander redeten, lehnte Lwo Kang sich zurück und dachte über das nach, was sich an diesem Tag schon ereignet hatte. Es überraschte ihn nicht, daß es welche gab, die die Richtlinien des Edikts unterlaufen wollten. So war es immer gewesen in den hundertvierzehn Jahren, seit es das Edikt gab. Was ihn mehr beunruhigte, war die zunehmende Arroganz derer, die meinten, sie wüßten es besser – daß sie das Recht hätten, die gegenwärtige Ordnung der Dinge herauszufordern. Diese *Hung Mao* hatten keinen Sinn für Maß. Keinen Sinn für *Li*. Für *Anstand*.[17]

Es war ein Problem der Rasse, der Kultur. Obwohl seit der Gründung von Chung Kuo und dem Triumph der Han-Kultur mehr als ein Jahrhundert vergangen war, empfanden jene Angehörigen der europäischen Rasse – die *Hung Mao* oder ›Rotköpfe‹, wie man sie gewöhnlich nannte – die Lebensweise der Han noch immer als etwas Unnatürliches, als im besten Fall oberflächliche Verfeinerung, die einem roheren und weniger stabilen Temperament aufgepfropft worden war. Dreitausend Jahre ununterbrochener Zivilisation – das war das Erbe der Han. Was konnten diese langnasigen Fremden dem entgegensetzen? Sechs Jahrhunderte Chaos und Disziplinlosigkeit. Kriege und noch mehr Kriege und schlußendlich ein Zusammenbruch. Ein Zusammenbruch in Dimensionen, die ihre vorausgegangenen Kriege wie Oasen der Ruhe erscheinen ließen. Nein, sie mochten sich wie

Han geben – sich anziehen, benehmen und reden wie Han –, aber unter all dem blieben sie Barbaren. Der Neukonfuzianismus wurzelte nur oberflächlich in der unfruchtbaren Erde ihres Wesens. Im Herzen waren sie nach wie vor dieselbe eigensüchtige, materialistische, individualistische Spezies, die sie immer gewesen waren, mehr von Habgier als von Pflichtbewußtsein motiviert.

Überraschte es da also, daß Männer wie Lehmann und Berdichow außerstande waren, die Notwendigkeit des Edikts einzusehen?

Sie verlangten nach Veränderung. Veränderung um jeden Preis. Und weil das Edikt zur Technologischen Kontrolle die wichtigste Instanz der Sieben war, dem Krebs der Veränderung vorzubeugen, versuchten sie mit allen Mitteln, das Edikt zu untergraben.

Lwo Kang lehnte sich zurück und blickte zum Dach der Kuppel hoch über ihnen empor. Die beiden großen Bögen des Solariums überschnitten sich in einer riesigen kreisrunden Tafel, die von einer schlangenartigen S-Kurve in eine schwarze und eine weiße Hälfte geteilt wurde. *Yin* und *Yang*, dachte er. Gleichgewicht. Das haben diese Westmenschen nie verstanden, nicht wirklich – nicht in ihrem Innersten. Es kommt ihnen immer noch wie eine Art esoterisches Spiel vor, nicht so, wie es ist, wie es für uns ist. Veränderung – die kopflose Jagd nach dem Neuen – das war der wahre Feind der Zivilisation.

Er seufzte, dann lehnte er sich zur Rechten, hörte zu und stand sofort im Mittelpunkt ihres Gesprächs.

Es sind gute Männer, dachte er, während er die Reihe der Gesichter betrachtete. Han, jeder einzelne von ihnen. Männer, denen ich mein Leben anvertrauen könnte.

Diener gingen zwischen ihnen umher, stumme Gestalten, die Tabletts mit *Ch'a* und Süßigkeiten trugen. GenSyn-Eunuchen, Halbmänner im doppelten Sinne des Wortes. Doch selbst sie waren Männern vom Schlage Lehmanns und Berdichows vorzuziehen.

Yang Lai redete gerade, und der Kern dessen, was er sagte, spiegelte auf seltsame Weise Lwo Kangs Gedanken wider.

»Es ist eine Krankheit, die unter dieser neuen Generation grassiert. Die Dinge haben sich verändert, sage ich euch. Sie sind nicht so solide und verläßlich wie ihre Väter. Nein, es sind bis zum letzten Mann ungehobelte Rohlinge. Und sie glauben, sie könnten sich Veränderung erkaufen.«

Lwo Kang dehnte seinen Stiernacken und nickte. »Es fehlt ihnen an Respekt«, sagte er.

Es erhob sich zustimmendes Murmeln. Yang Lai verneigte sich, dann antwortete er ihm. »Das ist richtig, Meister. Aber schließlich sind sie keine Han. Sie könnten nie *Ch'un tzu* sein. Sie haben keine sittlichen Werte. Und schaut euch an, wie sie sich anziehen!«

Lwo Kang lächelte und lehnte sich wieder zurück. Obwohl er erst Ende Dreißig war, wurde sein Kopf allmählich kahl. Er hatte das Aussehen seines Vaters angenommen – ein schwergewichtiger Körper, der an Hüften und Bauch bereits Fett ansetzte –, und wie sein Vater hatte er nie Zeit für Übungen gefunden. Er lächelte, weil er wußte, wie er für die Männer aussah. Ich bin nicht eitel, dachte er, und wäre unaufrichtig zu mir selbst, wollte ich es sein. Doch sie haben Respekt vor mir.

Nein, ein Mann konnte nicht nach seiner äußeren Erscheinung bewertet werden, sondern nur nach seinen inneren Qualitäten; Qualitäten, die sich unter der Oberfläche seiner Handlungen verbargen.

Sein Vater Lwo Chun-Yi war als Bürgerlicher zur Welt gekommen; dennoch hatte er sich als nützlich erwiesen und war von Li Shai Tung für seine fünfjährige Amtszeit zum Minister ernannt worden. Aus diesem Grunde war Lwo Kang auf höchstem Niveau ausgebildet worden und hatte in seinen Kinderjahren die Grundlagen des Dienstes gelernt. Nun war er als Minister des T'ang nachgerückt. Er sah zufrieden in die Runde. Nein, es gab keinen hier, der ihn nicht als seinen Meister anerkannte.

»Diese *Hung Mao* brauchen eine Lektion«, sagte er und beugte sich vor, um von dem Tablett auf dem Fußbänkchen neben sich eine Garnele und ein Fleischbällchen zu nehmen. Er schluckte es hinunter, schmeckte die süße, würzige *Hoisin*-Sauce[18] auf seiner Zunge und rülpste genießerisch. »Eine Lektion in Benehmen.«

* * *

Jyan hing an der Außenseite der Kuppel wie ein kleines, schwarzes Insekt. Drei der Ringe waren angebracht. Er mußte nur noch die letzte Ladung plazieren und scharf machen.

Dort, wo er innegehalten hatte, mit einer Hand an die straffe Haut der Kuppel geklammert, war das Gefälle verhältnismäßig flach. Er konnte über die Haube an der Spitze hinwegsehen und die fernen, mondbeschienenen Gipfel ausmachen. Es war eine wunderschöne Nacht. Klar wie Glas. Über ihm glänzten die Sterne wie polierte Juwelen in der Dunkelheit. So viele Sterne. Eine so tiefe Dunkelheit.

Er sah hinunter. Konzentrier dich, dachte er. Du hast keine Zeit für Sternguckerei. Trotzdem gönnte er sich einen letzten Blick. Dann machte er schnell, plazierte und befestigte den Ring, indem er ihn an vier Stellen mit Band festklebte. Damit fertig, zog er sacht, aber fest an der Verbindungsstelle.

Dort, wo er zog, öffnete sich der Ring, und nur ein dünner Faden verband noch Schwanz und Maul. Wie die drahtdünne Zunge einer Schlange, dachte er. Ganz ausgezogen war der Faden so lang wie sein kleiner Finger. Schon war er wieder in das Innere des Rings zurückgerollt worden. Schließlich würden die Enden sich wieder verbinden und der Ring ein Schaltsignal aussenden. Wenn alle vier vorbereitet waren, würden sie in eine einzige, zerstörerische Harmonie einstimmen. Und dann…

Langsam und vorsichtig zog er sich zurück, hangelte langsam die immer steilere Wand der Kuppel hinunter. Wie alles andere in der Stadt war ihre Haut aus einem Superkunststoff gefertigt, dem Eis. Normale Ladungen hätten das stahlharte, unbrennbare Material kaum angekratzt, aber diese hier würden sich erst hindurchfressen, ehe sie detonierten.

Er balancierte an der Stelle, wo die Kuppel jäh abfiel, als er innehielt, weil er ein Geräusch hinter sich hörte. Langsam wandte er den Kopf und wagte kaum zu atmen. Was in aller Götter Namen…?

Die Gestalt befand sich unmittelbar unter ihm und starrte zu ihm herauf. Als Jyan ihr das Gesicht zudrehte, schien ihm ein heller Lichtstrahl direkt in die Augen.

»Du! Was machst du hier oben?«

Jyan sah weg, einen Augenblick geblendet, dann blickte er zurück, gerade rechtzeitig, um Chen hinter dem Mann heraufklettern zu sehen.

Der Mann fuhr herum, weil er die Bewegung hinter sich bemerkte. Als Chen sein Messer hervorholte, hob der Mann die grüne Taschenlampe, die er trug, und wehrte den Hieb ab.

Chens Messer klirrte über das Dach.

Einen Moment lang musterten die beiden einander wachsam, dann bewegte sich Chen und umkreiste den Mann. Er täuschte einen Hieb vor, brachte den anderen zum Zurückweichen, dann fiel er auf die Knie und suchte im Schatten an der Basis der Kuppel nach dem Messer.

Der Mann sah seine Taschenlampe an und überlegte wohl, ob er sie als Waffe gebrauchen und auf Chen losgehen sollte. Dann drehte er sich um und rannte nach rechts davon, wo ein blasser Lichtfleck auf einen zweiten Wartungsschacht hindeutete.

»Pien hua!« fluchte Jyan mit zusammengebissenen Zähnen. Indem er die Klauen löste, fiel er die letzten fünf Meter hinunter und rollte sich ab. Dort zusammengekauert, sah er sich um.

»Scheiße!« stieß er hervor und versuchte die Klauen so schnell wie möglich von seinen Händen zu entfernen. »Scheiße! Scheiße! Scheiße!« Wenn der Dreckskerl irgendwo den Alarm auslöste, wären sie beide erledigt.

Er blickte in dem Moment auf, als Chen durch die Luke verschwand.

»Beeil dich, Chen!« murmelte er in Panik, faltete die Klauen zusammen und steckte sie in die Tasche. Er drehte sich um, blickte noch mal den steilen Hang der Kuppel hinauf und warf dann einen Blick auf den drachenförmigen Timer an seinem Handgelenk. Sechs Minuten. Mehr Zeit hatten sie nicht mehr.

Und wenn Chen versagte?

Er schluckte trocken, dann lief er in Richtung des zweiten Schachts los, und er spürte das Herz in seiner Brust hämmern. »Scheiße!« sagte er immer wieder. »Scheiße! Scheiße!«

Er hatte nur noch zwanzig *Ch'i* bis zum Schacht, als dort eine Gestalt aus der Luke stieg und ihm das Gesicht zuwandte.

»Ai-ya!« Er hielt ruckartig inne, doch es war Chen. Der *Kwai* blickte auf, die breite Silhouette seines Gesichts und seines Brustkastens von hinten beleuchtet, sein Atem eine Dunstfahne in der kühlen Luft.

»Wo ist er?« zischte Jyan nervös und brachte das letzte Stück im Laufschritt hinter sich. »Oh, bei allen Göttern! Du hast ihn doch nicht entkommen lassen, oder?«

Chen griff nach unten und zog den Mann an den

Haaren herauf. »Er ist tot«, sagte er ausdruckslos und ließ den Leichnam zurückfallen. »Es gab keine andere Möglichkeit. Er versuchte gerade, an eine Sicherungsschalttafel zu kommen, als ich ihn eingeholt hatte. Jetzt müssen wir überlegen, wo wir ihn verstecken können.«

Jyan zitterte vor Erleichterung. »Den Göttern sei Dank.« Er drehte sich um und blickte auf die Kuppel zurück. Der Rest dürfte einfach sein. »Also, verschwinden wir. Bevor das Zeug hochgeht.«

»Ja«, erwiderte Chen, und ein leicht ironisches Lächeln hellte sein großes, grobschlächtiges Gesicht auf. »Der Rest dürfte einfach sein. Wie ein Stück Bambus für eine Klinge.«

* * *

Die Magd war gegangen. Pi Ch'ien saß allein in dem Zimmer, hatte seinen *Ch'a* längst ausgetrunken und betrachtete nachdenklich das fünfzehnhundert Jahre alte Gemälde von Hsia Wen Ti[19], das an der Wand über der Tür hing. Es war Yen Li-pens berühmtes Gemälde aus den *Idealporträts der Kaiser*[20], das den Han-Kaiser in Gesellschaft seiner Minister zeigte.

Jeder Schuljunge kannte die Geschichte von Wen Ti, dem ersten der großen Kaiser. Er war es, der vor mehr als dreiundzwanzig Jahrhunderten das Konzept für Chung Kuo geschaffen hatte; der durch seine konsequente Anwendung konfuzianischer Tugenden aus seinem gewaltigen, aber zerrissenen Land untereinander zerstrittener Nationen einen zusammenhängenden Staat geformt hatte, der streng nach Prinzipien regiert wurde. Wen Ti war es gewesen, der als erster Nichtadelige in seine Regierung aufgenommen hatte. Er hatte die harten Gesetze und Gepflogenheiten seiner Vorgänger abgeschafft, damit niemand mehr im Reich der Mitte hungerte oder schlimme Ungerechtigkeiten erdulden mußte. Die Linderung der Not, Pensionen und die Abschaffung der Bestrafung durch Verstümmelung – all das war Wen Tis Werk. Er hatte die Steuern gesenkt und die Kosten für den ungeheueren Prunk des Herrscherhauses gespart. Er hatte seine Minister um angemessene Kritik angehalten und sich zum Ziel gesetzt, dem Wohlergehen der Han zu dienen. Unter seiner Herrschaft waren Chung Kuo und seine Bevölkerung gediehen.

Achtzehnhundert Jahre später hatte der Mandschu-Kaiser K'ang Hsi[21] sein großes Reich auf Wen Tis Prinzipien aufgebaut, und noch später, als die Sieben das Joch des Tyrannen Tsao Ch'un abschüttelten, hatten auch sie die Prinzipien von Wen Tis Herrschaft übernommen und ihn so zu Chung Kuos Erstem Ahnen[22] gemacht. Nun hing Wen Tis Porträt überall in der Stadt, in tausend verschiedenen Größen. Dies hier war jedenfalls ein außerordentlich schönes Gemälde – eine perfekte Reproduktion von Yen Li-pens Original.

Pi Ch'ien stand auf, ging zu dem Gemälde hinüber und erinnerte sich dabei an die Zeit, als sein Vater mit ihm unter einem anderen Exemplar des Porträts gestanden und ihm die Geschichte vom Fund der Leinwände erzählt hatte.

Jahrhundertelang hatte das *Porträt des Kaisers* in einem Museum in der uralten Stadt Boston gelagert, so wie vieles andere, was rechtmäßig den Han gehörte. Als das Amerikanische Imperium schließlich zusammenbrach, war viel verlorengegangen. Die meisten alten Schätze der Han waren aus Böswilligkeit vernichtet, einige aber auch versteckt worden. Jahre waren vergangen. Dann, in den Jahren, als die Han ihre Stadt über dem Alten Amerika errichteten, waren eigens ausgebildete Teams über den ganzen Kontinent ausgeschickt worden, um nach den alten Kostbarkeiten zu suchen. Zunächst wurde wenig von Wert gefunden, bis man in einem alten, verfallenen Gebäude an der Küste des ehemaligen Kalifornien einen einfachen Pappkarton entdeckte, der die Rollen enthielt. Die Sammlung war, gemessen daran, wie schlecht man mit ihr umgegangen war, erstaunlich gut erhalten gewesen, dennoch waren vier der ursprünglich dreizehn Porträts verlorengegangen. Glücklicherweise gehörte das Gemälde von Hsia Wen Ti zu denen, die sich als unversehrt herausgestellt hatten.

Er drehte sich um und ging an seinen Platz zurück. Er dachte noch ein paar Sekunden über das Gemälde nach, beeindruckt von der schlichten Meisterschaft seiner Pinselführung, dann beugte er sich vor und nahm die Tischglocke in die Hand. Er wollte gerade den kleinen Holzhammer schwingen, um noch etwas *Ch'a* zu bestellen, da schwang die Tür auf und Yang Lai kam in den Raum geeilt.

Pi Ch'ien sprang auf und verbeugte sich tief.

»Nun, Pi Ch'ien?« knurrte Yang Lai ungeduldig. »Was liegt an?«

Sein Gesichtsausdruck gab zu erkennen, daß ihn die Störung durch seinen Dritten Sekretär alles andere als erfreute.

Pi Ch'ien verharrte in der Verbeugung und hielt ihm die Karte hin. »Ich habe eine Mitteilung für Euer Exzellenz. Mir ist aufgetragen worden, sie sofort zu überbringen.«

»Zeig her!« befahl Yang Lai nervös.

Pi Ch'ien tippelte ein paar Schritte vor und überreichte ihm die Karte. Yang Lai starrte sie einen Moment lang an, dann wandte er sich ab. Mit nach oben verdrehten Augen beobachtete Pi Ch'ien, wie er seinen Personalcode ins Lesegerät tippte und seinen Daumen auf die Freigabefläche preßte.

Einen Moment lang blieb Yang Lai still, dann keuchte er. Als er sich Pi Ch'ien wieder zuwandte, war sein Gesicht aschfarben. Für einen Moment bewegten sich seine Lippen tonlos, dann drehte er sich ohne ein weiteres Wort um und verließ das Zimmer. Sein Seidenumhang flatterte, während er lief.

Pi Ch'ien hob erstaunt den Kopf. Einige Sekunden lang stand er wie angewurzelt da, bevor er durchs Zimmer eilte und den Kopf in den Korridor steckte.

Draußen war niemand. Keine Spur von Yang Lai.

Er blickte ins Zimmer zurück. Dort, auf dem Boden, lag die Memokarte. Er ging hinein und hob sie auf, drehte sie in seiner Hand und betrachtete sie genau. Ohne Yang Lais Daumenabdruck auf der Freigabefläche blieb die Oberfläche der Karte leer; doch auch so konnte es interessant sein, sie zu behalten.

Pi Ch'ien zögerte, weil er nicht recht wußte, was er tun sollte. Yang Lai hatte ihn nicht förmlich entlassen; andererseits hatte er aber seine Pflicht erfüllt und die Botschaft überbracht. Es war ihm also sicher erlaubt, jetzt zu gehen. Er trat an die Tür und sah noch einmal hinaus. Der Korridor war immer noch leer. Mit aller Vorsicht, aus Rücksicht auf die Kameras, die alles überwachten, trat er hinaus und zog die Tür hinter sich zu. Dann riß er sich zusammen, unterdrückte das quälende Gefühl, etwas Falsches zu tun, das mit jedem Moment stärker in ihm wurde, und machte sich auf den Weg in die Empfangshalle.

* * *

Weiter oben bewegte sich etwas. Chen kauerte sich reglos in dem engen Zylinder des Schachts zusammen und lauschte. Neben ihm wartete angespannt Jyan, sein Atmen war wie das Zischen einer Maschine.

Chen drehte sich um und lächelte aufmunternd. Im düsteren Licht von oben erschien Jyans Gesicht magerer als sonst, die Wangen hohler. Das rötliche Licht verlieh ihm ein nahezu dämonisches Aussehen; in seinen kalten schwarzen Augen spiegelten sich zwei winzige rote Punkte. Chen war versucht zu lachen, als er ihn so sah. Er hatte so zarte Züge; so hübsche kleine Ohren. Er konnte sich vorstellen, wie Jyans Mutter diese Ohren gemocht haben mußte – damals, als Jyan noch eine Mutter gehabt hatte.

Ernüchtert von dem Gedanken, sah er weg. Das ist der Grund, warum wir hier sind, wurde ihm klar, während er wartete. Er kannte das Geräusch; die Bewegung würde aufhören. Wenn wir jemanden gehabt hätten, den wir lieben, wären wir nie in diese Sache hineingeraten. Wir sind hier, weil wir niemanden haben. Nichts, was uns an die Welt bindet.

Chen konzentrierte seine Gedanken auf sich selbst; wie jeder gute *Kwai* kultivierte er das Auftreten von Stumpfsinn. Wie alles andere war auch er eine Waffe. Man hatte ihm beigebracht, es sei besser, wenn seine Feinde ihn unterschätzten; wenn er immer etwas zurückhielt – etwas in Reserve hatte. Und wenn er es vermied, Freundschaften zu schließen.

Über ihnen wurde es wieder ruhig. Er wartete, um sicherzugehen, dann kletterte er weiter den Zustiegschacht hinauf, während seine rechte Hand die Wand entlangtastete. Und während er sich bewegte, konnte er Jyan unmittelbar hinter sich spüren; ruhig und voller Vertrauen in ihn.

* * *

Minister Lwo stemmte sich aus dem Stuhl hoch und streckte die Beine. Es war fast so spät, daß man von Abend reden konnte, aber erst würde er in den Pool tauchen und sich abkühlen. Seine Unterminister hatten sich erhoben, als er aufstand. Jetzt bedeutete er ihnen, sich wieder zu setzen. »Bitte, Gentlemen, lassen Sie sich von mir nicht in Ihrer Unterhaltung stören.«

Er trat zwischen ihnen hindurch, nahm ihre Verbeugungen mit einem Nicken zur Kenntnis, dann ging er drei Stufen hinunter und an einer lackierten Stellwand vorbei in die andere Hälfte der Kuppel. Hier befand sich ein Miniatur-Pool, dessen brusttiefes Wasser ihn nach der Hitze des Solariums abkühlen und erfrischen sollte. An drei Seiten umgaben ihn Sträucher und eingetopfte Bäume, während von der Decke ein langer, eleganter Käfig für ein Dutzend Singvögel hing.

Als Lwo am Beckenrand stand, eilten zwei Diener herbei, um ihm beim Ausziehen zu helfen, blieben dann mit respektvoll gesenkten Köpfen stehen und hielten seine Kleider, während er ins Wasser stieg.

Es dauerte nur wenige Sekunden, da hörte er hinter sich Schritte nackter Füße. Es war Lao Jen.

»Darf ich Ihnen Gesellschaft leisten, Exzellenz?«

Lwo Kang lächelte. »Natürlich. Kommen Sie rein, Jen.«

Lao Jen war die längste Zeit bei ihm, und seinem Rat vertraute er am meisten. Außerdem war er ein Mann mit Beziehungen, dem viel zu Ohren kam, was dem Minister sonst entgangen wäre. Seine Schwester hatte in eine der wichtigeren Untergeordneten Familien eingeheiratet und versorgte ihn mit delikaten Leckerbissen dessen, was in den Kreisen der Oberen getratscht wurde. Dies gab er vertraulich an Lwo Kang weiter.

Lao Jen warf seinen *Pau* ab und stieg die Stufen ins Wasser hinunter. Einen Moment trieben die beiden darin und sahen einander an. Dann lächelte Lwo Kang.

»Was gibt's Neues, Jen? Sie haben doch sicher Neuigkeiten.«

»Nun«, begann er und senkte die Stimme, damit nur der Minister ihn hören konnte. »Es scheint, als sei diese Sache heute mit Lehmann nur ein kleiner Teil dessen, was vor sich geht. Unsere Freunde, die Dispersionisten, hecken größere und weiterreichende Komplotte aus. Es scheint, sie haben eine Partei – eine Gruppe, die Druck ausüben soll – im Hause gegründet. Es wird behauptet, sie hätten mehr als zweihundert Abgeordnete in der Tasche.«

Lwo Kang nickte. Er hatte etwas ähnliches gehört. »Weiter.«

»Mehr noch, Exzellenz. Es sieht so aus, als wollten sie dahin drängen, das Raumfahrtprogramm wieder aufzunehmen.«

Lwo Kang lachte. Dann senkte er die Stimme. »Meinst du das ernst? Das Raumfahrtprogramm?« Er schüttelte überrascht den Kopf. »Was für ein Unsinn, das gehört seit mehr als einem Jahrhundert der Vergangenheit an! Was für Gedanken stecken dahinter?«

Lao Jen steckte den Kopf unter Wasser, tauchte wieder auf und strich sich mit der Hand das Haar zurück. »Es ist das logische Resultat ihrer Politik. Sie sind schließlich alle Dispersionisten. Sie wollen Bewegungsfreiheit. Sie wollen von der Stadt und ihrer Kontrolle frei sein. Ihre Politik ergibt keinen Sinn, solang es nichts gibt, wohin sie sich ausbreiten können.«

»Ich habe sie immer anders eingeschätzt, Jen. Ich habe immer angenommen, ihr Gerede über Bewegungsfreiheit sei eine politische Maskerade. Etwas, das sie in die Verhandlungen einbringen. Und all dieser Unsinn, auf anderen Planeten Kolonien zu gründen, auch. Niemand mit gesundem Verstand würde sich wünschen, dort draußen zu leben. Schließlich würde es zehntausend Jahre dauern, die Sterne zu besiedeln!« Er grunzte, dann schüttelte er den Kopf. »Nein, Jen, das ist alles ein Vorwand. Etwas, das uns vom eigentlichen Ziel ihrer Bewegung ablenken soll.«

»Was ist ihr Ziel, Exzellenz?«

Lwo Kang lächelte schwach, weil er wußte, daß Lao Jen ihn genau beobachtete. »Sie sind *Hung Mao*, und sie wollen herrschen. Sie meinen, wir Han hätten sie ihres natürlichen Rechts beraubt, den Gang von Chung Kuo zu bestimmen, und sie wollen uns unter sich sehen. Das ist alles, worum es hier geht. Dieses ganze Gerede um die Sterne und die Eroberung anderer Planeten ist barer Unsinn – eine Kinderei, wie sie ihr Geist laufend ausgebrütet hat, bevor wir sie davon befreiten ...«

Lao Jen lachte. »Euer Exzellenz sehen das ganz klar. Dennoch, ich ...«

Er brach ab. Beide Männer fuhren herum und richteten sich im Wasser auf. Da hörten sie es wieder, ein lautes Hämmern gegen die innere Tür des Solariums. Dann erhoben sich Stimmen.

Lwo Kang stieg aus dem Wasser und nahm, ohne sich vorher abzutrocknen, von dem Diener seinen *Pau* entgegen, zog ihn über und band die Schärpe an der Hüfte fest. Er war erst ein paar Schritte gegangen, als ein Wachmann über die Stufen auf ihn zustürmte.

»Minister!« keuchte er und verbeugte sich tief. »Der Alarm ist losgegangen. Wir müssen die Kuppel evakuieren!«

Lwo Kang verschlug es die Sprache. Er drehte sich um und sah zu Lao Jen zurück.

Lao Jen stand auf der zweiten Stufe, und das Wasser reichte ihm bis zu den Schienbeinen. Er sah nach oben. Über ihm kreischten die Singvögel wie verrückt und flatterten in ihrem Käfig umher.

Lwo Kang ging einen Schritt auf Lao Jen zu, dann hielt er inne. Irgendwo plumpste etwas hin und zischte. Dann noch einmal. Lwo Kang runzelte die Stirn und blickte an dem Käfig vorbei zur Decke der Kuppel. Dort, direkt über dem Pool, war die glatte weiße Haut der Kuppel unbegreiflicherweise verkohlt. Nur eine Armlänge von dem Draht entfernt, an dem der Käfig befestigt war, breitete sich ein kleiner Halo von Dunkelheit aus. Während er hinsah, lösten sich kleine Tropfen von schmelzendem Eis aus dem dunklen Fleck und fielen zischend ins Wasser.

»Bei allen Göttern!« flüsterte er entgeistert. »Was um Himmels willen ...?«

Dann begriff er, begriff es im selben Moment, als es schon zu spät war. »Yang Lai«, sagte er fast unhörbar, straffte sich und sah vor seinem geistigen Auge den Rücken seines Unterministers, als er aus der Kuppel rannte. »Ja. Es muß Yang Lai gewesen sein…«

Doch die Worte waren kaum ausgesprochen, als ringsum Flammen erblühten.

* * *

Der Patrouillenkopter war fünfzehn *li* weg, als seine Heckkamera, die auf Suchautomatik eingestellt war, auf das erste Flackern der Kuppel ansprang. Auf dem Schaltfeld über dem Kopf des Navigators fing eine Lampe an zu blinken. Sofort riß der Pilot den Kopter steil herum und wandte ihn der Quelle des Signals zu.

Sie waren fast in Sichtweite der Kuppel, als der ganze Horizont zu flimmern und Feuer zu fangen schien.

Der Pilot fluchte. »Was in *Chang-es* Namen ist das?«

»Die Berge…«, erwiderte der Navigator leise und starrte bestürzt auf den Bildschirm über sich. »Etwas ist in den Bergen niedergegangen!«

»Nein…« Der Pilot spähte durch die Frontscheibe nach vorn. »Das war sehr viel näher. Laß die Aufnahme zurücklaufen.«

Er hatte es kaum ausgesprochen, als die Druckwelle einer Explosion sie traf und das kleine Gefährt durchrüttelte.

»Es ist die Kuppel!« unterbrach der Pilot die Stille, die darauf folgte. »Es ist das verdammte Solarium!«

»Das kann nicht sein!«

Der Pilot lachte vor Schock. »Aber es ist nicht mehr da! Es ist einfach nicht mehr da!«

Der Navigator starrte ihn einen Moment lang an, dann wandte er sich wieder dem Bildschirm zu. Das Bild war an der Stelle eingefroren, wo die Kamera das unregelmäßige Hitzemuster entdeckt hatte.

Er beugte sich vor und berührte das Bedienungsfeld des Displays. Langsam, Bild für Bild, veränderte sich die Aufnahme.

»Bei allen Göttern! Schau dir das an!«

Nah am Scheitelpunkt der schwach glühenden weißen Silhouette der Kuppel brannten zwei rote Augen. Sie wurden langsam größer und dunkler, während die Krone der Kuppel erweichte und einsank, bis die zerknitterte Hülle des Solariums die Kamera förmlich anglotzte und ein klaffender, hellroter Riß die vier Löcher verband, die jetzt sichtbar wurden. Eine Einstellung lang schien er eine Totenmaske zu bilden, und die durchscheinende Haut der Kuppel wurde von innen hell beschienen. Dann, in einer Folge von drei Einstellungen, flog das ganze Ding in die Luft.

In der ersten durchzogen es winzige Risse – jeder Sprung ein sengender, in den Augen brennender Glutfaden, der sich scharf von der geschwollenen, goldenen Haut der Kuppel abhob. Als die Aufnahme ein Einzelbild vorrückte, vertiefte sich das goldene Licht und füllte die aufgeblähte Halbkugel bis an die Grenze aus. Licht quoll wie geschmolzenes Metall aus den blutigen Mündern, die die Kuppel wie ein Spinnennetz überzogen, und fraß sich wie eine weißglühende Säure in die umgebende Dunkelheit. Dann öffnete sich das ganze Ding wie eine eiternde Wunde, die Eisfetzen wurden gewaltsam hinausgeschleudert und leuchteten wie die Blütenblätter einer honiggelben und einer roten Chrysantheme[23], ihr heller Schein mit Dunkelheit befleckt.

Er streckte die Hand aus und hielt die Aufnahme an. Der Bildschirm glühte in fast unerträglicher Helligkeit. Der Mann drehte sich um und starrte seinen Kollegen an, bemerkte sofort, daß dem der Mund offenstand, die Mundhöhle im intensiven, widerspiegelten Licht hell glänzte, während in der polierten Dunkelheit seiner Augen zwei goldrote Blumen blühten.

»Bei allen Göttern ... Das ist ja schrecklich ... entsetzlich ...«

Das flache Han-Gesicht des Navigators wandte sich dem Bildschirm zu. Ja, dachte er. Entsetzlich. Schrecklich. Und doch wunderschön. So schön wie eine Chrysantheme.

KAPITEL · 2

Die Seidenraupe und das Maulbeerblatt[24]

An der Mündung des schmalen, niedrigen Korridors, dem sie gefolgt waren, hielt Chen inne und legte seine Hand auf Jyans Brust, um auf die breite, aber überfüllte Durchgangsstraße hinauszusehen.

Die Pan-Ch'ao-Straße[25] barst vor Leben. Entlang beider Seiten der langen, breiten Allee verliefen Balkons, vier an der Zahl, die wie Terrassenfelder übereinander angelegt waren. An ihre niedrigen Geländer drängten sich Menschen, und der Platz zwischen ihnen war von einem gewaltigen Netz planlos aufgespannter Leinen ausgefüllt, von dem wie riesige, zerfetzte Schleier enorme Mengen an Wäsche hingen, von denen es unaufhörlich auf die Menge darunter herabtropfte.

Hundert kleinere Korridore mündeten in die Pan-Ch'ao-Straße, und das regelmäßige Muster ihrer dunklen, quadratischen Schlünde sprenkelte die Mauern hinter den Balkons wie die Öffnungen eines gewaltigen Bienenstocks.

Chen streckte die Hand aus und berührte die glatte Oberfläche der sechseckigen, gegen Graffiti unempfindlichen Platte an der Wand neben ihm. *Ebene 11*, stand darauf, *3. Stock, Süden, Bezirk München.* Erleichtert sah er zurück und ignorierte die neugierigen Blicke der Passanten. Zumindest das stimmte. Aber waren sie am richtigen Ort? Waren sie am richtigen Ende angelangt?

Er warf Jyan einen Blick zu, dann nickte er. »Komm. Suchen wir den Aufzug.«

Es ging hier laut und turbulent zu. Und es stank. Der scharfe, süßsaure Geruch gewürzter Sojaspeisen und blanchierten Gemüses mischte sich ununterscheidbar mit dem schärferen Geruch menschlichen Schweißes und den feuchtwarmen Ausdünstungen der Wäsche. Jyan sah Chen an und zog eine Grimasse.

»Das ist schlimmer als unter dem Netz!«

Chen nickte. Das stimmte. Die Luft war eine dicke, stickige Suppe. Nach der frischen Luft in den höheren Tunneln hätte er sich hier am liebsten übergeben. Jeder Atemzug schien die Lunge mehr zu verstopfen.

Chen drängelte sich durch den Mob und spürte, daß Jyan dicht hinter ihm war. Kleine, nackte Kinder, viele von Kopf bis Fuß voller Dreck, liefen hier und dort durch die Menge und schrien. Einige zerrten an ihren Kleidern, als sie vorbeigingen.

»Ch'ian!« bettelte ein kleiner kahlgeschorener Junge, zog an Chens Waffenrock und hielt ihm aggressiv die Hand hin. *Geld!* Er war wohl nicht älter als drei. Chen sah ihn finster an und hob drohend die Faust, aber das Kind lachte nur und rannte weg, indem es mit der Hand ein unmißverständliches Zeichen machte. Du mich auch, dachte Chen. Du mich auch.

Leute drängten hier- und dorthin, benutzten ihre Ellbogen und Schultern, um sich einen Weg durch die Menge zu bahnen. Mitten in dem ganzen Trubel standen ein paar einfach beieinander und unterhielten sich, handelten etwas aus oder vertrieben sich die Zeit, taub für den Lärm, das Gewühl, die Rickschas, die sich durch die Menge drängten. Einige drehten sich um und musterten die beiden Männer, während sie sich durchkämpften, aber die meisten ignorierten sie und kümmerten sich um ihre eigenen Angelegenheiten.

Am Rande standen kleine Gruppen von Frauen in Hauseingängen und beobachteten sie, die Arme über den Brüsten verschränkt. Ihre Lippen bewegten sich unablässig und schwatzten im Pidgin-Dialekt dieser Ebene. In der Nähe schoben Händler ihre Handkarren durch die Menge, priesen ihre Waren in demselben Singsang, in dem die Frauen sich unterhielten. Überall sah man kleine MedFac-Bildschirme, mit Haltern an die Mauern angebracht, in den Auslagen der Geschäfte, in den Rickschas und Handkarren, deren unaufhörliches Murmeln sich kaum vom allgemeinen Stimmengewirr abhob, während von allen Seiten zahlreiche PopVocs plärrten, einige groß wie Koffer, andere als Ohrringe oder Armbänder getragen. All das ging in die dumpfe Kakophonie des Lärms ein.

Chen bewegte sich langsam voran, behielt sein Ziel im Auge und war bemüht, sich nach der leeren Stille in den Wartungstunneln von all dem nicht überwältigen zu lassen. Seine Augen suchten nach Streifen des Sicherheitsdienstes. Die ganze Zeit spürte er Jyan an seiner Seite und hielt mit ihm Schritt. Er gestattete sich ein kurzes, grimmiges Lächeln. Es würde gutgehen. Davon war er überzeugt.

Man begegnete hier vor allem Han, aber die wenigen *Hung Mao*, die man sah, waren in Kleidung und Sprache kaum von ihnen zu unterscheiden. Sie waren die Armen Chung Kuos. Hier, nah der Basis der Stadt, begriff man die Probleme, unter denen die Stadt litt – konnte sie anfassen, riechen und hören. Hier, im unaufhörlichen Schieben und Stoßen der Menge, die sich in diesen Korridoren zusammendrängte, wurde man unmittelbar darauf gestoßen. Chung Kuo platzte aus allen Nähten. Wohin man sich wandte, sah man Menschen; Menschen, die redeten und lachten, sich anstießen und stritten, sich hinter den dünnen Vorhängen liebten oder schweigend in engen und überfüllten Zimmern umhergingen und endlose historische Dramen anschauten oder sich um ein Rudel schreiender Kinder kümmerten.

Chen drängte mürrisch weiter und schluckte die plötzliche Bitterkeit hinunter, die er empfand. Jenen, die auf den höheren Ebenen ein ruhiges, geordnetes Leben führten, wäre dies hier vermutlich wie die Hölle vorgekommen. Aber Chen wußte es besser. Die Menschen auf dieser Ebene konnten sich glücklich schätzen, hier über dem Netz und nicht darunter zu leben. Hier gab es Gesetze und eine Art Ordnung, trotz der Überbevölkerung. Versorgung mit Nahrungsmitteln und medizinische Betreuung wurden garantiert. Und obwohl der Müßiggang ein ständiges Problem war – es gab zuwenig Arbeit für zu viele Hände –, hatte man wenigstens die Chance, durch Glück oder harte Arbeit hier herauszukommen, einige Ebenen aufzusteigen, um unter besseren Umständen zu leben. Unter dem Netz gab es nichts dergleichen. Nur Chaos.

Unterhalb dieser Ebene war die Stadt hermetisch abgeriegelt. Diese Absperrung nannte man das Netz. Aber anders als ein richtiges Netz hatte es keine Maschen. Es war eine perfekte Barriere, die unüberwindlich sein sollte. Die Architekten der Stadt Erde hatten darin eine Quarantänemaßnahme gesehen: ein Mittel, um die Ausbreitung von Epidemien und Krankheiten zu verhindern. Die Sieben hatten allerdings von Anfang an eine andere Verwendung dafür gefunden.

Jener erste Rat der Sieben hatte weise entschieden. Seine Mitglieder hatten gewußt, wie manche Menschen waren, hatten die Dunkelheit in ihren Herzen gesehen und erkannt, daß die untersten Ebenen der Stadt, wenn sie nicht handelten, bald unregierbar sein würden. Sie hatten eine einfache und wirksame Lösung beschlossen. Unters Netz sollten die wenigen asozialen Elemente abgeschoben werden, bei denen sich die übliche Bestrafung durch Degradierung – einen Bürger in eine tiefere Ebene abzuschieben – als dauerhaft unwirksam erwiesen hatte. Sie hofften, auf diese Weise das Verderbliche auszusondern und die Ebenen sauber zu halten.

In gewissem Maße hatte es sich bewährt. Zum Abschieben von Verbrechern hatte das Netz den Sieben gute Dienste geleistet. Unter dem Netz gab es keine Bürgerrechte. Dort unten hatte ein Mensch keine anderen Rechte als die, die er sich erkämpfte oder im Dienst anderer, mächtigerer Menschen erwarb. Dort kannte man keine soziale Fürsorge, keine medizinische Betreuung, keine Magistrate, die darüber entschieden, was am Verhalten eines Menschen richtig oder falsch war. Es gab auch keine legalen Mittel, aus dem Netz zurückzukehren. Das Exil war ein dauerhaftes, und auf Ausbruchsversuchen stand die Todesstrafe. So war es kein Wunder, daß diese Drohung die Bürger der Pan-Ch'ao-Straße in Schach hielt.

Chen kannte sich damit aus. Er und Jyan stammten von dort. Sie waren dort geboren. Dort unten, unter dem Netz.

Und jetzt kehrten sie zurück.

An der Ecke einer der schmalen Gassen, die in die Pan-Ch'ao-Straße mündeten, hatte eine Gruppe junger Männer einen Kreis gebildet, die Köpfe zusammengesteckt, und sah aufgeregt zu, wie die Würfel rollten. Plötzlich fuhren ihre Köpfe nach oben, sie rissen enthusiastisch die Arme hoch und gaben ein gellendes Geschrei aus einem Dutzend Kehlen von sich. Schreie des Triumphs und des Entsetzens, auf die einen Moment später ein hastiger Austausch von Geld dem Abschluß neuer Wetten folgte. Dann beugten sich die jungen Männer wieder vor und konzentrierten sich auf den nächsten Wurf.

Als sie an der Gasse vorbei waren, drehte sich Jyan um und sah zu den Männern zurück. Ihre Aufregung ließ ihn erst zögern, dann machte er Anstalten, sich zu ihnen durchzukämpfen.

»Kao Jyan!« fauchte Chen und hielt ihn fest. »Dafür ist jetzt keine Zeit! Wir müssen weiter!«

Jyan wandte sich wieder ab und schien für einen Moment verwirrt zu sein. Seine Bewegungen wirkten seltsam fiebrig und unkontrolliert. Seine Augen hatten Schwierigkeiten, sich auf etwas zu konzentrieren. Chen wußte sofort, was mit ihm nicht stimmte. Die Wirkung der Droge, die er geschluckt hatte, um die Bedingungen außerhalb der Stadt zu ertragen, begann nachzulassen.

Zu früh, dachte Chen, und seine Gedanken überschlugen sich. Du hast das Zeug wahrscheinlich zu früh geschluckt. Bevor man es dir gesagt hat. Und jetzt setzt die Gegenwirkung ein. Zu früh. Viel zu früh!

»Komm, Jyan«, sagte er, beugte sich näher und redete ihm ins Gesicht. »Wir müssen zum Aufzug!«

Jyan erschauderte und schien ihn schließlich wieder wahrzunehmen. Dann nickte er, gehorchte Chen und folgte ihm zügig durch die Menge.

Wo die Pan-Ch'ao-Straße in den breiten Strom der Hauptstraße einmündete, blieb Chen stehen und sah sich um, wobei er Jyan weiter festhielt. Der Glockenturm befand sich nah zu seiner Linken und der Verteileraufzug in einiger Entfernung zu seiner Rechten, kaum sichtbar, fast zwei *li* weg.

Mist! dachte er. Ich hatte recht. Wir sind am falschen Ende angekommen.

Er warf Jyan einen Blick zu, diesmal einen zornigen. Er wußte, daß sie zu lang drin gewesen waren. Er hatte ihm gesagt, sie seien den Tunnel zu weit entlanggekrochen, aber Jyan hatte es nicht glauben wollen. »Der nächste Ausstieg«, hatte er gesagt, als Chen neben der Luke innegehalten hatte. »Nicht dieser. Der nächste.« Da hatte Chen gewußt, daß Jyan sich irrte, aber Jyan war verantwortlich gewesen, und so hatte Chen getan, was er ihm sagte. Aber jetzt wünschte er sich, er hätte ihm nicht gehorcht. Sie hatten wertvolle

Zeit verloren. Jetzt würden sie sich einen neuen Weg suchen müssen – hinaus ins Freie, wo man sie sehen konnte. Wo der Sicherheitsdienst sie sehen konnte. Und mit Jyan wie einen Klotz am Bein.

Er beugte sich nah zu Jyan und schrie ihm ins Ohr. »Bleibe einfach bei mir. Halte dich an meinem Arm fest, wenn nötig, aber weiche mir nicht von der Seite.«

Jyan wandte den Kopf und sah zu ihm zurück, wirkte für einen Moment geistig abwesend. Dann schien er, wie schon einmal, wieder zu sich zu kommen und nickte. »In Ordnung«, rief er. »Gehen wir.«

Die Hauptstraße, der große zentrale Verkehrsweg der Elften, war ein Babel aus Licht und Lärm, ein breiter, aufgequollener Strom menschlichen Lebens, gegen den die Pan-Ch'ao-Straße wie ein träges Flüßchen erschien. Über ihre ganze Länge drängten sich Menschen um die Buden wie Blattläuse auf einem Zweig und zankten sich mit den Händlern, während hoch über ihnen in großer Zahl Videoschirme hingen, die die Decke ausfüllten. An den gewaltigen, über fünf Ebenen reichenden Mauern der Straße schufen tausend flackernde Bilder eine alptraumhafte Collage, die ständig verging und neu entstand. Das Schlimmste war allerdings der Lärm. Als sie in das Gedränge geschoben wurden, traf sie der Lärm wie eine Welle, wie eine gewaltige Geräuschwoge, die in ihrer schmerzhaften Intensität fast unerträglich war.

Chen knirschte mit den Zähnen und bahnte sich einen Weg durch das dichte Gedränge der Leute, indem er Jyan fest am Arm hielt und ihn fast durch die Menge vor sich schob. Zum erstenmal wirklich in Sorge, sah er sich um und bemerkte dabei, daß die seit längerem in der Elften Ansässigen den Trubel offensichtlich ignorierten; sie schienen die riesigen, wie einem Traum entsprungenen Gesichter nicht zu sehen, die zu kurzem Leben aufflackerten, und folgten ihren eigenen Wegen entlang der Hauptstraße. Sie wußten, daß all das ein cleverer Trick war; sie wußten seit ihrer Kindheit, wie die Bildschirme auf ihre Gegenwart reagierten. Aber bei einem Fremden war das anders. Die Elfte hatte in der ganzen Stadt keinen Vergleich. Hier, auf der ersten Ebene über dem Netz, schien das Leben unaufhörlich zu gären; als ob das Wissen darum, was sich unmittelbar unter ihren Füßen befand, sie dazu antriebe, ihr Leben in einer anderen Intensität zu leben.

Jyan wandte den Kopf hin und her, während er sich durchs Gewühl kämpfte, und schnitt unter der rohen Gewalt des Lärms und dem grellen Neongeflacker der Bildschirme eine Grimasse. Dann drehte er sich unvermittelt zu Chen um, zog ihn an sich und schrie ihm etwas ins Gesicht.

»Ich halte das nicht aus, Chen! Ich kann meine eigenen Gedanken nicht mehr verstehen!«

Jyans Gesicht bot einen erbärmlichen Anblick. Seine Lippen wirkten verschrumpelt; in seinen runden, erschrockenen Augen schimmerte im Neonlicht ein Anflug von Wahnsinn. Es gab keinen Zweifel, daß er kurz vor dem Zusammenbruch stand. Chen hielt ihn fest am Arm und versuchte ihn mit seiner Berührung zu beruhigen, dann beugte er sich heran und rief seine Antwort. »Zwei Minuten noch, Jyan, mehr nicht! Wir sind fast da!«

Jyan erschauderte und hob den Blick, weg von Chen, die Augen geweitet. Auf einem der größeren Bildschirme wandte sich ihm ein riesiges Gesicht zu. Es war ein klassisch schönes asiatisches Gesicht, die Augen wie Mandeln, die Haut wie Satin, das Haar fein, glatt und schwarz. Als ihre und Jyans Blicke sich trafen, lächelte sie, und irgendwo verglich ein Computer das Gesicht, auf das sie herabsah, mit allen Gesichtern in diesem Sektor der Stadt, die der Computer gespeichert hatte.

»Du bist fremd hier«, sagte sie einen Sekundenbruchteil später, und der drahtdünne Hals eines Lautsprecherkopfes wand sich bis zu einer Stelle knapp über ihren Köpfen hinunter. »Besuchst du uns, oder hast du hier Geschäftliches zu erledigen?«

Jyan war erstarrt. Chen hatte sich auch umgedreht und sah zu dem Bildschirm empor. »Komm«, sagte er angespannt. »Es ist gefährlich hier.«

In den Sekunden, die Jyan regungslos verharrte, weiteten die Computer ihre Suche aus und versuchten das Gesicht und den Namen anderswo ausfindig zu machen. Es war eine gute Methode, um jemandem etwas aufzuschwatzen. Aber diesmal förderte die Anlage nichts zutage. Vierzehn sehr ähnliche Gesichter, aber keins, bei dem das Netzhautmuster dem Mann entsprach, der unter dem Bildschirm stand. In einer Wache des Sicherheitsdienstes fünf Ebenen über ihnen blinkte im gleichen Moment auf einem Bildschirm eine Warnmeldung.

»Komm schon, Jyan!« drängte Chen und zog Jyan weiter, indem er die neugierigen Blicke der Passanten ignorierte, als er ihn grob voranstieß.

In nur einem Viertel *li* Entfernung, am Ende der Hauptstraße öffneten sich die Türen eines der großen Verteileraufzüge. Chen legte einen Schritt zu und blickte sich nach allen Seiten um. Als die Türen langsam zurückglitten, traten eine Anzahl von Mitarbeitern des Ministeriums für Güterverteilung – *Chi ch'i* – ins Freie, und ihre dunklen, uniformierten Gestalten schienen vor den riesigen Türen zu Zwergengröße zu schrumpfen.

In der Nähe des Lifts lichtete sich das Gedränge, und man kam leichter voran. Chen wurde langsamer, dann blieb er stehen und riß Jyan herum, damit er ihn ansah. Die Türen hatten sich jetzt fast ganz geöffnet. Eine Anzahl flacher Elektrokarren schob sich bereits auf die Hauptstraße und entlud mit Strichcodes markierte Container.

»Weißt du, was wir zu tun haben?« fragte Chen und packte Jyan fest am Jackenkragen. »Weißt du noch, was wir eingeübt haben?«

Jyan nickte, und seine Augen waren plötzlich viel klarer. »Ich bin in Ordnung«, rief er. »Es war nur ...«

Chen legte ihm eine Hand auf den Mund. »Dafür ist jetzt keine Zeit!« schrie er zurück. »Laß es uns anpacken!«

Mehr als dreißig *Chi ch'i* betreuten den Lift. Sie alle trugen Wickelröcke, und die massigen Kopfbedeckungen schirmten sie gegen jede Ablenkung ab. Ihre kahlgeschorenen Köpfe und die schweren, schwarzen Masken, die das ganze Gesicht bedeckten, verliehen ihnen ein düsteres, deutlich roboterhaftes Aussehen; ein Eindruck, den ihre routinemäßigen, ständig wiederholten Bewegungen noch verstärkten. Chen ging wie beiläufig auf sie zu und bemerkte, daß Jyan sich von ihm gelöst hatte und sich von der anderen Seite dem Lift näherte.

Es waren zwei *Pan chang* oder Aufseher. Einer stand nur wenige Schritte von dort entfernt, wo Chen innegehalten hatte, mit dem Rücken zu den großen Bildschirmen an der Decke, und dank seiner Kopfhörer taub für den Lärm. Von Zeit zu Zeit schrie er einen Befehl in sein Lippenmikrophon, und einer der *Chi ch'i* verharrte einen Moment, hörte ihm zu und antwortete mit einem kurzen Nicken.

Chen nickte zufrieden. Die *Chi ch'i* konnten in jeder Hinsicht vernachlässigt werden. Ihre Aufmerksamkeit war auf die farbcodierten Behälter beschränkt, die sie aus dem Lift schoben; Container, die sich in einfachen, schematischen Formen in Rot, Grün und Blau gegen das tiefe Schwarz in ihren Köpfen abhoben.

Er warf einen Blick zu Jyan hinüber, der inzwischen seine Position direkt hinter dem zweiten *Pan chang* eingenommen hatte. Auf ein Signal von Chen hin würden sie handeln.

Chen hatte Jyan diese Aktion immer wieder üben lassen; mit der Linken sollte er dem Mann das Mikrophon wegreißen und ihm dann mit der Linken die Luftröhre zudrücken. Jetzt würde er erfahren, ob Jyan seine Lektion gelernt hatte.

Chen machte eine ruckartige Abwärtsbewegung mit der Hand, dann sprang er vor und packte den Mann. Er riß dem *Pang chang* brutal das Mikrophon von den Lippen und rammte ihm seinen linken Handballen in die Kehle. Er spürte, wie der Mann schlaff wurde, und ließ ihn fallen, dann sah er zu Jyan hinüber.

Jyan kämpfte noch mit seinem Mann. Er hatte ihm das Mikro weggerissen, aber es war ihm nicht gelungen, die Sache zu Ende zu bringen. Jetzt hielt er den Mann unbeholfen fest, den rechten Arm um seinen Kopf geschlungen und die linke Hand zu einer Faust geballt, mit der er auf die Brust des Mannes eindrosch. Aber der *Pan chang* war längst nicht erledigt. Mit einem Schrei entwand er sich ihm, stieß Jyan weg und warf sich herum, indem er sich mit einer Hand die Kopfhörer herunterzog.

Chen stürzte los, dann sah er etwas in Jyans Hand aufblitzen. Einen Moment später stolperte der *Pan chang* zurück und hielt sich die Brust. Im selben Moment richteten sich einige der *Chi ch'i* auf und sahen sich blind um, als seien sie plötzlich gewahr geworden, daß etwas nicht stimmte.

Chen rannte zum Lift. An der Tür verharrte er und blickte zurück.

Jyan kniete über dem *Pan chang*, einen Fuß auf der Schulter des Toten, und versuchte das Messer mit dem langen Griff aus seiner Brust zu ziehen.

»Jyan!« schrie Chen, doch seine Stimme drang kaum durch den Hintergrundlärm. »Laß ihn!«

Jyan blickte jäh auf. Dann, als käme er plötzlich wieder zu sich, stand er auf und rannte auf den Lift zu, indem er den blinden *Chi ch'i* und ihren Containern auswich. Er hatte gerade acht oder neun Schritte zurückgelegt, als der erste Schuß fiel.

Chen duckte sich instinktiv. Als er wieder aufblickte, sah er Jyan nicht mehr. Er machte einen Schritt vorwärts, dann hielt er inne und wich zurück. In einem halben *li* Entfernung auf der Hauptstraße hatte er drei Wachen vom Sicherheitsdienst entdeckt. Indem sie große Lücken zwischen sich ließen, näherten sie sich in einer Reihe durch den Korridor und stießen rücksichtslos, beinahe brutal Menschen beiseite, während sie auf den Lift zuliefen. Chen stieß zwischen den Zähnen einen Fluch hervor und hämmerte mit der Hand auf das Kontrollfeld des Lifts.

Langsam – sehr langsam – glitten die Türen zu.

»Jyan!« schrie er. »Jyan, wo bist du?«

Ein zweiter Schuß fiel und prallte von der Rückwand des Lifts ab. Draußen im Korridor brach ein Chaos los, als sich Leute zu Boden warfen. Nur die drei Männer vom Sicherheitsdienst und die maskierten *Chi ch'i* standen noch. Während Chen sie beobachtete, rollte einer der Elektrokarren auf den schmaler werdenden Spalt zu. Wütend auf Jyan zog Chen seine Pistole heraus und richtete die Waffe auf den Karren, dann senkte er sie wieder.

Es war Jyan. Er hatte sich in die Karre gekauert, um ein möglichst kleines Ziel zu bieten.

Zwei weitere Kugeln schlugen ein. Die zweite prallte an einem Container ab und traf eine Batterie von Bildschirmen an der Decke. Einige platzten, andere flackerten, und es roch verbrannt. Glas und Kabel rieselten auf die blinden *Chi ch'i* herab.

Quälend langsam rollte die Karre durch den Spalt. Als er sah, was passieren würde, schlug Chen erneut und dann noch einmal gegen die Kontrollen. Die riesigen Türen erzitterten, schienen sich wieder zu öffnen, dann fielen sie zu. Aber die Verzögerung hatte ausgereicht. Die Karre war drin.

Jyan kroch schnell heraus und lief zum Kontrollfeld.

»Beeil dich!« Chens Stimme klang tief und drängend in der plötzlichen Stille. »Sie werden die Schlösser mit Schneidbrennern aufschweißen!«

Jyan nickte andeutungsweise, dann machte er sich an die Arbeit. Um an die Schaltkreise zu kommen, drückte er die Fingernägel unter die Kanten der dünnen Platte und riß sie heraus. Dahinter kam ein Stapel Platinen wie kleine dunkle Spiegel zum Vorschein. Nur zwei von ihnen waren wichtig. Er entfernte sie behutsam, um nicht die empfindlichen Schaltkreise darunter zu beschädigen. Sofort tönte eine Stimme aus dem Lautsprecher an der Decke, die davor warnte, die Schaltungen zu beschädigen. Jyan ignorierte sie und tastete in seiner Tasche nach zwei Ersatzplatinen, die er sorgfältig einsetzte. Dann steckte er die Deckplatte wieder auf und schloß das Kontrollfeld.

»Nach unten!«

Jyan hämmerte ungeduldig auf das Tastenfeld und spürte, wie der gewaltige Lift erzitterte. Einen Augenblick lang ertönte ein gräßliches Ächzen, als sei die Anlage im Begriff, sich selbst zu zermalmen. Dann hörten sie etwas Großes und Festes unter sich zusammenbrechen. In diesem Moment gab der Boden unter dem Lift nach und der Lift sackte eine Körperlänge ab, bevor er ruckartig anhielt. Für einen Moment herrschte Stille, dann klickte etwas, und mit seinem normalen Surren setzte der Lift die Fahrt nach unten fort.

Gegenüber von Jyan rappelte Chen sich auf. »Wir haben's geschafft!« rief er übermütig. »Wir haben das Netz durchbrochen!«

Jyan drehte sich um. »Damit sind sie wohl eine Weile beschäftigt, was, Chen?«

Oben, von woher sie gekommen waren, gellten Alarmsirenen. Jyan konnte fast sehen, was da oben vor sich ging. In diesem Moment würden sie in Panik ausbrechen, aus Angst vor der plötzlichen Dunkelheit, dem Heulen der Sirenen; sie würden sich in den unbeleuchteten Korridoren zusammendrängen, die zu den Transitliften führten; sie würden schreien und ziellos aufeinander einschlagen bei dem Versuch, nach oben und hinaus zu kommen, weg von dem Bruch, bevor die Quarantänetore – die schweren Absperrungen – herunterfielen.

Jyan zählte. Bei fünfzehn wurde der Lift erneut erschüttert. Es klang wie eine vielfache, gewaltige Explosion, die in einiger Entfernung dumpf verhallte, doch stark genug war, um die Fundamente der Stadt erbeben zu lassen. »Hörst du?« fragte er und grinste Chen an. »Die Absperrungen! Sie haben die Absperrungen runtergelassen!«

Chen sah sich ausdruckslos zu Jyan um, und seine Hochstimmung verflog. Vom einen zum anderen Moment ernüchterte ihn der Gedanke daran, was sie getan hatten. »Das wär's dann«, brummte er. »Wir sind in Sicherheit.« Aber er erinnerte sich noch an das Gefühl, als auf der Pan-Ch'ao-Straße eine kleine schmutzige Hand am Ärmel seines Einteilers gezogen hatte; an den Anblick einer Frau, die in einem Hauseingang ihr Kind gestillt hatte; an die Gesichter einfacher Männer und Frauen, die ihr Leben lebten.

»Wir haben's getan!« sagte Jyan lachend. »Wir haben's tatsächlich geschafft!« Aber Chen sah bloß weg und gab keine Antwort.

* * *

Acht Stunden später und zweihundertfünfzig *li* nordwestlich warteten zwei Beamte vom Sicherheitsdienst vor den riesigen Türen einer Villa auf der Ersten Ebene. Hier, auf dem Dach der Stadt, gab es reichlich Platz und herrschte Stille. Es gab keine anderen Gerüche als jenen der Kiefern in dem Halbmond aus Miniaturbäumen in der großen, flachen Schüssel an einem Ende des langen, leeren Korridors; keine anderen Geräusche als das leise, kristallene Plätschern des Wassers aus dem Springbrunnen in der Mitte.

Major DeVore musterte mit gehobenen Brauen seinen Fähnrich. Ihm war der überraschte Ausdruck im Gesicht des jungen Offiziers aufgefallen, als sie aus dem Lift traten.

»Würden Sie gern hier leben, Haavikko?«

Der Fähnrich drehte sich um und sah in den breiten, leeren Korridor zurück. Der Boden war dick mit Teppichen ausgelegt, die Wände mit zimmergroßen Wandteppichen behängt, die Farben gedämpft, doch elegant. Bronzestatuen von Drachen und historischen Kaisern ruhten auf Säulen, die in regelmäßigen Abständen über die ganze Länge des Flurs verteilt standen. Die Türen des Lifts am anderen Ende waren nachtschwarz lackiert. Ein einzelner Mann schob dort Wache, über der Schulter ein *Deng*, ein ›Laternengewehr‹.

»Sie leben gut, Sir.«

DeVore lächelte. Er war ein gepflegter, gedrungen gebauter Mann, sein noch schwarzes Haar an Feinheit fast mit dem der Han zu vergleichen, und er hatte breite, fast stämmige Schultern. Auf der Brust seiner azuritblauen Ausgehuniform trug er das reich bestickte Abzeichen eines Militäroffiziers im Dritten Rang, auf dem ein stilisierter Leopard mit der Pranke einen Vogel aus der Luft holte. Er war einen ganzen Kopf kleiner als sein Fähnrich, und sein Körperbau verlieh ihm das Aussehen eines Kämpfers, doch sein Benehmen, wie auch sein Gesicht, schienen in ihrer Kultiviertheit das Erbe vieler Generationen zu repräsentieren.

»Ja. Das ist richtig.« Das Lächeln verblieb auf seinem Gesicht. »Diese Leute sind außerordentlich reich, Haavikko. Sie würden kleine Fische wie uns ohne einen Gedanken hinunterschlucken, stünden die T'ang nicht hinter uns. Das Leben hier oben ist anders, gehorcht anderen Gesetzen. Hier zählen Beziehungen und Einfluß. Verstehen Sie?«

Haavikko runzelte die Stirn. »Sir?«

»Ich will damit sagen ... Ich kenne diese Menschen, Haavikko. Ich weiß, was sie denken und wie sie handeln. Und ich kenne die Familie von Untersekretär Lehmann nun schon seit fast zwanzig Jahren. Es gibt Möglichkeiten, mit ihnen zu verhandeln.«

Haavikko ließ sich die Worte einen Moment durch den Kopf gehen. »Ich verstehe immer noch nicht, Sir. Heißt das, Sie wollen mit ihm allein sprechen?«

»Das wäre das beste.«

»Aber ...« Haavikko zögerte einen Moment lang, dann bemerkte er, wie sein Major ihn betrachtete, und senkte den Kopf. »Sir.«

»Gut. Ich wußte, daß du mich verstehen würdest.« DeVore lächelte wieder. »Ich habe unserem Freund, dem Untersekretär, unangenehme Dinge zu sagen. Es wäre das beste, sie ihm allein zu sagen. Das ist eine Frage des Anstands.«

Haavikko nickte. Soviel begriff er, ob es nun Befehle waren oder nicht. »Dann werde ich hier warten, Sir.«

DeVore schüttelte den Kopf. »Nein, Junge. Ich möchte, daß Sie wenigstens Augenzeuge sind. Sie können außer Hörweite warten. Auf diese Weise werden Sie gegen keinen Befehl verstoßen, hm?«

Haavikko lächelte, erheitert darüber, daß sie zu einem Kompromiß gefunden hatten.

Hinter ihnen schwang die mächtige Doppeltür zu dem Erstebenen-Appartement auf. Sie drehten sich um und warteten darauf, eintreten zu dürfen.

Drinnen bot sich ihnen ein unerwarteter Anblick: ein winziges Gehölz, eine Brücke, die einen reißenden Bach überspannte, ein Weg, der zwischen den Bäumen hinaufführte. Neben der Brücke warteten zwei Diener auf sie, Han, die ihre geschorenen Häupter bis zur

Hüfte hinabgebeugt hatten. Einer ging ihnen voraus, der andere folgte ihnen, die Köpfe beider gesenkt, die Augen aus Höflichkeit abgewendet. Als sie die Brücke überquerten, begrüßte sie der Geruch feuchter Erde und erblühter Pflanzen. Der Pfad bog ab, schlängelte sich hin und mündete auf einer Lichtung.

Am anderen Ende der Lichtung stand ein Haus, ein großes, zweistöckiges Wohnhaus im Stil der nördlichen Han mit weißen Mauern und einem spitzen roten Ziegeldach.

DeVore musterte seinen Fähnrich. Der Junge war in Gedanken versunken und schwieg. Er hatte so etwas noch nie gesehen. Kein Wunder. Es gab in ganz Chung Kuo nur wenige Menschen, die es sich leisten konnten, so zu leben. Allenfalls vier- bis fünftausend, die nicht dem Kreis der Familien angehörten. So war es, wenn man reich war. Reich genug, um sich ein ganzes Deck mit zehn Ebenen auf dem Dach der Stadt zu kaufen und es landschaftlich zu gestalten.

Pietr Lehmann war Untersekretär im Abgeordnetenhaus in Weimar. Ein großer Mann. Der vierte in der Hackordnung in diesem Sitz der Weltregierung. Ein Mann, vor dem tausend niedrigere Männer – von denen jeder ein Riese in seinem eigenen Haushalt war – die Köpfe verneigten. Ein Machtverwalter, auch wenn manche behaupteten, diese Macht sei trügerisch und das Haus selbst eine Farce – die eine brutale Tyrannei deckte. Wer hielt denn eigentlich die Sieben für brutal und tyrannisch? Sie brauchten es nicht zu sein. Sie hatten zwischen sich und den Massen das Haus.

Sie lebten im Innern.

Die geräumige Empfangshalle erstrahlte in hellem Licht. Zur Linken befand sich eine breite, holzgetäfelte Treppenflucht; zur Rechten ein vertieft angelegter Teich, den ein niedriges, hölzernes Geländer einfaßte. In seinen Tiefen huschten die dunklen Umrisse kleiner Fische umher.

Die beiden Führer machten eine Verbeugung und zogen sich zurück. Einen Moment ließ man DeVore und Haavikko allein.

»Ich dachte...«, begann Haavikko, dann schüttelte er den Kopf.

Ich weiß, sinnierte DeVore; du hast geglaubt, er lebt wie ein *Hung Mao*. Aber all das ist das Werk von Han. Er lächelte. Haavikko hatte zuwenig von der Welt gesehen, hatte sich nur in die Gesellschaft von Soldaten begeben. All das war neu für ihn. Der Luxus. Die Nachahmung.

Zu ihrer Rechten erhob sich geschäftiger Lärm. Einige Sekunden später betrat eine Gruppe von Dienern die Empfangshalle. Sie hielten in respektvoller Entfernung zu den beiden Besuchern inne, und einer von ihnen trat vor, ein hochgewachsener Han, der auf der Brust seines blaßgrünen Einteilers ein großes schwarzes Piktogramm und die Nummer 1 trug. Er war Haushofmeister, Lehmanns ranghöchster Diener.

DeVore ließ mit keiner Regung erkennen, ob er den Mann zur Kenntnis genommen hatte. Er verbeugte sich weder, noch lächelte er. »Wo ist der Untersekretär?« verlangte er zu wissen. »Ich will ihn sehen.«

Der Haushofmeister verbeugte sich, den Blick gesenkt. Hinter ihm war fast die Hälfte von Lehmanns verantwortlichem Haushaltspersonal angetreten, fünfzehn insgesamt. Sie warteten, ohne sich zu verneigen, und ließen den Haushofmeister stellvertretend für alle handeln.

»Verzeihen Sie, Major, der Meister ist draußen in der Pagode. Er hat ausdrückliche Anweisungen hinterlassen, daß er nicht gestört werden will.«

DeVore drehte sich halb um und sah seinen Fähnrich an, dann wandte er sich zurück. »Ich fürchte, ich kann nicht warten. Ich komme im Auftrag der T'ang. Ich werde deinem Meister sagen, daß du seinen Anweisungen gefolgt bist.«

Der Haushofmeister nickte, blickte aber nicht auf, sondern hielt den Kopf gesenkt, als der Major und sein Fähnrich an ihm vorbeigingen, hinaus auf die Terrasse und die breite Treppe hinunter, die in die Gärten führte.

Tiefgrün gegen das blaßblaue klare Wasser abgesetzt, schwamm verstreuter Lotos[26] auf dem See. Große cremefarbene Steinfliesen faßten das Ufer ein und bildeten ein perfektes Oval. Zur Linken folgte ein Weg, dessen mit Blumen übersäter Baldachin vor einer sanft geschwungenen Brücke endete, der Biegung des Sees. Hinter der Brücke, inmitten eines streng angelegten Gartens aus Felsen, Büschen und Blumen, stand eine dreistufige Pagode im klassischen Palaststil[27] mit einem reichverzierten Rotziegeldach. Weiter hinten an der rechten Seite des Sees lag ein Obstgarten, dessen kleine Bäume ihre breiten Kronen bis über das Wasser ausstreckten. Pflaumen und Kirschen standen in Blüte, und die ruhige Luft war schwer von ihren Düften.

Es war früh am Morgen. Von der Wiese hinter der Pagode klangen die rauhen, unverkennbaren Schreie eines Pfaus. Das Licht eines Dutzends winziger künstlicher Sonnen brannte von einem Himmel aus Eis herunter, der in der pastellblauen Farbe eines Sommertages lackiert war.

Von der obersten Stufe nahm DeVore all das mit einem einzigen Blick in sich auf. Er lächelte, rückte seinen Uniformrock zurecht und wandte sich seinem Fähnrich zu. »Das genügt, Haavikko. Von hier aus gehe ich allein weiter.«

Der junge Offizier schlug die Hacken zusammen und verbeugte sich. DeVore wußte, daß der General dem Jungen befohlen hatte, nicht von seiner Seite zu weichen und alles im Auge zu behalten; aber dies waren DeVores Kunden; er würde es auf seine Weise erledigen müssen. Hinter Haavikko wurden sie weiter von den verantwortlichen Dienern der Haushalts beobachtet, die nicht recht wußten, was sie tun sollten. Sie hatten sich dem Major völlig überraschend gegenüber gesehen. Sie hatten kaum eine Chance gehabt, ihren Meister zu warnen.

DeVore sah an Haavikko vorbei und wandte sich an alle. »Ihr da! Kümmert euch jetzt um eure Arbeit! Euer Meister wird euch schon rufen, wenn er euch braucht!« Daraufhin kehrte er ihnen den Rücken zu und beachtete sie nicht weiter.

Er sah über den künstlichen See hinweg. Auf der beschatteten Galerie der Pagode, deren hölzerne Planken auf Stelzen über dem See aufragten, standen drei Männer in Seiden-*Paus*. Das leise Murmeln ihrer Stimmen drang über das Wasser zu ihm herüber. Als einer ihn sah, hob er ihm zum Gruß die Hand, dann wandte er sich nochmals seinem Gefährten zu, als müsse er sich entschuldigen.

Lehmann traf ihn auf halbem Wege auf dem Pfad neben dem See.

»Freut mich, Sie zu sehen, Howard. Womit habe ich mir dieses Vergnügen verdient?«

DeVore neigte respektvoll den Kopf, dann begegnete er dem Blick des anderen. »Ich bin gekommen, um über Sie Untersuchungen anzustellen, Pietr. Der General verlangt nach Antworten.«

Lehmann lächelte und drehte sich um, faßte den Major am Arm und ging an seiner Seite. »Natürlich.« Licht, das durch die Kletterpflanzen über ihren Köpfen drang, verwandelte sein Gesicht in ein Schattenmuster. »Soren Berdichow ist hier. Und Edmund Wyatt. Aber ich bin mir sicher, daß die beiden Verständnis haben werden.«

Wieder nickte DeVore andeutungsweise. »Wissen Sie, warum ich gekommen bin?«

Lehmann sah in seine Richtung, dann wieder nach vorn zur Pagode. »Es geht um Lwo Kangs Tod, nicht wahr? Ich wußte, daß da etwas auf mich zukommt.

Als ich die Neuigkeiten hörte, wußte ich es sofort. Gerüchte sprechen sich schnell bis hier oben herum. Lose Zungen und neugierige Ohren machen uns allen Ärger.« Er seufzte, dann sah er DeVore an. »Mir ist klar, daß es Leute gibt, die meine Worte, die in der Audienz mit dem Minister gefallen sind, als Drohung mißverstehen. Nun, ich versichere Ihnen, Howard, daß mir nichts ferner lag. Auf eine seltsame Art habe ich Lwo Kang gemocht. Ich habe seine Starrköpfigkeit bewundert. Dennoch, ich kann nicht behaupten, daß ich überrascht gewesen bin. Es verhielt sich so, wie ich dachte. Man hat mich davor gewarnt. Wir haben es mit Menschen zu tun, deren Ungeduld in Mordlust umgeschlagen ist.«

DeVore hielt inne und wandte sich dem Untersekretär zu. »Ich verstehe. Aber es gibt Dinge, die ich fragen muß. Dinge, die Sie vielleicht unangenehm finden werden.«

Lehmann zuckte versöhnlich die Achseln. »Das ist unvermeidlich. Der Tod des Ministers ist eine widerliche Sache. Fragen Sie, was Sie fragen müssen. Ich werde mich nicht angegriffen fühlen.«

DeVore lächelte, ging weiter und ließ sich von Lehmann wieder am Arm nehmen. Sie hatten die Brücke erreicht. Einen Moment nahmen sie sich Zeit, um über den See hinwegzublicken. Der Pfau schrie wieder.

»Es wird behauptet, daß Sie derjenige sind, der am meisten von Lwo Kangs Tod profitiert. Er hat sich geweigert, Ihnen im Hinblick auf neue Lizenzen entgegenzukommen. Kürzlich hat er den Wert gewisser Patente prüfen lassen. Und dann bestand er auf einer strengen Anwendung des Edikts. Insbesondere letzterer Punkt hat Ihnen und Ihrer Partei Schaden zugefügt.«

»Meiner Partei? Sie meinen die Dispersionisten?« Lehmann schwieg für einen Moment und dachte darüber nach. »Und indem ich ihn beseitige, gewinne ich etwas?« Er schüttelte den Kopf. »Ich weiß, daß ich viele Feinde habe, Howard, aber selbst die würden mir zugestehen, daß ich subtiler vorgehe, als sie es mir hier unterstellen, meinen Sie nicht?«

Sie gingen wortlos weiter. Als sie die Pagode erreichten, kamen die beiden Männer von der Terrasse herüber und blieben oben auf der gekachelten Treppe stehen.

»Soren! Edmund!« rief DeVore ihnen zu und stieg vor Lehmann die schmale Treppe hinauf. »Wie geht's Ihnen beiden?«

Sie begrüßten sich, während sie nach innen in ein großes sechseckiges Zimmer gingen. In die schwarzlackierten Wände war mit komplizierten und farbenfrohen Mustern bemaltes Porzellan eingelassen. Die Decke war ein einziges riesiges Mosaik, eine Doppelspirale aus winzigen, leuchtend bunten Pythons, die in einem Kreis aus strahlenden, blauweißen Sternen gefangen waren. Vier einfache Stühle ohne Rückenlehnen und mit verzierten Beinen mit Pythonköpfen standen auf dem polierten, mit schweren Steinen gefliesten Boden um einen niedrigen, sechseckigen Tisch. Auf dem Tisch stand eine kleine grünlackierte Schachtel.

Trotz seiner Schwere, der Förmlichkeit seines Interieurs wirkte der Raum hell und luftig. Lange, breite, in Paneelen gefaßte Fenster gingen auf den See, den Obstgarten und die umliegenden Wiesen hinaus. Die Luft war geschwängert von Blumendüften.

Es wirkte beinahe echter als bei den Han selbst, erkannte DeVore mit einem unbehaglichen Gefühl, als er neben Lehmann Platz nahm. Eine wurzellose, unbewußte Mimikry. Oder war es mehr als das? War nicht eher die Kultur der Han ein Virus in den Adern dieser *Hung Mao*, der sie unterminierte und sich langsam einverleibte, so wie »eine Seidenraupe ein Maulbeerblatt verzehrt«[27]? Er lächelte gequält, als ihm die Worte des antiken Historikers Ssu-ma Ch'ien[28] in den Sinn kamen. O ja, wir kennen ihre Geschichte, ihre Sprichwörter. Diese Dinge haben unsere eigene Identität untergraben. Nun, in solchem Langmut sollte ich wiederum sie verschlingen. Ich werde die Seidenraupe sein, die sich in ihrer Mitte gütlich tut.

»Nun, was macht der Sicherheitsdienst?«

DeVore wandte sich auf seinem Stuhl um und sah Wyatt wißbegierig an.

»Viel zu tun. Wie immer in dieser sündhaften Welt.«

Obwohl sie sich seit Jahren kannten, waren er und Wyatt einander nie näher gekommen. Unter einer Oberfläche aus Freundlichkeit hatte zwischen ihnen immer eine unausgesprochene Feindschaft geherrscht.

Wyatt war ein schmächtiger Mann mit einem unmäßig schweren Kopf. Jemand hatte einmal bemerkt, er sähe aus, als sei er aus den Teilen zweier ganz verschiedener Männer zusammengesetzt, und wem dies einmal aufgefallen war, konnte diesen Eindruck nur schwer wieder abschütteln. Auf den ersten Blick enthüllte sein Gesicht einen starken, aufrichtigen Charakter: aristokratische dunkelgrüne Augen, deren Herausforderung man nicht ausweichen konnte, und ein kantiges, trotziges Kinn. Aber wenn man auf die Figur des Mannes hinuntersah, fiel einem sofort auf, wie zerbrechlich und weiblich sie wirkte. Seine Hände waren weich, schmal und blaß, die Nägel perfekt manikürt. Ganze Bündel schlanker *Tiao tu*, Armbänder aus Gold und Jade, schlossen sich um seine Handgelenke. Derlei ließ ihn wie einen schwachen Mann erscheinen, aber er war alles andere als das. Der Ruin seines Vaters hätte einen schwächeren Mann womöglich zerstört, aber Wyatt hatte großen Mut und Entschlossenheit bewiesen. Er hatte seine eigenen Talente in die Waagschale geworfen und gewonnen, das Imperium seines Vaters wieder aufgebaut und seinen Platz auf der Ersten Ebene eingenommen.

DeVore betrachtete ihn noch einen Moment lang

und wußte dabei sehr gut, daß er die Intelligenz dieses Mannes nicht unterschätzen durfte, dann verneigte er sich andeutungsweise.

»Und bei Ihnen, Edmund – bei Ihnen läuft's gut, wie ich sehe. Es ist zu hören, Ihr Konzern werde bald auf dem Index notiert.«

Wyatts Augen spiegelten leichtes Erstaunen wider. Er wußte nicht, wie aufmerksam sich DeVore über solche Dinge auf dem laufenden hielt. »Verfolgen Sie etwa die Entwicklung der Märkte?«

»Das empfiehlt sich. Aufruhr und Geschäft sind in diesen Zeiten eng miteinander verflochten. Am Heng Seng ist mehr abzulesen als bloße Werte – er ist ein Indikator für Macht und Skrupellosigkeit, ein Club für gleichgesinnte Männer mit ähnlichen Ambitionen.«

Er bemerkte, wie Wyatt ihn für einen Moment angestrengt musterte und der Bedeutung dieser Worte auf die Spur zu kommen versuchte. Der Heng-Seng-Index der Börse in Hongkong stand für die größte und wichtigste der sieben Börsen auf der Welt. Aber ebenso wie das Haus war er oft ein Vorwand für andere, weniger offene Aktivitäten.

DeVore rückte ein Stück auf seinem Platz herum, um Berdichow ansehen zu können, und ein warmes Lächeln erhellte seine Züge. »Und wie geht's Ihnen, Soren? Ich bekomme Sie in letzter Zeit viel zu selten zu Gesicht.«

Soren Berdichow erwiderte sein Lächeln mit einem trüben Gesichtsausdruck, und die schweren, runden Gläser seiner kleinen Brille glänzten kurz, als er sich verneigte. Er war ein hochgewachsener Mann mit schmalem Gesicht, dünnen Lippen und langen, spatelförmigen Fingern; ein ernstes, humorloses Geschöpf, dessen stahlgraue Augen nie lang auf etwas gerichtet blieben. Er war ein harter Mann, der kaum soziale Rücksicht übte, und aus diesem Grund machte er sich leicht Feinde, häufig ohne sich dessen bewußt zu sein;

doch er war zudem außerordentlich mächtig – kein Mann, mit dem man sich anlegte.

»Es läuft alles gut, Howard. Es geht voran, wie man so sagt.«

DeVore lächelte angesichts dieser Untertreibung. Berdichows Konzern SimFic war eine der Erfolgsgeschichten dieses Jahrzehnts. Als er sie '88 kaufte, war es ein kleines Unternehmen gewesen, aber schon '91 wurde sie unter den Top-1000 des Hang-Seng-Indexes notiert, gemeinsam mit den anderen führenden Firmen Chung Kuos. Seit dieser Zeit hatte er große Fortschritte gemacht und war der Marktführer in der Produktion von Stimulantien und Tranquilizern. In fünf kurzen Jahren hatte SimFic für unmöglich Gehaltenes erreicht und die private Unterhaltung revolutioniert. Nun gehörte sie zu den größten Unternehmen der Welt und stand unter den Top-100 des Indexes.

Ein paar Minuten plauderten sie belangloses Zeug. Dann geronnen Berdichows Züge wie auf ein Signal hin zu einem kühlen, gezwungenen Lächeln. »Aber verzeihen Sie mir, Howard, ich bin mir sicher, Sie sind nicht hergekommen, um sich über die Märkte zu unterhalten.« Er wandte sich ruckartig ab und warf Wyatt einen unmißverständlichen Blick zu. »Komm, Edmund, lassen wir die beiden allein. Ich glaube, sie haben Geschäftliches zu besprechen.«

Wyatt sah von Lehmann zu DeVore, in seiner ganzen Haltung plötzlich wachsam und mißtrauisch. »Geschäftliches?«

Es trat ein Moment peinlicher Stille ein, dann lächelte DeVore und nickte. »Ich fürchte schon.«

Wyatt stellte sein Glas ab und stand langsam auf. Indem er sich zu Lehmann knapp verbeugte, folgte er Berdichow, hielt dann inne und drehte sich noch einmal zu Lehmann um. »Bist du dir sicher?« fragte er, und sein Blick verriet tiefe Besorgnis um seinen Freund.

Lehmann nickte kaum merklich und sah Wyatt direkt in die Augen, wie um ihm zu versichern, daß er ihm vertrauen konnte. Erst danach drehte sich Wyatt um und ging.

DeVore wartete einen Moment, indem er Wyatts Schritten auf der Treppe lauschte. Dann, als es wieder still war, stand er auf, ging zum Tisch und kauerte sich hin, um die kleine grüne Schachtel zu öffnen. Mit einem Griff an seinen Rockaufschlag entfernte er das kleine Gerät, das ihre Unterhaltung aufgenommen hatte, und legte es vorsichtig in die Schachtel. Lehmann kam, blieb neben ihm stehen und sah zu, wie er die Aufnahme abspielen ließ, die sie vor drei Wochen angefertigt hatten. Man hörte den fernen Schrei eines Pfaus, offenbar von den Wiesen draußen vor dem Zimmer, und dann begannen ihre Stimmen erneut zu reden, griffen das Thema auf, bei dem sie unterbrochen worden waren. DeVore lächelte und schloß vorsichtig den Deckel, dann straffte er sich und ließ Atem ab.

»Das Einfachste ist immer das Beste«, sagte er und lachte kurz. Dann, etwas ernster: »Das war ungünstig. Was weiß Wyatt?«

Lehmann begegnete DeVores Blick, lächelte und legte ihm einen Arm um die Schultern. »Nichts. Er weiß überhaupt nichts.«

Langsam streifte DeVore seine Handschuhe ab und legte sie auf den Tisch.

»Gut. Dann wollen wir offen reden.«

* * *

Der Steinerne Drachen war ein großes Lokal mit niedriger Decke auf der untersten Ebene der Stadt; eine Flucht miteinander verbundener, schlecht beleuchteter und mies ausgestatteter Räume, die nur von den Niedrigsten derer regelmäßig aufgesucht wurden, die in den zehn Ebenen unter dem Netz wohnten. Ein schaler, süßsaurer Geruch stand in den engen und geschäftigen Räumen und verdarb alles, was ihm längere Zeit ausgesetzt war. An den Wänden reihte sich Gerät um Gerät aneinander, die meisten davon außer Betrieb. Andere, die unentwegt Funken versprühten und nahe dem Aussetzen waren, trugen ihren süßlichen, verbrannten Geruch zu dem dichten Mief bei, der das Lokal ausfüllte. Leute schrien durcheinander, die nach Bedienung verlangten, während schäbig gekleidete Serviererinnen mit grell verunstaltetem Make-up sich zwischen den Tischen hindurchzwängten und Bestellungen entgegennahmen.

Die beiden Männer saßen in dem großen Raum am Ende des Lokals an einem Tisch, der von den anderen abgesetzt an der Rückwand stand. Sie waren vor zwei Stunden direkt hierher gekommen, weil sie nicht schlafen konnten und die Ungeheuerlichkeit dessen, was sie getan hatten, noch ihre Gedanken beschäftigte. Zur Feier des Tages hatte Kao Jyan eine große Flasche des besten im Drachen vorrätigen *Shen* bestellt, der zu einem exorbitanten Preis von oben heruntergeschmuggelt worden war, aber beide Männer hatten nicht viel von dem starken Reiswein getrunken.

Jyan hatte jetzt eine Weile geschwiegen, über einen unberührten Becher gebeugt, und dumpf vor sich hingebrütet. Chen beobachtete ihn einige Zeit, dann sah er sich um.

Die Männer an den Nachbartischen waren vornehmlich Han, aber es befanden sich auch einige *Hung Mao* darunter. Die meisten von ihnen, Han wie *Hung Mao,* hatten weite Augen und fahle Gesichter, und ihre schorfigen Arme und Gesichter wiesen sie als Drogensüchtige aus. Arfids war billig hier unten, überall zu haben und für manche die einzige Möglichkeit, den Dingen zu entkommen. Aber es verurteilte einen auch langfristig zum Tod, und Chen hatte nichts davon in seine Adern kommen lassen. An einem der entfernteren Tische saßen in steifer Haltung drei Han, redeten in Dialekt, die Stimmen tief und dringlich. Einer von ihnen hatte ein Auge verloren, ein anderer war um Hals und Schulter schwer vernarbt. Sie repräsentierten die andere Hälfte der Kundschaft des Steinernen Drachen und waren an ihrer Art zu erkennen – irgendwie geschmeidiger, wachsamer als die Menschen ringsum. Sie waren Mitglieder von Gangs oder kleine Kriminelle, die hier ihrem Geschäft nachgingen. Chen reckte den Hals und lehnte sich gegen die Wand zurück. Ein Stück weiter stieg eine dicke Rauchfahne zu der blaßorangefarbenen Lampe an einer Tafel unter der Decke auf, erinnerte an die feinen, dunklen Strähnen im Haar eines jungen Mädchens.

»Es ist wie der Tod«, sagte Chen und sah zu Jyan hinüber.

»Was?« fragte Jyan müde und blickte zu Chen auf. »Was hast du gesagt?«

Chen beugte sich vor, klaubte eine Kakerlake von der Tischkante und zermalmte sie zwischen Daumen und Zeigefinger. Es war eines von diesen häßlichen Viechern mit weißen Flügeldecken, wie sie manchmal aus dem Lehm heraufkamen. Blindes Ungeziefer, das sich allein nach seinem Geruchssinn richtete. Chen ließ das zerdrückte Insekt fallen und wischte sich die Hand an seinem Einteiler ab. Es kümmerte ihn nicht, ob es roch. »Das hier. Das ist wie der Tod. Diese ganze Ebene. Es stinkt.«

Jyan lachte. »Nun, du wirst hier noch früh genug rauskommen, wenn du das willst.«

Chen sah seinen Partner seltsam an. »Willst du das nicht?« Er schüttelte den Kopf, plötzlich angewidert von sich selbst. »Weißt du, Jyan, ich habe mein ganzes Leben unter dem Netz verbracht. Ich habe nichts als diesen Dreck gekannt. Es wird Zeit, daß ich hier rauskomme, daß ich etwas Saubereres, Besseres als das hier finde.«

»Ich weiß, wie du dich fühlst«, erwiderte Jyan, »aber hast du schon einmal genauer darüber nachgedacht? Da oben bist du verwundbar. Über dem Netz gibt es Paßgesetze und Richter, Steuern und Patrouillen vom Sicherheitsdienst.« Er beugte sich vor und spuckte zielsicher in die Schüssel neben dem Tischbein. »Mir wird schlecht, wenn ich an den ganzen Mist denke. Das käme deinen und meinen Neigungen nicht entgegen. Und außerdem haben wir gestern einen ganzen Haufen Leute verletzt, als die Quarantänetore heruntergelassen wurden. Ganz abgesehen von dem Attentat – wenn jemand herausfindet, daß du *daran* beteiligt warst, bist du ein toter Mann.«

Chen nickte. Es war ihm zu dem Zeitpunkt, als sie es getan hatten, gleichgültig gewesen, aber jetzt, da die Wirkung der Droge nachgelassen hatte, konnte er an kaum etwas anderes denken. Er sah die ganze Zeit Gesichter vor sich: die Gesichter von Menschen, die oben auf der Pan-Ch'ao-Straße seinen Weg gekreuzt hatten. Menschen, die nur wenig später in Panik ausbrechen, deren Augen tränen und die halb ersticken sollten, als der Sicherheitsdienst Desinfektionsgase in das Deck pumpte. Auch Kinder. Ja, viele von ihnen waren sicher noch Kinder gewesen.

Er hatte vorher nicht näher darüber nachgedacht, hatte all das erst gesehen, als es getan war. Er hatte an nichts anderes als die fünftausend Yuan gedacht, die man ihm für den Job zahlte; an das und an die Möglichkeit, hier rauszukommen. Und wenn das darauf hinauslief, das Netz zu durchbrechen, war er bereit, es zu tun. Aber Chen hatte nicht genauer darüber nachgedacht. In dieser Hinsicht hatte Jyan zumindest recht.

Das Netz. Es war zum Schutz der Stadt errichtet worden, als eine Quarantänemaßnahme, um das Oben von Seuchen und Epidemien und vor dem Einfall von Insekten und Ungeziefer zu schützen. Und vor uns, dachte Chen mit einem sauren Geschmack im Mund. Vor Ungeziefer wie uns.

Er sah hinüber, als sich etwas in der Tür bewegte, dann warf er Jyan einen scharfen Blick zu. »Es gibt Ärger«, sagte er ruhig.

Jyan drehte sich nicht um. »Wer ist es?« brummte er.

Chen fuhr sich durch einen imaginären Schnurrbart.

»Scheiße!« sagte Jyan leise, lehnte sich zurück und hob seinen Becher.

»Was will er?« flüsterte Chen und beugte sich vor, damit Jyan seine Lippenbewegungen vor den drei Männern in der Tür verbarg.

»Ich schulde ihm Geld.«

»Wieviel?«

»Eintausend Yuan.«

»Eintausend!« Chen schnitt eine Grimasse, denn lehnte er sich wieder zurück, zog das Messer aus seinem Stiefel und klemmte es mit dem Knie gegen die Unterseite des Tisches, ehe er nochmals hinübersah. Der größte der drei Männer sah ihn jetzt direkt an und grinste, als er Jyans Rückansicht erkannte. Er neigte leicht den Kopf, brummte den anderen beiden etwas zu und kam auf Chens und Jyans Tisch zu.

Der Bärtige Lu war ein Ungeheuer von einem Mann. Fast sechs *ch'i* groß, trug er sein Haar wild und ungekämmt und protzte mit einem zerlumpten Pelz, den er sich wie der Nachfahr eines Stammeshäuptlings aus einer historischen Abenteuergeschichte um den Hals legte. Er verdankte seinen Namen dem riesigen, verfilzten Schnurrbart, der den Großteil seines verunstalteten Gesichts bedeckte. Als er schließlich über Jyan aufragte, starrte sein linkes Auge glasig aus einer Maske aus zerschmolzenem Fleisch, in seiner Roheit glänzend und fleckig wie eine Krabbenschale. Das rechte Auge war ein schmaler Schlitz wie eine Naht in einem Puppengesicht. Neben dem Kinn und auf der linken unteren Hälfte seines Gesichts schien die Maske in einer versenkten Linie zu enden, und darunter zeigte seine Haut den gewöhnlichen olivenfarbenen Ton.

Vor zehn Jahren, so erzählte man sich, hatte der Bärtige Lu mit Chang Fen, einem der hiesigen Bosse, eine Vereinbarung zu treffen versucht. Chang Fen hatte ihn mit einem Lächeln begrüßt, ihm die eine Hand zum Gruß hingehalten, in der anderen etwas, das wie ein Glas Wein aussah. Dann hatte er ihm, noch immer lächelnd, den Inhalt des Glases ins Gesicht geschüttet. Es war Säure gewesen. Aber der Mann hatte nicht mit Lus Wildheit gerechnet. Lu hatte die Hand des Mannes festgehalten, während er den Schmerz niederkämpfte, und sein großes Jagdmesser gezogen, das er Chang Fen in die Kehle rammte, bevor seine Leibwächter ihm zu Hilfe eilen konnten. Halb blind hatte sich Lu hinausgekämpft und war später mit seinem Bruder zurückgekommen, um die Sache zu Ende zu bringen.

Jetzt war der Bärtige Lu selbst Boss einer Gang; ein großer Mann hier unter dem Netz. Er stand da, ragte über Kao Jyan auf, und sein lippenloser Mund grinste vor grausamem Vergnügen, als er eine Hand auf Jyans Schulter legte, während sein einziges Auge Chen argwöhnisch beobachtete.

»Kao Jyan… Wie geht's dir, mein Freund?«

»Ich kann nicht klagen«, antwortete Jyan nervös und schrumpfte auf seinem Platz in sich zusammen. »Und dir, Lu Ming-Shao?«

Der Bärtige lachte rauh und humorlos. »Mir geht's gut, Kao Jyan. Ich habe gestern einen Mann umgebracht, der mir Geld schuldete.«

Jyan schluckte und begegnete Chens Blick. »Und er konnte dich nicht bezahlen?«

Lus Griff an seiner Schulter wurde fester. »Ganz richtig, Kao Jyan. Aber deshalb habe ich ihn nicht umgebracht, sondern weil er sich vor mir zu verstecken versuchte.«

»Dann war er ein Idiot, würde ich sagen.«

Im Gelächter des großen Mannes klang diesmal eine Spur Belustigung mit. Sein Auge war allerdings kalt und berechnend. Es starrte Chen aus seiner glasartigen Maske herausfordernd an.

Chen starrte zurück und stellte sich der Herausforderung, um sich nicht einschüchtern zu lassen. Wenn es zu einem Kampf kommen sollte, war er dabei. Der Bärtige Lu war kein Mann, den man leicht töten konnte, und mit seinen beiden Gefolgsleuten hatte er die besseren Karten. Aber er würde es ihnen nicht zu einfach machen. Sie würden merken, daß sie gegen einen *Kwai* kämpften.

Der Bärtige Lu unterbrach den Blickkontakt und sah auf Jyan herab. Seine dünnen Lippen lächelten wieder.

»Du schuldest mir Geld, Kao Jyan.«

Jyan starrte in seinen Becher. »Ich habe noch eine Woche, Lu Ming-Shao. Erinnerst du dich?«

»O ja, ich erinnere mich. Aber ich will mein Geld jetzt. Einschließlich Zinsen. Zwölfhundert Yuan verlange ich von dir, Kao Jyan. Und ich will es jetzt.«

Fast unauffällig hatte der Bärtige Lu das Messer aus seinem Gürtel gezogen und an Jyans Hals gehoben. Die große, breite Klinge blinkte im schwachen Deckenlicht. Die rasiermesserscharfe Spitze stach in das Fleisch unter Jyans Kinn und ließ ihn zusammenzucken.

Chens linke Hand glitt sein Bein hinunter, und seine Finger schlossen sich um den Griff des Messers. Die nächsten paar Sekunden würden entscheidend sein.

»Zwölfhundert?« fragte Jyan angespannt. »Aber nach unserer Vereinbarung …«

Jyan verstummte und hielt den Atem an. Der Bärtige Lu hatte den Druck des Messers gegen seine Haut verstärkt, und Blut trat hervor. Ein einzelner Tropfen rann seinen Hals hinunter und blieb in der Grube über seiner Brust hängen. Jyan schluckte schmerzhaft.

»Willst du es jetzt?«

»Ganz richtig, Kao Jyan. Ich habe gehört, du hast dir auch anderswo etwas geborgt. Du bist überall im Einsatz, was? Was hat das zu bedeuten, Kao Jyan? Hast du vor, uns zu verlassen?«

Jyan blickte auf und sah Chen an. Dann hob er langsam und vorsichtig die Hände, schob das Messer weg und drehte sich um, um Lu ins Gesicht zu sehen.

»Du irrst dich, Lu Ming-Shao. Ich bin glücklich hier. Ich habe hier Freunde. Gute Freunde. Warum sollte ich gehen wollen?« Jyan lächelte, dann fuhr er mit der Hand über den Tisch und deutete auf die freien Stühle. »Schau mal, du bist doch ein vernünftiger Mann, Lu Ming-Shao. Warum unterhalten wir uns nicht darüber? Warum setzt du dich nicht zu uns und trinkst ein Glas *Shen* mit?«

Der Bärtige Lu schnaubte, dann packte er Jyans Haar, riß ihm den Kopf zurück und hielt das Messer drohend an seine Kehle.

»Kein Spielchen, Kao Jyan! Ich bin ein ungeduldiger Mann, gerade jetzt. Du antwortest mir, und damit ist die Sache erledigt. Hast du das Geld bei dir oder nicht?«

Jyan traten die Augen aus den Höhlen. Lus Reaktion hatte ihn überrascht. Seine Hand fuhr in seine Tasche und kramte darin herum, dann warf er drei dicke Chips auf den Tisch. Jeder war fünfhundert Yuan wert.

Chen zwang sich zur Ruhe, und sein Griff um das Messer lockerte sich. Aber er hatte bemerkt, wie aufmerksam Lus Gefolgsleute ihn beobachtet hatten, und wußte, daß sie Befehl hatten, sich um ihn zu kümmern, falls es Ärger gäbe. Er lächelte sie versöhnlich an und sah, wie der Bärtige Lu Jyan losließ. Der große Mann steckte sein Messer ins Futteral, dann beugte er sich vor und nahm die drei elfenbeinfarbenen Chips an sich.

»Fünfzehnhundert, hä?« Er grunzte, drehte sich halb

um und grinste seine Leute an. »Nun, das dürfte reichen, meinst du nicht, Kao Jyan?«

»Zwölfhundert«, sagte Jyan und rieb sich den Hals. »Du hast zwölfhundert gesagt.«

»Und was sage ich jetzt?« Lu lachte, nun fast sanft, dann nickte er. »Kann sein, Kao Jyan. Aber deinetwegen mußte ich für mein Geld arbeiten. Also sagen wir, wir sind quitt, hm, und ich vergesse, daß du mich wütend gemacht hast.«

Chen kniff die Augen zusammen, beobachtete Jyan und wünschte sich, daß er es dabei beließ. Aber Jyan konnte es nicht bleiben lassen. Er drehte sich um, schaute erneut zu Lu auf und begegnete seinem Blick.

»Ich bin enttäuscht von dir, Lu Ming-Shao. Ich dachte, du seist ein Mann, der zu seinem Wort steht. Wenn sich jemand eine Woche früher nach seinem Geld erkundigt, verstehe ich das. Ein Mann muß schützen, was ihm gehört. Und die zweihundert Zinsen verstehe ich auch. Geld ist nichts Totes. Es lebt, wächst und will genährt werden. Aber noch mehr ...« Er schüttelte den Kopf. »Es wird sich herumsprechen, daß Lu Ming-Shao habgierig ist. Daß er sein Wort gibt und sich dann nimmt, was ihm nicht gehört.«

Der Bärtige Lu starrte Jyann finster an, seine Hand ruhte auf dem Messer. »Du wagst es, so zu reden, Kao Jyan?«

Jyan schüttelte den Kopf. »Ich nicht. Aber es gibt andere in diesem Raum, die gesehen haben, was zwischen uns vorgefallen ist. Du kannst sie nicht alle zum Schweigen bringen, Lu Ming-Shao. Und du weißt, wie es ist. Gerüchte verbreiten sich so schnell, wie ein Vogel fliegt. In Kürze wüßte das ganze Netz Bescheid. Und was dann, hä? Wer würde dann noch kommen und sich Geld von dir borgen?«

Lus Brust hob und senkte sich, sein einziges Auge drang mit wütenden Blicken in Jyans Gesicht. Dann fuhr er ruckartig herum und knurrte einem seiner Gefolgsleute etwas zu. »Gib ihm dreihundert zurück! Sofort!«

Der Mann kramte in dem Beutel an seinem Gürtel, dann warf er drei dünne Chips vor Jyan auf den Boden.

Jyan lächelte. »Es war mir eine Freude, mit dir Geschäfte zu machen, Lu Ming-Shao. Mögen dir viele Söhne beschieden sein![29]«

Aber der Bärtige Lu hatte sich abgewendet und bereits zur Hälfte den Raum durchquert, wobei er unterdrückt fluchte.

Als er fort war, beugte sich Chen ärgerlich vor. »Was, zum Teufel, ist in dich gefahren, Jyan? Das hätte uns Kopf und Kragen kosten können.«

Jyan lachte. »Er war ganz schön wütend, was?«

»Wütend?« Chen schüttelte entgeistert den Kopf. »Und was heißt das, du hättest dir auch anderswo etwas geliehen? In was bist du da reingeraten?«

Jyan antwortete nicht. Er saß schweigend da und musterte Chen aufmerksam, ein schwaches Lächeln auf den Lippen.

»Was ist?«

Jyans Lächeln wurde breiter. »Ich denke nur gerade nach.«

»Nachdenken, worüber?« Chen hob seinen Becher und nahm einen Schluck. Das berechnende Glitzern in Jyans Augen erfüllte ihn mit dumpfen Ahnungen.

Jyan beugte sich vor und senkte die Stimme zu einem Flüstern. »Ja, ich denke nach. Ich mache Pläne. Ich arbeite an etwas, das uns beide reich machen wird.«

Chen trank seinen Becher aus und stellte ihn ab, dann lehnte er sich in seinem Stuhl zurück und betrachtete seinen Partner. »Ich habe genug jetzt, Jyan. Warum sollte ich noch mehr wollen? Ich kann jetzt raus, wenn ich will.«

Jyan ließ sich zurücksinken, Geringschätzung im

Blick. »Ist das *alles*, was du willst? Nur hier rauskommen? Reicht unser Ehrgeiz nicht weiter?« Erneut beugte er sich vor, doch diesmal zischte seine Stimme Chen an. »Nun, ich will mehr als das! Ich möchte hier unten im Netz ein König sein. Ein großer Boss. Verstehst du mich, Chen? Ich will keine Sicherheit und Ordnung und den ganzen Mist. Ich will Macht. Hier, wo ich sie ausüben kann. Und dazu brauche ich Geld.«

An den Nachbartischen wandten sich ihnen neugierige, aber lethargische Gesichter zu. Chen erwiderte den Blick eines von ihnen und sah in kalte, leidenschaftslose Augen, deren Starrheit das verräterische Symptom eines Menschen in Arfidis-Trance war, in das eine kalte Abscheu hineinspielte. Dann lachte er leise und wandte den Blick wieder Jyan zu.

»Du bist verrückt, Jyan. Dazu braucht man mehr als Geld. Du kannst hier unten nicht einfach eine Gang kaufen, du mußt selbst eine gründen, du mußt dir eine *verdienen*, so wie der Bärtige Lu. Du bist nicht von seinem Schlag, Jyan. Leute wie seine verspeisen dich zum Frühstück. Außerdem sprichst du da von Summen, an die du und ich nicht im Traum denken können.«

Jyan schüttelte den Kopf. »Du irrst dich.«

Chen senkte den Blick, irritiert von Jyans Hartnäckigkeit. »Schlag's dir aus dem Kopf, ja? Nimm einfach das, was du bekommen hast, und verschwinde von hier. Das heißt, falls noch genug übrig ist, nachdem du Lu ausgezahlt hast.«

Jyan lachte spöttisch. »Das war gar nichts. Kleingeld. Aber hör mir zu, Chen. Meinst du wirklich, man kann hier rauskommen?«

Chen sagte nichts, aber Jyan beobachtete ihn wieder aufmerksam.

»Was ist, wenn deine ganzen Ersparnisse nicht ausreichen? Was ist, wenn die Genehmigung mehr kostet, als du bezahlen kannst? Was ist, wenn du an irgendeinen beschissenen Beamten gerätst, der mehr aus dir rausquetschen will, als du hast? Was würdest du tun?«

Chen lächelte mit zusammengepreßten Zähnen. »Ich würde ihn umbringen.« Aber er dachte an die Pan-Ch'ao-Straße und die Quarantänetore; dachte an die gewaltige, auf dreihundert Ebenen einen ganzen Kontinent überspannende Stadt, die sich über dem Netz erhob. Er hatte gehofft, auf der großen sozialen Leiter einen Platz für sich zu finden – einen Platz auf der untersten Sprosse. Aber er würde höher steigen müssen, als er geplant hatte. Bis zur Einundzwanzigsten mindestens. Und das würde mehr kosten. Sehr viel mehr. Vielleicht hatte Jyan recht.

»Du würdest ihn umbringen!« Jyan lachte erneut und lehnte sich zurück, sichtlich angeekelt von seinem Partner. »Und schon wärst du wieder hier! Ein *Kwai*. Genauso ein *Kwai* wie vorher! Ein Handlanger, kein Mann, der Entscheidungen trifft. Ist es das, was du wirklich willst?«

Chen rümpfte den Nase und schüttelte den Kopf.

Jyan beugte sich wieder über den Tisch. »Verstehst du nicht? Wir können hier unten wirklich etwas sein! Glaub mir, wir können es!« Seine Stimme sank zu einem Flüstern herab. »Hör zu, ich weiß, wer uns angeheuert hat.«

Chen sah seinem Gegenüber ruhig in die Augen. »So?«

Jyan lachte ungläubig. »Du verstehst mich wirklich nicht, was?«

Chen ließ den Blick sinken. Natürlich verstand er ihn. Auf einmal wurde ihm klar, worauf Jyan hinauswollte. Erpressung. Ein Spiel mit dem Feuer. Aber er war interessiert und wünschte sich, daß Jyan deutlicher wurde. Erst als Jyan fertig war, blickte er mit ausdruckslosem Gesicht auf.

»Du bist gierig, Jyan. Weißt du das?«

Jyan lehnte sich zurück, lachte und winkte ab. »Du

hast nicht genau zugehört, Chen. Die Speicherfolie. Sie wird meine Lebensversicherung sein. Wenn sie irgend etwas versuchen – egal was –, kriegt der Sicherheitsdienst die Folie in die Finger.«

Chen betrachtete ihn noch einen Moment lang, dann senkte er den Blick, zuckte die Achseln und wußte, daß er nichts sagen konnte, was Jyan von diesem Vorhaben abbringen würde.

»Dann sind wir also Partner?«

Jyan hatte die linke Hand ausgestreckt. Sie lag auf dem Tisch neben der halbleeren Flasche; eine kleine, fast kraftlose, aber geschickte Hand. Die Hand eines Handwerkers. Chen betrachtete sie und fragte sich nicht zum erstenmal, wer Jyans Vater gewesen sein mochte, dann schlug er ein. »Partner«, bestätigte er und sah Jyan an. Aber er machte bereits eigene Pläne. Für eine Lebensversicherung, die *ihn* schützen sollte.

»Ich werde also ein Treffen arrangieren.«

Chen lächelte gezwungen. »Ja«, sagte er. »Tu das.«

* * *

Edmund Wyatt hielt unter dem Bestand weißer Maulbeerbäume am anderen Ende der Wiese inne und blickte auf die Pagode zurück. »Ich traue ihm nicht, Soren. Ich habe ihm nie getraut.«

Berdichow sah ihn von der Seite an und zuckte die Achseln. »Ich weiß nicht wieso. Er scheint ein ganz anständiger Kerl zu sein.«

»Scheint!« Wyatt lachte ironisch. »DeVore scheint immer irgend etwas zu sein. Das war Teil seiner Ausbildung beim Sicherheitsdienst, nehme ich an. Nach außen ganz glatt und sauber – aber im Innern ein verdammter Dreckskerl, meinst du nicht?«

Berdichow schwieg einen Moment lang. Er ging an Wyatt vorbei weiter, dann drehte er sich um, lehnte sich an einen der schlanken Stämme und musterte seinen Freund. »Da kann ich dir nicht zustimmen, Edmund. Er ist, was er ist. So wie wir alle.«

Wyatt ging in die Knie, hob eines der breiten, herzförmigen Blätter auf und rieb es zwischen Daumen und Zeigefinger. »Ich meine… Er arbeitet für sie. Für die Sieben. Wie freundlich er auch erscheinen mag, man sollte das nie vergessen. Sie bezahlen ihn. Er macht ihre Arbeit. Und wie die Han sagen: *Chung ch'en pu shih erh chu* – man kann nicht zwei Herren dienen.«

»Ich weiß nicht. Glaubst du wirklich, es sei so einfach?«

Wyatt nickte grimmig und starrte in Richtung der fernen Pagode. »Er gehört ihnen. Er gehört ihnen absolut.«

Er wandte sich um und sah Berdichow lächeln. »Was ist?«

»Es amüsiert mich nur, daß du dir darüber so den Kopf zerbrichst, Edmund.«

Wyatt erwiderte sein Lächeln. »Kann sein. Aber ich traue ihm nicht. Ich bin sicher, er führt etwas im Schilde.«

»Und was?« Berdichow drückte sich von dem Stamm ab und trat neben Wyatt, um über die Wiese hinwegzuschauen. »Hör zu. Ich sag dir, warum er hier ist. Lwo Kang ist ermordet worden. Gestern abend. Kurz nach dem elften Glockenschlag.«

Wyatt fuhr ruckartig herum. Die Nachricht schockierte ihn. »Lwo Kang? Bei allen Göttern! Dann ist es ein Wunder, daß man uns nicht alle in eine Zelle geworfen hat.«

Berdichow sah weg. »Vielleicht… Vielleicht auch nicht. Schließlich sind wir keine unwichtigen Männer. Es wäre nicht ratsam, uns ohne eindeutige Beweise für unsere Schuld zu behelligen. Es würde… nun, es würde uns zu Märtyrern machen, nicht wahr?«

Wyatt kniff die Augen zusammen. »Zu Märtyrern? Das verstehe ich nicht.«

»Glaube nicht, daß der T'ang uns unterschätzt. Auch nicht die Macht der Oberen. Wenn er alle von uns Dispersionisten einsperren würde, was dann? Wie würden die Oberen das aufnehmen? Sie würden sagen, er führe sich wie ein Tyrann auf. Er und die übrigen Sieben. Das würde den Dingen eine sehr ungünstige Wendung geben, verstehst du?«

»Aber Lwo Kang war ein Minister! Einer von denen, die Li Shai Tung selbst ernannt hat!«

»Das macht keinen Unterschied. Der T'ang wird angemessen handeln, oder überhaupt nicht. Das ist die Eigenart der Sieben. Ihre Schwäche, wenn du so willst.«

»Schwäche?« Wyatt runzelte die Stirn, dann drehte er sich wieder um und sah zur Pagode hinüber. »Kein Wunder, daß DeVore hier ist. Er ist gekommen, um einen Sündenbock zu finden. Meinst du nicht?«

Berdichow lächelte, dann legte er seinem Freund eine Hand auf die Schulter. »Glaubst du das wirklich, Edmund?« Er zuckte die Achseln, und Wyatt drückte leicht seine Schulter. »Was du auch sonst über ihn denken magst, DeVore ist ein *Hung Mao* wie wir. Er arbeitet vielleicht für die Han, das heißt aber nicht, daß er wie sie denkt. Überhaupt, warum sollte er an etwas anderem als der Wahrheit interessiert sein?«

Wyatt starrte die Pagode eine Zeitlang unbewegt an, als wälze er ein ungeheueres Problem, dann erschauderte er und fuhr sich auf eine seltsam naive, kindliche Art mit der Zunge über die Zähne. Schließlich wandte er sich wieder Berdichow zu. »Vielleicht hast du recht, Soren. Vielleicht ist er so, wie du behauptest. Aber ich habe nicht das Gefühl. Ich traue ihm nicht. Und wenn er hier ist, würde ich wetten, daß er etwas im Schilde führt.« Er machte eine Pause, drehte sich um und sah zur Pagode zurück. »Ich würde sogar mein Leben darauf wetten.«

* * *

»Yang Lai ist also tot?«

DeVore wandte sich vom Fenster ab und blickte in den Raum zurück. »Ja. Der Unterminister ist tot.«

Lehmann schwieg einen Moment lang, dann nickte er. »Ich verstehe. Und der Leutnant, der für den Posten des Sicherheitsdienstes verantwortlich ist?«

DeVore zögerte, ehe er etwas leiser antwortete: »Auch tot, fürchte ich. Es war … unvermeidbar.«

Lehmann suchte seinen Blick und begriff sofort. »Wie?«

»Durch eigene Hand. Die Entehrung, Sie verstehen. Seine Familie. Es hätte sie ruiniert. Deshalb war es besser für ihn, Selbstmord zu begehen und sie so vor der Schande zu bewahren.« Er wandte sich zum Fenster und sah wieder hinaus, um den gemächlichen Spaziergang der beiden Männer zu beobachten, die über die Wiese zur Pagode zurückkamen.

»Wir haben also nichts mehr zu befürchten.«

DeVore lachte kurz auf. »Das ist nicht sicher. Noch nicht.«

»Du meinst, es besteht immer noch die Möglichkeit, daß sie etwas finden werden?«

Der Major sah Lehmann kurz in die Augen, dann schaute er weg. »Denk dran, wie lang wir gebraucht haben, das zu planen, Pietr. Wir sind sorgfältig gewesen, und solche Sorgfalt zahlt sich aus. Und außerdem haben wir den Vorteil, daß wir alles wissen, was sie tun. General Tolonen kann nichts tun, ohne daß wir davon erfahren.«

Er schwieg einen Moment lang und starrte über die Wiese hinweg. Es stimmte, was er gesagt hatte. Er hatte Jahre damit verbracht, sie zu rekrutieren; Männer wie er, die weder aus der Ersten Ebene, dem privilegierten Oberdeck der Stadt stammten – als die *Überirdischen* bezeichnete man sich dort selbst gern – noch aus den Armeefamilien – den Nachkommen jener nordeuropäischen Söldner, die vor einem Jahrhundert gegen den Tyrannen Tsao Ch'un für die Sieben gekämpft hatten –, sondern einfache Männer ohne Beziehungen. Junge, fähige Männer, die von einem System benachteiligt wurden, das auf den Mandschu-›Bannern‹ beruhte – einer archaischen und elitären Organisationsstruktur, in der Beziehungen mehr zählten als Befähigung; Eigenbrötler und Unzufriedene wie er.

Ja, er war ein Meister darin gewesen, sie aufzuspüren, diesen Blick in den Tiefen ihrer Augen zu erkennen. Er machte sich stets über ihre Herkunft kundig und versuchte alles über sie herauszufinden. Dabei stellte er jedesmal fest, daß sie Verlierer waren, gesellschaftliche Außenseiter, die tief im Innern davon überzeugt waren, daß andere es so einfach hatten, während das Leben beim Militär für sie unabwendbar hart war. Dann, wenn er mit Sicherheit wußte, daß es sich so verhielt, trat er an sie heran. Und jedesmal war es dasselbe; dieser sofortige Zugang; dieser Moment des Erkennens, daß sie einander ähnlich waren, so befreiend, daß er sie mit Fesseln aus Dankbarkeit und gemeinsamen Gefühlen an sich band.

»Wie du bin ich ein Selfmade-Mann«, sagte er immer zu ihnen. »Was ich bin, verdanke ich niemandem außer mir selbst, kein Verwandter hat mir einen Posten erkauft; kein Onkel hat bei meinem Kommandooffizier ein gutes Wort für mich eingelegt.« Und wenn er das sagte, dachte er an all die Kränkungen, all den Mist, den er von seinen sogenannten Vorgesetzten hatte erdulden müssen – Männer, die nicht einmal imstande waren, ihre Stiefel zu polieren. Er hatte beinahe dreißig Jahre lang solche Scheiße ertragen müssen, um dorthin zu kommen, wo er jetzt war, in einer Position, in der er echte Macht innehatte. Seinen jungen Männern erzählte er das jedesmal und sah dabei in ihren Augen einen Widerschein seiner eigenen Empörung. Und dann bat er sie, sich ihm anzuschließen, Mitglied seiner geheimen Bruderschaft zu werden. Und sie nickten oder flüsterten »Ja«. Und dann gehörten sie ihm, waren nicht mehr allein.

Auf diese Weise hatte er seine Organisation aufgebaut, loyale Männer um sich geschart, die niemand anderem gehorchten; die weder zögern würden, ihren T'ang zu verraten, noch ihr Leben aufs Spiel zu setzen, wenn er es von ihnen verlangte. Wie der junge Offizier, der in der Nacht Dienst gehabt hatte, als der Anschlag auf Lwo Kang verübt worden war. Wie hundert andere, die in Schlüsselpositionen über die Stadt verstreut waren.

Er erwiderte Lehmanns Blick. »Sind das echte Bäume?« Er deutete in Richtung der Maulbeerbäume am anderen Ende der Wiese.

Lehmann lachte. »Himmel, nein. Davon ist nichts echt.«

DeVore nickte nachdenklich, dann wandte er sein Gesicht Lehmann zu. »Hast du keine Angst, Wyatt zu benutzen?« Seine Augen, nur Zentimeter von denen Lehmanns entfernt, trugen einen finsteren, fragenden Ausdruck. In seinem Atem war ein schwacher Hauch Pfefferminz.

»Wenn's sein muß. Schließlich gibt's Dinge, die wichtiger sind als Freundschaft.«

DeVore sah ihn noch einen Moment lang an, dann wandte er den Blick Wyatts Gestalt unten auf der Wiese zu. »Ich mag ihn nicht. Das weißt du. Aber selbst wenn es anders wäre – wenn es das, was wir vorhaben, in Gefahr brächte ... Wenn für einen Moment ...«

Lehmann berührte seinen Arm. »Ich weiß.«

DeVore drehte sich ganz um und betrachtete ihn. Er lächelte, dann streckte er seine Arme aus und packte ihn fest an den Schultern. »Gut. Wir verstehen uns, Pietr. Wir haben uns immer verstanden.«

Als er ihn losließ, warf DeVore einen Blick auf Timer an seinem Handgelenk, dann ging er in die Mitte des

Raums, blieb neben dem Tisch stehen und sah auf den Karton. »Es wird allmählich Zeit, die anderen zurückzurufen. Aber vorher müssen wir noch über eine letzte Sache reden. Heng Yu.«

Lehmann runzelte die Stirn. »Was ist mit ihm?«

»Ich habe Grund zur Annahme, daß er Lwo Kangs Nachfolger wird.«

Lehmann lachte vor Verblüffung. »Dann weißt du viel mehr als jeder andere von uns, Howard. Woher hast du diese Neuigkeit erfahren?«

»Oh, das ist keine Neuigkeit. Jedenfalls noch nicht. Aber ich glaube, sie wird sich als verläßlich herausstellen. Heng Chi-Po möchte, daß sein Neffe neuer Minister wird, und was Heng Chi-Po wünscht, ist so gut wie beschlossen.«

Lehmann schwieg und dachte nach. Er hatte gehört, welch hohen Rang die Familie Heng gegenwärtig einnahm. Dennoch würde Minister Hengs ganzer beträchtlicher Einfluß nötig sein, um Li Shai Tung dazu zu überreden, daß er seinen Neffen Heng Yu ernannte. Es würde außerdem ein kostspieliges Manöver sein, weil es erforderlich war, die Mitbewerber auszuzahlen, die Berater zu bestechen und den Posten selbst zu erkaufen. Sie würden sicherlich Schulden machen müssen. So kurzfristig würde das die Heng ernstlich schwächen. Sie würden sich damit in Abhängigkeit von einem Dutzend anderer Familien begeben. Doch auf lange Sicht...

Lehmann lachte überrascht. »Ich habe immer gedacht, Heng Chi-Po sei primitiv und phantasielos. Daß er vorausdenken kann, hätte ich ihm nicht zugetraut. Aber das...«

DeVore schüttelte den Kopf. »Unterschätze ihn nicht, Pietr. Das hat nichts mit Vorausdenken zu tun. Heng Chi-Po ist ein korrupter Mann, was wir glücklicherweise wissen. Aber er ist auch stolz. Auf irgendeine Weise hatte Lwo Kang ihn runtergeputzt, ihm etwas angetan, was er nicht vergessen konnte. Dieses Manöver ist die Antwort darauf. Seine Rache, wenn du so willst.«

»Woher weißt du das alles?«

DeVore sah zu ihm hinüber und lächelte. »Wer, meinst du, hat Yang Lai gekauft? Wer, meinst du, hat uns mitgeteilt, wo sich Lwo Kang aufhalten würde?«

»Aber ich dachte, es sei wegen Edmund ...« Dann lachte Lehmann. »Aber natürlich. Warum hast du mir das nicht gesagt?«

DeVore zuckte die Achseln. »Das war bis jetzt nicht wichtig. Aber jetzt mußt du wissen, mit wem wir es zu tun haben. Von welchem Schlag diese Männer sind.«

»Dann ist es sicher.«

»Fast. Aber es gibt nichts – *niemanden* –, den wir nicht entweder kaufen oder vernichten können. Wenn es Heng Yu ist, dann gibt es keine Probleme, dann wird es einfach sein. Aber wer immer es ist, er wird daran denken, was mit Lwo Kang passiert ist, und auf der Hut vor uns sein.« Er lachte leise. »Nein, sie werden in Zukunft kein leichtes Spiel mit uns haben.«

»Und Li Shai Tung?«

DeVore breitete die Hände aus, dann wandte er sich ab. Das war der entscheidende Punkt. Darüber gab es nur Spekulationen. Er und die anderen der Sieben, die die Erde beherrschten, unterstanden keinen Gesetzen, keiner Kontrolle außer ihrer eigenen. Letztlich würde es von ihnen abhängen, ob Veränderungen eintraten; ob die Menschheit noch einmal versuchen würde, die Sterne zu erreichen. DeVores Worte, so richtig sie für andere Menschen auch waren, trafen nicht auf die Sieben zu. Sie konnte man nicht kaufen – denn ihnen gehörte die Hälfte von allem, was es gab –, noch konnte man sie vernichten, so schien es jedenfalls. Seit mehr als einem Jahrhundert war ihre Herrschaft nicht in Frage gestellt worden.

»Der T'ang ist auch nur ein Mensch, ganz gleich, was manche von ihm halten.«

Lehmann musterte DeVore neugierig, hielt aber den Mund.

»Er kann beeinflußt werden«, fügte DeVore nach ein paar Sekunden hinzu. »Und wenn er sieht, welchen Lauf die Ereignisse nehmen ...«

»Er wird uns die Kehle durchschneiden lassen.«

DeVore schüttelte den Kopf. »Nein. Nicht, wenn wir die ganze Autorität der Oberen hinter uns haben. Die Börsen und das Haus und all das. Nicht wenn seine Minister auf unserer Seite sind. Er ist schließlich nur ein einzelner Mensch.«

»Er ist einer der Sieben«, erklärte Lehmann, und auf einmal begriff er die ganze Tragweite dieses Begriffs. Die Sieben. Sie garantierten die Stärke der Regierung. Jeder von ihnen ein König, ein T'ang, der ein Siebtel von Chung Kuo beherrschte, doch jeder im Rat gleichberechtigt, seinen Mit-T'angs Rechenschaft schuldig; in einigen wichtigen Bereichen außerstande, ohne ihre ausdrückliche und volle Zustimmung zu handeln. »Und die Sieben sind gegen Veränderung. Es ist eines ihrer Prinzipien. Der Grundstein ihrer Existenz.«

»Und doch müssen sie sich verändern. Sonst gehen sie unter.«

Lehmann öffnete den Mund, verblüfft darüber, wohin sie ihr Gespräch geführt hatte. »Du meinst doch wohl nicht ...«

»Du wirst sehen«, sagte DeVore noch leiser als vorher. »Das hier ist erst der Anfang. Eine Demonstration unseres Potentials. Zur Anschauung für die Oberen.« Er lachte, und sein Blick verlor sich in unbestimmter Ferne. »Du wirst es erleben, Pietr. Sie werden zu uns kommen. Bis zum letzten Mann. Sie werden sehen, wie die Dinge laufen – wir werden ihnen dafür die Augen öffnen –, und dann werden sie zu uns kommen.«

»Und dann?«

»Dann werden wir sehen, wer mehr Macht hat. Die Sieben oder die Oberen.«

* * *

Hang Chi-Po lehnte sich in seinem Stuhl zurück und barst vor Lachen. Er fuhr sich mit den juwelenberingten Fingern über den glänzenden Schädel, dann räusperte er sich geräuschvoll und verlagerte seine beträchtliche Körpermasse. »Hervorragend, Kou! Ganz hervorragend! Ein vorzüglicher Toast! Laß uns darauf anstoßen.« Er machte eine Pause, während der sein Lächeln breiter wurde. »Auf Lwo Kangs Nachfolger!«

Sechs Stimmen wiederholten den Toast begeistert.

»Auf Lwo Kangs Nachfolger!«

In dem geräumigen Büro auf der höchsten Ebene hielten sich acht Männer auf. Vier waren Brüder des Ministers, drei seine Neffen. Heng Yu, dem der Toast gegolten hatte, ein schlanker Mann Mitte Zwanzig mit einem bleistiftdünnen Schnurrbart und einem langen, aber freundlichen Gesicht, lächelte breit und verneigte sich in Richtung seines Onkels. Kou, der vierte Sohn von Heng Chi-Pos Vater Tao, legte seinen Arm um Yus Schulter, dann sprach er weiter.

»Dies ist ein großer Tag, erster Bruder.«

Heng Chi-Po nickte mit seinem großen runden Gesicht, dann lachte er erneut. »Oh, welch ein Genuß das war, vom Tod dieser Ratte zu erfahren. Welch ein Genuß! Und daran zu denken, daß die Familie davon profitieren wird!«

Von allen Seiten erhob sich Gelächter. Nur der junge Mann Yu schien gewisse Bedenken zu haben. »Er scheint ein guter Mann gewesen zu sein«, wagte er einzuwenden. »Ich könnte mit Recht stolz darauf sein, machte ich es so gut wie er.«

Das Gelächter erstarb. Chi-Pos Brüder warfen sich

gegenseitig Blicke zu, aber Heng Chi-Po war bei zu guter Laune, um sich von Yus Kommentar beunruhigen zu lassen. Er sah seinen Neffen gutmütig an und schüttelte in gespielter Verzweiflung den Kopf. Doch als er sprach, hatte seine Stimme einen warnenden Unterton. »Dann hat man dich falsch unterrichtet, Yu. Lwo Kang war ein Wurm. Ein Lügner und ein Heuchler. Er war ein dümmlicher, starrköpfiger Mann mit dem Benehmen eines aus dem Lehm Stammenden und der Intelligenz einer GenSyn-Hure. Die Welt ist reicher ohne ihn, das versichere ich dir. Und du, mein lieber Neffe, wirst ein doppelt so guter Minister sein wie er.«

Heng Yu verbeugte sich tief, aber als er sich aufrichtete, waren seine Wangen leicht gerötet, und er wich dem Blick seines Onkels aus. Heng Chi-Po beobachtete ihn aufmerksam und bedauerte es nicht zum erstenmal, daß er keinen seiner näheren Verwandten auf den Posten befördern konnte. Yu, der Sohn seines schon lange toten Bruders Fan, war auf eine Weise erzogen worden, die ihn von der Familie entfernte. Er hatte seltsame Vorstellungen vom Leben aufgeschnappt. Altmodische konfuzianische Ideale menschlicher Güte. Dinge, die einen Mann schwach machten, wenn er mit der wahren Natur der Welt konfrontiert wurde. Er war noch jung. Seine Erziehung konnte korrigiert werden, damit er der Familie von größerem Nutzen war.

Der stets wachsame Kou erkannte, wie die Dinge standen, und begann eine Anekdote über eine Hure aus den höheren Ebenen und einen Fremden aus dem Lehm zu erzählen. Chi-Po dankte ihm mit einem knappen Lächeln, stemmte sich aus seinem Stuhl und kehrte der Zusammenkunft dem Rücken zu, wobei er nachdenklich an seinem Bart zupfte. Unter der großen, die ganze Länge der Wand einnehmenden Karte der Stadt Europa blieb er stehen, sich kaum des feinen

Sechseckmusters bewußt, das die alten, vertrauten Umrisse der einzelnen Staaten überlagerte, dachte statt dessen an die Vergangenheit. An jenen Moment im Vorzimmer des T'ang, als Lwo Kang ihn gedemütigt hatte.

Shih wei su ts'an.

Er hatte es jetzt noch in den Ohren, konnte hören, wie Lwo Kang es ausgesprochen hatte, konnte nur wenige Zentimeter vor seinem Lwo Kangs Gesicht sehen, diese kalten, intelligenten Augen, die ihn verächtlich anstarrten, dieser weiche, fast weibliche Mund, der die harten Worte formte. Es war eine alte Phrase. Eine uralte Beleidigung. *Sich für die Toten ausgeben und das Brot des Müßiggangs essen.* Du bist faul und korrupt, hieß das. Du erntest die Früchte der harten Arbeit anderer. Chi-Po erschauderte und erinnerte sich, wie diese anderen – Minister wie er – sich von ihm abgewandt und ihn zurückgelassen hatten, als stimmten sie Lwo Kang zu. Nicht einer hatte danach mit ihm sprechen wollen.

Er senkte den Blick und sagte leise, nur zu sich selbst: »Aber jetzt ist das dreckige kleine Schwein tot!«

Er hatte diese kalten Augen zufallen lassen, diesen weichen Mund zum Verstummen gebracht. Und jetzt würden die Seinen das Erbe antreten. Und doch ...

Hang Chi-Po schloß die Augen, zitterte und empfand eine seltsame Mischung aus Bitterkeit und Triumph. Tot. Aber noch immer klangen die Worte laut in seinem Kopf nach. *Shih wei su ts'un.*

* * *

Der Große Weiße brachte ihnen ein Tablett mit *Ch'a*, dann zog er sich zurück und schloß die Tür hinter sich.

Cho Hsiang beugte sich vor und goß ihnen aus der Porzellanflasche ein, füllte zuerst Jyans, dann seine eigene Schale. Als er fertig war, stellte er die Flasche ab und sah den Söldner scharf an.

»Nun? Worum geht's, Kao Jyan?«

Er beobachtete, wie Jyan die Schale hob und einen Schluck trank, dann nickte er zum Zeichen, daß ihm der *Ch'a* schmeckte. In seinen Augen funkelte ein seltsames Licht. Ärger. Wie er es sich gedacht hatte. Aber nicht der erwarteten Art. Was hatte Jyan vor?

»Angenehm hier«, bemerkte Jyan und lehnte sich zurück. »Sehr angenehm. Im ganzen Netz gibt's kein angenehmeres Lokal als beim Großen Weißen, finden Sie nicht?«

Um seine Ungeduld zu zügeln, legte Cho Hsiang die Hände mit den Handflächen nach unten auf den Tisch, neigte leicht den Kopf und betrachtete Jyan genau. Er war auf der Hut vor ihm, nicht weil er auf irgendeine Weise physisch in Gefahr schwebte – der Große Weiße durchsuchte jeden Kunden, bevor er ihn einließ –, sondern weil er wußte, was er von Jyan zu halten hatte. Er war eine Ratte, ein hinterhältiger kleiner Scheißer, der in einen Rang aufsteigen wollte, der ihm nicht zustand.

»Das beste Lokal im Netz«, erwiderte er, ohne das exzellente Lokal von Mu Chua zu erwähnen, wo er und die anderen Oberen sich gewöhnlich aufhielten, wenn sie hier waren, noch seine Abscheu vor dieser Kaschemme und Typen wie Jyan, mit denen er zu tun hatte. »Sie erklären mir jetzt besser, was Sie wollen, Kao Jyan. Ich habe noch Geschäftliches zu erledigen.«

Jyan blickte zu ihm auf, einen verschlagenen, wissenden Ausdruck in den Augen. »Ich werde Sie nicht lang aufhalten, *Herr* Kontaktmann. Was ich zu sagen habe, ist einfach und ganz unmißverständlich.«

Cho Hsiang versteifte sich etwas, erbost über die Unverschämtheit, mit der europäisierten Form von *Hsieng Sheng* angesprochen worden zu sein, aber seine Gedanken kreisten bereits um die Frage, was Jyan wohl wollte. Bisher sah er darin noch keine Gefahr für sich selbst, nicht einmal als Jyan sich vorbeugte und flüsterte: »Ich weiß, für wen Sie arbeiten, Cho Hsiang. Ich hab's herausgefunden.«

Jyan lehnte sich zurück und beobachtete ihn scharf, während die Finger seiner rechten an denen seiner linken Hand zogen. »Das dürfte etwas wert sein, meinen Sie nicht auch?«

Cho Hsiang ließ sich zurücksinken, und seine Gedanken überschlugen sich. Meinte er Hong Cao? Und wenn ja, wie hatte Jyan das herausgefunden? Wer von Hsiangs Kontaktleuten hatte die Verbindung zurückverfolgt? Oder riet Jyan nur? Versuchte er, noch etwas aus ihm herauszupressen? Er musterte den Söldner noch einmal und stellte lediglich fest, wie aufmerksam dieser ihn beobachtete, dann zuckte er die Achseln.

»Ich weiß nicht, was Sie meinen. Ich arbeite allein. Ich bin kein schmieriger Handlanger.«

Er sprach die Beleidigung in gebotener Schärfe aus, aber Jyan wischte sie einfach fort. »Sie vergessen, wofür Sie mich diesmal angeheuert haben, Herr Kontaktmann. Ich war weit unter Ihrer Ebene. Ich wußte sofort, daß Sie für jemand anderen arbeiten. Und nicht einfach für irgendwen. Der Betreffende hatte Macht. Echte Macht. Macht genug, um mit dem Sicherheitsdienst etwas zu vereinbaren und mit anderen mächtigen Männern zu handeln. Mit genug Geld, um die vielen Zahnrädchen in Gang zu bringen und die Spuren zu verwischen. Das konnten nicht Sie sein, Cho Hsiang. Männer dieses Formats würden sich mit jemandem wie Ihnen oder mir nicht an einen Tisch setzen.«

Cho Hsiang verfiel für einen Moment in nachdenkliches Schweigen, dann: »Nennen Sie mir einen Namen.«

Jyan lachte kurz, ehe er sich mit einem nun harten und humorlosen Gesichtsausdruck vorbeugte. »Zuerst verlange ich eine Garantie. Verstanden? Ich will sichergehen, daß mir nichts passieren kann, daß niemand die Möglichkeit hat, mich zu verfolgen und zum Schweigen zu bringen.«

Cho Hsiang wollte etwas sagen, aber Jyan schüttelte knapp den Kopf. »Nein, Cho Hsiang. Hören Sie mir zu. Ich habe eine Folie mit allem besprochen, was ich weiß. Es dürfte sicherlich auf interessierte Ohren stoßen. Aber Folien können verlorengehen. Deshalb habe ich eine Kopie angefertigt und in einem Computer-Zeitschloß gesichert. Es spielt jetzt keine Rolle wo. Aber dieses Zeitschloß muß alle zwei Tage von mir zurückgestellt werden. Wenn nicht, geht die Kopie direkt an den Sicherheitsdienst.«

Cho Hsiang holte tief Luft. »Ich verstehe. Und was verlangen Sie als Gegenleistumng für Ihr Schweigen?«

Als Antwort holte Jyan die Folie aus der Tasche seines Einteilers und schob sie ihm über den Tisch zu. »Ich glaube, Sie werden einen Preis anbieten, der uns beiden zusagt.«

Lächelnd füllte Jyan seine Tasse aus der Flasche nach, dann lehnte er sich erneut zurück und hob sie wie zu einem Toast. »Sie sagten, Sie wollten einen Namen.«

Cho Hsiang zögerte, sein Magen krampfte sich zusammen, und er schüttelte den Kopf. Er hatte es zuerst nicht begriffen, doch jetzt sah er es ganz klar. Jyans Gerede über Sicherheiten hatte es ihm zu Bewußtsein gebracht. Es war das beste, wenn er nichts wußte. Und, wenn doch etwas, dann zumindest so wenig wie möglich. Solche Informationen, wie Jyan sie hatte, waren gefährlich.

»Entspannen Sie sich«, sagte Jyan lachend, als er die Besorgnis in Hsiangs Gesicht erkannte. Als er weiterredete, klangen seine Worte grob; da hatte er nicht mehr die Stimme eines Handlangers, sondern eines, der Befehle gab. »Arrangieren Sie ein Treffen. Morgen. Hier beim Großen Weißen.«

Verärgert über den plötzlichen Wechsel von Jyans Tonfall, beugte Chop Hsiang sich vor und fiel wieder in seinen Stuhl zurück, als ihm klar wurde, daß sich tatsächlich etwas geändert hatte. Er nahm das Folie, steckte sie ein, stand auf und ging zur Tür. »Ich werde sehen, was ich tun kann.«

Jyan lächelte wieder. »Oh, und übrigens, Cho Hsiang… bezahlen Sie beim Großen Weißen meine Rechnung, bevor Sie gehen.«

* * *

Lehmann fuhr herum; bei dem tiefen, dringlichen Summen des Empfangsgeräts auf seinem Schreibtisch schlug ihm das Herz bis zum Hals. Vier Symbole waren auf dem Bildschirm seines persönlichen Com-Sets erschienen, Han-Piktogramme, die *Yen Ching* – Auge – bedeuteten, das Codewort von Hong Cao, seinem Kontaktmann auf den mittleren Ebenen.

Daß die Meldung auf seinem persönlichen Bildschirm erschienen war, bezeugte ihre Dringlichkeit. Keine Computerleitung, wie gut sie auch abgeschirmt war, konnte völlige Diskretion garantieren. Aus diesem Grund war Hong Cao angewiesen worden, im äußersten Notfall nur den Personalcode zu verwenden.

Lehmann setzte seinen rechten Zeigefinger auf den Bildschirm und zeichnete ein Oval, dann tippte er in dessen Mitte. Sofort wurde die Mitteilung auf dem Monitor eingeblendet.

Sie war kurz und auf den Punkt gebracht. Lehmann las sie einmal durch, dann ein zweites Mal. Als er sie im Wortlaut im Kopf hatte, drückte er die CLEAR-Taste und hielt sie fünf Sekunden lang gedrückt – lang genug, um den Inhalt der Übertragung vollständig aus dem Speicher zu löschen. Erst dann ließ er sich in den Stuhl zurücksinken, wie betäubt von der Bedeutung der Nachricht.

»Mist!« sagte er schließlich leise, beugte er sich vor und tippte DeVores Personalcode ein.

Jemand wußte etwas. Jemand hatte herausgefunden, wie alles zusammenhing.

DeVore machte gerade seine Runde. Ein Teil seines Gesichts erschien auf dem Bildschirm, das Signal verschwommen und verzerrt. Lehmann bemerkte sofort, daß DeVore auf ein Handgelenkgerät starrte.

»Pietr! Was ist los?«

Lehmann schluckte. »Hallo, Howard. Eigentlich überhaupt nichts. Nur daß Sie ... äh, Ihre Handschuhe vergessen haben. Gut? Ich dachte, Sie wollen sie sich vielleicht abholen. Und vielleicht einen mit mir trinken.«

DeVores Gesicht kam wieder ins Bild und wurde schärfer. Einen Moment zögerte, dann nickte er. »Ich habe in einer Stunde frei. Ich hole sie mir dann ab. In Ordnung?«

»Gut.« Lehmann unterbrach den Kontakt sofort.

Das Päckchen von Hong Cao, das die Folie und eine versiegelte Memokarte enthielt, wurde einen halben Glockenschlag später von einem Sonderkurier überbracht. Lehmann starrte es einen Moment lang an, dann legte er es ungeöffnet in die oberste Schublade seines Schreibtischs und verschloß sie.

Sein erster Gedanke war richtig gewesen. Sie hätten alle Spuren, die zu ihnen zurückführten, verwischen und die Mörder ermorden sollen. Genauso wie die Agenten und Kontaktleute und jeden, der Bescheid wußte. DeVore hatte dagegengehalten, daß dies Aufmerksamkeit erwecken würde, aber Lehmann hatte recht gehabt. Und jetzt würden sie es doch tun müssen. Wenn es noch möglich war.

Als DeVore eintraf, nahmen sie das Päckchen gleich in Lehmanns abgeschirmtes Zimmer mit und hörten die Folie über Kopfhörer ab. Danach saßen sie da und sahen sich an.

DeVore redete als erster. »Er hat sich zwar geirrt, aber er war nah genug an der Wahrheit dran, um uns zu schaden. Wenn der Sicherheitsdienst einigermaßen gründliche Untersuchungen über Berdichow anstellt, wird er die Verbindungen mit euch aufdecken. Und dann bricht das Ganze zusammen.«

»Was schlägst du also vor?«

»Wir bringen ihn um.«

»Was ist mit der Kopie der Folie?«

»Überlaß das mir.« DeVore streckte die Hand aus und nahm die Memokarte. Er sah sie an, dann gab er sie Lehmann.

Lehmann aktivierte die Karte, las sie und gab sie DeVore zurück.

»Gut. Dieser Kao Jyan verlangt ein Treffen. Ich werde mich selbst drum kümmern. In der Zwischenzeit habe ich für dich etwas zu tun.«

Lehmann runzelte die Stirn. »Und was ist das?«

»Yang Lai lebt noch. Er hat versucht, mit Wyatt Kontakt aufzunehmen. Meine Männer haben herausgefunden, wo er ist, aber er will nur mit dir oder Wyatt sprechen. Es scheint, als wärt ihr die einzigen, denen er traut.«

Lehmann spürte, wie es ihm zum zweiten Mal an diesem Morgen den Magen umdrehte. Yang Lai war einer der Minister des Edikts gewesen, Lwo Kangs oberste Beamte. Sie hatten geglaubt, er wäre bei Lwo Kang gewesen, als der Minister und sein wichtigsten Männer getötet wurden.

»Dann ist er gar nicht in der Kuppel gewesen, als sie hochging?«

DeVore schüttelte den Kopf. »Ich hab's erst vor zwei Stunden erfahren. Alle internen Filme des Sicherheitsdienstes sind bei der Explosion zerstört werden, nur der elektronische Türspion hat es überstanden. Der Personenzähler hat zwei zuwenig angegeben. Es scheint, als sei Unterminister Yang einer davon.«

»Und wer ist der andere?«

DeVore zuckte die Achseln. »Wir wissen es noch nicht. Aber Yang Lai vielleicht. Triff dich mit ihm. Tu, was du tun mußt.«

Lehmann nickte. Diesmal würde er sich auf seine Instinkte verlassen. »Gut. Ich werde mich um ihn kümmern.«

DeVore stand auf. »Und mach dir keine Sorgen, Pietr. Wir kommen damit klar. Das weißt du doch.« Er betrachtete die Folie und die Karte, dann wieder Lehmann. »Vernichte das Zeug. Ich kümmere mich um den Rest. Oh, und Pietr ...«

»Was?«

»Meine Handschuhe ...«

* * *

Jyan hatte, nachdem Cho Hsiang gegangen war, noch zwei Stunden beim Großen Weißen verbracht. Eine Mahlzeit aus echtem Schweinefleisch und Gemüse, eine Flasche guten Weins und einen ausgiebigen Geschlechtsverkehr mit zwei der schärfsten Mädchen des Hauses – alles auf Cho Hsiangs Rechnung – hatten seine Stimmung gehoben. Endlich lief alles so, wie er es sich vorstellte. Die Dinge entwickelten sich günstig für ihn. Es wurde auch Zeit, dachte er, als er um die Ecke bog und den Korridor betrat, der zu seinem Apartment führte.

Im Lärm und Gedränge des Korridors entging es ihm fast. Beinahe wäre er direkt hineingelaufen. Aber irgend etwas – irgendein Instinkt, den er sich im Laufe der Jahre angeeignet hatte – ließ ihn innehalten. Er zog seine Hand von dem Schloß zurück, das auf Handabdruck reagierte, und beugte sich hinunter. Es gab keinen Zweifel. Jemand hatte sich an dem Schloß zu schaffen gemacht.

Er legte ein Ohr an die Tür. Nichts. Zumindest

nichts Ungewöhnliches. Er konnte von drinnen ein leises mechanisches Summen hören, aber das war normal. Oder fast normal...

Er wandte sich ab und blickte in den geschäftigen Korridor zurück, wobei er die Passanten ignorierte und nachzudenken versuchte. Hatte er vergessen, eines seiner Geräte abzuschalten? Er kratzte sich nervös am Hals, konnte sich nicht erinnern, dann betrachtete er wieder die Spuren an dem Schloß und runzelte die Stirn. Sie wirkten frisch, trotzdem mochte seit ihrem Entstehen schon einige Zeit vergangen sein. Vielleicht waren es bloß Kinder gewesen.

Möglich war es. Aber er wollte es nicht darauf ankommen lassen. Nicht unter diesen Umständen.

Er legte seine Hand flach auf das Schloß, und als es sich zischend öffnete, wich er von der Türöffnung an die Wand zurück.

Als die Tür langsam aufglitt, versuchte er mit einem Blick ins Zimmer irgendeinen Anhaltspunkt für einen Eindringling zu entdecken. Dann zog er mit einer einzigen schnellen Bewegung sein Messer und trat ein.

Jemand schlug ihm das Messer aus der Hand. Er sah es durch die Luft fliegen. Dann wurde ihm fest eine Hand auf den Mund gepreßt.

Jyan rang darum, sich zu seinem Angreifer umzudrehen, indem er instinktiv einen Arm hoch, um einen Schlag abzuwehren, aber der Mann war stark und hatte ihn fest im Griff.

Dann fiel er plötzlich nach hinten.

Jyan blickte keuchend auf. Kuan Yin, Göttin der Gnade! Es war Chen!

Chen sah wütend auf ihn herunter. »Wo bist du gewesen?«

Ein paar Gesichter erschienen hinter Chen in der Tür. Jyan verscheuchte sie mit einem Wink, dann stand er auf und schob sich an Chen vorbei, um die Tür zu schließen. Als er wieder zu Atem gekommen war, wandte er sich dem *Kwai* zu, und ein schwaches Lächeln kehrte auf seine Lippen zurück. »Ich habe für uns etwas arrangiert. Mit jemandem verhandelt.«

Er wollte noch mal an ihm vorbei, aber Chen packte ihn am Arm und beschnüffelte ihn. »Du hast dich wohl eher mit Huren rumgetrieben. Du stinkst nach Fotze.«

Jyan lachte. »Ich habe mich nach dem Geschäftlichen nur ein bißchen vergnügt, das ist alles.« Er ging ins Zimmer, ließ sich schwer aufs Bett fallen und betrachtete Chen. »Was machst du überhaupt hier?«

Chen steckte sein großes Jagdmesser in die Scheide und durchquerte das Zimmer. Dort, in einer Wandnische, stand eine altmodische Spielmaschine. Chen kehrte Jyan den Rücken zu und starrte auf den Bildschirm. »Ich dachte, ich komme vorbei und sehe nach, was los ist. Du warst lang weg.«

Jyan lachte, dann zog er seinen linken Pantoffel aus. »Wie ich schon sagte, ich habe verhandelt, für uns beide gearbeitet.«

Chen spielte noch einen Moment an den Tasten der Maschine, dann drehte er sich wieder um. »Und?«

Jyan lächelte, entledigte sich des zweiten Pantoffels und begann seinen Einteiler abzustreifen. »Wir haben noch ein Treffen. Morgen beim Großen Weißen. Dann werden wir uns über den Preis einigen.«

Ohne auf den anderen Mann zu achten, zog Jyan sich völlig aus, dann ging er zur Dusche in der Ecke und warf fünf Zehn-*Fen*-Marken in das Meßgerät daneben. Er zog den Vorhang zurück, trat ein, und als das lauwarme Wasser zu fließen begann, seifte er sich ab.

Chen beobachtete einen Moment Jyans Silhouette hinter dem Plastik, ehe er sich wieder dem Gerät zuwandte.

Es war eine uralte Kiste, in der Standardspiele einprogrammiert waren; *T'iao Chi, Hsiang Chi* und *Wei*

Chi. Er hatte es auf eine Partie *Wei Chi* auf niedrigem Niveau eingestellt, und das Gitter aus neunzehn vertikalen und neunzehn horizontalen Linien erschien auf dem Bildschirm. Chen spielte Schwarz und hatte etwa zwanzig Züge gemacht, als Weiß bereits in einer starken Position war.

Chen sah sich noch mal um. Er war heute zum erstenmal in Jyans Apartment – bisher hatte er sich nie für Jyans Privatleben interessiert –, aber jetzt spitzte sich die Situation zu. Es war ihm vernünftiger erschienen, zu wissen, wie die Dinge standen.

Billige Wandteppiche hingen an den Wänden, Standardarbeiten von Tung Yuan und Li Ch'eng[30], Berg- und Tallandschaften mit hohen Kiefern und sanft dahinströmenden Flüssen. Derartigen Mist sah man überall im Netz. Auf dem Nachttisch stand ein kleiner Schrein für Wen Ti[19], und die Reste abgebrannter Kerzen in dem Kasten deuteten auf einen Charakterzug Jyans hin, den Chen nie vermutet hätte. Ein kleiner Bettvorleger bedeckte einen geringen Teil des nackten Eisfußbodens am Fußende des Einzelbettes, darüber hinaus bestand die ganze Einrichtung aus zwei billigen Klappstühlen.

Einige der Dinge hier hatten Chen überrascht. In einer Kiste unter dem Bett hatte er eine veraltete Ausführung eines SimFic-HeadStims entdeckt: ein Gerät, das für direkte Inputs in Kabel diente, die ins Hirn implantiert wurden. Allein dafür mußte Jyan nach den gegenwärtigen Schwarzmarktpreisen mindestens fünfhundert Yuan bezahlt haben – vielleicht den ganzen Tausender, den er sich vom Bärtigen Lu geliehen hatte –, aber anders als die beiden Wickel, die Chen besaß, war dies eine nutzlose Anschaffung, ein bloßes Statussymbol, denn Jyan war wie die meisten im Netz der Operation nicht unterzogen worden.

Eine riesige blaue und goldene Kunstseiden-Daunendecke bedeckte das Bett. Darunter waren zwei hellrote Baumwolldecken über die üblichen Bettlaken aus Eisgewebe ausgebreitet – wie für eine Hochzeitsnacht. Aus einem unerfindlichen Grund hatte das Chen an jenen Moment auf dem Hang erinnert, als Jyan die Weinflasche und die Gläser aus dem Sack zog. Diese Seite Jyans hatte etwas gefährlich Unpraktisches an sich. Etwas widerlich Zügelloses. Es war seine Schwäche, ein Fehler, der einem Mann das Leben kosten konnte.

Chen leerte das Spielfeld und schaltete das Gerät ab, als seine Ernüchterung durchschlug. All das war so – prahlerisch. So falsch. Jyan mühte sich, besser zu sein, als er es war, reicher, mächtiger, kultivierter. Doch seine mimischen Anstrengungen waren schmerzhaft mit anzusehen. Er war eine Küchenschabe, die eine Schildkröte nachahmte. Und dieses jüngste Vorhaben... Chen erschauderte. Es mußte einfach scheitern. Er spürte das in seinem Innersten. Man konnte mit diesen Leuten nicht verhandeln, man konnte nicht ihr Partner sein, nur ihr Handlanger.

Er sah sich ein letztes Mal um und beobachtete die schmächtige Gestalt Jyans, der sich hinter dem Plastikvorhang beugte und streckte. Dann besann er sich und ging. Er wollte kein Spielzeug. Er wollte etwas Echtes. Ein neues Leben. Ein besseres als dieses. Etwas Wirklicheres als dies hier. Ein Kind vielleicht. Einen Sohn.

Er war es müde, ein *Wang pen* zu sein, ohne Wurzeln und ohne Erinnerung an seine Herkunft. Jemand wie er wurzelte in der Zeit. Wenn nicht in der Vergangenheit, dann in der Zukunft. Er seufzte, weil er wußte, daß er nichts an der Vergangenheit ändern konnte. Aber die Zukunft – sie stand noch nicht fest...

Als er in sein eigenes Apartment zurückging, klang der Gedanke in seinem Kopf wie eine Beschwörung, füllte ihn aus und ließ ihn nicht mehr los – ein Kind. Ein Sohn. Ein Kind. Ein Sohn – die Worte durchpochten ihn, wie seine Füße auf dem Eis pochten, mit dem die Korridore ausgelegt waren. *Ein Kind. Ein Sohn.*

Also gut. Er mußte bereit sein. Eine andere Möglichkeit gab es nicht.

* * *

Yang Lai kniete zu Füßen Lehmanns, den Kopf tief herabgebeugt, und seine Hände klammerten sich an den Saum seines *Pau.*

»Sie sind ein guter Mensch, Pietr Lehmann. Ein wirklich guter Mensch. Ich war so erschrocken. Ich hatte solche Angst, man würde mich finden, bevor Sie oder Edmund kämen.«

Lehmann schaute sich um. Es war schmutzig in dem Zimmer. Es sah aus, als hätte es seit Jahren niemand mehr gesäubert. War Yang Lai also so tief gesunken? Hatte er keine Freunde in höheren Rängen, die ihm in seiner Not halfen? Lehmann zog den Mann hoch und löste seine Hand, dann hob er sein Kinn, damit er ihm in die Augen sehen konnte.

»Ich bin froh, daß Sie angerufen haben, Yang Lai. Wir befinden uns in einer schwierigen Lage. Wenn der Sicherheitsdienst Sie gefunden hätte…«

Yang Lai wandte den Blick ab. »Ich verstehe.«

»Wie sind Sie rausgekommen?«

Der Han zögerte. »Macht das etwas aus?«

Lehmann bemerkte den mißtrauischen Unterton in Yang Lais Stimme. Der Mann hatte Zeit genug gehabt, um sich alles zusammenzureimen. Doch er war sich nicht sicher. Sein Vertrauen in Wyatt hatte wie eine Barriere gegen die Wahrheit gewirkt. Es hatte ihn davon abgehalten, die Einzelheiten zusammenzusetzen. Nun, das war gut so. Es machte die Dinge einfacher.

»Es interessiert mich bloß. Aber wie auch immer…« Er gab Gleichgültigkeit vor, indem er sofort das Thema wechselte und an Yang Lai vorbeiging, während er sprach. »Es geht um die Ermordung des Ministers. Sie sollten wissen, daß wir es nicht waren. Jemand ist uns zuvorgekommen.« Er drehte sich um und sah zu dem Han zurück. »Verstehen Sie mich, Yang Lai? Begreifen Sie, was ich sage? Wer immer es war, man hätte Sie um ein Haar umgebracht.«

»Nein! Nein...« Yang Lai schüttelte verwirrt den Kopf. »So ist das nicht gewesen. Sie ... sie haben mich gewarnt. Sie sagten, ich soll da rauskommen.«

Yang Lai zitterte entsetzlich und sah weg. Aus Mangel an Schlaf hatte er gerötete Augen und einen verstörten Blick, und seine Kleidung roch. Dennoch war etwas an seinem Benehmen, das auf seine frühere Autorität hindeutete. Er war daran gewöhnt, Befehle zu erteilen.

Für einen Moment schien Yang Lai in Gedanken versunken zu sein. Dann blickte er wie jemand, der plötzlich erwachte, wieder zu Lehmann auf, und ein Lächeln erhellte sein Gesicht. »Dann hatte Edmund nichts damit zu tun?«

»Nichts.« Diesmal entsprach es der Wahrheit.

Für einige Sekunden dachte Lehmann über die Verbindung zwischen Wyatt und dem Han nach. Warum schenkte Yang Lai Edmund so ausdrücklich sein Vertrauen? War es nur ein Zeichen von Freundschaft? Oder ging es tiefer? Waren sie Geliebte?

»Wer hat Sie gewarnt?« fragte er und trat näher. »Sie müssen es mir sagen, Yang Lai. Es ist sehr wichtig.«

Yang Lai schaute zu ihm auf und sah ihm nur kurz in die Augen. Dann senkte er wieder ruckartig den Blick, und seine Scham war beinahe greifbar. »Ein Bote ist gekommen«, erklärte er leise. »Mein dritter Sekretär Pi Ch'ien.«

Pi Ch'ien. Lehmann verschlug es den Atem. Pi Ch'ien hatte nicht auf der Namensliste gestanden, die DeVore ihm gegeben hatte. Was bedeutete, daß er möglicherweise noch am Leben war. Lehmann wandte sich ab, preßte die linke Hand an die Stirn und versuchte nachzudenken. Dann drehte er sich wieder um. »Dieser Pi Ch'ien… wo ist er?«

Yang Lai zuckte die Achseln. »Ich weiß nicht. Ich nehme an, er ist getötet worden.« Er sah weg, und seine Stimme wurde ganz leise. »Ich glaube, ich bin als letzter rausgekommen, ehe das Solarium hochging.«

Lehmann schwieg einen Moment lang, dann fuhr er plötzlich herum und machte Anstalten, zu gehen.

Yang Lai eilte ihm nach und holte ihn an der Tür ein, hielt ihn am Arm fest und drückte sein Gesicht eng an seines.

»Was geht da vor? Bitte, Pietr, sagen Sie mir, was ist los?«

Lehmann drehte sich um und ergriff Yang Lais Hand. »Es ist alles in Ordnung, Yang Lai. Es wird sich alles richten. Vertrauen Sie mir. Vertrauen Sie Edmund. Aber wir haben noch etwas zu erledigen. Uns allen zuliebe.«

Yang Lai studierte einen Moment verbissen sein Gesicht. Dann sah er zu Boden, ohne daß er zu erkennen gab, was er entdeckt hatte. »Gut. Tun Sie, was Sie tun müssen.«

Draußen hielt Lehmann inne und sah zu den beiden Männern hinüber, die am anderen Ende des Korridors standen. Hinter sich hörte er die Tür zugleiten und das Schloß zuschnappen.

Es würde ihm nicht helfen. Seine Männer hatten die Kombination für das Schloß.

Es ist notwendig, sagte sich Lehmann. All das. All das Töten, Lügen und Betrügen. Es läßt sich nicht vermeiden.

Er begegnete dem Blick des größeren Mannes und nickte, dann wandte er sich ab und begab sich zügig zum wartenden Transitlift.

Es muß sein. Uns allen zuliebe.

* * *

Cho Hsiang legte den Umschlag vor Jyan auf den Tisch, dann lehnte er sich zurück und beobachtete ihn aufmerksam.

»Was ist das?« Jyan blickte mißtrauisch auf.

»Machen Sie's auf und schauen Sie nach. Ich bin nur der Überbringer.«

Cho Hsiang merkte, wie mißtrauisch Jyan gegenüber dem Umschlag war. Er hatte noch nie so etwas gesehen. Hier unten wurde alles per Folie oder mündlich verbreitet. Hier gab es keine Raffinesse.

»Reißen Sie ihn auf«, erklärte er. »Die Mitteilung ist da drin auf ein Blatt geschrieben.«

Jyan zögerte, dann nahm er den Umschlag in die Hand und untersuchte ihn. Auf einer Seite des weißen Dings stand sein Name. Die andere schien diagonal aufgeschlitzt und dann mit etwas Heißem versiegelt worden zu sein, was einen Abdruck in Form einer Doppelhelix hinterlassen hatte. Als er das sah, lachte er.

»Ich hab's erraten, was?«

Cho Hsiang sagte nichts, sondern deutete nur mit einem Nicken auf den Umschlag.

Jyan zupfte vorsichtig an der Versiegelung und versuchte sie zu lösen. Dann riß er etwas heftiger an dem seidenen Papier. Die Versiegelung gab plötzlich nach, und die Botschaft flog neben Cho Hsiangs Hand auf den Tisch. Es war ein einzelnes gefaltetes Blatt. Cho Hsiang schob es ihm behutsam mit den Fingerspitzen zu.

Auf dem Blatt stand eine Zahl. Jyan betrachtete sie einen Moment, dann pfiff er leise.

»Wird das reichen?«

In Cho Hsiangs Stimme klang eine Spur Sarkasmus mit.

Jyan hatte das Blatt zusammengefaltet. Er klappte es wieder auf und las die Zahl noch einmal. Dann sah er Cho Hsiang über das Blatt hinweg an.

»Wissen Sie, was draufsteht?«

Cho Hsiang schüttelte langsam den Kopf. »Ich bin nur der Überbringer, wie ich schon sagte. Aber ich weiß es. Ein zweites Angebot bekommen Sie nicht. Verstehen Sie? Entweder nehmen Sie das oder Sie bekommen nichts.«

»Nichts…« Jyan lachte gepreßt. »Das wäre ziemlich dumm von Ihnen, meinen Sie nicht?«

Cho Hsiang beugte sich vor. »Sie haben mich verstanden. Entweder nehmen Sie's oder Sie lassen es bleiben.«

»Und wenn ich's bleibenlasse? Wenn ich mich mit meinem Wissen an jemand anderen wende?«

Cho Hsiang gestattete sich ein mildes Lächeln. »Sie haben doch eine lebhafte Phantasie, Kao Jyan. Versuchen Sie selbst, sich vorzustellen, was dann passiert.«

Jyan senkte den Blick und faltete das Blatt wieder zusammen. Cho Hsiang beobachtete ihn amüsiert. Die da oben wußten, wie man mit solchen Typen umging. Das war ihre Art, wie sie ein Ultimatum stellten. Entweder, oder – ihnen war es gleich. Beide Möglichkeiten würden ihnen recht sein. Er nahm sein Glas, trank es aus, dann streckte er die Hand aus und drückte den Knopf, um den Großen Weißen zu rufen.

»Ich muß jetzt gehen, Kao Jyan. Was soll ich meinen Freunden ausrichten?«

Jyan hob den Blick. An seinem Gesichtsausdruck erkannte Cho Hsiang, daß er immer noch schwankte. Er setzte ihn unter Druck. »Nun?«

Draußen wurde es laut. Mit einem leisen Klicken sprang das Türschloß auf, und die Tür begann zurückzugleiten. Jyan sah an Cho Hsiang vorbei, dann sah er ihn wieder an.

»Gut. Nehmen wir es. Und sagen Sie Ihrem Mann…«

Er brach ab, als er den Großen Weißen dort sah.

»Ja?« Cho Hsiang stand auf und ließ sich vom

großen Weißen in seinen weiten Kunstbibermantel helfen.

»Sagen Sie ihm, es wird keinen Ärger mehr geben. In Ordnung?«

Cho Hsiang lächelte verkniffen. »Gut.« Er wandte sich ab, als wollte er gehen, dann drehte er sich nochmals um. »Wir sehen uns also wieder, Kao Jyan.«

Jyan nickte. Seine ganze Keckheit war verschwunden.

»Oh, und Jyan ... Kümmern Sie sich um meine Rechnung, ja?«

* * *

»Was ist rausgekommen?«

Der Techniker tippte auf die Tasten und ließ die Aufnahme zur Analyse zurücklaufen. Dann lehnte er sich zurück und machte DeVore Platz, damit er selbst den Bildschirminhalt lesen konnte.

51 Worte insgesamt. 14 Wiederholungen. Gesamtvokabular: 37 Worte.

»Das reicht nicht.«

Der Techniker schüttelte den Kopf. »Vielleicht nicht für eine direkte Sprachtransposition. Aber wir könnten aus den vorhandenen Lauten neue Worte bilden. Es liegt ein beträchtliches Tonspektrum vor. Der Computer kann eine Gestalt – ein ganzes Sprachanalogon – aus weniger aufbauen. Dafür haben wir hier mehr als genug Möglichkeiten. Man schreibt ein Manuskript, und das Gerät läßt ihn das sagen. Und nicht einmal seine Mutter würde merken, daß nicht er es ist, der das sagt.«

DeVore lachte. »Gut. Dann wollen wir nicht zögern.« Er zog eine Diskette aus seiner Tasche und gab sie dem Techniker. »Das hier soll unser Freund Jyan sagen.«

Der Techniker zögerte kaum merklich, dann nickte er. »Gut. Ich werde gleich damit anfangen. Wäre es morgen zu spät? Morgen mittag?«

DeVore lächelte und klopfte dem Techniker auf den Rücken. »Morgen ist recht. Ich komme es selbst abholen.«

Er ging hinaus und fuhr wieder in Richtung Netz abwärts. Es war früh am Abend. In weniger als vier Stunden sollte er mit dem General zusammentreffen, um seinen Bericht abzugeben. Bis dahin hatte er genug Zeit, um alles in Gang zu bringen.

Im Lift des Sicherheitsdienstes nahm er während der Fahrt nach unten mit zwei Männern Kontakt auf, die er vor dem Großen Weißen postiert hatte.

»Was macht unser Mann?«

Aus seinem Ohrhörer kam die Antwort. »Er ist immer noch drin, Sir.«

»Gut. Wenn er rauskommt, folgen Sie ihm mit Abstand. Aber unternehmen Sie nichts. Noch nicht. Ich will beide, denken Sie daran.«

Er hatte kaum den Kontakt abgebrochen, als seine Handgelenkkonsole eine dringende Mitteilung empfing. Es war wieder Lehmann, sein Gesicht angespannt vor Sorge.

»Was ist los, Pietr?«

Lehmann zögerte, weil er wußte, daß er über einen offenen Kanal redete, dann riskierte er es. »Der fehlende Körper … Ich weiß, wer es ist. Es ist einer von Yang Lais Männern, Pi Ch'ien.«

»Ich verstehe. Und wo steckt er?«

Lehmann lachte nervös. »Das ist es ja. Ich hab's überprüft. Es gibt keine Spur von ihm. Seit dem Attentat ist er nicht mehr gesehen worden.«

»Er versteckt sich also?«

»Scheint so.«

»Gut. Überlaß das mir.« Er machte eine Pause. »Ist sonst alles in Ordnung?«

Lehmann zögerte, dann gab er eine codierte Antwort. »Es stehen keine Wolken am Himmel, Howard. Ich … Nun ja, wir sehen uns demnächst wieder, ja?«

DeVore unterbrach den Kontakt. Yang Lai war also tot. Gut. Eine Sache weniger, um die er sich zu sorgen brauchte.

Der Lift verlangsamte, dann kam er zum Halt. Einen Moment stand DeVore da, und seine Hand berührte beinahe die Taste des Türöffners, während seine Haut unter dem schlichten Einteiler, den er trug, von der Dekontaminationsprozedur brannte. Dann, als ihm ganz klar war, was er zu tun hatte, schlug er gegen die Taste und ging hinaus ins Netz.

KAPITEL · 3

Ein Spiel statischer Muster

Die fünfte Glocke schlug, als Major DeVore sich in General Tolonens Büro im obersten Geschoß der gewaltigen, festungsartigen Kaserne meldete, in der die Zentrale des Sicherheitsdienstes untergebracht war. Als DeVore eintrat, stand der General auf und kam hinter seinem Schreibtisch hervor, um ihn zu begrüßen, ein breites Lächeln in seinem wie gemeißelten Gesicht.

»Guten Morgen, Howard. Wie sieht's aus?«

DeVore verbeugte sich in Hüfte und Hals, dann richtete er sich auf und sah dem alten Mann in die Augen. »Nicht gut, Sir. Unsere Ermittlungen zum Tod des Ministers haben sich als schwieriger herausgestellt, als ich erwartet habe.«

Der General starrte ihn einen Moment lang an, dann nickte er. Er ließ seine Hand einen Moment auf dem Arm des Majors liegen, als wollte er ihn beruhigen, dann drehte er sich um und nahm wieder hinter seinen Schreibtisch Platz. Als er es sich in seinem Stuhl bequem gemacht hatte, beugte er sich vor und bedeutete DeVore, Platz zu nehmen. »Immer noch nichts, hm?«

DeVore deutete eine Verbeugung an und setzte sich. »Nicht ganz, Sir.«

Tolonen zog interessiert sein Kinn an. »Aha. Was haben Sie herausbekommen?«

»Nichts Handfestes. Nur ein Gerücht. Aber es könnte sich als wichtiger Hinweis herausstellen.«

»Etwas, worüber ich Bescheid wissen sollte?«

DeVore nahm die winzige Folie aus der Tasche seines Uniformrocks, wischte sie an dem Stoff ab und reichte sie Tolonen über den Tisch. Tolonen lehnte sich zurück und schob den hauchdünnen Streifen in den Input-Sockel hinter seinem linken Ohr. Ein paar Minuten lang saß er schweigend da, und seine Augen vollführten kleine unstete Bewegungen. Dann, als käme er plötzlich wieder zu sich, sah er seinen Major direkt an.

»Interessant, Howard. Sehr interessant.« Tolonen drückte gegen den schmalen Schlitz in der Haut hinter seinem Ohr und entnahm die Folie. »Aber kann man das wirklich glauben?«

DeVore neigte leicht den Kopf und überlegte. »Normalerweise würde ich sagen, man könne es ohne weiteres glauben. Aber angesichts der besonderen Umstände dieses Falls – insbesondere wegen seiner politischen Bedeutung – ist die Sache etwas komplizierter als üblich. Es wäre nicht klug, alles unbesehen zu glauben. Zur Zeit lasse ich die Quellen überprüfen. Ich höre mich um. Allerdings ...« Er zögerte, dann redete er weiter und beobachtete den General aufmerksamer als zuvor. »Da ist noch etwas, Sir.«

»Lassen Sie hören, Howard.«

»Nun, Sir. Ich bin mir fast sicher, daß der Sicherheitsdienst damit zu tun hat. Vielleicht auf Personalebene.«

Tolonen sah ihn einige Sekunden unbewegt an, dann nickte er ernst, ohne daß sich sein Gesichtsausdruck änderte. »Das denke ich auch. Wenn auch mit großem Widerwillen, wie ich gestehen muß. Schon der Gedanke läßt mich erschaudern.«

DeVore neigte mitfühlend den Kopf. »Dann ...«

Tolonen unterbrach ihn mit einem Blick. »Lassen Sie mich einmal die Situation umreißen, wie ich sie sehe, Howard. Dann werden wir herausfinden, wie diese neue Information mit dem zusammenpaßt, was wir schon wissen.«

DeVore setzte sich etwas aufrechter in seinen Stuhl; er beobachtete den alten Mann aufmerksam, als dieser die Lage skizzierte.

»Erstens: welche Waffe wurde benutzt, und wo und von wem wurde sie hergestellt?« Tolonen fuhr sich mit breiten, langen Fingern durchs tadellos geschnittene graue Haar, seine tiefblauen Augen an DeVore geheftet. »Wir gehen der Annahme nach, daß es sich um eine Art Eis-Derivat handelt. Die Forschung an Eis-Derivaten ist durch das Edikt untersagt worden, aber wir haben es hier nicht mit legalen Aktivitäten zu tun. Es ist daher möglich, daß jemand etwas dergleichen entwickelt hat.

Zweitens: wer wußte, daß Lwo Kang um diese Zeit dort sein würde? Die meisten, denen wir so etwas zugetraut hätten, sind mit ihm gestorben. Nur Yang Lai steht offen.«

DeVore nickte. »Keine Spur, Sir. Aber wir ermitteln noch.«

»Gut. Und drittens: wer hat das Kommando des Sicherheitsdienstes freigestellt? Können wir davon ausgehen, daß es der zuständige Hauptmann war, oder stand jemand in einem höheren Rang hinter der Entscheidung?« Tolonen machte eine Pause und schüttelte den Kopf. »Es kommt mir ziemlich unglaubwürdig vor, daß der betreffende Offizier unabhängig gehandelt haben soll. Seine Akte war tadellos, und sein Selbstmord dürfte es bestätigen. Aber etwas hat ihm Angst gemacht, Howard. Ich glaube, er handelte unter Druck.«

»Das glaube ich auch, Sir. Ich habe diesen Mann als Kadett kennengelernt, und ich würde die Hand dafür ins Feuer legen, daß er nicht ohne guten Grund so gehandelt hat. Wir vermuten, daß seine unmittelbaren Angehörigen bedroht worden sind. Wir haben sie noch nicht ausfindig gemacht – weil *er* sie an einem sicheren Ort versteckt hat oder weil andere sie versteckt haben, wissen wir nicht. Dennoch können wir auch ein anderes Motiv nicht ausschließen. Spielschulden vielleicht. Oder irgendeine Art von Sucht. Frauen möglicherweise. Auch die besten Männer haben ihre Schwächen. Auf jeden Fall habe ich einige Leute darauf angesetzt.«

»Gut. Und viertens: wer war der eigentliche Attentäter? Wie Sie wissen, haben wir zuerst vermutet, es sei aus der Luft gemacht worden – aus einem Kopter, der über die Kuppel flog. Aber das schließen wir inzwischen aus.«

»Sir?« DeVore spannte sich leicht an, jetzt noch aufmerksamer.

»Eine Untersuchung des Geländes um die Kuppel hat eine Anzahl neuer Hinweise ans Licht gebracht, darunter vor allem eine Leiche.«

»Eine Leiche?«

»Ja. Wir haben einen Toten gefunden, den man in einen engen Versorgungstunnel gezwängt hat, nicht weit von einem Ventilationsschacht entfernt, der in der Nähe der Kuppel mündet. Ein *Hung Mao*. Männlich, etwa fünfunddreißig Jahre alt. Er ist zweimal von einem Messer mit breiter Klinge durchbohrt worden. Sehr fachmännisch, hat man mir gesagt.«

»Dann haben wir also einen der Attentäter?«

Tolonen zuckte die Achseln. »Nun, ausschließen würde ich das nicht, aber es ist wahrscheinlicher, daß dieser Mann den anderen nur in die Quere gekommen ist. Seine ID-Karte weist ihn als Wartungstechniker aus, der dem Sicherheitsdienst der Ersten Ebene zugeteilt war.«

DeVore dachte einen Moment lang nach. »Hört sich an, als sei das der ideale Posten, um Zugang zur Kuppel zu erhalten.«

»Das war auch mein erster Gedanke, Howard, aber es paßt mit dem Rest nicht zusammen. Wir können seine Bewegungen bis zu dem Zeitpunkt rekonstruieren, als er in den Ventilationstunnel stieg. Wir haben's überprüft. Nur zwölf Minuten, bevor die Kuppel hochging, hat ihn eine Kamera dabei aufgenommen, wie er durch die Zugangsluke gestiegen ist. Er hat eine Überprüfung vorgenommen, die zeitlich lokalisiert worden ist – als er den Tunnel halb oben war. Damit fallen die ersten fünf Minuten schon weg. Damit wären ihm nur noch sieben Minuten geblieben, den Rest nach oben zu klettern, seinen Partner zu treffen, die Ladungen anzubringen und wieder runterzukommen.«

»Das reicht. Und außerdem könnte sein Partner die Ladungen gelegt haben.«

»Das ist möglich. Aber wozu wäre er dann nötig gewesen? Und warum ist er getötet worden? Es paßt nicht zusammen. Und außerdem haben wir da noch etwas.«

DeVore zwinkerte. »Sie waren sehr fleißig, Sir.«

Tolonen lachte. »Nun ja, ich habe zumindest versucht, Ihnen auf den Fersen zu bleiben, Howard. Jedenfalls ist es möglich, daß wir unsere Männer haben. Zwei Kerle von unten. Sie waren in einen Zwischenfall mit dem Sicherheitsdienst in einem der benachbarten Stöcke auf Ebene 11 verwickelt. Eine CompCam-Einheit hat festgestellt, daß einer der Männer keine ID-Karte hatte, und der Sicherheitsdienst hat gegen ihn ermittelt. Es kam zu einem Schußwechsel, und die beiden Männer konnten entkommen.«

DeVore schwieg für einen Moment. »Aber Sie haben sie jetzt?«

»Nein. Noch nicht. Aber hören Sie genau zu, Howard. Sie werden es nicht glauben. Wissen Sie, wie sie entkommen sind?«

DeVore schüttelte den Kopf.

»Nun, unsere Männer dachten, sie hätten sie in einem Verteilerlift in die Enge gedrängt. Sie hatten einen Schweißbrenner herbeigeschafft, um die Türschlösser zu schmelzen, aber die beiden Verdächtigen haben etwas mit dem Lift angestellt. Sie haben die Schaltkreise kurzgeschlossen und haben dann das ganze Ding durch den Boden ins Netz gerammt.«

DeVore stieß einen Pfiff aus. »Was ist passiert?«

»Das ganze Deck mußte versiegelt und gesäubert werden. Eine üble Sache. Tausende von Verletzten. Über hundertfünfzig Tote. Wir mußten eine Geschichte über einen Systemfehler erfinden. Aber denken Sie darüber nach, Howard. Unsere beiden Freunde müssen Insider-Informationen gehabt haben. Es gibt nicht allzu viele Leute, die wissen, daß diese Lifte noch zehn Ebenen hinunterfahren können. Genauso wichtig ist aber auch die Tatsache, daß sie ein Gerät hatten, um die Schaltungen kurzzuschließen.« Er machte eine Pause. »Das erklärt auch ein paar andere Dinge. Ich vermute, daß sie angesetzt worden sind. Sie wurden an einem der Tore unterm Netz abgeholt – vielleicht in der Nähe einer landwirtschaftlichen Station – und landeten oben auf der Stadt. Sie haben ihren Job erledigt, sind durch den Belüftungsschacht entkommen – wobei sie unterwegs unseren Wartungstechniker umbrachten – und dann auf der Elften herausgekommen.«

DeVore nickte langsam. »Das hört sich ... ganz plausibel an.«

»Gut. Ich bin froh, daß Sie dieser Meinung sind. In diesem Fall sind noch einige weitere Fragen zu beantworten. Wer waren ihre Kontaktleute? Wer hat ihnen die Information gegeben? Wer hat sie ausgebildet? Wer hat sie aufs Dach gebracht? Eine derartige Operation setzt umfangreiche Vorbereitungen voraus. Eine beträchtliche Anzahl von Leuten muß daran beteiligt gewesen sein.«

DeVore nickte erneut, doch diesmal wirkte er bestürzt.

Der General beugte sich aufgeregt vor. »Überlegen Sie nur, Howard. Wenn wir einen der Beteiligten finden würden – nur einen einzigen! –, könnten wir das ganze Komplott auffliegen lassen.« Er lachte, dann drosch er entschlossen mit einer Faust auf die Tischplatte. »Und damit uns das gelingt, habe ich mich an den T'ang gewandt.«

»Sir?« Diese neue Wendung schien DeVore zu überraschen.

»Ja, Howard. Der T'ang hat mir Autorität verliehen. Die Autorität, um amtliche Speicherfolien durchzusehen, zu verhandeln, Straferlaß zuzusichern, was immer nötig ist, wenn wir so an Informationen über die Leute kommen, die hinter all dem stehen.« Er lächelte breit. »Ich denke, Sie verstehen mich, Howard. Was Sie mir dargelegt haben, war äußerst interessant. Wenn Wyatt wirklich damit zu tun hatte ... Nun, ich brauche ihn. Verstehen Sie? Ich will wissen, welche Motive er hatte, mit wem er in Verbindung stand.«

»Sie meinen also, er könnte es gewesen sein.«

Der General schwieg einen Moment lang, dann zuckte er die Achseln. »Ich weiß nicht. Ich dachte ... Nun, Sie wissen, was ich gedacht habe. Ich habe mir die Aufnahme Ihrer Unterhaltung mit Lehmann angehört. Er ist ein unangenehmer Kerl, aber ich stimme Ihnen zu. Er ist zu ungehobelt, zu unvorsichtig in dem, was er sagt, als daß er dahinter stehen könnte. Was Wyatt angeht, habe ich ihn mehr als einmal getroffen, und er war mir sympathisch.« Wieder zuckte er die Achseln. »Dennoch, tun Sie, was nötig ist. Der T'ang erwartet Antworten, und er will sie schnell.«

* * *

Als DeVore gegangen war, bestellte Tolonen den Fähnrich Haavikko zu sich.

Axel Haavikko war ein großer, breitschultriger junger Mann von neunzehn Jahren, mit kurzgeschorenem blonden Haar. An seiner Jacke prangten die Abzeichen der Elite-Militärschule, von der er acht Monate zuvor abgegangen war, an seiner Brust die mit einem aufgestickten Seepferd versehene Plakette eines Militäroffiziers des Ranges Neun. Er durchmaß mit energischen Schritten den Raum und ging vor dem Schreibtisch in Habachtstellung.

»Sir?«

Der General lächelte. »Rühren Sie sich, Junge. Haben Sie die Folie?«

»Ja, Sir. Aber ich dachte…«

Tolonen hob eine Augenbraue. »Ich weiß. Aber ich habe mich dagegen entschieden. Major DeVore muß nicht alles wissen. Er ist müde. Ich kann mich selbst darum kümmern. Er bürdet sich zuviel auf, versucht mit allem Schritt zu halten…«

Er lehnte sich zurück und musterte den jungen Mann, wobei ihm auffiel, daß auch dieser Zeichen von Anspannung zeigte. »Uns würde allen etwas Ruhe guttun, nicht wahr, Haavikko? Mal auf andere Gedanken kommen. Aber das Böse in der Welt geht weiter, ob wir uns ihm stellen oder nicht.« Er lächelte freundlich. »Nun gut, schauen wir uns an, was wir da haben.«

Der Kadett verneigte sich, dann drehte er sich um und ging zu dem Betrachter hinüber, um die dünne transparente Karte, die er trug, auf die Betrachterfläche zu legen. Sofort erhellte sich der Wandbildschirm über seinem Kopf und zeigte zwei Männer, die sich ihren Weg durch einen breiten, doch überfüllten Korridor bahnten. Die Folie war aus Segmenten Hunderter einzelner Folien zusammengesetzt und dann bearbeitet worden, damit es so aussah, als habe eine einzige Kamera die beiden Verdächtigen über die ganze Länge der Hauptstraße verfolgt.

»Dies sind die beiden Männer, Sir. Der linke ist als Jyan angesprochen worden. Der andere ist nicht namentlich bekannt. Zu beiden liegen in den Zentralarchiven des Sicherheitsdienstes keine Einträge vor.«

Der General räusperte sich. »Halten Sie das einen Moment an.«

Das Bild erstarrte. Auf einem Schild hinter dem ersten Mann stand *Ebene 11, Süden 3. Stock, Kanton München,* die europäische Version in schwarzer Sperrschrift über den blutroten Mandarin-Piktogrammen. Eine Menschenmenge überflutete die Hauptstraße. Der zweite Mann – besser gebaut als der erste und an der Hüfte die verräterische Ausbeulung eines Messers – hatte der Kamera sein linkes Profil zugewandt und zeigte die kurze, bläuliche Narbe an seinem Hals unter dem Ohr.

»Interessante Gestalten, was, Axel? Sie stammen aus dem Netz. Daran gibt's keinen Zweifel. Wenn die Zentrale des Sicherheitsdienstes nichts hat, dann bin ich mir sicher, daß dies unsere Männer sind. Können wir feststellen, wo sie aufgetaucht sind?«

Axel betätigte die Bedienungselemente. Sofort änderte sich das Bild und zeigte einen kleinen Korridor, schwach beleuchtet, fast leer.

»Wo ist das?«

»Fünf Ebenen höher, Sir. Auf der Sechzehnten. Es ist ein Wartungskorridor. Von der Öffentlichkeit wird er nicht benutzt. Sehen Sie.«

Während sie zusahen, klappte an der Decke eine Luke auf und zwei Männer hangelten sich nacheinander in den Korridor herunter. Die beiden Han aus den anderen Aufnahmen.

»Wo führt das hin?«

»Etwa zwanzig *ch'i* vor dieser Luke befindet sich ein Schacht. Er endet auf der Einundvierzigsten. Dort haben wir sie verloren.«

»Gibt's irgendeinen Grund dafür?«

»Eine Funktionsstörung der Kamera. Vandalismus. Scheint nicht von ihnen verursacht worden zu sein. Mit diesem Abschnitt gab's offensichtlich schon seit Wochen Schwierigkeiten.«

»Dann wieder zurück zur Elften. Schauen wir uns an, mit welcher Art Männern wir es zu tun haben.«

Die nächsten zehn Minuten sahen sie schweigend zu, wie sich die Situation entwickelte. Sie sahen den Kampf, wie Jyan sein Messer zog und einsetzte, dann den Lader in den Lift fuhr. Weniger als eine Minute später wurde der Bildschirm schwarz.

»Das ist alles, was übrig geblieben ist, Sir. Die meisten Kameras wurden zerstört, als die Quarantänesiegel zuschnappten. Wir haben das hier aus den Kopien der Zentralaufzeichnungen zusammengesetzt.«

Tolonen nickte zufrieden. »Sie haben gute Arbeit geleistet, Haavikko. Es dürfte nicht allzu schwer sein, die beiden ausfindig zu machen. Wir haben mit einigen der Triaden-Bosse unter dem Netz Vereinbarungen getroffen. Sie werden sie für uns finden. Es ist nur eine Frage der Zeit.«

»Wir unternehmen also nichts, Sir?«

»Nicht bis wir etwas von unseren Kontaktleuten hören. Aber ich möchte, daß wir bereit sind, deshalb habe ich etwas arrangiert. Das heißt, daß wir eine Mannschaft unter das Netz in den Kanton München schicken, von wo die Nachrichten kommen. Das ermöglicht uns, sie sofort zu fassen. Ich habe Fest die Verantwortung übertragen. Er hat strikte Befehle, die beiden, wenn möglich, lebend festzunehmen. Sie und Hans Ebert werden die Mannschaft bilden.«

Haavikko zögerte, dann fragte er: »Was sollen wir da unten tun?«

Tolonen lachte. »Nichts, bis ihr eine Anweisung erhaltet. Ihr könnt das als einen bezahlten Urlaub betrachten. Ebert kennt sich dort offenbar gut aus. Ich bin mir sicher, er wird schon etwas finden, was ihr tun könnt. Aber wenn ihr eine Nachricht erhaltet, habt ihr sofort zur Stelle zu sein. Verstanden?«

Haavikko senkte den Kopf. »Sonst noch etwas, Sir?«

»Ja. Noch eins. Ich möchte, daß Sie eine Liste anfertigen.«

»Sir?«

»Ich möchte, daß Sie eine Liste zusammenstellen mit allen, die dies geplant haben könnten; es darf keiner fehlen, der möglicherweise daran beteiligt war. Nicht bloß diejenigen mit einem eindeutigen Motiv, sondern jeder, der entsprechende Kontakte gehabt haben könnte.«

»Jeder?«

Der General nickte streng. »Laß niemanden aus, wie absurd es dir auch vorkommen mag.«

Der Kadett verbeugte sich tief, dann schlug er die Hacken zusammen. »Sir.«

Wieder allein, stand Tolonen auf und ging zum Fenster. Tief unten schien der breite Graben der Festung des Sicherheitsdienstes mit Schwärze ausgefüllt zu sein. Im frühen Morgenlicht warfen die beiden Wachtürme am anderen Ende der Brücke lange, schmale Schatten über das Vorfeld des Raumhafens dahinter.

Er würde nichts unternehmen. Noch nicht. Eine Weile würde er sich auf seinen Instinkt verlassen und Wyatt gewähren lassen. Und abwarten, ob Wyatts Name auf Haavikkos Liste erschien, und ob DeVore etwas Handfesteres als den Klatsch der Oberen vorlegte. Denn tief in seinem Innern glaubte er nicht, daß Wyatt etwas damit zu tun hatte.

Er wandte sich wieder seinem Schreibtisch zu und berührte mit den Fingern leicht die Sensorfläche des Sprechgeräts.

Seine Sekretärin antwortete sofort. »General?«

»Spielen Sie mir noch mal die Aufnahme vor. Major DeVore und Untersekretär Lehmann. Die Stelle, wo Lehmann über Erstickung und böses Blut redet. Nur ein paar Zeilen, das reicht.«

»Ja, General.«

Er wandte sich erneut dem Fenster zu und sah hinab. Dabei bemerkte er, wie sich eine winzige Gestalt aus dem Schatten löste und zügig, aber nicht eilig über die Brücke marschierte. Es war DeVore.

Major DeVore war ein cleverer Offizier. Ein Mann, den man gern im Team hatte. Man konnte ihn nicht reinlegen; er sah die Dinge ganz deutlich. Er durchschaute den vordergründigen Schein. Und wenn er meinte, daß Lehmann damit nichts zu tun hatte …

»Die Folie ist bereit, General.«

»Gut«, erwiderte er, ohne sich umzusehen; er beobachtete weiter die Gestalt tief unten. »Lassen Sie's mich hören.«

Lehmanns drängende und leidenschaftliche Stimme füllte das Zimmer aus.

»Wir ersticken, Howard! Können Sie das nicht begreifen? Wir zerren an der Leine! Aber trotzdem, Gewalt … Nun, das ist eine andere Sache. Sie verletzt jeden und löst kein Problem. Sie sorgt nur für böses Blut, und wie könnte *das* unserer Sache zuträglich sein? Dieser … dieser Vorfall … Er hat lediglich erreicht, uns ein paar Jahre zurückzuwerfen. Er macht die Dinge schwieriger, noch …«

Die Stimme brach ab. Einen Moment später räusperte sich der General, dann nickte er bei sich. Er hatte diese Worte ein Dutzend, vielleicht zwei Dutzend Mal gehört, und jedesmal waren sie geeignet gewesen, ihn von Lehmanns Unschuld zu überzeugen. Lehmanns Zorn, seine schwierige Art, auch wenn sie gegen ihn als Mann sprachen, trugen in diesem besonderen Fall zu seiner Verteidigung bei. So benahm sich kein Schuldiger. Auf jeden Fall hatte er recht. Was sollte ihm das nützen? Li Shai Tung würde einfach einen anderen Minister ernennen. Einen anderen wie Lwo Kang.

Tief unten hatte DeVore das andere Ende der Brücke erreicht. Zwei winzige Gestalten traten aus dem Schatten des linken Turms, um ihm nachzusetzen, blieben aber zurück, als sie sahen, wer er war. Sie verschmolzen wieder mit der Dunkelheit, und DeVore marschierte allein weiter, hinaus auf das Vorfeld des Raumhafens.

Der General wandte sich ab. Vielleicht hatte DeVore recht. Vielleicht war Wyatt ihr Mann. Dennoch wollte das nagende Gefühl, etwas Falsches zu tun, nicht weichen, eine ungerichtete, anhaltende Anspanung.

»Ich bin müde«, flüsterte er bei sich und nahm wieder hinter dem Schreibtisch Platz. »Ja, Müdigkeit, daran wird es liegen.«

* * *

»Warte draußen an der Kreuzung. Weißt du, wie er aussieht?«

Der Han nickte. »Wie mein Bruder.«

»Gut. Dann mal los.«

Der Han tat, wie ihm geheißen, schloß die Tür hinter sich und ließ DeVore in dem Zimmer allein. DeVore sah sich um und gestand sich zum erstenmal etwas Entspannung zu. Jetzt würde es nicht mehr lang dauern. Nicht mehr lang, und alles wäre erledigt. Das war das letzte. Er warf einen Blick auf den versiegelten Beutel auf dem Boden vor dem Bett und lächelte, dann setzte er sich ans Ende des Bettes neben die Füße der Leiche.

Es war schwierig gewesen, Chen, den *Kwai,* zu töten. Ein hartnäckiger Bursche. Er hatte sich derart seiner Haut gewehrt, daß sie gezwungen gewesen waren, ihn totzuprügeln, als hätte es nicht genügt, ihn zu erdrosseln. Sein Kopf war ein blutiger Brei, seine Gesichtszüge kaum mehr zu erkennen. Dem Han hatte das Spaß gemacht. DeVore hatte ihn zurückhalten müssen.

Wie ein Tier, dachte er und nahm sich vor, dem Han einen besonders schmerzhaften Tod zu bereiten.

Eine Weile saß er mit gesenktem Kopf da, die Hände auf den Knien, und durchdachte die Sache noch einmal. Dann blickte er auf und sah sich nochmals um. Es war ein so mieses, dreckiges kleines Loch, und wie alles Vergleichbare unter dem Netz brachte es einen Typ hervor, der seiner Lebensumstände würdig war. Zum Beispiel jemanden wie diesen Kao Jyan; er hatte große Träume, aber er war ein kleiner Mann. Er hatte nicht den Verstand und die Vorstellungskraft, um seinen Plan ordentlich in die Tat umzusetzen. Er war lediglich maßlos unverschämt, über die Maßen von seiner eigenen Bedeutung überzeugt. Aber was konnte man sonst von ihm erwarten? Ein Mann, der hier lebte, hatte keine Perspektive. Er konnte nicht beurteilen, wie die Dinge sich wirklich verhielten.

DeVore stand auf und durchmaß das Zimmer. In die Wand war eine altmodische Spielmaschine eingelassen. Eine ResTem Mark IV. Er schaltete sie an und stellte sie auf *Wei Chi* ein; ein Spiel auf der achten Ebene, bei dem die Maschine mit Schwarz anfing.

Für einige Zeit vertiefte er sich in das Spiel und genoß die Herausforderung. Dann, als deutlich wurde, daß er im Vorteil war, wandte er sich ab.

Der General war scharfsinniger, als er ihm zugetraut hätte. Sehr viel scharfsinniger. Die Sache mit dem toten Wartungstechniker. Die Entdeckung von Kao Jyan und dem *Kwai*. Einen Moment lang hatte DeVore geglaubt, ihr Plan sei gescheitert. Aber das Spiel war längst nicht ausgespielt. Er hatte den General die fehlenden Teile finden lassen. Eines nach dem anderen hatte er sie ihm überlassen. Aber nicht bevor er mit ihnen fertig war.

Er warf noch einmal einen Blick auf die Maschine. Es war ein kompliziertes Spiel, und er konnte sich rühmen, darin über eine gewisse Meisterschaft zu verfügen. Doch es war seltsam, wieviel es über den Unterschied zwischen Ost und West aussagte. Zumindest über den alten Westen, der unter den Ebenen der Han-

Stadt, den Schichten der Han-Kultur und -Geschichte verborgen war. Die Spiele des Westens waren auf ähnlichen Brettern wie jene des Ostens gespielt worden, aber die Westlichen spielten zwischen den Linien, nicht auf ihren Schnittpunkten. Und die Spiele des Westens waren dynamisch gewesen, jedes einzelne Teil beweglich und mit eigenem Atem, als führe jedes ein unabhängiges Leben. Bei *Wei Chi* war das anders. Bei *Wei Chi* blieb jedes Teil dort, wo man es einmal hingesetzt hatte, es sei denn, es werde eingekreist und sein »Atem« ihm genommen. Es war ein Spiel statischer Muster, die im Laufe von Stunden oder Tagen, manchmal sogar Monaten geduldig aufgebaut wurden. Ein Spiel, dessen Ziel nicht die Auslöschung, sondern die Einkreisung war.

Osten und Westen, das eine die Umkehrung des anderen, würden sich für immer fremd sein. Doch einer mußte schließlich triumphieren. Zur Zeit waren es die Han. Doch das mußte nicht ewig so bleiben.

Er wandte sich von dem Bildschirm ab und lächelte. »Weiß gewinnt, wie immer.«

Es hatte ihn schon immer interessiert; seit dem Zeitpunkt, da er erfahren hatte, wieviel die Han verbannt oder versteckt hatten. Eine ganze eigene Kultur. Eine lange und komplizierte Geschichte. Vergraben, als habe es sie nie gegeben. Die Geschichte des alten Westens. Tot, in ein weißes Leichentuch gehüllt, der Farbe, die bei den Han für den Tod stand.

DeVore streckte sich und gähnte. Es war zwei Tage her, seit er das letzte Mal geschlafen hatte. Er durchquerte das Zimmer und betrachtete sein Bild im Spiegel neben der Duschkabine. Nicht schlecht, dachte er, aber die Drogen, die er genommen hatte, um sich wach zu halten, waren nur begrenzt wirksam. Schließlich würde ihn die Müdigkeit doch übermannen. Dennoch hatten sie ihn lange genug auf den Beinen gehalten, um dies hier durchzustehen.

Er senkte den Blick. Seine Handgelenkkonsole blinkte.

DeVore lächelte sein Spiegelbild an. »Na endlich«, sagte er. Er strich seinen Uniformrock glatt und wandte sich der Tür zu.

* * *

Jyan kam lachend ins Zimmer. »Chen ...«, begann er, dann erstarrte er, seine Augen weiteten sich und die Farbe wich aus seinem Gesicht. »Was zum ...?«

Er warf sich herum und wollte fliehen, doch der zweite Mann setzte ihm nach und verstellte ihm mit einem Messer in der Hand die Tür.

Langsam drehte sich Jyan wieder dem Fremden zu.

»Mach die Tür zu«, sagte DeVore und warf dem anderen an Jyan vorbei einen Blick zu. »Komm rein, Kao Jyan. Fühl dich wie zu Hause.«

Jyan schluckte und wich nach links zurück, ohne den Blick von der Gestalt zu lösen, die mit dem Gesicht nach oben, ein Laken über dem Kopf, auf dem Bett lag. Es war Chen. Er erkannte es an einem Dutzend von Hinweisen – an den Umrissen des Körpers, der Kleidung, an den schwarzen, mit Nieten versehenen Riemen um die Handgelenke.

Im ersten Moment brachte er keinen Ton heraus, so sehr lähmte ihn der Anblick dieser beiden starken Hände, die dort bleich und leblos, die Handflächen zur Decke gerichtet, auf dem blutdurchtränkten Laken ruhten. Dann blickte er wieder auf. Der Fremde beobachtete ihn, noch immer die Andeutung eines grausamen Lächelns auf den Lippen.

»Was wollen Sie?« fragte Jyan, und seine Stimme war kaum hörbar.

DeVore lachte, wandte sich der Spielmaschine zu und tippte seinen nächsten Zug ein. Jyan sah auf den Bildschirm. Der Gerät war auf *Wei Chi* eingestellt, das Gitter aus neunzehn horizontalen und neunzehn vertikalen Linien dicht mit kleinen schwarzen und weißen Steinen übersät. Die Spielsituation ließ vermuten, der Fremde habe schon einige Zeit gewartet.

DeVore drehte sich wieder um und musterte Jyan mit seltsam eindringlicher Miene. Dann senkte er den Blick und trat näher. »Es ist ein faszinierendes Spiel, findest du nicht auch, Kao Jyan? Schwarz fängt an, und so ist dieser Spieler im Vorteil. Sieben von zehn Partien gewinnt er, sagt man –, aber ich bin genauso wie du, ich spiele lieber aus einer ungünstigen Position.«

Er trat näher. Jyan stieß mit dem Rücken gegen die Wand und sah weg.

»Hast du den Umschlag, Kao Jyan?«

Jyan wandte den Kopf und begegnete dem Blick seines Gegenübers. Nur eine Handbreite trennte sie noch. Er konnte den Atem des Mannes auf seiner Wange spüren. »Den ... Umschlag?«

»Das Angebot, das wir dir gemacht haben.«

»Ach so ...« Jyan fingerte in die Innentasche seines Einteilers, zog einen zerknitterten Umschlag hervor und gab ihn ihm. Der Fremde sah ihn gar nicht an, sondern steckte ihn ein und gab ihm einen anderen.

»Mach schon. Öffne ihn. Das ist unser neues Angebot.«

Jyan konnte die Leiche auf dem Bett sehen, den Mann, der an der Tür wartete, das Messer in seiner Hand, und fragte sich, was das für ihn bedeutete. War er so gut wie tot? Er betrachtete den versiegelten Umschlag in seiner Hand. Er sah genauso aus wie der, den Cho Hsiang ihm gegeben hatte.

Seine Hände zitterten, als er den Umschlag öffnete und das gefaltete Blatt herausnahm. Diesmal stand nichts drauf. Die blendend weiße Seite war leer.

DeVore lächelte. »Verstehst du, Kao Jyan?«

Jyan sah von einem Mann zum anderen und versuchte herauszufinden, ob es einen Ausweg aus dieser

Situation gab. »Die Folie ...«, begann er, und seine Stimme zitterte jetzt. »Was ist mit die Folie?«

Der Fremde wandte sich ab und ignorierte seinen Einwand, als habe er kein Gewicht. »Das mit deinem Freund tut mir leid. Es ist bedauerlich, denn er hatte nichts mit dieser Sache zu tun. Die Abmachung ist mit dir getroffen worden, Kao Jyan.«

Jyan ertappte sich dabei, daß er erneut die Leiche anstarrte. Der Fremde bemerkte das und lächelte wieder. »Nur zu. Schau ihn dir an, wenn du möchtest. Er dürfte nichts mehr dagegen haben.« Er ging zum Bett hinüber und zog das blutdurchtränkte Laken zurück. »Hier ...«

Die Stimme des Fremden klang wie ein Befehl, der Kao Jyan unwillkürlich einige Schritte vortreten ließ, bis er zögerte, weil ein Anfall von Brechreiz ihn überfiel.

DeVore sah von dem Leichnam auf. »Es ist nicht einfach gewesen, deinen Freund umzubringen. Wir waren beide nötig, um mit ihm fertigzuwerden. Chu Heng dort hat ihn festgehalten, während ich ihn erledigt habe.«

Jyan erschauderte. Eine Kordel war vier-, fünfmal um Chens Stiernacken gewickelt und dann so eng zusammengezogen worden, daß sie sich ins Fleisch geschnitten hatte und Blut geflossen war. Aber es war schwer zu beurteilen, ob dies oder die schweren Schläge auf den Hinterkopf die Todesursache gewesen waren, Schläge, die seinen Schädel wie ein sprödes Porzellanteil zertrümmert hatten.

Er schluckte trocken, dann blickte er auf und sah dem Fremden in die Augen. »Werden Sie mich umbringen?«

DeVore lachte, nicht grausam, sondern so, als amüsierte ihn die Naivität dieser Bemerkung wirklich. »Was denkst du denn?«

»Die Folie ...«, wiederholte Jyan.

»Du verstehst das nicht, was, Kao Jyan?«

Der Han in der Tür lachte, verstummte aber augenblicklich, als DeVore ihn ansah.

Jyans Stimme war fast zu einem Flüstern abgeebbt. »Was soll ich verstehen?«

»Das Spiel. Seine Regeln. Seine verschiedenen Ebenen. Verstehst du, du wolltest weg von dort unten. Du wolltest über deine Ebene hinausgelangen. Das ist gefährlich für einen kleinen Mann wie dich. Du warst gierig.«

Jyan zitterte. Genau das hatte Chen gesagt.

»Du hast ... wie soll ich's sagen ... du hast uns belästigt.«

»Vergessen Sie das Ganze. Bitte. Ich ...«

DeVore schüttelte den Kopf. »Tut mir leid«, sagte er ruhig und sah Jyan, wie es schien, geradezu mit Bedauern an. »Das ist nicht möglich.«

»Ich werde nichts sagen. Ich schwöre es. Ich werde nichts sagen.«

»Du gibst uns dein Wort, hm?« DeVore drehte sich um und hob den Beutel vor dem Bett vom Boden auf. »Hier. Soviel ist dein Wort wert.«

DeVore warf ihm den Beutel zu. Jyan fing ihn auf, sah hinein und ließ ihn entsetzt fallen. Es war Cho Hsiangs Kopf.

»Du verstehst jetzt wohl. Es ist unvermeidlich. Wir müssen einige Steine opfern. Zum Wohl des ganzen Spiels.«

»Der Spiels ...?«

Aber es folgten keine weiteren Erklärungen. Das Messer des Han blitzte auf und durchtrennte seine Halswirbel. Kao Jyan war tot, bevor er auf dem Boden aufschlug.

* * *

In Mu Chuas Haus der Neunten Ekstase genoß man seine Mußestunden, und auf den Sofas im Zimmer der Grünen Lampen räkelten sich die Mädchen, redeten und lachten miteinander. Mu Chuas Haus war ein gutes, ein sauberes Haus, auch wenn es sich unter dem Netz befand, und stand nur denen offen, die aus geschäftlichen Gründen von oben kamen. Feng Chung, der größte der hiesigen Triaden-Bosse und Mu Chuas ehemaliger Liebhaber, gewährte ihnen seinen Schutz. Seine Männer bewachten Mu Chuas Türen und griffen ein, wenn ein Kunde Ärger machte. Es war ein angenehmes Arrangement, und Mu Chua war damit fett geworden.

Mu – was in der alten Sprache Mutter bedeutete, obwohl sie keine Kinder hatte, weil sie mit zwölf sterilisiert worden war – war jetzt über fünfzig; eine kleine, starke Frau mit glühendem Temperament, die echte Zuneigung für ihr Gewerbe und die Mädchen in ihrer Verantwortung empfand. »Hier vergessen Männer ihre Sorgen«, lautete ihr Motto, und sie hatte es in Englisch und Mandarin über die Tür geschrieben und die Piktogramme auf jedes Kissen, jeden Vorhang und jedes Bettlaken in diesem Etablissement genäht. Dennoch galten hier strenge Vorschriften. Man durfte ihren Mädchen auf keinen Fall weh tun. »Wenn Sie das wollen«, hatte sie einmal zu Feng Chung gesagt, und ihre Augen hatten vor Zorn geglüht, »dann können sie in den Lehm gehen. Dies ist ein anständiges Haus. Ein Haus der Liebe. Wie sollen meine Mädchen lieben, wenn man ihnen Angst macht? Wie sollen sie den Männern ihre Sorgen nehmen, wenn sie selber Sorgen haben?«

Mu Chua war immer noch eine attraktive Frau, und viele, die mit Lust auf junges Fleisch hierher gekommen waren, hatten am Ende eine Nacht in den Armen der Mutter verbracht. Danach gab es keine andere mehr für sie. Dann kamen sie nur wegen ihr zurück, weil sie sich nicht nur an die Wärme und Begeisterung ihrer Umarmung erinnerten, sondern auch an diese vielen kleinen Tricks – besondere Dinge, die sie wie ein

Geheimnis bewahrte, selbst vor ihren Mädchen –, die nur sie beherrschte.

Im Moment stand sie in der von einem Bogen überspannten Tür, betrachtete ihre Mädchen und war zufrieden mit dem, was sie sah. Sie hatte eine gute Auswahl getroffen. Es waren wirkliche Schönheiten – so wie Lotos Karmin und Jademelodie – und Mädchen mit Charakter, so wie Frühlingsweide und die kleine, zerbrechlich wirkende Honigsüß, bekannt als die ›kleine *Mimi*‹, nach dem Mandarin-Ausdruck für den Namen, den sie angenommen hatte. Aber ihre Mädchen zeichnete noch viel mehr aus; Mu Chua hatte sie zu Künstlerinnen herangezogen, Meisterinnen in der Kunst der Liebe.[31] Sie hatten Rasse, wenn derlei hier im Netz überhaupt möglich war. Sie waren keine gewöhnlichen *Men hu* – ›die, die an der Tür stehen‹ –, sondern *Shen nu* – ›göttliche Mädchen‹. Für Mu Chua war das ein bedeutender Unterschied. Ihre Mädchen mochten Prostituierte sein, aber sie waren keine Straßendirnen. Ihr Haus war ein Reich der Wärme und Zärtlichkeit, ein Vorbild für alle anderen Häuser, und sie war sehr stolz darauf, es so eingerichtet zu haben.

Lotos Karmin und Honigsüß hatten es sich am anderen Ende des Zimmers bequem gemacht und plauderten mit Goldherz, einem weiteren Mädchen. Mu Chua ging zu ihnen hinüber und setzte sich zwischen sie auf den Boden, um ihrem Gespräch zu lauschen.

»Ich hatte einen Traum, Mutter Chua«, sagte Goldherz und wandte sich ihr zu. Sie war Mutter Chuas jüngstes Mädchen, ein süßes Ding von dreizehn Jahren. »Ich hab's gerade Karmin und der kleinen Mimi erzählt. In meinem Traum war Neujahr, und ich habe Kekse gegessen. *Nian-kao* – Neujahrskekse. Über mir am Himmel türmten sich die Wolken zu riesigen Bergen auf, die in den seltsamsten Farben beleuchtet wurden. Als ich aufblickte, weil ich etwas erwartete, erschien im Westen plötzlich ein Tiger[32], kam näher und vereinigte sich mit mir.«

Die anderen Mädchen kicherten, aber Goldherz erzählte mit ernstem Gesicht weiter. »Dann bin ich aufgewacht, aber es war immer noch im Traum, und neben mir lag eine hellgraue Schlange[33] auf dem Bett, deren Haut stellenweise fast weiß war. Zuerst bewegte sie sich, aber als ich die Hand ausstreckte und sie berührte, war sie kalt.«

Mu Chua leckte sich bestürzt die Lippen. »Das war ein sehr intensiver Traum, Kind. Aber was er bedeutet…« Sie zuckte die Achseln und verfiel in Schweigen, dann wechselte sie das Thema. Es hatte keinen Sinn, Goldherz zu beruhigen. »Hört zu. Ihr müßt mir einen besonderen Gefallen tun, Mädchen. Wir bekommen Besuch. Drei wichtige Männer von oben. Soldaten.«

Lotos Karmin klatschte vor Entzücken in die Hände. »Wie wunderbar, Mutter Chua! Soldaten! Sie halten sich so gut in Form, sind so fit!« Sie gab ein tiefes, laszives Lachen von sich und warf Honigsüß einen Blick zu. »Wenn Mutter Chua nicht hier wäre, um auf uns aufzupassen, würde ich's mit einem Soldaten bestimmt auch umsonst machen.«

Mutter Chua fiel in ihr Gelächter ein. »Ja. Aber das sind keine gewöhnlichen Soldaten. Das ist die Leibgarde des Großen Generals, seine Elite, und ihr bekommt das Dreifache eures üblichen Lohns. Ihr werdet sie im Zimmer des Himmels unterhalten und alles tun, was sie von euch verlangen.«

»Alles, was sie verlangen?« Honigsüß hob eine Augenbraue.

Mu Chua lächelte, um sie zu beruhigen. »Natürlich innerhalb der Spielregeln. Man hat ihnen gesagt, sie dürften euch auf keinen Fall weh tun.«

»Und wenn sie nicht zufrieden sind?« fragte Goldherz, und ihr Gesicht war noch immer von dem Traum verfinstert.

Mu Chua streckte die Hand aus und streichelte ihr sanft über die Wange. »Es sind Männer, Kind. Natürlich werden sie zufrieden sein.«

* * *

Ebert blieb an der verhangenen Tür stehen und drehte sich zu ihnen um. »Da sind wir, Freunde. Bei Mu Chua. Das Beste, was es unter dem Netz gibt.«

Fest lachte vergnügt, aber Haavikko an seiner Seite wirkte unsicher. »Was ist das für ein Haus?«

Fest klopfte ihm auf die Schulter und deutete auf das Schild mit dem Lotos und dem Fisch[34] über der Tür. »Wie sieht es denn wohl aus, Axel? Wir sind hier in den Blumenstraßen und Weidengassen[35]. Im Reich der Wärme und Zärtlichkeit. Zuhause bei der Familie der grünen Lampen[36].« Er sah Haavikkos Gesicht an, daß er allmählich begriff, und lachte wieder. »Ganz richtig, Axel, ein Freudenhaus. Ein Bordell.«

Er versuchte weiterzugehen, den Arm noch immer um Haavikkos Schulter, aber der junge Fähnrich weigerte sich.

»Nein. Ich gehe da nicht rein.« Haavikko schluckte. Seine Wangen färbten sich. »Das … das ist nichts für mich.«

Ebert kam zu ihm zurück. »Du bist doch ein Mann, oder, Haavikko? Also, dann ist es natürlich etwas für dich.«

Haavikko schüttelte den Kopf. »Geht ruhig rein. Ich warte auf euch.«

Ebert warf Fest einen Blick zu und hob eine Augenbraue. Dann sah er Haavikko wieder an. »Das ist unmöglich. Ich habe eine Nacht für uns reserviert. Wir bleiben hier. Das ist unser Quartier, solang wir hier unten sind. Verstanden?«

»Du meinst, sie bieten auch etwas anderes als …?«

Ebert nickte nachdrücklich, womit er Fest nochmals

zum Lachen brachte, dann wurde er ernster. »Hör zu, Haavikko, wenn du keines von den Mädchen vögeln willst, dann brauchst du das auch nicht. Aber komm mit rein, ja? Mu Chua wird dir etwas zu essen bringen und dir dein Zimmer zeigen. Du kannst dir ein 3D-Vid anschauen oder sonstwas machen, während Fest und ich uns amüsieren.«

Haavikko senkte den Blick, wütend über den spöttischen Unterton in Eberts Stimme. »Könnte ich nicht anderswo unterkommen?«

Ebert schnaubte und verlor plötzlich die Geduld. »Bei allen Göttern, Fest, befiel ihm, da reinzugehen! Begreifst du nicht, Haavikko? Wir sind ein Team. Wir müssen zusammen sein, wenn der Aufruf kommt. Was, zum Teufel, haben wir davon, wenn du irgendwo anders bist?«

Haavikko sah Fest an, der entschuldigend lächelte. »Das stimmt, Axel. Ich habe den Befehl, daß wir die ganze Zeit zusammen bleiben. Hör zu, warum tust du nicht, was Hans vorgeschlagen hat? Komm rein und nimm dir ein Zimmer. Und wenn du deine Meinung änderst, brauchst du nicht weit zu gehen ...«

»Ich habe euch gesagt ...«

»Ja, ja. Ich hab's begriffen. Und jetzt komm rein! Das ist ein Befehl! Alles klar?«

Drinnen wurden sie herzlich von Mu Chua begrüßt, die sie anschließend in ein großes Zimmer am anderen Ende des Hauses brachte, wo drei Mädchen warteten. Als sie eintraten, gingen die Mädchen in die Knie und senkten den Kopf, dann blickten sie wieder auf und lächelten erwartungsvoll, als brennten sie darauf, daß die Männer ihre Wahl trafen. Axel starrte sie verblüfft an. Sie waren ganz und gar nicht das, was er erwartet hatte, noch war dies hier eines dieser geschmacklos aufgeputzten Freudenhäuser, wie er sie oft in Videodramen gesehen hatte.

»Wie wird dieses Zimmer genannt?« fragte er und

überraschte Ebert und Fest damit, daß er als erster etwas sagte.

Das Mädchen ganz links sah kurz ihre Gefährtinnen an, dann blickte sie zu Axel auf und lächelte strahlend. »Dies ist das Zimmer des Himmels. Hier darf ein Mann träumen und seine Träume leben.«

Sie war schön. Selbst unter diesen hübschen Han war sie etwas ganz Besonderes, und Axel spürte, daß sich wider seine Natur etwas in ihm regte. Sie trug ein hellrotes Seiden-*Ch'i P'ao* mit einem Muster aus winzigen blauen Blumen, Kranichen und Schmetterlingen[37] in verschiedenen Farben, das lange, einteilige Kleid so um ihre zierliche Figur geschlungen, daß es nicht viel verbarg. Ihr Haar war zu einer Ponyfrisur in der Form eines Schwalbenschwanzes geschnitten, dessen beide Flügel über einer elfenbeinbleichen Stirn auseinanderfielen, die der Tochter eines T'ang Ehre gemacht hätte, und eine Spange aus künstlichen Perlen hielt die dunklen Wellen ihres Haars zu einem dichten Pferdeschwanz zusammen. Ihre Hände, klein wie die eines Kindes, trugen keinen Schmuck, die Nägel waren poliert, aber nicht lackiert. Sie war so erstaunlich, so ungewöhnlich für einen solchen Ort, daß er nicht anders konnte, als sie anzustarren, die Lippen geöffnet, die Augen aufgerissen.

»Und wie heißt du?«

Sie senkte den Kopf, und ein leichtes Lächeln umspielte ihre zarten, rosigen Lippen. »Ich heiße Lotos Karmin.«

»Na, also!« sagte Ebert und lachte. »Wie ich sehe, hat Haavikko seine Wahl getroffen.«

Axel löste sich aus seinem Bann. »Nein. Überhaupt nicht. Ich… ich meine, was ich gesagt habe. Das hier…« Er sah sich nochmals um und war erstaunt über die geschmackvolle Gestaltung, die schlichte Gediegenheit des Zimmers und seiner Einrichtung. »Das ist nichts für mich.«

Er sah wieder auf das Mädchen hinunter und bemerkte hinter dem oberflächlichen Lächeln eine Spur von Enttäuschung in ihren Augen und Mundwinkeln. Sofort war es ihm unangenehm, sie durch seine Unachtsamkeit gekränkt zu haben, und sei es auch nur geringfügig. »Es tut mir leid«, wollte er sagen, aber Ebert kam ihm zuvor.

»Meine Damen, nehmen Sie es unserem Freund nicht übel. Wir dachten, wir würden ihn umstimmen, indem wir ihn in Ihr vorzügliches Haus bringen, aber er scheint ein Stein zu sein.« Ebert sah Fest an und lächelte. »Ich sollte das erklären. Mein Freund ist ein *Ya*, verstehen Sie? Ein gelber Aal.[38]«

Haavikko runzelte verständnislos die Stirn. Seine Grundkenntnisse in Mandarin umfaßten keinen der beiden Begriffe. Aber die Mädchen begriffen sie sofort.

»Ich bitte um Verzeihung, ehrenwerter Herr«, sagte Lotos Karmin mit einem strahlenden Lächeln, das ihre perfekten perlweißen Zähne zeigte, in ihrem klaren Gesicht. »Wenn Sie nur einen Moment warten möchten, werde ich Mutter Chua zurückrufen. Ich bin sicher, sie kann Ihnen einen Jungen beschaffen.«

Axel fuhr zu Ebert herum. »Was soll das bedeuten…?«

Ebert barst vor Lachen und amüsierte sich über die verwirrten Gesichter der Mädchen. Er ignorierte die Schärfe in Axels Stimme und legte ihm eine Hand auf die Schulter. »Das war nur ein Scherz, mein Freund. Nur ein Scherz.«

Die Mädchen sahen sich untereinander und die Soldaten an, und für einen Moment hatten sie ängstliche Gesichter. Dann fielen sie in Eberts Gelächter ein, senkten den Kopf, eine hob die Hand vor den Mund, und es klang wie das leise, ferne Lachen von Kindern.

Axel wandte sich von Ebert ab, sah wieder zu ihnen hinunter und ließ seinen Ärger von sich abfallen. Dann lächelte er und verbeugte sich andeutungsweise. Nein, dachte er. Mach dir nichts draus. Ebert ist so. Er kann nichts dafür, daß er von schlechter Abstammung ist und sich nicht benehmen kann. Es liegt daran, wer er ist; der Erbe eines der größten Finanzimperien von Chung Kuo. Er hat es nicht nötig, sich wie Fest und ich zu verhalten. Wir dienen, aber er spielt nur die Rolle eines Dieners. Tatsächlich ist er ein Meister.

Ja, aber paß auf dich auf, Hans Ebert. Eines Tages wirst du einen Scherz zuviel machen, einmal zu oft das Falsche sagen, und dann wird dir dein Reichtum nichts helfen. Nein, und deine Beziehungen auch nicht.

Das kleinste der Mädchen stand auf, indem es sich verneigte, und trat mit gesenktem Kopf vor. »Möchten die Herren etwas *Ch'a?*«

Ebert antwortete für sie. »Bei allen Göttern, nein! Bring uns etwas Stärkeres. Etwas Wein. Und außerdem etwas zu essen. Ich habe einen Bärenhunger!«

Peinlich berührt von Eberts taktlosem, anmaßendem Benehmen und selbst etwas unbeholfen, sah Axel zu, wie die die anderen sich auf Kissen niedersetzten, die Lotos Karmin ihnen brachte. »Wollen Sie sich nicht zu uns setzen?« fragte sie und kam noch etwas näher. Die sanfte Süße ihres Dufts berauschte ihn, und ihre dunklen Augen glichen denen einer Liebhaberin, die irgendeine geheime Übereinkunft an ihn band.

»Lieber nicht«, sagte er etwas zu steif. Meine Schwestern…, hätte er fast hinzugefügt. Er senkte plötzlich verlegen den Blick. Ja, das war der Grund. Er hatte es seinen Schwestern versprochen. Er hatte bei seiner Ehre geschworen, daß er sich rein halten, daß er nicht tun würde, was andere Männer taten.

Er erschauderte und sah dem Mädchen wieder in die Augen. »Es wäre freundlich, wenn Sie Mu Chua holen ließen. Vielleicht hat sie ein Zimmer für mich. Ich will essen und mich ausruhen.«

Lotos Karmin lächelte, ohne gekränkt zu wirken, und diesmal verbarg sich hinter ihrem Lächeln nichts.

Ihre Enttäuschung war schnell verflogen; jetzt war sie wieder die perfekte Gastgeberin, die alle persönlichen Interessen zurückstellte. »Wenn Sie einen Moment warten möchten, ich hole sie.«

Aber Mu Chua hatte alles beobachtet. Sie erschien augenblicklich in der Tür und wußte, was sie in diesem Moment zu tun und zu sagen hatte. Man hatte ihr vorher gesagt, daß es dazu kommen könnte.

»Bitte folgen Sie mir, *Shih* Haavikko. Es ist ein Zimmer für Sie vorbereitet. Ich bringe Sie hin.«

Axel verneigte sich dankbar, dann sah er zu Ebert und Fest hinüber. Fest begegnete seinem Blick und nahm sein Gehen zur Kenntnis, indem er knapp nickte, aber Ebert ignorierte ihn und konzentrierte sich statt dessen auf ein junges Mädchen – kaum älter als zehn –, das neben ihm saß.

»Wie heißt die Kleine?« fragte Haavikko Mu Chao, wobei er die Stimme senkte.

Mu Chua lächelte. »Das ist Goldenherz. Sie ist hier das Nesthäkchen. Ein süßes junges Ding, nicht?«

Er starrte das Mädchen noch einen Moment lang an, dann wandte er sich wieder Mu Chao zu. »Wenn Sie mich jetzt bitte in mein Zimmer bringen.«

Mu Chao lächelte verständnisvoll. »Natürlich.«

* * *

Axel erwachte in einem dunklen Zimmer und hatte einen seltsamen Geruch im Haar. Sofort übernahmen seine Instinkte die Kontrolle, und er fuhr wachsam hoch, dann fiel ihm ein, wo er war, und versuchte sich zu entspannen. Aber er war immer noch auf dem Sprung. Etwas stimmte nicht. Irgend etwas ...

Er hörte es. Den gleichmäßigen Atem von jemand anderem in der stillen Dunkelheit. Er tastete links neben sich. Dann nach rechts. Seine Hand fühlte etwas Weiches und Warmes.

Er schluckte und erkannte, was den moschusartigen Geruch verursachte. Was hatten sie getan? Ihn unter Drogen gesetzt? Was sonst noch? Er hatte zu viele Hinterhältigkeiten erlebt, um sich nicht verwundbar zu fühlen. Was war, wenn Ebert dies eingefädelt hätte? Was war, wenn er ihm Drogen verabreicht und seine Reaktionen darauf aufgezeichnet hätte? Er zitterte und rückte langsam von dem Mädchen weg – war es ein Mädchen? –, das neben ihm im Bett lag, dann tastete er hinter sich nach dem Lichtschalter.

Seine Finger fanden die flache Mulde in der Wand. Augenblicklich wurde die Mitte des Bettes in einen schwachen Lichtschein getaucht.

Axel keuchte, und seine Augen weiteten sich entsetzt. »Kuan Yin beschütze mich!« flüsterte er.

Das Mädchen war eine *Hung Mao*. Eine große Blonde mit vollen Brüsten und einem athletischen Körperbau. Sie lag unbeeindruckt von dem Licht da, eine Hand am Hals, die Finger in ihr langes kräftiges Haar gewühlt, die andere auf ihrem muskulösen Bauch, die Fingerspitzen in Richtung ihres üppigen Schamhaars.

Axel starrte sie erschrocken und zugleich fasziniert an, sein Blick ebenso von ihren eisig weißen Brüsten wie von der sanften, verhüllten Schwellung ihres Venushügels angezogen. Sie war ihr so ähnlich. So unwahrscheinlich ähnlich. Als ob …

Er wandte sich mit einem Schlucken ab und sah dann wieder hin, konnte auch diesmal nicht den Blick von den Teilen ihres Körpers abwenden, die er nie gesehen, von denen er nicht einmal geträumt hatte, sie je zu sehen.

Es konnte nicht sein. Es war doch nicht möglich, daß …?

»Vesa …«, flüsterte er und beugte sich hinüber. »Vesa …« Es war der Name seiner Schwester.

Sie wandte den Kopf, und ihre Augen öffneten sich.

Erstaunlich blaue Augen, wie die seiner Schwester. Aber anders. Oh, bei allen Göttern, so ganz anders. Und doch …

Er erwehrte sich heftig dieses Gedankens. Aber er kam wieder. Wie Vesa. Ganz wie seine Lieblingsschwester Vesa.

Das Mädchen lächelte ihn an und streckte die Hand nach ihm aus, indem ihrer Kehle ein leiser wohliger Laut entfuhr.

Ungelenk und unwillkürlich wich er ein Stück zurück, aber er war bereits entlarvt. Langsam füllte sich sein Penis mit Blut, bis er, wie zugeschnürt, steif aufragte. Und als sie die Hand nach ihm ausstreckte und ihn umfaßte, konnte Axel nur schamvoll und doch dankbar die Augen schließen.

Als er in sie eindrang, öffnete er die Augen und sah sie wieder an. »Wie heißt du?«

Sie lachte leise, und für einen kurzen Moment wurden die Bewegungen ihres Körpers gegen seinen langsamer und unsicher. »Erinnerst du dich nicht, Axel? Ich bin Weiße Orchidee[39]. Deine kleine Blume.« Dann lachte sie wieder, diesmal etwas rauher, und preßte ihn mit ihren kräftigen Schenkeln in sich hinein, daß sie vor Lust schrien. »Und er sagte, du seist ein *Ya* …«

* * *

»Soll ich ihn aufwecken?«

»Nein, Mutter Chua. Lassen Sie ihn noch etwas schlafen. Bis zum Kampf sind es noch zwei Stunden. Es ist reichlich Zeit. Hat er Spaß gehabt?«

Mu Chua lächelte, antwortete aber nicht. Es gab Dinge, die sie für Geld tat, und andere, die ihrem Codex widersprachen. Ihre Gäste auszuspionieren, gehörte dazu. Sie musterte Ebert und versuchte sich darüber klar zu werden, was ihn so von den anderen Männern unterschied, die hierher kamen. Vielleicht war es nur seine Grobheit. Seine selbstverständliche Annahme, daß er alles haben, alles kaufen konnte. Sie mochte ihn nicht, aber es war letztlich auch nicht ihre Aufgabe, alle ihre Klienten zu mögen. Die Dinge standen so, daß er ihr etwas Wertvolles gebracht hatte – zwei *Hung Mao*-Mädchen.

»Haben Sie sich inzwischen entschieden?«

Ebert sah sie nicht an. Seine Lippen formten ein schwaches Lächeln. »Ich kann haben, wen ich will?«

»Darauf haben wir uns geeinigt.«

»Dann nehme ich dieses Mädchen. Goldherz.«

Mu Chua senkte den Blick. Damit hatte sie gerechnet. »Sie ist nicht ausgebildet«, wand sie ein, obwohl sie wußte, daß es hoffnungslos war, aber sie versuchte dennoch, ihn zu überzeugen.

»Ich weiß. Das ist einer der Gründe, warum ich sie haben will. Ich könnte sie selbst erziehen. Auf meine Art.«

Mu Chua erschauderte und fragte sich, was er damit meinte. Einen Moment lang war sie versucht, die Vereinbarung zu widerrufen und die beiden *Hung Mao*-Mädchen zurückzugeben, aber sie wußte, daß es weder einen Sinn hatte, auf eine solch zugkräftige Attraktion wie die beiden barbarischen *Shen Nu* zu verzichten, noch sich Hans Ebert zum Feind zu machen.

»Sind Sie sicher, daß sie nicht zu jung ist?«

Ebert lachte bloß.

»Dann werde ich die Verträge aufsetzen. Wir werden's so machen wie vereinbart. Die beiden Mädchen gegen das eine. Und heute abend können Sie sich kostenlos amüsieren.«

»Wie vereinbart«, sagte Ebert und lächelte bei sich.

Mu Chua musterte ihn erneut und fragte sich, welches Spiel er mit seinem Kameraden spielte. Sie hatte mitbekommen, wie er ihn schikanierte und beleidigte. Warum hatte er also so darauf bestanden, daß sie ihn unter Drogen setzte und das *Hung Mao*-Mädchen zu ihm schickte? Die beiden Männer schienen keine Zuneigung füreinander zu empfinden, was also führte Ebert im Schilde?

Sie verbeugte sich und lächelte, war sich auf einmal der Vordergründigkeit ihres Lächelns bewußt, dann drehte sie sich um und ging den Vertrag holen. Aber sie dachte an Goldherzens Traum. Ebert war der Tiger aus dem Westen, und vergangene Nacht hatte er sich mit ihr vereinigt. Unersättlich, wie Goldherz berichtet hatte, wild und mit einer Leidenschaft, die an Gewalttätigkeit grenzte. Und obwohl es ausgeschlossen war, daß Goldherz schwanger wurde, konnte Mu Chua das Bild in ihrem Traum nicht vergessen – das Bild der grauweißen Schlange. In den meisten Fällen war es ein verhängnisvolles Symbol – es deutete darauf hin, daß die Träumerin einen Jungen zur Welt bringen würde. Aber die Schlange in dem Traum war kalt und tot gewesen.

Sie erschauderte. Der erste Teil des Traums hatte sich bewahrheitet, was sprach dagegen, daß der zweite sich nicht auch früher oder später bewahrheitete? Und das bedeutete großes Unglück für Goldherz. Iß jetzt deine Neujahrskekse, dachte Mu Chua, als sie den Vertrag aus der Schublade in ihrem Zimmer holte und zurückging. Feiere jetzt unter den regenbogenfarbenen Wolken[40], denn Goldherz wird bald gebrochen sein. Und ich kann nichts dagegen tun. Überhaupt nichts.

* * *

Als er ein zweites Mal erwachte, wußte er, daß sie an seiner Seite im Bett liegen würde. Er drehte sich um, sah sie an und alle Scham, aller Schrecken fielen von ihm ab, und nichts als Liebe und eine vage Sehnsucht blieben zurück. Einen Moment lang betrachtete er sie schweigend, ein leichtes Lächeln auf dem Gesicht. Dann bemerkte er eine Bewegung in ihrem Scheideneingang. Ein dunkles, schmales Ding schien sich zwischen den blassen, weichen Lippen hervorzupressen. Langsam glitt es hervor, streckte sich zu Daumennagellänge und richtete sich auf, indem sein blindes Maul sich zielgerichtet bewegte, als sauge es Luft ein. Axel starrte es fasziniert und entsetzt zugleich an. Das Ding lebte – es war lebendig. Er schrie vor Schreck und Verblüffung auf, und das Ding verschwand, als wäre es nie dagewesen, vergrub sich wieder in den weichen, feuchten Falten ihres Fleisches.

Sein Schrei weckte sie. Sie fuhr hoch, die Augen blau wie die Nordsee, schwer vor Schlaf. »Axel … Was ist los?«

Sie klärte ihren Blick, um ihm ins Gesicht zu sehen, und war sofort hellwach, als sie den Schrecken darin bemerkte.

»Bei allen Göttern, was ist denn?« Sie richtete sich auf und kroch zu ihm, aber er wich zurück und wehrte sie mit den Händen ab. Daraufhin verharrte sie mit angespanntem Körper, senkte den Kopf ein Stück und starrte ihn an. »Sag mir, was los ist, Axel. Bitte! War es ein böser Traum?«

Er zeigte auf sie. »Irgend etwas …«

Mehr brachte es nicht heraus, aber sie schien zu begreifen. Sie lehnte sich zurück und faltete die Hände über ihrem Schoß. »Ach … Ich verstehe.«

Sie atmete hörbar aus. »Was du gesehen hast …« Sie zuckte die Achseln und schaute, seltsam verletzlich, zu ihm auf. »Wir alle haben eines.« Ihr Blick war so vielsagend wie ihre Worte. »Wußtest du das nicht? Hast doch noch nie davon gehört?«

»Ich …« Er schluckte. »Ich verstehe das nicht.«

Sie starrte ihn noch einen Moment lang an, dann faßte sie in ihre Vulva und lockte vorsichtig etwas heraus. Axel sah mit weit aufgerissenen Augen zu, wie sie das Ding mit den Fingern hochhob und vorsichtig auf ihre rechte Handfläche setzte, die sie ihm hinhielt, damit er es genauer betrachten konnte.

»Schau. Es ist nicht schlimm. Es tut dir nichts. Es ist völlig harmlos.«

Es war eine Art Insekt. So erschien es im ersten Moment jedenfalls. Ein dunkles, dünnes, wurmartiges Tier von halber Fingerlänge. Es war glatt und völlig schwarz. Ohne Segmente. Ohne Markierungen. Es schien blind zu sein; tatsächlich verfügte es über keinerlei Sinnesorgane. Und doch hatte es sofort auf seinen Schrei reagiert.

»Was ist das?« fragte er, kam näher und erschauderte unwillkürlich.

»Ich sagte schon, wir alle haben eines. Das heißt, alle Mädchen. Sie halten uns sauber, verstehst du. GenSyn hat sie entworfen. Sie schützen uns vor Viren und Bakterien. Aids, Herpes, alle Arten von Geschlechtskrankheiten. Sie fressen alle Fremdorganismen.«

Er rümpfte die Nase. »Bei allen Göttern«, sagte er. »Und es ist die ganze Zeit da gewesen? Während wir ...?«

»Die ganze Zeit. Aber es kommt nie dazwischen. Es lebt in einem speziellen Beutel in meinem Bauch. Es kommt nur raus, wenn es spürt, daß ich schlafe und völlig entspannt bin. Es ist ein Parasit, verstehst du. Ein nützlicher.« Sie lächelte und streichelte das Ding in ihrer Hand, dann führte sie es vorsichtig wieder ein.

Jemand klopfte an der Tür. Axel warf einen Blick über die Schulter.

»Hier«, sagte das Mädchen und gab ihm einen Morgenmantel, zog selbst aber keinen an.

Er zog sich den Kunstseiden-*Pau* über, dann wandte er sich der Tür zu. »Herein!«

Es war Mu Chua. »Ich habe etwas gehört«, sagte sie. »Ist alles in Ordnung?«

»Ja, ja, alles klar.« Er warf dem Mädchen einen Blick zu, das auf dem Bett saß und von ihm wegsah, dann wandte er sich wieder Mu Chua zu. »Es war nichts. Wirklich. Überhaupt nichts.«

Mu Chua sah ihm etwas länger als gewöhnlich in die Augen, und er fragte sich, was sie wohl dachte, als sie ihn so sah; einen kurzen Moment hatte er wieder Angst, abgehört und verraten zu werden. Aber dann lächelte sie, ein warmes, aufrichtiges Lächeln, das keine Fassade war. »Gut«, sagte sie. »Dann ziehen Sie sich an und kommen Sie rüber. Ich habe ein Frühstück für Sie vorbereitet.«

Ihr Lächeln wärmte ihn und vertrieb die Schatten aus seinem Kopf. »Danke, Mutter Chua. Sie führen ein gutes Haus. Ein sehr gutes Haus.«

* * *

Die Grube war ein Babel von Lärm und Geschäftigkeit, die ausgesessenen Bänke hoffnungslos überfüllt. Ringsum schrien Männer, fuchtelten wild mit den Armen herum und schlossen Wetten ab, dunkle, gesichtslose Gestalten im gedämpften Rotlicht, während tief unten, im hellen Scheinwerferlicht der Arena zwei Männer in die Hocke gingen, die *Wa-shih*-Stellung, und sich schweigend beobachteten.

Axel Haavikko, der in der ersten Reihe zwischen Fest und Ebert saß, kniff die Augen zusammen und betrachtete die beiden Kontrahenten. Sie schienen einander nicht ebenbürtig zu sein; der eine ein *Hung Mao*, der andere ein Han; der eine ein Riese, der andere gedrungen und doch so perfekt gebaut, daß er aussah, als sei er in einem GynSyn-Tank gezeugt worden. Aber der kleinere Mann strahlte eine Ruhe, eine unverhüllte Autorität aus, die einen sofort beeindruckte. Er schien unbeweglich zu sein, als konzentriere sich ein Ruhepol auf ihn.

»Der Han heißt Hwa. Man hat mir gesagt, er sei hier der Champion«, sagte Fest und beugte sich vor, um ihm ins Ohr zu sprechen. »Er hat sechzehn Kämpfe gewonnen. Noch zwei und es ist ein Rekord.«

Axel drehte sich um und schrie Fest seinerseits etwas zu. »Und der andere?«

Fest zuckte die Achseln und zeigte auf den kleinen Han, der neben ihm saß. Er beugte sich wieder vor und hob die Stimme. »Mein Freud hier sagt, daß niemand viel über ihn weiß. Er stammt aus der Gegend und nennt sich Karr, aber er hat noch nie gekämpft. Er hat etwas Geheimnisvolles an sich. Aber vielleicht ist er eine Wette wert. Der Kurs steht gut.«

Axel wandte sich ab, um den anderen Kämpfer zu begutachten. Selbst in der Hocke war Karr größer als die meisten Männer. Sieben *ch'i* vielleicht. Vielleicht noch mehr. Aufgerichtet war er fast zweimal so groß wie Hwa; er hatte breite Schultern und eine enorme Muskulatur, und seine eingeölte Haut schimmerte glitschig im weißen Lichtschein. Solche Männer waren normalerweise langsam. Um zu gewinnen, verließen sie sich ganz auf ihre Kraft. Doch Axel erinnerte sich, wie die Menge verstummt war, als der Riese die Arena betrat und bemerkte, daß Karr etwas Ungewöhnliches war, selbst nach ihren Maßstäben.

Er studierte die Tätowierungen auf Karrs Brust und Armen. Auf jedem Arm umwanden sich zwei Drachen, einer grün und einer rot, die langen Körper dick und muskulös. Die Köpfe waren einander nach innen zugewandt, die breiten, mit scharfen Zähnen versehenen Mäuler fauchend aufgerissen, die großen, goldenen Augen glühten. Auf seiner Brust breitete ein großer Vogel die Flügel, warf den mächtigen, prachtvollen Kopf herausfordernd zurück und öffnete seinen grausigen Schnabel zu einem Schrei des Triumphs, während ein Pferd, das er in einer seiner stahlartigen Klauen hielt, sich vor Entsetzen wand.[41]

Axel sah weg und fühlte sich plötzlich völlig fehl am Platze. Seine Seidenkleider, sein geflochtenes Haar, sein Silber- und Jadeschmuck. Derartiger Luxus war hier unten eine Unverschämtheit. Hier gab es keinen Platz für solche Feinheiten. Hier war alles entblößt.

Es war heiß in der Grube und unerträglich stickig, doch er zitterte, als er daran dachte, was kommen würde.

»Schaut ihn euch an!« rief Ebert und beugte sich näher, um sich dem Gespräch anzuschließen. »Fleisch! Das ist er! Ein großer Fleischberg! Die Sache ist schon vorher entschieden, Haavikko! Ich würde nicht einen Yuan auf ihn setzen! Es wird in paar Sekunden vorbei sein!«

»Meinst du, Ebert?«

Ebert nickte heftig. »Schau dir unseren Mann an.« Er deutete auf Hwa. »Man hat mir gesagt, er sei ein Perfektionist. Ein Künstler. Er übt acht Stunden am Tag, manchmal tut er nichts anderes, als immer wieder eine einzige Bewegung zu wiederholen.« Ebert lachte, und im düsteren Licht leuchteten seine blauen Augen rot. »Ein solches Training machte sich bezahlt. Man sagt, er sei so schnell, daß man nicht mal zu blinzeln wagt, wenn er kämpft!«

Axel zuckte die Achseln. Vielleicht stimmte es. Zweifellos war der Mann anders, hatte er etwas *Obsessives* an sich, das einem unter die Haut ging. Seine Augen zum Beispiel bewegten sich nie. Sie starrten wie in Trance geradeaus, bohrten sich in das Gesicht seines Gegenübers, blinzelten nie und hatten einen gnadenlosen Ausdruck. Wogegen der andere …

In dem Moment, als er hinsah, drehte Karr den Kopf und sah ihn direkt an.

Es war ein grimmiger, unverschämter Blick, beinahe primitiv in seiner Intensität, und doch nicht ganz unintelligent. Der Mann hatte etwas an sich. Etwas, das ihm sofort aufgefallen war. Vielleicht war es die beiläufige, fast arrogante Art, wie er bei seinem Auftritt über die Reihen der Zuschauer geblickt, oder die kurze, beinahe herablassende Verbeugung, mit der er seinen Gegner begrüßt hatte. Was auch immer, es reichte aus, daß Axel bei Eberts brüsker Abwertung des Mannes Zweifel bekam. Andererseits mußte er Ebert zustimmen; der kleine Mann machte den Eindruck, ein Meister zu sein – eine perfekte Kampfmaschine. Größe, Gewicht und Breite waren für ihn bedeutungslos. Seine Stärke war von einer anderen Art.

»Ist doch klar«, fuhr Ebert fort und hob die Stimme, so daß der Riese ihn hören konnte. »Rohe Gewalt kann nie gewinnen. Intelligenz und Disziplin triumphieren immer. Das ist ein Naturgesetz, Freunde!«

Axel sah, daß die Augen des Riesen flackerten und seine Muskeln sich anspannten. Er hatte es gehört und verstanden.

Axel lehnte sich zu Ebert hinüber. »Ich setze hundert Yuan darauf, daß der große Mann gewinnt.«

»Gut. Ich gebe dir fünf zu eins.«

»Bist du dir sicher?«

Ebert lachte arrogant. »Wenn du auf zweihundertfünfzig erhöhst, gebe ich dir zehn zu eins!«

Axel sah ihm in die Augen, bemerkte den herausfordernden Blick und nickte andeutungsweise.

In diesem Moment trat der Kampfrichter in die Arena, und die Menge verfiel in erwartungsvolles Schweigen.

Axel spürte, wie sich sein Magen zusammenzog und sein Herz schmerzhaft gegen seine Rippen hämmerte. Also los. Bis zum Tod.

Die beiden Männer standen auf und bewegten sich ins Zentrum des Kreises. Dort knieten sie nieder und verbeugten sich voreinander – ein voller *K'o t'ou*[42], bei dem sich die Köpfe fast berührten. Dann setzten sie sich auf die Fersen und warteten ab, während der Richter ihre Namen nannte und die Regeln vorlas.

Die Regeln waren knapp und einfach gehalten. Erstens: keine Waffen waren erlaubt außer der eigene

Körper. Zweitens: solang der Kampf andauerte, durften sie den Kampfkreis nicht verlassen. Drittens: einmal begonnen, konnte der Kampf nicht mehr abgebrochen werden. Er endete erst, wenn einer der beiden tot war.

Axel konnte die Spannung in seinen Gliedern spüren. Ringsum erhob sich aufgeregtes Gemurmel; eine schreckliche, unstatthafte Aufregung, die mit jedem Moment wuchs, in dem die beiden Männer in der Mitte des Kreises einander gegenüberstanden und auf das Signal warteten.

Dann ging es plötzlich los.

Der kleine Mann sprang zurück wie ein Akrobat und erstarrte dann in vollkommener, beinahe unnatürlicher Bewegungslosigkeit, halb auf die Zehen gekauert, die Arme auf Schulterhöhe gehoben und die Unterarme nach innen gebeugt, die Finger gespreizt.

Karr hatte sich nicht bewegt. Er beobachtete Hwa aufmerksam, die Augen halb zugekniffen. Dann richtete er sich ganz langsam aus seiner knienden Haltung zu voller Größe auf und balancierte sein Gewicht auf den Fußballen aus.

Hwa täuschte nach links eine Finte vor, dann ging er auf Karr los, sprang vor, schnellte mit dem Körper hoch und dann zur Seite, wobei er dem großen Mann mit einem Fuß in die Leistengegend trat.

Die Menge heulte auf. Einen Moment lang lag Karr am Boden. Dann war er wieder auf den Beinen, stampfte mit den Füßen auf den Segeltuchboden, und ein schmerzhaftes Zischen entwich zwischen seinen Zähnen. Hwa hatte sein Ziel verfehlt. Sein Fuß hatte Karr am Oberschenkel getroffen. Die Haut dort hatte sich gerötet, und als Karr herumfuhr, rieb er sich die Stelle unwillkürlich.

»Er ist zu langsam!« zischte Ebert Axel ins Ohr.

»Wart's ab!« erwiderte Axel. Er hatte Haws Gesicht und den überraschten Ausdruck darin gesehen, als der große Mann sich wieder aufrichtete. Hwa hatte geglaubt, er hätte ihn erledigt. Er hatte es tatsächlich geglaubt.

Hwa ging erneut in die Hocke, nahm die klassische *Ch'i ma shih*, die Reiterhaltung, ein und wand seinen Körper aus den Hüften heraus wie eine Schlange. Dann vollführte er mit den Füßen einen kleinen Tanz. Von den Rängen ringsum kam ein lautes, tiefes Dröhnen, als die Zuschauer vor Begeisterung die Füße aufstampften. Einen Moment später griff Hwa den Riesen wieder an.

Diesmal rannte er auf Karr zu, in einem seltsamen Zickzack, der in einem Sprung endete. Im selben Moment stieß er einen nervenzerfetzenden Schrei aus.

Aber Karr hatte reagiert.

In dem Augenblick, als Hwa sprang, duckte sich Karr, rollte über und fuhr herum. Die Bewegung war für einen derart großen Mann so schnell und unerwartet, daß der Menge ein Aufschrei der Verblüffung entfuhr. Als Hwa sich ihm wieder zuwandte, lächelte Karr.

Die Verblüffung schlug in Wut um. Hwa griff ein drittes Mal an, wirbelte seinen Körper herum, schlug und trat um sich, und seine Arme und Beine bewegten sich so schnell, daß man es kaum verfolgen konnte. Aber jeder Schlag wurde abgeblockt und gekontert. Dies eine Mal führte Hwas Schnelligkeit nicht ans Ziel. Als er sich zurückzog, atmete er schwer, und sein Gesicht war vor Anstrengung gerötet.

Die Menge heulte vor Begeisterung.

»Das war Glück!« rief Ebert neben Axel. »Alles andere wäre ein Wunder! Der Han erwischt ihn schon noch!«

Axel wollte etwas erwidern, aber in diesem Moment preschte Hwa erneut vor, überschlug sich ein paar Mal wie ein Akrobat und täuschte eine Finte nach links, dann nach rechts und wieder links vor. Er war bis auf eine Armlänge an Karr herangekommen, als der große Mann handelte. Aber diesmal reagierte Karr einen Sekundenbruchteil zu spät. Als Hwa zutrat, war Karr aus dem Gleichgewicht geraten und hieb in eine Richtung, wo Hwa nicht mehr stand.

Bis in die letzte Reihe konnte man das Krachen von Knochen hören.

Karr stöhnte laut und ging zu Boden.

Hwa setzte sofort nach und brachte den gebrochenen Arm mit mehreren Fußtritten in einen unmöglichen Winkel.

Axel keuchte, und ihm wurde übel. Neben ihm stieß Ebert einen Triumphschrei aus.

Hwa wich zurück, atmete durch, und ein Ausdruck der Genugtuung vertrieb die konzentrierte Anspannung, die sein Gesicht bis dahin gezeichnet hatte.

In der Grube wartete man ruhig und gespannt darauf, daß er ein Ende machte. »*Shau*«, sagte er leise und sah Karr an. *Brenne*.

Karr war auf die Knie gesackt, und sein Gesicht war vor Schmerz verzerrt. Ganz langsam stand er auf und stützte seinen zerschmetterten Arm mit der linken Hand. Einen Moment lang schien er in sich hineinzusehen. Sein Atem verlangsamte und sein Gesicht glättete sich. Mit schmerzentstellter Grimasse renkte er den Arm wieder ein, und das Knacken von Knochen gegen Knochen war das einzige Geräusch, das man in der ganzen Arena hörte. Einen Moment lang schwankte er, dann schien er die Kontrolle über sich zurückzugewinnen und steckte die nutzlose Hand in den Leinengürtel um seine Hüfte, um den Arm zu fixieren.

»Komm schon«, sagte er und hob das Kinn, um den kleineren Mann herauszufordern. »Es ist noch nicht vorbei.«

Die Worte wirkten wie ein Stachel. Hwa explodierte, wirbelte herum und schlug Salti, entfachte ein Gewitter von Schlägen und Tritten, das für Minuten anhielt.

Aber Karr war ihm gewachsen. Mit dem unverletzten Arm und beiden Beinen parierte er jeden Hieb, wich aus, duckte und drehte sich mit einer Schnelligkeit und Gewandtheit, die alle überraschte. Es hätte für einen derart großen Mann unmöglich sein müssen, seine Körpermasse so flink und geschickt zu bewegen.

Aber Axel, der aufmerksam zusah, merkte es ihm an, was es ihn kostete, sah hinter der Maske äußerer Ruhe die Schmerzen, während Karr sich überschlug, sprang und rollte, um dem unaufhörlichen Hagel von Schlägen zu entgehen. Er sah es in seinen Augen, in den unmerklichen Bewegungen seines Mundes, bis es unmöglich schien, daß Karr es noch länger ertragen konnte.

Und dann, als Hwa sich gerade zurückzog, schlug Karr zum erstenmal zurück.

Hwa wich zurück, und für einen Moment – vielleicht das einzige Mal während des ganzen Kampfes – ruhte sein ganzes Gewicht auf dem hinteren Fuß in der *Hou shih*, der Affenhaltung. Und als er zurückwich, rollte Karr vor, stieß sich mit seinem unverletzten Arm vom Boden ab, indem er sein Handgelenk belastete und dehnte, und warf sich mit dem ganze Gewicht seiner mächtigen Gestalt Hwa entgegen.

Er erwischte Hwa in dem Moment, als er aus dem Gleichgewicht war, schlang seine Beine um den Hals des kleinen Mannes und drückte ihn mit seinem enormen Gewicht in das Tuch.

Für einen Augenblick herrschte Stille. Dann schrie der große Mann vor Schmerzen auf, als er sich überrollte. Karr setzte sich auf und faßte seinen gebrochenen Arm, das Gesicht schmerzverzerrt. Aber Hwa war tot. Er lag bleich und bewegungslos neben Karr, Rückgrat und Genick gebrochen und der Hinterkopf von der Wucht des Aufpralls zertrümmert.

Axel ließ zitternd Atem ab. Ebert neben ihm war plötzlich ganz still. Ringsum erhob sich wildes Geschrei.

»Unglaublich!« rief Fest Axel ins Ohr. »Dafür gibt's fünfundvierzig zu eins! Das ist die höchste Quote seit fünf Jahren, sagt mein Freund hier.« Aber Axel hörte kaum hin. Er beobachtete Karr, voller Bewunderung und Respekt vor dem großen Mann.

»Er war unglaublich«, sagte er und wandte sich Ebert zu.

»Er hatte Glück!« Ein paar Sekunden lang sah Ebert ihn finster an. Dann lachte er abfällig, zog etwas aus der Tasche seines Uniformrocks und gab es Haavikko.

»Es ist doch nur Geld, nicht?«

Axel betrachtete das dicke Plastikviereck in seiner Hand. Es war ein bildgesicherter Holo-Chip. Ein Inhaberkredit über 2500 Yuan. Axel blickte überrascht auf, dann erinnerte er sich an die Wette. Zweihundertfünfzig bei zehn zu eins. Das war mehr als der Sold von sechs Monaten, aber Ebert hatte getan, als sei das eine Kleinigkeit. Und warum auch nicht? Für ihn war es ein Taschengeld.

Ebert beugte sich über ihn und rief Fest etwas zu. »He! Gehen wir in die Kabine und gratulieren ihm, ja?«

Axel warf Ebert einen Blick zu, dann sah er nochmals zu dem großen Mann hinunter. Karr richtete sich gerade qualvoll auf, sein Gesicht zeigte keine Spur von Triumph.

Fest packte Axel am Arm und zog ihn mit. »Gehen wir. Hans hat genug.«

»Nun los«, sagte Ebert, als sie draußen im Korridor standen. »Wir geben dem Monstrum ein Essen aus. Er soll unser Gast sein.«

Sie standen im Korridor vor der Umkleidekabine, lehnten an der Wand und ignorierten das Kommen und Gehen der weniger bedeutenden Kämpfer. Es fanden den ganzen Nachmittag über Kämpfe statt – Herausforderer für den neuen Champion. Aber sie hatten genug gesehen. Ebert hatte vor einer Viertel Glocke seine Karte hineingeschickt, auf deren Rückseite er die Einladung gekritzelt hatte. Jetzt warteten sie.

»Das ist das Problem bei einer derart mechanischen Virtuosität«, erklärte Ebert wichtigtuerisch. »Sie kann so leicht in Automatismus umschlagen. Eine Art gedankenloses, maschinenhaftes Reagieren. Völlig unflexibel und nicht imstande, sich auf raffinierte Angriffe einzurichten. Das ist der Grund, weshalb Hwa verloren hat. Er war unflexibel, nicht imstande, sich zu ändern.«

Fest lachte. »Kluge Sprüche, Hans. Aber damit sagst du doch eigentlich nur, du hättest die ganze Zeit gewußt, daß der große Mann gewinnen würde!«

Ebert schüttelte den Kopf. »Du weißt, was ich meine.« In seiner Stimme klang leichte Irritation mit. Dann lenkte er ein und lachte. »Also gut, ich versuche vernünftige Gründe zu finden, aber wir waren alle überrascht. Selbst Axel hier. Sogar er dachte, sein Mann würde verlieren.«

Haavikko lachte. »Das stimmt. Aber er war ziemlich gut, was?«

Fest nickte. »Beeindruckend. Vielleicht nicht der beste, den ich je gesehen habe, aber sehr stark. Und auch mutig.«

Axel sah sich um. »Das ist eine andere Welt«, sagte er. »Rauher, elementarer als unsere.«

Ebert lachte. »Ich glaube, unser junger Freund hat sich in all das hier verliebt. Stellt euch vor, hier unten zu leben, in dem Schweiß und Schmutz!« Er lachte erneut, diesmal etwas wilder. »Du würdest bald deine Illusionen einbüßen.«

»Kann sein …«

Er konnte es bald nicht mehr hören. In diesem Moment öffnete sich die Tür, und der Manager des großen Mannes kam heraus. Er sah ihm sehr ähnlich. Du bist Karrs älterer Bruder, dachte Axel.

»Was wollt ihr?«

Ebert lächelte. »Wir haben deinen Mann gesehen. Er kämpft gut. Ich würde gern mit ihm zu Abend essen. Auf meine Rechnung.«

Axel bemerkte, wie der Mann sich zusammennahm, sie einen nach dem anderen musterte und erkannte, was sie waren, Aristokraten von oben, und er begriff sogleich, wie es sein mußte, so wie diese Männer zu leben – die sich lieber von seinesgleichen fernhielten, aber gleichzeitig nicht ohne sie auskamen –, all das konnte er in dem Gesicht des Mannes ablesen, all die faulen Kompromisse, die er hatte eingehen müssen, um wenigstens hier unten leben zu können. Es zerrte an seinen Nerven, und am liebsten hätte er sich umgedreht und wäre gegangen.

»Gut«, sagte der Mann nach kurzem Zögern. »Aber Karr fühlt sich nicht gut. Der Kampf hat ihm viel abverlangt. Er muß sich ausruhen ...«

Ebert hielt den Mann für einen Moment an den Händen fest. »Schon gut, mein Freund. Wir werden ihn nicht festhalten. Nur ein Essen zur Feier des Tages, und dann ...« Er zuckte die Achseln, lächelte freundlich und ließ die Hände des Mannes los. »Wir haben Einfluß. Wir können etwas für euch arrangieren. Wir können es einfacher für euch machen ...«

Axel kniff die Augen zusammen. »Was meinst du damit, Ebert?«

Ebert fuhr herum und sah ihn scharf an. »Halt den Mund, Haavikko! Laß mich das machen. Ich weiß, was ich tue.«

Axel senkte den Blick. Tu was du willst, dachte er.

Ebert galt als eigensinnig, als jemand, der Dinge tat, die andere nie wagen würden. Aber es war verständlich. Er war geboren, um zu befehlen. Sein Vater Klaus Ebert war der Besitzer von Chung Kuos zweitgrößtem Konzern. Ein Konzern, der seit den Anfängen der Stadt existiert hatte, der die großen Familien mit allen Leibsklaven versorgte, hübschen, intelligenten Wesen, von Menschen kaum unterscheidbar, die Reichsten der Reichen mit nach ihrem Geschmack entworfenen Dienern, und die Sieben mit einer Armee geistloser Automaten. Ein Konzern, der mehr als ein Drittel aller Nahrungsmittel synthetisierte, die in den Ebenen verzehrt wurden.

Hans Ebert war der Erbe von GenSyn, einem Unternehmen, das auf dem Hang-Seng-Index nur von MedFac übertroffen wurde. Den Gerüchten nach konnte sein Vater das Netz zweimal aufkaufen. Was sollte ihn also davon abhalten, so mit dem Manager eines noch unbekannten Kämpfers herumzuspringen? Dennoch ärgerte sich Axel. Hatte Ebert es nicht mit eigenen Augen gesehen? Hatte er nicht gemerkt, wie gut und wie stark dieser Mann war?

»Also, dürfen wir rein?« fragte Ebert in einem Ton, der keinen Widerspruch duldete. Der Manager senkte den Kopf, verbeugte sich tief und ließ ihn vorbei.

So ist das, wenn man Macht hat, dachte Axel, als er an ihm vorbeiging. So funktioniert Macht.

Karr saß am anderen Ende des Raums, den rechten Arm über der Brust festgeschnallt, in der linken Hand balancierte er eine Schale Suppe. Er blickte finster zu ihnen auf, verärgert über die Störung.

»Was wollt ihr?«

Ebert lächelte und ignorierte die Feindseligkeit. »Du hast gut gekämpft. Wir möchten deinen Erfolg feiern. Dir zu Ehren.«

Karr lachte freudlos. Er stellte die Suppe ab und stand auf, durchquerte das Zimmer und blieb zwei Schritte vor Ebert stehen.

»*Mir* zu Ehren?«

Für einen kurzen Moment schien er Ebert einzuschüchtern, dann gewann der seine Fassung wieder und lächelte seine Kameraden über die Schulter an, ehe er wieder zu Karr aufsah. »Warum nicht? Es war ein großer Sieg.«

»Meinst du?« Karr lächelte, aber seine Stimme klang scharf und kalt. »Du meinst also nicht, es war der Triumph des *Fleisches über die Intelligenz?*«

Eberts Lippen bewegten sich einen Moment lang tonlos. Dann trat er einen Schritt zurück. Als er das tat, spuckte Karr auf den Boden zwischen Eberts Füßen.

»Verpiß dich! Verstanden? Ich brauche dich nicht.«

Eberts Gesicht nahm eine aschfarbene Tönung an. Einen Moment rang er um Worte. Dann fand er seine Stimme wieder. »Du wagst es!«

Die Worte klangen schrill, wie aus einer gewürgten Kehle.

Fest hielt ihn am Arm und flüsterte ihm eindringlich ins Ohr: »Mach hier keinen Ärger, Hans. Bitte! Die Leute hier unten leiden unter uns. Aber wenn wir hier etwas anfangen, bricht ein Krawall los.«

»Ich werde ihn umbringen«, murmelte Ebert.

Karr hörte es und lachte spöttisch.

»Er würde dir ohne weiteres beide Arme brechen«, flüsterte Fest.

Ebert grinste höhnisch. »Ich glaube, da hätte mein Vater ein Wörtchen mitzureden, nicht?«

Fest zerrte an Eberts Arm und zog ihn zurück. »Je weniger du über deinen Vater sagst, desto besser, Hans. Diese Burschen wissen nur zu gut, wer die *Hei* hergestellt hat, die hier runtergeschickt werden, um jede Spur von Aufruhr niederzuschlagen. GenSyn und dein Vater sind hier etwa so beliebt wie Dschingis Kahn.[43]«

Karr beobachtete sie wie ein Falke. Bei der Erwähnung von GenSyn kniff er die Augen zusammen. »Du bist also *Eberts* Sohn?«

Ebert schüttelte Fests Hand ab, trat einen Schritt vor und blickte arrogant zu dem großen Mann auf. »Du weißt doch wohl, was das bedeutet?«

Karr lächelte angespannt. »Oh, ich weiß, was das bedeutet. Aber du bist im Moment nicht da oben, *Shih*

Ebert. Das hier ist nicht dein Reich, und du solltest aufpassen, was du sagst. Verstanden?«

Ebert wollte noch etwas sagen, aber Karr schnitt ihm das Wort ab, indem er seine unverletzte Hand hob. Sein Gesicht trug einen unversöhnlichen Ausdruck. »Ich will's dir in einfachen Worten erklären. Heute habe ich einen Mann getötet, den ich sehr bewunderte. Einen Mann, der mir viel über Ehre und Unvermeidlichkeit beigebracht hat.« Er trat einen Schritt näher an Ebert heran. »Er war ein richtiger Mann, Ebert. Ein *Meister*.«

»Du hast Glück gehabt«, sagte Ebert ruhig, um ihn zu provozieren.

Einen Moment umspielte ein schwaches Lächeln Karrs Lippen, aber sein Blick war kalt und hart. »Ja. Da hast du ausnahmsweise recht. Ich hatte wirklich Glück. Hwa hat mich unterschätzt. Er hat so gedacht wie du. Und deshalb ist er jetzt tot.«

»Ist das eine Drohung?«

Karr lachte, dann schüttelte er den Kopf. Er war im Begriff, noch etwas zu sagen, aber in diesem Moment wurde es draußen im Korridor laut. Sekunden später flog die Tür auf. Zwei uniformierte Offiziere der Sondereinheiten des Sicherheitsdienstes standen da und hielten ihre zur Standardausrüstung gehörigen *Deng*-Gewehre vor der Brust. Hinter ihnen kam der General.

Tolonen trat in die Umkleidekabine, hielt inne und sah sich um. Fest, Ebert und Haavikko nahmen augenblicklich die Habachtstellung ein. Sie standen mit gesenkten Köpfen da und warteten auf Befehle, aber der General ignorierte sie zunächst. Er ging zu Karr, betrachtete ihn von Kopf bis Fuß und wandte ihm wieder den Rücken zu.

»Es tut mir leid, daß ich so reinplatzen muß, aber wir haben von unseren Kontaktleuten bei der Triade erfahren, wo Sie stecken. Ich hätte Sie vorher verständigt, aber die Sache ist nicht mehr so dringend.«

»Sir?« Fest straffte sich, und sein Gesicht spiegelte seine Verwirrung. Man hatte ihm gesagt, daß diese Sache nicht den geringsten Aufschub duldete und man ihn auf der Stelle verständigen würde.

Tolonen wandte den Kopf und sah Fest an. »Entschuldigen Sie, Leutnant, ich sollte das erklären. Die beiden sind tot. Jemand ist uns zuvorgekommen. Die *Kuei Chuan*-Triade schickt einen Mann, der uns hinbringt. Ich habe mich in einer Stunde mit den Männern hier verabredet.«

»Ist es weit?« fragte Fest.

»Ich weiß es nicht genau. Hier unten sind Koordinatennetze nicht gebräuchlich. Aber der Ort nennt sich Ammersee.«

Karr lachte hinter ihm. »Den kenne ich gut. Ein richtiges Labyrinth. Da werdet ihr einen Führer brauchen.«

Tolonen drehte sich um und musterte den Kämpfer noch einmal. Er war selbst ein großer Mann, reichte Karr aber gerade bis zu den Schultern. »Wer ist das?« fragte er Fest.

»Er heißt Karr, Sir. Er hat den Kampf gewonnen.«

Tolonen starrte Karr an, dann nickte er. »Ja. Er sieht nicht aus wie ein Verlierer.« Dann wandte er sich direkt an Karr. »Wie weit ist es bis dorthin?«

»Zehn, vielleicht zwölf *li*.«

»Und wie lang würdest du brauchen, um uns hinzubringen?«

Karr zuckte die Achseln. »Zu Fuß vierzig Minuten. Mit einer Rickscha fünfzehn, vielleicht zwanzig.«

»Und willst du uns hinbringen?«

Karr warf einen Blick auf Ebert. »Ich weiß nicht, ob ich willkommen bin.«

Tolonen sah von Karr zu Ebert. »Ja? Und woran liegt das, Hans?«

Ebert senkte den Kopf, ohne Karr anzusehen. »Nur eine kleine Meinungsverschiedenheit, Sir. Nichts Ernstes.«

»Gut«, schloß der General. »Also sind wir uns einig. Je eher wir dort sind, desto besser. Ich will herausfinden, was passiert ist.« Er wandte sich wieder Karr zu. »Ich schulde Ihnen meinen Dank, *Shih* Karr. Ich werde dafür sorgen, daß Sie für Ihre Hilfe gut bezahlt werden.«

Karr verneigte sich, dann ging er seinen Mantel holen.

* * *

DeVore traf sie im Korridor vor Kao Jyans Apartment. »Ich bin sofort gekommen, als ich's erfahren habe, Sir.«

»Nun, Howard?« sagte Tolonen. »Wen hat's hier erwischt?«

»Drei Männer, Sir. Einfache Kriminelle. Ich habe mich bei unseren Kontaktleuten erkundigt. Sie gehörten keiner der lokalen Triaden an. Zwei von ihnen waren *Kwai*. Gedungene Attentäter. Der andere – Kao Jyan, dem dieses Apartment gehört hat – war ein kleiner Schieber. Drogen, Diebesware, nichts Großes.«

Tolonen nickte. »Nichts, was sie mit einem Höhergestellten in Verbindung bringt?«

DeVore schüttelte den Kopf. »Noch nicht, Sir. Aber wir ermitteln noch. Von Kao Jyan ist bekannt, daß er häufig das Lokal beim Großen Weißen aufgesucht hat. Er hat dort offensichtlich einige seiner Geschäfte abgewickelt. Aber das Lokal ist gestern ausgebrannt. Es ist wohl einem der lokalen Bandenkriege zum Opfer gefallen. Der große Weiße selbst kam dabei um, also steht uns auch dieser Weg nicht mehr offen.«

»Das kommt mir alles zu sauber vor. Zu gründlich.«

DeVore nickte knapp. »Als habe jemand hinter ihnen aufgeräumt.«

»Ja«, sagte Tolonen und berührte seine Schulter. »Genau das dachte ich auch.«

»In diesem Fall, Sir, sieht es nicht so aus, als sei etwas manipuliert worden. Der Große Weiße hat eine

Triade gegen die andere ausgespielt. Er scheint seiner eigenen Habsucht zum Opfer gefallen zu sein.«

»Hmmm.« Tolonen schien dieses Zusammentreffen dennoch Kopfzerbrechen zu bereiten. »Bohren Sie weiter, ja, Howard? Vielleicht ist nichts manipuliert worden, vielleicht aber doch. Hinter all dem steht irgend jemand in einer hohen Stellung. Hoch genug, um locker die Triaden zu bestechen.«

DeVore verneigte sich ergeben, dann wandte er sich der bewachten Tür zu. »Gehen wir rein, Sir?«

Axel, der ihn von der Tür aus beobachtete, sah den General in dem Zimmer umhergehen, alles betrachten, um festzustellen, wie die Dinge zusammenhingen. In der Rikscha, in der sie hergefahren waren, hatte sich Tolonen ihm für eine Erklärung zugewandt.

»Manchmal, Axel, muß man sich die Dinge selbst ansehen, aus erster Hand in sich aufnehmen. Manchmal ist das die einzige Möglichkeit. Dann fallen einem Dinge auf, die andere vielleicht übersehen haben, dann versteht man sie. Dann kommen Dinge ans Licht, die andernfalls verborgen geblieben wären.«

Er sah jetzt, wie der General dies anging. Wie er mit scharfen Augen einen Gegenstand nach dem anderen betrachtete, wachsam für die kleinsten Zusammenhänge.

»Das ist ja seltsam, Howard. Sehr seltsam.«

Tolonen beugte sich über den Leichnam, der mit dem Gesicht nach unten auf dem Bett lag, den Zettel eines Chirurgen zwischen den Fingern. DeVore trat an seine Seite.

»Sir?«

»Schauen Sie sich das an. Der Zeitpunkt des Todes. Zwei Stunden vor den anderen. Wieso nur, was meinen Sie?«

»Ich glaube, die beiden haben hier auf die anderen gewartet. Als sie reinkamen, haben sie sie umgelegt.«

Tolonen blickte grimmig zu ihm auf. »Vielleicht.

Aber das hätte Nerven gekostet. Zwei Stunden neben einem Mann zu sitzen, den man umgebracht hat.«

DeVore sagte nichts.

»Wer war das hier?«

»Wir haben keinen Nachnamen, aber er nannte sich Chen.«

Tolonen nickte, dann bewegte er vorsichtig den blutigen Kopf. So blieb er liegen, mit der zerschmetterten linken Seite nach oben auf dem Laken. Eine Weile starrte ihn der General an, als versuche er sich an etwas zu erinnern. Er berührte die glatte Haut unter dem Ohr und runzelte die Stirn, dann zuckte er die Achseln und stand auf.

»Den hier.« Er deutete auf den Leichnam von Kao Jyan. »Ich kenne ihn von der Aufnahme.«

»Welcher Aufnahme?« DeVore blickte ruckartig auf.

»Oh, Entschuldigung, Howard. Ich hätte es erwähnen sollen. Wir hatten eine Folie mit den beiden Männern. Eine Kopie aus den CompCam-Akten.«

»Ach ja«, beeilte sich DeVore zu erwidern. »Natürlich.«

Tolonen war weitergegangen. Er beugte sich über die dritte Leiche und streichelte sein glattrasiertes Kinn. »Und wer war das? Was hatte er damit zu tun?« Er sah zu DeVore hinüber. »Ich frage mich, auf wessen Seite er stand. War er bei den beiden zu Gast, oder ist er gekommen, um sie umzubringen?«

DeVore wich seinem Blick nicht aus. »Er hieß Chu Heng, Sir. Ein hiesiger Killer. Es scheint so, als …«

Karr, der in der Tür stand, unterbrach sie. »Entschuldigen Sie, aber er war in dieser Gegend ziemlich gut bekannt, General. Ein Messerstecher für alle Fälle. Er hat's für wenig Geld gemacht. Es ist gut, daß er tot ist.«

DeVore sah den großen Mann neugierig an, dann wandte er sich dem General zu. »Wer ist das, Sir?«

Tolonen bedeutete Karr hereinzukommen. »Das ist

Shih Karr, Howard. Er ist ein Kämpfer – was man einen ›Schlächter‹ nennt. Offenbar der Champion. Vorläufig zumindest.«

DeVore verneigte sich andeutungsweise, um den Riesen zu begrüßen. »Sie kennen diese Gegend also?«

Karr kniete über dem Leichnam und begutachtete die Wunden an Chu Hengs Nacken und Brust mit professionellem Interesse. Einige Sekunden später blickte er zu DeVore auf. »Ich bin in Ammersee geboren. Bis vor vier Jahren habe ich hier gelebt. Ich kenne die Leute und das Geschäft.«

»Sie kennen also diese Männer?«

»Kao Jyan? Nun, ich habe schon einmal von ihm gehört. Chen kannte ich nicht. Er muß erst vor kurzem mit Kao Jyan zusammengetroffen sein. Aber er war ein guter Mann. Er hatte Ehrgefühl.«

»Ein guter Mann, hm? Das können Sie sagen, obwohl Sie ihn nicht kennen?« DeVore lachte und schätzte sein Gegenüber mit Blicken ab. »Er war doch ein *Kwai*, ein Mörder. Haben Mörder Ehrgefühl?«

Karr sah ihn fest an. »Einige schon. Sie zum Beispiel. Mußten Sie im Laufe Ihrer Arbeit nicht auch morden?«

DeVore lächelte. »Ja, aber das ist etwas anderes.«

»Tatsächlich?« Karr straffte sich, ging zu dem zweiten Leichnam und untersuchte ihn genauso sorgfältig wie den ersten. »Sind die Menschen unter dem Netz wirklich so anders?« Er blickte zu DeVore auf, dann wandte er sich wieder der Leiche zu. »Wissen Sie, was ein *Kwai* ist, Sir?«

»Sie töten aus Gewinnsucht. Was brauche ich sonst noch über sie zu wissen?«

Karr lachte, sah aber nicht auf. »Ich dachte, es interessierte Sie vielleicht, und sei es nur aus beruflichen Gründen. Sehen Sie, Chu Heng war zwar auch ein *Kwai*, aber er war untypisch. Er war einer von der Art, den sie ›gewundene Klinge‹ nennen. Die meisten *Kwai* hätten auf Chu Heng gespuckt.«

»Ein Killer ist ein Killer.«

Karr schüttelte den Kopf. »Nicht ganz. Manche Waffen sind besser als andere. Und manche wurden von einem Meister geschaffen. Das gilt auch für einen guten *Kwai*. Sehen Sie, um ein *Kwai* zu werden, muß man lang und hart studieren. Es ist eine Disziplin. Eine Lebensweise.«

»Hier unten? Die einzige Lebensweise, die ich hier unten gesehen habe, besteht darin, sich zu holen, was man kann, und zu morden, um es zu behalten.«

Karr sah auf, und der Blick seiner grauen Augen war ruhig und beherrscht. »Tsao Ch'u war Sohn des Himmels.«

Dies eine Mal beförderte das alte Sprichwort beinahe zuviel an Bedeutung. Tsao Ch'un war der Tyrann, der Chung Kuo vereinigt und die große Stadt errichtet hatte. Er hatte zu seiner Zeit alles an sich gerissen und gemordet, um es zu behalten. Bis die Sieben – seine Hauptminister – ihn beseitigt hatten.

»Könige tun, was sie tun müssen«, sagte DeVore und setzte plötzlich einen gefährlichen Blick auf.

Karr richtete sich zu voller Größe auf und sah DeVore an. »*Kwais* auch. Wie ich schon sagte, Major, es ist hier unten eine Ehrenbezeugung, als *Kwai* bezeichnet zu werden. Die meisten sind anders als Chu Heng. Man sollte sie auch nicht mit den Punks und Papiertigern verwechseln, die in den Triaden mitlaufen. Ein *Kwai* verfügt über innere Stärke. Er schöpft aus tieferen Quellen als Habsucht.«

DeVore lachte verächtlich. Er wollte etwas darauf erwidern, aber Tolonen trat zwischen die beiden Männer. »Major DeVore, Fest, Ebert, Haavikko. Lassen Sie uns einen Moment allein. Ich möchte mich kurz mit Karr unterhalten.«

DeVore verbeugte sich, dann ging er, gefolgt von den anderen, hinaus. Als sie gegangen waren, wandte sich der General dem großen Mann zu.

»Sie wissen, wie es hier zugeht, Karr. Was, meinen Sie, ist hier passiert?«

Karr sah sich um. »Es ist eine Schlamperei. Hastig vorbereitet und eilig durchgeführt. Aber die Morde ... Nun, die sind merkwürdig. Wenn ich's nicht besser wüßte, würde ich sagen, daß Kao Jyans Tod Chu Hengs Werk war. Zerquetschungen und Verstümmelungen waren sein Markenzeichen. Er war ein Sadist. Es hat ihm Spaß gemacht, Schmerzen zuzufügen.«

»Und die anderen?«

Karr neigte den Kopf. »Ich habe mir Chen noch nicht angesehen. Aber wer immer Chu Heng umgebracht hat, war sehr gut darin. Trainiert darauf, schnell und effektiv zu töten.«

»Vielleicht ein Soldat?«

Karr lachte. »Daran habe ich noch nicht gedacht, aber es könnte sein.«

Tolonen lächelte erfreut.

»Sie sind ein nützlicher Mann, Karr, und mein Fähnrich Haavikko sagt, Sie seien ein ausgezeichneter Kämpfer. Und noch dazu intelligent. Ich könnte einen Mann wie Sie gebrauchen.«

Karr legte Kao Jyans Kopf vorsichtig ab und blickte zu dem General auf. »Ich muß einen Vertrag erfüllen, General. Zehn Kämpfe, wenn ich so lang lebe.«

Tolonen nickte. »Ich werde Ihren Vertrag aufkaufen.«

Karr lächelte. »Vielleicht. Aber warum? Ich verstehe das nicht, General. Wie könnte ich Ihnen nützlich sein?«

Darauf lachte der General. »Sie haben Talent. Einen Blick fürs Wesentliche. Das ist mir sofort aufgefallen. Und Sie kennen sich hier aus. Sie wissen, wie die Leute hier denken und handeln. Zur Zeit müssen wir uns auf unsere Kontaktleute hier unten verlassen. Auf Triaden-Bosse. Und die sind nicht bloß teuer, sondern auch unzuverlässig. Sie würden nicht zögern, für jemand anderen zu arbeiten, wenn man sie gut bezahlt.«

»Und ich bin anders?«

»Das möchte ich meinen.«

Karr stand da und sah sich um. »Was ist hier passiert, General? Was ist wirklich passiert?«

Tolonen durchquerte den Raum. Vor der Spielmaschine blieb er stehen und fingerte an ihrem Tastenfeld herum. »Was meinen Sie?«

»Sie, der Major und die drei jungen Offiziere da draußen. Das ist ein beachtliches Team, um einen kleinen Mordfall wie diesen zu untersuchen. Also, warum sind Sie alle hier? Was ist an diesen Männern so wichtig? Was haben sie getan? Oder soll ich fragen, was haben sie gewußt?«

Tolonen lachte. »Nun, sie haben einen Minister umgebracht. Was sie wußten, bleibt allerdings ein Geheimnis. Aber jemand weiß es. Nämlich der, der sie umgebracht hat.«

Karr trat an seine Seite und betrachtete das Spiel, das auf dem Bildschirm erschienen war. »Was ist das?«

»Scheint die letzte gespeicherte Spielsituation zu sein. Sieht so aus, als sei Kao Jyan ein guter Spieler gewesen.«

Karr schüttelte den Kopf. »Das war nicht Kao Jyan. Darauf wette ich. Ich würde sogar sagen, es war niemand aus dieser Gegend. Sehen Sie sich diese Muster an. Und dies ist ein Spiel der achten Ebene. Wer immer das gespielt hat, war ein *Wei Chi*-Meister.«

Tolonen lachte seltsam. »Der Mörder, den wir suchen?«

Karr wandte den Kopf und sah ihm in die Augen. »Nun, das wäre eine Möglichkeit, zwei Stunden hinter sich zu bringen.«

* * *

Es war eine große, fünfstängige Sänfte, und ihre malvenfarbenen Kunstseiden-Banner waren mit schwarzen stilisierten Hunden[44] geschmückt, den Symbolen der *Kuei-Chuan*-Triade. Die zehn kahlgeschorenen Träger saßen an der Wand gegenüber und machten sich über Schüsseln mit Entensuppe, Soyasauce und Nudeln her, während die *Pen P'ei* – die fliegenden Dolche –, eine Gruppe, die in malvenfarbenen und schwarzen Kunstsatin-Uniformen neben der Sänfte stand, die Zahl auf den Abzeichen an ihrer Brust ein Hinweis auf ihre Stellung in der Hierarchie der Triade, sich auffällig getrennt von ihnen hielten.

Indem er die niedrigen Träger ignorierte, ging Ebert auf den *P'ei* mit der kleinste Zahl zu, der sich sofort tief verbeugte und mit der Stirn den schmutzbedeckten Boden des Korridors berührte.

»Machen wir uns auf den Weg«, sagte Ebert brüsk. Er ließ eine Fünfzig-Yuan-Münze neben den Kopf des Mannes fallen. »Du bekommst noch eine, wenn du uns in zwanzig Minuten hinbringst.«

Der *P'ei* schielte auf die Münze, riß die Augen auf und blickte zu Ebert empor. Er nickte eifrig. »Wie Sie wünschen, Exzellenz!« Er stand auf und wandte sich den Trägern zu, um in Pidgin-Mandarin einige Befehle zu brüllen, die keiner der drei jungen Soldaten verstand. Sofort ließen die Träger ihre Suppenschüsseln fallen und begaben sich eilig an ihre Plätze. Sechs der *P'ei* gingen vorne in Stellung. Mit gezogenen Dolchen würden sie der Sänfte den Weg freimachen. Hinter ihr folgen die übrigen vier *P'ei*, um sie vor Überfällen aus dem Hinterhalt zu schützen.

Axel sah zu, wie Ebert und Fest einstiegen, dann folgte er und hielt in der verhangenen Tür kurz inne, um auf die verbeugten, kahlgeschorenen Träger zurückzublicken.

»Komm rein, Haavikko!« rief Fest ungeduldig. »Du

willst doch nicht, daß der Mann seine Prämie verliert, oder?«

Axel ging geduckt hinein und nahm Fest und Ebert gegenüber Platz. »Warum hast du das getan, Hans? So schnell müssen wir doch nicht zurück.«

Ebert lächelte. »Man muß diese Kerle in Atem halten, Haavikko. Ein ordentlicher Dauerlauf tut ihnen gut.« Er sah Fest an und lachte. »Ihr solltet die Gesichter der Burschen sehen! Das allein wäre schon hundert Yuan wert!«

Axel sah ihn einen Moment lang an, dann zuckte er die Achseln. Ihm gefiel das nicht, aber wahrscheinlich war man es hier unten so gewöhnt. Von den Oberen wurde erwartet, daß sie sich so benahmen.

Im nächsten Moment wurde die Sänfte angehoben, und sie waren unterwegs. Das Gefährt schwankte rhythmisch nach rechts und links, und die Rufe der älteren *P'ei* trieben die Männer zum Laufen an.

»Was hältst du davon, Hans?« fragte Fest, beugte sich vor und zog den Vorhang zurück, um die Männer laufen zu sehen. »Scheint so, als hätte der General den Vertrag dieses Kämpfers aufgekauft.«

Ebert lachte verächtlich. »Dieser Mann ist ein Scheusal! Ein Primitiver! Er wird nichts als Ärger machen, davon bin ich überzeugt!«

Axel senkte den Blick. Vorhin, als Ebert Karr beleidigt hatte, hatte er nichts gesagt, aber jetzt wurde ihm Eberts Arroganz zuviel. »Das sagst du nur, weil er sich von dir nicht einschüchtern läßt.«

Eberts Blick verfinsterte sich. »Ich werde ihn fertigmachen! Wart's nur ab!«

Axel lachte und sah Ebert ins Gesicht. »Und wie willst du das anstellen, Hans? Willst du etwa dem General Befehle erteilen?«

Ebert verkniff sich eine Antwort und sah mit einem gefährlichen Glitzern in den Augen weg. »Nein, aber es gibt andere, die dasselbe denken wie ich.«

Es gab keinen Zweifel, daß er DeVore meinte. Überraschenderweise schien der Major über den Riesen genauso verärgert zu sein wie Ebert. Im Korridor vor dem Apartment des ermordeten Han hatte er wütend etwas über Emporkömmlinge und Hohlköpfe gemurmelt. Es gefiel ihm ganz offensichtlich nicht, daß der Große ihn über die *Kwai* belehrt hatte.

»Karr wird für den General arbeiten«, beharrte Axel. »Und nur ihm Rechenschaft schuldig sein.« Er machte eine Pause, ließ die Bemerkung wirken und fügte hinzu: »Sieht so aus, als bräuchte er solche Männer.«

Ebert lachte spöttisch, aber Haavikkos Worte hatten ihn getroffen. Er wandte sich verärgert ab und brummte etwas vor sich hin. »Bei allen Göttern, was für Idioten wir unterstellt werden!«

Fest beugte sich vor. »Psst, Hans! Paß auf, was du sagst!«

Aber Axel hatte es gehört und war wütend. Das war zuviel. »Ich nehme an, du hast damit General Tolonen gemeint.«

Ebert wandte sich ihm brüsk zu, die rechte Hand zur Faust geballt und das Gesicht von Wut verfinstert. »Und wenn schon, du Fatzke! Was geht's dich an, was ich sage?«

Axel richtete sich an seinem Platz auf. »Es ist, gelinde gesagt, unhöflich. Du vergißt deine Pflichten und wem du verantwortlich bist. Nimm das sofort zurück, Hans Ebert, oder ich werde dich zwingen müssen, es zurückzunehmen.«

Eine Weile sagte niemand etwas, aber beide beobachteten einander argwöhnisch, und ringsum schwankte die Sänfte. Langsam fand Ebert zur Ruhe, und sein Atem normalisierte sich. Schließlich wandte er das Gesicht ab und lachte. »Fick dich selber, Haavikko«, sagte er leise.

Axel wollte Ebert einen Schlag versetzen, aber Fest, der Ärger voraussah, hatte sich zwischen sie gestellt.

Er wehrte den Schlag mit dem Arm ab und schubste Ebert ans andere Ende des Gefährts.

»Bei allen Göttern, Hans, halt's Maul!«

Dann drehte er sich zu Haavikko um. »Und was dich angeht, Axel Haavikko, hör mir genau zu. Ich habe kein Verständnis für das, was Ebert eben gesagt hat. Aber es ist besser, wenn du es sofort vergißt. Verstanden?«

»Vergessen? Wie soll ich das vergessen? Es läuft allem zuwider, was wir sind. Wenn ich ...«

Fest drückte Haavikko grob eine Hand auf den Mund und starrte ihn finster an.

»Du sollst es vergessen! Ist das klar? Hans hat das nur so dahin gesagt. Er hat sich aufgeregt, das ist alles. Aus verständlichen Gründen, würde ich sagen. Dieser Barbar hat ihn beleidigt! Ihm auf die Füße gespuckt! Hättest du dir das gefallen lassen?«

»Das ist keine Entschuldigung ...«, begann Axel, aber Fest brachte ihn mit einem Blick zum Schweigen.

»Das reicht! Hast du verstanden, Haavikko? Niemandes Ehre ist mit Füßen getreten worden. Was hier gesagt wurde ... das waren nur Worte. Nichts, um das man großes Aufhebens machen sollte.«

Axel warf Ebert einen Blick zu. Sein Gesicht hatte einen kalten Ausdruck angenommen. Nur Worte, dachte er. Nur Worte! Er wandte den Kopf ab, angewidert von den beiden, brannte darauf, Ebert für seine Unverschämtheiten zu bestrafen, und war wütend auf Fest, weil er sich eingemischt hatte. Und er konnte jetzt die Zurückhaltung nachempfinden, die der große Mann vorhin im Umkleideraum gezeigt hatte.

* * *

»Nun, Haavikko, dieser Tag hatte doch noch etwas Gutes.«

Tolonen beugte sich über den Schreibtisch und verschränkte die Hände. Karr hatte soeben, von zwei Elitewachen begleitet, das Büro verlassen. Sein Vertrag war aufgekauft worden, und er hatte dem T'ang und General Tolonen seine Ergebenheit geschworen. Alle drei jungen Offiziere waren Zeugen gewesen. Aber jetzt waren die anderen gegangen, und Axel war das erste Mal seit der Sache in der Sänfte mit dem General allein.

Axel zögerte, während er auf den alten Mann hinuntersah. Tolonen hatte ihn wie einen Sohn behandelt, seit er sein Adjutant vom Dienst geworden war, hatte ihn mit Ratschlägen und Erklärungen geehrt. Er hatte im Dienst des Generals viel gelernt, aber jetzt standen die Dinge anders.

»Sir, es gibt etwas, worüber ich gern mit Ihnen reden möchte.«

Tolonen lächelte gutmütig. »Reden Sie, Junge.«

»Ich würde… Nun, ich möchte gern versetzt werden.«

Tolonen lehnte sich langsam zurück, und seinem Gesicht war die Überraschung deutlich anzusehen. »Was sagen Sie da?« Er löste seine Hände und setzte sie auf die Tischkante. »Ich verstehe Sie nicht, Haavikko. Sind Sie hier nicht zufrieden? Gefällt Ihnen Ihr Posten nicht?«

Axel senkte den Kopf. »Ich war zufrieden, Sir. Und es hat mir gefallen. Aber …«

Tolonen sah ihn seltsam an. »Was ist los? Was ist passiert?«

Tolonen stand auf und kam um den Tisch. »Erzählen Sie's mir, Junge. Erzählen Sie mir, was los ist.«

Er blickte auf und sah Tolonen direkt in die Augen. »Lieber nicht, Sir. Ich habe nur das Gefühl, ich kann hier nicht mehr arbeiten.«

Tolonens Unglauben entlud sich in einem Lachen. »Was soll ich nur davon halten, hm? Sie können hier nicht arbeiten. Sie haben so ein *Gefühl*. Sagen Sie mir, was passiert ist.«

Axel holte Luft. »Lieber nicht, Sir.«

Der wütende Ausbruch des Generals überraschte ihn. »Lieber nicht? Das reicht nicht, Haavikko. Ich will hier keine Geheimnisse haben. Sagen Sie mir sofort, was passiert ist. Warum Sie einen neuen Posten haben wollen. Ich *befehle* es Ihnen.«

Axel schluckte. Er hatte gehofft, dies zu vermeiden. Er hatte sich gewünscht, die Sache mit Ebert persönlich auszutragen. »Es geht um Ebert, Sir.«

Tolonen lachte unbehaglich. »Ebert, hä? Und was stimmt mit dem jungen Ebert nicht? Hat er Sie beleidigt?«

»Nein, Sir. Nicht direkt.«

»Nun, was war es denn? Lassen Sie mich nicht raten, Junge. Spucken Sie's aus.«

»Er war respektlos, Sir.«

»Respektlos? Zu wem?«

Axel spürte, wie Tolonens Blick sich in ihn bohrte. »Zu Ihnen, Sir.«

Tolonen schnaubte. Einen Moment lang schwieg er, dann schüttelte er den Kopf. »Das glaube ich nicht. Sein Vater ist mein ältester Freund. Dieser Junge ist wie ein Sohn für mich. Respektlos?« Der General verzog den Mund. »Was hat er gesagt?«

»Ich würde lieber nicht ...«, begann Axel, aber Tolonen schnitt ihm wütend das Wort ab.

»Bei allen Göttern, mein Junge! Ihr ›lieber nicht‹ fällt mir langsam auf die Nerven! Spucken Sie's aus, Haavikko! Wenn Sie Ebert Respektlosigkeit vorwerfen, will ich alle Einzelheiten erfahren. Und Sie täten gut daran, einen Zeugen zu haben. Ich halte nichts von unbestätigtem Hörensagen.«

Axel neigte pflichtbewußt den Kopf. So hatte er sich das nicht vorgestellt. Er hatte geglaubt, der General würde ihn gehen lassen, widerwillig zwar, aber ohne größeren Ärger. Dieses Gerede von Anschuldigungen und Zeugen kam aus heiterem Himmel.

»Es war heute früh, Sir. Auf dem Rückweg in der Sänfte. Fest war dabei, Sir. Er hat alles gehört.«

Tolonen fuhr herum und beugte sich über den Schreibtisch. Er berührte die Schaltfläche des Wechselsprechgeräts und wandte sich an seine Sekretärin. »Lassen Sie bitte die Kadettenoffiziere Fest und Ebert wieder zurückholen. Auf der Stelle.«

Er drehte sich wieder um und sah Haavikko scharf an. »Was hat er gesagt?«

Axel zögerte, weil ihm die Bedeutung dessen, was er hier tat, schlagartig zu Bewußtsein kam. Es gab vieles, was ihm an Ebert nicht gefiel – seine Arroganz und seine eingebildete Überlegenheit, weil er ihr Chef war –, aber er hatte nie die Absicht gehabt, ihn vom Dienst suspendieren zu lassen. Wenn die Anklage der Respektlosigkeit bewiesen wurde, konnte er aus den Streitkräften ausgeschlossen werden. Zum erstenmal seit ihrer Auseinandersetzung wünschte sich Axel, er hätte Fests Ratschlag beherzigt und die ganze Sache vergessen.

»Nun?« Der barsche Ton brachte ihn augenblicklich wieder zu sich. Er blickte auf. Tolonens Gesicht war rot vor Zorn. »Muß ich's Ihnen Wort für Wort aus der Nase ziehen?«

Axel schüttelte den Kopf. Mit leiser Stimme wiederholte er Eberts Worte. Dann das, was er hinterher hinzugefügt hatte.

Tolonen war ruhig geworden. Er sah weg, dann wieder Haavikko an. »War's das?« fragte er, die Stimme auf einmal viel weicher. »Hat er das wörtlich so gesagt?«

Axel nickte knapp, und ein Schauer lief ihm den Rücken hinunter. Jetzt hatte er es hinter sich. Die Anschuldigung war vorgebracht.

Der General schüttelte langsam den Kopf, wandte sich ab und ging zum Fenster. Er starrte in Gedanken versunken hinaus, dann sah er Haavikko wieder an.

»Sie halten den Mund, bis Sie von mir andere Anweisungen bekommen. In Ordnung?«

»Sir.«

Jemand klopfte an die Tür.

Tolonen räusperte sich, dann machte er kehrt. »Kommen Sie rein!«

Fest und Ebert traten ein. Sie marschierten bis in die Mitte des Raums und nahmen die Habachtstellung ein.

Tolonen trat direkt vor sie, Fest zu seiner Linken, Ebert zu seiner Rechten. Haavikko stand an der Seite, nah am Schreibtisch. Von dort konnte er die Gesichter seiner beiden Kameraden sehen, General Tolonen dagegen im Profil.

»Wissen Sie, warum ich Sie herbestellt habe?«

Eberts Augen wanderten zu Haavikko, dann zurück zu Tolonen. »Ich glaube, ich kann es mir denken, Sir.«

Tolonen runzelte die Stirn. »Tatsächlich?«

»Es ist Haavikko, Sir. Er hat mich beleidigt. Da mußte ich ihm eine Lektion verpassen.«

Tolonen warf Axel über die Schulter einen erstaunten Blick zu, dann widmete er sich Fest. »Ist das wahr, Fest?«

Fest verbeugte sich leicht. »Jawohl, Sir. Es war, als wir aus dem Netz hierher zurückgekommen sind. Die beiden hatten einen Streit. Haavikko hat sich sehr ungebührlich über Eberts Vater geäußert. Hans … ich meine Ebert blieb nichts anderes übrig, als ihm eine runterzuhauen.«

»Ich verstehe«, sagte Tolonen. »Und sonst ist nichts vorgefallen?«

»Nichts, Sir«, antwortete Fest. »Es war alles sehr unangenehm, aber wir haben gehofft, es würde niemand weiter darüber nachdenken. Ebert meint, seine Ehre sei gewahrt worden.«

»Sind Sie ganz sicher, Fest? Würden Sie das unter Eid beschwören?«

Fest blickte starr geradeaus. Er antwortete sofort und ohne Umschweife. »Das würde ich, Sir.«

Tolonen überlegte einen Moment lang. Dann trat er zur Seite, bis er direkt vor Ebert stand. »Dein Vater und ich sind seit über fünfzig Jahren Freunde, Hans. Ich habe dich als Baby im Arm gehalten. Als du ein Kind warst, habe ich mit dir gespielt. Und ich bin immer stolz darauf gewesen, dich als Soldat unter meinem Kommando zu haben. Aber hier ist eine ernste Anschuldigung gegen dich erhoben worden. Und du mußt entweder gestehen oder alles rundheraus abstreiten.«

»Sir?« Ebert schien verwirrt.

Haavikko trat einen Schritt vor, wich aber wieder zurück. Diese Lügner! Diese unverschämten Lügner!

Tolonen drehte sich um und sah zu Haavikko hinüber. Dann wiederholte er mit kühler, ruhiger Stimme, was Haavikko ihm gesagt hatte, und wandte die ganze Zeit den Blick nicht von ihm. Als er fertig war, drehte er sich halb um und sah Ebert an. »Nun, Kadett Ebert? Was hast du dazu zu sagen?«

Ebert sah völlig verwirrt aus. Er sagte nichts, sondern schüttelte bloß den Kopf. Fest antwortete für ihn, sein Gesichtsausdruck voller Entrüstung und Zorn.

»Das ist unerhört, Sir! Ebert hat nichts dergleichen gesagt! Das ist nichts als böswilliges Gerede, Sir! Reine Gehässigkeit! Ein heimtückischer Versuch, sich an Ebert zu rächen!«

Ebert hatte den Kopf gesenkt. Als er aufblickte, rann ihm eine Träne über die linke Wange. »General Tolonen …«, begann er.

»Nein! Das reicht!« Tolonen richtete sich zu voller Größe auf. »Fest, Ebert, seien Sie so freundlich und gehen Sie hinaus. Ich habe genug gehört.«

Axel, der nicht glauben konnte, was geschehen war, sah sie gehen und Ebert, als der General sich ihm zuwandte, Fest triumphierend zulächeln. Dann schloß sich die Tür, und er war allein mit dem General.

»Sie haben gehört, was die beiden gesagt haben, Haavikko. Erklären Sie mir das.«

Axel erschauderte. »Sie haben gelogen, Sir. Alle beide. Fest hat Ebert gedeckt …«

Tolonen musterte ihn kühl, dann schüttelte er den Kopf. »Seien Sie vorsichtig, Haavikko. Verschlimmern Sie Ihr Vergehen nicht. Sie wissen wohl, daß ich Sie für das, was Sie getan haben, vors Militärgericht stellen und vom Dienst suspendieren lassen könnte. Das einzige, was mich zurückhält, ist das Versprechen, das ich Ihrem verstorbenen Vater gegeben habe.«

Der alte Mann knirschte mit den Zähnen und sah weg. Seine Enttäuschung über Haavikko war seinem Gesicht deutlich abzulesen. »Das hätte ich nicht von Ihnen gedacht.« Er lachte – ein scharfes, bitteres Lachen –, dann wandte er sich ab. »Gehen Sie mir aus den Augen, Haavikko. Auf der Stelle. Sie bekommen Ihre Versetzung.«

* * *

Drei Stunden später saß Axel in der Verwaltung des Sicherheitsdienstes im untersten Stockwerk der Bremer Festung und wartete darauf, daß neue Anweisungen für ihn durchkamen. Seine Ausrüstungen – sein gesamter Besitz – war zusammengepackt und lag in seinem Zimmer am Ende des Flurs. Um die Zeit totzuschlagen, hatte er den diensthabenden Beamten abgelöst, während der für sie beide *Ch'a* holen ging. Die neunte Abendglocke war eben erklungen, und es war still.

Äußerlich wirkte er ganz ruhig, während er dort im Empfangsbereich saß. Innerlich kochte er aber noch immer. Ärger, Verbitterung und Enttäuschung über das Verhalten des Generals ließen ihn fast platzen. Der General hatte getan, was er tun mußte, und Axel hätte an seiner Stelle vermutlich genauso gehandelt. So sah es zumindest der logische, vernünftige Teil von ihm. Aber es half ihm nichts, es so zu betrachten. Eine schwere Ungerechtigkeit war ihm zugefügt worden, und er fühlte sich seelisch verletzt und wund. Er wünschte sich nicht Gerechtigkeit, sondern Rache. Er hätte sie am liebsten umgebracht. Langsam und schmerzvoll. Fest zuerst. Und dann Ebert.

Unmöglich, dachte er bitter. Und selbst wenn er es täte, würde man ihm zur Vergeltung all jene nehmen, die er liebte. Schwestern, Tanten und so weiter. Bis zur dritten Generation, wie es das Gesetz verlangte.

Er senkte den Blick, für einen Moment von Gefühlen übermannt, dann hob er den Kopf, weil er vor sich ein Geräusch hörte.

Der Han verbeugte sich tief vor dem Schreibtisch, ehe er Axel in die Augen sah. Er schien der Erschöpfung nah zu sein, und seine Kleider stanken.

»Ich brauche Schutz«, sagte er. »Es sind ein paar Männer hinter mit her, die mich umbringen wollen.«

Axel starrte ihn mit einem leeren Gefühl an. »Wir leben in einer bösen Welt«, sagte er und deutete auf einen Platz im hinteren Empfangsbereich. »Setzen Sie sich. Der zuständige Beamte wird sich gleich um Sie kümmern.«

Er sah noch, wie der Mann sich umdrehte und auf seinen Platz zuging, dann widmete er ihm keine weitere Aufmerksamkeit mehr.

Eine Minute später war der Beamte zurück. »Sie haben Glück, Haavikko«, erklärte er, gab ihm eine Schale *Ch'a* von seinem Tablett und zog ein versiegeltes Päckchen aus seiner Jackentasche, das er vor Axel auf den Tisch legte. »Das ist gerade angekommen. Ihr neuer Posten.«

Axel starrte es einen Moment lang an, nahm es in die Hand und zerbrach das Siegel. Er las den Inhalt, dann senkte er den Blick, und für einen Moment drückte sein Gesicht seinen Widerwillen aus. England! Von allen gottverdammten Flecken dieser Welt ausgerechnet nach England!

Er steckte die Befehle in die Tasche seines Uniformrocks, überspielte seine Enttäuschung und leerte die Schale in einem Zug. »Danke«, sagte er und ließ den anderen wieder seinen Platz einnehmen. »Ich hole meine Sachen, dann gehe ich.«

»Ja, das sollten Sie besser.« Der Beamte lächelte ihn traurig an; ein verständnisvolles Lächeln. »He! Und viel Glück!«

Nachdem er gegangen war, stand der Han langsam von seinem Platz auf und ging zum Schreibtisch hinüber. Der Beamte blickte auf und stellte sein *Ch'a* ab.

»Ja?«

»Ich brauche Schutz«, sagte der Han müde, nachdem er sein Anliegen im selben Wortlaut schon einmal vorgebracht hatte. »Es sind ein paar Männer hinter mir her, die mich umbringen wollen.«

Der Beamte nickte, langte nach seinem Schoßterminal und war bereit, Einzelheiten aufzunehmen. »Gut. Wie heißen Sie?«

»Pi Ch'ien«, antwortete der Han. »Ich heiße Pi Ch'ien.«

KAPITEL · 4

Der Monddrache

Nun, was sollen wir tun?« Lehmann wandte sich ab und sah auf die ruhige, mit Lotosblüten übersäte Oberfläche des Sees hinaus, wo einer der drei Kraniche, die er tags zuvor gekauft hatte, seine langen, eleganten Schwingen hob, dann wieder senkte und seinen Schnabel ins Wasser tauchte.

Hinter ihm ging DeVore ruhelos auf und ab und schlug sich bei jedem Schritt seine Handschuhe gegen die Hüfte. Lehmann hatte ihn noch nie so aufgeregt und beunruhigt erlebt. Wer hätte schon erwartet, daß Yang Lais Bote, sein Dritter Sekretär Pi Ch'ien, wieder aufwachen würde, wie ein Gesandter aus dem Reich der Toten?

»Was schlägst du vor, Howard?«

DeVore trat neben ihn ans offene Fenster. »Du weißt, was wir tun müssen. Was wir für den Fall geplant haben, daß so etwas geschieht.«

»Meinst du, das sei wirklich nötig? Ich meine... Yang Lai ist tot. Cho Hsiang und die beiden Attentäter auch. Ich denke, daß nichts mehr auf uns hindeutet. Was hat der General also von Pi Ch'ien? Pi Ch'ien weiß nichts.«

»Ich fürchte schon. Pi Ch'ien hat Heng Chi-Po als seinen Kontaktmann angegeben.«

Lehmann fuhr herum und sah ihn an. »Minister Heng? Bei allen Göttern! Und er hat Beweise dafür?«

DeVore schüttelte den Kopf. »Nein. Aber das ist nicht mehr eine Frage der Beweise. Der General hat vor, sich mit dem, was er weiß, an den T'ang zu wenden, ob's nun Vermutungen sind oder nicht, ob mit oder ohne Beweise. Und der T'ang wird ihn ermitteln lassen. Wir müssen jetzt handeln. Um den Ermittlungen zuvorzukommen.« Er machte Pause und holte Atem. »Wir müssen ihn opfern, Pietr. Wir müssen ihnen Wyatt geben.«

Lehmann betrachtete DeVore nachdenklich. »Bist du sicher, Howard? Bist du sicher, daß das die einzige Möglichkeit ist?«

DeVore nickte knapp. »Es ist unvermeidlich.«

Lehmann schwieg für einen Moment, dann nickte er. »In Ordnung. Tu, was du tun mußt.«

DeVore streckte die Hand aus und berührte ihn am Arm. »Faß dir ein Herz, Pietr. Ich weiß, es ist ein harter Weg, aber wir werden triumphieren. Das weiß ich genau.«

»Vielleicht …« Lehmann senkte den Blick. »Weißt du, ich habe nicht erwartet, daß es so laufen würde. Ich dachte …«

»Du dachtest, du müßtest dir die Hände nicht schmutzig machen, was?«

Lehmann schüttelte den Kopf. »Nein. Das meine ich nicht. Nur … Nun, er ist ein guter Mann, Howard. Gibt es keine andere Möglichkeit …?«

Er blickte wieder auf und sah seinem Gegenüber in die Augen, aber DeVore schüttelte den Kopf.

»Gib dir nicht die Schuld, Pietr. Es gibt keine andere Möglichkeit.« DeVore schnaufte. »Uns sind die Hände gebunden, begreifst du das nicht? Chung Kuo selbst ist schuld. Unsere Welt ist … inzestuös. Zu sehr in Beziehungen verstrickt. Man braucht sich nur den Hintern aufzureißen und schon seufzen die Gegner vor Erleichterung.«

Lehmann lachte traurig. »Das stimmt.«

DeVore bohrte weiter. »Meinst du nicht, ich würde aufrichtig sein, wenn ich könnte? Glaubst du, mir gefällt dieses Spiel mit Betrug und Falschheit?« Er spuckte einen runden Klecks ins Wasser. »Wenn ich nur einen Moment aufrichtig wäre, könnte ich mein Testament machen. Und du auch. Wir alle. Also denk darüber nach, bevor du wegen Edmund Wyatt sentimental wirst. Er war ein guter Mann. Vielleicht. Aber er wollte auch, was wir wollen: Veränderung. Einen Bruch mit der alten Ordnung. Halte dir das vor Augen, Pietr. Gerate in dieser Beziehung nicht ins Schwanken. Denn wenn du es auch nur einen Moment lang in Frage stellst, bist du tot. Du und wir anderen auch.«

Lehmann zitterte, als er hörte, wie DeVore von Wyatt in der Vergangenheitsform sprach. Aber er konnte sich mit ihm nicht streiten. Ihr Weg war festgelegt. Bis ans Ende.

»Dann muß ich so tun, als sei ich sein Freund?«

»Und als sei ich dein Todfeind.«

»Ja.« Lehmann sah hinaus und beobachtete den Kranich, wie er langsam ans Ufer glitt, auf die blendend weißen Felsen stieg und sein Gefieder bauschte, als er sich niedersetzte.

* * *

Der General wartete auf dem zentralen Podium und hielt sich steif und aufrecht in dem Verhörstuhl mit der hohen Lehne. Zu beiden Seiten des Podiums stand je eine Ehrenwache aus der T'ang-eigenen Leibwache, imposant mit ihren karminroten Seidenkampfanzügen, große Männer mit kahlgeschorenen Köpfen und nackten Füßen, während ringsum die Diener des T'ang schweigend durch die große Halle huschten und ihren Aufgaben nachgingen.

Noch vor sechs Stunden hatte er diesem Zusammentreffen mit bösen Ahnungen entgegengesehen, aber jetzt war er sich seiner Sache sicher, fast in übermütiger Stimmung, nachdem der Ärger der letzten drei Tage hinter ihm lag. Er hielt DeVores Akte fest im

Schoß und lächelte innerlich. Jetzt habe ich euch, dachte er. Euch beide. Diesmal könnt ihr euch nicht mehr herauswinden.

Er starrte unbewegt geradeaus. Ihm gegenüber, in etwa fünfzig Schritt Entfernung, befand sich der Eingang zur Halle der Ewigen Wahrheit, in der die T'ang Audienzen gaben.

Die Doppeltür war massiv und zweimal so hoch wie breit. Auf dem schwarzen Lederbezug war in Silber ein großer Kreis aus sieben Drachen gezeichnet, dessen Umfang fünfmal der Größe eines Mannes entsprach. In der Mitte trafen sich die Schnauzen der fürstlichen Bestien und bildeten einen Zirkel wie die Blütenblätter einer Rose, und in jedem Auge glühte ehrfurchtgebietend ein riesiger Rubin. Ihre geschmeidigen, kräftigen Körper waren wie die Speichen eines mächtigen Rades nach außen gebogen, während am Rande ihre miteinander verschlungenen Schwänze den Radkranz bildeten. Es war der *Ywe Lung*, der Monddrache, das Symbol der Sieben. Tolonen betrachtete ihn stets mit einem Gefühl großen Stolzes – unsagbar glücklich darüber, daß es ihm gegeben war, eine so wichtige Rolle bei der Verteidigung dieses großen und mächtigen Kreises zu spielen, daß sein T'ang ihm diese Ehre zuteil werden ließ.

Zwei Glocken erklangen, die erste weich und klar, die zweite tief und volltönend. Langsam und geräuschlos schwang die große Tür auf.

Der General stand auf und stieg vom Podium, die Akte und die anderen Papiere fest an die Brust gedrückt. Er wandte sich zur Linken, dann zur Rechten, verneigte sich steif vor den beiden Leutnants, dann marschierte er zehn Schritte vor und blieb stehen, damit sich die Ehrenwache hinter ihm aufstellen konnte.

Die Tür hatte sich inzwischen ganz geöffnet. Er konnte den T'ang am anderen Ende der Halle sehen, wo er auf seinem hohen Thron über dem Audienzpodium saß.

Chung Hu-Yun, der Kammerherr des T'ang, trat vor, um ihn zu begrüßen.

»General Tolonen«, sagte er, lächelte und verbeugte sich tief. »Sie sind höchst willkommen. Der T'ang erwartet Sie.«

»Es tut gut, Sie zu sehen, Hu-Yan«, sagte der General leise und erwiderte sowohl das Lächeln wie die Verbeugung. »Ich hoffe, es geht Ihnen gut. Und ihrer ganzen Familie.«

»Und Ihrer, Knut«, antwortete Hu-Yan gedämpft und richtete sich auf. »Aber kommen Sie. Man hat schon lang auf Sie gewartet.«

Chung Hu-Yan wandte sich wieder dem T'ang zu. Er verbeugte sich tief, sackte auf die Knie und preßte kurz seine Stirn auf den gefliesten Boden. Dann stand er auf und ging langsam in die Halle. Der General rührte sich und folgte ihm. Unter der großen Oberschwelle hielt er inne und bot dem T'ang seinerseits seine Ehrerbietung. Die Ehrenwachen hinter ihm folgten seinen Gesten wie Spiegelbilder und standen auf, als er sich erhob. Aber als er weiterging, blieben sie, wo sie waren. Niemandem – nicht einmal einem Mitglied der Ehrenwache – war es ohne ausdrückliche Erlaubnis des T'ang gestattet, die Halle zu betreten.

Am Fuß der Treppe blieb Tolonen stehen, der Kammerherr zu seiner Linken, andere aus dem Gefolge des T'ang rechts vom Podium versammelt.

»Chieh Hsia«, sagte Tolonen und vollführte zum zweiten Mal sein *K'o t'ou*.

Die wörtliche Übersetzung aus dem Mandarin lautete ›unter den Stufen‹, aber die Floskel hatte längst eine zweite, wichtigere Bedeutung angenommen – ›Euer Majestät‹. ›*Chieh Hsia*‹ stammte aus den alten Tagen, als die Minister, die zu einer Audienz mit dem Kaiser vorgelassen wurden, sich nicht direkt an den

Sohn des Himmels wenden durften und durch die Beamten sprachen, die sich ›unter den Stufen‹ des hoch aufragenden Throns versammelt hatten.

Der T'ang erhob sich von seinem Thron und stieg die breiten Stufen des Audienzpodiums hinunter.

»Entschuldigen Sie, Knut, daß ich Sie warten lassen mußte.«

Li Shai Tung trug seine Amtsrobe, ein langes, weites, mattgoldenes Seidengewand, schwarz ausstaffiert, und honigfarbene Stiefel aus weichem Leder. Sein feines graues Haar war streng aus der Stirn gekämmt und hinter seinem Kopf eng zusammengebunden. Er trug eine einfache Goldkette um den Hals und zwei Ringe an den Fingern seiner rechten Hand; der erste ein einfaches Band aus dünnem Weißgold, das Hochzeitsgeschenk seiner verstorbenen Frau; der andere ein schwerer, dicker Ring aus schwarzem Eisen, der mit einer versilberten Miniatur des *Ywe Lung* versehen war, des Siegels der Macht.

Li Shai Tung war ein großer Mann; so groß wie der General, aber gertenschlank. Er kam flott die zwölf Stufen[45] herunter, die Bewegungen behender und energischer, als man es von einem sechzigjährigen Mann erwartet hätte. Es wurde oft behauptet, der T'ang bewege sich wie ein Tänzer, elegant und kraftvoll – und so war es auch; seine athletische Grazie war ein Ergebnis des rigorosen Trainings, dem er sich jeden Morgen unterzog. Aber darüber hinaus war seine Haltung von einer Würde, einer Autorität, über die nur jene zu verfügen schienen, die zum Herrschen geboren waren.

Als er dem General gegenüberstand, streckte er die Hand aus und berührte Tolonen am Arm, und sein bleiches, faltiges Gesicht verzog sich zu einem Lächeln. Dann zog er seine Hand zurück, faßte sich und streichelte schließlich seinen langen, aber gepflegten Bart. »Ich bin beschäftigt gewesen, Knut. Diese Sache mit der freien Stelle. Vier Familien haben mich um die Ernennung ersucht. Ich habe mir noch heute morgen die Kandidaten angesehen.«

»Dann dürfte von Interesse sein, was ich Euch zu berichten habe, *Chieh Hsia*.«

Li Shai Tung nickte und sah sich um. Neben dem Kammerherrn standen ein Dutzend andere in der Halle, Mitglieder seines Privatpersonals. »Wie vertraulich ist diese Angelegenheit?«

Der General lächelte verständnisvoll. »Es wäre nicht so günstig, wenn schon alle davon wüßten.«

Der T'ang erwiderte sein Lächeln. »Ich verstehe. Wir werden uns allein unterhalten. Im Zimmer meines Großvaters.« Er wandte sich an seinen Kammerherrn. »Hu-Yan, Sie warten an der Tür und sorgen dafür, daß niemand uns stört, bis wir fertig sind.«

Sie gingen in einen kleinen Raum hinter der Halle. Der T'ang zog die Tür hinter ihnen zu, dann drehte er sich um und sah Tolonen an, einen undeutbaren Ausdruck im Gesicht. Er durchmaß das Zimmer, nahm unter dem Doppelporträt seines Vaters und Wen Tis[19] Platz und bedeutete dem General, zu ihm zu kommen.

»Setzen Sie sich dort hin, Knut. Sehen Sie mich an.«

Tolonen tat, wie ihm geheißen, doch es war ihm unangenehm, in der Gegenwart des T'ang zu sitzen. Er sah in das nahe Feuer und streckte unbewußt eine Hand nach seiner Wärme aus.

Der T'ang lächelte, als er die Geste bemerkte. »Sie haben also etwas Neues. Etwas, das wir beim letzten Mal noch nicht besprochen haben?«

»Ja, *Chieh Hsia*. Ich weiß, wer Lwo Kangs Ermordung angeordnet hat.«

Der T'ang überlegte. »Haben Sie genug Beweise, um eine Anklage zu erheben?«

Der General nickte. »Und um vielleicht den Sturz einer großen Familie zu verursachen.«

»Ah...« Li Shai Tung senkte den Blick in seinen

Schoß. »Dann ist der Minister wirklich darin verwickelt?«

Tolonen beugte sich vor, reichte ihm die Akte und ließ die anderen Papiere in seinem Schoß liegen. »Da steht alles drin, *Chieh Hsia*. Alles, was darauf hindeutet. Geschäftsverbindungen. Zahlungen und Namen. Wer was und wen benutzt hat. Yang Lai, Fu Lung-ti, Hong Cao, Cho Hsiang – ein ganzes Netzwerk von Namen und Daten, die alle Ebenen dieser Sache miteinander verbinden. Es war gut organisiert. Vielleicht zu gut. Wir hätten diese Verbindungen vielleicht nie aufgedeckt, wenn mein Mann DeVore nicht seinem Instinkt gefolgt wäre. Wyatt war der Drahtzieher – er hatte alle Fäden in der Hand.«

Der T'ang nickte und vertiefte sich in das Dokument. Die nächsten fünfzehn Minuten las er schweigend. Als er fertig war, schloß er die Akte und blickte auf. »Ja«, sagte er leise, fast müde. »Das ist gut, Knut. Das habe ich gewollt. Sie haben gute Arbeit geleistet.«

Der General senkte den Kopf. »Danke, *Chieh Hsia*. Aber wie ich sagte, es ist nicht mein Verdienst. Das ist Major DeVores Arbeit.«

»Ich verstehe.« Der T'ang warf noch einen Blick in das Dokument. »Dann werde ich dafür sorgen, daß der Major belohnt wird.«

»Danke. Und der Minister?«

Li Shai Tung lachte kurz und humorlos. »Heng Chi-Po ist ein vorsichtiger Mann, wie sich diesem Dokument entnehmen läßt. Obwohl alle Finger auf ihn deuten, berührt ihn keiner.« Er schüttelte den Kopf. »Wie sehr die Umstände auch gegen ihn sprechen, wir haben keinen direkten Beweis.«

»Aber er war es, der Yang Lai gewarnt hat. Er hat die Botschaft geschickt.«

»Möglicherweise. Aber das würde nicht reichen. Wir können nicht mehr als Vermutungen vorweisen, wenn's darauf ankommt, Knut. Unterminister Yang

Lai wird vermißt, und die Memokarte, die Pi Chien festhielt, war leer. Das ist kein durchschlagender Beweis.«

Der General schwieg einen Moment lang. Es stimmte. Die Memokarte, die Pi Ch'ien von Minister Heng zu Yang Lai gebracht hatte, war als Beweis wertlos, die Botschaft darauf war dreißig Sekunden, nachdem Yang Lai sie mit einem Daumendruck aktiviert hatte, gelöscht worden.

»Dann werdet Ihr nichts gegen ihn unternehmen?«

Der T'ang nickte. Als er wieder redete, war er reservierter, förmlicher als vorher. »Sie müssen Verständnis dafür haben, Knut. Wenn ich einen einzigen handfesten Beweis gegen ihn hätte – sei er auch noch so klein–, würde ich den Mann zerbrechen, und wäre froh darüber. Aber wie es aussieht...« Er breitete die Hände aus. »Es würde nichts nützen, einen meiner eigenen Minister ohne unwiderlegbare Beweise anzuklagen.«

»Ich verstehe.«

»Gut.« Der T'ang beugte sich vor, und seine dunklen Augen sahen seinen General eindringlich an. »Wir konzentrieren uns zunächst auf Wyatt und alle, die wir über ihn entlarven können. Lehmann vielleicht, und dieser widerliche Kerl, Berdichow. Aber bevor wir das tun, vergewissern Sie sich, daß jeder Irrtum ausgeschlossen ist. Wir müssen von sicheren Grundlagen ausgehen. Chung Kuo darf keinen Zweifel haben, daß wir korrekt vorgehen, daß unsere Handlungen völlig gerechtfertigt sind. Ich möchte deswegen keinen Ärger im Haus.«

Der General senkte den Kopf und behielt seine Gedanken für sich. Der T'ang hatte recht damit. Die Dinge hatten sich in den letzten zehn Jahren auf subtile Weise verändert. Mehr Macht als je zuvor lag in den Händen solcher Männer wie Lehmann. Sie hatten Geld und Einfluß und eine Stimme im Haus in Weimar. Und obwohl das Haus dem Willen der Sieben unterstand, übten sie eine derartige Macht nicht zu häufig aus. Die Illusion der Kooperation – eines unabhängigen Hauses, das Hand in Hand mit dem Rat der Sieben zusammenarbeitete – mußte bewahrt werden. Die Illusion bildete die Grundlage eines dauerhaften Friedens.

War das dann die Wahrheit hinter all dem? fragte sich Tolonen. Der wahre Grund für Lwo Kangs Tod? War das alles ein Versuch, die Sieben zum Handeln zu zwingen, damit sie der Welt unverhüllt ihre wahre Macht zeigten? Um das Haus gegen die Sieben aufzubringen und die Menschen dazu zu veranlassen, sich zwischen beiden zu entscheiden? Wenn das zutraf, dann begriff er die Vorsicht des T'ang.

Er blickte wieder auf und sah dem T'ang in die Augen. »Es ist ein unangenehmes Geschäft, *Chieh Hsia*. Wir müssen ehrlich und anständig vorgehen, obwohl wir es mit Betrügern und Halunken zu tun haben.« Er seufzte bitter. »Wenn sie vor uns stehen, verbeugen sich diese Schmarotzer eifrig und plappern artiges Zeug, doch hinter dieser Fassade kochen sie vor Gehässigkeit. Sie lächeln, aber am liebsten sähen sie uns tot.«

Der T'ang lächelte traurig. »Ja, Knut. Aber so ist der Lauf dieser Welt. So sind die Menschen. So handeln sie. Und schon das ist eine ausreichende Rechtfertigung für die Sieben, nicht? Was würde ohne uns aus dem Frieden werden, für den unsere Väter gearbeitet haben? Was würde aus der Stadt der Zehntausend Jahre[46] werden, die sie gebaut haben? Sie und ich, wir wissen es. Die Barbaren würden sie Ebene für Ebene niederreißen und an ihrer Stelle etwas Rohes und Dunkles errichten.«

Tolonen senkte zustimmend den Kopf, aber er dachte an den Riesen Karr und an die Grube unter dem Netz, wo im beißend grellen Licht offen auf Leben und Tod gekämpft wurde. Er war eine Bestie von einer sauberen Art. Viel sauberer als Lehmann und seinesgleichen. Dieses eine Mal hatte sich der Major geirrt – er hatte das sofort gesehen. Es lag durchaus Ehre in der Art, wie ein Mann sich benahm, selbst unter dem Netz. Karr und der tote Chen, sie waren zweifellos Killer, aber waren nicht alle Soldaten Killer, wenn es darauf ankam? Das Entscheidende war, *wie* man tötete. Ob man seinem Gegner Auge in Auge gegenüberstand und Kraft oder Geschicklichkeit den Kampf entscheiden ließ, oder ob man wie ein Dieb in der Nacht durch die Schatten schlich und ein vergiftetes Messer in den Rücken eines Schlafenden stieß.

Ja, dachte er, eigentlich sollte ich das Indirekte an all dem hassen; die Masken und die Tricks und das unentwirrbare Geflecht vermittelter Einflüsse. Doch ich bin im Hinblick auf Indirektheiten ausgebildet worden – um so verschlagen zu sein wie die Männer, gegen die ich kämpfe.

»Soweit es Wyatt betrifft, werde ich den Haftbefehl unterzeichnen lassen, bevor Sie gehen. Ist noch etwas, Knut?«

»Noch zwei Angelegenheiten, *Chieh Hsia*.«

»Nun?«

»Zunächst ein Ersuchen.« Der General gab dem T'ang eines der Papiere. »In einer Woche wird Han Ch'in, Euer ältester Sohn, sechzehn und ist dann ein Mann. Es ist mein Wunsch, ihm etwas Angemessenes zu schenken.«

Tolonen verfiel in Schweigen und sah zu, wie der T'ang die Besitzurkunde aus Seidenpapier auffaltete. Einen Moment später blickte der T'ang auf, und ein überraschtes Lächeln erhellte seine Züge. »Aber ist das nicht zuviel, Knut?«

Der General senkte den Kopf. »Han Ch'in wird eines Tages T'ang sein. Und obwohl er über Euren Stall verfügen kann, *Chieh Hsia*, hielt ich es für an der Zeit, daß er ein eigenes Pferd bekommt. Über die Reiterei[47] lernt man das Befehlen.«

Der T'ang lächelte immer noch. Ein Pferd war ein fürstliches Geschenk. Es gab in ganz Chung Kuo allenfalls zweitausend Vollblütler. Eine solche Anschaffung kostete selbst einem so außerordentlich reichen Mann wie dem General mehr, als er ohne weiteres aufbringen konnte. Li Shai Tung sah Tolonen noch einen Moment lang an, dann tat er etwas, das er nur selten tat: er neigte den Kopf. »Dann habe ich nichts einzuwenden, alter Freund. Meine Familie ist durch Ihr Geschenk geehrt. Und Han Ch'in wird sich sehr freuen.«

Der General senkte den Kopf, und sein Gesicht brannte vor Stolz und Freunde. Ihm gegenüber faltete der T'ang das Papier wieder zusammen. »Und die zweite Angelegenheit?«

»Äh ... Das ist ein Geschenk für mich selbst.« Er zögerte, dann reichte er ihm die übrigen Papiere. »Ich möchte gern einen Mann einsetzen. Sein Name ist Karr.«

* * *

An diesem Abend bestellte Untersekretär Lehmann all jene Delegierten und Vertreter, die seiner Sache wohlgesonnen waren, in seine Suite in dem Penthaus, das sich im Haus der Tausend Freiheiten in Weimar befand. In dem langen, überfüllten Saal herrschte eine bedrückte Stille. Lehmann saß in seinem Stuhl, zupfte nervös an seinem Zopf, eine Kopie der Vollmacht vor sich auf dem Schreibtisch, und langsam zeichnete sich auf seinem Gesicht ein Ausdruck schierer Ungläubigkeit und Empörung ab.

»Das glaube ich einfach nicht«, sagte er schließlich mit leiser und beherrschter Stimme. Dann hob er das Papier auf und hielt es den übrigen Anwesenden hin. »Gibt es hier irgend jemanden, der das glaubt?«

Ein tiefes Murmeln erhob sich, um die Frage zu verneinen, und Köpfe wurden geschüttelt.

»Aber irgendein Hinweis muß vorliegen, Pietr.

Selbst der T'ang würde nicht ohne eindeutige Beweise handeln.«

Lehmann lachte säuerlich, dann rückte er ein Stück herum und wandte sich dem Delegierten zu, der gesprochen hatte, ein großer, kräftig gebauter *Hung Mao* in einem blaßgrünen *Pau*. »Meinen Sie, Borg Cao? Sie meinen, etwas so Geringfügiges wie die Beweisfrage könnte einen T'ang von etwas abhalten?«

Hier und dort wurde hörbar Luft eingesogen. Schließlich war ein T'ang ein T'ang. Lehmann entging das nicht, und er merkte sich diejenigen, die seine Worte bestürzt zu haben schienen, dann drängte er weiter. Er stand auf, kam um den Tisch und sah Borg ins Gesicht.

»Ich kenne Edmund Wyatt schon mein ganzes Leben, Cao. Ich kannte ihn als Kind und ich hatte die Ehre, ihn als Mann zu kennen. Ich lege meine Hand dafür ins Feuer, daß es oben keinen ehrlicheren Mann gibt als ihn, niemanden, der so wenig boshaft ist. Daß Edmund getan haben soll, was hier drinsteht ... Das ist einfach lächerlich!«

Er stand jetzt nur noch eine Armlänge vor Borg, der die Achseln zuckte. »Wenn Sie das sagen, Pietr. Und bis heute hätte ich dasselbe gesagt. Aber ich wiederhole es, der T'ang *muß* einen Beweis haben. Und nicht bloß irgendeinen Hinweis, sondern einen wirklichen Beweis. Er wäre verrückt, würde er ohne einen solchen vorgehen.«

»Vielleicht«, sagte Lehmann und wandte sich ab. »Aber vielleicht auch nicht. Denken sie nur mal darüber nach. In den letzten fünf Jahren hat dieses Haus mehr Freiheiten gewonnen als in dem ganzen Jahrhundert davor. Es ist uns gelungen, den Handel auszuweiten und große Zugeständnisse im Hinblick auf legitime Forschungen und Entwicklungen zu erreichen. Damit haben wir Chung Kuo einen erfrischenden und dringend nötigen Hauch von Veränderung gebracht.«

Die Delegierten gaben zustimmendes Murmeln von sich. Lehmann drehte sich wieder um und sah sie an.

»Veränderung. Das ist es, was die Sieben über alles hassen. Und in den letzten drei Jahren haben wir erlebt, was sie alles tun, um die Freiheiten zu beschneiden, die wir uns erstritten haben. Zuerst hinter vorgehaltener Hand, mit geflüsterten Worten und bedeutungsvollen Blicken. Dann mit ›Geschenken‹ für jene, die sich zu ihren Freunden erklärten. Schließlich durch die Alternative Gönnerschaft oder Mißachtung.«

Manche nickten in grimmiger Zustimmung, und Seide raschelte aufgeregt, als die Delegierten sich einander zuwandten und untereinander diskutierten. Es gab niemanden hier, der nicht unter der Zurückstellung gelitten hätte. Niemand, der als Anwalt der Veränderung, in wie begrenztem Maße auch immer, nicht am Ende in Ungnade gefallen und dadurch in Geldnöte geraten war.

Lehmann wartete, bis es ruhiger wurde, dann lächelte er verkniffen. »Aber das war sicher nur der Anfang, nicht? Nachdem es ihnen mißlungen ist, die Dinge aus dem Verborgenen zu regeln, haben sie sich entschieden, direkter vorzugehen. Ernennungen zum Minister, die früher rechtmäßig von familiären Beziehungen und dem allgemein anerkannten Maßstab der finanziellen Macht bestimmt wurden, erfolgten plötzlich aufgrund irgendwelcher nebulöser Verdienste im Sinne des Neuen Konfuzianismus.«

Einige lachten schallend, als Lehmann vor Abscheu das Gesicht verzog.

»Verdienste … Nun, wir alle wissen, was das wirklich bedeutet, nicht wahr? Damit ist ein neuer Schlag von Ministern gemeint, so nützlich wie ein GenSyn-Hausdiener und in jeder Hinsicht ebenso eingeschränkt, wenn es darauf ankommt, eine wirkliche Entscheidung zu treffen. Aber wir wußten, was sie von Anfang an waren, nicht? Dämme gegen den natürlichen Strom, Sprachrohre für die Sieben, darauf programmiert, zu jeder Veränderung nein zu sagen.«

Erneut erhob sich zustimmendes Gemurmel, diesmal jedoch lauter, aggressiver. Lehmann hob die Hände, die Handflächen nach außen, bat um Ruhe und nickte schließlich langsam.

»Wir kennen ihr Spiel, nicht? Wir verstehen, was sie im Sinn haben. Und wir alle wissen, was im letzten Jahr im Haus passiert ist. Wir haben gesehen, wie weit sie gehen, um Veränderung zu unterdrücken.«

Er konnte es nicht offen sagen, aber alle Anwesenden wußten, worauf Lehmann anspielte. Von den ersten Tagen des Hauses an hatten die Sieben hier eine kleine, aber einflußreiche Gruppe gestützt – Männer, die die T'ang ihrer Stimme wegen ›unterhielten‹. Solche Männer waren als *Tai* – ›Taschen‹ – bekannt und hatten, historisch betrachtet, im Haus eine doppelte Funktion ausgeübt, einerseits die starken kaufmännischen Tendenzen im Haus ausgeglichen, andererseits den Sieben zur Artikulation ihrer Ansichten gedient. In der Vergangenheit hatten die Sieben eine gute Wahl getroffen; ihre *Tai* waren ältere, angesehene Männer gewesen; charismatisch, überzeugend und mit der Autorität eines Dutzends, manchmal mit der von fünfzig Männern. Als Agenten des Konsens hatten sie einen starken, stabilisierenden Einfluß im Haus entfaltet. Aber mit der neuen Liberalisierung hatten sich die Dinge langsam geändert, und ihr Einfluß war zurückgegangen. Einige Zeit hatten die Sieben nichts unternommen, aber in den letzten zwölf Monaten hatten sie sich wahllos in das Haus eingekauft und um Einfluß auf die direkte Macht der Stimmen gefeilscht.

So war ein neuer Schlag von ›Taschen‹ entstanden: ungestüme junge Männer, die Reichtum und Macht nicht dem Handel oder ihrer Familie verdankten, sondern dem Umstand, daß die Sieben sie unerwartet ausgewählt hatten. Unliebsame Kandidaten waren bestochen und beroht, Wahlen waren manipuliert worden. Geld für den Wahlkampf war geflossen wie der Strom des Yangtse[48]. Von den hundertachtzig Delegierten, die man allein in den letzten sechs Monaten ins Haus gewählt hatte, waren mehr als zwei Drittel *Tai* gewesen.

Dies hatte die verschiedenen Fraktionen im Haus zutage treten lassen und die Forderungen nach Veränderung an das Edikt zur Technologischen Kontrolle radikalisiert, jenem Grundstein der großen Mauer des Staates oder, wie andere es sahen, dem Damm, der das sich sammelnde Wasser der Veränderung zurückhielt.

»Veränderung wird kommen«, sagte Lehmann leise, »ob sie es wollen oder nicht. Veränderung *muß* kommen. Das ist die natürliche Ordnung der Dinge. Sie können keine Mauer bauen, die hoch genug wäre, um sie aufzuhalten.«

Lehmann machte eine Pause. An der Tür wurde es laut, als einige Männer, die sich dort versammelt hatten, auseinandergingen. Edmund Wyatt drängte sich herein.

»Ich habe gehört, daß du mich sprechen willst, Pietr«, sagte er, blickte sich um und bemerkte, daß ihn plötzlich alle ansahen. Er senkte die Stimme. »Was ist los?«

Lehmann nahm ihn am Arm, führte ihn zum Stuhl und drückte ihn darauf nieder.

»General Tolonen war hier. Er hat die Kopie einer Vollmacht gebracht.«

Wyatt sah Lehmann fassungslos an. »So?«

Von den anwesenden Männern erhob sich lautes Gemurmel. Lehmann warf ihnen über die Schulter einen triumphierenden Blick zu, dann wandte er sich an Borg. »Da! Ist das nicht Ihr Beweis, Borg Chao? War das nicht die Reaktion eines schuldigen Mannes?«

Wyatt hinter ihm lachte. Seine Wangen hatten sich vor Verlegenheit gerötet. »Was ist los, Pietr? Woran soll ich schuld sein?«

Lehmann blickte auf das Papier in seiner Hand und zögerte, dann reichte er es ihm. Wyatt nahm es gelassen entgegen und hielt es ruhig, während er las. Als er dann aufblickte, hatte er einen verstörten Ausdruck in den Augen. »Das … das glaube ich nicht.«

Lehmann war hinter ihn getreten. Nun stand er dort und beugte sich über Wyatt, sah aber zu den anderen Männern auf, während er sprach.

»Es ist das, was es zu sein scheint. Eine Vollmacht. Vom T'ang persönlich unterzeichnet. Um dich zu inhaftieren, Wyatt. Für den Mord an Lwo Kang.«

Wyatt drehte sich um und starrte ihm ins Gesicht. Seine Entgeisterung, sein völliges Unverständnis war für alle Anwesenden sichtbar. »Aber das kann einfach nicht sein, Pietr. Ich meine, ich habe niemals …«

Seine Stimme versagt. Er senkte ruckartig den Blick und zitterte. »Dann stimmt das wirklich«, sagte er einen Moment später.

Eine angespannte Stille trat ein, bis Lehmann wieder sprach. »Nun, Borg Chao? Was meinen Sie?«

Borgs Kinn sackte herab, und er nickte. In dem Raum herrschte Totenstille.

Lehmann straffte sich und seufzte. »Dann ist die Frage nur noch, was wir dagegen unternehmen.«

Wyatt blickte zu ihm auf. »Dagegen unternehmen?«

Lehmann schwieg einen Moment lang und sammelte sich, dann nickte er andeutungsweise. »Ja«, sagte er. »Wir werden dich verstecken. Wir alle. Wir können das. Wir werden Tolonen daran hindern, den Haftbefehl zu vollstrecken.«

Lehmann sah sich herausfordernd um, sah jedem einzelnen ins Gesicht, als wollte er sie dazu provozieren, ihm zu widersprechen, aber inzwischen war die Stimmung zu seinen Gunsten umgeschlagen.

»Nein!« Wyatt stand auf, kam herum und trat vor Lehmann. »Nein, Pietr. Ich werde mich nicht verstecken. Das will er doch nur. Deshalb ist er zuerst hierher gekommen. Begreift ihr das nicht? Er wollte das. Er wollte, daß ich weglaufe. Dann könnte er eine weitere Vollmacht ausstellen, um mich ohne Prozeß töten zu lassen. Nun, er soll den Haftbefehl ruhig ausführen. Ich habe nichts zu befürchten. Ich habe nichts getan.«

Lehmann lachte säuerlich. »Und was ist das wert, Edmund? Der T'ang will Vergeltung für das Leben seines Ministers. Jemand soll dafür bezahlen. Recht oder Unrecht ist in diesem Fall ohne Bedeutung. Es ist gleichgültig, ob du unschuldig bist. Er will dich. Verstehst du das nicht?« Seine Stimme klang jetzt hart und unnachgiebig. »Und er wird alle Beweise finden, die er braucht, um dich einzulochen.«

Leises Murmeln erhob sich, aber niemand war anderer Meinung.

Wyatt wandte sich ab. »Wie hat er vor, den Befehl auszuführen?«

Lehmann sah in die Runde und bemerkte, wie offen die Gesichter der Männer jetzt waren, wie tief sich ihr Zorn und Unwillen, ihre Sorge und Empörung in sie eingegraben hatte. Dann drehte er sich wieder um. »Morgen mittag«, erklärte er. »In deinem Appartement.«

»Ich verstehe.« Wyatt senkte den Blick. »Dann werde ich dort sein. Ob T'ang oder nicht, er ist im Unrecht, Pietr. Ich bin unschuldig. Das weißt du.«

Lehmann drehte sich um, sah ihn wieder an und legte ihm eine Hand auf die Schulter. »Ich weiß.«

* * *

»Minister Heng.«

Chung Hu-Yan, der Kammermeister des T'ang, verbeugte sich steif, mit ausdruckslosem Gesicht, dann drehte er sich um und bat den Minister, ihm zu folgen.

Heng erwiderte erstaunt die Verbeugung des Kammerherrn. Er war vor kaum einer Minute eingetroffen, und Chung verlor keine Zeit, ihn zur Audienz zu führen. Fand etwa keine einleitende Zeremonie statt? Traten keine Ehrenwachen an? Er stand noch einen Moment da, als hätte er die Worte nicht gehört, und sah sich um, erstaunt über die Leere der großen Eingangshalle. Es war seltsam beunruhigend; als wären die Diener des T'ang woanders hingeschickt worden. Aber warum? Und warum die ungehörige Eile?

»Bitte ...« Chung Hu-Yan verbeugte sich ein zweites Mal, dann wiederholte er die einladende Geste und stellte klar, daß es kein Irrtum gewesen war.

»Verzeihen Sie«, sagte Heng, verbeugte sich erneut und verlor die Fassung. »Natürlich ...«

Er folgte dem Kammerherrn bis unter die große Oberschwelle und in die Halle der Ewigen Wahrheit. Aber er war gerade drei Schritte in die Halle gegangen, als er verblüfft innehielt. Dort, allein unter dem leeren Audienzthron, stand General Tolonen; hochgewachsen, weißhaarig und elegant in seiner pfauenblauen Uniform. Heng Chi-Po runzelte die Stirn, dann ging er weiter und war sich dabei bewußt, wie jämmerlich er im Vergleich zu dem überheblichen *Hung Mao* wirkte, und tastete nach dem Kranich[37]-Abzeichen an der Brust seines dunkelblauen *Pau*, dem Symbol seines Status als Beamter ersten Ranges.

Als er auf Höhe des Generals war, blieb Minister Heng stehen und verbeugte sich, aber Tolonen starrte kalt durch ihn hindurch und verriet mit keinem Blick und keiner Geste, ob er ihn erkannte.

Der Kammerherr des T'ang wartete und beobachtete die Begegnung aufmerksam. Dann verbeugte er sich ziemlich steif. »Verzeihen Sie, Minister Heng, aber der T'ang erwartet Sie. Bitte ... wenn Sie mir folgen möchten.«

Heng fuhr wütend herum und folgte Chung Hu-Yan in ein Zimmer rechts vom Thron. Dort wartete der

T'ang zwischen den langblättrigen Pflanzen am Rande eines kleinen, dekorativen Karpfenteichs auf ihn.

»*Chieh Hsia*«, sagte er und verneigte sich tief. »Ich hoffe, Ihr seid wohlauf.«

Li Shai Tung löste sich von der gedankenverlorenen Betrachtung der Fische und drehte sich um. »Kommen Sie rein, Minister Heng. Bitte setzen Sie sich. Wir haben über Wichtiges zu reden.«

Heng nahm Platz, den Rücken zur kalten Feuerstelle, sah sich um und nahm mit Vergnügen zur Kenntnis, in welch schlichter Gediegenheit der Raum ausgestattet war. Ein hoher Schirm teilte ihn in der Mitte, ein prachtvolles Stück aus lebhaft buntgefärbter Seide, und daneben stand eine niedrige, bauchige Vase, gewölbt wie die Wampe eines Ringers, die mit dem weichesten, zartesten Lavendelton glasiert war, den er je gesehen hatte.

»Es ist sehr hübsch hier, *Chieh Hsia*.«

»Ja«, sagte der T'ang und lächelte. »Das war das Lieblingszimmer meines Großvaters. Sein Bild hängt hinter Ihnen.«

Heng drehte sich um und blickte zuerst zu Wen Ti, dann zu dem Gemälde daneben auf und bemerkte sofort die Kraft und unbändige Vitalität des Porträtierten. »Ah ja. Er hat Eure Augen, *Chieh Hsia*.«

»Meine Augen?« Der T'ang senkte nachdenklich den Blick. »Man sagt, er hatte sein ganzes Leben lang Augen wie ein Falke. Angeblich konnte er noch mit siebzig erkennen, welche Art Vogel in einem mehr als zwei *li* entfernten Baum nistete. Aber es gibt sehen und sehen, nicht, Heng?« Er sah dem Minister wieder in die Augen und hatte nun selbst einen gequälten, doch herausfordernden Blick angenommen.

Heng verneigte sich, weil ihm seine Übertreibung und ihre Bedeutung klar wurden. »Wie Ihr sagt, *Chieh Hsia*.«

»Ja ... Wie ich sage.« Der T'ang blickte an ihm vorbei

zu dem Gemälde seines Vorfahren auf. »Und wenn ich sage, daß Heng Yu nicht zum Nachfolger von Lwo Kang ernannt wird?«

Heng Chi-Po verkrampfte sich in seinem Sessel, dann zwang er sich zu entspannen. »Dann gilt dafür dasselbe. Man stellt das Wort des T'ang nicht in Frage.«

Li Shai Tung lehnte sich zurück. »Nein«, sagte er und beobachtete seinen Minister aufmerksam. »Aber deswegen sind Sie doch gekommen, nicht?«

Heng blickte wieder auf. »Schon, *Chieh Hsia*. Aber Ihr habt nun einmal Eure Entscheidung getroffen.«

Der T'ang hob leicht das Kinn. »Und sonst war nichts? Gibt es sonst nichts, worüber Sie mit mir sprechen möchten?«

Heng behielt ein ausdrucksloses Gesicht. »Nichts, was nicht bis zur nächsten Zusammenkunft des Rats der Minister warten kann. Ich dachte, ich könnte für meinen Neffen ein gutes Wort einlegen, ich könnte Euch von seinen Qualitäten überzeugen. Er ist ein guter Mann, ein fähiger Mann, *Chieh Hsia*.«

Aus unerfindlichen Gründen lachte der T'ang. »Da haben Sie ganz recht, Minister Heng. Er ist wirklich ein guter Mann. Aus diesem Grund habe ich ihn auch am Morgen zu mir kommen lassen.«

Der überraschte Ausdruck in Hengs Gesicht war echt. *»Chieh Hsia?«*

»Und ich habe ihn ernannt.«

Hengs Unterkiefer sackte herab. »Aber Ihr sagtet doch ...«

Der T'ang schnippte mit den Fingern. Zwei Wachen traten ein und bezogen zu beiden Seiten des Schirms Stellung. Heng schielte zu ihnen hinüber und runzelte die Stirn, weil er nichts begriff, dann sah er den T'ang wieder an.

»Ja, ich habe mich ausführlich mit ihm unterhalten. Ich habe ihn über die fünf Klassiker[16] ausgefragt. Und zum Schluß habe ich ihm eine Aufgabe gestellt.«

»Eine Aufgabe, *Chieh Hsia?*«

Li Shai Tung stand auf und ging zu dem Schirm hinüber. »Ich habe ihn vor folgendes Problem gestellt; wenn man mit Sicherheit weiß, daß ein Mann schuldig ist, aber keinen Beweis dafür hat, wie geht man vor, um dennoch als gerecht zu gelten?«

Heng senkte den Blick.

»Sehen Sie, worauf ich hinaus will, Minister Heng? Verstehen Sie mich?«

Die Stimme des T'ang klang plötzlich rauher und kälter.

Heng blickte auf und bemerkte, wie aufmerksam der T'ang ihn jetzt beobachtete. Kein Beweis, dachte er. Ihr habt keinen Beweis!

»Ihr Neffe hat nur einen Moment lang überlegt«, fuhr der T'ang fort, »dann hat er mich gefragt, woher ich denn wüßte, wo ich es doch nicht beweisen könne? Ich sei also kein Zeuge der zu bestrafenden Handlung gewesen? Nein, mußte ich antworten. Was sonst? fragte er. Hat es vielleicht einen anderen Zeugen gegeben, dessen Wort vor den Augen der Welt gegen das des Schuldigen wenig gilt? Hat sich das Gleichgewicht von Anklage und Leugnung zugunsten des letzteren verschoben? Ich lächelte und nickte. Wie gleicht man das aus?«

Heng war kalt geworden.

»Und wissen Sie, was er sagte?«

Der Minister blickte auf. Er zögerte, dann fand er seine Stimme wieder. »Nein, *Chieh Hsia*.«

Der T'ang lächelte säuerlich. »Nein, das können Sie nicht wissen, was, Heng?«

Er schnippte nochmals mit den Fingern und trat zur Seite, als die Wachen den Schirm anhoben und wegtrugen.

Heng keuchte. Sein Gesicht erbleichte. Dann schaute er ruckartig zu Boden und schluckte vernehmlich.

Der T'ang kam näher und stand über ihm. »Sie sind

ein kluger Mann, Heng Chi-Po. Zu klug, um Ihre Fingerabdrücke zu hinterlassen. Aber ich habe Sie durchschaut. Ich habe mich hier mit eigenen Augen überzeugen können. Ihre Schuld ist so greifbar wie die Glasur dieser Vase.«

Er drehte sich um und sah zu Pi Ch'ien hinüber, der mit den Händen im Schoß schweigend zuhörte, dann blickte er wieder auf seinen Minister hinunter.

»Da drüben in der Ecke steht ein Schreibtisch. Darauf finden Sie Tinte, Feder, Schreibpapier und ihr Amtssiegel. Ich erwarte, daß Sie einen Brief schreiben, in dem Sie mir erklären, daß Sie in den letzten Monaten schwere gesundheitliche Probleme hatten. In solchem Maße, daß Sie, so sehr Sie es natürlich bedauern, Ihr Amt niederlegen müssen.«

Hengs Kopf ruckte unmerklich, als wollte er protestieren, dann nickte er.

»Gut. In diesem Fall werden Sie weder Ihre Pension noch öffentlich Ihr Gesicht verlieren. Und was Ihre Familie angeht, wird sie einen besseren Mann zum Minister haben. Heng Yu wird an Ihrer Stelle ernannt werden.«

Heng Chi-Po blickte stumm und verzweifelt auf, dann senkte er wieder den Kopf und stand auf, um zu tun, wie ihm geheißen.

* * *

Heng Kou scheuchte den Diener mit einer Handbewegung weg, dann beugte er sich herüber, um den Wagen abzuschließen und zu versiegeln.

»Was ist los, erster Bruder? Was ist geschehen?«

Heng Chi-Po konnte einen Moment lang nichts sagen. Sein Gesicht war von Zorn entstellt und seine Hände krampfhaft verschränkt. Dann beugte er sich über die Lücke zwischen ihnen, bis er mit seinem Gesicht beinahe das von Kou berührte.

»Das ist Tolonens Werk.« Heng Chi-Po blinzelte wütend, dann beugte er sich wieder zurück. Er schwieg geraume Zeit, starrte ins Leere, und sein Gesicht erstarrte zu einer Maske reinstem Abscheu. Dann wandte er sich um und sah seinen Bruder wieder an. »Ich hab's seinen Augen angesehen. Dieser Mann hat mich nie gemocht, Kou. Und jetzt hat er den T'ang gegen mich aufgehetzt.«

Kou runzelte die Stirn. »Aufgehetzt … wie?«

»Dieser Wurm hat mich ausgetrickst. Eine Falle gestellt …« Heng Chi-Pos Brust hob und senkte sich heftig. Schweißperlen standen ihm auf der Stirn.

Heng Kou begriff allmählich. Bei allen Göttern! Heng Chi-Po war draußen. Nichts sonst hätte ihn in diesen Zustand versetzen können. Aber war das eine Tragödie für Chi-Po allein oder für die ganze Familie? War alles verloren? Oder ließ sich der Schaden begrenzen? Er mußte es wissen.

Heng Kou wurde ruhiger, bewegte sich vor und zwang seinen Bruder, ihn anzusehen. »Sag mir, was geschehen ist, ältester Bruder. Welches Unglück ist unserer großen Familie zugestoßen?«

Heng Chi-Po versuchte ihm in die Augen zu sehen, dann senkte er ruckartig den Blick, und seine Stimme klang plötzlich bitter vor Scham. Er war den Tränen nah.

»Ich bin kein Minister mehr. Li Shai Tung hat mich des Amtes enthoben.«

»Des Amtes … enthoben …« Heng Kou tat so, als fehlten ihm die Worte. Dann fand er seine Stimme wieder. »Meinst du damit, er hat dich gezwungen zurückzutreten?«

Heng Chi-Po nickte und die ersten Tränen rollten seine Wangen hinunter. »Aber da ist noch etwas, Kou. Er hat meinen Neffen Yu zu meinem Nachfolger ernannt. Kannst du dir das vorstellen? Was für eine Demütigung! Wir werden uns lächerlich machen!«

Heng Kous Gedanken wirbelten durcheinander. Sein Neffe Yu! Nach dem ersten Schock hätte er am liebsten laut gelacht, aber er unterdrückte seine Freude wie seine Erleichterung.

»Das ist ja unerhört!« sagte er. »Das ist eine Beleidigung, älterer Bruder. Eine Verunglimpfung der ganzen Familie.« Aber er überlegte schon, was er tun mußte, um den Schaden für die ganze Familie möglichst gering zu halten.

Heng Chi-Po beugte sich nochmals vor, und seine rotgeränderten Augen blickten plötzlich wieder wütend drein. »Ich werde ihn fertigmachen, Kou! Ich werde diesen Aasgeier umbringen, verstehst du?«

Einen Moment lang war Heng Kou zu schockiert, um etwas zu erwidern, aber dann begriff er, daß sein Bruder nicht den T'ang meinte.

Heng Chi-Po schüttelte heftig den Kopf. »Nein, Kou. Ich will, daß Tolonen stirbt. Bis morgen abend. Verstehst du mich? Ich will diesen Dreckskerl vernichten. Ich will, daß er verschwindet. Ich will …«

Heng Kou zitterte, dann senkte er den Kopf. »Wie du willst, mein Bruder.«

* * *

»Glaubst du, sie werden mich einsperren, Pietr? Glaubst du, sie haben ausreichende Beweise, um mich bis zum Prozeß festzuhalten?«

Lehmann lächelte und berührte Wyatt an der Schulter. »Wir haben die besten Verteidiger in den sieben Städten, Edmund. Ich bin sicher, sie werden verhindern können, daß man dich in eine Zelle steckt. Und selbst wenn nicht, wird es nicht so schlimm sein. Privilegien sind Privilegien, auch hinter Gittern. Es wird dir an Komfort nicht fehlen.«

Wyatt lächelte, aber Schatten umwölkten die energischen und freundlichen Linien seines Mundes und verfinsterten das anziehende Funkeln seiner Augen. Viele alte Freunde hatten ihn an diesem Morgen besucht. Mehr Freunde, als er zu haben glaubte. Eine Zeitlang hatte er sich von ihren besten Wünschen aufheitern lassen, aber jetzt waren sie fort, und er war allein mit Lehmann.

»Du weißt, was mir Angst macht, Pietr. Ich konnte die letzte Nacht nicht schlafen, weil ich dauernd daran denken mußte. Weil ich mich fragte, wie ich mich verhalten soll. Wie ich all diesen Verleumdungen die Stirn bieten kann. Was für ein Mann ich sein werde, wenn ich all das hinter mir habe.«

»Du wirst dich als deines Vaters Sohn erweisen, Edmund. Du bist wie er. Du hast diese Kraft.«

Wyatt senkte den Blick. »Vielleicht.«

Er sagte nichts mehr, aber Lehmann, der ihn besser kannte als jeder andere, konnte spüren, was er dachte. Wyatts Vater war stark, aber rücksichtslos gewesen, seine Mutter schwach und versöhnlich. Sie war gestorben, als Edmund erst fünf Jahre alt war, und hatte ihn fast schutzlos seinem tyrannischen Vater überlassen müssen. Daß er zu einem solch geistig gesunden und ausgeglichenen Individuum herangewachsen war, hatte er dem Einfluß seiner Schwestern und Tanten zu verdanken.

Lehmann warf einen Blick auf das in sein Handgelenk eingelassene reich verzierte Chronometer. »Der General wird bald hier sein, Edmund. Wir sollten uns für ihn bereit machen.«

Wyatt nickte abwesend, dann wandte er sich ihm zu. »Ich habe nicht um mich Sorgen, sondern um sie.« Er zitterte und schlang die Arme um seinen Leib. »Deshalb könnte ich es nicht ertragen, wenn sie heute bei mir wären. Wenn ich verliere – wenn man mich aus unerfindlichen Gründen für den Mord an Lwo Kang schuldig erklären sollte …« Er sah zu Boden, und alle Farbe wich aus seinem Gesicht. »Nun, dann wäre auch ihr Schicksal besiegelt, nicht wahr? So ist das Gesetz. Ein Verräter und seine ganze Familie …«

Lehmann atmete flach und zwang sich, Wyatt in die Augen zu sehen. »Das ist richtig. Bis in die dritte Generation …«

»Trotzdem …« Wyatt zwang sich ein Lächeln ab, trat vor ihn und drückte ihn fest an sich. »Ich danke dir, Pietr«, sagte er ganz leise. »Wirklich. Wie immer die Sache ausgeht, ich …«

Lehmann spürte Wyatts Körper in seinen Armen zittern und stählte sich gegen alle Gefühle. Dennoch antwortete er Wyatt sanft.

»Du hättest mir doch auch geholfen, oder etwa nicht?«

Wyatt löste sich langsam von ihm. Tränen standen ihm in den Augen. »Ich würde für dich töten, Pietr. Das weißt du.«

Unvermeidlich. Er hatte noch DeVores Stimme im Ohr, und es lief ihm dabei kalt den Rücken hinunter. Für dich ist das einfach, Howard, dachte er; du hast ihn nie gemocht.

Lehmann lächelte. »Reden wir vom Leben, ja?«

Jemand pochte an die mächtige Eingangstür der Villa.

Wyatt blickte auf, an ihm vorbei. »Sie sind früh dran. Ich habe nicht gedacht, daß sie so früh kommen würden.«

Sie gingen in die mit Marmor ausgekleidete Eingangshalle hinaus. Wyatts Kammerherr, ein stämmiger Han mittleren Alters, begrüßte sie mit einer Verbeugung.

»Soll ich die Tür öffnen, Meister?«

Wyatt schüttelte den Kopf. »Nein. Laß sie warten, Fu Hsien.«

Von der Treppe oben waren Schritte und das Gemurmel von Stimmen zu hören.

»Ch'un tzu!« Lehmann ging zum Fuß der Treppe

und begrüßte die drei älteren Han, die herunterkamen. Es hatte ihn über vier Millionen Yuan gekostet, sie an diesem Morgen auch nur hierher zu bringen. Wenn der Fall über Monate verhandelt wurde, was abzusehen war, würde das seiner Partei zwischen dreißig und fünfzig Millionen kosten. Man hatte Wyatt nichts davon gesagt, aber seine Schwestern und Tanten waren bereits verständigt worden. Früher oder später würden sie Wyatt mitteilen, mit wessen Geld seine Verteidigung bezahlt wurde.

Lehmann drehte sich um, lächelte und sah, wie die drei Graubärte Wyatt nochmals begrüßten. Bei der Vorstellung vorhin schienen die drei Advokaten von Wyatts Unschuldsbeteuerungen beeindruckt gewesen zu sein. Und das sollten sie auch. Edmund schien nicht nur unschuldig zu sein, er war tatsächlich unschuldig. Die ganze Kraft seiner Selbstgewißheit hatte alle verbliebenen Zweifel der drei hinweggefegt. Sie hatten sich bereiterklärt, den Fall zu übernehmen.

Aber die Dinge lagen nicht so einfach, wie sie schienen. Auf dem Papier sah Wyatts Fall günstig aus. Er würde vor dem Gericht einen guten Eindruck machen. Die Öffentlichkeit würde sicher auf seiner Seite stehen. Aber Wyatt mußte verlieren. Es mußte so arrangiert werden, daß er wie das Opfer einer Verschwörung und eines Machtmißbrauchs aussah.

Wenn und falls nötig würden neue Beweise auftauchen, denn sein guter Freund Wyatt mußte als Märtyrer dastehen.

Erneut wurde gegen die Tür gehämmert. Von draußen rief eine Stimme. »Machen Sie auf! Wir kommen im Auftrag des T'ang!«

Der Kammerherr sah Wyatt noch einmal an. Diesmal nickte er.

Tolonen trat als erster ein, in voller Ausgehuniform, auf deren Burst das *Chi Ling* oder Einhornabzeichen[49] eines hochrangigen Offiziers prangte. Hinter ihm marschierten zwei Offiziere und ein Elitetrupp von acht bewaffneten Soldaten herein.

»General Tolonen«, sagte Wyatt mit kalter Freundlichkeit und hielt ihm die Hand hin. Aber Tolonen ging an ihm vorbei und ignorierte ihn.

»Wer vertritt den Gefangenen?« erkundigte er sich brüsk.

Einer der drei Han trat vor. »Ich bin Advokat Fou, General. Ich vertrete *Shih* Wyatt in dieser Angelegenheit. Und ich möchte Sie daran erinnern, daß mein Klient kein Gefangener ist, sondern als Angeklagter angesprochen werden sollte.«

Tolonen schnaubte und wandte sich ab. Ohne Aufforderung reichte einer der Offiziere ihm eine lange versilberte Röhre. Er wog sie in der Hand, dann händigte er sie dem Advokaten aus.

»Bitte lesen Sie das Dokument. Alle drei, wenn nötig. Ihren Kanzleien werden noch Kopien zugestellt.«

Advokat Fou schlug das Ende der Röhre auf seine Handfläche, dann gab er die Röhre einem seiner Kollegen und entrollte das Dokument. Wyatt ging an Tolonen vorbei, trat an die Seite des Advokaten und versuchte der Folge blutroter Piktogramme einen Sinn zu entnehmen.

»Es ist in Mandarin«, sagte er. »Das ist illegal, nicht wahr?«

Advokat Fou schüttelte den Kopf, dann murmelte er seinen Kollegen etwas in Han zu und rollte das Dokument wieder zusammen.

»Was steht drin?« fragte Lehmann und trat neben Wyatt.

Der Advokat warf Tolonen einen Blick zu, dann sah er Lehmann wieder an. »Ich fürchte, wir können Ihnen nicht helfen, Untersekretär. Es tut mir furchtbar leid. Diese Angelegenheit ist der Rechtsprechung der Gerichtshöfe entzogen worden. Bitte ...« Er gab Wyatt das Dokument. »Wir bedauern es sehr, *Shih* Wyatt. Viel Glück. Wenn Unschuld vor dem Gesetz Gewicht hat, werden Sie am Ende doch triumphieren.«

Die drei Han verbeugten sich unisono und machten sich auf den Heimweg.

Wyatt stand wie vom Donner gerührt da und sah ihnen nach. Dann drehte er sich zu Lehmann um. »Was bei allen Göttern geht hier vor, Pietr?« Er drückte ihm das Dokument in die Hand. »Was steht da drin?«

Lehmann sah weg. Bei allen Göttern! dachte er. Das ändert alles.

Er drehte sich wieder um. »Es ist ein Edikt, Edmund. Die Sieben haben ein Sonderedikt erlassen.« Er entrollte die weiße seidene Rolle. »Schau hier.« Er deutete auf die steife Kante aus gehärtetem Wachs. »Das sind ihre Siegel. Der *Ywe Lung*, das Symbol ihrer Macht. Alle sieben. Sie müssen sich zu einer Sondersitzung getroffen und dies beschlossen haben.«

Wyatt war ganz still geworden, sah ihn an, und eine neue Art Furcht trat in sein Gesicht.

»Ein Edikt?«

»Ja. Dein Fall wird *in camera*, vor einem Rat von T'ang-Ministern verhandelt.« Lehmann schluckte, dann sah er zu Tolonen hinüber, aufrichtigen Zorn im Blick. »Das ändert die Dinge, Edmund. Das ändert alles. Es heißt, daß sie deinen Tod wollen.«

* * *

Heng Kou blieb in der Tür stehen, kniete nieder und berührte mit der Stirn den kalten Fußboden.

»Neffe Yu. Ich bedauere es zutiefst, deinen Mittagsschlaf stören zu müssen. Ich wäre nicht gekommen, handelte es sich nicht um eine Sache von höchster Dringlichkeit.«

Heng Yu band die Schärpe seines Schlafgewandes und durchmaß mit schnellen Schritten den Raum.

»Bitte, Onkel Kou, steh sofort auf. Im Privatleben bist du immer noch mein Onkel.«

Heng Kou ließ sich von ihm auf die Füße ziehen und stand peinlich berührt da, als Heng Yu sich vor ihm auf die alte Art verbeugte.

All das hat sich veränderte, dachte er. Der T'ang gibt einem Jahre, wenn er einem Macht verleiht. Jetzt bist du unser Oberhaupt, und die Familie muß sich vor dir verneigen. So ist es. So muß es sein. Sonst würde Chung Kuo selbst stürzen.

Heng Yu richtete sich auf. »Aber sag mir, was führt dich her, Onkel?«

»Es tut mir leid, Yu, aber ich bringe schlechte Nachrichten. Deinem Onkel Chi-po geht es nicht gut.«

Heng Yu erschrak. »Was?«

»Bitte ...« Heng Kou verneigte sich und trat beiseite. »Ich hatte das Gefühl, du solltest selbst kommen. Sofort. Meine eigenen Ärzte kümmern sich gerade um ihn. Aber ...«

Heng Yu nickte ansatzweise. »Ich verstehe. Bitte bring mich zu ihm.«

Heng Chi-pos Schlafzimmer war schwach beleuchtet. Die vier Ärzte standen an einem Ende des Zimmers, neben der einzigen Lichtquelle. Als sie die beiden Männer in der Tür sahen, kamen sie ihnen entgegen.

»Wie geht's meinem Onkel?« fragte Heng-Yu besorgt.

Der älteste von ihnen verbeugte sich tief, dann antwortete er. Wie die übrigen drei war er vorher über Heng Yus neuen Status im Haushalt unterrichtet worden.

»Ich bedauere, Ihnen mitteilen zu müssen, daß Ihr Onkel vor fünf Minuten verschieden ist. Sein Herz hat versagt.«

Heng Kou, der seinen Neffen aufmerksam beobachtete, sah Heng Yus Kinn herabsacken, seine Augen sich fassungslos weiten; sah den echten Schmerz, den ihm die Neuigkeit beibrachte, und wußte, daß er recht daran getan hatte, ihn nicht in den Plan einzuweihen. Soll er das glauben, was ihm vorgemacht wird. Daß die Enttäuschung meinen Bruder umgebracht hat. Nur ich und diese vier Männer wissen es besser.

Heng Yu ließ von einem Diener eine Lampe bringen, dann traten sie an den Rand des übergroßes Bettes, auf dem Heng Chi-Po lag. Seine Augen waren geschlossen worden, und sein Gesicht zeigte jetzt einen friedlichen Ausdruck. Die Haut seiner Arme, seiner Brust und seines Gesichts war blaß und glänzte von einem dünnen Schweißfilm.

»Hat er sehr gelitten?« fragte Heng Yu.

Heng Kou bemerkte, daß die Doktoren ihn ansahen, und schaute weg.

»Überhaupt nicht«, log er, und erinnerte sich daran, daß sie alle fünf nötig gewesen waren, um ihn niederzuhalten, als die Wirkung des Giftes einsetzte. »Natürlich hat er anfangs Schmerzen gehabt, aber das ging Gott sei Dank vorbei, und dann schlief er langsam ein.«

Heng Yu nickte und wandte sich mit einem leichten Schaudern ab.

Heng Kou blieb noch einen Moment lang am Bett stehen und sah auf seinen Bruder hinab, den er immer gehaßt hatte; den Bruder, der ihn, seit er alt genug zum Laufen gewesen war, drangsaliert und wie den niedrigsten Diener behandelt hatte. Er lächelte. Hättest du uns soweit gebracht, daß wir Tolonen umbringen, hä? Hättest du uns alle mit deinen Narreteien in den Untergang gestürzt?

Ja, aber du hast vergessen, wer die Macht in den Händen hat.

Er drehte sich um und bedeuteten den Doktoren zu gehen. Als sie fort waren, trat er an Heng Yus Seite. Er wollte gerade etwas sagen, als Heng Yu ihn damit überraschte, daß er eine Hand hob, um ihn zum Schweigen zu bringen.

Heng Yus ganze Haltung hatte sich verändert. Seine Stimme war tief, aber kraftvoll. »Halte mich nicht für blind, Onkel Kou. Oder für einfältig. Ich weiß, was hier geschehen ist.«

»Und?«

Kou hielt den Atem an. Wenn Heng Yu darauf beharrte, wäre alles umsonst gewesen.

»Nichts ›und‹, Onkel. Verstehst du mich?«

Heng Kou zögerte und studierte die weichen Gesichtszüge seines Neffen; zum erstenmal sah er ihn so, wie der T'ang ihn gesehen haben mußte.

Er lächelte, dann verbeugte er sich tief. »Ich verstehe, Minister Heng.«

* * *

Die Tür schlug zu. DeVore drehte sich um und sah durch die Zelle zu Wyatt hinüber. Sie waren jetzt allein. Nur sie beide.

»Sollte nicht noch jemand dabei sein?« fragte Wyatt und beobachtete ihn argwöhnisch. »Ich dachte, es sei üblich, daß bei einem Verhör mehrere Offiziere anwesend sind.«

DeVore lachte. »Sie begreifen es wohl nicht, was? Sie glauben immer noch, Sie seien in Sicherheit. Ungeachtet all dessen, was passiert ist.«

Wyatt wandte sich ab. »Wenn Sie mich mißhandeln...«

DeVore fiel ihm ins Wort. »Sie begreifen es wirklich nicht, hä?«

Er trat hinter Wyatt und umrundete ihn, bis er dem leicht größeren Mann Angesicht in Angesicht gegenüberstand. »Dann will ich's Ihnen erklären.«

Wyatt hatte das Gesicht leicht abgewandt, um DeVore nicht in die Augen sehen zu müssen. Aber der plötzliche Schlag traf ihn völlig überraschend. Er stolperte zurück, hielt seine Wange und starrte DeVore an, die Augen vor Erstaunen weit aufgerissen.

»Ziehen Sie sich aus!« befahl DeVore schroff, sein Gesicht plötzlich gemein und kompromißlos. »Alles! Oberkleidung. Unterwäsche. Schmuck. Ihre elektronischen Implantate werden wir später entfernen.«

Wyatt schüttelte unsicher den Kopf. »Aber Sie können doch nicht …«

»Was können wir nicht?« DeVore lachte. »Sie sind ein Mörder. Ist das klar? Sie haben den Minister des T'ang umgebracht. Man wird Ihnen den Prozeß machen und Sie für schuldig befinden. Und dann werden wir Sie hinrichten.«

DeVore trat einen Schritt näher und sah Wyatt in Erwartung eines weiteren Schlages zusammenzucken. Seine Wange war knallrot, jeder Finger hatte sich deutlich abgezeichnet. »Das ist die Wahrheit, Edmund Wyatt. Sie sind so gut wie tot. Als Sie Lwo Kang umbrachten, haben Sie sich aus diesem Spiel verabschiedet. Sie haben alle Regeln verletzt. Deshalb gibt es jetzt keine Regeln mehr. Zumindest keine, die Sie erkennen könnten.«

Er packte Wyatts Handgelenke und riß ihn rücksichtlos an sich, bis sein Gesicht sich gegen Wyatts preßte.

»Geht Ihnen jetzt allmählich ein Licht auf?«

Wyatt erschauderte und nickte unbeholfen.

»Gut.« Er stieß Wyatt so brutal zurück, daß dieser zu Boden stürzte. »Dann ziehen Sie sich aus!«

Er wandte ihm den Rücken zu. Die Zelle war kahl. Er konnte fast sehen, wie Wyatt zögernd umherblickte. Dann hörte er das Klimpern der winzigen Goldarmbänder, als dieser sie auf den Boden legte, und lächelte. Jetzt habe ich dich, mein stolzer falscher Chinese. Ich reiße dir den Han vom Leib, den Pferdeschwanz, den *Pau* und alles, was sonst dazugehört. Ja, und wir werden erleben, wie stolz du noch bist, wenn ich mit dir fertig bin.

Als er sich wieder umdrehte, war Wyatt nackt, und seine Kleider waren sorgfältig neben ihm auf dem Boden aufgestapelt. Sein blasser, weicher Körper wirkte so zerbrechlich, so schlecht für den Prozeß gerüstet, der vor ihm lag: er schien sich schon zu ducken, in sich zusammenzuschrumpfen, als wüßte er, was auf ihn zukam. Doch als DeVore die schmale, haarlose Brust hinauf und Wyatt in die Augen sah, war er überrascht, darin auf Trotz zu stoßen.

Aha, dachte er. Damit fängt es an. Man sagt, die Han seien so stark, weil sie sich dem Schicksal ergeben. In dreißig Jahrhunderten hatten sie nie gegen das Schicksal angekämpft, sondern waren seine Agenten gewesen. Überschwemmungen, Hungersnöte und Revolutionen waren ihnen gleich gewesen. Sie hatten sich der Unausweichlichkeit des Todes gebeugt und so überlebt, gestärkt durch ihr langes und geduldiges Leiden. So wird es bei dir sein, Wyatt. Ich werde einen wahren Han aus dir machen – dich allem berauben, was du gewesen bist; resigniert und deinem Leiden geduldig ergeben.

Er lächelte. »Kannten Sie Yang Lai? Lwo Kangs Unterminister?«

Wyatt blickte ruckartig auf und hatte echten Haß in den Augen. »Er ist tot. Sie wissen, daß er tot ist. Er starb mit Lwo Kang im Solarium.«

»Das wollte ich nicht wissen. Haben Sie ihn gut gekannt?«

»Er war ein Freund. Ein guter Freund. Ich war mit ihm auf dem College.«

DeVore lachte kalt. »Ein wie guter Freund, was würden Sie sagen?«

Wyatt schluckte, dann senkte er den Kopf. »Er war mein Geliebter.«

»Sie geben es zu?«

Wyatt brüllte ihn wütend an. »Warum nicht? Sie wissen es doch sicher schon längst! Und was hat Yang Lai überhaupt damit zu tun?«

DeVore lächelte und wandte sich ab. »Yang Lai ist ermordet worden. Drei Tage nach dem Attentat. Bei der Leiche haben wir nichts weiter gefunden als ein kleines Hologramm von Ihnen.«

Wyatt war ganz still geworden. Als DeVore ihn das nächste Mal ansah, stellte er überrascht fest, daß er Tränen in den Augen hatte.

»Also«, sagte Wyatt leise. »Sagt Ihnen das nicht etwas? Würde ich einen Mann umbringen, den ich liebe, und dann mein Hologramm bei ihm lassen?«

DeVore schüttelte den Kopf. »Sie verstehen mich falsch.«

Wyatt runzelte die Stirn. »Was soll das heißen?«

»Er hatte es im Hintern stecken.«

Wyatt sah weg. Ein zittriger Atemzug erschütterte seinen Körper.

»Oh, da ist noch etwas. Noch viel mehr. Kao Jyans Folie. Ihre Handelsbeziehungen mit Hong Cao und Cho Hsiang. Die internen Flugpläne, die perfekt mit unserer Rekonstruktion des Angriffs auf das Solarium zusammenpassen. Die Experimente Ihres Konzerns mit harmonischen Triggern. Und natürlich der Beweis Ihres Sekretärs Lung Ti.«

Wyatt sah DeVore ausdruckslos an. »Lung Ti.«

Das war DeVores Meisterstück; der letzte Mosaikstein, der alles übrige zu einem Bild fügte. Lung Ti war seit seinem zehnten Lebensjahr bei Wyatt gewesen. Er war sein verläßlichster Diener. Aber vor acht Jahren hatte DeVore Lung Tis Schwäche entdeckt und ihn gekauft. Jetzt war Lung Ti seine Marionette, an deren Fäden er zog.

DeVore ließ die Stille andauern, dann senkte er den Kopf. »Lung Ti hat seine Teilnahme an der Verschwörung gestanden. Der T'ang hat ihm für seine Aussage Gnade versprochen.«

Wyatts Mund arbeitete tonlos.

»Ja«, sagte DeVore leise und trat näher. »Verstehen Sie jetzt, hm?« Er legte seine Finger sanft auf den Abdruck auf Wyatts Wange. »Sie und ich werden schon herausfinden, was die Wahrheit ist. Wir haben reichlich Zeit, wissen Sie. Reichlich Zeit.«

Und am Ende, dachte er, wirst du selbst daran glauben, daß du Lwo Kangs Tod befohlen hast.

* * *

Von hoch oben wirkte es unwichtig, ein winziger, kreisrunder Makel in der ausgedehnten weißen Fläche, doch als der Kopter an Höhe verlor, wurde der Kreis immer größer, bis er das ganze Aussichtsfenster mit Schwärze auszufüllen schien.

Der große Transporter setzte auf dem Dach der Stadt auf, nah am Rande des Kreises. Nur wenige Schritte von seinen Streben war die Oberfläche des Daches gewellt, das Eis von der gewaltigen Hitze der Explosion gewellt und zerdrückte. Aus dieser geringen Entfernung zeigte der riesige dunkle Kreis ganz andere Dimensionen. Es war ein Teller – ein ungeheurer konkaver Teller, wie der Schmelztiegel eines riesigen Alchimisten; der dunkle und klebrige Schlamm seines Rückstandes bereits durchkämmt und nach Rückständen durchsucht.

Sie stiegen aus dem Transporter und sahen sich um; sechzig Mann aus den unteren Ebenen mit weißen Umhängen und Kapuzen. Andere reichten Werkzeuge aus der großen, insektenartigen Maschine heraus; Schaufeln und Bürsten; Säcke und andere Behälter. Altmodische Werkzeuge. Hier wurde nichts Modernes gebraucht. Das war das einfachste von allem. Die letzte Phase vor dem Neubau.

Sie machten sich sofort an die Arbeit, bildeten drei Reihen zu zwanzig Männern, von denen jeweils drei am Rande des Schlammbeckens Säcke füllten und an die anderen in der Reihe weitergaben. Und oben gingen zwei Männer zwischen der Menschenkette und der großen Maschine hin und her und reichten die Säcke ins Innere weiter.

Von den Bergen blies ein Wind. Am höchsten Punkt der rechten Arbeitskette drehte sich ein Mann um – ein großer, kahlgeschorener Han – und sah zu den fernen Gipfeln zurück. Für einen Moment konnte er sich entspannen, weil er wußte, daß kein Sack unterwegs war. Er zog einen Handschuh aus, setzte seine Schutzbrille ab und wischte sich über die Stirn. Wie kühl es war. Wie angenehm der Wind über die Haut strich. Für einen Moment schaute sein grobes, nichtssagendes Gesicht in die Ferne und versuchte etwas auszumachen, dann zuckte er die Achseln.

Als er wieder zu Boden sah, bemerkte er etwas auf der dunklen Oberfläche. Etwas Kleines, Grünes und Zerbrechliches. Er bückte sich, hob es auf und hielt es auf der nackten Handfläche. Es war ein keimender Samen.

Er blickte auf, hörte über sich die Schreie der Vögel und begriff. Er stammte von den Bergen. Ein Vogel mußte ihn aufgelesen und hier fallengelassen haben. Hier auf das leblose Dach der Stadt.

Er starrte ihn an, bemerkte die Form seiner Zwillingsblätter und die Härte der Knospe. Dann zermalmte er ihn zwischen den Fingern und ließ ihn fallen.

Kao Chen, *Kwai*, ehemaliger Attentäter, blickte auf. Wolken, Berge, selbst die flache, offene Fläche des Dachs – all das sah bei Tageslicht ganz anders aus. Er sog die warme Luft durch die Nase und lächelte. Dann, als er das Keuchen der Männer unter sich hörte, setzte er seine Schutzbrille auf, streifte den Handschuh über und drehte sich wieder um.

ZWEITER TEIL
FRÜHJAHR 2198

Unter den gelben Quellen

中
國

»Als ich lebte, wanderte ich
durch die Straßen der Hauptstadt.
Nun, da ich tot bin, bleibe ich in den Feldern liegen.
Am Morgen verließ ich die Hohe Halle;
Am Abend rastete ich unter den gelben Quellen.
Wenn die weiße Sonne im Westlichen Abgrund
untergegangen war,
Stellte ich meinen Streitwagen unter und gönnte meinen
vier Pferden Ruhe.
Jetzt könnte selbst der Schöpfer des Alls
keine neues Leben in meine Glieder bringen.
Gestalt und Substanz werden Tag um Tag vergehen:
Haare und Zähne werden nach und nach ausfallen.
Von Alters her ist's allen Menschen so ergangen:
Und kein Irdischer kann dem entkommen.«

MIU HSI: *Lied des Trägers*
(aus *Begräbnislieder der Han*)

KAPITEL · 5

Brüder

In der Provinz Sichuan[50] war der Frühling angebrochen, und die Bäume im Obstgarten in Tongjiang standen unter einem klaren blauen Himmel in voller Blüte. In der Ferne schnitten die Berge in den Himmel, messerscharfe, grüne und blaue Ränder.

Am Rande des Obstgartens warteten schweigend und mit gesenkten Köpfen vier Sklaven und hielten schwerbeladene Silbertabletts vor sich hin.

Unter den Bäumen am Ufer des Sees spielten die beiden Prinzen, und ihr Gelächter hallte über das Wasser. Li Han Ch'in, der ältere, entzog sich dem ausgestreckten Arm seines Bruders, ergriff mit einer flinken, athletischen Bewegung einen überhängenden Ast und schwang sich in die Krone des Apfelbaums. Li Yuan stürmte auf den Baum zu und versuchte hochzuspringen, aber er konnte den Zweig nicht erreichen.

»Das ist nicht fair, Han!« keuchte Yuan und lachte, und seine Augen glühten dabei vor Aufregung. Han Chin im Baum über ihm kicherte, den Kopf zurückgeworfen, um auf seinen Bruder hinabzusehen, und ein Ast voller strahlend weißer Blüten verfing sich in seinem Haar.

»Komm doch rauf und hol mich!« spottete er und ließ ein Bein baumeln, um es schnell wieder hochzuziehen, als sein Bruder danach sprang.

Yuan sah sich einen Moment lang um, bis er gefunden hatte, was er suchte, dann drehte er sich wieder um. »Komm runter! Komm runter oder ich verhaue dich!« drohte er, in der einen Hand den dünnen Ast, die andere in die Hüfte gestemmt, sein Gesichtsausdruck halb ernst, halb amüsiert.

»Niemals!« rief Han, klammerte sich enger an den Ast und versuchte noch weiter hinaufzuklettern.

Yuan lachte ausgelassen, als er vortrat und den belaubten Zweig leicht auf den Rücken seines Bruders schnellen ließ. Der Ältere schrie übertrieben und trat wild aus, verfehlte seinen Bruder nur um Haaresbreite. Der Junge auf dem Boden kreischte, hatte seinen Spaß an dem Spiel und schlug fester zu. Erneut hörte er über sich einen Schrei, und der Fuß trat wieder wild aus. Aber diesmal traf er und schickte den kleinen Jungen zu Boden.

Han Ch'in sprang sofort hinunter und lief zu seinem Bruder, der neben dem Baumstamm auf dem Boden lag.

»Yuan! Yuan!«

Er beugte sich hinunter, lauschte dem Atem seines Bruders, und sein Kopf sank auf die Brust des kleinen Jungen.

Yuan rollte herum, nutzte das Gewicht seines Bruders, wie man es ihm beigebracht hatte, landete auf seiner Brust und drückte Hans Arme mit den Knien herunter. Für einen Moment war er oben, und sein Gesicht spiegelte seinen Triumph wider. Dann bäumte sich Han auf und warf ihn zur Seite. Yuan warf sich herum und wollte wegkrabbeln, aber Han packte sein Bein und zog ihn langsam zurück.

»Nein, Han… Nein… Bitte!« Aber Yuans Proteste klangen kläglich. Er konnte vor Lachen kaum reden.

»Sag es!« verlangte Han, schlang seine Arme um die Brust des kleinen Jungen und drückte fest die Arme an seine Seiten. »Ich befehle es dir!«

Yuan schüttelte heftig den Kopf, und sein Lachen wich einem Schluckauf. Aber als Hans Arme fester zudrückten, gab er nach und nickte. Der Griff lockerte sich, blieb aber fest. Yuan holte Luft, dann redete er.

»Du bist mein Meister ...« Er keuchte, dann fuhr er fort. »... und ich verspreche, dir zu gehorchen.«

»Gut!«

Han ließ ihn los und stieß ihn weg. Der kleine Junge fiel zu Boden und lag einen Moment da, während er schwer atmete. Für eine Weile schwiegen sie. Vögel sangen in der warmen, stillen Luft.

»Was hältst du von ihr, Yuan?«

Li Yuan rollte herum und blickte zu seinem Bruder auf. Li Han Ch'in kniete und sah über den See hinweg zur Terrasse. Der erblühte Zweig hing noch immer seitlich an seinem Kopf, ein strahlendes Weiß vor dem tiefschwarzen Haar. Ein leichtes Lächeln war auf seinen Lippen. Seine dunklen Augen sahen in weite Ferne. »Findest du sie hübsch?«

Die Frage ließ Yuans Wangen erröten. Er nickte und senkte den Blick. Ja, dachte er. Mehr als hübsch. Fei Yen war wunderschön. Das hatte er schon bei ihrer ersten Begegnung gewußt. Fei Yen. Wie gut der Name zu ihr paßte. *Fliegende Schwalbe ...*[51]

Er blickte auf und stellte fest, daß Han Ch'in ihn mit gerunzelter Stirn anstarrte.

»Ich habe gerade nachgedacht, Yuan. Ich frage mich, wie es sein würde, mehrere Frauen zu haben. Vielleicht für jede Nacht in der Woche eine andere.« Er lachte seltsam, ein gepreßter, hoher Ton, dann blickte er zu Boden und zupfte am Gras. »Entschuldigung. Ich vergesse es manchmal. Du kommst mir so alt vor. So weise. Wie Vater.« Han verfiel in Schweigen, dann sah er wieder auf und lächelte. »Ich schätze, das sagt dir noch nichts. Ist auch egal. Du wirst es verstehen, wenn du älter bist.«

Li Yuan sah seinen Bruder noch einen Moment lang an, dann senkte er den Blick. Sonnenlicht, das durch die Zweige fiel, sprenkelte den Boden neben seiner Hand. Schatten von Blättern erweckten den Anschein, seine Haut habe sich verfärbt. Er zitterte und schloß die Augen. Manchmal hatte er das Gefühl, er verstünde es nur zu gut. Wäre er an Hans Stelle gewesen, hätte Fei Yen ihm genügt; er hätte nie eine andere gebraucht. Er sah seinen Bruder wieder an und behielt seine Gedanken für sich, weil er wußte, daß Han ihn nur aufgezogen hätte, hätte er sie geäußert. »Du bist doch erst acht«, hätte er gesagt. »Was weißt du schon von Liebe?«

»Trotzdem«, sagte Han und begegnete seinem Blick. »Fei Yen wird etwas Besonderes sein. Meine erste Frau. Und ihre Söhne sollen erben.« Er nickte, zufrieden mit dem Gewicht dieser Worte. Li Yuan sah, wie sein Bruder ihn betrachtete – lächelnd und mit tiefer Zuneigung in den Augen – und senkte, gerührt davon, den Blick.

»Es werden prächtige Söhne sein, Yuan. Gute, starke Söhne. Und der erste von ihnen wird deinen Namen tragen.«

Han Ch'in legte eine Hand auf den Knöchel seines Bruders. »Er wird so stark sein wie ich. Aber ich hoffe, er wird auch so klug sein wie du.«

»Und hübsch wie Fei Yen«, sagte Yuan und blickte durch seine langen, dunklen Augenbrauen zu seinem Bruder auf.

Han sah in die Ferne, ein sanftes Lächeln auf den Lippen, und nickte. »Ja … wie Fei Yen.«

* * *

»Macht es Ihnen etwas aus, wenn ich mich zu Ihnen setze?«

Wang Ti errötete, senkte den Blick und wiegte leicht ihr Kind. Alle vier Galerien von Changs Restaurant waren überfüllt, und an den Tischen blieben nur wenige Plätze frei. Ihr Tisch auf der zweiten Galerie, die den Glockenturm überragte, war einer der wenigen, die nicht ganz besetzt waren.

»Nein. Bitte sehr.«

Sie hatte den Mann schon vorhin gesehen, als er sich durch die Menschenmenge zwischen den Buden am Ende der Hauptstraße drängte. Wie die anderen in der Menge hatte sie ihn kurz angesehen, beeindruckt von seiner schieren Größe, und sich dann wieder ihrem Einkauf zugewandt. Jetzt, als er ihr gegenübersaß, bemerkte sie erst, wie groß er wirklich war, nicht bloß hochgewachsen, sondern auch breit in den Schultern und dem Brustkasten. Ein wahrer Riese von einem Mann.

»Was ist hier denn zu empfehlen?«

Sie blickte auf und sah ihm in die Augen. Blaue *Hung-Mao*-Augen.

»Hier ist alles zu empfehlen. Chungs Lokal ist das beste auf der Sechsundzwanzigsten. Aber Sie könnten seine grüne Jadesuppe probieren.«

Der große Mann nickte und wandte sich halb ab, um aus der Nähe ein Mädchen herbeizurufen.

»Meister?«

»Mir ist die grüne Jadesuppe empfohlen worden. Bringen Sie mir eine große Schüssel. Oh, und ein paar Hühnerkeulen und Nudeln.«

Das Mädchen verbeugte sich, drehte sich um und ging zurück in die Küche.

»Essen Sie oft hier?«

Er sah sie wieder an und hatte ein leichtes, freundliches Lächeln auf den Lippen.

Sie betrachtete das Kind, das geborgen an ihrer Brust schlief. »Wenn ich es einrichten kann«, antwortete sie leise. »Das heißt, nicht oft, fürchte ich.«

Der Mann folgte ihrem Blick und lächelte. »Was für ein liebes Kind. Wie alt ist er?«

Sie streichelte dem Kind über die Stirn, blickte auf, und ihr Lächeln wurde einen Moment breiter. »Zehn Monate.«

Er beugte sich vor und sah in das schlafende Gesicht des Kindes. »Ich wette, er ist Vaters Liebling.«

Sie lachte. »O ja! Er ist selbst wieder ein Kind, wenn er mit Jyan zusammen ist.«

»Jyan? Ein hübscher Name für ein Kind.«

Sie lächelte. »Und Sie? Sie reden wie ein Mann, der selbst Söhne hat.«

Der große Mann lehnte sich zurück und lachte. »Ich? Nein ... Eines Tages vielleicht. Aber zur Zeit ... Nun, mein Beruf hält mich zu sehr in Atem. Ich habe keine Gelegenheit, feste Verbindungen einzugehen.«

Sie sah ihn mitfühlend an und bemerkte zum erstenmal, wie er überhaupt aussah. Er hatte ein großes, offenes Gesicht mit einer langen, an der Spitze eingedrückten Nase, wuchtigen Kiefern und vollen Lippen. Sein dunkles Haar war radikal kurzgeschoren und machte sie neugierig, was er wohl von Beruf sein könnte. Aber es war kein unfreundliches Gesicht. Wenn er lächelte, wirkte es weicher. Sie kam zu dem Schluß, daß sie ihn sympathisch fand.

»Und deshalb sind Sie hier?«

»Aus beruflichen Gründen? Nein, diesmal nicht. Ich suche jemanden. Einen Verwandten.«

Sie lachte leise, damit sie das Kind nicht aufweckte. »Ich glaube, wenn ein Verwandter von Ihnen hier wäre, hätte ich ihn gesehen.«

Sein Lächeln wurde breiter. »Oh, messen Sie nicht alle aus meiner Sippe an mir. Das hier ...« – er legte eine Hand auf seine Brust – »... habe ich von meinem Großvater geerbt, sagt man. Dem Vater meines Vaters. Meine Mutter war eine kleine Frau, wissen Sie. Körperlich klein, sollte ich dazu sagen, denn für ihre Söhne war sie eine Riesin.«

Sie senkte den Blick, beeindruckt von seiner Hochachtung für seine Mutter. »Und Ihr Vater?«

Der große Mann wandte sich ab. »Ich habe meinen Vater nie kennengelernt. Er hat uns verlassen, als ich noch keine zwei war.«

»Ach so ... wie mein Chen.«

Der Riese sah sie wieder an und kniff die Augen etwas zusammen. »Dann verstehen Sie mich wohl.«

Sie senkte leicht den Kopf. »Es ist traurig ...«

»Ja, wirklich ...« Er drehte sich um. Das Serviermädchen stand an seinem Tisch und balancierte mit einer Hand ein Tablett voller dampfender Speisen. Er machte Platz, damit sie die Schüsseln vor ihn auf den Tisch stellen konnte. »Haben Sie schon gegessen?« Er sah sein Gegenüber besorgt an. »Sie sind herzlich eingeladen.«

Sie schüttelte hastig den Kopf. »Bitte, ich ... Nun, Sie sind sehr freundlich, aber Chen würde es nicht erlauben.«

Er hob eine Hand. »Ich verstehe. Verzeihen Sie ...«

Sie blickte auf und lächelte. »Danke. Aber wir haben schon gegessen. Und jetzt ...«

Der große Mann löffelte bereits eifrig seine Suppe. »Hmmm. Wirklich köstlich. So etwas Gutes habe ich ja noch nie gegessen.«

Sie lächelte, beobachtete ihn und freute sich, daß es ihm schmeckte. »Wie ich schon sagte. Chang ist der Beste.«

Er warf ihr einen Blick zu, dann senkte er seinen Löffel und stand auf, als er sah, daß sie aufstand. »Kann ich Ihnen helfen?«

Sie schüttelte den Kopf. »Nein, bitte. Ich komme schon zurecht. Ich bin's gewöhnt, glauben Sie mir.«

Er neigte leicht den Kopf. »Dann passen Sie auf. Es war mir ein Vergnügen, mich mit Ihnen zu unterhalten.«

»Mir auch.«

Karr saß einen Moment nur da und sah zu, wie sie ging. Dann nickte er bei sich, schaute in seine Suppe und aß weiter. Als er nach einem der Hühnerschenkel griff, hielt er inne und lachte leise. Jyan! Er hatte den Jungen Jyan genannt! Dann sah er etwas nachdenklicher zu dem breiten Korridor hinüber und erinnerte sich an das Gesicht der Frau und an ihr Lächeln, aber vor allem an das, was sie gesagt hatte.

Es ist noch viel Zeit, dachte er. Zeit genug für alles. Selbst für Söhne.

* * *

Han Ch'in näherte sich dem Zaun im Galopp, der Araber unter ihm flog nur so dahin, streckte den schlanken Hals, arbeitete mit den kraftvollen pechschwarzen Flanken, jagte behende über den Hügel, und sein Schwanz flatterte im Wind.

Yuan, der aus dem Pavillon in einem halben *li* Entfernung zusah, hielt den Atem an. Es war der größte von allen Zäunen und reichte fast an die Höhe des Pferdes heran, eine Konstruktion aus Stein und Holz, hinter der der Boden steil abfiel. Han war dort schon einmal gestürzt, als er es das letzte Mal versucht hatte. Dabei hatte er sich übel die Rippen geprellt. Furchtlos, wie er war, versuchte er es noch mal.

Ohne auf sein Tempo zu achten, gab Han dem Araber die Sporen und schrie wild, als der sich streckte und sprang. Einen winzigen Augenblick schien es so, als habe er sich verschätzt. Das Pferd stieg mächtig empor, seine Vorderläufe kletterten in die Luft, aber auf dem höchsten Punkt schien er mit den Fesseln den Zaun zu streifen. Als er auf der anderen Seite landete, stolperte er und drohte zu stürzen.

Yuan schrie auf und preßte sich die Faust vor den Mund. Das Pferd schien das Gleichgewicht zu verlieren und durch seinen eigenen Schwung vornüber zu fallen. Han klammerte sich verbissen an den Sattel, zerrte an den Zügeln und versuchte den Kopf des Arabers hochzureißen, damit das Pferd schräg zum Gefälle zum Stehen kam. Der Araber sträubte sich verzweifelt vor Panik. Er blähte die Nüstern, und sein lautes Wiehern wetteiferte mit Hans scharfen Kommandos. Als Han Ch'in nachließ, fuhr sein Kopf ruckartig hoch, und er schien zu tanzen, beruhigte sich dann und verfiel in leichten Galopp.

Yuan drehte sich um und sah zu seinem Vater hinauf. »Er hat's geschafft! Han hat's geschafft!«

»Ja ...« Li Shai Tung lächelte, aber seinen Augen war anzusehen, wie besorgt er gewesen war.

Han Ch'in riß das Pferd herum, tätschelte ihm den Hals und ritt zu ihnen herauf. Als er vor ihnen zum Stehen kam, warf er stolz den Kopf zurück, strich sich die Haare aus dem Gesicht und sah seinen Vater um Anerkennung heischend an.

»Gut gemacht, Han. Du hast bewiesen, daß du ein wildes Tier bändigen kannst.«

Han lachte, dann sah er dem Araber ins Gesicht. »Kann sein. Aber sie ist ein gutes Pferd, Vater. Alle anderen Pferde in deinem Stall wären da hinten gestürzt. Ein Reiter ist manchmal nur so gut wie sein Pferd.«

»Oder das Pferd ist nur so gut wie sein Reiter.« Der T'ang sah seinen Sohn jetzt ernst an. »Das sage ich nicht leichtfertig, Han Ch'in. Ich hatte Angst um dich. Aber du hast innere Stärke bewiesen. Du hast dem Tier nicht seinen Willen gelassen. Du hattest es unter Kontrolle.« Er nickte und warf seinem jüngeren Sohn einen flüchtigen Blick zu. »Kontrolle. Das ist das Entscheidende. Bei Tieren und bei Menschen.«

Han Ch'in streichelte das Tier, um es zu beruhigen. Dann blickte er seinem Vater in die Augen. »Ich habe nicht erwartet, daß du hier bist, Vater. Ich dachte, du würdest dich um ein paar Dinge kümmern. Der Empfang ...«

Der T'ang lächelte schwach, dann wurde er ernster. »Das ist alles geregelt. Ich bin gekommen, weil ich euch beide in zwei Stunden in der Halle der Sieben Ahnen brauche. Es wird ein offizieller Anlaß, also zieht euch entsprechend an.«

Han runzelte die Stirn. »Worum geht es denn, Vater?«

Li Shai Tung musterte seinen Ältesten und empfand tiefen Stolz bei seinem Anblick. »Später, Han. Ich werde euch alles erklären, wenn ihr da seid.«

Han Ch'in verbeugte sich im Sattel und antwortete für sich und seinen Bruder. »Wie du willst, Vater. Wir werden da sein.«

»Gut. Aber vorher bekommt ihr noch Besuch.« Er lächelte. »Fei Yen ist eingetroffen. Sie wartet auf euch im Palast.«

Yuan sah zu seinem Bruder hinüber und beobachtete ihn. Han verbeugte sich daraufhin vor seinem Vater und war außerstande, das Grinsen zu verbergen, das sich auf seinem Gesicht breitgemacht hatte, dann ließ er das Pferd wenden und ritt über den Hügel auf den Fluß und die Brücke zu. Auf halbem Wege wandte er sich im Sattel um und rief etwas zurück.

»Wir sehen uns da, Yuan! Bring Hsueh Chai und den alten Chou mit. Auf der Wiese am See. Wir werden ein Picknick machen.«

* * *

Fei Yen stand, von ihren Mägden umringt, auf der Brücke. Eines der Mädchen stand hinter ihr und beschattete ihre Herrin mit einem großen Seidenschirm. Ein anderes stand an ihrer Seite und wedelte ihr mit einem riesigen Fächer gelangweilt Luft zu. Ein drittes und ein viertes, deren pastellgrüne und -blaue Kleider den Farben dieses Tages würdig waren, warteten in unmittelbarer Nähe. Dreißig Schritte entfernt, im Schatten einer großen Weide[31], standen wachsam ihre Tanten und Großtanten in ihren dunklen Seiden- und Satingewändern und unterhielten sich leise.

Fei Yen selbst schaute über den See und beobachtete, wie die warme Frühlingsbrise das Wasser kräuselte und das Schilf in Ufernähe bog. Im vom Schirm gedämpften Sonnenlicht wirkte ihr Gesicht wie eine Seidenleinwand in rosa und orangefarbenen Tönen, ihre zarten Züge vor Li Yuan verborgen, der unten am Ufer stand und zu ihr aufblickte.

Sie war schön. Er brauchte sie nicht deutlich zu sehen, um das zu wissen. Er mußte sich nur an das letzte Mal erinnern, als sie den Obstgarten hier besucht hatte, an die Art, wie sie lächelte, wie ihre hellrote Zunge zwischen den perlweißen, perfekten Zähnen hervorlugte. Wie dunkel doch ihre Augen waren, wie zerbrechlich die Konturen ihres Gesichts.

Er warf Han einen Blick zu und bemerkte, wie sein Bruder sie ansah, bemerkte die Ehrfurcht und Liebe in diesem Gesicht. Und verstand ihn.

Diener hatten in der Mitte der Rieselwiese ein kleines Rundzelt aufgebaut. Der Araber war unmittelbar dahinter angebunden und graste. Vor dem Zelt hatten sie Stühle und einen kleinen Tisch aufgestellt, auf dem ein Weinkrug und drei kleine polierte Gläser standen. Weiter entfernt, aber von der Mitte der Wiese noch sichtbar, stand eine Zielscheibe fürs Bogenschießen.

Han Ch'in trat vor und schritt entschlossen über das kurzgeschnittene Gras, wie ein seltsames, aufrecht gehendes, geschmeidiges Tier. Er hatte seine Reitkleidung gegen ein lockeres, pfirsich- und zinnoberfarbenes Seidengewand getauscht. Hsueh Chai hatte sein Haar mit Goldfäden geflochten, und er trug eine schlichte Goldkette aus verschlungenen Drachen. Als er ihn so sah, spürte Yuan alle Liebe für seinen Bruder in sich aufsteigen. Wie stattlich er war, und wie schön, auf seine eigene Art. Wie seine dunklen Augen blitzten, als er die Steinfliesen der schmalen Brücke erreichte. Augen, die keinen Moment von seiner zukünftigen Braut abließen.

Fei Yen drehte sich um, sah Han Ch'in an und trat aus dem Schatten hervor.

Yuan hielt erneut den Atem an. Sie war wie Porzellan. Wie edelstes Porzellan. Ihre Haut war so blaß, so blendend weiß, ihre Nase, ihre Lippen, ihre zarten Ohren so vollendet geformt, daß sie wie eine Statue wirkte, die zum Leben erwacht war. So perfekt bis ins kleinste Detail. Dann, als sie Han auf dem flachen Hang der Brücke traf, sah er sie lächeln, sah ihre dunklen Augen erstahlen und wußte mit aller Gewißheit, zu der seine junge Seele imstande war, daß er ihr verfallen war. Sie gehörte Han. Aber er würde sie trotzdem lieben. So wie er Han liebte. Und vielleicht noch mehr.

Beim Tee unterhielten sie sich über höfische Angelegenheiten. Yuan schwieg und sah sie verstohlen an, zutiefst beschämt von ihrer Nähe. Als sie sich vorbeugte, strich ihr cremefarbener Ärmel an seinem Knie entlang, und er zitterte, während er ihren dezenten süßen Jasminduft atmete.

»Man erzählt sich, Wang Sau-Leyan habe Böses im Schilde geführt«, sagte sie leise und sah Han Ch'in über ihren Fächer hinweg an. »Mit zehn Jahren! Könnt ihr euch das vorstellen? Sein ältester Bruder hat ihn erwischt …«

Sie zögerte und lachte bezaubernd.

»Erzähl weiter«, sagte Han und beugte sich vor. Er hatte seine gestiefelten, gespreizten Füße wie zwei junge Bäume in den Boden gestemmt und die Hände fest auf den Knien.

»Nun …«, flüsterte sie verschwörerisch. »Man sagt, er sei mit einem Mädchen überrascht worden. Splitternackt im Bett seines Vaters!«

»Nein!« rief Han belustigt. »Im Bett seines Vaters?«

Wang Saus Vater war Wang Hsien, der T'ang der Stadt Afrika. Wang Sau-Leyan war sein vierter und jüngster Sohn.

»Ja!« Fei Yen klatschte die Hände ineinander. »Und hört zu … das Mädchen war noch ein Kind. Und noch dazu eine Hung Mao!«

Han Ch'in lehnte sich zurück und lachte.

Yuan hatte sich inzwischen auf sie konzentriert. Ihre Stimme war so sanft, von so reinem Klang, daß es ihm kalt den Rücken hinunterlief. Er achtete nicht auf den Sinn ihrer Worte; in seinen Ohren beförderte ihre Stimme etwas, das jenseits aller irdischen Bedeutung lag. Sie hatte denselben süßen, lyrischen Klang wie das *Erhu*[52], denselben reichen, doch wehmütigen Kontraalt wie dieses uralte Instrument. Und während sie redete, stellte er fest, daß ihn die Bewegungen, ja schon die Form ihrer Hände faszinierten, die perlartige Opaleszenz ihrer Nägel, die Zerbrechlichkeit ihrer winzigen, schneeweißen Finger, die nicht größer als seine eigenen waren. Er blickte auf in ihr Gesicht und bemerkte den leichten Glanz der Kosmetik auf Wangen und Stirn, die samtartige Dunkelheit ihres Haars, die feinen Silberfäden, die das Licht des Nachmittags einfingen.

Han Ch'in beugte sich vor und lachte noch immer. »Was ist passiert?«

Fei Yen setzte sich schamvoll zurück. In dreißig Schritt Entfernung fächerten die Tanten, die von Dienern ihres Haushalts bedient wurden, sich eifrig Luft zu und versuchten mitzubekommen, was Han Ch'in so ausgelassen zum Lachen brachte.

»Sein Vater hat ihn für ein Jahr verbannt. Er muß im schwimmenden Palast bleiben. Allein. Und nur seine männlichen Diener leisten ihm Gesellschaft.«

Ernüchtert von der Neuigkeit, senkte Han Ch'in den Blick. Er schüttelte den Kopf, dann sah er wieder zu Fei Yen auf. »Das ist ganz schön hart, denkst du nicht? Ich meine, er ist doch noch ein kleiner Junge. Nicht viel älter als Yuan hier. Und schließlich war doch gar nichts. Nur ein paar Hochgefühle.«

Fei Yen fächerte sich langsam Luft zu und schien einen Moment in sich hineinzusehen. Dann lächelte sie, neigte den Kopf und sah Han direkt an. »Aber im Bett seines Vaters … Also wirklich, Han …« Sie hob die

Augenbrauen und brachte Han erneut schallend zum Lachen.

»Hör zu«, sagte er und stand auf. »Ich habe vor, einen Wettbewerb zu veranstalten. Nach der Hochzeit. Alle Familien, bedeutende und unbedeutende, werden eingeladen. Alle Söhne und Vettern.« Er warf Hsueh Chai einen Blick zu, der mit den Mägden neben dem Eingang des Zeltes stand. Der alte Diener kam sofort und brachte ihm einen kurzen Jagdbogen und einen Köcher voller schwerer Pfeile mit Stahlspitzen.[53] Han Ch'in nahm beide und hielt sie hoch. »Zwölf Pfeilc. Und wer die meisten Punkte holt, gewinnt den Preis.«

Fei Yen sah an ihm vorbei zur Zielscheibe. »Und glaubst du, daß du gewinnst?«

Han Ch'in lachte und sah den Bogen in seiner Hand an. »Ich glaube nicht bloß, daß ich gewinne. Ich weiß, daß ich gewinne.«

Ihre Augen blitzten ihn an. »Meine drei Brüder sind gute Schützen. Du mußt sehr gut sein, wenn du sie schlagen willst.«

Han Ch'in zog sich den Riemen des Köchers über die Schulter, dann drehte er sich um und marschierte zu den markierten Punkt auf dem Rasen. Er zog einen Pfeil aus dem Köcher und rief: »Paß auf!«

Er legte den Pfeil ein und hob den Bogen. Dann spannte er, ohne daß er zu zielen schien, die Sehne und ließ den Pfeil fliegen. Der Pfeil schlug mit einem zufriedenstellenden Laut ein und zersplitterte das Holz eine Handlänge neben dem Gold.

»Nicht schlecht ...«, flüsterte Fei Yen. Einen Moment lang rührte sich ihr Fächer nicht. Ihr Gesicht war plötzlich angespannt, ihr ganzer Körper verriet ihre Aufmerksamkeit für das, was Han tat.

Han Ch'in zog einen zweiten Pfeil, legte ihn ein und schoß ihn so beiläufig wie den ersten ab. Diesmal kratzte er am Gold. Han drehte sich um und lachte. »Gut?«

»Der auch«, sagte sie bloß und hob, wie es schien, zur Ermutigung das Kinn. »Vielleicht war's auch nur Glück.«

»Glück?« Han wirkte überrascht, lachte und schüttelte den Kopf. »Glück, meinst du? Dann schau dir den an!«

Er legte einen Pfeil ein und wandte sich wieder der Zielscheibe zu. Als er den Bogen hob, drehte er ihn seitlich, als säße er auf dem Rücken eines Pferdes, und schoß ihn ab. Diesmal traf der Pfeil mitten ins Gold.

Yuan sprang auf und applaudierte begeistert. Hinter ihm senkte Fei Yen ihren Fächer und stand langsam auf. Dann ging sie ohne eine Wort zu Han, nahm ihm den Bogen ab und zog einen Pfeil aus dem Köcher auf seinem Rücken.

»Willst du's auch mal versuchen?« fragte er und hatte seinen Spaß daran. »Ich wette um mein Pferd, daß du von hier nicht einmal die Zielscheibe triffst. Es sind fünfzig Schritte, und dieser Bogen läßt sich schwer spannen.«

Sie lächelte ihn an. »Ich habe schon strammere Bögen als diesen gespannt, Han Ch'in. Doppelt so lange Bögen. Aber ich werde dir nicht dein Pferd abnehmen, mein künftiger Mann. Ich habe gesehen, wie sehr du das Tier magst.«

Han Ch'in zuckte die Achseln. »Gut. Dann los.«

Fei Yen schüttelte den Kopf. »Nein, Han. Ich will einen anderen Preis. Nur zwischen uns. Um zu beweisen, wer hier der Bessere ist.«

Er lachte unbehaglich. »Was meinst du?«

Sie sah erst den Bogen in ihrer Hand, dann ihn an. »Den hier vielleicht. Wenn ich dich mit meinen drei Pfeilen schlagen kann.«

Einen Moment lang zögerte er, dann lachte er und nickte. »Also um meinen Bogen. Und wenn du verlierst?«

Sie lachte. »Wenn ich verliere, kannst du alles haben, was ich besitze.«

Han grinste breit, denn er verstand ihren Scherz. In zwei Tagen würden sie verheiratet sein und dann gehörte ihm ohnehin alles, was sie besaß.

»Das ist fair.«

Er trat zurück, verschränkte die Arme und sah zu, wie sie den Pfeil einlegte und den Bogen hob. Eine Zeitlang stand sie einfach da, wie in Trance, die Sehne gespannt, und der Pfeil zitterte. Yuan beobachtete sie fasziniert und bemerkte, wie sich ihr Atem änderte, wie angespannt ihr ganzer Körper war, anders als zuvor. Dann, mit einem kleinen Schrei, schien sie zu erzittern und ließ die Sehne los.

Der Pfeil flog hoch weg, dann sank er wieder und traf das Holz mit einem weicheren Laut als vorher der von Han.

»Ein goldener!« rief sie triumphierend und drehte sich zu Han Ch'in um.

Der Pfeil lag wie ein Farbspritzer über dem Rot. Hans Pfeil hatte die Zielscheibe fast horizontal getroffen und sich ins weiche Holz gebohrt, aber ihrer steckte im Gold wie ein frischer Trieb aus einem geschnittenen Baum.

Han Ch'in schüttelte verblüfft den Kopf. »Glück!« sagte er und wandte sich ihr zu. »Das schaffst du kein zweites Mal.« Er lachte und deutete auf die Zielscheibe. »Schau ihn dir an! Ein Lüftchen, und er fällt aus dem Holz!«

Sie sah ihn wütend und trotzig an. »Es ist aber Gold, oder nicht?«

Widerwillig nickte er, dann gab er ihr den zweiten Pfeil. »Noch mal«, sagte er.

Ein zweites Mal stand sie da, die Sehne gespannt, der Pfeil zitternd, ihr ganzes Ich gespannt und konzentriert. Dann schoß sie ihn mit demselben scharfen Schrei ab, und ihr Körper erbebte vor Erleichterung.

Diesmal schien der Pfeil über der Zielscheibe durch die Luft zu schweben, fiel dann aber plötzlich ab und schlug gegen Hans dritten.

Noch mal Gold.

Fei Yen wandte sich mit ausdruckslosem Gesicht Han Ch'in zu und hielt die Hand für den dritten Pfeil hin.

Han Ch'in zögerte mit düsterem Gesicht, die Augen vor Zorn geweitet, dann drückte er ihr den Pfeil in die Hand. Einen Moment lang verharrte sie, blickte ihn an und erkannte, wie wütend er war, dann drehte sie sich um und sah, daß Yuan sie anstarrte.

Yuan beobachtete, daß sie, als sie den Pfeil einlegte, ihm einen Blick zuwarf, das Gesicht nachdenklicher, als er es je gesehen hatte. Dann nickte sie ihm zu seiner Überraschung zu und wandte sich wieder zur Zielscheibe um.

Diesmal schien sie kaum zu zögern, spannte aber, wie Han Ch'in vor ihr, die Sehne stark an und schoß den Pfeil ab.

»Nein!« Yuan war aufgesprungen. Der Pfeil steckte gut fünf Schritte vor der Zielscheibe im Boden und seine Federn zeigten zum Sternbild Stier.

Han Ch'in klatschte die Hände ineinander. »Ich habe gewonnen! Ich habe dich geschlagen!«

Fei Yen drehte sich zu ihm um. »Ja, Han«, sagte sie leise und berührte sanft und zärtlich seinen Arm. »Das heißt, du bist hier der Bessere ...«

* * *

Der Abgeordnete Barrow schnaufte nervös, beugte sich vor und straffte sich in seinem Harnisch. »Was meinen Sie, Pietr, hat der T'ang vor, daß er uns fünf Stunden früher hierher zitiert?«

Lehmann blickte durchs Fenster hinunter und beobachtete, wie sie sich langsam dem Boden näherten.

»Was glauben Sie denn, was er vorhat? Er will uns niederhalten, darum geht's. Er will uns die Hände binden und uns gefügig halten. Darum geht's denen doch immer.«

Barrow sah ihn scharf an. »Meinen Sie? Sie glauben also nicht, daß es etwas mit der Vermählung zu tun hat?«

Lehmann schüttelte den Kopf und erinnerte sich, wie erschrocken er gewesen war, als er die Ladung des T'ang erhalten hatte. Wie Barrow war ihm mitgeteilt worden, daß er sich spätestens in der dritten Nachmittagsstunde in Tongjiang einfinden sollte. Es war kein Grund genannt worden, aber er wußte, daß es nichts mit der Vermählung zu tun hatte. Wenn das der Fall gewesen wäre, hätte man sie schon vor einem Monat informiert. Nein, hier ging es um etwas anderes. Etwas, das gar nichts damit zu tun hatte.

»Es hat mir überhaupt nicht gepaßt«, fuhr Barrow fort. »Ich saß gerade in einer Ausschußsitzung des Hauses, als der Bote kam. Nun mußte ich sie ausfallen lassen, und die Götter wissen, wann ich jetzt Gelegenheit haben werde, mich für den Empfang vorzubereiten.«

Lehmann musterte ihn, dann sah er weg. Was immer es war, eine kleine Sache wie eine Ausschußsitzung im Haus hatte im Vergleich dazu sicher kein Gewicht. Der T'ang schickte nicht ohne guten Grund sein persönliches Personal los, um Leute zu ihm zu holen. Auch machte er nicht leichtfertig von dem Bevollmächtigtensystem Gebrauch. Was immer es war, es mußte von höchster Wichtigkeit sein.

Aber was? Sein Puls beschleunigte sich für einen Moment. War etwas durchgesickert? Oder war es etwas anderes? Ein Zugeständnis vielleicht? Ein Handel? Etwas, das seinem Sohn sein Erbe sicherte?

Lehmann lachte lautlos bei dem Gedanken, dann spürte er, wie das Gefährt aufsetzte. Einen Moment lang dröhnten die großen Turbinen weiter, dann erstarben sie. In der darauffolgenden Stille konnten die Männer hören, wie die großen Tore über ihnen wieder zuglitten und den Hangar sicherten.

Lehmann löste seine Gurte, stand auf und wartete.

Die Tür öffnete sich, und sie stiegen hinaus. Chung Hu-Yan, der Kammerherr des T'ang, wartete am Fuß der Rampe auf sie.

»*Ch'un tzu.*« Der Kammerherr verbeugte sich tief. »Der T'ang wartet auf Sie. Die anderen sind schon hier. Bitte...« Er drehte sich um und bedeutete ihnen durchzugehen.

Lehmann zögerte. »Verzeihen Sie, aber worum geht es überhaupt?«

Chung Hu-Yun warf ihm über die Schulter einen Blick zu, und sein Gesichtsausdruck war nicht zu deuten. »Sie erfahren es rechtzeitig, Untersekretär. Nur der T'ang selbst kann Ihnen sagen, weshalb er Sie hergebeten hat.«

»Natürlich.« Lehmann lächelte säuerlich und ging an ihm vorbei.

Die Halle der Sieben Ahnen war ein mächtiger Saal mit hoher Decke, großen, reichverzierten Wandteppichen, ihr Boden ein riesiges Mosaik aus behauenem Marmor. Dicke, von Drachen umschlungene Säulen säumten beide Seiten. Ihnen zu Füßen standen die Leibwächter des T'ang, große, furchteinflößende Männer mit kahlgeschorenen Köpfen und grobschlächtigen Han-Gesichtern. Die kleine Gruppe von Hung Maos hatte sich rechts von dem großen Thron versammelt. Sie schwiegen und waren von der unerwarteten Großartigkeit dieses Raums sichtlich eingeschüchtert. Gegenüber von ihnen, rechts vom Thron und etwa fünfzehn Schritte entfernt, stand ein Käfig. Darin befand sich ein Mann.

»Untersekretär Lehmann. Abgeordneter Barrow. Willkommen. Vielleicht können wir jetzt anfangen.«

Der T'ang stand auf und stieg, gefolgt von seinen Söhnen, die Stufen seines Throns herunter. Fünf Schritte vor dem nächsten Hung Mao hielt er inne und sah sich herrisch um. Langsam und zögernd, wobei sie aufeinander achteten, verneigten sie sich, einige ganz, andere nur den Kopf, und keiner wußte ganz genau, welche Etikette in diesem Moment geboten war. Sie waren nicht mehr in Weimar, noch in den großen Hallen ihrer eigenen Konzerne. Hier, im Palast des T'ang, hatten sie keine Vorstellung, was von ihnen verlangt wurde, noch war der Kammerherr des T'ang angewiesen worden, sie zu unterrichten.

Li Shai Tung starrte sie verächtlich an, als er ihre ungeschickten Ehrerbietungen sah. Genau das hatte er sich gedacht; diese Hung Mao hatten sich schlechte Gewohnheiten angeeignet. Der Respekt, dem sie ihrem T'ang schuldeten, war nichts Selbstverständliches für sie. Er war nicht tief verwurzelt. Der erstbeste starke Wind konnte ihn fortwehen.

Langsam und bedächtig sah er einem nach dem anderen ins Gesicht und bemerkte, wie wenige von ihnen es wagten, ihm in die Augen zu sehen, und wie schnell diejenigen wieder wegsahen. *Hsiao jen*, dachte er. *Kleine Männer*. Ihr seid alle solche kleinen Männer. Unter euch ist kein einziger König. Keiner von euch hat das Zeug, auch nur mein Kammerherr zu sein, geschweige denn meinesgleichen. Er fuhr sich mit der Hand durch den geflochtenen Bart, weiß wie Eis, dann wandte er sich ab, als entließe er sie, und dem Mann im Käfig zu.

Der Mann war nackt, sein Kopf geschoren. Seine Hände waren hinter ihm mit einem groben Strick zusammengebunden. Dieses Detail hatte etwas Altertümliches und Brutales an sich, das auch die beiden Jungen an der Seite des alten Mannes bemerkten. Sie standen schweigend da, ihre Gesichter Masken leidenschaftsloser Aufmerksamkeit. »Dies ist eine Lektion«, hatte ihr Vater ihnen vorher erklärt. »Und der Name dieser Lektion ist Bestrafung.«

Der Prozeß hatte neunzehn Monate gedauert. Aber inzwischen waren alle Beweise erbracht, und das Geständnis des Mannes – dreimal abgelegt, wie es das Gesetz verlangte – hatte alle Zweifel ausgeräumt.

Li Shai Tung ging um den Käfig und blieb auf der anderen Seite stehen, nur eine Armlänge zwischen sich und den dicken runden Gitterstäben. Der Käfig war absichtlich zu klein für den Mann und zwang ihn, entweder zu knien oder den Rücken zu beugen. Er hatte gerötete Augen, und seine Haut war krankhaft blaß. Er war abgemagert und seine Glieder spindeldürr. Die ersten beiden Monate im Kerker hatten seinen Geist gebrochen, und er empfand keinen Stolz mehr. Sein edles, adlerartiges Profil wirkte jetzt lächerlich, wie das eines Vogels – das Gesicht einer verletzten Möwe. Aller Trotz war ihm längst ausgetrieben worden. Jetzt duckte er sich vor der Gegenwart des T'ang.

Der greise Herrscher deutete auf das Symbol, das dem Mann im Käfig in den Oberarm gebrannt worden war. Es war die stilisierte DNA-Doppelhelix, das Symbol der Dispersionisten-Partei.

»Untersekretär Lehmann. Kennen Sie diesen Mann?«

Lehmann trat vor, blieb auf der anderen Seite des Käfigs stehen und sah hinein.

»*Chieh Hsia?*«

Lehmanns leerer Blick verriet, daß er ihn nicht erkannte. Gut, dachte der T'ang. Er rechnet nicht damit. Um so besser. Dadurch wird der Schock noch viel heftiger.

»Er war Ihr Freund.«

Lehmann sah noch mal hin, dann keuchte er. »Edmund …«, flüsterte er.

»Ja.« Der T'ang trat wieder hinter dem Käfig hervor und blieb zwischen Lehmann und dem Thron stehen.

»Dieser Gefangene war einmal ein Mann wie Sie. Sein Name war Edmund Wyatt. Aber jetzt hat er keinen Namen mehr. Er ist des Mords an einem Minister für schuldig befunden worden und hat alle seine Rechte verwirkt. Seine Familie, wie sie einmal bestand, gibt es nicht mehr, und seine Ahnenreihe ist durchtrennt. Sein Platz und seine Stellung in dieser Welt sind annulliert.«

Er ließ seine Worte nachwirken, dann redete er weiter.

»Ächten Sie ihn? Verurteilt Ihre Partei seine Handlungen?«

Lehmann blickte erschrocken auf.

»Ächten Sie ihn, Untersekretär?«

Es war ein gespannter Augenblick. Beim Prozeß war Lehmann Wyatts Hauptverteidiger gewesen. Aber das war jetzt anders. Wenn Lehmann ja sagte, hieß das, daß er das Vorgehen des T'ang billigte. Wenn nicht ...

Die Stille vertiefte sich. Lehmanns Gesicht zuckte nervös, aber er brachte nichts heraus. Der T'ang stand ihm bewegungslos gegenüber, einen Arm ausgestreckt, den Kopf ihm zugewandt, und starrte den Bevollmächtigten des Hauses an. Als das Schweigen zu dünn geworden war, brach er es. Er wiederholte seine Frage und fügte hinzu: »Oder billigen Sie Mord als ein legitimes Mittel der Politik, Untersekretär?«

Li Shai Tung hob ein wenig die Stimme. »Darf ich annehmen, daß Ihr Schweigen das Schweigen heimlicher Zustimmung ist?«

Unter dem Eindruck des starren Blicks des alten Mannes schüttelte Lehmann den Kopf. Dann, als ihm klar wurde, was er tat, hörte er auf. Aber es war zu spät. Er war zu einem Einlenken verleitet worden. Jetzt brauchte er nichts mehr zu sagen. Li Shai Tung hatte gewonnen.

»Dann gehört dieser Mann also mir? Dann kann ich mit ihm tun, was ich will?«

Der T'ang war wie ein Fels. Sein Alter, seine scheinbare Gebrechlichkeit waren Illusionen, die die Härte seiner Stimme zerstreute. Die Macht, die er ausübte, war in keiner Hinsicht alt oder gebrechlich. In diesem Moment lag es in seiner Macht, sie alle zu vernichten, und das wußten sie.

Lehmann hatte die Fäuste geballt. Jetzt löste er sie wieder. Er senkte langsam und vorsichtig zur Zustimmung den Kopf. »Er gehört Euch, *Chieh Hsia.* Meine ... meine Partei verurteilt seine Handlungen.«

Es war eine vollständige Kapitulation. Für Li Shai Tung und die Sieben war es ein Sieg, ein Eingeständnis der Schwäche ihrer Gegner. Doch in dem Gesicht des alten Mannes änderte sich nichts, noch wurde die Geste seiner ausgestreckten Hand weniger fordernd.

Die beiden Jungen sahen und begriffen es.

Schließlich senkte Li Shai Tung den Arm. Langsam und unsicher wandten sich die Hung Mao ab und stahlen sich aus der Halle. Es war vorbei. Was der T'ang mit dem Mann machte, betraf sie nicht mehr. Wyatt gehörte ihm.

Als sie gegangen waren, wandte sich Li Shai Tung seinen Söhnen zu. »Kommt her«, sagte er und winkte sie näher an den Käfig heran.

Li Han Ch'in war siebzehn, hochgewachsen und stattlich wie sein Vater, aber körperlich noch nicht ganz ausgebildet. Sein Bruder Li Yuan war erst acht, doch seine dunklen, berechnenden Augen ließen ihn weit älter erscheinen. Die beiden standen nah bei ihrem Vater und sahen ihn an, ihm völlig ergeben.

»Das ist der Mann, der Lwo Kang, meinen Minister, umgebracht hat. Aus demselben Grund hätte er mich umgebracht – und euch und alle anderen Sieben und ihre Familien. Denn wenn man die Glieder des Staates angreift, bedroht man seinen Körper, sein Herz.«

Der Mann hockte schweigend und mit gesenktem Kopf in dem Käfig.

Li Shai Tung machte eine Pause und wandte sich seinem Ältesten zu. »Wenn ich das bedenke, was soll ich tun, Han Ch'in? Welche Strafe wäre angemessen?«

Er zögerte nicht. »Du mußt ihn töten, Vater! Er hat es verdient, zu sterben.« In den Augen des jungen Mannes glühte heftiger Abscheu, als er den Gefangenen anstarrte. »Ja, töte ihn. So wie er dich getötet hätte!«

Li Shai Tung schwieg, den Kopf zu einer Seite geneigt, als dächte er über das nach, was sein ältester Sohn gesagt hatte. Dann wandte er sich seinem zweiten Sohn zu. »Und du, Yuan? Stimmst du deinem Bruder zu?«

Der Junge schwieg einen Moment lang und dachte angestrengt nach.

Li Yuan war weniger hitzig als sein Bruder. Er war wie die Strömung unter den Wogen des Ozeans, sein Bruder die gekräuselten, schäumenden Wellen, Gischt und rohe Gewalt. Beeindruckend, aber in gewisser Hinsicht nebensächlich. Li Shai Tung, der seine Söhne betrachtete, wußte das und hoffte, daß der Jüngere sich für seinen älteren Bruder als die Stimme der Vernunft erweisen würde. Wenn es an der Zeit war. Wenn seine eigene Zeit vorüber war.

Li Yuan war zu einer Entscheidung gekommen. Er sprach ernst und gesetzt, als sei er selbst ein alter Mann. »Wenn du ihn tötest, würdest du nur weiteren Haß gegen dich säen. Und du würdest nur einen einzelnen Mann töten. Das heilt nicht die Krankheit, für die er steht.«

»Diese Krankheit ...« Der T'ang richtete den Kopf auf. Das Lächeln war von seinen Lippen gewichen. »Kann man sie nicht heilen?«

Erneut verfiel der Junge in nachdenkliches Schweigen. Wieder gab er eine ernste Antwort. »Nicht auf der Stelle. Diese Krankheit wird uns noch eine ganze Zeit beunruhigen. Aber ich glaube, ja, mit der Zeit könnten wir sie unter Kontrolle bringen.«

Li Shai Tung nickte, nicht um ihm zuzustimmen, sondern vor Überraschung. Doch er tat die Worte seines Sprößlings nicht leichthin ab. Li Yuan war jung, aber er war kein Narr. Es gab Männer, die zehnmal so alt, aber nicht annähernd so vernünftig waren wie er, und nur wenige mit einem *liang* seiner Intelligenz.

»Wir müssen noch darüber reden …« – er vollführte eine vage Handbewegung – »… wie wir sie unter Kontrolle bringen können. Aber antworte mir ohne auszuweichen, Yuan. Du meinst also, dieser Mann sollte verschont werden, um den kurzfristigen Haß, den Widerwillen abzumildern?«

Der kleine Junge erlaubte sich den Luxus eines kurzen Lächelns. »Nein, Vater. Ich wollte damit nichts dergleichen sagen. Den Gefangenen zu verschonen wäre ein Zeichen von Schwäche. Wie du vorher schon sagtest, dies ist eine Lektion, und die Lektion heißt Bestrafung. Dieser Mann muß hingerichtet werden. Wie ein Stück Dreck aus dem Lehm. Und allem Haß, allem Widerwillen muß begegnet werden. Es gibt keine andere Möglichkeit.«

Han an seiner Seite nickte eifrig.

»Dann ist es richtig, den Mann zu töten, wie Han Ch'in gesagt hat?«

»Nicht richtig, Vater. Es könnte nie richtig sein. Notwendig.« Das Gesicht des Jungen verriet keine Gefühle. Seine Züge bildeten eine Maske der Vernunft. »Vor allem muß es in der Öffentlichkeit getan werden. Jeder muß es sehen können. Und es muß nüchtern getan werden, ohne Bosheit und ohne einen Gedanken an Rache, es soll nur ein Beweis unserer Macht sein. Eine Lektion.«

Li Shai Tung nickte, höchst zufrieden mit seinem Jüngsten, wandte sich aber an seinen Erstgeborenen. »Dann verhält es sich so, wie du sagst. Wir müssen ihn töten. So wie er uns getötet hätte.«

Er drehte sich um und sah noch mal den Mann im

Käfig an, beinahe so etwas wie Mitleid im Blick. »Ja. Aber nicht aus Rache. Einfach weil wir es tun müssen.«

* * *

Han Ch'in lachte, dann klatschte er vor Freude über das Geschenk die Hände ineinander. »Aber Vater, die sind ja fabelhaft! Schau sie dir nur an! Wie stark sie sind, wie geschmeidig!«

Die vier Geschöpfe standen in einer Reihe vor dem T'ang und seinem Gefolge, ihre großen Köpfe gesenkt, ihre stämmigen, ochsenartigen Leiber in üppige, karminfarbene und goldene Seidengewänder gehüllt. Klaus Stefan Ebert, der Chef von GenSyn, ihr Schöpfer, stand daneben und errötete, zutiefst geschmeichelt von der Reaktion des Prinzen.

»Sie sind die ersten ihrer Art«, erklärte er und verbeugte sich leicht. »Und, wenn der T'ang es wünscht, werden sie auch die letzten sein.«

Li Shai Tung sah seinen alten Freund an. Ebert war während all der Jahre einer seiner treusten Anhänger gewesen, und wenn es dem Schicksal gefiel, würde sein Sohn eines Tages Han Ch'ins General sein. Er lächelte und betrachtete wieder die ochsenartigen Männer. »Das würde ich nicht von dir verlangen, Klaus. Dein Geschenk bereitet mir große Freude. Nein, aus solchen Wundern sollten auch andere Nutzen ziehen. Du sollst ein Patent für sie haben.«

Dankbar für die Großzügigkeit seines T'ang, verneigte sich Ebert tief. Sein Geschenk an Han Ch'in war gut zweihundert Millionen Yuan wert, aber die Wohlgesonnenheit des T'ang war ungleich wertvoller. Es würde jetzt in der ganzen Elite der Stadt Europa niemanden geben, der sich nicht auch ein solches Geschöpf wünschte. Für einen gewinnsüchtigen Mann wäre das ein Anlaß zu großer Freude gewesen, aber Klaus Ebert schätzte solche Dinge als untergeordnet ein. Er hatte seinem T'ang eine Freude bereitet, und keine Summe konnte das Gefühl tiefen Stolzes und die Zufriedenheit aufwiegen, die er in diesem Moment empfand.

»Ich fühle mich sehr geehrt, *Chieh Hsia*. Es gibt für mich kein höheres Glück, als Euch eine Freude zu bereiten.«

Han Ch'in war näher an die Wesen herangetreten und blickte nun in eines der langen, rinderartigen Gesichter empor. Dann drehte er sich um und sah Ebert wieder an. »Sie sind wirklich schön, *Shih* Ebert. Stark wie Pferde und intelligent wie Menschen. Können sie sprechen?«

Ebert verneigte sich nochmals vor dem T'ang, dann trat er an Han Ch'ins Seite. »In beschränktem Maße«, erklärte er und senkte aus Respekt vor dem Prinzen den Kopf. »Genug, um einfache Anweisungen zu verstehen und alltägliche Botschaften zu überbringen, aber nicht mehr als ein dreijähriges Kind.«

Han Ch'in lachte. »Das hängt von dem Dreijährigen ab. Mein Bruder Yuan konnte mit drei ein Ratsmitglied in Grund und Boden reden!«

Ebert lachte. »Allerdings! Daran erinnerte ich mich nur zu gut!«

Li Shai Tung fiel in ihr Lachen ein, bevor er sich General Tolonen zuwandte, der zu seiner Linken und ein Stück hinter ihm stand. »Nun, Knut, ist drinnen alles fertig?«

Der General, der die Übergabe mit wirklichem Vergnügen beobachtet hatte, wandte sich seinem T'ang zu und schwieg einen Moment lang, um der Stimme in seinem Kopf zu lauschen. Dann senkte er den Kopf. »Major Nocenzi teilt mir gerade mit, daß sich inzwischen alle Gäste versammelt haben und alle Sicherheitsvorkehrungen getroffen worden sind. Wir können hinein.«

Die Decke der Großen Halle war mit breiten Seidengirlanden geschmückt, die in eleganten Kurven zwischen den drachenumschlungenen Säulen hingen. In gleichmäßigen Abständen standen mannshohe Bronzeurnen an der Wand, die bis zum Überquellen mit riesigen Blumen gefüllt waren. Unter den Girlanden und zwischen den Blumen war der Boden der Großen Halle voller Gäste. Han Ch'in stand auf der obersten Stufe neben seinem Vater und sah auf alles hinunter. Zwei Farben herrschten vor, Rot und Gold, Farben, die Glück verheißen – Rot für gutes Geschick, Gold für einen zukünftigen Herrscher.[54]

Bei ihrem Erscheinen erstarb das laute Gemurmel der Konversation, und auf ein Zeichen des Kammerherrn hin knieten alle unter den Stufen mit gesenkten Köpfen vor dem T'ang und seinem ersten Sohn nieder.

Tolonen sah hinter ihnen zu, wie die riesige Menschenmenge wieder aufstand und sich aus ihrer Mitte ein lautes, erwartungsvolles Murmeln erhob. Dann begann Li Shai Tung hinabzuschreiten, sein Sohn drei Stufen hinter ihm.

Li Yuan wartete unten, um seinen Vater mit einem vollen *K'o t'ou* förmlich zu begrüßen. Hinter ihm standen seine Onkel – die Brüder seines Vaters und seine Halbbrüder – und bei ihnen ein dunkelhaariger *Hung Mao*, ein schlanker, gutaussehender Mann, der einen altmodischen Bart trug. Ein ›Engländer‹, wie er sich selbst gern nannte. Dies waren die Hauptberater des T'ang. Als Li Yuan sich erhob, verbeugten sich die drei Brüder bis zur Hüfte und richteten sich wieder auf. Nur der *Hung Mao* blieb aufrecht stehen, ein schwaches Lächeln auf den Lippen. Der T'ang nahm die vier mit einem Lächeln zur Kenntnis, dann drehte er sich um, damit Han Ch'in zu ihm aufschließen konnte.

Tolonen, der ihnen folgte, hielt auf halbem Wege auf der Treppe inne und sah über das Meer von Köpfen hinweg. Jeder, der in der Stadt Europa einen Namen hatte, war anwesend. Abgeordnete und Vorsitzende von Kooperativen, Chefmagistrate und Administratoren, Minister und Verwaltungsbeamte, mächtige Männer und ihre Angehörigen. Li Yuan war das einzige Kind hier.

Unter der Stufen waren vorläufig alle Formalitäten beendet.

»Hast du sie gesehen, Yuan?« fragte Han eifrig. »Sie sind riesig. Dreimal so groß wie du!«

Li Yuans Augen strahlten. »Stimmt das, was Hsueh Chai gesagt hat? Riechen sie?«

Han Ch'in beugte sich herunter, um zu antworten, und flüsterte seinem Bruder etwas ins Ohr. Yuan lachte, dann warf er dem Engländer, der gerade mit dem T'ang in ein Gespräch vertieft war, einen schuldbewußten Blick zu. »Wie ein *Hung Mao*«, hatte Han geflüstert. Aber es stimmte wirklich. Wenn auch einige von ihnen – wie der General und Hal Shepherd – darauf verzichteten, Milch zu trinken und Milchprodukte zu essen. Es schüttelte sie allein schon bei dem Gedanken an diese eklige Drüsenabsonderung. Sie rochen wie Han, nicht wie Tiere.

»Was wirst du mit ihnen machen?« fragte Yuan. »Wirst du sie Fei Yen geben?«

Han Ch'in wirkte entgeistert. »Bei allen Göttern! Daran habe ich nie gedacht! Was wird sie sagen?«

»Du kannst sie jederzeit fragen. Schließlich wird sie jetzt immer hier sein.«

Han Ch'in zog ein Gesicht, dann lachte er wieder. Beide wußten, welches Zeremoniell vor ihnen lag. All die Verbeugungen und das Nicken. Die vielen geheuchelten *Ch'un tzu*, wenn er und seine zukünftige Frau von nahezu dreitausend ergebenen Personen die besten Wünsche für ihre Zukunft entgegennahmen.

Er wollte etwas zu dem Thema anmerken, als ringsum alle wieder still wurden und Fei Yen oben auf der Treppe am Arm ihres Vaters erschien. Diesmal blieben die Gäste stehen, als sie herunterschritten. Nur der T'ang und sein Ältester machten ihr mit einer Verbeugung ihre Aufwartung.

Li Yuan sah Fei Yen an und verstummte vor ihrer Schönheit. Es war, als habe ein Künstler, eine begnadete Hand, eine letzte, subtile Korrektur an ihr vorgenommen, einen einzigen meisterhaften und delikaten Pinselstrich hinzugefügt, der sie vervollkommnete. Ihr Haar war hochgesteckt worden, und seine dunklen Rollen wurden von schlanken Elfenbeinkämmen in der Form von Libellen gehalten. Unter der verschwenderischen Seidendekoration war ihr Gesicht wie ein Vollmond, der ein kühles, weißes Licht ausstrahlte, die Zerbrechlichkeit ihrer Wangenknochen von der weichen Rundung ihres Kinns und den perfekten Bögen ihrer Brauen ausgeglichen. Sie trug ein schlichtes *Erh tang* aus roter Jade und Silber an jedem Ohrläppchen und ein *Ying lo* aus winzigen Perlen um ihren Hals, aber eigentlich brauchte ihr Gesicht keinen Schmuck.

Er sah fasziniert zu, wie sie über die Treppe auf ihn zukam, und war wie berauscht von ihrem Anblick.

Ihre Ohren waren klein und zart, ihre Lippen wie gefaltete Blütenblätter, leicht rosa, als erwarteten sie den feuchten Kuß der Dämmerung, während ihre Nase so klein und zerbrechlich, ihre Spitze so perfekt rund war, daß sie unwirklich erschien, wie Porzellan. All das bemerkte er, betört von der Schönheit all dessen, doch die ganze Zeit wurde sein Blick von ihren Augen angezogen – diesen dunklen, süßen, mandelförmigen Augen, die unirdisch in ihrer Schönheit waren. Augen, die vom Himmel auf ihn niederzublicken schienen, leidenschaftlich, stark und stolz. Augen, die in der kühlen und zerbrechlichen Maske ihres Gesichts zu brennen schienen und ihm den Atem stocken ließen.

Er zitterte, dann senkte er den Blick und sah das fliederfarbene Seidenkleid, das sie trug, die dünnen Schichten Stoff mit winzigen Phönixen[55] aus zarter dunkelblauer Spitze bestickt. Er betrachtete ihre kleinen, vollkommenen Hände und bemerkte, wie sie den Festfächer hielt, wie ihre Finger sich sanft um den roten Jadegriff schlossen, jeder einzelne von ihnen zart, blaß und zerbrechlich. Wieder zitterte er, überwältigt von ihr. Sie war wundervoll. So unbeschreiblich schön.

Das dumpfe Murmeln der Menge wurde wieder lauter. Li Yuan spürte eine Berührung an seinem Arm und drehte sich um.

»Hal ...«

Hal Shepherd lächelte und senkte leicht den Kopf, als amüsierte ihn etwas. »Komm, Yuan«, sagte er und nahm den Jungen an der Hand. »Schauen wir mal, ob wir uns da drüben nicht amüsieren können.«

Yuan sah hin, und seine Lippen formten tonlos ein Wort. »Berdichow?«

Shepherd nickte, beugte sich etwas vor und fügte im Flüsterton hinzu: »Dein Vater möchte, daß ich diesen Mann im Auge behalte. Das könnte lustig werden.«

Yuan lächelte. Shepherd war seit beinahe zwanzig Jahren der wichtigste Berater seines Vaters, und obwohl er einige Jahre jünger war als der T'ang, fällte Li Shai Tung nie eine wichtige Entscheidung, ohne ihn vorher zu konsultieren. Shepherds Urgroßvater war der Architekt der Stadt Europa gewesen, und der Tyrann Tsao Ch'un hatte ihm gewisse Rechte zugebilligt, darunter die Freiheit, sich nicht mehr vor seinem Herrn verbeugen zu müssen. Als die Sieben den Tyrannen ablösten, hatten sie die jüngste Generation der Shepherds mit diesen Rechten ausgezeichnet. Sie waren die einzigen, denen niemand etwas befehlen konnte. Sie waren die einzigen, die dem T'ang als Gleichrangige gegenübertreten konnten. »Sie sind die einzigen unter denen dort draußen, die frei sind«, hatte Li Shai Tung seinem Sohn einmal erklärt. »Allen anderen gehören nicht einmal die Knochen in ihrem eigenen Leib.«

Yuan warf Fei Yen einen flüchtigen Blick zu, dann sah er Shepherd wieder an. »Was will mein Vater?«

Shepherd lächele und zwinkerte mit seinen dunklen Augen. »Hör nur zu«, sagte er leise. »Das genügt. Ich werde alles sagen, was nötig ist.«

Yuan nickte und begriff, ohne daß man ihm erklären mußte, daß dies der Wille seines Vaters war. Die letzten vier Monate hatte er hart gearbeitet, Tausende von Personalakten durchgesehen und sich alle Einzelheiten eingeprägt, so daß er jetzt mit jedem Gesicht in der Großen Halle einen Namen verbinden konnte. Einen Namen und eine Geschichte.

Berdichow wurde von seiner Frau Ylva begleitet, einer hochgewachsenen, ziemlich streng wirkenden Person, die etwa zehn Jahre jünger war als er. Neben ihm stand einer der Administratoren des Ost-Sektors, ein heimlicher Dispersionisten-Sympathisant namens Duchek. Untersekretär Lehmann vervollständigte die Gruppe.

»Shepherd«, sagte Berdichow, der sofort auf der Hut war. »Li Yuan«, fügte er rasch hinzu, als er hinter Shepherd den Prinzen bemerkte, und verbeugte sich tief, was alle Umstehenden ihm sofort nachmachten.

»Ich hoffe, wir stören Sie nicht«, sagte Shepherd im Plauderton, ohne es so zu meinen.

»Wir haben uns nur so unterhalten«, antwortete Lehmann mit einem kühlen Lächeln, und die Art, wie er das sagte, entsprach der von Shepherd.

»Nur so unterhalten? Also, das kann ich mir nicht vorstellen, Untersekretär. Ich dachte, so wichtige Männer wie Sie reden selten ein überflüssiges Wort.«

»Es war nichts«, sagte Berdichow gereizt. »Aber wenn es Sie so interessiert, warum fragen Sie uns nicht? Wir haben nichts zu verbergen.«

Shepherd lachte herzlich. »Habe ich das etwa behauptet? Also nein, Soren, ich wollte damit nichts andeuten. Überhaupt nichts. Schließlich ist das hier ein offizieller Anlaß. Es war als Konversation gedacht.«

Yuan senkte den Blick und verkniff sich ein Grinsen. Ihm war aufgefallen, wie Berdichow sich gesträubt hatte, als Shepherd seinen Vornamen gebrauchte, wie in seinen Augen hinter den winzigen runden Brillengläsern, die er so affektiert trug, Ärger aufgeblitzt war.

»Wir haben uns über die Welt unterhalten«, erklärte Lehmann und sah Shepherd herausfordernd in die Augen. »Wieviel kleiner sie heute erscheint.«

Shepherd zögerte, als dächte er darüber nach, dann nickte er. »Ich müßte Ihnen zustimmen, Untersekretär. Aber ich würde sogar noch weitergehen und behaupten, daß wir bereits den Kontakt mit der Welt verloren haben. Denken Sie darüber nach. Was ist die Stadt Erde denn schon, außer eine gewaltige Schachtel auf Stelzen? Ein riesiger Bienenstock, der bis zum Rand mit Menschen gefüllt ist. Oh, er ist ganz bequem, da würden wir alle zustimmen, aber er ist auch völlig unwirklich – ein Ort, an dem die große Mehrheit der Menschen wenig oder keinen Kontakt mehr mit der Erde und den Elementen hat.«

Shepherd blickte in die Runde, lächelte und sah nacheinander jedem in die Augen. »Ist es nicht so? Also, denken Sie nicht, daß der Eindruck der Kleinheit unter diesen Umständen gerechtfertigt ist? Das Gefühl, eingeschlossen zu sein? Sehen Sie, im Leben dieser Menschen gibt es nichts Echtes mehr, kein Himmel über und keine Erde unter ihnen, nur Wände an allen Seiten. Alles, was sie sehen – alles, was sie sind – ist eine Illusion.«

Lehmann blinzelte, weil er sich nicht sicher war, ob er Shepherd richtig verstanden hatte. Was er gesagt hatte, war im günstigsten Fall unorthodox. Es war nicht das, was man von jemandem erwartete, dem der T'ang sein Ohr lieh. Lehmann sah Berdichow an, der zu Boden blickte, als sei er beleidigt worden. Sein

Konzern SimFic – Simulation Fictions – lieferte viele der ›Illusionen‹, die Shepherd unmißverständlich angriff.

»Menschen haben immer Illusionen gebraucht«, bemerkte Berdichow grimmig, ohne wieder aufzublicken, die Augen kalt hinter den Brillengläsern. »Sie haben sich immer etwas ausgedacht. Sie hatten immer Interesse an Geschichten. Illusionen sind für die geistige Gesundheit unerläßlich. Ohne sie …«

»Ja, ja, natürlich«, unterbrach Shepherd. »Ich glaube, ich mache mir zuviel Sorgen. Trotzdem habe ich den Eindruck, daß unsere Welt eine einzige große Illusion geworden ist. Ein gewaltiges, komplexes Hologramm.« Er lächelte und wandte den Blick von Berdichow ab, um sich wieder auf Lehmann zu konzentrieren. »Es ist alles Yin und nichts mehr Yang. Alles männlich und nichts mehr weiblich. Wir haben den Kontakt mit der Mutter verloren, meinen Sie nicht, Untersekretär?«

Duchek antwortete an seiner Stelle, und seine Augen flackerten vor leidenschaftlicher Entrüstung. »Für Sie ist alles in Ordnung, *Shih* Shepherd. Sie haben ihre Domäne. Ihr Domäne. *Sie* haben Ihre Mutter!«

Einen Moment lang herrschte in ihrer Runde eine gespannte, fast schockierte Stille. Es war eine Tatsache, und das wußten sie alle, aber es wurde in gebildeten Kreisen selten erwähnt. Die Domäne, wo Shepherd lebte, ebenso wie die Angehörigen der T'ang, war eine Ausnahme. Abgesehen von landwirtschaftlichen Arbeitern war es niemandem, von welchem Rang auch immer, erlaubt, außerhalb der Stadt zu leben. Dafür gab es natürlich gute Gründe, denn der Großteil des Landes außerhalb der Stadt wurde intensiv bepflanzt. Organisatorisch wurde es in riesige 10 000-*mou*-Felder unterteilt, mit Super-Hybriden bepflanzt, und kein einziger *mou* blieb ungenutzt. Dennoch herrschte unter den Oberen enorme Eifersucht. Es gab viele, darunter Berdichow und Lehmann, die ihr halbes Vermögen dafür gegeben hätten, draußen unter der Sonne zu leben.

»Nun, es stimmt!« sagte Duchek nach ein paar Sekunden, weil ihm seine Ausfall peinlich war, aber ohne sich dafür zu entschuldigen. »Es ist einfach für ihn, andere zu kritisieren. Er kann raus!«

Lehmann musterte Duchek einen Moment lang, dann wandte er sich Shepherd zu, noch immer verblüfft über das, was er gesagt hatte. »Ich bin sehr überrascht, Sie so reden zu hören, *Shih* Shepherd. Sie hören sich fast …« – er lachte – »… fast unzufrieden an.«

Shepherd warf Li Yuan einen kurzen Blick zu und bemerkte, wie aufmerksam der junge Mann das Gespräch verfolgte, dann lächelte er und antwortete Lehmann. »Sollte ich zufrieden sein? Sollte ich als Mensch das Bestehende einfach so akzeptieren?« Er lachte leise. »Nun, dann würden wir immer noch in den Höhlen leben, oder meinetwegen auch in den Wäldern. Dann würde es keine Zivilisation geben. Kein Chung Kuo.«

Yuan, der alles mitbekam, sah, wie Lehmann zu einer Erwiderung ansetzte und sich dann zusammenriß, als würde ihm plötzlich klar, was hier vor sich ging. Hal Shepherds Worte, so leidenschaftlich er sie auch aussprach, kamen der orthodoxen Auffassung der Dispersionisten und ihrem Credo ›Veränderung und Expansion‹ verdächtig nahe. Lehmann zögerte, dann lachte er ausgelassen, drehte sich um und nahm einem Diener, der gerade vorbeikam, ein neues Glas Wein ab.

»Sie treten also für Veränderung ein?«

Shepherds Gesicht machte eine subtile Veränderung durch: sein Lächeln, die Patina seines Charmes blieb, aber dahinter verbarg sich jetzt etwas viel Härteres und Unbarmherzigeres. »Sie mißverstehen mich, Pietr. Ich mag Veränderung nicht, noch begrüße ich sie. Aber wenn ich eines ändern könnte, würde ich das ändern.

Ich würde den Menschen ihren Kontakt zur Erde zurückgeben.« Sein Lächeln verhärtete sich, und eine Spur Traurigkeit und Bedauern umspielte einen Moment lang seine Augen. »Wie auch immer, die Welt ist, wie sie ist, nicht wie sie sein sollte. Es gibt inzwischen zu viele von uns. Die Erde kann uns nicht mehr auf die alte Weise ernähren.«

Auch das war eine Tatsache. Obwohl jedes fruchtbare Stück Land draußen genutzt wurde, deckte das kaum sechzig Prozent von Chung Kuos Bedarf. Der Rest wurde innerhalb der Stadt synthetisiert oder wuchs in den gewaltigen Orbitfarmen. Doch das Problem wuchs in demselben Maße wie die Bevölkerung. Wie sollte man die vielen Mäuler von Chung Kuo stopfen?

Yuan fühlte sich selbst angespannt, weil er wußte, daß Shepherd sich dem entscheidenden Punkt näherte. Sein Vater versuchte durch Shepherd etwas zu erreichen, ein Geständnis vielleicht. Eine Möglichkeit, den zu befürchtenden Bruch zu kitten oder Chung Kuo einen Krieg zu ersparen.

»Aber es gibt noch andere Möglichkeiten, nicht?«

Lehmann ließ die Worte zwischen sich und Shepherd in der Luft hängen. Er nippte an seinem Wein und warf Berdichow einen Blick zu, ein dünnes Lächeln auf den Lippen.

Shepherd neigte leicht den Kopf, als dächte er über Lehmanns Worte nach. Dann seufzte er und schüttelte den Kopf. »Der T'ang selbst hat etwas zu verändern versucht. Er versucht jetzt seit drei Jahren, im Rat entsprechende Maßnahmen durchzusetzen. Aber die Ratsmitglieder sträuben sich. Sie haben das Gefühl, das Haus würde solchen Veränderungen uneingeschränkt zustimmen.«

Yuan hatte bemerkt, wie Lehmanns Augen sich geweitet hatten, als Shepherd das Wort ›Veränderung‹ in einem Atemzug mit seinem Vater und dem Rat aussprach, und wie überrascht auch Berdichow und Duchek gewesen waren.

Lehmann redete für sie. »Veränderungen? Ich verstehe Sie nicht, *Shih* Shepherd. Welche Veränderungen?«

»Kontrollen. Zugeständnisse. Ein Handel, wenn Sie so wollen.«

»Ein Handel?« Lehmann verzog spöttisch den Mund. »Ich dachte, die Sieben gingen keine Handel ein. Was könnten sie schon vom Haus wollen?«

Shepherd sah jeden der Männer nacheinander an, dann lächelte er. »Bevölkerungskontrolle. Vielleicht sogar Verminderung?«

Auf Lehmanns Gelächter hin drehten sich ringsum die Köpfe. Er beugte sich Shepherd zu und spuckte ihm geradezu seine Entgegnung ins Gesicht. »Unmöglich!«

»Das sagen Sie, aber was ist, wenn ...«

Aber Shepherd konnte den Satz nicht mehr beenden. Yuan spürte eine Berührung an seiner Schulter und wußte sofort, daß es Han Ch'in war. Niemand sonst hätte es gewagt, ihn anzufassen.

»Hal! Hal! Hast du sie gesehen? Hast du meine Ochsenmänner gesehen? Sie sind einfach fabelhaft!«

Shepherd zog sich von der Gruppe zurück. Ruhig wandte er sich Han Ch'in zu und lächelte. »So welche waren das also, Han. Ich war mir nicht sicher. Ich dachte, Sie hätten vielleicht ein paar Rohlinge aus dem Lehm eingeladen!«

Die übrigen Umstehenden hatten sich verneigt, als Han Ch'in unvermittelt in ihren Reihen erschien. Jetzt brachte sie Shepherds Kommentar zum Lachen. Aber Han Ch'in selbst war nachdenklicher.

»Es muß schrecklich sein, Hal, da unten geboren zu werden.«

Berdichow, der mit Lehmann und Wyatt den Lehm unter dem Boden der Stadt besucht hatte, verbeugte sich erneut, dann antwortete er Han.

»Es wäre so, wenn sie sich ihrer entsetzlichen Lage wirklich bewußt wären. Aber sie kennen nichts anderes. Eigentlich sind sie nicht viel mehr als Tiere. Sie leben nicht lang genug, um darüber nachzudenken, wie schrecklich ihr Leben wirklich ist.«

»Wir sollten sie vergasen«, sagte Duchek. »Wir sollten den Lehm voller Gas pumpen und da unten aufräumen.«

Han Ch'in sah den Administrator scharf an, sagte aber nichts.

»Das wäre vielleicht das beste«, kam Lehmann Duchek zu Hilfe. »Das würde jedenfalls ihr Leid verkürzen. Und wir könnten das Land da unten für andere Zwecke nutzen.«

»So sehe ich das auch«, erwiderte Han Ch'in, und sein Abneigung gegen Lehmann war nicht zu überhören. »Ich habe mich im Hause oft genug dafür ausgesprochen.«

Lehmann senkte den Kopf, dann sah er Shepherd an, und seine Verärgerung darüber, in einem so entscheidenden Augenblick unterbrochen worden zu sein, drohte einen Moment lang, ihn die Kontrolle verlieren zu lassen. Dann entspannte er sich wieder und lächelte den Ältesten des T'ang an.

»Ich fühle mich geehrt, daß der Prinz meinen unbedeutenden Angelegenheiten solche Aufmerksamkeit schenkt. Ich kann Euch versichern, daß ich Euch ohne Einschränkung bewundere.«

Han Ch'in starrte ihn an, den Blick völlig kalt, dann wandte er sich Shepherd zu und lachte.

»Wissen Sie, Hal, ich bin so begeistert von meinen Ochsenmännern. Sie können sogar reden. Nur wie kleine Kinder, zugegeben, aber immerhin reden sie. Und Sie sollten sie riechen!« Er warf einen bedeutungsvollen Blick in die Runde, dann sah er Shepherd wieder an. »Vielleicht sollte ich Onkel Klaus bitten, noch mehr von ihnen für mich zu machen. Dann könnte ich mein eigenes Haus aufbauen und den Viechern beim Debattieren zusehen.«

* * *

Tolonens Augen nahmen alles in seiner Umgebung wahr. Er hatte ein Gefühl dafür, wo im Umkreis von zehn Schritten um den T'ang jeder stand, wer ihm am nächsten war, wer sich locker und wer sich anders gab. Was ihn selbst anging, stand er zwanglos mit einem Drink in der Linken, die Rechte an der Hüfte da und hörte, wie es schien, jedem Wort, das gesagt wurde, aufmerksam zu. Er hätte tatsächlich jederzeit wiederholen können, was der T'ang oder sein Anhang gerade gesagt hatten, doch seine Aufmerksamkeit war geteilt. Er achtete auf jedes verräterische Anzeichen, weil er wußte, daß dies, der sicherste Ort, zugleich der gefährlichste war. Sie konnten Li Shai Tung auf keinen Fall mit Gewalt stürzen. Aber wenn sie ihn überraschten?

Am frühen Nachmittag hatte er die Diener eigenhändig überprüft, weil er niemandem traute. Er hatte alle Servo-Mechanismen auf Programmfehler und jedes GenSyn-Neutrum auf abweichendes Verhalten überprüft. Und dann hatte er im letzten Moment seine eigenen Wachen hereingeholt. Sie waren es, die jetzt zwischen den Gästen umhergingen, Drinks servierten und gewürzte Delikatessen anboten. Tolonen konnte sich jederzeit in beliebige Gespräche einschalten und durch das Empfangsmodul in seinem Kopf hören, was gesagt wurde. Seine Wachen fingen alles auf, indem sie sich so postierten, daß ihnen kein Wort in der Großen Halle entging. Später würde man alle Aufzeichnungen auf wichtige Details untersuchen. Vorläufig kam es allerdings nur auf eines an. Er mußte das Leben Li Shai Tungs schützen.

In langen Jahren hatte er gelernt, seinen Feinden zuvorzukommen, ihre nächsten Schritte vorauszuahnen.

Aber jetzt änderten sich die Dinge, die Situation spitzte sich zu, und in der Tiefe seines Herzens wußte er, daß der oberflächliche Frieden, der nunmehr seit einem Jahrhundert anhielt, bald in sich zusammenbrechen würde. Die Dispersionisten, bis zur Verhaftung Edmund Wyatts eine verborgene, lockere Organisation, waren jetzt eine offizielle Partei im Haus, die nicht bloß respektiert, sondern massiv unterstützt wurde. Ihre Stärke hatte das traditionelle Gleichgewicht ins Wanken gebracht. In den letzten zwei Jahren hatten sie das Haus radikalisiert und die lautstarke Forderung nach Veränderung auf die Spitze getrieben.

Es wurde Zeit, zu einer Übereinkunft zu kommen, Zugeständnisse zu machen. Aber zuerst mußte über sie gerichtet werden. Für Lwo Kwangs Tod und die Beleidigung der Sieben.

Tolonen atmete tief, als er Lehmanns Stimme deutlich in seinem Kopf hörte. In zwei Stunden würde diesem Dreckskerl das Lachen schon vergehen.

Er hatte das Gespräch zwischen Shepherd und den anderen verfolgt und sich über die Art amüsiert, wie Shepherd sie wie Fische an der Leine zappeln ließ, um sie langsam einzuholen. Aber Han Ch'ins plötzliche Einmischung hatte die dünne Leine gekappt. Tolonen warf einen Blick hinüber und sah, daß der junge Prinz sich vorbeugte und seinem jüngeren Bruder eine Hand auf die Schulter legte, und hörte deutlich seine Stimme, die ihm von dem Servierer an Berdichows Seite übermittelt wurde.

»Es muß schrecklich sein, Hal, da unten geboren zu werden.«

»Knut!«

Er wandte sich auf den Ruf des T'ang hin um und ging zu ihm hinüber, wobei er mit den Fingern seiner rechten Hand beiläufig über das Kontrollfeld unter dem Stoff seiner Uniformhose strich, um die Stimme in seinem Kopf abzuschalten.

»*Chieh Hsia?*«

Die Runde um den T'ang machte Platz für den General.

»Klaus hat sich bei mir nach Major DeVore erkundigt. Er kommt morgen zurück, richtig?«

»Er ist zu diesem Zeitpunkt erwartet worden, *Chieh Hsia*, aber der Flug vom Mars wurde verschoben. Er wird am Morgen der Hochzeit andocken.«

»Gut. Klaus erzählte gerade, wie gern sein Sohn wieder dem Major dienen würde. Ich hoffe, er wird die Gelegenheit erhalten.«

Tolonen senkte den Kopf. Was der T'ang ›hoffte‹, kam einem Befehl gleich. »Ich werde mich persönlich darum kümmern, *Chieh Hsia*.«

»Er hat sich dort draußen bewährt, habe ich gehört.«

Der T'ang war wieder sehr diplomatisch. Er wußte sehr gut, wie DeVore als Oberster Sicherheitsoffizier der Marskolonie gearbeitet hatte. Er hatte alle Berichte gesehen und mit Tolonen ausgiebig darüber diskutiert.

»Ohne Zweifel, *Chieh Hsia*. Und ich habe für den nächsten freien Posten als General seinen Namen vor den des Marschalls gestellt.«

»Für Ihren Posten?« lächelte Li Shai Tung.

»Falls der T'ang mich einmal nicht mehr braucht.«

»Oh, das kann noch lange dauern, Knut. Sehr lange, hoffe ich.«

Tolonen verbeugte sich tief, in höchstem Maße geschmeichelt.

In diesem Moment erschien Major Nocenzi am Rande der Gruppe und senkte den Kopf, bis ihm erlaubt wurde, zu sprechen.

Der T'ang sah ihn an. »Was liegt an, Major?«

Nocenzi hielt den Kopf gesenkt. »Eine Mitteilung für den General, *Chieh Hsia*.«

Tolonen wandte sich dem T'ang zu. »Ihr entschuldigt mich, *Chieh Hsia*?«

»Natürlich.«

Er verneigte sich und wandte sich ab, dann folgte er Nocenzi in das Vorzimmer, das sie als Koordinationszentrum für den Sicherheitsdienst benutzen. Als die Tür hinter ihm zufiel, sah Tolonen den Major an.

»Was ist los, Vittorio?«

»Karr ist dran gewesen, Sir. Er sagt, er hat seinen Mann aufgespürt.«

»Was?«

»Er wartet darauf, mit Ihnen zu reden, Sir. Auf dem Schaltkanal.«

Tolonen langte sofort hinunter und drückte den entsprechenden Knopf auf dem Schaltfeld, das in seine Hüfte eingelassen war. »Nun, Karr?« sagte er, denn er wußte, daß Karr ihn hören würde, wo immer er sich in der Stadt befand. Karrs Stimme antwortete sofort, war so deutlich in seinem Kopf zu hören, als stünde er im selben Raum wie er.

»Entschuldigen Sie die Störung, General. Aber ich bin mir sicher, daß ich ihn gefunden habe. Er entspricht genau den Angaben, bis hin zur Narbe. Ich folge ihm gerade.«

Tolonen hörte aufmerksam zu und ließ von Karr die Koordinaten dreimal wiederholen, bevor er die Verbindung unterbrach. Dann wandte er sich Nocenzi zu.

»Ich muß gehen, Vittorio. Übernehmen Sie hier das Kommando. Sie bürgen mit Ihrem Leben, daß hier nichts geschieht.«

Nocenzi senkte den Blick. »Sind Sie sicher, daß Sie persönlich gehen sollten, Sir? Es könnte gefährlich sein. Der Mann ist ein Mörder.«

Tolonen lächelte. »Mir wird schon nichts passieren, Vittorio. Außerdem ist Karr bei mir.«

»Trotzdem, Sir …«

Tolonen lachte. »Wenn ich es Ihnen damit leichter mache, Vittorio, dann befehle ich es Ihnen, hier das Kommando zu übernehmen. In Ordnung? Ich muß sofort los. Und zwar persönlich. Es ist zu wichtig, um es einem anderen zu überlassen. Mir ist ohnehin schon zuviel durch die Hände geglitten, und dieser Mann ist der Schlüssel zu allem. Das weiß ich. Ich spüre es tief drin.«

Nocenzi lächelte. »Dann passen Sie auf, Knut. Ich werde mich darum kümmern, daß hier alles gut läuft.«

Tolonen streckte die Hand aus, hielt kurz Nocenzis Schulter und lächelte wieder. »Gut. Dann werde ich dem T'ang berichten, was passiert ist.«

* * *

»Also, Chen? Hättest du gern ein Bier?«

Chen blickte zu dem blinkenden Transparent über der Tür auf. *Fu Yangs Bar* stand darauf. Sein Mund war trocken, und der Gedanke an ein Bier gefiel ihm. Es war eine Weile her, seit er sich diesen Luxus das letzte Mal gegönnt hatte. Dennoch senkte er den Blick und schüttelte den Kopf. »Danke, *Pan Chang* Lo, aber ich sollte jetzt zurück. Es ist spät, und Wang Ti wird etwas kochen müssen.«

Aufseher Lo nahm seinen Arm. »Um so besser. Du kannst an der Bar etwas essen. Ruf sie an. Sag ihr, du kommst etwas später und hast schon gegessen. Sie wird nichts dagegen haben. Nicht dieses eine Mal. Komm schon, ich gebe dir einen aus. Du hast mir rausgeholfen, und dafür bin ich dankbar.«

Chen zögerte, dann nickte er. Lo hatte recht; es sollte ja nicht zur Gewohnheit werden. Nein, Wang Ti konnte sich kaum beschweren, wenn er einmal ein paar Bier trank; nicht, wenn er eine Doppelschicht hinter sich hatte. Außerdem hatte er ihr etwas gekauft. Er spürte den Umriß der Kette in der Tasche seines Overalls und lächelte bei sich, dann folgte er Lo Ying in die überfüllte Bar und zwängte sich neben ihn in eine der winzigen Doppelkabinen.

Lo Ying wandte sich ihm zu, sein zerfurchtes milchbärtiges Gesicht nur eine Handbreit von ihm entfernt. »Was willst du haben? Das Huhn mit Bohnensprossen, Ingwer und Ananas ist sehr gut. Das gilt auch für das rotgekochte Schweinefleisch mit Kastanien.«

Chen lachte. »Hört sich beides gut an. Wir nehmen von beidem eine große Portion, ja? Und die Rechnung teile ich mir mit dir.«

Lo Ying legte seine lange schmale Hand auf die von Chen. »Auf keinen Fall, mein Freund. Wie ich schon sagte, du hast mir heute abend einen großen Gefallen getan. Es war sehr nett von dir, kurzfristig die Schicht zu übernehmen. Ich habe in einem Loch gesteckt, und du hast mir rausgeholfen. Es ist das mindeste, was ich tun kann, dir ein Essen und ein paar Bier auszugeben.«

Chen lächelte, dann blickte er zu Boden und rieb am Hinterkopf und auf der Stirn die roten Stellen, wo er die Umhüllung getragen hatte. Lo Ying war ein guter Mann. Etwas einfältig vielleicht, aber freundlich und zuverlässig, nicht so wie die meisten *Pan Chang*, die er hier oben kennengelernt hatte. »Na schön«, sagte er. »Aber ich war froh über die Sonderschicht. Wir haben nicht viel, Wang Ti, der kleine Jyan und ich, aber ich bin ehrgeizig. Ich will, daß es meinem Sohn einmal besser geht.«

Lo Ying sah ihn einen Moment lang an, dann nickte er. »Ich habe dich oft beobachtet, Chen. Ich habe gesehen, wie hart du arbeitest. Und ich habe mich selbst gefragt, warum ist Chen da, wo er ist? Warum ist er nicht schon aufgestiegen? Er ist ein guter Mann, ein guter, starker Arbeiter, zuverlässig und intelligent. Warum ist er hier und arbeitet für mich? Warum arbeite ich nicht für ihn?«

Chen lachte kurz, dann blickte er auf und sah Lo Ying in die Augen. »Ich war nicht immer so, Lo Ying. Ich war wild, als ich jung war. Ich habe meine Talente verschwendet. Aber dann ... nun ja, eine Frau und ein Sohn – sie können einen Mann schon verändern.«

»Ah ja. Das ist wahr.«

Ein Mädchen kam, nahm ihre Bestellung auf und brachte wenig später zwei bauchige Gefäße mit *Yao-Fen-Te*-Bier. Lo Ying gab Chen eines und prostete ihm zu.

»Auf deine Familie!«

»Und auf deine, Lo Ying!«

Er hatte niemandem etwas von seiner Vergangenheit erzählt. Niemandem. Nicht einmal Wang Ti. Denn in dieser Beziehung, das wußte er, war er angreifbar. Ein unvorsichtiges Wort, an den Falschen gerichtet, und er wäre wieder dort, unter dem Netz. Wieder an diesem alptraumhaften Ort, wo jeder Mensch für sich allein stand und Männer wie Lo Ying so selten wie Eier des Phönix waren.

Lo Ying stellte sein Bier ab und wischte sich den Schaum aus seinem Milchbart. »Ich wollte mit dir gern über die Arbeit reden...« Er sah Chen von der Seite an. »Wie du weißt, ist Feng Shi-lun auf den Posten eines *Pan Chang* aus. Ich habe zufällig erfahren, daß er ihn bekommen wird. Und das bedeutet, daß die Stelle meines Assistenten frei wird.«

Lo Ying verfiel in Schweigen und ließ in der Schwebe, was er damit sagen wollte. Chen nahm einen kräftigen Schluck Bier und betrachtete den alten, armen Han auf dem Markenzeichen. Dann wischte er sich den Mund ab und blickte auf. »Bietest du mir den Job an?«

Lo Ying zuckte die Achseln. »Das hängt nicht von mir ab, Chen, aber... Nun, ich könnte da oben ein Wort für dich einlegen.«

Chen überlegte, dann sah er ihn direkt an. »Wieviel würde das kosten?«

»Zweihundert Yuan.«

Chen lachte. »Ich habe nicht mal zwanzig! Woher sollte ich soviel Geld nehmen?«

»Nein, du verstehst mich nicht, Chen. Ich würde es

dir leihen. Ohne Zinsen. Ich würde...« Er zögerte, dann lächelte er. »Ich sähe es gern, wenn du weiter kommst, Chen. Du bist soviel wert wie ein Dutzend von diesen nutzlosen Idioten. Und vielleicht wirst du eines Tages...«

Den Rest ließ er wiederum unausgesprochen. Aber Chen hatte sich daran gewöhnt, wie es auf dieser Ebene zuging. Empfehlungen und Bestechungen – sie hielten diese Welt in Gang. Du kratzt meinen Rücken, ich kratze deinen. Übst du Druck aus, steigst du auf. Weigerst du dich, dann bleibst du, wo du bist. So ist der Lauf der Welt. Aber Lo Ying war besser als die meisten. Er bot seine Hilfe an, ohne Zinsen zu kassieren, und flunkerte dabei nicht einmal besonders. Chen sah ihn an und nickte. »Gut, aber wie sollte ich es dir zurückzahlen? Ich zahle acht Yuan Miete. Und noch mal sechs fürs Essen. Da bleiben pro Wochen nur noch elf Yuan für Kleidung, Heizung und Licht übrig. Ich habe Glück, wenn ich fünf Yuan pro Monat sparen kann!«

Lo Ying nickte. »Deshalb sollest du diese Gelegenheit beim Schopfe fassen. Assistenten von *Pan Changs* verdienen dreißig Yuan pro Woche. Du könntest mir die Differenz bezahlen, bis die Schuld beglichen ist. Du sagst, du hättest zwanzig?«

Chen nickte.

»Gut. Dann brauchst du noch einhundertachtzig von mir. Sechsunddreißig Wochen, und du hättest keine Verpflichtungen mehr. Frei... und hättest fünf Yuan pro Woche mehr.«

Er streckte die Hand aus. »In Ordnung, Lo Ying. Ich bin dir sehr dankbar. Wenn du je...«

»Ja, schon gut...« Lo Ying lächelte, dann drehte er sich um. »Schau, da kommt unser Essen.«

Sie ließen es sich schmecken, sahen sich von Zeit zu Zeit an und lächelten.

»Schmeckt gut, nicht?« fragte Lo Ying, drehte sich

um und wollte noch zwei Bier bestellen. Dann runzelte er die Stirn. »He, Chen, sieh mal …«

Chen drehte sich um, den Mund voller Huhn, und sah hin. Auf dem großen Bildschirm über der Theke war der *Ywe Lung* erschienen. Überall in der Bar wandten sich die Leute um und verfielen in Schweigen.

»Es ist nichts«, sagte Chen. »Nur eine weitere Ankündigung der Hochzeit.«

»Nein … Schau mal. Der Hintergrund ist weiß. Jemand ist gestorben. Einer der Sieben.«

In der brechend vollen Bar breitete sich Gemurmel aus. Ein paar standen auf und gingen zur Theke, um zum Bildschirm hinaufzuschauen.

Chen sah Lo Ying ins Gesicht und bemerkte seine Besorgnis. Auf dieser Ebene herrschte nach wie vor große Zuneigung zu den Sieben, was immer oben oder tief unten auch geschah. Hier identifizierte man sich mit den Sieben und war fanatisch loyal. »Ärger für die Sieben ist Ärger für uns alle« – wie oft hatte er das in den letzten anderthalb Jahren gehört. Und etwas davon hatte auf ihn abgefärbt, wurde ihm jetzt klar, als er hier saß, und sein Puls beschleunigte sich beim Anblick des Weiß hinter dem Herrscher-Symbol.

Martialische Musik ertönte. Dann wechselte auf einmal das Bild.

»Was ist das?« fragte Lo Ying leise.

Ein lautes Summen war zu hören, dann wurde es still. Auf dem Bildschirm erschien ein schmuckloser, mit rotem Teppich ausgelegter Raum. Mittendrin stand ein sehr massiv wirkender Block, ein großes Ding von einem Arm Seitenlänge. Die Oberseite war seltsam glatt, als sei sie geschmolzen oder von vielen Füßen oder Wasser abgetragen worden, und in eine der matten, grauen Seiten war das *Ywe Lung*, das Drachenrad gemeißelt.

Einen Moment lang blieben die Lautsprecher still. Dann meldete sich die Stimme.

Es war dieselbe Stimme, die er schon viele Male gehört hatte, wenn sie offizielle Verlautbarungen machte, aber diesmal klang sie ernster, bedrohlicher denn je. Und die weichere Schattenstimme, die mehr ein Singsang war, der in Mandarin angestimmt wurde, schien dieselbe dunkle Bedrohung zu enthalten.

Chen setzte den Becher an die Lippen und leerte ihn. »Hör zu«, sagte Lo Ying und faßte wieder seinen Arm. »Es hat ein Prozeß stattgefunden.«

Die Stimme sprach langsam und bedächtig, als sie umriß, was sich ereignet hatte. Es war ein Attentat verübt worden. Lwo Kang, der Minister des T'ang …

Chen spürte, wie ihm fröstelte. Lwo Kang. Er senkte den Blick und zitterte.

Ein Mann namens Edmund Wyatt hatte den Mord gestanden. Er hatte ihn organisiert. Er war die Hand hinter dem Messer gewesen.

Chen verkrampfte sich. Wyatt? Wer zum Teufel war Wyatt? Warum nicht Berdichow? Das war der Name, den Kao Jyan auf seiner Folie genannt hatte. Berdichow, nicht Wyatt. Er schüttelte den Kopf und begriff nichts.

Das Bild wechselte erneut, und dann hatten sie Wyatt selbst vor sich, der vor laufender Kamera seine Rolle bei dem Attentat gestand. Ein erschöpfter, aber stattlicher Mann. Ein Aristokrat. Jeder Zoll von ihm ein Aristokrat.

Von den Leuten, die zusahen, kamen wilde Pfiffe. »Der allerletzte Dreck!« rief jemand. »Arrogante Dachgeschoß-Schweine!« schrie ein anderer.

Chen sah zu Boden, dann blickte er wieder auf. Kao Jyan hatte sich also doch geirrt. Er hatte daneben getippt. Was für ein Jammer. Aber warum hatten sie ihn dann umgebracht? Warum hatten sie ihn ermordet, wenn er sich im Hinblick auf Berdichow irrte?

Hatte er sich denn tatsächlich geirrt?

Wyatts Gesicht wurde ausgeblendet, und zurück

blieb das Bild des leeren Raumes mit dem Block. Abermals herrschte Stille, sowohl auf dem Bildschirm wie unten in der Bar. Zwei große, muskelbepackte Männer brachten einen großen, sehr kantigen Mann in die Mitte des Raums und banden ihn an den Block, seine Brust auf die Oberseite gepreßt, sein gebeugter Kopf in Richtung der Millionen Zuschauer.

Der Mann war nackt. Seine Hände waren hinter seinem Rücken eng zusammengebunden, und seine Füße in Ketten gelegt. Er sah sehr krank aus. Mit letzter Kraft hob er den Kopf und fletschte in einem Ausdruck der Furcht die Zähne, dann ließ er ihn wieder sinken. Sein geschorener Kopf glich einem Totenschädel, die bleiche Haut war mit roten Flecken übersät, während seine Knochen sich durch seine Schultern und Ellbogen zu bohren schienen.

»Bei allen Göttern ...«, flüsterte Lo Ying. »Das arme Schwein sieht jetzt schon halbtot aus.«

Chen nickte fasziniert und konnte den Blick nicht abwenden. Einer der Wachmänner war aus dem Bild getreten. Der andere beugte sich über den Gefangenen und rammte ihm brutal sein Knie ins Kreuz, um ihn auf den Block zu drücken. Dann kam der erste Wächter wieder.

Die Leute in der Bar keuchten wie aus einem Mund. Vor Überraschung. Und vor Angst.

Der Wachmann hielt ein Schwert in den Händen, eine riesige, lange, zweischneidige Waffe mit einer ungewöhnlich breiten, flachen Klinge und einem langen, eisenschwarzen Griff. Es war schmucklos und roh gearbeitet, als stammte es aus einem Museum, aber es war solang poliert worden, bis es wie neu glänzte. Die Schneiden funkelten in der Helligkeit des Raums wie Blitze, als der Wachmann es in seinen Händen drehte, um sein Gewicht zu prüfen und die Balance zu finden.

Lo Ying schluckte geräuschvoll, dann entfuhr ein leiser wimmernder Laut seiner Kehle. »Bei allen Göttern...«, sagte er wieder, kaum hörbar. Aber Chen konnte nicht wegsehen. Es sah so lebendig aus. Schrecklich lebendig. Als habe eine entsetzliche Macht die Waffe beseelt. Seine Schwere, seine bloße Unhandlichkeit sprach Bände. Es war ein brutales, heidnisches Werkzeug, und seine furchtbare, unverhüllte Kraft flößte ihm Angst ein.

Lo Ying an seiner Seite ächzte. Chen sah in die Runde, sah in jedes einzelne Gesicht und fand in jedem seine eigene entsetzte Faszination wieder.

»Sie wollen ihn hinrichten!« Lo Yings Stimme zitterte.

»Ja«, flüsterte Chen und sah wieder auf den Bildschirm. »Das haben sie wohl vor.«

Der Wachmann hatte das Schwert bis an die Decke gehoben. Einen Moment verharrte es dort, bis seine Muskeln vor Anstrengung zitterten. Dann, wie auf ein unhörbares Kommando, ließ er es auf den Block niederfahren.

Der Schwert hatte wenig Widerstand zu überwinden. Der Kopf schien von allein abzuspringen und zog einen kometenartigen Blutschweif hinter sich her. Er schlug links außen auf dem Bildschirm auf, überschlug sich einmal und blieb liegen, mit dem Gesicht nach oben, der Mund schien einen Schrei formen zu wollen, und die Augen starrten die Millionen Zuschauer blicklos an. Der enthauptete Leib zuckte ein paarmal, dann wurde er reglos. Blut schoß aus dem durchtrennten Hals und tropfte an beiden Seiten des Blocks herunter, um mit dem Dunkelrot des Teppichs zu verschmelzen.

Eine ängstliche, gespannte Stille trat ein. Die Wachen waren gegangen. Nun waren nur noch der Block, der Körper und der Kopf da. Und das Blut.

Chen saß, wie die anderen, bis zur Unbeweglichkeit erstarrt da und konnte nicht glauben, daß dies sich tatsächlich ereignet hatte. Ohne es zu wollen, fühlte er sich schockiert. Es konnte nicht wahr sein, oder? Er sah die Überraschung, den jähen Schmerz in den starren Augen des Toten und konnte es einfach nicht glauben. Aber ringsum waren erwachsene Männer aufgesprungen, zitterten, keuchten, lachten vor Schock oder weinten unverhohlen, während sie dastanden und den Blick nicht vom Bildschirm und dem abgeschlagenen Kopf abwenden konnten. Dann löste sich auch Chen aus seiner Starre und stand auf.

»Komm«, sagte er und faßte Lo Yings Arm. »Verschwinden wir hier.«

Über ihnen wurde der Bildschirm dunkel. Chen drehte sich um, bahnte sich einen Weg durchs Gedränge und zog Lo Ying hinter sich her, um nur schnell rauszukommen. Aber draußen im Korridor hielt er inne, atmete schwer und fühlte sich plötzlich schwindelig. Warum? fragte er sich. Ich habe selbst schon Menschen getötet. Mit diesen Händen habe ich ihr Leben ausgelöscht. Warum also war das so schrecklich?

Aber er wußte warum. Weil es anders war. Weil sie alle zugesehen hatten.

Es war ein Vorzeichen. Ein Vorzeichen von dem, was noch kommen würde.

»Bei allen Göttern… Bei allen Göttern…« Lo Ying zitterte heftig. Er hatte sich kaum unter Kontrolle. »Ich habe nicht gedacht…«, begann er. Dann drehte er sich um, lehnte sich an die Wand, und ihm wurde schwarz vor Augen.

Ja, dachte Chen. Ein Zeichen. Die Zeiten ändern sich. Und das – die erste öffentliche Hinrichtung seit mehr als einem Jahrhundert – war erst der Anfang.

Er drehte sich um und sah Lo Ying an, hatte plötzlich Mitleid mit ihm. Es hatte ihn schockiert; wie wirkte sich so etwas auf einen Mann wie Lo Ying aus? Er faßte ihn am Arm und drehte ihn herum. »Hör zu«, sagt er. »Du kommst mit mir. Du bleibst heute nacht bei uns. Wir machen schon Platz.«

Lo Ying wollte den Kopf schütteln, dann merkte er, wie Chen ihn ansah, und nickte.

»Gut. Dann los. Wir können deiner Familie Bescheid geben. Sie wird Verständnis haben.«

Lo Ying ließ sich an der Hand führen, strich verwirrt über Mund und Bart und murmelte etwas. Aber an der Abzweigung in Chens Korridor sträubte er sich und entwand sich Chens Griff.

Chen fuhr herum und sah ihn an. »Was ist?«

»Da ...« Lo Ying beugte leicht den Kopf und deutete auf etwas zur Rechten von Chen. »Diese Männer. Ich habe sie vorhin schon gesehen. In der Bar.«

Chen starrte ihn an. »Bist du dir sicher?«

Lo Ying zögerte, dann nickte er. »Der Große ... Er hat uns gegenüber gesessen. Er ist mir aufgefallen. Bevor es passiert ist ...« Er zitterte und sah zu Boden.

Chen drehte sich langsam um und sah die Männer so beiläufig wie möglich an, dann wandte er sich wieder Lo Ying zu und sprach so leise, wie er konnte. »Lo Ying, hast du dein Messer bei dir?«

Lo Ying nickte. Als *Pan Chang* war ihm gestattet, zur Erfüllung seiner Pflichten ein Messer mit sich zu führen.

»Gut. Dann gib's mir. Paß auf, daß sie's nicht sehen.«

Lo Ying tat wie ihm geheißen, dann packte er Chen am Hemd. »Was sind das für Leute, Chen?«

Chen holte tief Luft. »Ich weiß es nicht. Ich glaube nicht, daß ich sie schon einmal gesehen habe. Vielleicht ist es bloß ein Zufall.«

Aber er wußte, daß es keiner war. Er wußte, daß alles irgendwie miteinander zusammenhing. Es war kein Zufall, daß man Wyatt heute abend hingerichtet hatte. Und jetzt waren sie hinter ihm her. Sie räumten auf. Es fragte sich flüchtig, wie sie ihn aufgespürt hatten.

»Bleib hier. Ich gehe weiter nach Hause. Wenn Sie mir folgen, dann pfeife.«

Lo Ying nickte einmal, dann drehte sich Chen um und ging, wobei er so tat, als bemerkte er die Männer nicht, die zwanzig Schritte weiter warteten, in dem Korridor zu seiner Wohnung.

Chen war gerade drei Schritte gegangen, als die Männer sich von der Wand abdrückten und ihm nachsetzten. Lo Ying ließ sie in den Korridor einbiegen, um sicherzugehen, daß sie ihm tatsächlich folgten, dann steckte er die Finger zwischen die Lippen und pfiff.

Chen fuhr herum und stellte sich den Männern.

»Was wollt ihr?«

Es waren beides große Männer, aber der jüngere von ihnen war ein wahrer Hüne, ein Riese von einem Mann, fast einen Kopf größer als Chen und viel breiter in den Schultern. Wie eine Maschine aus Fleisch und Muskeln. Der andere war viel älter, sein kurzgeschorenes Haar silbergrau, aber er sah immer noch fit und gefährlich aus. Sie waren beide *Hung Mao*. Aber für wen arbeiteten sie? Für Berdichow? Oder für den T'ang?

»Kao Chen«, sagte der Ältere und trat zwei Schritte näher. »Also lernen wir uns doch noch kennen. Wir dachten, du seist tot.«

Chen grunzte. »Wer seid ihr?«

Der Alte lächelte. »Ich hätte es sofort bemerken müssen. Karr hier mußte mich darauf aufmerksam machen. Dieser Handlanger, den du benutzt hast, um dich selbst zu spielen. Der Mann, der in Jyans Wohnung gestorben ist. Du hättest ihn kennzeichnen sollen.« Er deutete auf die dicke, vernarbte Wunde unter Chens rechtem Ohr. »Karr ist das in dem Film aufgefallen.«

Chen lachte. »So. Aber was könnt ihr beweisen?«

»Wir müssen überhaupt nichts beweisen, Chen.« Der Alte lachte und schien zu entspannen. »Weißt du, du bist ein ausgefuchster Hund, stimmt's? Dein Bruder Jyan hat dich unterschätzt. Er hielt dich für geistig minderbemittelt. Aber mache nicht denselben Fehler bei mir. Unterschätze mich nicht, Chen. Ich bin nicht irgendein Blödmann von einer unteren Ebene. Ich bin der General des T'ang, und ich befehlige mehr Kwai, als du dir träumen läßt. Du kannst jetzt sterben, wenn du willst. Du kannst aber auch am Leben bleiben. Du hast die Wahl.«

Ein Schauer von Furcht durchrann Chen. Der General des T'ang! Aber er hatte sich schon vor einigen Sekunden entschieden, und der Alte stand jetzt nur noch zwei Schritte von ihm entfernt. Er brauchte ihn nur noch etwas am Reden zu halten.

»Sie irren sich, General«, sagte er und hob die Hand, um den General zurückzuhalten. »Jyan war nicht mein Bruder. Wir hatten nur denselben Zunamen. Außerdem habe ich sowieso…« Er hielt inne, lächelte und stieß einen Schrei aus. »Lo Ying!«

Der große Mann war gerade im Begriff, sich umzudrehen, als Lo Ying ihm in den Rücken sprang. Im selben Moment machte Chen einen Ausfall nach vorn, und in seiner Hand blitzte das Messer auf. Indem er den Alten am Arm faßte, drehte er ihn herum und setzte ihm das Messer an die Kehle.

Karr schüttelte seinen Angreifer ab und streckte ihn mit einem einzigen Schlag nieder, dann drehte er sich um, wütend darüber, daß man ihn überlistet hatte. Er trat zwei Schritte vor und hielt abrupt inne, als er sah, wie die Dinge standen.

»Sie sind ein Idiot«, preßte der General hervor, als er spürte, wie Chens Arm seine Brust zudrückte und die Spitze des Messers sich in die Haut unter seinem Kinn bohrte. »Wenn du mir etwas tust, seid ihr alle tot. Chen, Wang Ti und der kleine Jyan. Als hätte es euch nie gegeben.«

Chen zitterte, aber sein Griff lockerte sich nicht. »Ihr Leben… Es muß etwas wert sein.«

Der General lachte kalt. »Meinem T'ang vielleicht.«

»Und wieviel?«

Tolonen schluckte gequält. »Du weißt einiges. Du weißt, was Jyan wußte. Du ... du kannst für uns Verbindungen herstellen. Andere belasten.«

»Vielleicht.«

»Als Gegenleistung wirst du von uns begnadigt. Und erhältst deine Bürgerrechte. Und es wird sichergestellt, daß man dich nicht ins Netz zurückschicken kann.«

»Das soll alles sein? Eine lumpige Begnadigung. Für das, was ich weiß?«

Der General schwieg einen Moment lang, atmete flach und merkte, daß der Druck des Messers an seiner Kehle sich verstärkt hatte. »Und was weißt du, Kao Chen?«

»Ich habe ihn beobachtet. Beide Male. Ich sah ihn beim ersten Mal dort hingehen. Ihn und den Han. Und zwei Stunden später habe ich gesehen, wie er allein zurückgekommen ist, nachdem er Kao Jyan umgebracht hatte. Später habe ich ihn dann noch mal reingehen sehen. Ich habe an der Kreuzung gestanden und ihn mit eigenen Augen gesehen. Sie waren auch dort. Sie beide. Ich erkenne euch jetzt. Ja. Es war einer von euren Leuten. Einer von euren Scheißkerlen.«

Der General zitterte. »Wer, Chen? Wen meinst du?«

Chen lachte kalt. »Der Major. Den meine ich. Major DeVore.«

KAPITEL · 6

Das Licht in der Dunkelheit

Zuerst gab es nichts zu sehen als Dunkelheit. Die Dunkelheit färbte den Lehm[14] wie eine Tinte. Sie verschlang Formen und spie sie mit tödlichem Schwung wieder aus. Sie erfüllte und umhüllte alles; sie lebte und war doch so tot wie nichts sonst. Sie atmete und erstickte doch.

Für viele war sie alles, was sie kannten. Alles, was sie jemals kennen würden.

Die Siedlung lag auf der Kuppe eines flachen Hügels, eine Ansammlung häßlicher, zerklüfteter Umrisse, die über den schroffen Hang verstreut waren; alte, im Verfall begriffene Ruinen, die zwischen Abfallhalden kauerten, schwarz vor dem dunklen Hintergrund, ihre Umrisse schon von der Dunkelheit zernagt. Die Mauern der Häuser ragten kaum bis zum Scheitel eines Menschen auf, das Mauerwerk war feucht und weich und gab bei Berührung nach. Es gab hier keine Dächer und keine Decken, noch wurden hier welche gebraucht. In der Dunkelheit des Lehms fiel kein Regen.

Die Dunkelheit wirkte tief und undurchdringlich. Sie war ein Tuch, das die unermeßliche, urzeitliche Landschaft einhüllte. Doch es gab eine Art Licht.

Über der beschatteten Ebene reichte die Decke bis an alle Horizonte, gestützt auf riesige, silberne Säulen, die schwach und unmerklich glühten, als seien sie irgendwie lebendig. Düstere Leuchtbolzen überzogen den künstlichen Himmel mit einem Zickzackmuster, namenlose, geordnete Sternbilder, die den Spuren breiter Rohr- und Kabelbündel folgten, denn die Decke war zugleich ein Boden, auf dem die ungeheuere Stadt errichtet war, eine andere Welt, die sich gegen die feindliche Dunkelheit abschirmte.

Der Lehm. Ein lebensfeindlicher Ort. Und doch gedieh in dieser Dunkelheit Leben, abstoßende, mißgestaltete Kreaturen, die eine üppige, obszöne Brut hervorbrachten. In der dunklen Ebene wimmelte es von niederem Leben.

Kim erwachte aus einem bösen Traum, und Furcht schnürte ihm die Brust zu. Instinktiv erstarrte er, dann wandte er sich langsam und unmerklich der Quelle des Geräuschs zu, indem er das Öltuch hob, das ihn bedeckte. Er bemerkte sofort den Geruch, der ihn aufgeweckt hatte. Fremde … mitten im Lager.

Irgend etwas stimmte nicht. Ganz und gar nicht.

Er schlich an der Mauer entlang, hinter der er geschlafen hatte, und lugte über den Rand. Bei dem, was er sah, sträubten sich ihm vor Angst die Nackenhaare. Zwei Männer seines Stamms lagen wenige Schritte weiter auf dem Boden, die Schädel aufgeschlagen und die Gehirne herausgerissen. Weiter weg kauerten drei Männer – Fremde, Eindringlinge – über einem weiteren Toten. Sie schnitten Fleisch aus Armen und Hüfte und lachten leise, während sie aßen. Kim lief das Wasser im Mund zusammen, aber seine Furcht überwog.

Einer der Fremden drehte sich um und sah direkt in die Richtung, wo Kim sich versteckte. Er schloß die Augen und blieb völlig ruhig, weil er wußte, daß der Mann ihn nicht sehen würde, wenn er sich nicht bewegte. So war es auch. Der Mann warf einen flüchtigen Blick durch die Siedlung, dann wandte er sich wieder seinem Essen zu und verkniff diebisch das Gesicht, während er das rohe Fleisch zerkaute.

Für einen Moment war Kims Kopf nur eine leere Knochenhülle. Dann erwachte etwas in ihm und füllte die Leere aus. Er wandte sich ab, bewegte sich mit qualvoller Langsamkeit, und seine Muskeln schmerzten unter der Belastung, als er auf die verrottete Schwelle stieg, wobei er betete, daß sie nicht unter ihm zusammenbräche und ihn verriete. Aber sie hielt. Dann bewegte er sich ganz langsam die kalten, breiten Stufen hinab. Hinunter in den Keller von Baxis Haus.

In der anderen Ecke des Kellers hielt er inne, hob Steine und scharrte leise mit den Fingern in der tiefen Dunkelheit, weil er nach etwas suchte. Da! Seine Finger stießen auf die Kante des Tuchs und zogen vorsichtig das Päckchen aus der weichen Erde. Kim zitterte, denn er wußte schon, was sich darin befand. Diese Sachen gehörte Baxi. Seine Schätze. Eigentlich sollte er nichts von ihnen wissen. Baxi hätte ihn umgebracht, hätte er davon gewußt.

Kim zog an dem Knoten und löste ihn, dann wickelte er das Päckchen aus und ignorierte die Furcht, die ihn befiel. Der andere Kim – ein anderes Ich – hatte die Kontrolle übernommen.

Er richtete sich auf, kniete da und starrte, ohne etwas zu sehen, auf die Gegenstände, die in dem Tuch versteckt waren, und ein seltsames Gefühl durchfuhr ihn wie eine Krankheit. Er schloß die Augen vor dem plötzlichen, unerwarteten Schwindelgefühl, dann spürte er, daß es nachließ, hob wieder die Lider und fühlte sich irgendwie anders, irgendwie … verändert.

Er breitete die Gegenstände mit den Fingern aus, hob einen nach dem anderen auf, befühlte sie und roch an ihnen und ließ dem neuerwachten Teil in sich Zeit, sie zu begreifen, ehe er sie wieder hinlegte.

Ein matter Spiegel, größer als seine Hand, von oben bis unten zerbrochen. Eine schmale Röhre, die eine seltsame, süßlich riechende Flüssigkeit enthielt. Noch eine Röhre, aber diesmal aus Holz, länger als sein Arm und von oben bis unten voller kleiner Löcher. Das eine

Ende offen und hohl, das andere verjüngt und gespalten.

Darunter war auch eine kleine Glaskugel, schwer und kalt in seiner Hand. Außerdem ein Handschuh, der zu groß für seine Hand war, die Finger auf der Rückseite dick gepolstert, als seien alle Gelenke geschwollen.

Zwei Ketten aus polierten Perlen lagen auf einem Haufen durcheinander. Kims geschickte Finger entwirrten sie und breiteten sie flach auf dem abgenutzten Stoff aus.

Es waren noch andere Dinge darunter, die er aber aussortierte. Sein anderes Ich hatte schon alles gesehen. Es sah alles so, als habe die Sache sich bereits ereignet und er sei selbst draußen gewesen und habe zugesehen. Bei dem Gedanken hatte er wieder ein seltsames Gefühl, das seinen Kopf benebelte, und sein Körper fühlte sich leicht, fast fiebrig an. Doch auch das ging wieder vorbei.

So flink, als habe er all das schon einmal gemacht, breitete er die Dinge um sich aus, dann legte er das Tuch über seinen Kopf. Ungesehen arbeitete er, als beobachte er sich selbst von oben und ließe einen anderen Teil von sich seine Hände und seinen Körper manipulieren, die sich schnell und sicher bewegten, bis die Sache geschafft war. Als er dann fertig war, wandte er sich der Türöffnung zu und bahnte sich mit Geruchs- und Tastsinn seinen Weg nach draußen.

Er hörte ein Keuchen und dann den Ruf einer hohen und nervösen Stimme. Drei Stimmen redeten durcheinander und verfielen dann in Schweigen. Das Schweigen war sein Signal. Er hob die Kugel hoch und drückte den Knopf auf der einen Seite der Röhre.

Dank einer Gabe, von der er bis dahin nichts geahnt hatte, sah er sich in diesem Moment so, wie die anderen ihn sahen. Er hatte das Gefühl, sich in zwei Personen aufzuspalten, von denen eine vor den Männern stand, Kopf und Hals von dem Tuch verhüllt, den zerbrochenen Spiegel mit einer Schleife vor sein Gesicht gebunden, die andere hinter ihnen, von wo aus sie über ihre Köpfe hinweg die furchteinflößende, abscheuliche Gestalt sah, die so plötzlich erschienen war und aus deren einer Hand Flammen züngelten, während in der mächtigen Faust der anderen Feuer gloste, flackernd aus der Vertiefung widerschien, wo ein Gesicht hätte sein sollen, und eine lange Zunge aus Holz steif vom Hals der Gestalt herabhing.

Die Gestalt hüpfte umher und sang – ein seltsames, hohes Wimmern, das sich gequälten, mühseligen Atemzügen zu entringen schien. Und die ganze Zeit flackerte das Feuer inmitten des leeren Gesichts.

Wie aus einem Mund schrien die Fremden auf und liefen davon.

Kim ließ die Pfeife aus dem Mund fallen. Seine Finger ließen den Knopf an der Röhre los. Es war geschafft. Er hatte sie verscheucht. Aber aus der Dunkelheit am Fuß des Hangs hörte er ein heftiges Geschnatter wie von einer Horde Affen. Andere hatten die plötzliche erstaunliche Helligkeit auch bemerkt.

Er legte die Glaskugel auf den Boden, band den Spiegel los und legte ihn daneben, dann setzte er sich auf den rauhen Boden und wunderte sich über sich selbst. Es hatte funktioniert. Er hatte es in seinem Kopf gesehen, und dann … Er lachte leise und seltsam. Und dann hatte er es getan. Er hatte es wirklich getan.

Und es hatte funktioniert.

Er riß sich das Tuch vom Kopf und bleckte im wilden Grinsen des Triumphs die Zähne. Er warf den Kopf zurück und stieß ein Heulen aus, einen zweimal an- und abschwellenden Schrei der Freude über seine Gerissenheit. Dann, so plötzlich, daß der Laut noch von der Decke hoch über ihm widerhallte, erzitterte er, erfaßt von einer paralysierenden Furcht, einer schwarzen, kalten Stille, die ihm in die Glieder sickerte.

Es war kein Triumph, bloß eine Galgenfrist. Er war immer noch hier gefangen, umhüllt von der Dunkelheit. Er keuchte, dann spürte er, wie die warme Verderbnis der Dunkelheit seine Lungen wie eine Flüssigkeit füllte, die ihn erstickte. Er stand auf und sog gierig die feindselige Luft ein, als erhoffe er sich etwas Reineres und Besseres. Aber es gab nichts – nur dies.

Daraufhin winselte er und sah sich verstohlen um, bevor er sich daran machte, die Schätze wieder so einzuwickeln, wie er sie gefunden hatte. Erst als er sie sicher verstaut hatte, hielt er inne, und sein Kiefer schmerzte vor Furcht, und seine Muskeln zitterten. Dann, als habe er den Verstand verloren, huschte er auf allen vieren durch die Siedlung und gab furchterregende Laute von sich, zum Teil um seinen schwindenden Mut zu stärken, zum Teil um die Herumtreiber am Fuß des Hügels fernzuhalten.

Dabei fand er das Messer. Es war einem der Fremden mit der Klinge nach unten aus der Hand gefallen, und sein Griff ragte aus dem Boden. Er war kühl und glatt und gab Kims scharfen Zähnen nicht nach, als er ihn testete. Weder Holz noch Feuerstein, sondern etwas viel besseres. Etwas Künstliches. Kim zog das Messer langsam aus dem winzigen Spalt, in dem es gesteckt hatte, und staunte über seine Länge und seine perfekte Form. Es war so lang wie sein Arm, und seine Klinge war so scharf, daß er ängstlich die Beine zusammenkniff. *A Wartha … Von oben.*

Als sie zurückkamen, hockte er auf dem Fenstersims von Baxis Haus, die lange, zweischneidige Klinge vorsichtig auf seine Knie gelegt und den Griff fest in seiner Linken.

Baxi sah sich um, den Körper angespannt, das Gesicht verkniffen vor Beunruhigung. Die Palisade war heruntergelassen, die Frauen fort. Einige der Toten lagen noch dort, wo sie hingestürzt waren. Einige andere – jene am Rande der Siedlung – waren fortgetragen worden. Hinter Baxi gaben seine beiden Stellvertreter Rotfoot und Ebor tiefe, ängstliche Grunzlaute von sich. Er drehte sich um und brachte sie zum Schweigen, dann wandte er sich wieder Kim zu.

»Pandra vyth gwres?« *Was ist das?*

Baxi sah Kim finster an, dann bemerkte er das Messer. Seine Augen weiteten sich, spiegelten Furcht und ein gieriges Verlangen nach der Waffe. Sein breites, flaches Gesicht verriet ein wildes, beinahe sexuelles Begehren, als er vom einem auf den anderen Fuß hüpfte und leise Geräusche von sich gab, als täte ihm etwas weh.

Kim wußte, daß er töten würde, um das Messer zu bekommen.

»Lagasek!« knurrte Baxi und wagte sich näher. »Pandra vyth gwres?« Seine Hände bewegten sich, als wollten sie etwas greifen.

Lagasek. Das war der Name, den sie ihm gegeben hatten. Gaffer.

Kim stand auf und hob das Messer über den Kopf. Die anderen Mitglieder der Jagdgesellschaft keuchten auf, als sie die Waffe sahen, dann plapperten sie aufgeregt. Kim sah, wie Baxi sich duckte und seine Muskeln sich anspannten, als rechnete er mit einem Verrat.

Langsam und vorsichtig, um Baxi nicht zu beunruhigen, senkte Kim die Klinge und legte sie auf den Boden zwischen ihnen. Dann duckte er sich, machte sich kleiner und vollführte eine Geste mit geöffneten Handflächen, um das Geschenk darzubieten.

Baxi starrte ihn an, und auf Armen und in seinem Nacken sträubten sich ihm die Haare. Dann duckte auch er sich, und ein zahnloses Grinsen machte sich auf seinem Gesicht breit. Der Chef war erfreut. Er hob das Messer vorsichtig am Griff auf und zeigte Respekt vor seiner sichtlich scharfen Klinge.

Baxi hob die Waffe und hielt sie über dem Kopf. Er sah Kim kurz an, lächelte jetzt breit und wohlwollend, dann drehte er sich zu seinen Jägern um und stieß das Messer hin und wieder in die Luft, indem er bei jedem Stoß den Kopf zurückwarf und zur Decke hoch über ihnen emporschrie.

Ringsum in der Düsternis schrien und bellten die Jäger. Und von den Hügeln und aus den Tälern unten erwiderten die anderen Gruppen ihre unirdischen Laute.

* * *

Kim kauerte an Ebors Seite im inneren Kreis der Jäger, kaute einen langen, bleichen Köderwurm und hörte die Grunzer, die feuchten, schmatzenden Laute, die die Männer beim Essen von sich gaben, und bemerkte, daß sie ihm noch nie richtig aufgefallen waren. Er sah sich um, sein Blick bewegte sich rasch vom einen Gesicht zum anderen und suchte nach einem äußeren Zeichen für die Veränderung, die er durchgemacht hatte, aber es gab keines. Rotfoot hatte bei dem Überfall seine Frau verloren, aber nun saß er da an der niederen Steinmauer und kaute zufrieden an einem Stück ihres Schenkelknochens und nagte ihn mit seinen scharfen, spitzen Zähnen vollends ab. Auch die anderen nagten an dem Fleisch, das Baxi besorgt hatte. Ein kleiner Haufen davon lag, in handliche Teile zerlegt, in der Mitte des Kreises. Hände und Füße waren in dem Haufen zu erkennen, aber wenig sonst. Das Messer hatte seinen Zauber der Verwandlung ausgeübt. Und abgesehen davon war Fleisch nun mal Fleisch, woher es auch stammte.

Kim aß seinen Wurm auf. Er beugte sich vor und sah sich ängstlich um. Als er dann das Lächeln auf den Gesichtern der Jäger sah, streckte er die Hand aus und schnappte sich ein kleines Stück Fleisch. Eine Hand. Er zerrte an dem harten, zähen Fleisch, als Baxis sich neben ihn setzte und einen Arm um seine schmalen Schultern legte. Aus einem Reflex spannte er sich an und blickte ins Gesicht seines Chefs auf, und in seinen Augen blitzte Furcht auf, aber der Krieger grunzte bloß und bedeutete ihm, er solle mitkommen.

Er folgte Baxi und merkte, daß alle Köpfe in der Runde sich zu ihm umdrehten. Ängstlich preßte er die abgeschlagene Hand an sich und fand die Berührung seltsam angenehm. Seine Finger tasteten die rauhen, knöchernen Gelenke ab und erkannten die zersplitterten, löffelartigen Nägel. Es war die Hand von Rotfoots Frau.

Am Eingang zu Baxis Haus hielten sie inne. Der Chef drehte sich um, sah den Jungen an und deutete auf das kleine Stoffbündel, das auf dem Boden neben der Schwelle lag.

Kim erstarrte vor Furcht und glaubte, er sei entdeckt worden. Er schloß wie gelähmt die Augen und wartete auf den scharfen Hieb des Messers. Wo würde es ihn treffen? Im Rücken? In der Seite? Im Nacken? Er gab einen leisen ängstlichen Laut von sich, dann öffnete er wieder die Augen und blickte zu Baxi auf.

Baxi sah ihn seltsam an. Dann zuckte er die Achseln und deutete nochmals auf das Päckchen. Kim schluckte und legte die Hand hin, dann hob er das Bündel auf und fing an, es auszuwickeln, als Baxi ihn dazu aufforderte.

Er sah sofort, was es war, und blickte überrascht auf, nur um festzustellen, daß Baxi auf ihn herablächelte. »Ro«, sagte der Chef. »Ro.« *Ein Geschenk.*

Der matte Spiegel war genauso, wie er ihn in Erinnerung hatte, der Riß lief von oben bis unten über das versilberte Glas. Es war nicht nötig, Überraschung oder Freude zu mimen. Er grinste Baxi an, jauchzte tonlos und vergaß dabei fast, daß sie ihn für einen Dummkopf hielten. Baxi schien sich auch zu freuen. Er streckte die Hand aus, um Kim zu berühren, streichelte seine Oberarme und nickte heftig. »Ro«, sagte er wieder und lachte wie irr. Und der

Kreis der Männer, die zusahen, antwortete mit wildem Gelächter.

Kim starrte auf den Spiegel in seiner Hand und sah in der Dunkelheit sein eigenes Gesicht. Wie seltsam und fremd dieses Gesicht aussah. Nicht so wie seine Hände. Er kannte seine Hände. Aber sein Gesicht … Er zitterte und dann lächelte er, fasziniert von der Fremdheit seiner widergespiegelten Züge. Lagasek, dachte er, und sah, wie der Fremde sein Lächeln erwiderte. Solche Augen hast du. Solche großen, weit aufgerissenen Augen.

* * *

Kim war auf der Pirsch; er suchte etwas zu essen an einem Ort, wo nichts wuchs. Die Luft ringsum war gesättigt mit dem Geruch der Verderbnis, der Boden unter ihm weich, feucht und heimtückisch. Hier am Rande der großen Halde war es noch um vieles gefährlicher. Hier schlichen viele so wie er herum, verborgene Schatten, die über die Weite des Ödlandes verstreut waren, auf der Hut voreinander, während sie über die riesigen, verrottenden Hügel kletterten und den Abfall durchwühlten. Sie alle suchten nach etwas, das sie essen oder verkaufen konnten. Irgend etwas. Ob frisch oder verdorben.

Die Dunkelheit war fast vollkommen, aber der Junge konnte deutlich sehen. Seine weit aufgerissenen, runden Augen zuckten von rechts nach links, und sein kleiner, mißgestalteter Kopf bewegte sich schnell und verstohlen wie der eines wilden Tieres. Wenn ein anderer ihm zu nahe käme, würde er auf allen vieren davonflitzen, in einiger Entfernung innehalten, die Zähne warnend entblößen und aus der Tiefe seiner Kehle knurren,

Er grub tiefer, ging jetzt Risiken ein und sprang von der einen zur anderen Stelle, die ihm Halt versprach. Manche Stellen gaben langsam unter seinem Gewicht nach, andere hielten. Er bewegte sich schnell weiter, verließ sich auf keine Stelle allzu lang, bis er einen sicheren Rastplatz erreichte, den Turm einer alten Kirche, der aus dem gewaltigen Berg von Abfall aus der Stadt über ihren Köpfen ragte.

Kim sah hinauf. Die Decke befand sich weit über ihm, und der nächste Stützpfeiler war nur einen Steinwurf von dort entfernt, wo er kauerte. Von seinem Aussichtspunkt sah er sich um, stellte fest, wo die anderen waren und welche Wege er zur Flucht frei hatte. Dann setzte er sich und langte tief in sein zerfetztes, schmutziges Hemd, um den Gegenstand herauszuziehen, den er gefunden hatte. Er schnüffelte und leckte daran, dann schnitt er eine Grimasse. Er roch wie alte Häute und hatte einen schalen, unappetitlichen Geschmack. Er drehte ihn in seinen Händen, suchte nach einer Möglichkeit, die geschwärzte Umhüllung zu öffnen, und kratzte schließlich an dem Metallverschluß, bis er ihn aufbekam.

Er blickte ruckartig auf, plötzlich ganz still und wachsam, die Nackenhaare an seinem dünnen Hals sträubten sich, und seine tauartigen Muskeln spannten sich bis zum Zerreißen. Als er nichts sah, entspannte er sich und betrachtete wieder die geöffnete Brieftasche in seiner Hand.

Mit geschickten Fingern untersuchte er jedes Fach, holte den Inhalt heraus und sah ihn sich genau an, bevor er ihn wieder hineinsteckte. Das war nichts, erkannte er. Nichts Eßbares. Es waren mehrere lange, dünne Karten aus biegsamem, glänzendem Material. Von einer starrte ihn ein verblaßtes Gesicht an und erwachte zum Leben, wenn er mit dem Daumen draufdrückte. Erschrocken ließ er die Karte fallen, dann überwand er sich, hob sie von dem moosbedeckten Stück Schiefer auf, auf das sie gefallen war, und entschied sich, sie zu behalten.

Darüber hinaus gab es nur eines, was sich zu behalten lohnte. In einem Fach mit einem Reißverschluß fand er eine kleine runde Scheibe aus glänzendem Metall an einer Kette. Eine Art Anhänger. Er hob sie vorsichtig auf, fasziniert von seiner zarten Perfektion, und ihm stockte der Atem. Sie war wunderschön. Er hielt sie hoch, berührte die pendelnde Scheibe mit einem Finger und brachte sie zum Rotieren. Sie wurde langsamer, dann drehte sie sich in die andere Richtung und drehte sich eine Zeitlang hin und her. Kim setzte sich auf den Hintern und lachte vor Freude über seinen Fund.

Das Lachen blieb ihm im Hals stecken. Er drehte sich um und hörte, wie nah die anderen gekommen waren, während er beschäftigt gewesen war, und er roch die Schärfe ihres Schweißes, als sie auf den Turm sprangen.

Kim kreischte, schloß den Anhänger in die Faust und wich vor ihnen zurück. Drei von ihnen waren nicht älter als er, die anderen größer und muskulöser. In ihren runden Augen glomm Habgier, und sie grinsten sich mit krummen, tierischen Zähnen an. Sie dachten, sie hätten ihn.

Er knurrte, und die Haare an seinem Körper richteten sich auf, als wollte er kämpfen, doch die ganze Zeit überlegte er nur, rechnete sich seine Möglichkeiten aus und wußte, daß er laufen mußte. Er sah einen nach dem anderen an, hakte den kleinsten von ihnen ab, konzentrierte sich auf die beiden Älteren und sah, wer der Anführer war und wer folgte. Dann warf er so schnell, daß sie keine Gelegenheit hatten, ihn aufzuhalten, dem nächsten, der unverkennbar ein Mitläufer war, die Brieftasche vor die Füße. Einen Augenblick war ihre Aufmerksamkeit davon abgelenkt. Der Anführer knurrte und machte einen Satz auf den anderen zu, um an die Brieftasche zu kommen.

Kim sah die Gelegenheit und nahm sie wahr, schwang sich über die Brüstung und hoffte, daß niemand den Haufen aufgewühlt hatte, der unten lag. Er hatte Glück, und der weiche Morast dämpfte feucht und zäh seinen Sturz. In ein paar Sekunden hätten sie ihn. Er befreite seine Arme, rollte herum, kroch auf allen vieren davon, dann preschte er los.

Er hörte ihre Schreie und das Glucksen des zähen Morasts, als sie heruntersprangen. Dann waren sie hinter ihm her, jagten ihn durch die alptraumhafte Landschaft und zwischen dunklen, schleimigen Teichen dahin. Aus Verzweiflung riskierte er alles, wählte Wege, denen er normalerweise auswich. Und langsam, ganz langsam entfernte er sich von ihnen, bis er, als er über die Schulter zurückblickte, feststellen konnte, daß sie ihn nicht mehr verfolgten.

Er drehte sich um, stand auf und blickte über die verstopfte Mündung des Flusses zurück. Vor dem Hintergrund des ansteigenden Geländes konnte er den Turm nicht mehr ausmachen. Aber auch keine der anderen vertrauten Landmarken.

Zum zweiten Mal an diesem Tag fürchtete er sich. Er hatte einen langen Weg hinter sich. Diese Seite der Halde kannte er nicht. Hier war er doppelt verwundbar.

Er atmete heftig, und seine schmale Brust hob und senkte sich von der Anstrengung. Wenn sie ihn jetzt angriffen, wäre er erledigt. Er kauerte sich hin, sah sich um und schnitt eine ängstliche Grimasse. Diese Seite sah verwüstet aus, aber er wußte, daß er seinen Augen nicht trauen konnte. Er betrachtete den Anhänger in seiner Hand und fragte sich, ob er es wert gewesen war, dachte aber nicht weiter darüber nach. Zuerst mußte er nach Hause.

Langsam und vorsichtig tastete er sich über den Rand des Abfallberges. Seinen Augen entging nicht die kleinste Bewegung, seine scharfen Ohren nahmen die leisesten Geräusche wahr. Und wiederum hatte er Glück. In einiger Entfernung zu seiner Linken befand sich der breite Pfeiler, den man das Tor nannte, und dahinter, mitten im Abfall, der Kirchturm. Kim grinste und schöpfte zum erstenmal, seit sie ihn auf dem Turm überrascht hatten, wieder Hoffnung. Er ging weiter, kletterte über die unebene Oberfläche und näherte sich auf kürzestem Wege dem Tor.

Er hatte nur noch ein paar Schritte bis dahin, als der Boden unter seinen Füßen nachgab und er stürzte.

Eine Zeitlang lag er auf dem Rücken und wimmerte. Es war kein allzu tiefer Sturz gewesen, und er schien sich nichts gebrochen zu haben, aber die glatten Seiten der Grube verrieten ihm, daß es schwierig sein würde hinauszuklettern. Die Erde unter ihm war weich, aber trocken. Winzige Insekten flohen vor seinen tastenden Händen, und die Luft schien warm und seltsam drückend. Er setzte sich auf, stöhnte und spürte, daß sein Rücken steif war. Sein Hals schmerzte, und seine Arme waren wund, aber er konnte sich bewegen.

Er blickte auf. Die Öffnung über ihm bildete einen Kreis in der noch tieferen Dunkelheit, wie zwei Schattierungen derselben Farblosigkeit. Der Kreis hatte ausgezackte Ränder, als habe einmal etwas darüber gelegen. Kims Gedanken fügten teilnahmslos die Einzelheiten zusammen. Die Grube hatte einmal einen Deckel gehabt. Einen hölzernen Deckel vielleicht. Und er war im Laufe der Jahre verrottet. Kims geringes Gewicht hatte ausgereicht, ihn zu zerbrechen.

Er tastete in der Dunkelheit um sich und fand seine Gedanken bestätigt. Ringsum lagen Splitter aus weichem, verrottetem Holz. Dann fand er zu seiner Erleichterung die Kette des Anhängers und hielt ihn sich vors Gesicht, erleichtert darüber, daß er nicht beschädigt war. Aber dann erstarb seine Freude. Er saß noch immer in der Falle. Wenn er sich nicht befreite, würde jemand kommen und ihn finden. Und dann wäre er tot.

Er sah sich um, verlor für einen Moment die Orientierung, dann ging er zum Rand der Grube und fing an, daran zu kratzen und zu schaben. Die gebogenen Wände der Grube bestanden aus einer Art Mauerwerk. Kim kratzte in den Fugen und stellte fest, daß das Fugenmaterial weich und krümelig war. Er schabte es heraus und lockerte und löste auf diese Weise einen Stein. Er warf ihn hinter sich, langte etwas höher und löste den nächsten.

Er brauchte eine ganze Zeit dafür, und am Ende waren seine Fingerspitzen wund und bluteten, aber er schaffte es. Als er am Rande der Grube kniete und hinabblickte, zitterte er, weil er wußte, wie leicht er dort unten hätte sterben können. Er ruhte sich eine Weile aus, dann stolperte er, der Erschöpfung nah, zum Tor. Dort, unmittelbar neben der breiten Säule mit den hexagonalen Seiten, befand sich ein Teich. Er ging an seinem Ufer in die Knie, wusch sich die Finger und spritzte sich das lauwarme Wasser ins Gesicht.

Und dann geschah es.

Die Dunkelheit in dem Teich wurde zerrissen. In der Mitte seines dunklen Spiegels öffnete sich ein blendender Lichtkeil. Langsam wurde er breiter, bis der Teich von einem so intensiven Licht ausgefüllt wurde, daß Kim sich auf die Fersen setzte und seine Augen bedeckte. Eine Flucht breiter steinerner Treppen, von der Wasserlinse auf den Kopf gestellt, führte dort in das dunkle Herz der Erde hinein.

Kim blickte auf, und sein Mund stand weit offen. Das Tor hatte sich geöffnet. Licht ergoß sich wie eine flüssige Glut in die Luft.

Zitternd senkte Kim wieder den Blick. Die Oberfläche des Teichs glänzte und wellte sich. Dann wurde die Helligkeit unvermittelt von einem dunklen Band zerschnitten. Im Tor erschienen Gestalten! Hochgeschossene, dunkle Silhouetten, aufrecht wie Speere!

Starr vor Schreck schaute Kim durch das Gitter seiner Hände nach oben. Ausgefranste Schatten verfolgten eine Gestalt mit scharfen Umrissen über die Treppe. Kim kauerte wie gelähmt da und starrte zum Tor hinauf.

Er keuchte. Wer waren die denn? Licht blitzte aus dem Dunkeln ihrer riesigen glockenförmigen Köpfe, aus der flimmernden, glitzernden, glänzenden Dunkelheit ihrer Köpfe. Köpfe aus Glas, und unter diesen Köpfen Körper aus Silber, biegsamem Silber.

Langsam rutschten seine Hände von seinem Gesicht. In ihren Augenhöhlen glühten Lichter, ein feuchter Lichtpunkt in der Mitte jeder Pupille. Er kniete dort in der Dunkelheit am Rande des Teichs und sah sie herunterkommen. Drei Könige aus Glas und Silber, die so nah an ihm vorbeikamen, daß er das leise Seufzen und Schurren ihres Atems hören konnte.

Er schrie, ein wilder hoher Laut, der sich seinem Innersten entrang, dann kauerte er sich zusammen und wußte, daß sein Tod nah war. Der Anhänger fiel unbemerkt aus seiner Hand und blitzte auf, bevor das Wasser ihn verschluckte.

Eine der riesigen Gestalten drehte sich um und sah auf den zusammengekauerten Jungen hinab, ein winziges, mißgestaltetes Wesen, das sie kaum als einen Angehörigen ihrer eigenen Spezies erkannte, ein zitterndes, knöchernes Etwas, eine Art langmähniges und verdrecktes Tier.

»Der Lehm...«, flüsterte der Fremde, und in dem Wort schwangen einige Nuancen mit, Geringschätzung, Abscheu und eine Spur Schuldgefühl. Dann wandte er sich ab, froh darüber, daß seine Maske den Gestank wegfilterte, der hier herrschte. Durch das Infrarot seines Visors konnte er weitere Gestalten erkennen, die sich teils in seiner Nähe, teils weiter weg bewegten, Spritzer von Wärme vor dem kalten, dunklen Hintergrund.

Er ging weiter und schloß sich den anderen Männern in den Schutzanzügen an. Hinter ihm, am Rande des mannsgroßen Lichtteichs, drehte sich der Junge um, folgte ihm mit Blicken und sah ihn in der Dunkelheit verschwinden.

Dann waren sie fort.

Kim streckte sich, drückte die Hände in die weiche, feuchte Erde und riß sich zusammen. Das Zittern ließ von ihm ab, aber sein Mund stand immer noch offen, und seine Furcht schlug in Staunen um.

Er wandte sich ab, blickte zum Tor hinauf, und es lief ihm kalt den Rücken hinunter.

A Wartha! Die Oberen! Die Worte bildeten sich in seinem Kopf, wurden aus Ehrfurcht geboren wie eine Beschwörung. Er schöpfte mit der hohlen Hand Wasser und befeuchtete seine Lippen, dann sprach er die Worte laut aus, flüsterte sie mit einem Akzent, der so mißgestaltet war wie er selbst.

»*A Wartha ...*«

Erneut zitterte er aus Ehrfurcht vor dem, was er gesehen hatte. Und in seinem Kopf malte er sich eine ganze Welt voller solcher Geschöpfe aus, eine Welt aus flüssigem, strahlendem Licht. Eine Welt über der Dunkelheit und dem Lehm.

Sein Mund formte ein winziges O, rund wie seine Augen.

Über ihm begann sich das Tor zu schließen, der strahlend silberne Pfeiler wurde schwarz und die breiten Stufen von der Dunkelheit verschluckt. Die Dunkelheit, die darauf folgte, wirkte noch tiefer, noch schrecklicher als zuvor. Wie eine gewaltige Hand drückte sie ihn nieder, zermalmte ihn. Erneut schrie er, diesmal vor unerträglichem Schmerz, der sein Innerstes packte und an ihm zerrte.

Das Licht ...

Seine Finger pflügten ringsum durch den Morast, dann schlugen sie aufs Wasser und versuchten einen Splitter des perlenden Lichts einzufangen. Aber er war blind. Zuerst fanden seine Finger nichts. Dann schlossen sie sich zum dritten Mal um ein kurzes Stück der Kette, ertasteten den winzigen Metallanhänger und zogen ihn aus der Flüssigkeit, hielten ihn vor sein Gesicht, drückten ihn sich an die Lippen, ohne zu begreifen, warum, doch er spürte, daß seine Gegenwart ihn beruhigte und tröstete. Wie ein Versprechen.

* * *

Es war ein Netz. Ein gewaltiges Netz, das zitternd zum Leben erwachte, sich ausdehnte und die Dunkelheit mit Lichtperlen ausfüllte. Die meisten der strahlenden Kügelchen waren an durchsichtigen Lichtfäden aufgereiht. Es wuchs und war zugleich zerbrechlich und stark – unbeschreiblich stark. Nichts konnte das Lichtnetz zerreißen. Er starrte mit offenem Mund zu ihm empor und fühlte sich selbst erhoben, von Freude erfüllt. Unbeschreiblicher, strahlender Freude, die aus dem immer helleren Licht erwuchs.

Kim hob die Hände zum Licht und rang darum, mit ihm zu verschmelzen. Wenn er es nur erreichen konnte, wenn er nur den Kopf heben, die Oberfläche der Dunkelheit, die ihn einschloß, durchstoßen und frische Luft atmen konnte. Er reckte sich danach und spürte, wie die Freude sich wie ein metallenes Band um seine Brust schloß und sie eindrückte.

Dann erwachte er mit Tränen in den Augen und Hunger im Bauch.

Er zitterte vor Schrecken. Sie umgab ihn von allen Seiten wie ein Leim. Er lag darunter, und sie hielt ihn mit ihrem gewaltigen Gewicht nieder. Ihre stickige Wärme drang in jede Pore seines Körpers. Es war die Dunkelheit. Die Dunkelheit, die eigentliche Substanz des Lehms.

Der Traum ließ ihn mit den Zähnen knirschen, und er saß da, schaukelte vor Schmerzen hin und her und wimmerte leise. In den letzten Tagen war es so gewesen, als sei er wach, während alle um ihn herum schliefen. Als ob er ihre Alpträume lebte und nicht seine eigenen. Doch aus dem Traum von der Dunkelheit gab es kein Erwachen. Ihre Träume überwogen seine Hoffnungen.

Er richtete sich auf, erschauderte und hörte ringsum in der Dunkelheit Bewegung. Es wurde also Zeit. Der Stamm bereitete sich auf den Abmarsch vor.

Er stand auf, ging in die Ecke des Steinvierecks, in dem er schlief, und erleichterte sich. Dann kam er zurück und packte seine wenigen Habseligkeiten zusammen: eine Decke, ein Stück Feuerstein, das kleine Bündel mit seinen Schätzen und zuletzt ein viereckiges Stück Stoff, eine Art Schal, der seiner Mutter gehört hatte.

Die, die er als seine Mutter gekannt hatte, war seit langem tot. Er war mit ihr aus dem Fahrzeug geholt worden, hatte zugesehen, wie sie sie auf dem Boden neben der Straße niederhielten, und hatte eine vage Angst vor dem empfunden, was sie taten, ohne zu begreifen, was die Bewegungen ihrer nackten Hinterteile und die schrillen Schreie der Frau unter ihnen bedeuteten. Aber dann hatten sie angefangen, sie zu schlagen, und er hatte aufgeschrien und ihr verzweifelt zu Hilfe zu kommen versucht. Mehr wußte er nicht mehr, denn einer der Männer hatte sich umgedreht und mit dem Handrücken einen harten Schlag versetzt, der ihn gegen eine niedrige Mauer schmetterte.

So hatte er sich dem Stamm angeschlossen.

Die meiste Zeit lebte er nur gedankenlos dahin. Doch manchmal erfaßte ihn ein seltsamer, entrückter Schmerz – nichts Körperliches, sondern wie sein flüchtiger Blick auf das Licht: etwas Ungreifbares, aber Wirkliches, beunruhigend Wirkliches. Und dann wußte er, daß es etwas mit ihr zu tun hatte, was ihm ein vages Gefühl von Geborgenheit und Sicherheit gab. Die einzige Geborgenheit, die einzige Sicherheit, die er je gekannt hatte. Aber meistens verdrängte er es. Er brauchte seinen Verstand, um zu überleben, nicht um sich zu erinnern.

Kim stand am Rande der Gruppe, während Baxi sprach. Sie hatten vor, eine kleine Siedlung weiter unten im Tal zu überfallen, und rechneten damit zu gewinnen, weil die Überraschung auf ihrer Seite war. Sie wollten alle Jungen und Männer töten. Frauen, Mädchen und Säuglinge wollten sie gefangennehmen und lebend mit zurückbringen.

Kim hörte zu, dann nickte er wie die anderen. Es würde sein erster Überfall sein. Er umklammerte ängstlich seinen Feuerstein und empfand abwechselnd Aufregung und Furcht. In seinem Blut mischten sich heiße und kalte Ströme. Sie würden töten. Und danach würde es Fleisch geben. Fleisch und Frauen. Die Jäger lachten und grunzten. Kim knurrte der Magen, als er an das Fleisch dachte.

Sie ließen acht Männer zurück, um die Siedlung zu bewachen. Die anderen folgten Baxi in einer Reihe durch den Fluß, duckten und verhielten sich ruhig. Vier erfahrene Männer, die sich rasch und geschmeidig den feuchten Pfad entlangbewegten und deren nackte Füße durch den öligen, zähen Strom pflügten. Kim war der letzte und kleinste von ihnen. Er lief wie ein Affe hinter ihnen her, berührte mit den Händen den Boden, um das Gleichgewicht zu halten, während er vorankroch, und hielt den Feuerstein zwischen den Zähnen.

Vor ihnen lag ein wirrer Haufen Felsbrocken, ein kurzes Stück flaches Brachland und schließlich die andere Siedlung. Sie mußten die anderen überraschen. Baxi sprang von den Felsen und lief lautlos und mit erhobenem Messer über die freie Fläche. Rotfoot und Ebor waren sofort hinter ihm und liefen so schnell, wie ihre Beine sie tragen konnten, und einige Sekunden später folgten ihm die anderen des Stamms.

Es gelang beinahe. Baxi hatte fast die Wache erreicht, als der Mann sich umdrehte und aufschrie. Sein Schrei erhob sich, dann änderte sich sein Klang, und der Mann ging zu Boden, das Messer bis zum Heft in seiner Brust, und die Spitze ragte aus seinem Rücken.

Kim hockte auf dem höchsten der Felsen und beobachtete, wie der Kampf sich entwickelte. Er sah Baxi schreien und fluchen, als er versuchte, das Messer aus dem Brustkasten des Toten zu ziehen, ehe er sich umdrehte und den Hieb eines Dorfbewohners abwehrte. Die anderen Mitglieder des Stamms kämpften mit den Fremden. Einige rollten auf dem Boden, andere versetzten einander tückische Hiebe mit Keulen und Feuersteinäxten. Die Luft war voller Grunzer und Schreie. Kim konnte den Gestank der Furcht und Aufregung in der Dunkelheit riechen.

Er sah zu und hatte Angst, sich einzumischen. In ihm rangen Abscheu mit Faszination. Sein Stamm würde gewinnen. Allmählich gaben es die Verteidiger auf, die Angreifer abzuwehren, und liefen einer nach dem anderen davon. Seine Leute zerrten schon die Frauen und Mädchen davon und stritten sich um die Leichen. Hier und dort wurde aber immer noch gekämpft. Kim sah und erkannte, wo er war, was er getan hatte. Rasch kroch er über der Felsen und ließ sich auf den Boden fallen, aus Angst vor dem, was Baxi tun würde, wenn er es sah.

Er hatte gezögert, Furcht gezeigt. Er hatte seinen Stamm im Stich gelassen.

Kim hastete über den unebenen Boden, stolperte und sprang einem der flüchtenden Dorfbewohner in den Rücken. Sein Gewicht riß den Mann zu Boden, aber der Fremde war zweimal so groß wie Kim, und sofort lag Kim selbst auf dem Rücken, wurde festgehalten, und der vernarbte, einäugige Fremde starrte auf ihn herab. Dieses eine Auge bedeutete seinen Tod.

Die Rechte des Fremden griff nach einem Stein und hob ihn hoch.

Kim blieb nur ein Augenblick zum Handeln. Als er jemanden über und hinter dem Fremden sah, schrie er laut auf und sah am Gesicht des Fremden vorbei.

»Nyns!« rief der andere. *Nein!* »Ny mynnes ef ynfew!« *Wir wollen ihn lebendig!*

Es reichte, um den Fremden zögern und sein Gewicht verlagern zu lassen, als er sich halb umdrehte, um zu sehen, wer hinter ihm stand. Es reichte auch, daß Kim sich zur Seite drehen und den Fremden umstoßen konnte.

Der Einäugige rollte über und wandte sich wieder Kim zu, wütend darüber, daß man ihn überlistet hatte, und wußte, daß jede weitere Sekunde Verzögerung ihn seinem eigenen Tod näher brachte. Er holte mit dem Stein weit aus und verfehlte ihn. Kim stieß mit seinem angespitzten Feuerstein zu, zielte auf die weicheste, verwundbarste Stelle und spürte seinen ganzen Arm erzittern, als er traf. Einen Moment spürte er eine ekelerregende Berührung, dann sah Kim, wie sich das Gesicht des Mannes in eine Maske reiner Qual verwandelte. Kim hatte den Einäugigen kastriert.

Der Einäugige fiel neben Kim zu Boden, übergab sich und umklammerte mit den Händen seine verstümmelte Männlichkeit. Kim riß seine Hand weg und ließ den Feuerstein dort, wo er war, dann sah er sich ängstlich um.

Baxi beobachtete ihn und lächelte grimmig.

Kim blickte entsetzt zurück und hörte jeden einzelnen qualvollen Atemzug des Unglücklichen. Während er hinsah, kam Baxi mit dem Messer in der Hand näher und stieß dem Einäugigen die Klinge tief in den Nacken.

Der zuckte zusammen, fiel auf die Seite und blieb still liegen.

»Da«, sagte der Chef und wandte sich ab. *Gut.* Kim

sah ihm stolz und zufrieden nach, warf den Kopf zurück und stieß ein Triumphgeheul aus.

Ein Netz... Ein Netz aus stickiger Dunkelheit. Kim spürte, wie sich Wärme, eine Art Taubheit aus seinem Innersten ausbreitete, eine Hand mit acht Fingern sich wie ein Käfig um ihn schloß und ihn unter die Oberfläche des Dunkeln zog. Die Dunkelheit erstarrte wie Teer in seinem Mund. Dann fiel er in Ohnmacht.

* * *

Sie hatten ihn nie ein Wort sagen gehört. Baxi hielt ihn für geistesschwach oder schlicht einfältig, und die anderen schlossen sich diesem Urteil an. Sie nannten ihn ›Lagasek‹ oder Gaffer wegen seiner Angewohnheit, Dinge lang und aufmerksam anzusehen. Auch das hielten sie für ein Zeichen seiner Einfalt.

Ein ganzes Zeitalter schien er zwischen ihnen geschlafen zu haben. Ihre abstoßenden Gestalten und Formen waren ihm so vertraut geworden wie die Dunkelheit. Er hatte sie betrachtet, ohne etwas zu verstehen, hatte ihre Narben und ihre Verformungen als etwas Selbstverständliches, nicht als Abweichungen von einer gegebenen Norm angesehen. Aber jetzt war er wach. Er starrte sie jetzt mit neu geöffneten Augen an, und ein heller Gedankenfaden verband das, was er sah, mit dem hellerleuchteten Zentrum der Bewußtheit in seinem Hinterkopf.

Er sah durchs flackernde Feuer, daß ihnen Hände und Augen fehlten, sah ihre tropfenden Wunden und entzündeten Schorfe, sah sie keuchen und um Atem ringen, nun sehr viel älter als sie, und fragte sich, was er unter ihnen machte.

Als er dort im Staub saß, die Wärme der dicken und fettigen Suppe in seinem Bauch, war ihm zum Weinen. Er sah sich in dem kleinen Kreis der Männer um und bemerkte zum erstenmal ihre Hagerkeit und ihre seltsame Verstohlenheit. Sie zuckten und kratzten sich. Sie streckten sich und standen auf, um zu urinieren, die Augen nie ruhig, nie lang auf etwas gerichtet, unstet wie die blinden weißen Fliegen, die es überall im Lehm gab.

Ja, er begriff es jetzt. Es hatte dort mit dem Anblick von etwas anderem angefangen – dieser Vision von Glas und Silber, Königen und strahlendem Licht. Er hätte es gern ausgesprochen – ihnen erzählt, was er beim Tor gesehen und was er getan hatte, um die Eindringlinge zu verscheuchen –, aber aus Gewohnheit hielt er den Mund. Er sah seine winzigen, schmalen Hände an, seine langen, dünnen Arme. Er hatte keine Narben, aber Wunden an den Ellbogen, und die Knochen zeichneten sich unter der Haut ab.

Er sah weg und erschauderte, und sein Gesicht spiegelte Schmerz und eine seltsame Scham, die er bisher noch nie empfunden hatte, dann sah er wieder hin. Sie redeten jetzt miteinander, und ihre grobe, recht primitive Sprache klang plötzlich fremd in seinen Ohren. Er fühlte sich unwohl dabei, als hätte er Kenntnisse von etwas Besserem, eine tief vergrabene Erinnerung an Dinge, die er vor seiner Zeit beim Stamm erlebt hatte. Ihm gegenüber versetzten Tek und Rotfoot einander spielerische Schläge, und über ihre verzerrten Gesichter tanzten Licht und Schatten. Er hob den Kopf, beschnüffelte sie instinktiv, dann beruhigte er sich und merkte, was er tat, plötzlich voller Ekel vor sich selbst.

Für einen Moment schloß er die Augen und spürte die Wärme in seinem Gesicht, auf seinen Armen und seiner Brust. Auch das war seltsam. Es wurde nur selten ein Feuer entfacht. Es gab nur selten Gelegenheit, so wie jetzt hier zu sitzen, die Dunkelheit hinter und das Licht vor einem. Aber das war auch ein besonderer Anlaß.

Baxi saß an seinem Platz, auf einem großen, rundgeschliffenen Stein über den anderen. Ein Holzstapel –

auch dies eine Art Schatz – lag an seiner Seite. Von Zeit zu Zeit griff er nach einem Stück, warf es in die Glut und brummte vor Vergnügen.

Sie hatten die drei Säcke mit Feuerholz in einem Lagerraum in der eroberten Siedlung gefunden, wo sie unter einem Stapel anderer Sachen, die man vom Dreck gereinigt hatte, gefunden worden waren. Baxi hatte sie mitgenommen und die Feuerstelle mit einer Sorgfalt errichtet, die Kim glauben machte, er habe schon einmal dabei zugesehen. Dann war er in seinen Keller hinabgestiegen und etwas später mit den Feuerstäben zurückgekommen.

Kim hatte zugesehen, wie sie alle keuchten und zurückwichen, als in seiner Hand die Flamme aufloderte und auf das gesammelte Holz übergriff, unverständliches Zeug murmelten, und ihre Blicke Angst und Faszination widerspiegelten. Aber Kim hatte Bescheid gewußt. Er hatte sich ruhig und schweigsam hingekauert und beobachtet, wie das Feuer aufloderte, wie irgendein seltsames, lebendiges Geschöpf, das von einem dunklen Rand zum nächsten sprang und alles verzehrte, was es berührte. Wie die unausgesprochenen Gedanken in seinem Hirn, wurde ihm klar. Doch das Feuer hatte eine Stimme, eine prasselnde, knallende, stotternde Stimme, sein Atem war seltsam dick und dunkel, gekräuselt wie ein Bart, doch unbeständig – er verschwand im Dunkeln über der Glut.

Für einen kurzen Moment schien er zu begreifen, als bewahre er in seinem Kopf einen Schlüssel zum Zusammenhang aller Dinge. Dann war auch dieser Eindruck verschwunden, aufgesogen von der Dunkelheit über ihm.

Er fühlte sich fehl am Platze. Losgerissen von der Helligkeit und hinabgeworfen in die Dunkelheit. Aber wenn er am falschen Ort war, was dann? Wie konnte er die Dinge ändern?

Lauf weg, rief eine leise Stimme in seinem Innern. Lauf weit weg. *Irgendwohin, wo die Dunkelheit aufhört.*

Er sah über das Feuer hinweg, geblendet von seiner Helligkeit, und sah nichts als das Nachbild der Flammen. Die Dunkelheit war unendlich und ewig. Es gab nichts als die Dunkelheit...

Nein, erinnerte er sich. Das stimmt nicht. Es gab einen Ort, wo es hell war. Da oben. *A wartha.*

Unter den Göttern.

Und nicht nur das, es gab auch einen Weg dahin. Eine einzige Tür in die Helligkeit. Eine Tür, die sich nur in eine Richtung öffnete und oft den Tod bedeutete, so erzählten es die Männer jedenfalls. Eine Tür, die nur die Jüngsten und Tapfersten zu passieren wagten.

Kim betrachtete nochmals seine Hände. Er war jung, aber war er tapfer genug? War er bereit, alles für ein einziges Abenteuer zu riskieren?

Er dachte an seine Eskapade mit dem Spiegel und den Feuerstäben und schöpfte Mut. Dann erinnerte er sich an das Bild, als er erschrocken auf dem Felsen gehockt hatte. Sein Magen zog sich zusammen. Er sehnte sich nach der Helligkeit wie nach dem Leben überhaupt. Aber er hatte Angst. Schreckliche, schleichende, nagende Angst. Er spürte, daß er nicht dazu imstande war – er würde sterben, bevor er den ersten Schritt tat.

Da war es doch besser, hier zu bleiben...

Ein kalter Schauer durchfuhr ihn, ein eisiger Hauch auf seinem Gesicht, in seiner Brust und seinen Gliedern im Licht des Feuers. Nein, nur das nicht. Da war der Tod noch vorzuziehen.

Er blickte auf. Am anderen Ende des Feuers, hinter Rotfoot, stand Baxi und sah ihn an. Für einen Moment trafen sich ihre Blicke und knüpften zwischen ihnen einen groben Faden des Verstehens. Und in dem Moment, bevor er wegsah, sah Kim in den Augen des älteren Mannes eine Art rauher Zuneigung, eine seltsame, beinahe wehmütige Zärtlichkeit, die er sehr beunruhigend fand.

Weit weg, sagte die Stimme in seinem Innern. Irgendwohin, wo die Dunkelheit aufhört.

Kim stand auf und wandte sich der Dunkelheit zu. Die Hitze wärmte seinen Nacken wie ein Versprechen von Geborgenheit, aber sein Gesicht war jetzt kalt, die Anspannung in ihm schlimmer als je zuvor. Noch einen Moment zögerte er, und in ihm rangen Sehnsucht und Furcht miteinander. Als er dann heftig erzitterte, nickte er insgeheim und riß sich vom Feuer los, denn er hatte einen Entschluß gefaßt.

Er würde gehen. Jetzt gleich. Bevor die Dunkelheit ihn zurückholte.

* * *

Das Schild war uralt. Im Laufe der Zeit war sein weißer Anstrich zu einem fleckigen Grau geworden und die dunklen, fetten Buchstaben verblaßt. Wo es mit Bolzen an der Wand befestigt war, bildete goldroter Rost zwei tränende Augen.

Kim schaute zu ihm empor und versuchte zu begreifen. Wie so vieles andere war es ein Geheimnis; ein Symbol all der Dinge, die ihm versagt blieben. Er betrachtete aufmerksam die Formen der seltsamen, und doch irgendwie vertrauten Buchstaben, fragte sich, was sie bedeuteten, und füllte die Kluft, die Dunkelheit der Verständnislosigkeit mit seinen eigenen Bedeutungen. Der erste Buchstabe war einfach. Es handelte sich um einen Pfeil, der nach links zeigte. Es folgte eine Lücke und dann der zweite, dessen Doppelkurve wie die von oben betrachteten Brüste einer Frau in die andere Richtung zeigte. Der dritte war ein Ring. Der vierte ein verzerrter Bogen. Der fünfte? Zwei steile Hügel vielleicht, verbunden durch ein Tal. Der sechste war wieder einfach. Es war eine aufrechte Säule, so wie jene hinter der Wand. Der siebente? Er hatte den Eindruck, er ähnelte dem fünften, doch der Unterschied – das Fehlen einer senkrechten Strebe – war bedeutsam. Ein Tor vielleicht. Oder zwei miteinander verbundene Feuersteine – vielleicht das Zeichen für Krieg. Nach einer weiteren Lücke folgte dann der letzte; ein Auge mit einer dunklen, gekräuselten Augenbraue darüber, die mit dem linken Augenwinkel verbunden war.

Aber was bedeutete das Ganze? Welche Botschaft hatte es einst enthalten?

Er sah sich um, dann duckte er sich unter die verrottete Oberschwelle und schob sich durch den Spalt in der Wand. Dort stand die Säule wie eine riesige unterirdische Schlange, die die gegenüberliegende Mauer des verfallenen Gebäudes durchstieß, und ihre silberne Oberfläche glänzte im gedämpften Licht.

Kim stolperte weiter, blieb vor ihr stehen, und sein Blick wurde weit nach oben zu der Stelle gezogen, wo die Säule die Decke über dem Lehm berührte. Überall ragten in regelmäßigen Abständen derartige Säulen aus dem Lehm, aber von dieser hier wußte Kim, daß sie sich von den anderen unterschied. Sie war ein Tor. Ein Zugang nach oben.

Vor langer Zeit hatten sie einen Jungen von einem anderen Stamm über die angrenzenden Hügel gehetzt und ihn hier eingekesselt, zwischen den Mauern dieses alten, verfallenen Gebäudes. Den sicheren Tod vor Augen, hatte sich der Junge der Säule zugewandt und die Hände gegen sie gepreßt.

Wundersamerweise hatte sich die Säule geöffnet. In ihrer vollkommenen Rundheit hatte sich ein schmaler Spalt geöffnet, und aus ihrem Innern fiel ein trübes, unheimliches Licht. Indem er ihnen einen letzten Blick zuwarf, hatte sich der Junge hineingewagt. Daraufhin hatte sich die Öffnung sofort geschlossen und den Raum zwischen den Mauern plötzlich wieder in tiefe Dunkelheit getaucht.

Sie hatten dort einige Zeit gelagert und darauf gewartet, daß der Junge wieder herauskam, aber er blieb verschwunden. Und als einer der älteren Jungen Mut genug gefaßt hatte, sich der Säule zu nähern und seine Hände an sie zu pressen, hatten sie alle sehen können, daß ihr Inneres leer war.

Sie hatte den Jungen verdaut.

Eine Zeitlang hatte Kim dieser Deutung der Ereignisse geglaubt, und ein Teil von ihm glaubte ihr immer noch und ließ ihn hier kauern und vor Angst zögern hineinzugehen. Aber der neuerwachte Teil in ihm versuchte ihn von etwas anderem zu überzeugen. Was war, wenn der Junge nicht umgekommen war? Was war, wenn er nach oben gelangt war?

Das waren kühne Annahmen, überlegte Kim. Vermutungen, keine Gewißheiten. Dieser Junge war nur hineingeschlüpft, weil er keine andere Wahl gehabt hatte. Aber was war mit ihm selbst? Auf ihn warteten keine Messer, falls er sich abwandte. Nur die Dunkelheit. Nur der fötale Lehm.

Er verzog das Gesicht und schloß die Augen, innerlich zerrissen von seiner Unschlüssigkeit. Er wollte nicht sterben. Er wollte sich nicht irren.

Kann der Tod schlimmer sein als das hier?

Der Gedanke klang in seinem Kopf wie von einer Stimme gesprochen, und mit der Stimme kam die Einsicht, daß er kein Einzelwesen war. Es gab zwei von ihm, die sich einen Schädel und einen Körper teilten. Eine Dunkelheit, ein Licht. Einer hielt ihn hier fest, der andere drängte ihn zur Flucht. Hier, am Tor nach oben, mußten die beiden das miteinander ausfechten.

Eine Zeitlang hielt ihn die Dunkelheit gefangen, stand er gedankenlos da, sein tierisches Ich zitterte unkontrolliert, und ein Speichelfaden rann sein Kinn hinunter. Dann warf er sich mit einer Abruptheit, die das Tier in ihm überraschte, gegen die Säule, kratzte an ihrer Oberfläche und versuchte eine Öffnung zu finden.

Er brabbelte vor Angst sinnloses Zeug, und hätte es noch ein paar Sekunden gedauert, dann hätte er sich geschlagen gegeben und zurückgezogen, aber plötzlich öffnete sich der Schlitz, indem er etwas Luft ausstieß, und Kim taumelte hinein auf den glatten, schuttbedeckten Boden und riß die Hände vors Gesicht, um sie vor der strahlenden Helligkeit zu schützen.

Das Licht tat ihm weh. Es schnitt in seinen Kopf wie ein Feuerstein. Dann schloß sich hinter ihm zischend die Tür, und er war gefangen. Er wimmerte vor Furcht, dann lag er da und zitterte, die Beine angezogen, und wartete auf seinen Tod.

Doch was dann geschah, war schlimmer als der Tod. Das Licht in der Kammer pulsierte leicht, und eine tiefe Stimme dröhnte und erfüllte die enge Kammer.

»Kewsel agas hanow, map!« *Nenne deinen Namen, Junge.* »Agas hanow!«

Kim würgte, beherrschte sich aber. Seine Muskeln verfielen in krampfhafte Zuckungen. Eine Zeitlang konnte er nichts tun, um sie unter Kontrolle zu halten. Wieder war er ein dem Denken nicht mächtiges Tier, das in der seltsamen Säule auf dem Boden lag. Ein stinkender Haufen bebendes Fleisch und Knochen. Dann regte sich wieder das hellere Wesen in seinem Innern und trieb an die Oberfläche seines Bewußtseins. Sein Name? Wie lautete denn sein Name?

»Laga ...« Er konnte ihn nicht aussprechen. Er hatte zu wenig Übung. Auf jeden Fall war er falsch. Lagasek – Gaffer – war nicht sein richtiger Name; oder wenn es sein Name war, dann nur der, den er in der Dunkelheit trug. Es war nicht der Name, den ihm seine Mutter gegeben hatte. Nicht der Name, den er mit ins Licht nehmen wollte.

Er versuchte es noch mal. »Kim«, sagte er schließlich, und das Wort klang aus seinem Mund seltsamer und unbeholfener als in seinem Kopf. Seine Stimme brachte kaum das K heraus, und der Rest war unverständlich.

»Kewsel arta«, befahl die Stimme. *Sag es noch mal.* Sie klang viel wärmer als vorher, beruhigender.

»Kim«, sagte er etwas deutlicher, dann lag er völlig ruhig da und fragte sich, was geschehen würde.

»Da, Kim«, sagte die Stimme. *Gut.* »Praga bos why omma?« *Warum bist du hier?* »Praga prak why entradhe hemma phylla?« *Warum hast du diese Säule betreten?* »Gul nebonen sewya why?« *Verfolgt dich jemand?*

»Nyns«, antwortete er. *Nein.*

»Nyns«, wiederholte die Stimme und kicherte dann. Was sie als nächstes sagte, war schwierig zu begreifen. Die Worte waren Kim fremd, wie das sinnlose Geplapper in seinen Alpträumen. »Wir haben einen Flüssigen hier.« Dies schien nicht an Kim gerichtet zu sein.

Kim stützte sich auf die Ellbogen und sah in die Runde. Dann stand er auf und ging zur Wölbung der Säule gegenüber der Stelle, wo die Öffnung gewesen war. Nein, er hatte sich nicht geirrt; an der ansonsten fugenlosen Wand war ein Umriß zu erkennen. Ein Lichtmuster, das fast zu blaß war, um es zu erkennen. Er stand daneben und versuchte herauszufinden, was es zu bedeuten hatte.

»Ah«, sagte die Stimme. »My gweles why cafos an matrix.« *Ich sehe, du hast sie gefunden, die …* Aber das letzte Wort war neu. Es war wie die anderen Worte – fremd.

Kim zuckte zusammen und wandte sich ruckartig um. Das Wesen, das zu dieser Stimme gehörte, beobachtete ihn also, war ganz in der Nähe. Er starrte nach oben in die schwachbeleuchtete Röhre und versuchte in der Dunkelheit etwas zu erkennen, aber sie schien leer zu sein.

»Matrix?« fragte Kim, sprach das Wort vorsichtig aus, als spürte er die Form des Wortes in seinem Mund.

Es erklang Gelächter – weiches, warmes Gelächter –, dann kam die Stimme zurück. »My bos ken tyller«, sagte sie, als erklärte das alles. *Ich bin irgendwo anders.* »Ha an tra a-dherak why bos un matrix.« *Und das Ding vor dir ist eine Matrix.* »Ef gul pycturs ha patron.« *Es macht Bilder und Muster.*

Kim bemühte sich, zu verstehen, aber er begriff nichts von dem, was die Stimme sagte. Bilder? Muster? Wie machte es diese Dinge?

»Gasa-vy dysquehs why.« *Ich zeig's dir.*

Die blasse Fläche glühte auf, dann schien sie in Farben zu explodieren.

Kim kreischte, sprang zurück und kroch weg, bis er mit dem Rücken gegen die gegenüberliegende Wölbung der Wand stieß.

»Ef ny a-wra pystyk why. Golyas. Kensa un fas.« *Er wird dir nichts tun. Schau hin. Zuerst ein Gesicht.*

Auf dem Schirm erschien ein Gesicht, ein typisches Gesicht aus dem Lehm, nur zum Teil beleuchtet, dessen Narben und Deformationen nichts Ungewöhnliches waren. Kim nickte und beobachtete die Matrix aufmerksam.

»Nessa, un patron. Un semple patron. Tyby kettep myn bos un men.« *Als nächstes ein Muster. Ein einfaches Muster. Stell dir vor, jeder Punkt sei ein Stein.* »My muvya an meyn formya un form. Un patron.« *Ich bewege die Steine, um eine Form zu bilden. Ein Muster.*

Das neue Bild, das auf dem Schirm entstand, bestand aus drei Linien aus drei Punkten. Ein Viereck.

»Den Lufyow, le un bys«, sagte Kim. *Zwei Hände, ein Finger weniger.* Es war das längste, was er bisher je gesagt hatte.

»Aha«, sagte die Stimme, und diesmal konnte Kim im Hintergrund eine zweite Stimme flüstern hören. »Gib dem eine Nummer. Das ist selten.« Ihm sträubten sich die Nackenhaare, als er erneut diese fremde Sprache hörte, und bleckte die Zähne, weil sein dunkles Ich ihr feindlich gesonnen war, denn es kannte sie als die Stimme des Lichts.

Er wußte allerdings nicht, daß er seinen ersten Schritt nach oben gemacht hatte. Und als die Stimme erneut erklang, hatte sich ihr Ton leicht geändert, klang weniger vertraulich, sehr viel geschäftiger.

»Dos ogas an matrix, Kim. Dos ogas ha my deryvas why fatel muvya an meyn a drodhe.«

Trete näher an die Matrix, Kim. Komm näher, dann erkläre ich dir, wie du die Steine bewegen kannst.

KAPITEL · 7

Maschinen aus Fleisch

Klaus Ebert, der Chef von GenSyn, Chung Kuos zweitgrößtem Unternehmen, sah auf den Kadaver auf dem Seziertisch hinunter und schüttelte den Kopf.

»Nein, Knut. So etwas habe ich noch nie gesehen.«

Er hob seine innere Beschaffenheit hervor, das Fehlen einer Milz, die Vereinfachung des Atmungssystems, das künstliche Gitterwerk des Brustkastens, die Ersetzung des Magens und der Verdauungsorgane durch einen einzelnen, verschlossenen und mit dem Anus nicht verbundenen Sack. Am auffälligsten war die flache, kompakte Batterie, die einem lackierten Taschenflakon ähnelte und dort saß, wo bei einem Menschen die Leber hätte sein sollen.

»Meine Experten werden sich das noch ansehen, aber es ist kein GenSyn, soviel steht fest. Es ist nicht einmal organisch. Es ist bloß eine Maschine, zu einfach, um länger als ein paar Monate zu funktionieren. Es kann nicht verdauen. Es kann nicht einmal Blut aufbereiten. Wer immer das Ding gemacht hat, hatte die Absicht, daß es nicht lang hält.«

Ebert wandte sich dem General zu, und sein Gesicht war aschfarben.

»Bei allen Göttern, Knut, aber es sieht mir so ähnlich, nicht? Schau's dir an, ich habe das Gefühl, als sei ein Teil von mir selbst gestorben.«

Der General musterte seinen alten Freund einen Moment lang, dann sah er den teilweise sezierten Leichnam an. Es war eine perfekte Kopie, in mancherlei

Hinsicht vielleicht zu gut. Er hatte die Filme gesehen, die von ihm aufgenommen worden waren, bevor seine Männer es ausgeschaltet hatten – er hatte gesehen, wie geschickt es Eberts Stimme und Gespreiztheit imitiert hatte. Und wenn es etwas Künstliches an sich gehabt hatte, etwas zu Lebhaftes in seiner Sprache und seinen Gesten, dann war es nur im nachhinein zu erkennen. Es war gut genug gewesen, um Eberts Leute zu narren. Aber die Augen … Als das Ding in Eberts Privatsuite in die Ecke gedrängt worden war, hatten diese Augen wie die eines Süchtigen geglüht.

»Wer könnte das gebaut haben, Klaus? Wer hat das Know-how?«

Ebert lachte unbehaglich. »GenSyn. MedFac vielleicht. Sonst niemand. Zumindest niemand auf diesem Planeten.«

Der General blickte ruckartig auf. »Du meinst also, es kommt von außen? Aus einer der Kolonien?«

Ebert riß seinen Blick von dem toten Ding auf dem Tisch los und kehrte ihm den Rücken zu. »Ich weiß nicht, Knut. Noch vor sechs Monaten hätte ich nein gesagt, aber seitdem habe ich ein paar seltsame Dinge gesehen. Dort draußen sind die Kontrollen weniger streng. Das Edikt hat weniger Macht …« Er schüttelte den Kopf. »Die Sieben sollten etwas unternehmen, Knut. Und zwar sofort. Bevor es zu spät ist.«

»Ich weiß«, sagte der General einfach. Aber er dachte an DeVore. Wenn das stimmte, was der *Kwai* Kao Chen gesagt hatte, würde das viel erklären.

Und Wyatt? Er verdrängte den Gedanken. Wyatt war schuldig. Dafür gab es Beweise. Trotzdem …

Ebert sah ihn an, und sein Blick verriet Furcht. »Was bedeutet das, Knut? Warum sollten sie mich kopieren wollen? Ich verstehe das nicht.«

Der General zuckte die Achseln. Ich auch nicht, dachte er, jedenfalls nicht ganz, aber jetzt bin ich gerüstet. Wir können Kontrollpunkte einrichten, nach

Kopien suchen lassen, um sicher zu gehen, daß nichts dergleichen in die Verbotene Stadt[56] gelangt.

Es würden mehr als hunderttausend Gäste der Trauung beiwohnen. Und niemand von ihnen durfte ohne Überprüfung eingelassen werden. Denn wenn nur eines dieser … dieser Dinger durchkam, könnte sich das als verhängnisvoll erweisen.

Er streckte die Hand aus und faßte seinen alten Freund am Arm. »Es tut mir leid, Klaus, aber ich glaube, sie haben vorgehabt, dich auf der Hochzeit durch dieses Ding zu ersetzen. Auf diese Weise wollten sie an den T'ang herankommen.«

»Du meinst, sie wollten mich umbringen, Knut?«

Tolonen sah ihm in die Augen. »Ich nehme es an. Sie wissen, wie nah du Li Shai Tung stehst, und dieses Ding hier …« Er zögerte, dann sah er weg und schüttelte den Kopf. »Schau, ich weiß nicht, wer dahinter steckt, Klaus, aber es hätte zu keinem ungünstigeren Zeitpunkt passieren können.«

»Oder zu keinem günstigeren?«

Tolonen drehte sich wieder um. »Wie meinst du das?«

Ebert betrachtete die linke Hand des Replikanten, den Ring an seinem zweiten Finger mit dem Insignium der zwei getrennten DNA-Stränge – eine exakte Kopie seines eigenen. Er wandte sich wieder Tolonen zu. »Das ist ganz merkwürdig, Knut. Es ist seltsam, wie leicht wir den hier fangen konnten. Und doch kann ich nicht glauben, daß es in ihrem Sinne ist, wenn wir davon erfahren. Das hier …« Er deutete auf das leichenähnliche Ding auf dem Tisch. »Seine Herstellung muß … hm … achtzig, vielleicht hundert Millionen Yuan gekostet haben, die Entwicklungskosten nicht eingerechnet. Und es ist dabei eine Speichertechnik verwendet worden, mit deren Erprobung wir bei GenSyn noch nicht einmal angefangen haben. Schon das hätte sie mindestens zwei- oder dreihundert Millionen Yuan gekostet. Und vielleicht das Drei- bis Vierfache davon. Bei solchen Kosten würden sie ein solches Ding doch nicht einfach wegwerfen, oder?«

»Nein. Ich denke nicht.«

Aber Tolonen dachte bereits darüber nach, worauf das alles hinauslief – an den gewaltigen administrativen Alptraum, den dies heraufbeschwören würde. Sie würden vor der Verbotenen Stadt einen ganzen Park von Toren erbauen und Schutzräume einrichten müssen, Tausende davon, die dafür ausgerüstet waren, Replikanten aufzuspüren. Und sie würden mehr als zwanzigtausend Beamte in den subtilen Fragen der Etikette und des ›Gesichts‹ schulen müssen.

Der General seufzte, dann zog er seine Uniformhandschuhe glatt und dachte daran, daß sein Fahrzeug jetzt schon seit zwanzig Minuten wartete. Er würde gleich aufbrechen müssen, um DeVore außerhalb des Mars-Shuttels zu treffen. »Das wird für reichlich böses Blut sorgen, Klaus. Aber du hast recht, es war Glück, daß es jetzt geschah. Und jetzt, wo wir wissen, daß es diese Dinger gibt, können wir kein Risiko eingehen. Das Leben der Sieben ist in Gefahr, und ich würde hier oben bis zum letzten Mann und zur letzten Frau jeden aufbieten, um die Sieben zu schützen.«

Ebert lachte. »Das kann ich mir vorstellen, Knut Tolonen.« Dann wurde er ernst. »Aber warum jetzt, Knut? Die Dinge laufen doch gut, oder? Wir haben eine gute Welt gebaut, nicht? Warum wollen sie sie niederreißen, hm? Warum?«

Tolonen blickte auf und sah, wie Ebert ihn beobachtete, wie er in seinem Gesicht nach einer Antwort suchte.

»Weil der Zyklus zu Ende geht, Klaus. Ich spüre es in meinen Gliedern. Veränderung kommt.«

Ja, dachte er. Und das, was wir für wahr gehalten haben, ist es nicht mehr. Er sah das tote Ding auf dem Tisch an und dachte an DeVore. Zumindest war diese

Fälschung ehrlich mit sich selbst, war als eine Fälschung geschaffen worden. Aber Menschen? Wer oder was formt sie nach dem Guten oder Bösen?

* * *

Es war kurz nach vier am Morgen, und Nanking Port lag im Dunkeln, ein loser Ring aus Lichtern mit einem Radius von fünf *li*, der das große Vorfeld umspannte.

Tolonen hielt sich im obersten Büro des hohen Verwaltungsgebäudes auf, und der diensthabende Hauptmann stand in Habachtstellung vor ihm.

»Gegangen? Was meinen Sie damit, ›er ist gegangen‹?«

Der junge Hauptmann verbeugte sich tief vor dem General, der auf Besuch war, und seine Wangen erröteten, so peinlich war es ihm.

»Er ist nicht auf dem Schiff, Sir. Als unsere Männer ihn festnehmen wollten, war er einfach nicht da. Und niemand konnte uns sagen, wohin er verschwunden ist.«

Tolonen schüttelte ungläubig den Kopf.

»Das ist unmöglich! Wie sollte er aus dem Schiff rauskommen? Es ist doch an der Orbitalstation festgemacht, oder?«

»Ja, Sir.«

»Also was? Vor acht Stunden war er noch an Bord, oder?«

»Ja, Sir.«

»Also ist er immer noch an Bord oder in dieser Station, richtig?«

»Nein, Sir. Wir haben sowohl das Schiff wie die Station gründlich durchsucht.«

Tolonen machte seinem Ärger Luft. »Unfähige Idioten! Wie konntet ihr ihn nur entkommen lassen?« Er schnaubte. »Wo könnte er denn sein, hä? Da draußen? Im Vakuum? Nein! Denk doch mal nach, Junge! Er muß einfach hier sein. Auf Chung Kuo. Aber wie ist er hergekommen? Wer hat ihn runtergebracht?«

»Sir?« Der Kapitän war jetzt völlig durcheinander.

»Welches Servicefahrzeug hat in den letzten vier Stunden die Station besucht? Welche Schiffe, außer Ihrem eigenen, haben die Station verlassen, seit das Kolonialschiff angelegt hat?«

»Keine, Sir.«

»Keine? Sind Sie sicher …?«

»Wir haben einen Sperrgürtel um die Station errichtet, unmittelbar nachdem wir Ihre Anweisung erhielten, General. In den letzten dreizehn Stunden hat kein Servicefahrzeug die Station angesteuert oder verlassen.«

Der General erschauderte. »Wer war bei Ihnen an Bord?« fragte er leise.

»Sir?« Der Kapitän starrte ihn ausdruckslos an, wußte nicht, worauf er hinauswollte.

»Ich will, daß sie hergebracht werden. Sofort. Jeder, der an Bord ihres Patrouillenschiffs war.«

»Sir!« Der Hauptmann verbeugte sich und trat ab.

Tolonen ging zum Fenster, blickte zu dem dunklen Kreis hinauf, und seine Gedanken überschlugen sich.

Dann stimmte es also, was der *Kwai* Kao Chen gesagt hatte. DeVore war tatsächlich der Verräter. Tolonen zitterte. Es war schwer zu glauben. DeVore … Der Mann war ein solch hervorragender Soldat gewesen. Ein so guter, verläßlicher Offizier. Mehr noch, er war ein Freund gewesen. Ein guter Freund. Er war viele Male im Haus des Generals zu Gast gewesen. Er hatte Tolonens kleine Tochter Jelka im Arm gehalten.

Tolonen wandte sich zur Tür. Wenn DeVore in diesem Moment ins Zimmer käme und schwörte, er hätte nichts damit zu tun, würde er ihm glauben? Ja! Selbst jetzt noch hielt er den Gedanken für unvorstellbar, daß DeVore ein Verräter sei. Das hätte ich gemerkt. Hätte ich das nicht gemerkt?

Und doch ist sein Verschwinden …

Gefolgt von einem Dutzend anderer, kehrte der Hauptmann zurück. Sie stellten sich auf und warteten, daß der General sie zur Kenntnis nahm.

»Sind das alle?«

Der Hauptmann senkte tief den Kopf, dann ging er in die Knie. »Sir, ich … Ich weiß nicht, wie das passieren konnte.« Er hielt den Kopf gebeugt, den Blick abgewandt. Er strahlte geradezu Scham aus.

»Sie sind auch weg, was?«

Der Kapitän blieb auf den Knien. »Ja, Sir.«

»Wie viele?«

»Zwei Offiziere. Acht Männer.«

Tolonen schüttelte ungläubig den Kopf. Zehn Männer! War DeVores Einfluß etwa so stark? Oder war es etwas anderes? Innerlich in heftigstem Aufruhr, wandte er sich ab. Natürlich. Das Geld der Dispersionisten. Enorme Summen. Genug, um zwei Sicherheitsbeamte und acht Untergebene zu kaufen.

»Bei allen Göttern«, murmelte er. Wieviel hatte sie das wohl gekostet? Eine Million Yuan? Zehn Millionen? Fünfzig? Er zitterte, dann drehte er sich um und sah wieder auf den knienden Offizier hinab. »Stehen Sie auf, Hauptmann.«

Der Kapitän rührte sich nicht. »Ich habe Sie enttäuscht, Sir. Ich bitte um die Erlaubnis, einen ehrenvollen Tod zu wählen.«

Tolonen wurde jetzt wütend, griff dem Mann unter die Achseln und zog ihn auf die Beine.

»Ich werde nicht zulassen, daß sich gute Offiziere für nichts selbst umbringen. Es ist nicht Ihre Schuld. Haben Sie verstanden, Hauptmann? DeVore war zu gerissen für Sie. Zu gerissen für uns alle.«

Nein, dachte er, als er dem Hauptmann in die Augen sah. Es ist wirklich nicht Ihre Schuld. Aber jetzt ist DeVore auf freiem Fuß. Was wird er anrichten?

Der Hauptmann wich gebeugt und mit blassem Gesicht zurück. Dann, auf Tolonens barschen, zornigen Befehl hin, drehte er sich um und führte seine Männer hinaus.

Als er wieder allein war, ließ Tolonens Ärger nach. Er ging abermals zum Fenster, stand da und sah über die dunklen Umrisse hundert verschiedener Fahrzeuge hinweg, denen auf seinen Befehl hin die Starterlaubnis entzogen war.

Die Gewißheit, daß DeVore ein Verräter war, machte ihn krank. Mehr noch, es untergrub sein Selbstvertrauen, weil es allem widersprach, was er über diesen Mann gewußt zu haben glaubte. Seine Gedanken verfolgten die letzten paar Jahre zurück und versuchten die Dinge in einen Zusammenhang zu bringen. Hätte er es wissen können? Hätte er Möglichkeiten gehabt, es herauszufinden?

Nein. DeVore war der perfekte Offizier gewesen. Die perfekte Kopie.

Tolonen tippte auf die Kontrollbläschen an seinem Handgelenk und nahm mit Major Nocenzi Kontakt auf, der sich auf der anderen Seite des Erdballs befand.

»General?« Nocenzis Stimme klang deutlich in seinem Kopf. Sein geisterhaftes Bild erschien auf der Handfläche des Generals.

»Vittorio. Ich möchte, daß Sie etwas für mich tun.«

Er sprach rasch, aber deutlich und beschrieb Schritt für Schritt, was er erledigt haben wollte. Als er schließlich die Verbindung abbrach, wußte er, daß die Zeit gegen ihn war.

Es kam also schließlich doch zu dem Krieg, den Li Shai Tung vor langer Zeit vorausgesagt hatte. Ein geheimer schmutziger Krieg, der im Dunkeln zwischen den Ebenen ausgefochten wurde. Ein Guerillakrieg, in dem Freund und Feind dasselbe Gesicht hatten. Ein Krieg mit Geld und Technik und nicht zuletzt schierer Gerissenheit. Und wer würde gewinnen?

Tolonen lächelte.

Karr, dachte er. Ich werde Karr einsetzen. Er hat Chen gefunden. Vielleicht kann er auch DeVore ausfindig machen.

* * *

Als Wang Ti langsam die Tür öffnete, war sie überrascht, den großen Mann dort stehen zu sehen, aber noch überraschter war sie, als sie ihren Mann hinter sich rufen hörte, sie solle ihn einlassen.

Karr senkte respektvoll den Kopf und zog seine Stiefel aus. Mit nackten Füßen folgte er Wang Ti in den hinteren Teil des Apartments und duckte sich unter den Trennvorhängen.

Chen saß an der Rückwand auf dem Boden, die Beine verschränkt, und das Baby schlief in seinem Schoß. Es standen wenige Möbel in dem engen Zimmer. An der Wand rechts von Chen lagen zwei sorgfältig aufeinandergestapelte Stöße Bettwäsche, und ein flacher Tisch war gegen den nächsten *Kang* gestellt worden. Wang Ti hatte gekocht, und der Geruch hing immer noch in der Luft. Von der anderen Seite des langen Trennvorhang links von Chen waren die beiden jungen Söhne ihrer Nachbarn zu hören, die ausgelassen spielten.

Karr lächelte und verneigte sich nochmals, dann hockte er sich Chen gegenüber auf den Boden.

»Wie geht's dem Kind?«

Chen sah seinen neugeborenen Sohn an und streichelte ihm sanft über die Stirn.

»Es geht ihm gut.«

»Fein.«

Wang Ti stand pflichtbewußt mit gebeugtem Kopf und gesenktem Blick an seiner Seite.

»Möchten Sie *Ch'a* mit uns trinken, *Shi* ...?«

»Karr ...« Der große Mann drehte sich etwas und nahm ihre Einladung mit einem Kopfnicken zur Kenntnis. »Danke, das ist sehr freundlich, Wang Ti, aber nein. Ich muß mit Ihrem Mann etwas Wichtiges besprechen.«

Sie nickte, hob das Baby aus Chens Schoß und zog sich zurück. Karr wartete, bis sie unter dem Vorhang hinausgeschlüpft war, bevor er wieder etwas sagte. Sie würde alles hören, was er sprach, aber die Illusion der Vertraulichkeit war wichtig. Es war die einzige Ehre, die ein Mann auf dieser Ebene hatte.

»Sie hatten recht, Chen. Es war DeVore.«

Chen grunzte, und sein grobschlächtiges, bäuerliches Gesicht blieb ausdruckslos. »Und was jetzt?«

Karr langte in die innere Tasche seines Oberhemdes und zog ein Stück Eis heraus. »Hier«, sagte er und hielt es ihm hin.

Chen zögerte, als er an Jyan dachte. Er hatte auch mit den Oberen Abmachungen getroffen. Und wo war er jetzt? Bei seinen Ahnen. Tot, sein Geist unbehütet, und keine Söhne würden für seine Seele Opfer entzünden.

»Was ist das?«

Karr lachte. »Immer noch mißtrauisch, was? Das brauchen Sie nicht, Chen. Sie haben uns mehr gegeben, als wir verlangen konnten. Das da …« Er legte das Stück zwischen sie auf den Boden. »Das ist unsere Gegenleistung. Eine allgemeine Amnestie. Die Unterlagen, die Ihnen Ihre Bürgerrechte sichern. Ein Sicherheitspaß fürs zehnte Deck. Und ein Bonus. Eintausend Yuan …«

Chen war verblüfft. Dann würde er Wyatt nicht auf den Block folgen? Er starrte den großen Mann mit offenem Mund an.

»Sie sind ein Kwai, Chen. Ein Werkzeug. Und zwar ein gutes Werkzeug. Der General war überrascht, wie gut.« Er lachte. »Burschen aus dem Netz, so wie wir, können denen noch was beibringen, was?«

Chen zögerte noch immer. War das Ganze eine besonders ausgeklügelte Falle? War das eine schreckliche

Verspottung? Aber wozu? Warum sollten sie sich mit ihm aufhalten?

»Dann bin ich frei?«

Karr sah weg, weil er wußte, daß die Frau hinter dem einen und die Nachbarn hinter dem anderen Vorhang zuhörten. »Nicht ganz. Sie müssen von hier verschwinden. Nach dem, was passiert ist...«

»Ich verstehe.«

Karr sah ihm in die Augen. »Wir werden Ihnen einen neuen Posten beschaffen, Sie neu ausbilden.«

»Mich neu ausbilden?«

»Ja. Sie haben einen neuen Job, Chen. Sie sind jetzt Mitglied des Sicherheitsdienstes. Als mein Adjutant.«

Chen starrte ihn an, dann senkte er den Blick. »Und wenn ich mich weigere?«

Karr zuckte die Achseln und betrachtete den Han aufmerksam. »Sie sind ein *Kwai*, Chen, kein Lagerist. Überlassen Sie solche Jobs guten Männern wie Lo Ying.«

Chen blickte auf, war plötzlich wütend. »Und was ist mit Lo Ying?«

Karr lachte und erinnerte sich, wie Lo Ying ihn angesprungen hatte. »Ein tapferer Mann, aber kein guter Kämpfer. Oh, er ist jetzt glücklich, Chen. Er hat auch seinen Bonus.«

Chen sah das Stück an. »Sie wollen mich also kaufen?«

Karr zögerte, dann schüttelte er den Kopf. »Ich würde Sie nicht so beleidigen, Kao Chen. Wir wissen beide, daß man die Loyalität eines Mannes nicht kaufen kann. Man kann aber versuchen, sie zu gewinnen.« Er lehnte sich zurück, dann hob er die breiten Schultern. »Also gut. Ich will offen sein, Kao Chen. Werden Sie ein Mann des T'ang? Oder wollen Sie hier auf dieser Ebene verrotten?«

Chen senkte den Blick. Er hatte hier ein Leben. Ein gutes Leben. Dazu gehörte seine Frau, ganz zu schweigen von seinem Sohn. Aber wenn er wieder ein *Kwai* war ... Er fühlte sich von dem Angebot in zwei Hälften zerrissen.

Stoff raschelte. Chen sah an Karr vorbei. Wang Ti war hinter dem Vorhang hervorgekommen, stand da und starrte ihn flehend an. Dann stürzte sie ins Zimmer und warf sich in einer vollen *K'o t'ou* vor Karr auf den Boden.

»Wang Ti! Was machst du da?«

Sie hob den Kopf und warf Chen einen ängstlichen Blick zu, dann preßte sie vor dem großen Mann wieder die Stirn auf den Boden.

»Mein Mann nimmt Ihr freundliches Angebot an, *Shih* Karr. Es wird ihm eine Ehre sein, mit Ihnen zu arbeiten.«

* * *

Han Ch'in stand schweigend in dem abgedunkelten Zimmer, den Rücken der Tür zugewandt. Draußen warteten die beiden Attentäter. Er atmete tief, um sich zu beruhigen, und rief sich ins Gedächtnis, was man ihm beigebracht hatte. Der ruhige Mann ist im Vorteil. Er hört besser. Er hat die Wahl, zu handeln. Wer aufgeregt ist, gibt sich eine Blöße. Seine Stärke, sein bloßes Handeln kann gegen ihn gewendet werden.

Warte also, bis sie zu dir kommen. Tu so, als seist du nicht darauf vorbereitet. Aber laß deinen Körper gespannt sein wie der eines Drachen und achte auf jeden Luftzug in deinem Nacken.

Die dort draußen zögerten. Dann kam der erste herein.

Han fuhr herum, als der Mann nur noch eine Armlänge entfernt war, duckte sich tief, trat aus und hieb mit der Linken nach oben. Als der Mann zu Boden ging, rollte Han nach hintenüber und sprang auf die Füße, um sich dem zweiten Attentäter zu stellen.

Die dunkle, maskierte Gestalt machte eine Finte, trat

gegen Hans Linke, zeichnete mit den Händen Umrisse in die Luft und begleitete jede Bewegung mit einem scharfen Zischen ausgestoßener Luft.

Han machte jede Bewegung des Attentäters wie ein Schatten nach, weil er wußte, daß er es sich nicht anders leisten konnte. Er war jetzt allein. Der Tod wartete auf ihn, wenn er den kleinsten Fehler machte. Er hatte den Mann, der auf dem Boden lag, nur kurzfristig außer Gefecht gesetzt, deshalb war jede Sekunde kostbar. Er würde erst den Mann vor sich erledigen müssen, ehe er den anderen endgültig fertigmachte.

Er sah seine Chance. Der Attentäter hatte sein gesamtes Gewicht auf den rechten Fuß verlagert. Das legte ihn fest. Han täuschte weiter nach rechts vor, dann sprang er nach vorn, drehte sich in der Luft und zielte mit einem Tritt auf das Kinn des Mannes.

Sein Fuß durchschnitt die Luft. Dann fiel er.

Der Attentäter war sofort über ihm und hatte den Arm um seinen Hals geschlungen.

Han schrie auf.

Sofort blitzte das Licht auf. Die beiden Attentäter wichen zurück und verneigten sich tief und respektvoll. Han drehte sich um, setzte sich auf und rang um Atem. Shia Shi-we stand in der Tür und sah ihn an, und sein Gesichtsausdruck war schwer zu deuten.

»Schon wieder!« knurrte er schließlich. »Wie oft schon, Han? Hast du nichts von mir gelernt?«

Han ging auf die Knie und verbeugte sich vor seinem Befehlshaber. Shi-we hatte recht. Er war ungeduldig gewesen.

»Es tut mir leid, Meister Shiao. Ich habe mir um den zweiten Mann Sorgen gemacht.«

Shia Shi-we entfuhr ein leiser Laut aus der Kehle, dann hob er das Kinn. Han Ch'in stand sofort auf.

»Du bist ein guter Kämpfer, Han Ch'in. Deine Reflexe sind besser als bei allen anderen. Dein Körper weiß, wie er sich bewegen muß. Wie man tritt und schlägt. Wie man abblockt, fällt und rollt. Du bist wirklich mutig. Und das ist sehr selten. Doch trotz all dieser Qualitäten fehlt dir etwas Lebenswichtiges. Du mußt so zu denken lernen, wie dein Gegner denkt.«

Erneut verneigte sich Han demütig.

»Was hätte ich sonst tun sollen, Meister Chiao? Hätte ich warten sollen, bis er mich angreift?«

Shiao Shi-we war ein kleiner Mann, fast einen Kopf kürzer als sein siebzehnjähriger Schüler. Sein Kopf war geschoren und eingeölt, und bis auf einen knappen, dunkelroten Lendenschurz trug er nichts. Er hatte sehr muskulöse Unterarme, Brust und Beine, doch wenn er den Raum durchmaß, bewegte er sich mit der Grazie eines Tänzers. Er war fünfundsechzig, sah aber aus wie vierzig.

Er stand vor Han Ch'in, schaute zum Erben des T'ang auf, aber seine Haltung hatte nichts Unterwürfiges an sich. In diesem Raum war Shiao Shi-we für Han wie ein Vater. Vor zehn Jahren hatte er den kleinen Jungen einmal übers Knie gelegt und für seine Unverschämtheit den Hintern versohlt, und als Han Ch'in sich bei seinem Vater beschwerte, hatte der T'ang bloß gelacht und, als er wieder ernst wurde, den Befehl erteilt, daß die Strafe wiederholt wurde, damit Han seine Lektion auch wirklich lernte. Seitdem hatte sich Han Ch'in gehütet, seinem Erzieher zu widersprechen.

»Dreierlei«, begann Shi-we. »Disziplin, Geduld und Beherrschung. Ohne das verliert selbst ein guter Kämpfer zwangsläufig. Nur damit...« – der Erzieher hob stolz den Kopf, und die Muskeln an seinem Hals standen wie Felskanten hervor – »... wird der Gute zum Meister.«

Von der Tür kam ein Geräusch. Ohne sich umzudrehen, hob Shiao Shi-we eine Hand. »Bitte warte dort einen Moment, Yuan. Ich habe erst noch etwas mit deinem Bruder zu besprechen.«

Hinter dem Rücken des Lehrers verbeugte Li Yuan

sich knapp, wie so oft erstaunt darüber, daß der Alte ohne hinzusehen sagen konnte, wer hinter ihm stand. Jeder Mensch macht seine typischen Geräusche, hatte er einmal erklärt. Wie er sich bewegt und wie er ist – diese Dinge lassen sich so genau unterscheiden wie die Körnungen auf der Haut eines Menschen oder die charakteristische Pigmentation der Retina. Verhalte dich ruhig, lerne die Geräusche deines Freundes von denen deiner Feinde zu unterscheiden. Solche Fähigkeiten könnten dir eines Tages das Leben retten.

Das mochte sein, aber so sehr er sich auch bemühte, hatte Li Yuan die Geräusche seines Bruders von denen seiner Diener nie unterscheiden können. Wenn das eine erlernbare Fähigkeit ist, dachte er, dann verfügen nur wenige Menschen darüber. Besser, als einen guten Mann im Rücken zu haben.

Li Yuan sah an Shiao Shi-we vorbei zu seinem Bruder. Han Ch'in hielt den Kopf gesenkt, und seine Wangen hatten sich leicht gerötet. Was hatte Han diesmal gemacht? fragte er sich, denn er wußte, wie impulsiv er war. War er wieder einmal ›gestorben‹?

Meister Shiao rümpfte laut die Nase, dann deutete er zur Linken von Han. »Stell dich auf.«

Er rührte sich sofort und nahm gegenüber dem Attentäter Aufstellung, wo er vor etwa einer Minute gestanden hatte. Shiao Shi-we nickte andeutungsweise, dann stellte er sich vor seinen Schüler. »Disziplin«, sagte er, kauerte sich hin und rieb seine Oberschenkel, um sich aufzuwärmen. »Geduld.« Er straffte sich, dann wog er seine Hüfte von rechts nach links und entspannte die Muskeln dort. »Und Beherrschung.«

Ohne Warnung warf sich Shiao Shi-we auf Han Ch'in.

Li Yuan keuchte, war überrascht von der Plötzlichkeit des Angriffs. Aber Han war zurückgewichen, und

Shi-wes Faust zuckte knapp neben Hans Gesicht hoch. Hätte sie getroffen, hätte sie ihm die Nase gebrochen.

Han Ch'in wich flink zurück und atmete schwer, sichtlich erschüttert von der Heftigkeit des Angriffs. Doch er klagte nicht. Er duckte sich, beugte den Körper und bereitete sich auf den nächsten Angriff vor, indem er seinen Atem beruhigte und die Triade in seinem Kopf wiederholte. *Disziplin. Geduld. Beherrschung.*

Die nächste Attacke war mit nichts zu vergleichen, was die beiden Jungen bisher gesehen hatten. Shiao Shi-we stürzte im Zickzack auf Han zu, fast wie ein Wahnsinniger, und seine Bewegungen glichen denen eines Automaten. Während er lief, entfuhr seinem weit aufgerissenen Mund ein seltsamer, markerschütternder Schrei.

Han Ch'in sah ihn durch die halbgeschlossenen Lider kommen, duckte sich im letzter Moment und richtete sich unter dem Alten auf, warf ihn durch die Luft und wandte sich ihm wieder zu.

»Hervorragend!« Shiao Shi-we war wieder unverletzt auf den Beinen. Er lächelte einen Moment, dann verzog er das Gesicht, als er sich erneut auf Han stürzte.

So ging es weiter. Shiao Shi-we griff ungestüm an und Han Ch'in wehrte jeden Angriff ab, bis sich der alte Mann mit einer Plötzlichkeit, die so überraschend war wie sein erster Angriff, zurückzog und tief verneigte.

»Gut!« sagte er und sah seinen Schüler voller Stolz an. »Jetzt geh baden. Der junge Yuan wartet auf seine Stunde.«

Han verbeugte sich und tat wie ihm geheißen. Li Yuan drehte sich um, sah ihm nach und wandte sich wieder Meister Shiao zu.

»Sie hätten ihn töten können«, sagte er leise, noch immer schockiert über das, was er gesehen hatte.

Shiao Shi-we sah weg, so nachdenklich, wie Li Yuan ihn noch nie gesehen hatte. »Ja«, sagte er schließlich. »Das hätte ich, hätte er nicht so gut gekämpft.«

* * *

»Also, Chen, kommst du ins Bett?«

Wang Ti schlug die Decke zurück und klopfte auf den Platz neben ihr. Chen hatte den ganzen Tag nichts gesagt, weil er wütend auf sie für ihr Eingreifen war. Sie hatte es verstanden und geduldig ihre Hausarbeit erledigt, aber jetzt war es Abend und Jyan schlief schon. Jetzt würde er mit ihr reden müssen. Sie würde nicht zulassen, daß er sich neben sie ins Bett legte, ohne daß er seine geheimsten Gedanken aussprach.

»Nun, mein Mann?«

Er drehte sich um und sah sie im schwachen Licht der einzigen Lampe an, dann senkte er den Blick und schüttelte den Kopf.

Also würde sie das Wort ergreifen müssen.

»Bist du immer noch wütend auf mich?«

Er wich ihrem Blick aus und nickte bloß. Sein ganzer Körper war steif und ungelenk, angespannt von den Worten, die er nicht aussprach. Sie setzte sich auf, löste ihr Haar und ließ die Decke von ihrer Brust rutschen.

»Du hättest nein gesagt.«

Er betrachtete sie stumm, sah weg und wieder hin, und sein Blick wurde von ihren Brüsten und ihren Schultern angezogen. Als er ihr in die Augen sah, seufzte er und zuckte die Achseln.

»Du hättest nein gesagt. Und dann hättest du das Gefühl gehabt, in der Falle zu sitzen, und wärst auf mich und Jyan böse gewesen. Ich hätte ertragen müssen, wie deine Freude an uns in Ärger umschlägt.«

Er wollte den Kopf schütteln, aber sie blieb beharrlich, und ihre Stimme war weich, aber bestimmt.

»Es ist doch so, Kao Chen. Das weiß ich genau.

Meinst ich, ich wüßte das nicht, wo ich schon so lang mit dir zusammenlebe?«

Er sah sie verständnislos an.

»Ich wußte es, Kao Chen. Verstehst du? Ich wußte, daß du ein *Kwai* warst.«

Chen riß die Augen weit auf. »Du wußtest es? Seit wann? Und von wem?«

Sie klopfte neben sich aufs Bett. »Als ich dich kennengelernt habe, wußte ich es sofort. Noch bevor mein Vater es mir sagte.«

Chen durchmaß das Zimmer und setzte sich neben sie. »Dein Vater? Er wußte es auch?«

»Oh, Chen. Meinst du, wir hätten das nicht sofort bemerkt? Dein Anblick hat genügt. Du warst wie ein Vogel, den man aus seinem Käfig freigelassen hat. Wir wußten vom ersten Moment an, daß du nicht auf dieser Ebene geboren warst. Und was deine Papiere angeht …«

Chen betrachtete ihre Hand, die auf der Bettdecke lag, und bedeckte sie mit seiner. »Und du hast mich trotzdem geheiratet. Warum, wenn du das wußtest?«

Sie zögerte, dann faßte sie seine andere Hand. »Hast du Großvater Ling kennengelernt?«

Chen nickte und erinnerte sich an den verschrumpelten, grauhaarigen Alten, der schweigend am anderen Ende des Zimmers gesessen hatte, als er um Wang Tis Hand anhielt. Er wußte noch, wie die Augen des Alten jede seiner Bewegungen verfolgt hatten.

»Ja. Ich erinnere mich an Wang Ling. Was ist mit ihm?«

Wang Ti lächelte. »Er war auch ein *Kwai.* So wie du. Und genau wie du ist er auch aus dem Netz heraufgekommen.«

Chen lachte erstaunt. »Und du sagst, dein Vater wußte es?«

»Er hat … Nachforschungen angestellt.«

Chen schüttelte verblüfft den Kopf. »Nachforschungen … Und keiner von euch hatte etwas dagegen? Du, Wang Ti … du wußtest es und dir war gleichgültig, wer ich war oder woher ich gekommen bin?«

Sie zog ihn näher zu sich heran, bis ihr Gesicht nur eine Handbreit von seinem entfernt war, und ihre dunklen Augen sahen tief in seine. »Du bist ein guter Mann, Kao Chen. Ich habe das auf den ersten Blick erkannt. Aber im letzten Jahr habe ich dich leiden sehen, habe gesehen, wie du dich mit etwas herumgequält hast, und mein Herz hat für dich geblutet.«

Sie schüttelte den Kopf und biß zwischen den geöffneten Lippen einen Moment die Zähne aufeinander. »Nein, Chen. Der große Mann hatte recht. Du bist kein Lagerist.«

Er zitterte, dann nickte er langsam. »Dann werde ich deinen Wünschen entsprechen, Wang Ti. Ich werde wieder ein *Kwai* sein.«

Wang Ti lachte leise, dann zog sie Chen an ihre Seite und schlug die Decke zurück, um ihren nackten Körper zu entblößen. »Ach, du Dummkopf. Verstehst du mich immer noch nicht? Für mich bist du immer ein *Kwai* gewesen.«

Sie streckte die Hand aus, befreite seinen Penis aus den Falten seiner Kleidung und nahm ihn fest in die Hand. »Hier, gib mir dein Messer. Ich werde es für dich in die Scheide stecken.«

* * *

Der General beugte sich über das große Modell der *Tsu Chin Ch'eng*, der Pupurnen Verbotenen Stadt, und deutete auf die Gruppe von Gebäuden, die sich um die *Yu Hua Yuan*, die Kaiserlichen Gärten scharten.

»Wir könnten das *Shen Wu*-Tor und das *Shun Ch'en*-Tor schließen und die sechs Ostpaläste und die sechs Westpaläste absperren, hier und hier. Das würde die Dinge einfacher machen.«

Shepherd trat an seine Seite und betrachtete die beiden großen Tore im hinteren Teil der Kaiserlichen Stadt, dann nickte er.

»Ja. Aber warum sollen wir damit aufhören? Warum riegeln wir nicht das ganze Gebiet ab? Auf diese Weise könnten wir uns auf ein viel kleineres Gebiet konzentrieren. Warum riegeln wir nicht gleich alles ab, was wir nicht brauchen werden? Schließen Sie auch die *Hung I Ko* und die *Ti Jen Ko*. Beschränken Sie die geringeren Gäste auf den Raum zwischen dem Meridian-Tor und der Halle der Höchsten Harmonie. Entsprechend könnten Sie die Ehrengäste, die der zweiten Zeremonie beiwohnen wollen, auf die Innere Stadt und die Kaiserlichen Gärten beschränken.«

Tolonen schüttelte den Kopf. »Das ist nicht möglich, fürchte ich. Li Shai Tung hat draußen vor dem Pfeilpavillon ein Bankett für die geringeren Gäste vorbereitet. Er würde das Gesicht verlieren, wenn er es absagen müßte.«

Shepherd legte eine Hand in den Nacken und rieb die Müdigkeit weg. Er hatte in den letzten drei Tagen kaum geschlafen. Und jetzt das. Er betrachtete das Modell und erkannte wieder einmal, wie schwierig Tolonens Aufgabe war. Der *Ku Kung*, der Kaiserliche Palast, bestand aus nahezu neuntausend Gebäuden und maß in der Länge mehr als zwei *li*, in der Breite anderthalb. Er erstreckte sich über fünfzehnhundert *mou* – fast zweihundertfünfzig Morgen nach dem alten Maß. Selbst wenn sie alles absperrten, was er vorgeschlagen hatte, bedeutete dies, daß sie immer noch fünfhundert *mou* beaufsichtigen mußten.

Er blickte von dem glasbedeckten Modell zum Original auf. Sie hatten den Tisch mitten im Hof vor der *Ta'i Ho Tien*, der Halle der Höchsten Harmonie, aufgebaut. In weniger als zwölf Stunden würde dieses riesige freie Gelände mit Höflingen und Gästen, Dienern und Leuten des Sicherheitsdienstes überfüllt sein. Er wandte sich um und blickte zum Tor der Höchsten Harmonie zurück und den fünf weißen Brücken dahinter, die das Goldene Wasser überspannten. Würde hier heute etwas geschehen? Würden ihre Feinde Erfolg haben? Oder konnten sie sie aufhalten?

Sie hatten sich bis spät in die Nacht beraten; er, Li Shai Tung und Tolonen, die wußten, daß das Ding, das sie gefunden hatten – die ›Kopie‹ von Klaus Ebert – auf etwas ungemein Wichtiges hindeutete. Kopien lebender Personen – die Sieben hatten sich lang davor gefürchtet, daß so etwas geschehen würde, ob es verboten war oder nicht, und obwohl das Edikt strengste Strafen verhängte, wenn jemand von ihren Richtlinien zur menschlichen Gentechnik abwich, war es im Laufe der Jahre zu vielen Fällen gekommen, in denen wissenschaftliche Kuriositäten das Jahr der Bestrafung überstanden. Nun erwiesen sich diese harten Maßnahmen als gerechtfertigt. Wer konnte sich in seinem eigenen Körper noch sicher fühlen, wenn solche Kopien durch die Welt liefen? Wem konnte man vertrauen?

Wyatts Hinrichtung war erst zwei Tage her, und der Schock wirkte noch überall auf der Welt nach. Es konnte sein, daß die Dispersionisten eine Antwort darauf planten. Aber es war viel wahrscheinlicher, daß sie schon lange vorher etwas in der Hoffnung arrangiert hatten, ihr Komplott würde noch viel wirksamer sein, wenn ganz Chung Kuo zusah.

»Den Göttern sei gedankt, daß wir das Ding rechtzeitig gefunden haben«, hatte Tolonen gesagt und dem T'ang das Holo von Eberts Kopie gezeigt. »Zumindest wissen wir jetzt, wonach wir suchen.« Aber Shepherd hatte seine Zweifel gehabt. Was wäre, wenn es eine Täuschung war? Was wäre, wenn das Ganze ein gewaltiges Täuschungsmanöver war, das ihren Blick auf etwas anderes lenken sollte, während der eigentliche Angriff stattfand? »Würden sie zweihundert Millionen Yuan für einen Köder ausgeben?« hatte Tolonen ihn gefragt, und er hatte es bejaht. Eine Milliarde. Zwei Milliarden. Wenn es sie nur ablenkte. Aber der T'ang hatte seinem General zugestimmt. Es war ein glücklicher Zufall, daß Ebert zum selben Zeitpunkt in sein Büro gekommen war wie seine Kopie, und außerdem war ihm das Ding zu ähnlich, um es leichtfertig wegzuwerfen. Es lag auf der Hand, daß sie geplant hatten, Ebert umzubringen und das innere Heiligtum der Kaiserlichen Stadt zu infiltrieren. Es würden noch mehr kommen, dessen war sich Li Shai Tung sicher. Sie würden die Tore schließen und jeden Gast beim Eintreten überprüfen. Und nicht bloß Gäste, sondern auch die Familie und die Sieben. Zum Nutzen von allen.

»Wir werden sehen«, hatte Shepherd gesagt, sich tief verbeugt und das letzte Wort des T'ang akzeptiert. Aber er hatte nachgedacht. Und was wäre, wenn es noch mehr Kopien gab? Was wäre, wenn sie auf andere Weise zuschlagen wollten?

Tolonen hatte über seinen Vorschlag nachgedacht, Teile der Kaiserlichen Stadt abzuriegeln; jetzt unterbrach er seine Gedanken. »Vielleicht haben Sie recht, Hal. Es wäre keine große Sache, die ganze westliche Seite der Stadt abzuriegeln, ebenso wie diesen Teil hier im Nordosten. Hier bei den Südküchen ist genug Platz, um den Überschuß aufzunehmen, und wir würden mit dem Bankett nicht durcheinander kommen.«

Shepherd gähnte, dann lachte er. »Machen Sie besser schnell, Knut, bevor wir alle einnicken.«

Der General starrte ihn einen Moment lang an, dann lachte er. »Ja. Natürlich. Entschuldigung, Hal. Brauchen Sie etwas zum Auffrischen? Mein Adjutant könnte Ihnen etwas holen.«

Shepherd schüttelte den Kopf. »Vielen Dank, aber nein. Ich halte nichts von Tabletten. Sie bringen meinen Kreislauf durcheinander. Nein, ich werde schlafen, wenn alles vorbei ist.«

»Wie Sie wollen.« Der General zögerte, dann streckte

er die Hand aus und faßte Shepherd am Arm. »Fühlen Sie sich echt?«

Shepherd lachte. »Völlig echt. Was ist los?«

»Die Tore sind bereit. Ich wollte eins von ihnen testen. Kommen Sie mit?«

»Natürlich. Gehen Sie vor.«

Am Tor des Himmlischen Friedens hielt Shepherd inne und ließ den Blick nach oben schweifen. In nur zwei *li* Entfernung ragten die nackten, perlweißen Mauern der Stadt Asien zwei *li* in den Himmel wie die Zunge eines gewaltigen Gletschers, der die uralte Hauptstadt von allen Seiten umgab. Dies hier, gemahnte er sich, war das Zentrum der Welt – das Herz von Chung Kuo. Hier hatte vor hundertachtzig Jahren alles begonnen. Diese Stöcke waren als erste erbaut worden, nach den Plänen seines Ururgroßvaters. Sie ragten in einer Höhe von dreihundert Ebenen über der alten Kaiserlichen Stadt auf. Doch als er sich umwandte und zurückblickte, kam er zu keinem Schluß, was von beidem größer war. Die neue Stadt war ein kolossales Werk, doch hatte sie auch nur einen Bruchteil der Erhabenheit, der schieren atemberaubenden Pracht der Verbotenen Stadt?

Nein. Nicht im mindesten.

Die Tore waren im Zwischenraum der beiden Städte errichtet worden, sechs Reihen, die durch eine Anzahl labyrinthartiger, nach oben offener Korridore verbunden waren. Es war eine übereilt errichtete, unübersichtliche Konstruktion. An verschiedenen Kreuzungen der Korridore ragten auf Stelzen Wachttürme auf, von denen sowohl manuell wie von Computern bediente Gewehrläufe nach unten zeigten.

»Das wird ihnen nicht gefallen«, sagte Shepherd und wandte sich Tolonen zu.

»Nein. Ich fürchte nicht. Aber dieses eine Mal müssen sie sich damit arrangieren.«

Shepherd schüttelte traurig den Kopf. Es war

schlimm. Vor allem nach der Hinrichtung. Es würde den Eindruck erwecken, sie träten in ein neues, brutaleres Zeitalter ein. Was für viele ein Feiertag sein sollte, nahm ominöse Untertöne an.

Aber wer war daran schuld? Welche Wahl hatten sie gehabt?

»Meinen Sie wirklich, Sie werden einige dieser Kopien fangen?«

Der General lächelte matt. »Da bin ich mir sicher, Hal. Ich weiß, Sie denken, ich irre mich. Nun, möglicherweise. Alles ist möglich. Deshalb habe ich für alle erdenklichen Eventualitäten Vorkehrungen getroffen, einen Angriff aus der Luft, Bomben, Attentäter in meiner eigenen Elitegarde, Gift im Essen, Heckenschützen, Verrat in Hunderten Erscheinungsformen. Ich habe meine Geschichtslektion hinter mir. Ich weiß, auf welch unterschiedliche Arten ein König getötet werden kann.«

Tolonens versteinertes Gesicht wirkte müde. »Ich habe schreckliche Dinge getan, um das Leben meines T'ang zu schützen. Schreckliche, aber notwendige Dinge.«

Ja, dachte Tolonen. Wie die Ermordung der fünfzehn Männer, die diese Sicherheitstore konstruiert haben. Noch fünfzehn, die auf meine große Rechnung gehen. Und dazu gute Männer. Aber ihr Tod war notwendig, um das Leben der Sieben zu schützen. Denn ohne die Sieben …

Er zitterte, dann verdrängte er den Gedanken und machte sich auf den Weg zu den Toren. Shepherd schloß sich ihm an, schwieg jetzt und war tief in Gedanken versunken. Als sie sich dem nächsten Tor näherten, gingen die Elitewachen in Habachtstellung und schulterten ihre Gewehre.

»Wo ist der befehlshabende Offizier?«

»Hier, General.« Der Hauptmann der Elitetruppe eilte herbei, nahm Haltung an und verbeugte sich förmlich vor den beiden Männern. »Wir sind fast fertig, Sir. Nur noch zwanzig oder so sind zu überprüfen.«

»Gut. Dann zeigen Sie uns einen der Sicherheitsräume. Ich möchte dem Hauptberater des T'ang zeigen, was wir vorbereitet haben.«

Der Kapitän zögerte, als wollte er etwas sagen, dann verbeugte er sich wieder. »Natürlich, Sir. Bitte folgen Sie mir.«

Sie gingen zu einem der größeren Tore. Eine Treppe führte ins Innere. Hinter einem Vorhang stand ein üppig gepolsterter Stuhl, der von einem ganzen Arsenal modernster medizinischer Geräte umgeben war.

»Ich bin beeindruckt«, sagte Shepherd, sah sich um und berührte verschiedene Instrumente. »Sieht so aus, als hätten Sie gründliche Arbeit geleistet.«

Der General nickte dem medizinischen Techniker zu, der sich ihnen eilig angeschlossen hatte, und fing an, sich ohne Umstände auszuziehen. »Ich mach's zuerst. Dann Sie.«

Shepherd lächelte. »Natürlich.«

Hinter dem Vorhang zischte es leise, dann hörten sie das Geräusch eines Rades, das in Drehung versetzt wurde.

»Jetzt sind wir eingeschlossen. Wenn ich nicht der bin, der ich zu sein behaupte – wenn ich eine Fälschung bin –, dann füllt sich die ganze Kabine mit einem hochgiftigen Gas.«

Shepherd lachte. »Dann bete ich, daß Sie es wirklich sind.«

Tolonen nickte, ließ die Hose fallen und streifte das gewebte Kleidungsstück ab.

»Sie haben einige interessante Narben, Knut.«

Tolonen sah an sich hinab, dann lachte er. »O ja. Ob Sie's glauben oder nicht, das da ist von einer Frau. Eine richtige Wildkatze war das.« Er lächelte und sah

Shepherd ins Gesicht. »Aber das ist schon lang her. Vierzig Jahre inzwischen.«

Er setzte sich in den Lehnstuhl und ließ sich an die Geräte anschließen. Der Techniker war eifrig mit ihm beschäftigt, sichtlich nervös, daß ausgerechnet er den General des T'ang testen sollte.

Die ersten Tests waren einfache Körperprüfungen. Dann wurden ihm Fingerabdrücke abgenommen, sein Netzhautmuster geprüft und sein Genotypus aufgenommen.

Der General blickte ruhig zu Shepherd auf. »Wenn sie wie diese Ebert-Kopie sind, müßten diese ersten Tests es schon zeigen. Aber ich will es nicht darauf ankommen lassen. Und außerdem können wir, wenn wir Personen darauf überprüfen, ob sie echt sind, auch noch andere Dinge feststellen – ob sie psychologisch indoktriniert wurden oder unter Drogen stehen.«

»Es muß hart für Klaus gewesen sein.«

»Er hat es sehr schlecht aufgenommen.«

Shepherd senkte den Blick. »Es muß schwer gewesen sein, sich selbst so zu sehen. Tot. Geöffnet wie ein Sack Mehl. Das eigene Gesicht bleich und kalt.«

Einen Moment lang sagte Tolonen nichts, dann nickte er ernst. »Ja. Jedenfalls ...«

Der Techniker hatte gewartet und ihrem Gespräch zugehört. Jetzt zog er ein großes, helmförmiges Gerät über dem Kopf des Generals.

Tolonen erklärte es. »Es ist im Grunde ein HeadStim. Aber es ist modifiziert worden, um Körperreaktionen zu überwachen. Es spielt mir für Bruchteile von Sekunden Bilder vor – Hologramme wichtiger Familienmitglieder – und mißt meine Pulsrate und meinen Herzschlag. Auf dem Monitor hier an der Seite wird jede Anomalität angezeigt.«

Er tastete um das Gerät, während der Techniker es an seinen Kopf schnallte, und tippte auf den winzigen schwarzen Bildschirm.

»Es ermöglicht außerdem eine vollständige Überwachung der Hirnfunktionen.«

Shepherd betrachtete ihn nachdenklich. »Wie ich schon sagte. Sehr gründlich. Wenn's noch mehr von diesen Dingern gibt, müßten wir sie eigentlich erwischen.«

Der General gab keine Antwort. Der Test hatte angefangen. Der Techniker warf Shepherd einen nervösen Blick zu, dann machte er weiter. Shepherd begriff sofort. Wenn sie auch nur eine dieser Kopien erwischten, würde sie hier sofort außer Gefecht gesetzt. Das war gut. Aber der unglückliche Techniker, der sich mit ihr in dem Sicherheitsraum aufhielt, würde auch ausgeschaltet werden.

»Ich würde mir keine Sorgen machen«, sagte Shepherd beruhigend. »Ich bezweifle, daß es noch mehr von ihnen gibt.«

Draußen, hinter den großen Mauern der Stadt, ging über Pei Ching[57] die Sonne auf. Der neue Tag – der Tag von Han Ch'ins Vermählung – war angebrochen.

* * *

Maria stand in der Tür und sah ihren Mann an. Josef Krenek zog sich gerade an und hatte ihr den Rükken zugewandt. Sie sah zu, wie er den neuen Seiden-*Pau* überzog und mit der Schnur zuband. Dann, und erst dann drehte er sich um und antwortete ihr.

»Was ist, Maria? Siehst du nicht, daß ich mich fertig mache?«

Sie hatte sich schon vor einer Stunde angezogen und seitdem gewartet, daß er aufwachte und sich anzog, damit sie sich mit ihm unterhalten konnte.

»Es ist dein Bruder, Josef. Ich glaube, er ist krank. Er hat seit Tagen nichts gegessen, und als ich ihn wekken wollte, kam aus seinem Zimmer keine Antwort. Er hat sich eingeschlossen und gibt nichts von sich, Irina auch nicht.«

Krenek knurrte. Sein Bruder Henryk und seine Frau waren vor drei Tagen vom Mars eingetroffen und sollten nach der Hochzeit wieder abreisen. Alle vier waren Gäste des T'ang und hatten Plätze am Tisch vor dem großen Pfeilpavillon. Aber wenn Henryk krank war …

Krenek schob sich nervös an seiner Frau vorbei und durchmaß mit langen, zielstrebigen Schritten den Korridor. Als er vor der Tür innehielt, zögerte er, dann klopfte er laut an.

»Henryk! Bist du in Ordnung?«

Die Tür glitt beinahe sofort auf. Sein Bruder stand angezogen vor ihm, trug einen enggeknöpften, nachtblauen *Ma k'ua*, ein festliches Jackett aus Samt, und hatte sein dunkles Haar streng aus der Stirn gekämmt.

»Josef … Was willst du?«

Krenek anerkannte den Status seines älteren Bruders, indem er sich leicht verbeugte. Er war erst vor drei Wochen vom Mars zurückgekehrt und eben erst zum Hauptrepräsentanten der Kolonie befördert worden.

»Maria hat sich Sorgen um dich gemacht. Sie …«

Henryk Krenek lächelte und erwiderte die Verbeugung seines Bruders in geringerem Maße. Seine große, fürstlich geschmückte Frau Irina war zur Tür gekommen und stand jetzt neben ihm. Henryk sah an seinem Bruder vorbei seine Frau an.

»Tut mir leid, Maria, aber es war ein Geheimnis. Ein Geschenk für meinen jüngeren Bruder. Weil er uns in den letzten drei Tagen ein so guter Gastgeber war.«

Josef strahlte vor Freude. »Du ehrst mich, Bruder.«

»Nun, vielleicht … Trotzdem.« Henryk drehte sich halb um und sah seine Frau an, dann wandte er sich wieder seinem Bruder zu. »Möchtest du vielleicht reinkommen, Josef? Maria, entschuldigst du uns einen Moment?«

Maria verbeugte sich tief. »Ich habe noch viel zu tun, Henryk. Entschuldigt, daß ich euch mit meinen dummen Befürchtungen gestört habe.« Ihre Wangen erröteten, dann trat sie zurück, drehte sich um und eilte durch den Korridor davon.

Henryk sah ihr nach, dann ging er hinein und schloß die Tür.

»Nun, Bruder ...«, sagte er und wandte sich Josef zu. Und gerade, als er die Worte aussprach, sah er, wie Irina hinter den Mann trat, ihm die Schnur um den Hals legte und sie mit unheimlicher, übermenschlicher Kraft zuzog.

* * *

Diener machten ihren *K'o t'ou*, als Han Ch'in den *Chien Ching Kung*, den Palast der Himmlischen Reinheit, betrat. An der Stirn- und den Längsseiten des großen Saals waren Tischreihen aufgestellt worden, Tausende von Tischen, die den Platz zwischen den Säulen beanspruchten. Tischtücher in kaiserlichem Gelb[58] bedeckten die Tische, und auf jedem lagen hohe Stapel von Hochzeitsgeschenken.

Han Ch'in sah sich um, dann wagte er sich ins Halbdunkel des Saals. Sofort eilten zwei Diener herbei, um sich dem Prinzen anzuschließen, der eine ging vor, der andere hinter ihm, und jeder trug eine einfache Öllaterne auf einem langen Stab. Es war Tradition, daß in diesen Sälen keine neumodischen Lichtquellen entzündet wurden, eine Tradition, die niemand zu brechen gedachte.[59]

Han Ch'in ging umher, sah sich dies und das an, dann drehte er sich um, das Gesicht und die Schultern von oben beleuchtet, und seine dunklen Augen glänzten feucht. Seine Schatten erstreckten sich von ihm bis zur anderen Seite, wie geisterhafte Tänzer, dunkel, lang und schmal, und flackerten im unruhigen Licht. »Yuan! Komm her! Schau dir das an.«

Li Yuan war in der großen Tür stehengeblieben und starrte zur reich geschmückten Decke empor. Dies war sein erster Besuch in der Kaiserlichen Stadt, und er war beeindruckt von ihrer verschwenderischen Schönheit. Im Vergleich dazu waren ihre eigenen Paläste, so luxuriös sie auch waren, klein und bedeutungslos. Hier herrschte eine unvorstellbare Pracht, Schönheit fast bis zum Exzeß. Er seufzte und schüttelte den Kopf. Schönheit, ja, aber diese Schönheit hatte auch ihre dunklen Seiten. Er kannte ihre Geschichte, er hatte gelernt, wie die *Ch'ing* – die Mandschus – von hier aus mehr als zwei Jahrhunderte lang geherrscht hatten und, von ihrer eigenen Korruptheit, ihrem Stolz und ihrer Ignoranz niedergedrückt, gestürzt worden waren. Dieser Palast – eigentlich schon eine Stadt aus Palästen – war auf Leid errichtet worden, auf Ungerechtigkeit und Ausbeutung.

Die Geschichte von Chung Kuo – sie war eine Aufeinanderfolge von Träumen und Enttäuschungen, große Zyklen von Pracht, auf die Dekadenz folgte. Es war, als ob sich das große Rad selbst durch die Zeit drehte, unausweichlich, Menschen erhob und hinabriß, um sie zu zermalmen, zusammen mit ihren Träumen von Frieden oder weiteren Eroberungen. So war es mehr als drei Jahrtausende lang gewesen, aber es hatte in solche Exzesse gemündet, daß die Stadt erbaut worden war. Um die unerbittlichen Drehungen des großen Rades aufzuhalten und den Traum von zehntausend friedlichen Jahren wahr zu machen.

Aber drehte sich das große Rad jetzt wieder, unerkannt unter dem Eis? Oder hatte es schon eine vollständige Drehung vollzogen? Waren sie selbst die neue *Ch'ing*, die stürzen sollten?

»Yuan!« Han stand neben einem der Tische und warf ihm einen Blick zu. »Hör auf zu träumen und komm her! Schau dir das an!«

Li Yuan sah zu ihm hinüber, dann lächelte er und ging zu ihm, und ein Diener leuchtete ihm den Weg.

Han Ch'in gab ihm das Modell des Pferdes. »Es ist schön, nicht? Die ganzen Geschenke der Ehrengäste sind an diesem Ende ausgestellt. Das Pferd ist von der Familie Pei.«

Li Yuan drehte es in seinen Händen und gab es ihm zurück. Er war aus massivem Gold. »Es ist sehr schwer, was?«

Han lachte. »Nicht so schwer wie der Silberphönix, den das Abgeordnetenhaus als Geschenk geschickt hat. Du müßtest ihn sehen! Er ist riesig! Es hat acht Männer erfordert, ihn herzubringen!«

Li Yuan sah sich um und starrte in die Schatten zu beiden Seiten. Die Tische schienen sich endlos aneinanderzureihen, jeder einzelne mit einem kleinen Vermögen an Hochzeitsgeschenken beladen. »Das nimmt kein Ende, was?«

Han schüttelte den Kopf und hatte einen seltsamen Ausdruck in den Augen. »Es ist erstaunlich. Es sind mehr als acht Millionen Stücke. Wußtest du das, Yuan? Sie sind jetzt seit Wochen mit dem Katalogisieren beschäftigt. Und es kommt immer noch ständig etwas an. Das Sekretariat arbeitet rund um die Uhr, um den Leuten wenigstens schriftlich zu danken. Es ist sogar so schlimm, daß sie zusätzlich zehntausend Mann in die Abteilung aufnehmen mußten!«

Han starrte schweigend in die schattige Leere des Saals, und Reflexe des Lampenlichts flackerten auf seinem dunklen Haar. Dann drehte er sich um und sah Yuan direkt an. »Weißt du, ich habe gerade nachgedacht, *Ti ti* ...«

Das vertraute Wort brachte Li Yuan zum Lächeln. »Kleiner Bruder«, bedeutete es. Doch zwischen ihnen war es wie ein besonderer Name. Ein zärtliches Wort.

»*Du* hast nachgedacht?«

Han Ch'in lächelte, dann sah er wieder weg und

hatte einen nachdenklicheren Ausdruck als sonst im Gesicht. »Schau dir das an. Die Geschenke füllen diesen Saal und fünf weitere bis zum Überlaufen. Und trotzdem, wenn ich von jetzt an bis zum Ende meiner Tage nichts anderes mehr tun würde, als diese Dinge bloß anzusehen, aufzuheben und zu berühren...« Er schüttelte den Kopf, dann senkte er den Blick. »Irgendwie ist es eine ungeheure Verschwendung. Ich werde nie dazu kommen, mir auch nur die Hälfte davon anzusehen.«

Er stellte das Pferd wieder hin. »Hier liegt soviel herum.«

Li Yuan musterte seinen Bruder. Dieser Ort macht dir also auch zu schaffen. Du siehst dich um und denkst, wie ähnlich wir den *Ai Hsin Chiao Lo* – den Mandschu – sind, und wie sehr wir uns doch von ihnen unterscheiden. Aber dann fragst du dich, in welcher Hinsicht wir uns von ihnen unterscheiden. Und du fürchtest, deine Exzesse ähnelten ihren. Er lächelte, und ein leichter Schauer lief ihm den Rücken hinunter. Oh, Han Ch'in, wie sehr ich dich für den Teil in dir liebe, der sich sorgt. Den Teil, der einen guten T'ang abgeben würde – der sich seiner Verantwortung derart bewußt ist. Vergiß nie die Sorgen, die dich plagen, denn sie machen dich aus – sie sind das wirklich Gute in dir.

Han Ch'in war weitergegangen. Gerade betrachtete er einen der großen Wandteppiche, die an der Seitenwand hingen. Li Yuan trat neben ihn. Einen Moment lang schwiegen sie beide und blickten im unruhigen, flackernden Lampenlicht zu der lebhaft bunten Landschaft hinauf, dann kniete Han nieder und legte einen Arm um Yuans Schultern.

»Weißt du, Yuan, es gibt Zeiten, da wünsche ich mir, ich sei nicht hier.« Seine Stimme war jetzt ein Flüstern. »Manchmal wünsche ich mir nichts so sehr, als all das aufzugeben und normal zu sein. Verstehst du?«

Li Yuan nickte. »Das verstehe ich sehr gut. Du bist

ein Mensch wie jeder andere, Han. Du wünschst dir am meisten das, was du nicht haben kannst.«

Han schwieg einen Moment, dann schüttelte er den Kopf. »Nein. Du verstehst mich nicht. Ich will es, weil ich es will. Nicht weil ich es nicht haben kann.«

»Und Fei Yen? Was ist mit Fei Yen? Würdest du sie aufgeben? Würdest du dein Pferd aufgeben? Deine feine Kleidung? Die Paläste vor der Stadt? Würdest du das alles wirklich aufgeben?«

Han starrte ausdruckslos ins Leere. »Ja. Manchmal denke ich schon daran.«

Li Yuan drehte sich um und sah seinem Bruder ins Gesicht. »Und manchmal glaube ich, du seist verrückt, großer Bruder. Die Welt ist zu kompliziert. Sie kann für dich nicht so einfach sein. Außerdem bekommt kein Mensch je, was er wirklich will.«

Han wandte den Kopf und betrachtete ihn aufmerksam. »Und was willst du, *Ti ti?*«

Li Yuan senkte den Blick, und seine Wangen röteten sich leicht. »Wir sollten jetzt gehen. Vater wird uns suchen.«

Han Ch'in blieb stehen und sah Li Yuan zwischen den Tischen zur großen Tür gehen, und der Diener folgte ihm mit der Laterne. Nein, dachte er, du verstehst mich einfach nicht, kleiner Bruder. Dieses eine Mal verstehst du den Sinn meiner Worte nicht.

Im Laufe des letzten Jahres war dieser Gedanke in ihm gewachsen. Zuerst war es eine Marotte gewesen – etwas, das ihn amüsierte. Aber jetzt, heute, war es ganz klar für ihn. Er würde es ablehnen. Würde abtreten. Würde vor seinem jüngeren Bruder niederknien.

Warum nicht? fragte er sich. Warum muß ausgerechnet ich es sein?

Dann also Li Yuan. Han lächelte und nickte bei sich. Ja. So sollte es sein. Li Yuan würde T'ang werden, nicht Li Han Ch'in. Und er würde ein großer T'ang sein. Vielleicht der größte von allen. Und er, Li Han Ch'in, würde stolz auf ihn sein.

Ja. So sollte es sein. Darauf würde er bestehen.

* * *

Maria Krenek verbeugte sich unterwürfig und merkte, daß ihr Mann Josef schon weitergegangen war. »Es tut mir sehr leid, Madam Yu. Mein Mann ist heute nicht er selbst. Ich bin mir sicher, er hat nichts damit gemeint.«

Madam Yu hob ungelenk den Fächer, ihr Gesicht von Zorn verfinstert, und sah über die kleinere Frau hinweg. Sie wandte sich den beiden Männern an ihrer Seite zu.

»Wie kann er es wagen, so über mich hinwegzusehen, als kenne er mich gar nicht! Ich werde dafür sorgen, daß dieser ungehobelte Kerl aus der vornehmen Gesellschaft ausgeschlossen wird! Das wird ihn ein paar Ebenen nach unten befördern! Jetzt, wo sein Bruder der Repräsentant für den Mars ist, glaubt er, er könne auf jeden hinunterblicken. Nun gut! Wir werden sehen.«

Maria zog sich zurück, beunruhigt über das, was sie gehört hatte. Madam Yu war eine Frau, die man sich besser nicht zum Feind machte. Sie hatte Zugang zu den Untergeordneten Familien. Ihre Gesellschaften waren ein bedeutsamer Teil des Lebens oben – und sie selbst konnte einem Mann die Gelegenheit verschaffen, mit anderen wichtigen Männern zum gegenseitigen Nutzen zusammenzutreffen. Sie hatte größere Männer als Josef Krenek vernichtet, und jetzt würde sie ihn vernichten.

»Josef!« sagte Maria leise, aber drängend, schloß zu ihrem Mann auf und faßte ihn am Arm. »Was hast du dir dabei gedacht? Geh zurück und knie vor ihr nieder. Uns allen zuliebe, geh bitte hin und knie vor ihr nieder. Sag, daß es dir leid tut. Bitte, Josef!«

Er sah auf die Hand an seinem Arm, dann warf er seinem Bruder und seiner Frau einen Blick zu. Alle waren fassungslos, als er ihren Arm abschüttelte.

»Geh nach Hause, Maria. Los! Sofort!«

Ihr Mund stand offen. Sie lief rot an und fühlte sich so erniedrigt wie nie zuvor in ihrem Leben. Maria drehte sich um und lief davon.

* * *

Nocenzis Stimme im Kopf des Generals klang drängend. »Knut! Ich habe etwas!«

Der General stand neben dem Hintereingang eines der Sicherheitsräume. Sie hatten ihn gerade entriegelt und das Ding herausgeschafft, das versucht hatte, durch ihre Abschirmung zu gelangen. Wie die anderen war es bestürzend menschlich – besser als die Kopie Eberts. Anders. Weit komplexer. Als sei die Ebert-Kopie ein Versuch gewesen, sie auf die falsche Spur zu bringen.

»Was ist los, Vittorio?«

»Ich habe die Ankömmlinge aus Nanking mit der Gästeliste verglichen. Jetzt raten Sie mal.«

»Sie kommen vom Mars.«

»Stimmt.«

»Alle?«

Sie hatten bisher acht Kopien erwischt. Acht! Der Gedanke erschreckte ihn, was passiert wäre, wenn sie den falschen Ebert nicht entdeckt hätten. Aber anders als ›Ebert‹ waren diese Kopien bewaffnet gewesen. Es waren wandelnde Waffenarsenale, die ihre Bewaffnung in ihrem Fleisch verbargen. Schon zwei hätten ein Chaos angerichtet, wenn sie durchgekommen wären. Aber acht…

Nocenzi zögerte, bis er es bestätigt bekam, dann: »Bisher alle.«

Tolonen kniete über dem toten Ding, zog sein Messer,

schnitt die Seidengewänder auf und enthüllte den Torso. Dies hier war eine junge, siebzehn Jahre alte Frau, die Tochter eines führenden Geschäftsmanns aus der Brache-Siedlung. Er wartete in der Verbotenen Stadt und wußte noch nicht, daß seine Tochter schon vor Monaten ermordet und durch dieses Ding ersetzt worden war. Es war ein schlechter Tag. Ein sehr schlechter Tag. Aber es hätte viel schlimmer kommen können.

Er zögerte, ehe er in eine der Brüste schnitt. Blut quoll heraus und rann die glatten Flanken des Dings hinunter. Tolonen riß sich zusammen, schnitt weiter und zog das Fleisch auseinander, um den harten, schützenden Brustkasten darunter zu entblößen. Ja, wie bei den anderen. Sie alle verfügten über diese Schutzhülle über ihren lebenswichtigen Organen und unter dem künstlichen Fleisch. Als ob der, der sie konstruiert hatte, dafür sorgen wollte, daß sie großer Hitze widerstehen und lang genug funktionieren konnten, um maximalen Schaden anzurichten.

»Hören Sie zu, Vittorio. Ich möchte, daß Sie Akten über alle Marskolonisten anlegen, die wir noch nicht überprüft haben, und beauftragen Sie eine Elitetruppe damit, sie auszusondern, bevor sie die Tore erreichen. Ich will eins von den Dingern lebend, verstanden?«

Lebend … Seine Haut zog sich zusammen. In funktionstüchtigem Zustand, meine ich. Diese Dinger haben nie gelebt. Nicht wirklich.

Er stand auf und bedeutete dem Techniker, das Ding wegzubringen.

»Und außerdem, Vittorio: warnen Sie Ihre Männer, daß diese Dinger gefährlich sind. Möglicherweise das Gefährlichste, mit dem sie je zu tun hatten.«

* * *

Als er in das Niemandsland zwischen den Städten hinaustrat, wußte Josef Krenek, daß etwas nicht stimmte.

Gäste standen Schlange, um, wie es schien, an Kontrollposten vorbeizukommen, die nicht hätten dort sein sollen. Henryk und Irina neben ihm merkten nicht, daß etwas nicht in Ordnung war. Aber das konnten sie auch nicht; ihre Programmierung war sehr viel einfacher als seine.

Er sah sich um und versuchte die Lage abzuschätzen. Dreiköpfige Elitegruppen gingen langsam an den Menschenreihen entlang und überprüften die ID-Karten. In weiterer Entfernung, wo etwas wie ein Labyrinth für menschliche Versuchskaninchen errichtet worden war, ragten Wachttürme empor.

Sie wissen, daß wir hier sind, dachte er sofort. Diese Tore sind Abschirmungen.

Wie beiläufig zog er Henryk und Irina von der Schlange weg, als hätten sie etwas in der Empfangshalle liegengelassen. Dann flüsterte er ihnen eindringlich zu, was seiner Ansicht nach vor sich ging.

»Was sollen wir tun?« Henryks kalte, klare Augen verlangten von Josef eine Antwort. »Wir haben für einen solchen Fall keine Anweisungen.«

Josef antwortete unverzüglich. »Ich will, daß du da rausgehst, Henryk. Ich will, daß du zu einer dieser Wachen gehst und fragst, warum wir uns in die Reihe stellen müssen. Du sollst herausfinden, wonach sie suchen. Gut?«

»Was ist, wenn sie nach mir suchen? Wenn sie versuchen, mich festzunehmen?«

Josef lächelte kalt. »Dann bringst du sie her.«

Er beobachtete, wie Henryk hinausging, die Männer begrüßte, und bemerkte sofort, wie die Soldaten reagierten. Er hörte ihre lauten Fragen und sah, daß Henryk sich umdrehte und in die Richtung deutete, wo er neben Irina stand.

Also gut, dachte der Teil in ihm, der zu DeVore gehörte, es hätte funktionieren können. Es hätte wunderbar klappen können. Stellt euch das vor! Wir zwölf steigen die Marmorstufen hinauf, den Tod in den Fingerspitzen, und die Familien stürzen wie Schachfiguren um!

Er lächelte und wandte sich Irina zu. »Tu nichts, bevor ich es sage. Ich werde versuchen, da durchzukommen.« Er deute auf das Labyrinth aus Schirmen, Korridoren und Wachttürmen. »Aber nicht direkt. Wenn ich ein bißchen Glück habe, werden sie mich durchbringen. Wenn nicht ...«

Henryk hatte sie erreicht und stellte sich neben sie, und einer der Elitewachmänner hielt ihn locker am Arm. Aus allen Richtungen eilten weitere Trupps herbei.

»Was gibt's für Probleme, Hauptmann?« fragte Josef und sah den Offizier ruhig an.

»Für Sie keine, Sir. Aber Ihr Bruder und seine Frau, fürchte ich, müssen mich begleiten. Ich habe Befehle, alle Marskolonisten aufzuhalten.«

Josef ließ sich seine Überraschung nicht anmerken. Warum nicht mich? fragte er sich. Dann begriff er. Sie sind auf die Verbindung mit dem Mars gestoßen. Aber ich bin nicht auf diese Weise ins Spiel gebracht worden. Ich war schon hier. Der Erste. Der Dreh- und Angelpunkt des Plans.

»Das ist ja nicht zu fassen«, sagte er und sah Henryk besorgt an. »Ich bin mir trotzdem sicher, daß das alles nur ein Mißverständnis ist, großer Bruder. Wir tun besser, was diese Männer sagen, gut? Bis wir Klarheit darüber gewonnen haben, was eigentlich los ist.«

Der Hauptmann schüttelte den Kopf. »Tut mir leid, Sir, aber ich bin angewiesen, nur Mars-Kolonisten festzunehmen.«

»Aber natürlich, Hauptmann.« Für einen Augenblick war er Josef Krenek in einem seiner schleimigsten Momente, als versuchte er gerade einen Kunden zu überreden, eine neue Produktpalette zu kaufen. »Sie müssen mir erlauben, meinen älteren Bruder und seine

Frau zu begleiten. Es gibt Gesetze gegen ungerechtfertigte Verhaftungen und das Recht auf Vertretung vor dem Gesetz. Oder sind die außer Kraft gesetzt worden?«

Der Hauptmann zögerte, lauschte den Befehlen in seinem Kopf und nickte knapp. »Man hat mir gesagt, Sie können mitkommen, *Shih* Krenek. Aber mischen Sie sich bitte nicht ein. Dies ist eine wichtige Angelegenheit. Ich bin mir sicher, wir können sie schnell hinter uns bringen.«

Krenek lächelte und folgte ihnen schweigend. Ja, daran zweifle ich nicht. Aber nicht hier. Noch nicht.

* * *

Der General beobachtete durch den Einwegspiegel die Männer und Frauen, die sich in dem kleinen Raum zusammendrängten.

»Nun?« fragte er. »Sind das alle Kolonisten?«

Nocenzi nickte. »Bis zum letzten Mann. Insgesamt zweiundsechzig.«

Tolonen strich sich nachdenklich übers Kinn, dann wandte er sich um und sah seinen Major direkt an. »Können wir hier ein Tor montieren? Ich will alle verbliebenen Menschenkopien aufspüren. Aber ich will nicht, daß sie vernichtet werden. Verstanden?«

Nocenzi nickte. »Meine Männer arbeiten schon daran.«

»Gut.« Sein erster Gedanke war gewesen, alle Kopien zu vergasen, aber sie brauchten ein funktionstüchtiges Exemplar, um festzustellen, woher sie kamen und wer dahinter steckte.

»Wie viele von den Kolonisten haben sich als Kopien herausgestellt?«

Nocenzi sah seinen Leutnant an, der sich verbeugte und für ihn antwortete. »Neun von dreihundertachtzehn. Also knapp unter drei Prozent.«

Tolonen sah noch mal in den Raum. Wenn der Prozentsatz konstant war, mußten sich da drin also mindestens eins, vielleicht zwei von diesen Dingern aufhalten. Aber woran sollte man das erkennen? Fürs bloße Auge waren sie nicht voneinander zu unterscheiden.

»Wenigstens sind sie nicht vermint«, sagte Nocenzi und trat an seine Seite. »Stellen Sie sich vor, welchen Schaden sie in diesem Fall hätten anrichten können. Wenn ich sie entworfen hätte, hätte ich sie von Stimmungen unabhängig gemacht. Mehr noch, ich hätte sie etwas weniger fügsam gemacht. Keiner von ihnen hat sich auf dem Weg in die Sicherheitsräume beschwert. Es ist so, als seien sie nicht darauf programmiert. Doch sie müssen über eine ziemlich komplexe Programmierung verfügen, um den Anschein zu wahren, und erst recht, um hier aufzutreten. Sie müssen irgendeinen Plan gehabt haben.«

Tolonen fuhr zusammen und wandte sich seinem Major zu. »Natürlich! Warum habe ich nicht schon längst daran gedacht?« Er lachte kurz, dann erschauderte er. »Begreifen Sie nicht, Vittorio? Zwölf davon. Einer von ihnen ist der Dreh- und Angelpunkt, der Stratege, der alles im Kopf hat, während andere nur über Grundzüge dessen verfügen, was zu tun ist, aber nichts von dem Gesamtplan wissen.«

Nocenzi begriff sofort. »Eine Eliteangriffstruppe. Wie unsere eigenen Sicherheitstruppen. Die funktionieren auf dieselbe Weise.«

»Ja!« sagte Tolonen erregt. »Das erklärt, warum sie so fügsam waren. Sie brauchten nur ein bestimmtes Maß an Programmierung. Sie haben nur Befehlen gehorcht. Aber einer von ihnen – einer von den ›Leuten‹ in diesem Raum – ist der Fadenzieher. Der Stratege.«

DeVore. Alle Hinweise deuteten auf DeVore. Die ganze Sache trug seine Handschrift, entsprang seinem Denken, seinem Elitetraining.

»Es werden drei sein, da bin ich mir ganz sicher. Zwei Soldaten und ein Stratege. Der letztere ist es, den ich will. Den Fadenzieher. Die anderen dürften nichts wissen. Aber dieser ...«

In dem Moment, als er die Worte aussprach, sah er es. Er sah, wie sich zwei von ihnen in der Mitte des Raumes trafen, einander berührten, Funken stoben und blaue Adern elektrischer Entladungen die Luft zwischen ihnen ausfüllten.

»Runter!« schrie er und warf sich zu Boden, als der Raum hinter dem Spiegel in blendendem Licht erstrahlte.

Und dann kam die Decke herab.

* * *

Krenek ging in die Knie und senkte den Kopf, legte die Handflächen auf die Oberschenkel und richtete die Finger nach innen, ahmte die Haltung der Zehntausenden nach, die ihn umgaben. Dann richtete er sich auf und beobachtete die Gruppe, die sich oben auf der Treppe unmittelbar vor der Halle der Höchsten Harmonie versammelte. Yin Tsu und seine Familie erschien links, Li Shai Tung und seine rechts. Unter ihnen, auf der Treppe selbst, verbeugten sich die sieben Neukonfuzianischen Beamten und stimmten die uralten zeremoniellen Worte an.

Er sah nach rechts, dann nach links und senkte erneut den Kopf, wie es andere ringsum taten. Überall standen schwer bewaffnete und aufmerksame Wachleute, viele davon ohne Zweifel GenSyn-Produkte. Gehorsame, verläßliche, berechenbare Geschöpfe, die keine Fragen stellten.

Krenek lächelte. Sie sind so anders als ich, dachte er. Ich bin besser gemacht worden, verschlagener, menschlicher.

Aber es gab immer noch ein Problem. Er war zu

weit weg. Selbst wenn nur zwei von den anderen dabei gewesen wären, hätte es noch funktioniert. Aber jetzt?

Er sah sich um, schätzte Entfernungen ab, überlegte, wo es Schwachstellen gab, wo nicht, und spielte im Kopf Szenarien von hoher Wahrscheinlichkeit durch, bis er es ganz deutlich sah. Dann, und erst dann legte er sich auf einen Plan fest. Ich werde fünfzehn Sekunden haben, höchstens achtzehn. In zehn werde ich die halbe Strecke zurückgelegt haben. Sie werden den T'ang und seine Söhne schützen. Oder es zumindest versuchen. Aber sie werden auch Yin Tsu und seine Tochter Fei Yen zu schützen versuchen. Dafür werden sie ihre Aufmerksamkeit teilen müssen.

Ja, aber sie würden erwarten, daß er den T'ang zu erwischen versuchte. Darauf werden sie ihre Verteidigung konzentrieren. Er lächelte wieder, als sich der von DeVore stammende Teil in ihm an sein Elitetraining erinnerte. Er sah vor sich, was sie unternehmen würden: eine Menschenmauer vor ihm errichten, ihn mit zwei Mann zurückziehen und das kleinstmögliche Ziel aus ihm machen. Und wären sie ernsthaft bedroht, würden sie das Feuer eröffnen und alles töten, was sich ihnen näherte, ob unschuldig oder nicht.

Aber er würde nicht den T'ang angreifen. Auch Han Ch'in nicht. Er würde dort zuschlagen, wo sie es am wenigsten erwarteten. Li Yuan würde sein Ziel sein. Wie von Anfang an.

DeVores Worte klangen deutlich in seinem Kopf. »Töte das Hirn, und die Bestie wird stürzen. Li Shai Tung ist alt, Han Ch'in ist inkompetent. Nur Li Yuan, der Jüngste, ist eine Bedrohung für uns. Nimm dir Han Ch'in vor, wenn du kannst. Ermorde den T'ang, wenn's sein muß. Aber sorge unbedingt dafür, daß Li Yuan tot ist. Wenn er beseitigt ist, wird das Haus der Li nicht mehr lange bestehen.«

Er wartete und wußte, daß der Zeitpunkt schnell

heranrückte. Jeden Moment würden die in safranfarbene Gewänder gehüllten Beamten sich ihnen zuwenden, und die riesige Menschenmenge würde sich erheben und das Paar und seine Familien mit tosendem Beifall begrüßen. Genau zu diesem Zeitpunkt würde er losstürmen müssen und ihre eng aneinandergedrängten Körper als Schutzschilde benutzen. Ihm würden fünf Sekunden bleiben, und dann würde er sich wieder hinknien.

Ja, dachte er, als er es jetzt deutlich vor Augen hatte. Er konnte sich selbst laufen und Feuer aus seinen verstümmelten Händen stieben sehen, konnte die blinde Panik der Menge riechen, das ohrenbetäubende Knattern des Kreuzfeuers hören. Und dann, bevor er die Augen endgültig schloß, würde er den Sohn des T'ang auf dem Marmor hingestreckt sehen, mit dem Gesicht nach unten und Blut aus einem Dutzend tiefer Wunden.

Ja, dachte er. Ja. Noch ein paar Sekunden.

Plötzlich brach der beschwörende Singsang ab. Wie ein Mann drehten sich die Beamten um und sahen in die Menge. Einer in der gewaltigen Menge erhob sich.

Er wollte losstürzen und spürte, wie er festgehalten und hochgehoben wurde. Zwei große Hände zerrten an seiner Brust, zwei mächtige muskulöse Arme bogen seine eigenen zurück und zerdrückten ihn langsam.

»Wohin wollen wir denn, Mr. Krenek?«

* * *

Karr ließ den leblosen Kadaver des Dings fallen, dann ging er vor Tolonen in Habachtstellung.

»Ich weiß nicht, was passiert ist, Sir. In dem einen Moment funktionierte es noch. Dann sah es so aus.«

Tolonen erhob sich nervös von seinem Stuhl und trat vor das Ding. Seine Brust und sein Arm waren eng verbunden worden, und trotz der schmerzstillenden

Medikamente war es schwierig für ihn zu atmen. Er hatte sich zwei Rippen gebrochen und die Schulter ausgerenkt. Ansonsten hatte er sehr viel Glück gehabt. Mehr Glück als Nocenzi. Der Major lag jetzt noch in der Intensivstation und rang mit dem Tod.

Jetzt, nachdem er sich gewaschen, eine neue Uniform angezogen und den leeren linken Ärmel locker an seine Kleidung geheftet hatte, übernahm Tolonen wieder das Kommando. Als er die Kopie ansah, stieg der ganze Ärger erneut in ihm auf.

»Wer hat das durchgelassen? Wer hat die Öffnung der Tore veranlaßt?«

Karr senkte leicht den Kopf. »Es war Marschall Kirow, Sir. Er hat angenommen, die Explosion in dem Raum hätte die letzten Kopien getötet. Es wurde spät, und es mußten noch tausende Gäste eingelassen werden ...«

»Verdammt!« Tolonen Brust hob und senkte sich heftig, und ein Anflug von Schmerz überflog sein Gesicht. Wie hatte Kirow so dumm sein können? Wie konnte er so leichtfertig das Leben des T'ang aufs Spiel setzen? Ein paar tausend Gäste waren also unbequem – was war das im Vergleich zum Überleben des T'ang?

Kirow war dem Rang nach sein Vorgesetzter. Er war erst vor sechs Jahren vom Rat der Generäle zum Marschall gewählt worden, und er hatte im Notfall das Recht, einzuschreiten und das Kommando zu übernehmen, doch was er getan hatte, war unentschuldbar.

Er zitterte. »Danke, Karr. Ich werde die Dinge von hier aus regeln.«

Er sah den großen Mann gehen und wußte, daß Karr auf eigene Initiative dem T'ang möglicherweise das Leben gerettet hatte. Nur er hatte daran gedacht, eine Kopie der Folie zu besorgen, auf der zu sehen war, was sich in dem Raum ereignet hatte. Ihm allein war es gelungen, anhand der Akten die beiden zu identifizieren, die sich mit solch verheerenden Folgen ›vereinigt‹ hatten. Und er war es auch gewesen, der den Bruder Josef Krenek aufgespürt hatte, weil er begriff, wer er war und was er plante.

Den Göttern sei dank, dachte Tolonen. Diesmal haben wir sie geschlagen.

Tolonen hob mit der Stiefelspitze das Gesicht des Dings und ließ es wieder fallen. Diesmal bestand eine vollkommene Ähnlichkeit. Diese Kopie war die beste von allen. Es war ein Jammer. Jetzt würden sie es nie erfahren.

Er wandte sich von der Leiche ab und winkte seinen Adjutanten herbei. Der junge Mann kam sofort und half ihm zurück in den Stuhl.

»Sagen Sie Major Kroger, er soll übernehmen«, sagte er und brachte seinen Stuhl in Gang. »Ich muß sofort Li Shai Tung sprechen.«

* * *

Es war Abend. Die letzten Sonnenstrahlen waren die östliche Mauer hinaufgekrochen, hatten die *Lu Hua Yua* verlassen und die Gärten der Kaiserlichen Stadt in eine riesige, rechteckige Schale voller Schatten verwandelt. Lebhaft bunte Papierlaternen beleuchteten den Bambushain und hingen von Leinen über den lotusbedeckten Teichen und an den Dachkanten der Teehäuser. Vögel sangen in ihren Käfigen ihre süßen, von Drogen inspirierten Lieder in den knorrigen, uralten Ästen der Wacholderbäume. Unten gingen Diener mit Wein, Likören und Tabletts voller Delikatessen zwischen den Gästen umher, während *Shao-lin*-Wachen wie Geister an den Wänden und zwischen den Felsen standen.

Li Yuan blickte auf all das von der Höhe der Marmorterrasse hinab und lächelte. Alle Zeremonien lagen inzwischen hinter ihnen. Unter ihm, zu seiner Rechten war die Hochzeitsgesellschaft in eine zwanglose Feier übergegangen. Han Ch'in plauderte angeregt und Fei Yen schwieg, senkte an seiner Seite demütig den Kopf.

Er sah seinen Vater lachen und eine einzige weiße Blüte aus Hans dunklem Haar pflücken, worauf er sich umwandte und seinem Onkel Li Yun-Ti etwas zuflüsterte. Es herrschte eine fröhliche, fast unbeschwerte Atmosphäre, eine allgemeine Erleichterung darüber, wie sich die Dinge ergeben hatten. Noch vor einer Stunde hatte es ganz anders ausgesehen. Li Yuan war bei seinem Vater gewesen, als er sich mit dem General unterhalten hatte.

Er hatte den General noch nie so wütend erlebt. Es hatte seinen Vater viel abverlangt, Tolonen zu beruhigen und ihn davon zu überzeugen, daß er eine Konfrontation mit Kirow vermied. Aber er hatte auch gespürt, wie erschüttert sein Vater darüber gewesen war, daß er im Hinblick auf die ›Kopien‹ auf so unangenehme Weise recht behalten hatte, wie sehr ihn Kirows Leichtfertigkeit aufbrachte. Er hatte sich sichtlich beherrschen müssen, als er dem General gegenüberstand.

»Tun Sie bitte nichts, Knut. Überlassen Sie das mir. Kirow ist Wei Fengs Untergebener. Ich werde sofort mit Wei Feng sprechen.«

Er hatte sein Versprechen gehalten. Yuan beugte sich vor und sah hinunter. Tolonen saß jetzt in seinem Stuhl, direkt unter ihm, schien gedämpfter Stimmung zu sein und unterhielt sich mit seinen Generalskollegen. Kirow war nicht unter ihnen.

Wei Feng, der T'ang von Ostasien, war außer sich. Er konnte den Gedanken, daß sein General um ein Haar den Tod eines anderen T'ang und seiner Familie verschuldet hatte, nicht ertragen. Er hatte sich Kirow wütend zugewandt und ihm die *Chi-ling*-Plakette[49] von der Brust gerissen, das Symbol des Marschallstatus als einen Militäroffizier des höchsten Rangs, bevor er den Zeremoniendolch aus Kirows Gürtel gerissen und zu Boden geschleudert hatte.

»Sie sind nichts«, war er den gedemütigten Marschall angefahren, mit Tränen vor Wut in den Augen. »Und Ihre Familie ist nichts. Sie haben mir Schande bereitet, Kirow. Gehen Sie jetzt! Gehen Sie mir aus den Augen!«

Nur wenige Minuten später war bekanntgeworden, daß Kirow Selbstmord begangen hatte; sein Sohn, ein Major unter seinem Kommando, hatte ihm sekundiert, bevor er sich selbst umbrachte.

Han Ch'in hatte die ganze Zeit nichts davon erfahren. Jetzt würden Schatten auf sein Ehebett fallen.

»Die beiden sollen nichts davon merken«, hatte sein Vater gesagt und Li Yuan am Arm genommen, als sie zu den *Yu Hua Yuan* zurückgingen. »Denn wenn der Same stark genug ist, wird er Wurzeln schlagen und einen Sohn hervorbringen.«

Einen Sohn ... Yuan sah sie wieder an. Sie waren inzwischen näher gekommen, standen beinahe direkt unter ihm. Er konnte sie jetzt ganz deutlich sehen. Fei Yen war atemberaubend. In ihr dunkles Haar waren goldene Fäden, Bögen und winzige Orchideen geflochten worden, dann hatte sie es zu einem festen Knoten auf ihrem Kopf gebunden, der einen blaßgoldenen, schwanenhalsschlanken Nacken enthüllte. Sie war so grazil. Ihre Ohren, ihre Nase, die Linien ihrer Wangenknochen; sie war in jeder Hinsicht außergewöhnlich. Und doch glühte in ihren strahlenden, haselnußbraunen Augen ein Feuer; und ihr Kinn und ihr Mund verrieten Stärke. Sie stand in demütiger Haltung an Hans Seite, doch sie trug das karmesin- und goldfarbene Gewand, als sei sie dafür geboren worden. Obwohl sie den Kopf in der rituellen Haltung passiver Hinnahme gesenkt hatte, strahlte sie doch eine Kraft aus, die dem widersprach. Dieser Vogel, diese fliegende Schwalbe war stolz. Man würde ihre Flügel stutzen müssen, um sie zu zähmen.

Er sah von Fei Yen zu seinem Bruder und bemerkte, wie rot Han angelaufen war, wie seine Augen ihren Anblick einsogen, immer wieder neu fasziniert von ihr, immer aufs neue überrascht darüber, daß sie ihm gehörte. In dieser wie in vieler anderer Hinsicht war Han ihm unterlegen. So viel überraschte ihn. So viel entzog sich seinem Zugriff. »Für dich ist es ganz einfach, *Ti* Yuan«, hatte er einmal gesagt. »Du bist alt zur Welt gekommen. Für mich ist alles neu.«

Es würde ein interessanter Wettkampf sein, dachte er. Ein Wettkampf der Liebe. Die größte Macht, die es gibt, und diejenige, die sich am schwersten beherrschen läßt. Fei Yen würde Feuer für seine Erde sein, Erde für sein Feuer.[60]

Li Yuan lachte, dann drehte er sich um und ging rasch hinunter. Seine hartbesohlten, zeremoniellen Schuhe klapperten auf den Holzleisten, und sein langärmeliges Seidengewand bauschte sich hinter ihm, während er lief. Hinunter und immer weiter hinunter, direkt in die Arme seines Schwagers Pei Chao Yang.

Chao Yang, der älteste Sohn und Erbe der Pei-Familie, einer der Neunundzwanzig, der Untergeordneten Familien, stand am Rande der dekorativen Felsaufschüttung neben dem Pavillon. Sein Vater Pei Ro-hen, der in der Nähe stand, war ein Leibeigener Li Shai Tungs und von Kindesbeinen ein Freund des T'ang. Vor nahezu fünfzig Jahren hatten sie einen gemeinsamen Lehrer gehabt. Vor acht Jahren dann waren ihre Familien einander noch viel näher gekommen, als Chao Yang die zweite Tochter des T'ang heiratete.

»Vorsicht, Yuan! Etwas langsamer, Junge!«

Chao Yang hielt Li Yuan kurz am Arm fest, ging vor ihm die Knie, lächelte gutmütig und neckte ihn.

»Was ist, kleiner Yuan? Macht dir deine Blase wieder zu schaffen? Oder hat eines der kleinen Mädchen dir etwas versprochen, hm?«

Er zwinkerte, ließ Li Yuan los und sah ihn über den

schmalen, baumgesäumten Weg und durch das kleine Tor davonlaufen, das zur Hütte der Gehegten Natur hinabführte. Dann, als er merkte, daß ihn die Neuvermählten fast erreicht hatten, richtete er sich auf und wandte sich ihnen zu.

Chao Yang war ein hochgewachsener, stattlicher Mann Mitte Dreißig, das Erzeugnis der ersten Ehe seines Vaters. Angenehm im Umgang, intelligent und im Ruf, zu wissen, wie man eine verkrampfte Gesellschaft in Schwung brachte, war er in allen Palästen willkommen und gab oben zu allerlei Gerede über seine angeblichen Intrigen Anlaß. Seine eigenen Frauen, drei an der Zahl, standen hinter ihm, als er nun den Neuvermählten vorgestellt wurde. Mit Lächeln und Verbeugungen bat er sie der Reihe nach vorzutreten, und seine erste Frau Ye Chun, Hans leibliche Schwester, wurde als erste vorgestellt. Als er diese Pflicht erfüllt hatte, konnte er zu weniger förmlicher Konversation übergehen.

»Es tut gut, dich wiederzusehen, Chao Yang«, sagte Han Ch'in und schüttelte ihm kräftig die Hand. »Du solltest uns besuchen kommen, wenn wir uns eingerichtet haben. Ich habe gehört, du reitest gern.«

Chao Yen verneigte sich tief. »Ich fühle mich geehrt, Li Han Ch'in. Ich würde gern mit dir ausreiten.« Dann trat er heran und senkte die Stimme. »Heute nacht reitest du aber allein, was?«

Han Ch'in brach in Gelächter aus. »Sprech's ruhig aus, Chao Yang! Nur bei einem Begräbnis müßtest du leiser sprechen.«

Chao Yang lachte. »Kommt darauf an, was begraben wird, nicht, mein junger Freund?«

Er sah, wie Fei Yen den Blick senkte, um ihre Belustigung zu verbergen, und lächelte innerlich, als er sich vor ihr verbeugte. Aber als er sich aufrichtete, verspürte er ein leichtes Schwindelgefühl und mußte einen Schritt zurücktreten, um nicht das Gleichgewicht zu verlieren. Er hatte sich den ganzen Tag komisch gefühlt. Vor ein paar Stunden, als er sich anzog, hatte er die Hand ausgestreckt, um vom Tisch neben sich eine Bürste zu nehmen. Aber seine Hand hatte nichts ergriffen. Als er wieder hinsah, hatte er bemerkt, daß überhaupt nichts auf dem Tisch lag. Er hatte sich die Bürste nur eingebildet. Daraufhin hatte er den Kopf geschüttelt und über sich selbst gelacht, aber er war ebenso verwirrt wie amüsiert gewesen.

Chao Yang verbeugte sich noch einmal vor dem Paar, dann sah er es weiterschlendern und war sich Han Ch'ins Nervosität ebenso bewußt wie Fei Yens Schönheit. Letztere brachte sein Blut heftig in Wallung – er konnte Fei Yens Parfüm auf der Zunge schmecken und sich die olivefarbene Blässe ihrer Haut unter dem goldenen und karmesinroten Gewand vorstellen. Wieder lächelte er. Nein. Er sollte besser gar nicht daran denken, auch wenn der Wein seine Vorstellungen beflügelte und ihn verriet.

Han war nach ein paar Schritten stehengeblieben. Einen Moment lang betrachtete Chao Yang im Laternenlicht sein Profil und bemerkte, wie die Linien seines Ohrs, seines Kinns und seines Halses denen seiner Frau Ye Chun ähnelten. Dann geschah etwas Sonderbares. Langsam begann das Fleisch um das Ohr zu zerfließen, das Ohr selbst zu schmelzen und sich zu verändern, die Haut sich wie ein erhitzter Plastikstreifen zu kräuseln und zusammenzuziehen, um darunter etwas Hartes, Silbriges aus Drähten und Metall zu enthüllen.

Chao Yang wich entsetzt zurück und würgte.

»Han Ch'in…«, keuchte er, und seine Stimme erstarb zu einem Flüstern. »Han Ch'in!«

Aber es war nicht Han Ch'in.

Chao Yang schrie auf, seine Sinne betäubt von Geruch verbrannten Kunststoffs, dem Gestank von Maschinenöl und überhitzten Drähten. Für den Bruchteil einer Sekunde zögerte er, entsetzt über das, was er sah, dann preschte er vor und warf sich auf das Ding, umklammerte es von hinten und zerrte heftig an der Stelle, wo das falsche Fleisch abgeblättert war. Er taumelte einen Moment, als Fei Yen ihn anfiel und ihm die Augen auszukratzen versuchte, aber er versetzte ihr einen brutalen Tritt und hielt die Maschine umklammert, zwang sie zu Boden und drückte ihr ein Knie in den Rücken. Dann gab etwas nach, und er wurde mit dem süßen Brandgeruch einer mechanischen Fehlfunktion belohnt.

Das Ding gab einen einzigen, seltsam menschlichen Schrei von sich. Dann nichts mehr.

Nun, da es in seinen Armen lag, fühlte es sich erstaunlich weich und warm an. Eine vollkommene Illusion. Kein Wunder, daß es alle getäuscht hatte.

Er ließ das Ding zu Boden gleiten, blickte auf und sah den Gesichtern ringsum den Schrecken an. Sie hatten es also auch gesehen. Er lächelte, um sie zu beruhigen, doch die eigenartige Stimmung, das seltsame Gefühl der Vergessenheit setzte ihm wieder zu. Er versuchte zu lächeln, doch eine merkwürdige Wärme breitete sich in ihm aus und erglühte zuletzt in seinem Schädel.

Pei Chao Yang kniete noch einen Moment da und seine Augen glänzten, dann fiel er mit dem Gesicht nach unten hin und war tot.

* * *

Tolonen war zur Treppe weitergegangen, als es anfing. Bei den ersten Schreien drehte er den Stuhl, sein Herz schlug heftig, und er sah in die Richtung, von wo er die Laute gehört hatte, doch Bäume und Büsche versperrten ihm die Sicht. Dann stemmte er sich aus dem Stuhl und lief los, ohne auf den Schmerz in seiner Seite zu achten. Sein Lebenserhaltungsgerät stotterte, und

Schwindel benebelte seine Sinne. Die Schreie und Rufe waren inzwischen zu einem Crescendo angewachsen. Von allen Seiten liefen mit gezückten und erhobenen Schwertern *Shao-lin*-Wachen herbei und suchten hastig nach dem Ursprung des Lärms. Mit einem Arm bahnte sich Tolonen einen Weg durch die Menge und verzog jedesmal vor Schmerz das Gesicht, wenn jemand gegen seine Brust oder Schulter stieß.

Plötzlich setzte das Lebenserhaltungsgerät aus. Entsetzt unterbrach er in seinem Kopf die Verbindung, dann stolperte er weiter, und seine Gedanken überschlugen sich. Was war passiert? Was in aller Götter Namen war passiert? Sein Herz hämmerte schmerzhaft in seiner Brust. Vielleicht ist das alles nur ein Irrtum, flehte er innerlich und drängte sich durch die letzten Menschen, die vor ihm standen. Vielleicht ist nur das Relais defekt. Aber er wußte es besser.

Er sah sich mit weit aufgerissenen Augen um und versuchte zu begreifen, was passiert war. Auf der einen Seite lag Fei Yen, hielt sich die Seite und keuchte mit schmerzverzerrtem Gesicht, und eine ihrer Hofdamen wollte zu ihr. Ein paar Schritte weiter lag Han Ch'in.

»Holt einen Arzt!« rief Tolonen, entsetzt über den Anblick von Han, der so leblos dalag. »In aller Götter Namen, holt einen Arzt! Sofort!«

Fast im selben Moment erschienen zwei Uniformierte und knieten zu beiden Seiten von Han Ch'in. Einer riß Hans Gewand auf und fing an, heftig mit beiden Händen gegen seine Brust zu drücken, während der andere den Puls fühlte.

Tolonen stand über ihnen und wurde von Verzweiflung fast zerrissen. Er hatte genug Tote gesehen, um zu wissen, wie hoffnungslos es war. Han lag in unnatürlicher Verrenkung da, Hals und Rückgrat gebrochen.

Nach einigen Sekunden blickte einer von beiden mit

aschfarbenem Gesicht auf. »Meister Han ist tot, General. Wir können nichts mehr für ihn tun.«

Tolonen zitterte heftig. »Schaffen Sie einen Intensiv-Inkubator her. Sofort! Ich will, daß er auf die Sonderstation gebracht wird. Die Chirurgen des T'ang werden sich persönlich um ihn kümmern!«

Er drehte sich um, sah den anderen Toten und wußte sofort, wer es war. Bei allen Göttern! dachte er, schmerzlich berührt vom Anblick seines Patensohns Pei Chao Yang. Nimmt das denn kein Ende? Er sah ängstlich in die Runde und musterte die Gesichter der Umstehenden.

»Wer hat das getan? Wer hat gesehen, was passiert ist?«

Einige aufgeregte Stimmen wetteiferten miteinander. Dann drang eine klar durch. Die von Fei Yen. »Es war Chao Yang«, sagte sie und rang um jedes Wort. »Chao Yang … er war der Mörder.«

Tolonen fuhr entgeistert herum. Pei Chao Yang! Nein! Das konnte nicht sein! Das war unmöglich!

Oder doch?

Er zitierte sofort zwei *Shao lin* herbei und befahl ihnen, Chao Yang umzudrehen. Dann ließ er sich von einem ein Messer geben, kniete über dem Leichnam und schlitzte Chao Yangs Uniformrock auf. Ein paar Sekunden zögerte er, dann rammte er das Messer in die Brust und zog es nach links und rechts.

Sein Messer traf nur auf Fleisch und Knochen. Blut quoll über seine Hände. Er ließ entsetzt das Messer fallen und warf Fei Yen einen Blick zu.

»Sind Sie sicher?«

Sie senkte den Kopf. »Ja.«

Direkt hinter ihr wurde es laut, als die Menge sich teilte und dem T'ang Platz machte, der die Szene mit entsetztem Blick in sich aufnahm. Die Personen in seiner Nähe wichen langsam mit gesenkten Köpfen zurück.

»*Chieh hsia*«, begann Tolonen und stand auf. »Ich flehe Sie an, sich sofort an einen sicheren Ort zu begeben. Wir wissen nicht ...«

Der T'ang hob die Hand, um ihn zum Schweigen zu bringen.

»Ist er tot?«

Es tat weh, Li Shai Tung ins Gesicht zu sehen. Er hatte das Kinn auf die übliche Art gehoben, wenn er Befehle gab, aber jetzt hatte er sich kaum selbst unter Kontrolle. Ein leichtes Zittern seiner Halsmuskeln verriet seinen inneren Kampf. Seinc Lippen waren vor Schmerz zusammengepreßt, und seine Augen ...

Tolonen erschauderte und senkte den Blick. »Ich fürchte ja, *Chieh Hsia*.«

»Und der Mörder?«

Der General schluckte. »Ich weiß nicht, *Chieh Hsia*. Es scheint ...«

Fei Yen unterbrach ihn. »Es war ... Pei Chao Yang.«

Der T'ang öffnete leicht den Mund und nickte. »Mhm ... ich verstehe.« Er wollte noch etwas sagen, schien es aber zu vergessen.

Tolonen blickte wieder auf. Er konnte dem T'ang kaum in die Augen sehen. Zum erstenmal in seinem Leben wußte er, daß er seinen Meister enttäuscht hatte. Er kniete, den Kopf tief gesenkt, zog seinen zeremoniellen Dolch und hielt seinen Griff dem T'ang in einer unmißverständlichen Geste hin. »Mein Leben liegt in Eurer Hand.«

Für einen Moment trat Stille ein, dann trat der T'ang vor und legte Tolonen eine Hand auf die Schulter. »Stehen Sie auf, Knut. Bitte stehen Sie auf.«

Li Shai Tungs Stimme klang gequält, erfüllt von einem tiefen Schmerz, der Tolonen ins Innerste drang und ihn zittern ließ. Er hatte seinen Schmerz verursacht. Sein Fehler war dafür verantwortlich. Er stand langsam auf und spürte dabei seine Jahre, hatte den Kopf noch immer geneigt und hielt weiterhin den Dolch hin.

»Stecken Sie ihn weg, alter Freund. Stecken Sie ihn weg.«

Er sah dem T'ang wieder in die Augen. Sie verrieten Schmerz – einen schrecklichen, tiefen Schmerz. Aber dahinter verbarg sich noch etwas anderes. Li Shai Tung nahm hin, was geschehen war, als habe er damit gerechnet. Als habe er gespielt und verloren und die ganze Zeit gewußt, daß er verlieren könnte.

»Es war mein Fehler«, kam Li Shai Tung dem General zuvor. »Ich wußte, wie gefährlich es ist.« Er zitterte, dann senkte er den Blick. »Es hat heute schon genug Tote gegeben. Und ich brauche Sie, Knut. Ich brauche Ihr Wissen, Ihre Fähigkeiten und Ihre entschlossene Loyalität.«

Er schwieg für einen Moment, rang um Beherrschung, dann blickte er wieder auf und sah Tolonen in die Augen. »Schließlich habe ich noch einen Sohn, Knut. Er wird Sie auch brauchen.«

Noch mehr Ärzte kamen und rollten einen Karren herbei. Der General und der T'ang standen schweigend da und sahen zu, wie Han Ch'in in den Inkubator gelegt und der Deckel versiegelt wurde. Beide wußten um die Nutzlosigkeit dieser Geste. Nichts würde Han jetzt noch zurückbringen. Als Li Shai Tung sich wieder Tolonen zuwandte, hatte er die Fäuste in die Seiten gestemmt. Sein Gesicht war eine Maske aus Schmerz und Langmut.

»Finden Sie heraus, wer das getan hat. Finden Sie heraus, wie es getan worden ist. Dann kommen Sie zu mir. Handeln Sie nicht ohne meinen Befehl, Knut. Nehmen Sie es nicht auf sich, mich zu rächen.« Er zitterte und sah zu, wie die Ärzte den Karren wegrollten. »Han darf nicht umsonst gestorben sein. Sein Tod muß etwas bedeuten.«

Tolonen sah, daß der T'ang nichts mehr sagen konnte. Er hatte jetzt die Grenze seiner Belastbarkeit erreicht. Sein Gesicht schien kurz vor dem Zerfallen zu stehen, und eine nervöse Bewegung umspielte seine Augen und seinen Mund, die die wahre Tiefe dessen enthüllte, was er empfand. Er vollführte mit der Hand eine knappe Geste, mit der er ihn entließ, dann wandte er sich ab.

Der General schob seinen Dolch in die Scheide und wandte sich den Gästen zu. Sicher sprach sich die Neuigkeit, daß Han Ch'in tot war, bereits in allen Ebenen von Chung Kuo herum. Und irgendwo, daran zweifelte er nicht, feierten jetzt ein paar Männer, lachelten grausam und hoben ihre Gläser.

Irgendwo ... Tolonen erschauderte, und die Trauer in ihm wich dem Zorn. Er würde die Dreckskerle finden. Er würde sie finden und umbringen. Bis zum letzten Mann.

KAPITEL · 8

Kims Spiel

Sie hatten den Jungen unter Beruhigungsmittel gesetzt und in das Beobachtungszentrum auf der Insel Korsika gebracht, dreitausend *li* entfernt. Dort säuberten und impften sie ihn und steckten ihn in eine Zelle.

Es war eine nackte, unmöblierte Zelle, ein Würfel von fünfzehn *li* Seitenlänge. Die Decke verlor sich über ihm im Dunkel, und es gab keine Tür, doch ein kleines Fenster in einer der glatten, dunklen Wände deutete an, daß es zumindest einen Ausweg gab. Von Fenster und der Decke drang ein schwaches Glühen herab, kaum hell genug, um als Licht bezeichnet zu werden, während von der Mitte der Decke an einem langen, biegsamen Hals eine Kamera mit sechs Objektiven hing.

Der Junge kauerte sich an die Wand unter dem Fenster, starrte zur Kamera hinauf, und sein Gesichtsausdruck war so neugierig wie feindselig. Er rührte sich nicht, denn hätte er es getan, wäre die Kamera seinen Bewegungen gefolgt, wie etwas Lebendiges, das ständig zwei Augen auf ihn richtete. Er wußte das, weil er schon damit experimentiert hatte; eben erst hatte er versucht, die Wand unter dem Fenster hinaufzuklettern.

In einem angrenzenden Raum saß ein Mann an einem Steuerpult und beobachtete den Jungen auf einem Bildschirm. Hinter ihm stand ein anderer. Beide Männer trugen die gleichen knapp sitzenden schwarzen Anzüge. Feine Netze aus weißer Gaze bedeckten ihre Gesichter wie Masken und ließen nur die Augen mit ihren schwarzen Linsen frei.

Eine Zeitlang geschah nichts. Dann sagte der Junge etwas.

»Bos agas pen gweder? Bos eno enawy py plas why dos mes?«

Der Mann am Pult übersetzte es für den anderen. »Ist dein Kopf aus Glas? Gibt es Licht dort, wo du herkommst?«

T'ai Cho lachte. Allmählich wurde ihm der Junge sympathisch. Er war so flink, so schlau. Es war fast ein Vergnügen, in diesen Sitzungen sein Partner zu sein. Er wandte sich halb um und blickte zu dem Mann auf, der hinter ihm stand und unschlüssig brummte.

»Ich muß noch mehr sehen, T'ai Cho. Ein klarer Hinweis auf das, was er kann.«

T'ai Cho nickte, dann wandte er sich wieder dem Bildschirm zu. »Ef bos enawy«, antwortete er fröhlich. *Er ist Licht*, hieß das wörtlich übersetzt, doch sinngemäß bedeutete es *Es ist hell.* »Pur enawy«, fuhr er fort. *Sehr hell.* »Re rak why gordhaf whath, edrek.« *Viel mehr, als du aushalten kannst, fürchte ich.* »Mes bos hebask. A-brys why mynnes gweles py plas my dos mes.« *Habe Geduld. In absehbarer Zeit wirst du sehen, woher ich komme.*

Der Junge überlegte, dann nickte er, als stelle ihn das zufrieden.

»Da«, sagte er. *Gut.*

»Was für eine Sprache ist das?« fragte der Mann, der stand. Er hieß Andersen, und er war der Leiter des Projekts. Es war T'ai Chos Aufgabe, ihn davon zu überzeugen, daß sein Kandidat die Zeit und das Geld wert war, denn dies war eine Abteilung der Regierung des T'ang, und selbst Regierungsabteilungen mußten Profit vorweisen können.

»Altkornisch«, erklärte T'ai Cho, wandte sich halb um, sah aber weiterhin auf den Bildschirm. »Eine bastardisierte Pidgin-Abart, die fast keine Zeitformen kennt. Ihre grammatische Struktur ist eine Nachahmung der englischen.«

Er wußte viel mehr, hütete aber seine Zunge, weil er die gewohnheitsmäßige Ungeduld seines Vorgesetzten kannte. Es waren tapfere Männer gewesen, jene paar tausend, die damals in den ersten Jahren der Stadt das Königreich von Kernow errichtet hatten. Tapfere, intelligente Männer. Aber sie hatten nicht gewußt, wie schrecklich das Leben im Lehm sein würde. Sie hatten nicht begriffen, welch gewaltiger Druck auf ihnen lasten und sie verändern sollte. Die Intelligenz war vor dem Lebensnotwendigen und dem Gewicht all dessen, was sich an Leben über ihnen, außerhalb ihrer Reichweite auftürmte, in die Knie gegangen. Sie waren in die Barbarei zurückgefallen. Sie hatten sich in zehntausend Tagen um ebenso viele Jahre zurückentwickelt, zurück in die Tage des Feuersteins und der Knochen, zurück in die Steinzeit. Nun beherrschten sie nur noch unzusammenhängende Fetzen jener Sprache, die sie sich angeeignet hatten, und ihr Klang war so verkümmert wie die Leiber ihrer Urenkel.

Andersen beugte sich vor und tippte mit langen Fingernägeln auf den Bildschirm. »Ich brauche etwas Überzeugendes. Etwas, das ich unseren Sponsoren zeigen kann. Etwas, das wir verkaufen können.«

T'ai Cho löste den Blick vom Bildschirm und sah Andersen an. Bei diesem Jungen hatte er ein gutes Gefühl. Etwas sagte ihm, daß er anders als die anderen war, daß er vielleicht das war, wonach das Projekt gesucht hatte. Aber ›etwas Überzeugendes‹ – konnte er das bringen? Die Augen des Projektleiters waren ausdruckslos.

»Ich werd's versuchen«, sagte T'ai Cho nach einer Pause. »Ich fange gleich morgen damit an.«

Andersen nickte knapp und wandte sich ab. »Also morgen.«

* * *

Morgen fing früh an. T'ai war zur fünften Glocke wach und an seinem Posten und beobachtete den schlafenden Jungen. Langsam, fast unmerklich drehte er das Licht in der Zelle heller. Der Junge war jetzt den vierten Tag hier, aber wie alle, die sie aus dem Lehm heraufbrachten, hatte er kein echtes Zeitgefühl. Tag und Nacht machten da unten keinen Unterschied, waren gleich dunkel.

Mit der Zeit sollte er andere Erfahrungen machen, die Gesetze der Welt hier oben kennenlernen.

Als er angekommen war, hatten sie Essen und Trinken in seine Zelle gestellt. Beim Erwachen hatte er es sofort gesehen, aber bloß daran geschnüffelt und die beiden Schüsseln unberührt stehenlassen. Am zweiten Tag aber hatten Hunger und Durst seine Furcht überwogen, und er sich wie ein Wolf draufgestürzt.

T'ai Cho hatte derlei schon oft erlebt. Er hatte acht Jahre in der Rekrutierung gedient und mehr als ein Dutzend seiner Kandidaten durch die Bewertung in die Sozialisation gehen sehen. Aber bis heute war er noch nie so von einem Kandidaten überzeugt gewesen. Dieser Junge hatte etwas an sich, eine Art Charisma, wenn das bei einem so hageren, knöchernen Geschöpf möglich war. Eine mächtige, fast spürbare Ausstrahlung seines Potentials.

In den ersten paar Tagen waren sie jämmerlich anzusehen. Die meisten waren wie gefangene Tiere, die an ihren Fesseln zerrten. Einige drehten durch und versuchten sich umzubringen. Andere fielen ins Koma. In beiden Fällen wurde ohne Umschweife gehandelt, ihnen eine einfache Gnade erwiesen. Ein Druck auf einen Knopf am Kontrollpult und die Zelle würde sich mit einem tödlichen, rasch wirkenden Gas füllen. In ein paar Sekunden wäre es vorbei.

Kim hatte seine anfängliche Furcht allerdings rasch überwunden. Da ihm nichts geschehen war, hatte er angefangen, seine Zelle systematisch zu untersuchen, und mit jeder Stunde, die er unversehrt überstand, hatte er an Zutrauen gewonnen. Die Neugier hatte in ihm allmählich die Oberhand gewonnen. Das Material der Wände, die Kamera, die ihn beobachtete, das Loch für die Notdurft – alles war einer eingehenden Untersuchung unterzogen worden, mit einer, wie T'ai Cho fand, nahezu wissenschaftlichen Gründlichkeit. Doch wenn T'ai Cho zu dem Jungen sprach, sah er sofort, wie zerbrechlich dieses Zutrauen war. Die Junge erstarrte mitten in der Bewegung, und die Haare sträubten sich ihm, während er in seine Ecke zurückwich und sich dort zitternd hinkauerte, die großen, runden Augen vor Schrecken geweitet.

T'ai Cho hatte vorher schon clevere Kandidaten erlebt, und Geschicklichkeit war eine gemeinsame Eigenschaft der Kinder aus dem Lehm, aber in diesem Fall war es mehr als Cleverness oder Geschicklichkeit. Es verhielt sich nicht bloß so, daß der Junge klug, rechenkundig und neugierig war – es gab deutliche Hinweise, daß er noch mehr konnte.

Viele Faktoren schienen gegen die Ausbildung echter Intelligenz unter den Bewohnern des Lehms zu sprechen, darunter vor allem Unterernährung. Wenn das Dasein auf seine elementarsten Dinge reduziert wird, geht zuerst der zivilisierende Aspekt des abstrakten Denkens verloren. Bei einigen dringt er aber dennoch an die Oberfläche.

Im letzten Jahr war das Projekt jedoch von einigen Fraktionen im Haus, die es abbrechen wollten, aufmerksam in Augenschein genommen worden. Ihre Argumente waren die üblichen. Das Projekt kostete zuviel. In den letzten fünf Jahren hatte es zweimal keinen Profit erbracht. Auch der Umstand, daß sie ihr Netzwerk unter der Stadt Europa ausgeweitet hatten, konnte ihre Kritiker nicht abwiegeln. Wofür brauchten sie das Projekt überhaupt? In erster Linie hatte es in zwanzig Jahren fünftausend nützliche Männer hervorgebracht, aber welches Gewicht hatte dies vor der großen Gemeinschaft der Wissenschaftler? Keins. Oder so gut wie keins.

In seinen düsteren Stunden hatte T'ai Cho ihnen zugestimmt. Nach einem Tag, an dem er Gas in die Zelle geleitet hatte, ging er stets nach oben in sein Apartment und fragte sich, wofür sie sich die Mühe machten. Dort unten herrschte so viel Inzucht, so viel physisches Leid, war ein so gewaltiger Bruch in der Kette des Wissens. Manchmal schienen das unüberwindliche Hindernisse auf dem Weg zur Intelligenz zu sein. Der Lehm war ein wahrgewordener Alptraum, das *Ti yu*, das ›Erdgefängnis‹ – die Welt unter der Erde, der Hort der Dämonen. Dort unten war Intelligenz in einen Killerinstinkt entartet, abgestumpft von einer barbarischen Sprache, die keinen Raum für komplexere Konzepte ließ. Wenn er in solchen Begriffen davon dachte, schien das, was er tat, kaum mehr als ein Spiel zu sein. Ein Pflaster für ihr Gewissen vielleicht, aber nicht mehr.

So empfanden sie es alle hin und wieder. Aber dieses Gefühl war nicht von Dauer. T'ai Chao hat etwa hundert Jungen wie Kim getötet, weil er wußte, daß es das Beste war – und sie hatten ihm leid getan, weil sie so arme, eingekerkerte Geschöpfe waren; weil er wußte, daß sie weder oben noch unten eine Zukunft hatten. Und doch hatte er das Licht der Intelligenz in ihren Augen aufblitzen sehen, Augen, die eigentlich nur stumpf oder wild sein sollten. Und jedesmal war es wie ein Wunder erschienen, daß sich einer einfachen Erklärung entzog. Und jedesmal strafte es jene Lügen, die behaupteten, der Lehm sei ein Beweis dafür, daß Umwelt und Gene alles seien. Nein, es gab mehr als das.

Das war etwas, das niemand von ihnen erwähnte, fast eine Art Häresie. Doch es gab unter ihnen keinen, der es nicht spürte, der nicht genau wußte, was ihre Arbeit hier antrieb und inspirierte.

Ein Mensch war mehr als das Gewebe seines Fleisches und die Klaviatur seiner Sinne, mehr als der Träger eines genetischen Codes. Nur der Mensch war von dem diffusen und unfaßbaren Funken der Individualität beseelt. Es schien ein Widerspruch in sich zu sein, doch es stimmte. Jedesmal, wenn sie jemanden aus dem Lehm ›retteten‹, fanden sie sich in diesem Glauben bestätigt. Der Mensch war mehr als *Po*, mehr als das Fleisch, das nach dem Tode unter der Erde verrottete. Er hatte eine Seele, eine *Hun*.

Das war es. Diesen unausgesprochen Gedanken hatten sie alle geteilt. Eine *Hun*.

Und in diesem Geiste taten sie ihre Arbeit, fischten in den dunklen Tiefen nach jenen besonderen Seelen, in deren Augen der Funke des Lebens selbst blitzte, jede ein Wunder für sich, jede eine Bestätigung. »Wir machen Profit; wir leisten den Konzernen einen Dienst«, argumentierten sie stets, wenn man sie darauf ansprach. Aber den wahren Grund verbargen sie vor anderen. Das war das dunkle Geheimnis ihres Berufes.

Er fing an. Auf seinen Befehl hin betrat ein uniformierter Techniker den Raum und stellte neben dem schlafenden Jungen ein Tablett auf den Boden. Auf dem Tablett lagen eine Anzahl verschiedener Gegenstände, die mit einem dünnen schwarzen Tuch bedeckt waren.

Der Raum wurde wieder versiegelt. T'ai Cho wartete. Eine Stunde verstrich.

Als Kim erwachte, bemerkte er das Tablett sofort. Er verharrte, war gleich ganz wach, und in seinem Nacken sträubten sich die Haare. Er hob den Kopf, schnüffelte und umkreiste schließlich langsam das Tablett. Mit dem Rücken zur Wand hielt er inne und blickte zur Kamera auf, einen fragenden Ausdruck in den dunklen Augen.

»Pyn an jawl us wharfedhys?« *Was jetzt?*

T'aoi Cho, der zusah, lächelte, dann beugte er sich

vor und tippte einen Code in das Wechselsprechgerät vor sich.

Eine Pause trat ein, dann antwortete Andersens Stimme. »Was gibt's, T'ai Cho?«

»Ich glaube, das dürfte Sie interessieren, Sir. Ich beschäftige mich gerade mit dem Jungen. Ich glaube, sie sollten sich das selbst ansehen.«

Andersen zögerte einen Moment lang, ehe er zustimmte. Er unterbrach die Verbindung.

T'ai Cho lehnte sich zurück und wartete.

Der Blick des Jungen wechselte zwischen der Kamera und dem Tablett hin und her, dann blieb er an dem Tablett hängen. Langsam, fast schüchtern wagte er sich näher. Er blickte auf, die Brauen eng zusammengezogen, die großen, runden Augen voller Mißtrauen. Dann, in einer plötzlichen, raschen Bewegung, riß er das Tuch weg.

Es war ein Standardtest, und T'ai Cho hatte diesem Moment schon fünfzig, vielleicht hundertmal beigewohnt. Er hatte Jungen gesehen, die schnüffelten und tasteten und die Gegenstände zu kosten versuchten, sie dann ignorierten oder auf völlig verständnislose Art mit ihnen spielten, aber diesmal war es anders. Er war sich dessen die ganze Zeit bewußt, während er zusah, bis der Direktor schließlich an seiner Seite stand.

»Ist das nicht falsch? Das sollte doch ein Gedächtnisspiel sein, nicht?«

Der Direktor wollte das Wechselsprechgerät einschalten, aber T'ai Cho schob seine Hand dazwischen, drehte sich um und schaute zu ihm auf.

»Bitte nicht jetzt. Sehen Sie zu, was er macht.«

Der Direktor zögerte, dann nickte er. »Aber was macht er denn genau?«

T'ai Cho wandte sich wieder dem Bildschirm zu und lächelte bei sich. »Es macht das, was er die ganze Zeit macht. Er ändert die Regeln.«

Zuerst hob der Junge keinen der Gegenstände auf, sondern schob sie auf dem Tablett umher, als könne er so größere Klarheit darüber gewinnen, was sie waren. Dann, als er zielgerichteter vorzugehen schien, fing er an, einige der Gegenstände zu kombinieren. Ein kleiner Handspiegel, ein Stück Plastikrohr und etwas Schnur. Seine Hände bewegten sich flink und geschickt, und nach ein paar Sekunden schien er etwas zu haben, das wie ein Kinderspielzeug aussah. Er brachte es zur Wand unter dem Fenster, hob es sich vors Auge und versuchte hinauszusehen. Als ihm das mißlang, setzte er sich mit dem Ding hin, das er gemacht hatte, und nahm es geduldig auseinander.

Die beiden Männer starrten fasziniert auf den Bildschirm und sahen zu, wie der Junge seine Hand vor den Spiegel hielt und ihn langsam drehte, um herauszufinden, welche Auswirkung das auf das Bild hatte. Als er dann zufrieden war, wandte er sich wieder dem Tablett zu und nahm einen schwereren Gegenstand in eine Hand. Er wog ihn einen Moment nachdenklich, ehe er nach einem zweiten Gegenstand griff und neben sich legte.

Mit kleinen Trippelschritten holte er das weggeworfene Tuch zurück und breitete es auf dem Boden der Zelle aus. Darauf legte er dann, mit der Glasfläche nach unten, den Spiegel. Er hielt den geschnitzten Klotz halb über den Spiegel, setzte ihn sorgfältig an, dann schlug er mit der Taschenlampe fest auf den Klotz.

Er hob die beiden Hälften des Spiegels vorsichtig auf und prüfte die Schärfe ihrer Ränder mit dem Daumen. T'ai Cho, der zusah, bewegte seine Hand instinktiv auf das Tastenfeld zu, um die Zelle sofort mit Gas zu füllen, sollte der Junge eine Dummheit begehen. Aber Kim wollte sich nichts antun. Indem er die Kante des Spiegels als Messer benutzte, schnitt er die Schnur in vier Teile, dann rekonstruierte er sein Spielzeug und setzte an jedes Ende der Röhre ein Stück Glas. Er überprüfte den Winkel des Glases fünfmal, ehe er zufrieden war, dann zog er die Schnur fest und ging wieder zum Fenster. Diesmal würde er hinaussehen können.

Andersen beugte sich vor. »Meinen Sie, er hat einmal zugesehen, wie das ein anderer gemacht hat?«

»Wo? Im Lehm?« T'ai Cho lachte, dann blickte er zu Andersen auf. »Nein. Das ist für ihn alles das erste Mal. Ein Experiment. Denken Sie nur daran, wie wir lernen. Wie wir als Kinder anderen zusehen und ihnen nacheifern. Wie uns selbst die einfachsten Fertigkeiten beigebracht werden müssen. Aber Kim ist nicht so. Er hat niemanden, dem er nacheifern kann. Er hatte nie jemanden, dem er nacheifern konnte. Er hat sich das alles selbst ausgedacht. Deshalb ist das, was er tut, so erstaunlich. Begreifen Sie das nicht? Er behandelt die Welt wie etwas Neues. Etwas, das erst noch zusammengesetzt werden muß.«

Der Junge senkte das behelfsmäßige Periskop und legte es langsam hin, offensichtlich enttäuscht über das, was er gesehen hatte. Dann warf er den Kopf zurück und sprach in die Dunkelheit über sich hinein.

»Pandra vyth gwres?« *Wo bin ich?*

Er wartete, aber weil keine Antwort kam, warf er das Periskop weg und ließ den Kopf auf die Brust sinken, als sei er erschöpft.

T'ai Cho drehte sich um und blickte zum Direktor auf. »Nun?«

Andersen stand noch einen Moment lang da und starrte auf den Bildschirm, dann sah er T'ai Cho an. »In Ordnung. Ich werde heute nachmittag einen Sechsmonatsvertrag aufsetzen lassen.«

T'ai Cho lächelte unter seiner Gaze-Maske. »Dann fange ich sofort an?«

Der Direktor zögerte, schließlich nickte er knapp.

Seine sonst so ausdruckslosen Augen wirkten nachdenklich, vielleicht sogar etwas überrascht.

»Ja«, sagte er schließlich. »Fangen Sie noch heute an. Aber geben Sie mir sofort Bescheid, wenn etwas Interessantes passiert.«

* * *

Eine Stunde später saß Andersen an seinem Schreibtisch. Die Direktive, vor der man ihn gewarnt hatte, war inzwischen eingetroffen. Sie lag vor ihm auf den Tisch. Er hatte zwei Monate. Zwei Monate, um den Dingen eine Wende zu geben. Und die neuen finanziellen Zielsetzungen, die sie ihm vorgegeben hatten, waren viermal so hoch wie die alten.

Er lachte bitter. Er würde ein Wunder brauchen. Er hatte keine Möglichkeit, die alten Zielsetzungen zu erreichen, ganz zu schweigen von den neuen Werten. Nein – irgend jemand in den oberen Reihen hatte beschlossen, dem Projekt den Hahn zuzudrehen, da war er sich ganz sicher. Das war eine politische Entscheidung.

Andersen beugte sich vor und sprach ins Wechselsprechgerät. »Schicken Sie mir einen Standardvertrag. Sechs Monate Laufzeit. Für Kim, den neuen Jungen.«

Er lehnte sich wieder zurück. Ein Wunder... Nun, vielleicht hatte T'ai Cho recht. Vielleicht war der Junge etwas Besonderes. Aber würde sich seine Besonderheit bezahlt machen? Jedenfalls setzte er nicht allzu viele Hoffnungen darauf. Sechs Monate? Wenn das Projekt scheiterte, wäre Kim schon in zweien tot. Er und hundert andere wie er.

»Politik!« brummte er und fragte sich, wer hinter der letzten Direktive steckte und was er tun konnte, um den fraglichen Zeitpunkt hinauszuschieben – an wen er sich wenden konnte, um etwas an der Lage zu ändern. Und als der Vertrag aus dem Drucker rutschte, beugte er sich vor, nahm seinen Pinsel aus dem Tintenfaß und setzte in schwungvollen Strichen die Mandarin-Form seines Namens unter das Papier.

* * *

Das Sehrohr lag dort, wo Kim es hingeworfen hatte. Der untere Spiegel hatte sich vom Schaft gelöst und der Faden gelockert. Kim saß völlig ruhig da, die Arme um die Knie geschlungen, den Kopf zwischen den Beinen, und wartete.

Zuerst hörte er es, spürte eine unmerkliche Bewegung in der Luft. Er wich ruckartig zurück und kroch mit weit aufgerissenen Augen an der Wand entlang. Dann, als die Wand gegenüber von der Mitte aus abzublättern begann, schrie er auf.

Wo die Wand gewesen war, gähnte jetzt eine Öffnung. Dahinter befand sich ein Raum, der dem glich, in dem er saß. Drinnen, hinter einer schmalen Holzschwelle, saß ein Riese. Ein Riese mit einem Gesicht aus knochenweißen Glas.

Der Riese stand auf und näherte sich dem Loch in der Wand. Kim schrie erneut auf und versuchte zurückzuweichen, doch er konnte nirgendwohin. Er sah sich verzweifelt um und schrie, und Urin rann seine Beine hinunter.

Und dann sprach der Riese.

»Ow hanow bos T'ai Cho. My bos an den kewsel yn why.« *Ich heiße T'ai Cho. Ich bin der Mann, der mit dir redet.*

Der Riese verfiel in Schweigen, trat in den Raum, blieb stehen und breitete die leeren Hände aus. Es war eine Geste, die ihm zu verstehen geben sollte: »Schau, ich bin keine Bedrohung für dich«, aber der Mann war beinahe doppelt so groß wie der größte Mann, den Kim bisher gesehen hatte. Er ähnelt den Göttern, die Kim damals im Lehm gesehen hatte, doch seine Glieder und sein Körper waren so schwarz wie die Erde, seine Augen wie dunkle Juwelen in der reinen, gläsernen Blässe seines Gesichts.

Es war ein grausames Gesicht. Ein Gesicht, das seiner sanften, beruhigenden Stimme seltsam zuwiderlief.

Kim bleckte die Zähne und knurrte.

Und dann tat der Riese etwas Überraschendes. Er ging in die Knie. So war er immer noch größer als Kim, aber nicht mehr so bedrohlich. Indem er die Arme ausgestreckt hielt, sagte er wieder etwas.

»My golas why, Kim.« *Ich beobachte dich, Kim.* »My gweles pandra why canna obery.« *Ich sehe, was du fertigbringst.* »Why a-vyn bewa a-ughof?« *Möchtest du oben leben?*

Langsam hellte sich die Dunkelheit tief in ihm auf. Er holte Luft, dann antwortete er. »My a-vyn.« *Das möchte ich.*

Der Riese nickte. »Da Ena why gweres-vy.« *Gut. Dann hilfst du mir.* »Bysy yu dheugh obery pandra my kewsel.« *Du mußt tun, was ich sage.*

Der Riese hob die Hände und zog das Fleisch von seinem Gesicht. Darunter trug er ein zweites Gesicht, dessen Mund rötlich lächelte und perfekte Zähne zeigte. Sein innerer Mund. Er bestand also nicht vollständig aus Glas.

Kim dachte über das nach, was der Riese gesagt hatte. Es kam ihm zu allgemein vor. Er schüttelte den Kopf. »Ny puptra.« *Nicht alles.*

Der Riese nickte. Diesmal kamen die Worte aus seinem inneren Mund. Das andere Fleisch hing lose unter seinem Kinn. »Ny puptra. Mes moyha teclow.« *Nicht alles. Aber das meiste.* »May ef gul styr.« *Wenn es sinnvoll ist.*

Er dachte darüber nach. Das hielt er nicht für zuviel. »Da«, sagte er leise.

»Flowr«, erwiderte der Riese und lächelte wieder. *Perfekt.* »Ena bysy yu dheugh gottheby onen tra a-dherak pup ken.« *Dann mußt du mir erst einmal eine Frage beantworten.* »Pyu dysky why fatel nyvera? *Wer hat dir beigebracht, wie man zählt?*«

* * *

Andersen saß hinter seinem Schreibtisch und studierte T'ai Chos Bericht. Die erste Woche der Einschätzung war vorüber. Normalerweise wurden die Patienten noch weitere siebzehn Wochen beobachtet, aber T'ai Cho hatte darum gebeten, die Sache zu beschleunigen. Andersen hatte bereitwillig zugestimmt. Gleich am Morgen hatte er mit dem Ersten Sekretär einer der Unterminister gesprochen, der ihm erklärt hatte, sein Antrag auf Einberufung einer Anhörung sei abgewiesen worden. Und das bedeutete, daß an der Direktive nichts zu ändern war. Doch ganz so schlecht war die Lage nicht. Er war in der letzten Woche sehr fleißig gewesen.

Er blickte auf und grunzte. »Gut«, sagte er einfach, dann schob er die Akte weg. »Ich werde meine Empfehlung bestätigen. Der Ausschuß tagt morgen. Ich werde sie ihnen dann vorlegen.«

T'ai Cho lächelte und nickte dankbar.

»Unter uns«, fuhr Andersen fort und beugte sich über den Schreibtisch. »Wie hoch schätzen sie sein Potential ein? Sie sagen hier, daß Sie glauben, er sei ein Genie. Das kann viel bedeuten. Ich will etwas, das ich verkaufen kann. Etwas, das einen höheren Exekutiven beeindrucken könnte.«

»Es steht alles da drin«, erklärte T'ai Cho und deutete auf die Akte. »Er hat ein eidetisches Gedächtnis. Eine nahezu perfekte Erinnerung. Und die Fähigkeit, komplexe Konzepte nur nach wenigen Minuten, nachdem er das erste Mal mit ihnen zu tun hatte, zu begreifen und zu gebrauchen. Dazu kommt noch ein beträchtliches, fast erschreckendes Verständnis für Mathematik und Linguistik.«

Der Direktor nickte. »Ganz hervorragend, T'ai Cho, aber das ist nicht ganz das, was ich meine. Sie können Maschinen bauen, die zu all dem in der Lage sind. Was kann er, was eine Maschine nicht kann?«

Es war eine unangenehme Frage. Diese Frage war noch nie gestellt worden. Aber schließlich hatte es noch nie einen Kandidaten gegeben, der Kim gleichkam. Er konnte bereits flüssig einfaches Englisch reden und hatte sich die Grundlagen der Algebra und Logik angeeignet, als seien es Bissen von Fleisch, die man hinunterschluckte und verdaute.

Der Direktor lehnte sich zurück, drehte sich ein Stück und sah von T'ai Cho weg. »Ich will Ihnen die Situation erklären. Dann verstehen Sie vielleicht, warum ich frage.«

Er warf dem Betreuer einen Blick zu und lächelte. »Sie sind gut in Ihrem Job, T'ai Cho, und ich respektiere Ihre Einschätzung. Aber mein Blickwinkel ist nicht derselbe wie Ihrer. Das ist unvermeidlich. Ich habe die Fortsetzung der ganzen Operation zu rechtfertigen. Ich muß einem Ausschuß Bericht erstatten, der an das Haus selbst weiterberichtet. Und das Haus ist nur an zwei Dingen interessiert. Erstens – wirft das Rekrutierungsprojekt einen Profit ab? Zweitens – zieht es das richtige Material für den Markt heran?«

Er hob die Hand, als wollte er einem Einwand von T'ai Cho zuvorkommen. »Ich weiß schon, das klingt hart und unidealistisch, aber so sieht es nun einmal aus.«

T'ai Cho nickte, sagte aber nichts.

»Es verhält sich jedenfalls folgendermaßen. Gegenwärtig habe ich feste Zusagen von fünf großen Konzernen. Drei haben Verträge unterzeichnet für Auktionsoptionen, wenn es soweit ist. Ich reche damit, daß die anderen beiden auch bald unterzeichnen.«

T'ai Cho riß überrascht die Augen auf. »Eine Auktion?«

Andersen hob die Hand. »Zumindest... wenn er wirklich das ist, was Sie behaupten, könnten wir das Projekt für ein ganzes Jahr, vielleicht noch länger absichern. Das heißt, wenn wir ein gutes Geschäft machen. Wenn wir eine der großen Firmen dazu bringen können, einen Vertrag für die Exklusivrechte zu unterzeichnen.«

Diesmal schüttelte T'ai Cho vor Erstaunen den Kopf. Ein Vertrag für die Exklusivrechte! Dann redete der Direktor nicht über die übliche finanzielle Förderung, sondern über etwas sehr viel Umfangreicheres. Etwas zwischen zwei und fünf Millionen Yuan! Kein Wunder, daß er mehr erwartete, als in dem Bericht stand. Aber was konnte er, T'ai Cho, unter diesen Umständen anbieten?

»Ich weiß nicht...«, begann er und brach ab. Natürlich konnte Kim etwas, wozu eine Maschine nicht in der Lage war. Er konnte sich etwas ausdenken. Er konnte zwei Dinge nehmen und etwas Neues daraus machen.

»Also?« fragte Andersen. »Nehmen wir an, ich bin der Leiter von SimFic. Wie würden Sie mich davon überzeugen, zwanzig Millionen Yuan für einen kleinen Jungen auszugeben, ob er nun ein Genie ist oder nicht?«

T'ai Cho schluckte. Zwanzig Millionen Yuan! Er runzelte die Stirn und konzentrierte sich auf das Problem, vor das man ihn gestellt hatte. »Nun, er kann Verbindungen herstellen... Verbindungen zwischen Dingen, die wir normalerweise nicht als verbunden betrachten.« Er senkte den Blick und versuchte in Worte zu fassen, was an Kim so besonders war. »Aber es ist mehr als das. Viel mehr. Er lernt nicht bloß und erinnert sich und rechnet, er ist schöpferisch. Er hat neue Ideen, ganz neue Ideen. Er betrachtet die Dinge aus einer Perspektive, wie es uns nie in den Sinn kommen würde.«

»Zum Beispiel?«

T'ai Cho zuckte die Achseln. Es war schwer zu definieren, auf den Punkt zu bringen, aber er wußte, was Kim so anders machte. Es war nicht bloß sein Erinnerungsvermögen und seine Schnelligkeit, es war etwas, das weit darüber hinausging. Und weil es die ganze Zeit geschah, war es schwer zu isolieren, so daß man sagen konnte: »Jetzt tut er es.« Es war seine Art zu denken. Er kam unentwegt auf neue Ideen.

T'ai Cho lachte. »Verstehen Sie etwas von Astronomie?«

»Ein bißchen.« Andersen starrte ihn seltsam an. »Ist das wichtig, T'ai Cho?«

T'ai Cho nickte. »Wissen Sie, was eine Nova ist?«

Anderson zuckte die Achseln. »Helfen Sie meinem Gedächtnis auf die Sprünge.«

»Eine Nova ist ein alter Stern, der in sich zusammenstürzt und dabei explodiert und große Mengen an Energie und Licht ausstrahlt. Nun, Kim ist eine Art Nova. Ich bin versucht zu sagen, eine Supernova. Es scheint, als sei in seinem Innern eine dichte Dunkelheit, die alles Wissen in sich einsaugt und als Licht wieder ausstrahlt. Helles, blendendes Licht.«

Andersen schüttelte den Kopf. »Alte Sterne ... Gibt es nicht etwas Praktischeres?«

T'ai Cho beugte sich vor und war jetzt ernst. »Warum bringen Sie ihn nicht her, den Leiter von SimFic? Zeigen Sie ihm den Jungen. Er soll seine eigenen Fachleute mitbringen, seine eigene Einschätzung vornehmen, seine eigenen Tests durchführen. Er wird erstaunt sein, das garantiere ich Ihnen.«

»Vielleicht«, brummte Andersen und führte eine Hand an den Mund. Dann wiederholte er den Satz etwas deutlicher. »Vielleicht. Wissen Sie, die Idee ist gar nicht mal so schlecht.«

* * *

T'ai Cho reichte am nächsten Tag sein Ersuchen ein und rechnete damit, daß es ohne Diskussion abgelehnt werden würde. Doch innerhalb einer Stunde erhielt er durch den Direktor Bescheid, daß der Ausschuß einstimmig zugesagt hatte. Er würde für einen achtzehnmonatigen Arbeitsurlaub von der Abteilung Einschätzung in die Abteilung S&D (Sozialisation und Indoktrination) versetzt werden, wo er für den neuen Kandidaten Kim Ward unmittelbar verantwortlich wäre.

Normalerweise wurde persönliches Interesse nicht gern gesehen. Es wurde als notwendig erachtet, zwischen den einzelnen Abteilungen klare Einschnitte vorzunehmen, aber der Direktor hatte die Kommission davon überzeugt, daß dies ein besonderer Fall war. Und sie hatte zugestimmt, weil sie einsahen, wie wichtig es war, die Fähigkeiten des Jungen zu fördern, obwohl sich vielleicht der Gedanke an zwanzig Millionen Yuan – eine Zahl, die nur inoffiziell hinter den Kulissen genannt wurde – als zusätzlicher Antrieb erwiesen hatte, in diesem speziellen Fall mit den Traditionen zu brechen. So ergab es sich, daß T'ai Cho den Jungen fünf Ebenen höher in die Sozialisation brachte und ihm half, sich an seine neue Unterkunft zu gewöhnen.

* * *

Eine Woche später fand sich T'ai Cho am Katheder in einem kleinen sechseckigen Unterrichtsraum wieder. Der Raum wurde in der Mitte nur von einer einzigen Lampe beleuchtet, die zudem sehr schwach war. Drei Jungen saßen in einiger Entfernung zueinander und bildeten ein Dreieck, in dessen Zentrum sich der spinnenhafte Umriß eines 3D-Vid befand. T'ai Cho stand im Schatten hinter dem kleinsten der Jungen und bediente die Bildsteuerung.

Es war eine Lektion über Chung Kuo und die Stadt Erde. Bilder der riesigen, bienenstockartigen Konstruktionen erschienen und verschwanden wieder. Außenaufnahmen, Ausschnitte, Querschnitte, die ersten Eindrücke, die diese Kinder von dem Lebensraum gewannen, der über dem Lehm errichtet war.

Während T'ai Cho die Bilderfolge kommentierte, fragte er sich, ob sie sich jemals dorthin zurückträumten, unter dem gewaltigen, über ihnen aufragenden Gebirge der Stadt. Wie seltsam das wäre. Wie fühlten sie sich dabei? Wie Käfer unter einem Haus vielleicht. Ja, selbst ihm war der Anblick dieser Bilder unheimlich. Was also kam ihnen dabei in den Sinn? Denn sie sahen es zum erstenmal – sahen zum erstenmal, wie unbedeutend sie waren, wie klein das Individuum und wie gewaltig die Spezies Mensch. Eine Stadt bedeckte die Erde wie ein Gletscher und wurde nur von den Meeren, Bergen und Plantagen unterbrochen. Eine Spezies von nahezu vierzig Milliarden Individuen.

Ja, er konnte die Ehrfurcht in den Gesichtern der beiden Jungen sehen, die ihm gegenübersaßen. Ihre Münder standen vor Staunen weit offen, und ihre Augen waren verdreht, weil sie alles auf einmal in sich aufzunehmen versuchten. Dann warf er einen Blick auf den kleinen, schwarzhaarigen Kopf direkt unter seinem Katheder und fragte sich, was Kim dachte.

»Sie ist zu groß«, sagte Kim plötzlich.

T'ai Cho lachte. »Was soll das heißen, zu groß? Wie groß sollte sie denn sein?«

»Nein.« Kim drehte sich um und blickte zu ihm auf, und seine dunklen Augen leuchteten. Die anderen Jungen beobachteten ihn aufmerksam. »Das habe ich nicht gemeint. Sie ist einfach zu groß und zu schwer, um auf ihren Pfeilern zu stehen, ohne in sich zusammenzubrechen oder in die Erde einzusinken.«

»Weiter«, sagte T'ai Cho, der spürte, daß etwas Wichtiges geschah. Es war wie die Konstruktion des Guckrohrs, aber diesmal benutzte Kim Konzepte als seine Bausteine.

»Nun, an den meisten Stellen gibt es doch dreihundert Ebenen, nicht?«

T'ai Cho nickte bloß, um ihn nicht zu unterbrechen.

»Nun, auf jeder Ebene müssen Tausende, vielleicht Millionen Menschen leben. Mit all dem, was sie brauchen. Essen, Kleidung, Transportmittel, Wasser, Maschinen. Viele Maschinen.« Kim lachte leise. »Es ist lächerlich. Es kann einfach nicht sein. Sie ist zu schwer, zu groß. Ich habe selbst gesehen, wie klein die Pfeiler sind, auf denen alles ruht.«

»Und es funktioniert doch«, sagte T'ai Cho und war überrascht von dem einen Wort ›klein‹ und dem, was es einschloß. Kim hatte sofort begriffen, was anderen nicht einmal aufgefallen war: die wahren Perspektiven der Stadt. Seine Vorstellungskraft hatte sich die gültigen Maßstäbe sofort angeeignet. Als hätte er es immer gewußt. Aber der nächste war der entscheidende Schritt. Würde Kim auch der nächste Verständnissprung gelingen?

T'ai Cho warf den anderen Jungen einen Blick zu. Sie hatten den roten Faden schon verloren. Sie hatten nicht einmal bemerkt, daß es ein Problem gab.

»Ist es tatsächlich so?« fragte Kim verwirrt. »So wie Sie es uns gezeigt haben?«

»Genau. Und du solltest außerdem bedenken, daß es große Firmen und Gießereien und zahllose andere industrielle Anlagen gibt, die über ihre vielen Ebenen verteilt sind. Mindestens eine von zwanzig Ebenen wird als Lagerraum benutzt. Und es gibt ganze Ebenen, die als Wasserspeicher oder zur Abfallverwertung genutzt werden.«

In Kims Gesicht gruben sich Falten tiefer Konzentration. Er schien irgend etwas direkt vor sich anzustarren, die Stirn gerunzelt, die Augen plötzlich scharf auf etwas gerichtet.

»Nun?« hakte T'ai Cho nach, als sich das Schweigen unangenehm ausgedehnt hatte.

Kim lachte. »Sie werden glauben, ich sei verrückt...«

»Nein. Versuch's ruhig.«

»Nein... Es muß etwas mit seiner Struktur zu tun haben. Aber das kann nicht alles sein.« Kim schien jetzt geradezu Schmerzen zu erleiden. Seine Hände waren eng verklammert und seine Augen weit geöffnet und starr ihr Blick.

T'ai Cho hielt den Atem an. Noch ein Schritt. Ein kleiner, aber entscheidender Schritt.

»Dann muß sie aus Luft gebaut sein. Oder etwas, das leicht wie Luft, aber... aber so hart wie Stahl ist...«

So leicht wie Luft und so hart wie Stahl. Eine Substanz, so stark wie die Bindungen zwischen den Atomen und so leicht, daß dreihundert Ebenen davon einen Bruchteil von dem wogen, was eine einzige Lage aus Lehmstein wog. Eine Substanz, die fürs Dasein der Stadt so bedeutsam war, daß ihre chemische Bezeichnung nur selten benutzt wurde. Sie war schlicht als Eis bekannt. Eis deshalb, weil sie in unbehandeltem Zustand so kalt und zerbrechlich wie eine dünne Schicht aus gefrorenem Eis aussah. ›Geriefte‹ Eisschichten – nur ein paar hundert Moleküle dick – bildeten die Ebenen und Wände der Stadt Erde. Gegossene Eisbleche dienten zur Herstellung von Aufzügen und Riegeln, Möbeln und Rohrleitungen, Kleidung und Leitungen, Spiel- und Werkzeugen. Seine Flexibilität und Vielseitigkeit, seine Billigkeit und Beständigkeit hatten es dafür prädestiniert, die meisten traditionellen Materialien zu ersetzen.

Die Stadt Erde war ein gewaltiger Palast aus Eis. Ein riesiges Kartenhaus, dessen Karten so unvorstellbar dünn waren, daß das Ganze zusammengefaltet nicht dicker als ein Blatt Papier wäre.

Langsam und Schritt für Schritt erklärte T'ai Cho dem Jungen die Zusammenhänge und sah, wie ein inneres Vergnügen sein Gesicht erstrahlen ließ.

Nicht Luft, sondern Eis! Der Junge lachte darüber vor Freude.

»Dann halten die Pfeiler sie also fest!« sagte er. »Sonst würde sie wegfliegen!«

* * *

Soren Berdichow blickte von dem Stapel Papiere auf, den er gerade unterzeichnete.

»Also, Blake? Haben Sie den Jungen gesehen?«

Sein Personalchef zögerte lang genug, um Berdichow erneut aufblicken zu lassen. Blake war sichtlich mit etwas unzufrieden.

»Er nützt uns also nichts?«

»Oh, ganz im Gegenteil, Sir. Er kann alles, was der Bericht von ihm behauptet hat. Außerordentlich, Sir. Ganz außerordentlich.«

Berdichow steckte den Pinsel in das Tintenfaß, lehnte sich zurück und entließ den Sekretär, der an seiner Seite gestanden hatte.

»Dann haben Sie getan, worüber wir uns einig waren, und den Vertrag des Jungen angekauft?«

Blake schüttelte den Kopf. »Ich fürchte nicht, Sir.«

»Ich verstehe Sie nicht, Blake. Haben Sie zugelassen, daß einer unserer Konkurrenten den Jungen kauft?«

»Nein, Sir. Direktor Andersen hat uns einen Vertrag für die Exklusivrechte angeboten.«

»Wo liegt also das Problem? Haben Sie ihm die von mir genehmigte Summe angeboten? Fünf Millionen Yuan?«

»Ja, Sir ...« Blake schluckte. »Ich habe das Angebot sogar auf acht Millionen erhöht.«

Berdichow lächelte kalt. »Ich verstehe. Und Sie erwarten von mir, daß ich die Erhöhung billige?«

»Nein, Sir. Verstehen Sie, das ist es ja gerade. Andersen hat das Angebot einfach ausgeschlagen.«

»Was?!« Berdichow beugte sich vor, und seine Augen

hinter den winzigen Kristallbrillengläsern waren vor Zorn weit aufgerissen. »Acht Millionen, und er schlägt sie aus?«

»Ja, Sir. Er sagt, er will zwanzig Millionen, sonst unterzeichnet er den Vertrag nicht.«

Berdichow schüttelte fassungslos den Kopf. »Und dann sind Sie gegangen, hoffe ich.«

Blake senkte den Kopf. Seine Wangen röteten sich verräterisch. Berdichow beugte sich vor und schrie ihn an.

»Nun reden Sie schon, Mann! Raus damit! Was soll das Ganze?«

Blake sah wieder auf, und er wirkte jetzt völlig unschlüssig. »Ich ... ich habe Andersen versprochen, erst mit Ihnen zu reden, Sir. Ich habe ihm gesagt, ich würde Sie bitten, der Vereinbarung zuzustimmen.«

»Sie haben *was?*« Berdichow lachte ungläubig. »Zwanzig Millionen Yuan für einen Sechsjährigen? Sind Sie verrückt, Blake?«

Blake sah ihm direkt in die Augen. »Ich glaube, daß er es wert ist, Sir. Bis zum letzten *Jen*. Ich würde es nicht wagen, zu Ihnen zu kommen, wenn ich davon nicht überzeugt wäre.«

Berdichow schüttelte den Kopf. »Nein ... Zwanzig Millionen. Das kommt gar nicht in Frage.«

Blake trat vor, beugte sich über den Schreibtisch und flehte seinen Vorgesetzten an. »Wenn Sie ihn nur gesehen hätten, Sir – wenn Sie ihn mit eigenen Augen gesehen hätten –, dann würden Sie verstehen. So einen wie ihn hat es noch nie gegeben. Er ist unersättlich – er ist hungrig aufs Lernen. Wirklich, Sir, wenn Sie ihn nur sehen könnten.«

Berdichow sah auf Blakes Hand hinunter, die er auf die Tischkante gestützt hatte. Blake zog sie sofort weg, trat einen Schritt zurück und richtete sich auf.

»Ist das alles, Blake?«

»Bitte lassen Sie es sich noch einmal durch den Kopf gehen, Sir. Wenn Sie sich die Zeit nehmen …«

»Sie wissen, daß ich die Zeit nicht habe«, schnauzte Berdichow, den Blakes Beharrlichkeit allmählich irritierte. Er nahm den Pinsel in die Hand. »Der Mord am Sohn des T'ang hat alles ins Schwimmen gebracht. Der Markt ist nervös, und ich habe die ganze Woche Konferenzen, um die Dinge zu klären. Die Leute müssen beruhigt werden, und das kostet Zeit.« Er blickte wieder zu seinem Personalchef auf, und sein Gesicht war hart und wütend. »Nein, Blake, ich habe wirklich keine Zeit dafür.«

»Verzeihen Sie mir, Sir, aber ich glaube, in diesem Fall sollten Sie sich die Zeit nehmen.«

Berdichow starrte Blake eine Zeitlang an und fragte sich, ob er ihn nicht gleich wegschicken sollte. Aber etwas hielt ihn zurück. Blake war bisher noch nie aus der Reihe getreten – er hatte es noch nie gewagt, ihm auf diese Weise zu widersprechen. Dafür mußte es einen guten Grund geben. Er betrachtete den Stapel von Papieren, der auf seine Unterschriften wartete, sah sie kaum, beruhigte sich und versuchte die Sache klar ins Auge zu fassen. Dann hob er wieder den Blick.

»Sie meinen also, er ist es wert? Zwanzig Millionen Yuan? Aber was ist, wenn er irgendeine Kinderkrankheit bekommt und stirbt? Was ist, wenn er einen Unfall hat? Was ist, wenn er sich als eines dieser Wunderkinder erweist, die ausgebrannt sind, bevor sie den Kinderschuhen entwachsen? Zwanzig Millionen Yuan, das ist selbst für unsere Verhältnisse eine enorme Summe.«

Blake neigte den Kopf und war jetzt ganz demütig, nachdem er Berdichow soweit gebracht hatte, daß er ihm zuhörte. »Da bin ich Ihrer Meinung, Sir. Aber ich habe vorläufig nur einer Zahlung in sechs Raten zugestimmt. Zwanzig Prozent bei der Unterzeichnung, vier

Zahlungen à zehn Prozent in Abständen von zwei Jahren und vierzig Prozent, wenn der Junge mit sechzehn Jahren an uns übergeben wird. Das würde das Risiko für uns erheblich verringern.«

Berdichow überlegte einen Moment lang. Das sah mehr nach dem Blake aus, den er kannte und schätzte.

»Würden Sie ein Wagnis eingehen, Blake?«

»Wie meinen Sie das, Sir?«

»Würden Sie darauf wetten? Würden Sie Ihren Job darauf setzen, daß ich von dem Jungen beeindruckt sein werde?«

Blake senkte den Blick, und langsam breitete sich ein Lächeln über sein Gesicht aus. »Ich glaube, das habe ich schon.«

* * *

»Kim! Was, in Teufels Namen, machst du da?«

Kim wandte sich von dem 3D-Vid ab, das er halb auseinandergenommen hatte, und lächelte. T'ai Cho lief entsetzt durchs Zimmer und zog ihn von dem Gerät weg.

»Kuan Yin! Ist dir nicht klar, daß du dabei sterben kannst? In dem Ding ist genug Energie, um dich zu Asche zu verbrennen!«

Kim schüttelte den Kopf. »Jetzt nicht mehr.« Er nahm T'ai Chos Hand, öffnete die Finger und ließ etwas hineinfallen. T'ai Cho starrte die kleine mattschwarze Röhre mit dem rechteckigen Querschnitt an, und als er merkte, was es war, ließ er sie fallen, als glühe sie rot. Es war das Stromkabel.

Er kniete nieder, faßte Kim am Oberarm und sah ihn finster an, zum erstenmal wirklich böse auf den Jungen. »Ich verbiete dir, mit solchen Dingen herumzuspielen! Diese Geräte können einen umbringen, wenn man sie falsch behandelt. Du kannst von Glück reden, daß du noch lebst!«

Kim schüttelte erneut den Kopf. »Nein«, sagte er

kleinlaut, sichtlich erschüttert von T'ai Chos Ärger. »Nicht wenn man weiß, was man tut.«

»Und du weißt wohl, was du tust, hä?«

»Ja…« Der kleine Junge zitterte und schaute weg.

T'ai Cho, dessen Zorn von seiner Angst um Kim geschürt worden war, beruhigte sich allmählich, doch es war wichtig, den Jungen davon abzuhalten, daß er sich selbst Schaden zufügte. Er sprach weiter streng und unnachgiebig. »Woher wußtest du das?«

Kim sah ihn wieder an, und der Blick seiner weit geöffneten, dunklen Augen drang in seiner seltsamen Intensität in ihn. »Ich habe diesen Mann gefragt – den Wartungstechniker. Er hat mir alles erklärt. Er hat mir gezeigt, wie man es auseinanderbaut und wieder zusammensetzt. Wie das alles funktioniert. Was für Prinzipien dahinterstehen.«

T'ai Cho schwieg einen Moment. »Wann war das?«

Kim blickte zu Boden. »Heute morgen. Vor dem Appell.«

T'ai Cho lachte. »Vor dem Appell?« Der Appell erfolgte zum sechsten Glockenschlag. Bis dahin blieb Kims Zelle wie die aller anderen verschlossen. »Er ist also gekommen und hat dich gesehen, dieser Mann? Und zufälligerweise hatte er ein 3D-Vid bei sich?«

Kim schüttelte den Kopf, sagte aber nichts.

»Sag mir die Wahrheit, Kim. Du hast nur rumgespielt, stimmt's? Experimentiert.«

»Experimentiert, ja. Aber nicht rumgespielt. Ich habe gewußt, was ich da mache. Und ich habe dir die Wahrheit gesagt, T'ai Cho. Ich würde dich nie anlügen.«

T'ai Cho setzte sich auf die Fersen zurück. »Dann verstehe ich dich nicht, Kim.«

»Ich…« Kim blickte auf. Die schneeweiße Haut seines Halses hatte sich seltsam gerötet. »Ich habe mich selbst aus der Zelle befreit und bin hier runtergekommen. Der Mann hat hier gearbeitet, das Gerät gewartet.«

T'ai Cho schwieg. Er starrte Kim eine ganze Zeit an, dann stand er auf. »Du weißt, daß das nicht möglich ist, Kim. Die Schlösser sind alle elektronisch codiert.«

»Ich weiß«, erwiderte Kim schlicht. »Und ein Zufallsgenerator ändert jeden Tag die Kombination.«

»Dann ist dir wohl klar, warum ich dir nicht glauben kann.«

»Ja. Aber ich habe das Schloß ausgebaut.«

T'ai Cho schüttelte den Kopf, wurde jetzt wütend. »Aber das kannst du nicht, Kim! Es wäre als eine Funktionsstörung registriert worden. Die Alarmanlage über der Tür wäre losgegangen.«

Kim schüttelte den Kopf. »Nein. Das meine ich nicht. Ich habe nur das Schloß ausgebaut. Die Elektronik ist noch drin. Ich hab's so eingerichtet, daß die Tür immer noch als verschlossen gemeldet wird, wenn sie zugezogen ist.«

T'ai Cho war immer noch nicht überzeugt. »Und womit hast du das alles gemacht? Der Schloßmechanismus ist empfindlich. Außerdem ist das Ganze von einer Wartungsklappe bedeckt.«

»Ja«, sagte Kim. Die Farbe war inzwischen von seinem Hals gewichen. »Das war das Schwierigste, das hier in die Finger zu kriegen.« Er zog ein schmales Päckchen aus der Tasche seines Uniformrocks und gab es T'ai Cho. Es war ein Satz skalpellfeiner Werkzeuge.

»Es sind Duplikate«, erklärte Kim. »Der Wartungstechniker hat wahrscheinlich nicht einmal gemerkt, daß sie weg sind.«

T'ai Cho betrachtete die Werkzeuge, dann sah er Kim wieder an. »Himmel ...«, flüsterte er. »Es stimmt also?«

Kim nickte, und das Lächeln kehrte in sein Gesicht zurück. »Wie ich schon sagte, T'ai Cho. Ich würde dich nie anlügen.«

* * *

Direktor Andersen verbeugte sich tief, als Berdichow sein Büro betrat. Er hatte den Morgen damit verbracht, die Akte über den Besitzer von SimFic zu lesen und war von dem beeindruckt gewesen, was er erfahren hatte. Vor ihm stand ein Mann, der seinen Konzern im Laufe von nur zehn Jahren aus dem Nichts bis zum achtzehnten Platz auf dem Hang-Seng-Index aufgebaut hatte. Heute wurde sein Vermögen auf achtzehn Milliarden Yuan geschätzt. Das entsprach bei weitem nicht dem Besitz eines T'ang, doch jeder frühere Kaiser wäre damit zufrieden gewesen.

»Ihre Anwesenheit hier ehrt mich«, sagte er und bot ihm einen Stuhl an.

Berdichow ignorierte sein Angebot. »Wo ist der Junge?« erkundigte er sich ungeduldig. »Ich würde ihn gerne sehen. Auf der Stelle.«

»Natürlich«, sagte Andersen und sah T'ai Cho an, der direkt vor der Tür neben Blake stand. T'ai Cho verneigte sich, dann wandte er sich ab, um alles vorzubereiten.

Berdichow starrte den Direktor kalt an. »Sie können versichern, daß er nicht weiß, daß er beobachtet wird?«

»Natürlich. So arbeiten wir hier immer. Wir haben einen Beobachtungsraum. Mein Assistent wird Ihnen ein paar Erfrischungen bringen ...«

Berdischow unterbrach ihn schroff, und das Licht blitzte auf seinen Brillengläsern. »Wir brauchen keine Erfrischungen. Zeigen Sie mir nur den Jungen, Direktor Andersen. Ich will sehen, warum Sie meinen, Sie dürften mich beleidigen.«

Andersen wurde blaß. »Ich ...« Er verbeugte sich wieder, und vor Angst bekam er einen trockenen Mund. »Ich ... ich bringe Sie sofort hin.«

* * *

Zwei Geräte waren auf der Werkbank zurückgelassen worden, wie der Junge gebeten hatte. Das eine war das MedFac-3D-Vid, an dem er schon gearbeitet hatte, das andere eine Standard SimFic CreativKonsole IV. Dazwischen lag ein vollständiger Werkzeugsatz.

»Was ist das?« fragte Berdichow und nahm in nur einer Armlänge Entfernung von der Werkbank vor dem Beobachtungsfenster Platz.

»Das sind die, um die der Junge gebeten hat.«

Andersen schluckte und betete, daß T'ai Cho sich damit nicht geirrt hatte. Er allein wußte, wieviel davon abhing. »Ich… ich habe den Eindruck, daß er etwas ausprobieren will.«

Berdichow drehte sich auf seinem Platz halb um und sah Andersen kalt an. »Ich verstehe Sie nicht, Direktor. Was will er ausprobieren?«

Andersen wollte mit dem Kopf schütteln, verkniff es sich aber und lächelte, weil er wußte, daß er das Beste aus der Lage machen mußte. »Das ist es ja gerade. Wir wissen nie so genau, was er vorhat. Deshalb ist er so wertvoll. Er ist unberechenbar, so einfallsreich.«

Berdichow starrte einen Moment lang durch Andersen hindurch, dann wandte er sich um. Er wirkte alles andere als überzeugt. Es schien, als sei die lächerlich hohe Summe, die man für den Vertrag des Jungen von ihm verlangt hatte, der einzige Grund dafür, daß er überhaupt hier war. Andersen stützte sich auf die Lehne des Stuhls neben Berdichow und fühlte sich schwach. Der Junge war im Begriff, alles zu ruinieren. Er spürte es. Alles würde schiefgehen, und er würde sich vor Berdichow blamieren. Schlimmer noch, damit würde alles vorbei sein, man würde das Projekt beenden und ihn selbst in den vorgezogenen Ruhestand versetzen. Er erschauderte, dann zog er den Fächer aus seinem Gürtel, klappte ihn auf und fächerte sich Luft zu.

»Ich schätze, es hat etwas mit den beiden Geräten zu tun?«

Andersen unterbrach mitten in der Bewegung das Fächern. »Ich glaube ja.«

»Und wie lang sind Sie schon für ihn verantwortlich?«

»Seit dreiundzwanzig Tagen.«

Berdichow lachte. »Es ist einfach nicht zu fassen. Unsere besten Techniker brauchen Monate, um herauszufinden, wie man mit diesen Geräten umgeht.«

»Vier Monate intensive Ausbildung«, erklärte Blake aus einem hinteren Winkel des Beobachtungsraums.

»Und er hat's sich selbst beigebracht?«

Andersen leckte sich die Lippen, um sie zu befeuchten. »In zwei Tagen.«

Berdichow lehnte sich zurück und lachte wieder. »Ich habe das Gefühl, Sie machen sich lustig über mich, Direktor Andersen. Sie vergeuden meine wertvolle Zeit. Wenn das der Fall ist ...«

Andersen verbeugte sich tief. »Glauben Sie mir, *Shih* Berdichow. So etwas würde mir im Traum nicht einfallen. Bitte haben Sie Geduld. Ich bin mir sicher, der Junge wird Sie nicht enttäuschen.«

Die Tür am anderen Ende des Unterrichtsraums öffnete sich, und T'ai Cho trat mit dem Jungen ein. Andersen, der Berdichow beobachte, sah dabei, wie Berdichow die Stirn runzelte und ein seltsamer Ausdruck seine Züge überflog.

»Wo haben Sie den Jungen gefunden?«

Blake antwortete, bevor Andersen seine Sprache wiederfand. »Auf den Hebriden, Sir. Er stammt aus dem Bezirk Cornwall.«

Berdichow nickte. Eine seltsame Nüchternheit schien ihn erfaßt zu haben. »Ah, ja. Ich kenne die Gegend. Ich war schon mal da. Mit ein paar Freunden.«

T'ai Cho ging in die Knie, redete dem Jungen ein wenig zu, dann ließ er ihn los. Kim lief durch den Raum, blinder Eifer im Gesicht. Nachdem er auf den Stuhl geklettert war, machte er sich sofort ans Werk, legte das Innere des 3D-Vid frei und zog die schwere CreativKonsole zu sich heran.

Berdichow spürte, während er den Jungen beobachtete, wie ihm innerlich kalt wurde. Die Ähnlichkeit war unheimlich; eine groteske Verzerrung des Originals, zugegeben, doch in mancher Hinsicht war die Ähnlichkeit so groß, daß der bloße Anblick des Jungen all diese Gefühle zurückbrachte. All die Liebe, die Schuld und den Schmerz.

Edmund, dachte er; du bist Edmunds Sohn. Das könnte ich schwören.

Er sah ihm zu und bekam kaum mit, was der Junge da machte; er sah nur die seltsame, unerwartete Ähnlichkeit. Er hätte sich die Holographie ansehen sollen, die Blake ihm gegeben hatte. Er hätte sich die Zeit nehmen sollen, sie anzusehen. Aber er war zu beschäftigt gewesen. Sonst wäre er schon früher hergekommen, ganz sicher.

Normalerweise hätte er es sofort einem dieser seltsamen Streiche zugeschrieben, die das Leben einem Menschen spielte, aber in diesem Fall paßte alles zusammen. Es paßte perfekt. Der Junge war nicht nur im entsprechenden Alter, sondern kam auch aus der entsprechenden Gegend.

Edmund war dabeigewesen. Dort unten im Lehm, vor sieben Jahren. Edmund, Pietr und er. Dort unten in der Dunkelheit unter der Stadt. Ja ... er war dabeigewesen, als wir den *König unter der Stadt*, den Myghtern, in seinem Schloß im uralten Bodmin aufsuchten. Er war dabeigewesen, als wir das Freudenhaus des Myghtern besuchten. Und jetzt ist seine Saat zurückgekehrt. Zurück aus der Dunkelheit.

Er erschauderte und stand auf. »Ich habe genug gesehen.«

Andersen verneigte sich verwirrt. Alle Farbe war aus seinem Gesicht gewichen, und seine Augen hatten sich vor plötzlicher Panik geweitet. »Bitte, Exzellenz, warten Sie. Bitte warten Sie noch ein bißchen. Er hat gerade erst angefangen.«

Berdichow ignorierte ihn und wandte sich Blake zu. »Haben Sie den Vertrag?«

Blake zog den Vertrag aus seinem Beutel und reichte ihn herüber.

Berdichow zögerte für einen Moment, überflog den Vertrag und fragte sich, was das Beste sei. Sein erster Gedanke war gewesen, ihn in Fetzen zu reißen, aber jetzt war er sich nicht mehr sicher. Er sah auf den Jungen hinunter. Wenn er Edmund Wyatts Sohn war – und es gab eine einfache Möglichkeit, das herauszufinden, nämlich über den Genotypus –, war er keinen einzigen *Jen* wert, geschweige denn zwanzig Millionen Yuan, denn sein Leben war verwirkt, weil das Gesetz besagte, daß die ganze Familie eines Verräters bis in die dritte Generation sein Schicksal teilte.

Er sah Andersen an. Der Mann machte sich fast in die Hose. »Zehn Millionen«, sagte er.

Er würde es hinausschieben. Vielleicht würde er den Genotypus überprüfen lassen, um sicherzugehen. Aber dann? Er zitterte. Weiter würde er nichts tun.

»Fünfzehn«, erwiderte Andersen, und seine Stimme verriet, wie eingeschüchtert er war.

»Zehn, sonst bitte ich meine Freunde im Haus, Ihr Projekt in zwei und nicht acht Wochen zu schließen.«

Er sah Andersen vor Überraschung blinzeln, dann schlucken. Als er einsah, wie die Dinge standen, senkte der Direktor den Kopf.

»Gut. Dann werden wir sofort unterzeichnen.« Aber er dachte nach. Wem wird die Ähnlichkeit noch auffallen? Wer wußte noch von dem Besuch beim Myghtern? Wer noch außer Lehmann und ihm?

Vielleicht würde alles gutgehen. Und schließlich würde er seinem toten Freund so einen Dienst erweisen. Vielleicht konnte er jetzt die Schuld abgelten, unter der er seit Edmunds Tod gelitten hatte.

Berdichow zitterte, dann sah er den Jungen noch mal an. Ja, und vielleicht kann ich mir gleichzeitig selbst einen Gefallen tun.

* * *

Als alles vorbei war, kam T'ai Cho in das Unterrichtszimmer zurück. Er trug ein Tablett, und in seiner Tasche steckte etwas, das der Direktor ihm mitgegeben hatte, damit er es Kim zurückgab. Er stellte das Tablett auf den Tisch neben der CreativKonsole ab, dann setzte er sich auf den Stuhl neben Kim.

»Heute morgen ist alles gut gelaufen«, sagte er und wühlte mit der Hand in Kims feinem dunklem Haar. »Der Direktor hat sich sehr über dich gefreut.«

»Warum gefreut?«

T'ai Cho senkte den Blick. »Er hat zugesehen, was du gemacht hast. Und jemand, der sehr wichtig ist, war bei ihm. Jemand, der sich entschlossen hat … dich zu adoptieren.«

»Mich zu adoptieren?«

»Oh, mach dir keine Sorgen, Kim. Du wirst hierbleiben, bis du sechzehn bist. Aber dann wirst du dich einem der Konzerne anschließen. Das heißt demjenigen, der für all das verantwortlich ist.«

Er berührte die umgebaute CreativKonsole mit der Hand und war immer noch verblüfft von dem, was Kim angestellt hatte.

»Berdichow«, sagte Kim.

T'ai Cho lachte vor Überraschung. »Ja. Woher weißt du das?«

»Es kam vor zwei Tagen in den Nachrichten. Sie sagten, ihm gehört SimFic.«

»Das stimmt.« Und jetzt gehörst du ihm. Der Gedanke beunruhigte T'ai Cho, doch warum hätte es bei Kim anders sein sollen als bei den anderen, die er nicht kannte? Mit allen, für die er verantwortlich war, geschah das früher oder später einmal. Sie waren gerettet, aber sie gehörten nun auch jemandem. Er zitterte, dann hob er die Tasse vom Tablett, bot sie Kim an und sah zu, wie er das Getränk gierig hinunterstürzte.

»Ich habe auch etwas für dich«, sagte er und füllte die Tasse aus der Kanne nach. »Wir erlauben es normalerweise nicht, daß unsere Jungen etwas aus ihrer Zeit im Lehm behalten, aber Direktor Andersen meint, in deinem Fall sollten wir eine Ausnahme machen.«

T'ai Cho zog es aus der Tasche, legte es Kim in die Hand und schloß seine Finger darum.

Kim öffnete die Hand und lachte kurz auf. Er hielt den Anhänger hoch, berührte die schwankende Scheibe mit einem Finger und brachte sie zum Drehen. Sie wurde langsamer, drehte sich in die andere Richtung und drehte sich eine Zeitlang hin und her. Kim schien das Geschenk Freude zu bereiten, doch als er wieder zu T'ai Cho aufblickte, hatte Schmerz seinen Blick verfinstert.

»Was ist?« fragte T'ai Cho.

»Bodmin.«

T'ai Cho schüttelte den Kopf. »Was? Ich kann dir nicht folgen, Kim.«

»Da komme ich her. Die Gegend heißt Bodmin, nicht?«

T'ai Cho lachte überrascht. »Ach ja, jetzt fällt's mir ein. Aber wie hast du das herausgefunden?«

Kim beugte sich vor, tauchte seinen Finger in die Kanne und zog ihn über die Werkbank, was er bei jedem Buchstaben wiederholte, den er schrieb.

»Ein Pfeil. Ein Raum. Die Brust einer Frau. Ein Ring. Ein gespannter Bogen. Zwei steile Hügel. Eine aufrechte Säule. Ein Tor. Ein Auge mit einer gekräuselten Augenbraue. Es war ein Zeichen, nah beim Tor. Sechs *li*.«

»Meilen«, sagte T'ai Cho. »Aber das ist nicht wichtig. Ich bin überrascht.«

»Warum?«

T'ai Cho schwieg für einen Moment. »Erinnerst du dich an alles?«

Kim schüttelte den Kopf, hatte wieder Schmerz im Blick, stärker als zuvor. »Nein. Nicht an alles. Ich habe geschlafen, weißt du. Ich habe lange Zeit geschlafen. Und dann bin ich aufgewacht. Das Licht hat mich aufgeweckt.«

KAPITEL · 9

Wuwei[61]

Dunkelheit lag über dem Wasser wie Öl. Die Dämmerung war beinahe angebrochen, aber so hoch im Norden dauerte es einen Monat, bis es Tag wurde. Sie lagen schweigend in ihren flachen Booten, eine halbe *li* vom Ufer der Insel entfernt, und warteten auf das Signal in ihren Köpfen. Als es um zehn nach fünf ertönte, paddelten sie los, die Gesichter und Hände geschwärzt, und ihre feuchten Anzüge verschmolzen mit der Dunkelheit.

Hans Ebert, der den Stoßtrupp befehligte, erreichte als erster das Ufer. Er kauerte sich auf die glitschige Steintreppe und wartete, während er durch das unaufhörliche Geplätscher des Wassers an den Felsen unter sich andere Geräusche herauszuhören versuchte.

Nichts. Alles war in Ordnung. Ein paar Sekunden später ertönte das zweite Signal in seinem Kopf, und er eilte weiter. Sein Körper handelte, ohne daß er darüber nachdenken mußte, führte das aus, was er in den letzten Tagen hunderte Male geprobt hatte.

Er konnte spüren, wie sich die Männer in der Dunkelheit um ihn bewegten; zweihundertvierundsechzig Männer, die eine Elite-Ausbildung genossen hatten. Die beste in der Stadt Europa.

Auf der obersten Stufe blieb Ebert stehen. Während sein Feldwebel Auden an der massiven Metalltür die Ladung anbrachte, blickte er durch die Dunkelheit aufs Festland zurück. Hammerfest lag sechs *li* im Osten, ähnelte einer gewaltigen Gletscherzunge, die ins kalte nördliche Meer ragte. Nördlich und südlich davon zog sich die große Mauer der Stadt Europa wie ein gezacktes Band bis in weite Ferne hin und zeichnete die Küstenlinie der uralten Finnmark von Norwegen nach, ihr bleiches Weiß von innen beleuchtet. Er zitterte und drehte sich wieder um, spürte die Gegenwart der alten Festung, die über ihm in die mondlose Nacht aufragte, obwohl er sie nicht sah. Es war ein unseliger Ort. Genau das Richtige für SimFic, um dort eine Forschungsabteilung einzurichten.

Auden kam zu ihm zurück. Gemeinsam kauerten sie hinter dem Schutzschild und schoben sich die Infrarotbrillen über die Augen. Die Ladungen würden mit dem dritten Signal automatisch gezündet werden. Ebert und Auden warteten. Ohne Warnung zerriß eine ganze Serie von Detonationen die Nacht, einige in der Nähe, andere weiter entfernt. Ebert ließ den Schild nach vorn fallen, und ohne zu warten, bis der Rauch abzog, stürmte er mit Auden durch die Türöffnung, gefolgt von einem Dutzend anderer Männer. An fünfzehn anderen Stellen der Insel passierte das gleiche. In dem Moment, als er den leeren Korridor betrat, konnte er das erste Knattern von Handfeuerwaffen hören.

Die erste Kreuzung war genauso wie erwartet. Ebert blieb an der Ecke stehen, sah nach links, die Waffe an der Schulter, und suchte in der Dunkelheit vor sich nach Zielen. Er wartete, bis sich die Truppe hinter ihm versammelt hatte, dann zählte er sie durch, Auden zuerst. Wenn die Pläne stimmten, befand sich vor ihnen der erste Wachposten und dahinter das erste Labor.

Ebert berührte den letzten Mann am Arm, als er durchging, und sah in die Richtung zurück, aus der er gekommen war. Für einen Moment glaubte er etwas zu sehen, das sich bewegte, und zögerte, doch auf dem Infrarot war nichts zu erkennen. Er wandte sich rasch wieder um und rannte hinter seinen Leuten her, deren Stiefelschritte durch den Korridor hallten. Aber er hatte gerade zehn Schritte zurückgelegt, als der Boden vor ihm einzubrechen schien und er ein Gefälle hinunterstolperte.

Er spreizte die Beine, um seinen Sturz zu bremsen, und versuchte seine Waffe in die gläserne Oberfläche des Gefälles zu bohren. Dabei wurde er geringfügig langsamer, drehte sich nach links und prallte unerwartet gegen die Wand. Für einen Moment verlor er die Orientierung, und sein Körper wurde wild umhergewirbelt. Er spürte, wie die Waffe seiner Hand entglitt und irgendwo hinunterrutschte, dann rutschte er selbst wieder, diesmal mit dem Kopf voran, und die Schreie waren jetzt näher, gemischt mit einem rauhen Murmeln. Einen Moment später prallte er schmerzhaft in einen Stapel von Leibern.

Ebert ächzte, dann blickte er auf und sah Auden, den er an der geröteten Identifikationsmarke an seinem Hals erkannte.

»Ist jemand verletzt?« fragte Ebert leise, fast atemlos, und ließ sich von Auden auf die Beine helfen.

Auden beugte sich zu ihm her und flüsterte ihm etwas ins Ohr. »Ich glaube, Leiter ist tot, Sir. Hat sich den Hals gebrochen. Ich war direkt hinter ihm, als es passierte. Und es scheint ein paar Leichtverletzte zu geben. Aber sonst ...«

»Bei allen Göttern ...« Ebert schaute sich um. »Wo sind wir hier?«

»Ich weiß es nicht, Sir. Das ist auf den Plänen nicht eingezeichnet.«

An drei Seiten ragten die Wände vierzig, vielleicht fünfzig *ch'i* senkrecht in die Höhe. Sie hatten das Gefühl, auf dem Grund eines großen Brunnens mit rechteckigem Boden zu sitzen. Ebert trat zurück, starrte in die Dunkelheit empor und versuchte etwas auszumachen. »Da«, sagte er nach einem Moment und deutete nach oben. »Wenn wir ein Seil hochschießen können, kommen wir raus.«

»Wenn sie uns nicht vorher abschießen.«

»Stimmt.« Ebert holte Luft, dann nickte er. »Sie bohren etwa sechs oder acht *ch'i* das Gefälle hinauf Löcher in den Boden. In der Zwischenzeit sorgen wir dafür, daß die Kerle die Köpfe drunten halten, klar?«

Der Sergeant verbeugte sich knapp und wandte sich ab, um einem seiner Männer barsch einen Befehl zu erteilen. In der Zwischenzeit zog Ebert zwei Granaten aus dem Gürtel. Es war schwer zu erkennen, wie weit es zum Eingang des Korridors hinaufging. Dreißig *ch'i* vielleicht. Möglicherweise noch mehr. Das Muster der Infrarotstrahlung änderte sich nur geringfügig, deutete vage einen Umriß an. Er wog eine der Granaten in der Hand und machte sie scharf, dann beugte er sich zurück und schleuderte sie in die Dunkelheit hinauf. Wenn er verfehlte ...

Er hörte sie oben aufprallen, dann überraschte und panische Schreie. Im selben Moment wurde die Dunkelheit von einem Lichtblitz zerrissen. Als er verblaßte, warf Ebert die zweite Granate, diesmal mit mehr Selbstvertrauen, und zielte dabei auf den schwelenden, roten Schlund des Tunnels. Irgend jemand schrie dort oben – ein schrecklicher, unnatürlicher, hoher Laut, der ihm das Blut in den Adern gefrieren ließ –, dann erschütterte die zweite Explosion die Luft, und das Geschrei brach abrupt ab.

Ebert drehte sich um. Auden hatte inzwischen in die schlüpfrige Oberfläche des Gefälles Löcher geschlagen, die den Füßen Halt geben sollten. Jetzt stand er da, den großen Kletterhaken an der Hüfte, und wartete auf den Befehl seines Captains.

»Gut«, sagte Ebert. »Versuchen Sie ihn an der Decke des Tunnels zu befestigen. Sobald er festsitzt, klettere ich hoch. Wenn ich oben bin, soll mir alle zehn Sekunden ein Mann folgen. Verstanden?«

»Sir!«

Auden blickte auf, schätzte die Entfernung ab, dann hob er das schwere Gewehr an die Schulter und feuerte. Der Bolzen flog hoch und zog die dünne, starke Leine hinter sich her. Sie hörten, wie er in die Decke des Tunnels einschlug, dann zogen zwei der Männer am Ende der Leine, um sich zu vergewissern, daß der Bolzen sicher saß.

Einer von ihnen wandte sich mit gesenktem Kopf Ebert zu. »Leine gesichert, Sir!«

»Gut.« Er trat vor und zog dem Soldaten das Gewehr von der Schulter. »Nehmen Sie Leiters Waffe, Spitz. Oder meine, wenn Sie sie finden können.«

»Sir!«

Ebert hängte sich die Waffe über die rechte Schulter, dann nahm er das Seil fest in die Hand und fing an zu klettern, zog sich flink hinauf, und seine Hände und Füße arbeiteten dabei instinktiv zusammen. Nach einem Dreiviertel der Strecke wurde er langsamer, schüttelte das Gewehr von der Schulter und nahm es in die rechte Hand, dann kletterte er weiter, zog sich mit einer Hand zum Rand der Grube empor.

Sie würden warten. Die Granaten hatten einigen Schaden angerichtet, aber sie hatten ihre Gegner sicher nicht erledigt. Es würden noch irgendwo welche lauern.

Er hielt unmittelbar unter dem Rand inne, sah noch mal hinunter und bedeutete Auden, sie sollten kommen. Sofort merkte er, wie sich das Seil unter ihm vom Gewicht des ersten Soldaten straffte. Indem er sich zurückwandte, löste Ebert die Sicherung mit dem Daumen, steckte den Lauf über den Rand und zog den Abzug durch. Fast im selben Moment dröhnte die Luft vom gegnerischen Feuer. Drei, vielleicht vier Mann, schätzte er.

Unter ihm schwankte das Seil und beruhigte sich wieder, als der Mann am Boden das Ende faßte. Ebert nahm einen tiefen, zitternden Atemzug, dann hievte er sich hinauf und lugte über den Rand in den Tunnel.

Er duckte sich gleich wieder, als sie erneut das Feuer

eröffneten. Aber er wußte jetzt, wo sie waren und welche Deckung es dort oben für ihn gab. Mit flinken Fingern, die zugleich die Sicherung entfernten, löste er die Rauchbombe von seinem Gürtel, drehte kräftig ihren Hals um und warf sie in den Tunnel über sich. Er hörte die Warnrufe und wußte, daß sie glaubten, es sei eine weitere Granate. Indem er noch mal tief Luft holte, zog er sich die Maske über Mund und Nase, dann kletterte er in den Tunnel, warf sich flach auf den Boden und bedeckte seine Augen.

Ein leises Ploppen war zu hören, dann flammte ein grelles Licht auf. Ein paar Sekunden später füllten wabernde Rauchschwaden den Tunnel aus.

Ebert kroch rasch weiter und ging hinter zwei verstümmelten Leichen in Deckung, die übereinander an der linken Wand lagen. Es war kein Augenblick zu früh. Nur eine Handbreit über seinem Kopf durchlöcherten Einschläge die Wand des Tunnels. Er wartete einen Moment lang, vergegenwärtige sich aus dem Gedächtnis sein erstes Ziel und feuerte durch den dichten Rauch.

Jemand schrie kurz, dann ging das Gewehrfeuer wieder los. Aber diesmal schossen nur noch zwei.

Er spürte, wie der Leichnam, an dem er lehnte, von Kugeln getroffen wurde, und rollte rasch nach rechts. Für einen Moment war es still. Oder fast still. Hinter sich hörte er Geräusche – seltsam vertraute Geräusche; ein leises Rascheln, daß hier irgendwie unangebracht schien. Er hob das Gewehr, bereit wieder zu feuern, doch er hörte nur ein leises Klicken und das Poltern von etwas kleinem, aber schwerem, das auf ihn zurollte.

Eine Granate.

Er scharrte mit der Linken durch den Schutt, versuchte sie abzufangen und zurückzuwerfen, aber sie war an ihm vorbei und rollte auf den Rand der Grube zu.

»Scheiße!«

Daran war nichts mehr zu ändern. Er zog sich hoch, hielt die Waffe brusthoch und feuerte in den dichten Rauch vor sich. Dann warf ihn die Explosion von den Beinen, und er lag betäubt zwischen den Sandsäcken am anderen Ende des Tunnels, und seine Ohren rauschten.

»Licht!« sagte jemand. »Macht Licht hier, verdammt noch mal!«

Auden. Es war Audens Stimme.

»Hier!« brachte er mühsam hervor und versuchte sich herumzurollen, aber etwas Schweres lag über seinen Beinen. Dann, etwas kräftiger: »Ich bin hier, Feldwebel!«

Auden kam schnell zu ihm und zog den Leichnam von ihm weg. »Den Göttern sei Dank, Sir! Ich habe befürchtet, wir hätten Sie verloren.« Er beugte sich herunter, half Ebert auf die Beine und stützte ihn.

Ebert lachte, dann setzte er sich langsam wieder hin, weil seine Beine plötzlich weich wurden. »Ich auch.« Er blickte wieder auf, als einer der Soldaten ihnen eine Lichtbogenlampe brachte.

»Scheiße!« knurrte er und sah sich um. »Was ist passiert?«

»Sie sind offenbar außer Gefecht gesetzt worden, Sir. Aber vorher haben Sie hier noch ordentlich aufgeräumt.«

Ebert schauderte, wandte sich halb um und legte eine Hand an den Hals. Einige Schritte weiter lagen zwei Leichen mit den Gesichtern nach unten neben den Sandsäcken. Er sah wieder Auden an.

»Was sind unsere Verluste?«

»Sechs Männer, Sir. Einschließlich Leiter. Und Grant hat eine schwere Kopfverletzung. Wir werden ihn hier wohl zurücklassen müssen.«

»Sechs Männer? Verdammter Mist!« Er schluckte und beugte sich vor. »Wissen wir, wie's den anderen Trupps ergangen ist?«

Auden senkte den Blick. »Das ist auch ein Problem, Sir. Wir haben den Kontakt verloren. Auf allen Kanälen empfangen wir nur Störgeräusche.«

Ebert lachte säuerlich. »Störgeräusche? Was ist denn los? Was, zum Teufel, ist los?»

Auden schüttelte den Kopf. »Ich weiß es nicht. Ich weiß es wirklich nicht, Sir. Aber es ist übel. Da vorn ist eine Kreuzung, die nicht auf der Karte verzeichnet ist. Und als Sie raufgeklettert sind …« Er zögerte, dann fuhr er fort. »Nun, es sieht so aus, als hätten sie am Ende des Hangs eine Art Wasserleitung gehabt. Im einen Moment habe ich dagestanden und den Männern ans Seil geholfen, im nächsten stand ich schon knietief im Eiswasser.«

Ebert blickte zu Boden. Das war also das seltsame Geräusch gewesen, das er gehört hatte. Er zitterte, dann sah er Auden wieder an. »Das wundert mich. Wissen Sie warum? Als ich das Seil raufgeklettert bin, habe ich mich gefragt, warum sie uns nicht gleich erledigen. Nur ein paar Granaten. Das hätte schon genügt. Aber das erklärt alles, nicht? Sie wollten uns ersäufen. Aber warum? Was für einen Unterschied hätte das gemacht?«

Auden lächelte ihn grimmig an. »Ich weiß es nicht, Sir, aber wenn Sie in Ordnung sind, gehen wir besser weiter. Mir gefällt diese Ruhe nicht. Ich habe das Gefühl, sie beobachten uns die ganze Zeit und bereiten sich auf den nächsten Schlag vor.«

Ebert lächelte und berührte den Feldwebel kurz an der Schulter. »Gut. Dann mal los, ja?«

Auden zögerte noch einen Moment lang. »Noch eins, Sir. Etwas, das Sie wissen sollten.«

Ebert sah, wie Auden den Blick auf einen der Leichname richtete, und spürte, wie ihm innerlich kalt wurde. »Sagen Sie's nicht. Sie sind wie die Kopien auf der Hochzeit. Stimmt's?«

Auden schüttelte den Kopf, ging hinüber und drehte

einen der Leichname um, dem er den Helm vom Kopf zog.

»Bei allen Göttern!« Ebert stand langsam auf, ging hinüber und kniete sich über dem Leichnam hin, zog sein Messer aus dem Gürtel, schlitzte die Jacke auf und entblößte die nackte Brust darunter.

Er blickte zu Auden auf und sah in seinen Augen seine eigene Verblüffung und Bestürzung. »Die Götter mögen uns beistehen!« Er betrachtete noch mal die sanft gerundeten Brüste des Leichnams, die weichen, braunen Brustwarzen wie zwei blinde Augen, und ihm schauderte. »Sind sie alle so?«

Auden nickte. »Alle, die ich mir bisher angesehen habe.«

Ebert zog die Jacke wieder über die Brüste der toten Frau, dann stand er auf, und seine Stimme wurde laut vor Ärger. »Was bedeutet das alles? Ich meine, was, in Teufels Namen, bedeutet das alles?«

Auden zuckte die Achseln. »Ich weiß es nicht, Sir. Aber eines weiß ich. Jemand hat ihnen gesagt, daß wir kommen. Irgend jemand hat uns aufeinander gehetzt.«

* * *

General Tolonen entließ die beiden Wachen, verschloß die Tür und wandte sich mit gesenktem Kopf dem jungen Prinzen zu.

»Es tut mir leid, daß ich Sie hierher bringen mußte, junger Meister, aber ich kann es nicht darauf ankommen lassen, daß unsere Feinde davon erfahren, wie klein das Risiko auch sein mag.«

Li Yuan stand steif da, das Kinn leicht angehoben und bitteren Zorn in seinen rotgeränderten Augen. Er war kaum halb so groß wie der General, und doch ließ seine autoritäre Ausstrahlung, selbst wenn er Kummer hatte, keinen Zweifel daran, wer hier der Meister und wer der Diener war. Der Prinz trug den *Cheng fu*, das grobe, saumlose Sackleinen der traditionellen Trauerkleidung, seine Füße steckten in schlichten, schmucklosen Sandalen, und an den Händen und um den Hals trug er keinerlei Schmuck. Der Aufzug war so schrecklich streng – ein so wilder Ausdruck seines Schmerzes –, daß es Tolonen im Herzen weh tat, ihn anzusehen.

Sie befanden sich in einem Sicherheitsraum von nicht mehr als zwanzig *ch'i* Seitenlänge im Herzen der Festung Bremen, der an allen sechs Seiten gegen die umgebende Architektur abgeschirmt war und von einer Reihe von Stützstreben an Ort und Stelle gehalten wurde. Man erreichte ihn durch einen kurzen Korridor mit zwei Luftschleusen, die beide nach Gebrauch völlig leergepumpt wurden. Die meisten Leute hielten sich hier nur höchst ungern auf. Aber wenn man einmal drin war, konnte absolute Geheimhaltung garantiert werden. Keine Kameras beobachteten, was in dem Raum vor sich ging, und keine Kommunikationsleitungen führten hinaus. Angesichts der gegenwärtigen Entwicklungen begrüßte Tolonen die völlige Isolation. Für seinen Geschmack war schon zuviel passiert, um unnötige Risiken einzugehen.

»Haben Sie schon mit ihm gesprochen?« fragte Li Yuan, und der Zorn glühte in seinen Augen. »Hat der Kerl Sie etwa angelogen?«

Der Zorn des kleinen Jungen war unübersehbar. Tolonen hätte nie gedacht, daß derlei in ihm steckte. Er war ihm immer so kühl und leidenschaftslos vorgekommen. Außerdem triefte seine Stimme von einer säuerlichen Bitterkeit, die in Tolonen eine Saite zum Schwingen brachte. Der Tod seines Bruders hatte Li Yuan tief erschüttert. Nur eine Vergeltung konnte ihn zufriedenstellen. In diesem Punkt waren sie einer Meinung.

Tolonen nahm seine Uniformmütze ab und verneigte sich vor ihm. »Ihr müßt Geduld haben, junger

Meister. Diese Dinge brauchen Zeit. Ich brauche handfeste Beweise, ehe ich mir unseren Freund Berdichow vornehmen kann.«

Der Achtjährige wandte sich ruckartig ab, und die Heftigkeit dieser Geste verriet seinen inneren Aufruhr. Dann drehte er sich wieder um, und seine Augen flackerten. »Ich will, daß sie sterben, General Tolonen. Bis zum letzten Mann. Und ich will, daß ihre Familien verbannt werden. Bis in die dritte Generation.«

Tolonen senkte erneut den Kopf. Das würde ich tun, dachte er, wäre das der Befehl meines T'ang. Aber Li Shai Tung hat noch nichts gesagt. Nichts von dem, was er fühlt oder will, auch nichts von dem, was er gestern vor dem Rat gesagt hat. Was haben die Sieben beschlossen? Wie werden sie auf diese Unverschämtheit reagieren?

Ja, kleiner Meister, ich würde deinen Wünschen gern entsprechen. Aber mir sind die Hände gebunden.

»Wir wissen jetzt sehr viel mehr«, erklärte er, faßte Li Yuan an der Schulter und führte ihn durch den Raum zu den beiden Stühlen, die vor dem Bildschirm standen. Er nahm gegenüber von Li Yuan Platz und war sich nicht bloß des Kummers und Zorns, sondern auch der großen Würde dieses Jungen bewußt. »Wir wissen, wie es gemacht worden ist.«

Er sah, wie angespannt Li Yuan war.

»Ja«, sagte Tolonen. »Der Schlüssel zu allem war simuliertes Sehen.« Er sah, daß Li Yuan sich darunter nichts vorstellen konnte, und drängte weiter. »Wir sind bei unserer Razzia der SimFic-Anlage auf Punto Natales darauf gestoßen. Sie hatten offenbar schon seit Jahren illegal damit experimentiert. Es scheint, als seien die in Chao Yangs Kopf gefundenen künstlichen Neuronen Teil Ihres Systems.«

Li Yuan schüttelte den Kopf. »Ich verstehe Sie nicht, General. SimFic hat illegale Experimente durchgeführt? Habe ich das richtig verstanden? Daß sie bewußt gegen den Wortlaut des Edikts verstoßen haben?«

Tolonen nickte, hob aber eine Hand, um Li Yuans Nachfrage abzuweisen. Dies war ein schwieriges Gebiet, und er wollte sich nicht auf eine Diskussion darüber einlassen, daß alle Konzerne Experimente solcher Art durchführten und dann ihre Lobby einsetzten, um ihre vermeintlich ›theoretischen‹ Resultate beim Ministerium durchzubringen.

»Lassen wir das einen Moment beiseite«, sagte er. »Von wesentlicher Bedeutung ist hier die Tatsache, daß man Pei Chao Yang nicht die Schuld für den Mord an Eurem Bruder geben kann. Es sieht so aus, als habe er sich vor fast fünf Jahren einer Gehirnoperation wegen eines Blutgerinnsels unterziehen müssen – eine Operation, die sein Vater Pei Ro-hen aus den öffentlichen Unterlagen entfernt hat. Chao hatte offenbar einen Jagdunfall. Er ist unglücklich vom Pferd gestürzt. Aber die Operation war erfolgreich, und er hatte keine weiteren Probleme. Das heißt, bis zum Tag der Hochzeit. Jetzt wissen wir warum.«

»Sie meinen, ihm ist etwas in den Kopf implantiert worden? Etwas, um ihn zu steuern?«

»Nicht direkt, um ihn zu steuern. Aber etwas, das ihn die Dinge genau so sehen ließ, wie sie ihn sie sehen lassen wollten. Etwas, das ihm andere Perspektiven aufzwang. Anscheinend sogar andere Gerüche. Etwas, wodurch er Han Ch'in *anders sah* …«

»Und wissen wir, wer diese … diese Operation durchgeführt hat?«

Tolonen sah den Jungen wieder an. »Ja. Aber sie sind tot. Genaugenommen sind sie schon seit einigen Jahren tot. Wer immer das Ganze eingefädelt hat, war sehr gründlich. Wirklich sehr gründlich.«

»Aber ist SimFic schuld? Ist Berdichow schuld?«

Er sah die Wildheit in Li Yuans Gesicht und nickte. »Ich glaube ja. Aber vielleicht nicht genug, um eine schlüssige Anklage vor Gericht zu bringen. Es hängt davon ab, was wir in Hammerfest finden.«

* * *

Sie stürzte sich kreischend wie eine Verrückte auf ihn, ein großes, scharfschneidiges Jagdmesser in der linken, ein ausgeklinktes Bajonett in der rechten Hand.

Ebert duckte sich unter ihren gefährlichen Hieben weg und rammte seine Klinge mit beiden Händen zwischen ihre Brüste. Die Wucht des Stoßes warf sie zurück und schleuderte sie fast von den Beinen.

»Bei allen Göttern ...«, sagte er, sah auf die Tote hinunter und zitterte noch vor der Wildheit ihres Angriffs. »Wie viele sind es denn noch?«

Es war fünf vor sechs, und er war verloren. Inzwischen waren acht Mann seines Trupps tot, zwei weitere hatten sie schwer verletzt in den Korridoren zurückgelassen. Sie hatten mehr als zwanzig der Verteidigungskräfte getötet. Alles Frauen. Verrückte wie die, die er gerade umgebracht hatte. Und immer noch waren sie hinter ihnen her.

Warum Frauen? fragte er sich immer wieder. Aber tief in seinem Innern wußte er es. Es gab seinem Feind einen psychologischen Vorteil. Es widerstrebte ihm, Frauen zu töten. Seinen Männern ging es ebenso. Er hatte sie brummeln gehört. Und jetzt waren sie tot. Oder so gut wie.

»Gehen wir weiter?« fragte sein Feldwebel Auden.

Ebert drehte sich um und sah auf die Überbleibsel seines Trupps zurück. Einschließlich ihm selbst waren nur noch vier Mann übrig. Und keiner von ihnen hatte jemals so etwas erlebt. Er konnte es in ihren Augen sehen. Sie waren erschöpft und verwirrt. Die letzte Stunde, in der sie nie gewußt hatten, woher der nächste Angriff kommen würde, war ihnen wie eine Ewigkeit vorgekommen.

Die Geländepläne, auf deren Grundlage sie arbeiten sollten, hatten sich als völlig falsch erwiesen. Wer immer dafür verantwortlich war, hatte diesen Komplex heimlich umgebaut und in ein Labyrinth verwandelt: ein Netz von tödlichen Sackgassen und Fallen. Schlimmer noch, sie hatten die Korridore mit Geistersignalen erfüllt und es ihnen unmöglich gemacht, mit anderen angreifenden Gruppen Kontakt zu halten.

Ebert lächelte grimmig. »Wir gehen weiter. Es kann nicht mehr weit sein.«

An der nächsten Kreuzung gerieten sie wieder unter Beschuß und verloren einen weiteren Mann. Aber diesmal nahm der erwartete Gegenangriff keine Gestalt an. Vielleicht sind wir fast da, dachte Ebert, als er sich an die Wand preßte und Atem schöpfte. Vielleicht ist das ihre letzte Verteidigungslinie. Er sah durch den Korridor und begegnete Audens Blick. Ja, dachte er, wenn wir hier rauskommen, werde ich dich lobend erwähnen. Du hast mir in der letzten Stunde mehr als einmal das Leben gerettet.

»Macht euch fertig«, sagte er ihnen nur mit den Lippenbewegungen. »Ich gehe zuerst. Ihr gebt mir Dekkung.«

Auden nickte, hob seine Waffe an die Brust und spannte sich an.

Die Kreuzung lag unmittelbar vor ihnen. Dahinter, ungefähr zehn Schritte den Korridor hinunter auf der rechten Seite, befand sich eine Tür.

Ebert stürmte ins Freie, zog den Abzug seiner Automatikwaffe durch und feuerte nach links. Hinter ihm öffneten Auden und Spitz geräuschvoll die Tür. Er kam hart auf und versuchte zur Tür zu kriechen.

Er hörte die Frau, bevor er sie sah. Als er den Kopf drehte, bekam er sie im Lichtschein unter der Decke flüchtig zu Gesicht, der Körper zusammengekauert, bereits im Fallen. Er riß seine Waffe hoch, aber es war bereits zu spät. In dem Moment, als er seinen ersten Schuß abfeuerte, hatten ihre gestiefelten Füße bereits schwer seinen Rücken getroffen und ihn auf den Betonboden geworfen.

* * *

Der Film war zu Ende. Tolonen drehte sich um und sah den Jungen an.

»Zwei noch, dann sind wir hier fertig.«

Li Yuan nickte, erwiderte seinen Blick aber nicht. Er saß steif da und starrte auf den Bildschirm, als wollte er ein Loch hineinbrennen. Tolonen betrachtete ihn noch einen Moment lang, dann sah er weg. Es war hart für den Jungen, aber sein Vater wollte es so. Schließlich würde Li Yuan eines Tages T'ang sein, und ein T'ang brauchte Härte.

Tolonen lehnte sich wieder zurück, dann drückte er die Fernbedienung und aktivierte den Bildschirm erneut.

Am Abend der Hochzeit waren die Mauern der *Yu Hua Yuan* mit Reihen unauffälliger Überwachungskameras bestückt gewesen. Die Logistik, fünfzehnhundert Personen auf einem so kleinen, schlecht ausgeleuchteten Gelände zu überwachen, hatte es erfordert, Flachbild-Photographie zu verwenden. Da jede Person aber immer gleichzeitig von mehreren Kameras erfaßt worden war, hatten sie dennoch eine Art dreidimensionalen Effekt erreicht. Ein auf die Ganzkopferkennung jeder anwesenden Person programmierter Computer hatte jeden der hundertachtzig einzelnen Filme analysiert und fünfzehnhundert neue, ›gerundete‹ Filme von jeweils siebzehn Minuten Dauer produziert – eine Zeitspanne von je acht Minuten vor und nach dem Tod von Han Ch'in. Die neuen Filme schlossen all die Szenen aus, wenn die Köpfe anderer dazwischenkamen, und schärften die Bilder, wann immer der Mund sich bewegte, die Lippen Worte formten. Das Ergebnis war eine Serie von so lebhaften individuellen ›Reaktionsporträts‹, daß der Betrachter glauben konnte, die Linse habe sich nur eine Armlänge vor den Gesichtern befunden.

Sie hatten sich bereits fünf der Siebzehnminutenfilme angesehen, das echte Erstaunen – den Schock – auf den Gesichtern von Männern erlebt, denen sie zugetraut hatten, in das Attentat verstrickt zu sein.

»Heißt das, sie sind unschuldig?« hatte Li Yuan gefragt.

»Nicht unbedingt«, hatte Tolonen geantwortet. »Die Details sind ihnen vielleicht bewußt vorenthalten worden. Aber sie sind die Geldgeber, da bin ich mir sicher.«

Der jetzige, sechste Film zeigte einen von Tolonens eigenen Männern, einen Hauptmann der Elitestreitkräfte; der für die *Shao Lin* verantwortliche Offizier war an diesem Abend im Garten postiert gewesen.

Li Yuan drehte sich um und sah Tolonen überrascht an. »Das ist doch Hauptmann Erikson.«

Der General nickte. »Schaut hin. Sagt mir, was Ihr denkt.«

Li Yuan wandte sich wieder um und schwieg eine Weile, konzentrierte sich ganz auf den Bildschirm.

»Und?« hakte Tolonen nach.

»Er hat merkwürdig reagiert. Seine Augen … Fast so, als hätte er sich gezwungen, nicht zu reagieren.«

»Oder als stünde er unter Drogen, könnte das sein? Meint Ihr nicht, sein Gesicht zeigt ähnliche Symptome wie bei einer – Arfidis-Trance? Bisher ist er nicht auffällig geworden, aber wer weiß? Vielleicht ist er süchtig, hm?«

Li Yuan drehte sich um und blickte wieder zu dem General auf. Zwischen den Worten und dem Ton, in dem er gesprochen hatte, lag ein Fragezeichen.

»Sie glauben das nicht, richtig?« fragte er nach einer kurzen Pause. »Sie glauben, er hätte es nicht riskiert, seine Neigung öffentlich preiszugeben.«

Tolonen schwieg und beobachtete den Jungen aufmerksam. Li Yuan sah wieder weg, dann zuckte er zusammen, als er begriff, was der General wirklich sagen wollte.

»Er wußte es! Das meinen Sie doch, oder? Erikson wußte es, aber … aber er wagte nicht, es zu zeigen. Ist das richtig? Meinen Sie, er hat es riskiert, Arfidis in der Öffentlichkeit zu nehmen?«

»Ich glaube ja«, sagte Tolonen ruhig. Er war mit Li Yuan zufrieden. Wenn diese schmutzige Angelegenheit überhaupt eine gute Seite hatte, dann diese: Li Yuan würde eines Tages T'ang sein. Ein großer T'ang. Wenn er lang genug lebte.

»Das erklärt also, warum kein *Shao Lin* in der Nähe war, um einzugreifen.«

»Ja.«

»Und Erikson?«

»Er ist tot. Er hat eine Stunde nach dem Anschlag Selbstmord begangen. Zuerst dachte ich, der Grund sei der gewesen, daß er mich enttäuscht hat. Aber jetzt weiß ich's besser.«

Tolonen starrte in Eriksons Gesicht empor und spürte den Schmerz hinter dem oberflächlichen stumpfen Glanz seiner Augen. Er hatte unter seinem Verrat gelitten.

Li Yuans Stimme war seltsam sanft. »Was hat ihn dazu getrieben?«

»Wir wissen es nicht genau, aber wir vermuten, er hat etwas mit dem Attentat auf Lwo Kang zu tun gehabt. Er gehörte zu dieser Zeit DeVores Personal an, und man weiß, daß er mit DeVore in privater Funktion in Kontakt stand, während dieser für den Sicherheitsdienst auf dem Mars verantwortlich war.«

»Ich verstehe.«

Der Film endete. Der nächste fing an. Lehmanns Gesicht füllte den Bildschirm aus.

Etwas stimmte nicht. Soviel war gleich klar. Lehmann wirkte nervös, seltsam unruhig. Er sprach flüssig, schien mit den Gedanken aber nicht ganz bei der Sache zu sein. Er hielt den Kopf steif, wirkte unbeholfen, und seine Augen ruckten unstet hin und her.

»Er weiß es!« flüsterte Li Yuan entsetzt und war nicht imstande, seinen Blick vom Bildschirm loszureißen. »Kuan Yin, süße Göttin der Gnade, *er weiß es!*«

Dort, eingerahmt zwischen Lehmanns Kopf und dem oberen Rand des Bildschirms, konnte er seinen Bruder mit seiner Braut stehen sehen, mit ihr lachen, reden, liebevolle Blicke austauschen...

Nein, dachte er. *Neiiin!* Pure Angst wallte in ihm auf, brachte seine Hände zum Zittern, krampfte seinen Magen vor Qual zusammen. Lehmanns Gesicht war riesig, erstickte fast den Bildschirm. Eine gewaltige tödlich weiße Landschaft, wie der Frühlingsmond, der kahl und zerfurcht den Himmel ausfüllte. Und dahinter stand sein Bruder Han, der süße Han, atmete, redete, lachte – war am Leben! – ja, in diesem erstarrten, zeitlosen Augenblick immer noch am Leben – und doch so klein, so zerbrechlich, so entsetzlich verwundbar.

Lehmann drehte sich um und sah zu der Stelle hinüber, wo Han sich mit den Generälen unterhielt. Einen Moment lang starrte er ihn einfach mit unverhohlener Feindseligkeit an, dann wandte er sich halb nach rechts, als reagierte er auf etwas, das jemand zu ihm gesagt hatte, und lachte. Dieses Lachen – das in solchem Kontrast mit der Kälte in seinen Augen stand – ließ einem das Blut in den Adern gefrieren. Li Yuan zitterte. Es gab keinen Zweifel mehr. Lehmann hatte gewußt, was geschehen würde.

Langsam, fast unauffällig trat Lehmann in den Kreis seiner Bekannten zurück, bis er, als die beiden Neuvermählten vor Pei Chao Yang innehielten, ihnen direkt gegenüberstand. Jetzt war nichts mehr zu sehen als sein Gesicht, das von dem massigen Bildschirm herabstarrte; ein Gesicht, das aus einem Dutzend verschiedener Winkel rekonstruiert worden war. Alles, was zwischen der Linse und seinem Gesicht lag, war gelöscht, die aufdringlichen Bilder des Mordes aus dem Speicher des Computers gelöscht worden.

»Nein …«, stöhnte Li Yuan leise. Der Druck auf seiner Brust erstickte ihn fast, der Schmerz wurde mit jedem Moment stärker.

Langsam, ganz langsam strichen die Sekunden vorbei, und dann schien Lehmanns ganzes Gesicht zu erstarren.

»Seine Augen«, flüsterte Tolonen mit schmerzerfüllter Stimme. »Seht Euch seine Augen an …«

Li Yuan keuchte. Lehmanns Züge hatten sich oberflächlich in eine Maske der Sorge verwandelt, doch seine Augen lachten, die Pupillen weit geöffnet und erregt. Und dort, im dunklen Mittelpunkt jedes Auges, war das Bild von Pei Chao Yang, der mit Han Ch'in kämpfte. *Dort* – wie eine Negativaufnahme in aufgequollener Dunkelheit.

»Neiiin!« Li Yuan war aufgesprungen, die Hände zu Fäusten geballt, das Gesicht ein Abgrund an Schmerz und Sehnsucht. »Han! … Lieber Han!«

* * *

Als Ebert zu sich kam, lag die Frau tot neben ihm, der Großteil ihres Kopfes war weggeschossen. Sein Feldwebel Auden kniete über ihm und feuerte mit der großen Automatikwaffe in die Balken unter der Decke.

Er hob den Kopf und ließ ihn wieder sinken, als ein scharfer Schmerz die momentane Schwärze vor seinen Augen begleitete. Auf der Rückseite seines Kopfes, wo der Schmerz am heftigsten war, spürte er einen weichen feuchten Fleck. Er berührte ihn sacht, dann schloß er wieder die Augen. Es hätte schlimmer ausgehen können, dachte er. Ich könnte tot sein.

Auden feuerte ein weiteres Mal gegen die Decke,

dann sah er zu ihm herunter. »Sind Sie in Ordnung, Sir?«

Ebert keuchte und zwang sich ein Lächeln ab. »Mir geht's gut. Was ist passiert?«

Auden fuchtelte über ihm mit seiner Waffe und wandte seine Aufmerksamkeit wieder der netzartigen Struktur aus Balken und Trägern zu, die bis in die Dunkelheit über ihnen reichte.

»Da oben hat sich etwas bewegt, aber jetzt rührt sich da nichts mehr.«

Ebert versuchte seinen Blick zu schärfen, schaffte es aber nicht. Wieder schloß er die Augen. Sein Kopf dröhnte, und der Schmerz überwältigte ihn. Auden redete immer noch.

»Das da oben ist wie ein Rattennest. Aber es ist seltsam, Sir. An deren Stelle hätte ich Gaskanister oder Granaten fallengelassen. Ich hätte ein Netzwerk automatischer Waffen installiert.«

»Vielleicht haben sie das«, sagte Ebert schwach. »Vielleicht ist niemand mehr übrig, der sie bedient.«

Auden sah wieder besorgt zu ihm herunter. »Sind Sie wirklich in Ordnung, Sir?«

Ebert öffnete die Augen. »Mein Kopf. Irgend etwas hat mich am Kopf erwischt.«

Auden legte die Waffen hin, hob mit einer Hand vorsichtig Eberts Kopf und betastete ihn sanft mit der anderen.

Ebert zuckte zusammen. »Bei allen Göttern ...«

Schockiert vom Ausmaß der Verletzung, setzte Auden sich auf die Fersen, zog eine kleine Spraydose aus seiner Uniformjacke und sprühte damit Eberts Hinterkopf ein. Ebert biß gegen den kalten, heftigen, brennenden Schmerz, den das Spray verursachte, die Zähne aufeinander, gab aber keinen Laut von sich. Auden ließ die Dose fallen und nahm eine Notbandage, ein handgroßes gepolstertes Rechteck, aus einer anderen Tasche und klebte sie auf die Wunde. Dann ließ er Ebert wieder zu Boden sinken, drehte ihn auf die Seite und lockerte den Kragen seiner Uniformjacke. »Es ist nicht allzu schlimm, Sir. Der Schnitt ist nicht tief. Sie war tot, bevor sie echten Schaden anrichten konnte.«

Ebert blickte in Audens Gesicht auf. »Ich glaube, ich sollte Ihnen danken.«

Auden hatte seine Waffe aufgehoben und starrte wieder nach oben. Er warf einen kurzen Blick zu Boden und schüttelte den Kopf. »Nicht nötig, Sir. Ich habe nur meine Pflicht getan. Außerdem hätte keiner von uns lang überlebt, wenn wir uns nicht gegenseitig rausgeholfen hätten.«

Ebert lächelte, seltsam berührt von Audens schlichter Feststellung. Der Schmerz ließ allmählich nach, und die Dunkelheit in seinem Kopf zog sich zurück. Als er an Auden vorbeisah, stellte er fest, daß er schon viel klarer sehen konnte. »Wo ist Spitz?«

»Tot, Sir. Wir sind von hinten angegriffen worden, als wir die Kreuzung überquerten.«

»Dann sind also nur noch wir zwei übrig.«

»Ja, Sir.« Auden betrachtete noch einmal das Gewirr über ihren Köpfen, sah zurück und nach vorn, dann hängte er sich die Waffe über die Schulter. »Ich werde Sie tragen müssen, Sir. Am Ende dieses Korridors ist ein Treppenschacht. Wenn wir Glück haben, treffen wir oben ein paar von unseren Leuten. Ich habe von oben Stimmen gehört. Männerstimmen. Ich glaube, es sind welche von uns.«

Indem er die Hände unter Eberts Achselhöhlen schob, zog er den Verwundeten in eine sitzende Position, dann ging er in die Knie und nahm alle Kraft zusammen, um seinen Hauptmann auf die Schulter zu hieven. Einen Moment lang stand er gebeugt da und versuchte sein Gleichgewicht zu finden, dann streckte er die rechte Hand aus und hob seine Waffe auf.

* * *

Li Yuan fand sie im östlichen Palast von Sichuan im Kreise ihre Mägde. Es war ein großes, geräumiges Zimmer, das sich zu einer Seite auf einen Balkon öffnete, von dem eine Treppe zu einem weiten grünen Teich hinunterführte. Es war ein strahlend heller Tag, aber das Zimmer war schattig. Vom Teich reflektiertes Licht malte veränderliche Muster aus Silber und Schwarz an die verzierte Decke, während darunter alles in Dunkelheit lag.

Fei Yen trug den *T'sui* und den *Shang*, den groben Hanfstoff ohne Saum, wie es die erste Stufe der Trauer nach *Chan Ts'ui* verlangte. Drei Jahre Trauer lagen noch vor ihr – siebenundzwanzig Monate genaugenommen. Die Mägde, mit denen sie sich umgab, trugen schlichte weiße Kleider, und in einer weißen, runden Schale neben dem hochlehnigen Stuhl, in dem sie saß, lag ein welker Blütenzweig, dessen karminrote und goldene Pracht verblaßte.

Augen, die Tage des Weinens verdunkelt hatten, blickten zu ihm auf und baten ihn näher. Sie wirkte viel älter, als er sie in Erinnerung hatte. Alt und am Ende ihre Kräfte. Doch seit dem Tod von Han Ch'in waren erst vier Tage vergangen.

Er verbeugte sich tief, dann richtete er sich wieder auf und wartete, daß sie etwas sagte.

Fei Yen drehte sich langsam um und flüsterte etwas. Sofort standen ihre Mägde auf und verließen den Raum, wobei sie sich im Vorbeigehen vor Li Yuan verbeugten, aus dem Zimmer. Dann war er allein mit ihr.

»Warum seid Ihr gekommen?«

Er schwieg einen Moment lang, eingeschüchtert von ihr; von der unerwarteten Feindseligkeit in ihrer Stimme.

»Ich … ich wollte sehen, wie es Euch geht. Ob Ihr Euch auf dem Wege der Besserung befindet.«

Fei Yen schnaubte verächtlich und sah mit bitterer Miene weg. Dann lenkte sie ein und sah ihn wieder an.

»Verzeiht mir, Li Yuan. Mir geht's schon etwas besser. Die Ärzte sagen, ich habe körperlich keinen nennenswerten Schaden davongetragen. Nichts ist gebrochen...«

Sie erschauderte, sah wieder zu Boden, und eine frische Träne trat in ihren Augenwinkel. Als er sie so sah, wurde es Li Yuan warm ums Herz. Sie hatte seinen Bruder sehr geliebt. Mindestens so sehr, wie er selbst ihn geliebt hatte. Vielleicht war er deswegen gekommen: um mit ihr sowohl sein Leid wie auch die schreckliche Zurückweisung dieser Liebe zu teilen. Aber nun, da er bei ihr war, fand er es unmöglich, zu sagen, was er fühlte – unmöglich, damit auch nur anzufangen.

Eine Zeitlang war sie völlig ruhig, dann wischte sie ungeduldig die Träne weg, stand auf und kam zu ihm.

»Bitte verzeiht mir, mein Schwager. Ich sollte Euch angemessen begrüßen.«

Fei Yen umarmte ihn kurz, dann trat sie zurück. An der Öffnung zum Balkon blieb sie stehen, lehnte sich gegen eine der Säulen und starrte über den Teich hinweg zu den fernen Bergen.

Li Yuan folgte ihr und trat an ihre Seite, ohne zu wissen, was er tun oder sagen sollte.

Sie drehte sich um und sah ihn an. Obwohl acht Jahre Altersunterschied sie trennte, war er nicht wesentlich kleiner als sie. Dennoch fühlte er sich neben ihr immer wie ein Kind. Nur wie ein Kind. Alles, was er wußte – alles, was er war – schien unwichtig. Selbst er, der zukünftige T'ang, fühlte sich in ihrer Gegenwart unbedeutend. Ja, selbst jetzt, da etwas ihre Schönheit überschattete, Unmut und Zorn ihre Augen erfüllte. Er schluckte und sah weg, spürte aber immer noch ihren Blick auf sich.

»Jetzt werdet Ihr also T'ang.«

Er sah sie wieder an, versuchte abzuschätzen, was ihr durch den Kopf ging, denn ihre Stimme hatte ausdruckslos geklungen, eine reine Feststellung. Aber was fühlte sie? Bitterkeit? Eifersucht? Wut darüber, daß keiner ihrer Söhne eines Tages T'ang werden würde?

»Ja«, sagte er einfach. »Eines Tages.«

Vor langer Zeit hatte er im Arbeitszimmer seines Vaters gestanden und zu dem riesigen Bild von Europa aufgesehen, das eine Wand ausfüllte – dasselbe Bild, das sich einem von der Beobachtungsplattform des schwebenden Palastes bot, 160 000 *li* über Chung Kuo.

Ein Wolkenwirbel, wie die Ziffer 3, hatte einen Großteil des Ozeans ganz links auf dem kreisrunden Panorama bedeckt. Unter den Wolken waren vage die Umrisse des Landes erkennbar gewesen. Im Osten erstreckten sich gewaltige grüne Ebenen nach Asien hinein. Der Rest war weiß; weiß bis auf eine grauschwarze Masse in der Mitte und eine weitere kleinere Masse etwas östlich davon, wodurch das Gebilde wie der Schädel eines riesigen phantastischen Tiers mit Hörner wirkte. Das Weiße war die Stadt Europa; wie ein Gletscher, im Griff einer zweiten Eiszeit.

Von dort oben sah die Welt klein aus; reduziert auf ein Diagramm. Alles, was er sah, gehörte seinem Vater und wurde von ihm regiert. Alle Dinge, alle Menschen dort waren seine. Und doch war sein ältester Sohn tot, und er konnte nichts tun. Welchen Sinn hatte das?

Er ging an ihr vorbei auf den Balkon, blieb dort an der steinernen Balustrade stehen und sah auf das blaßgrüne Wasser hinab, in dessen Tiefe Fische schwammen. Aber auf einmal schienen sie ihm nichts mehr geben zu können, keine Entspannung, wenn er sie beobachtete.

»Ihr habt es alles sehr gut verkraftet«, sagte sie und trat an seine Seite. »Ihr seid ein tapferer Junge gewesen.«

Er blickte ruckartig zu ihr auf, Bitterkeit in den Augen; verletzt von ihrer Taktlosigkeit, verärgert darüber, daß sie das Wort ›Junge‹ gebraucht hatte.

»Was wißt Ihr schon?« schnauzte er und wich zurück. »Wie könnt Ihr es wagen zu behaupten, ich empfände weniger als Ihr? Was fällt Euch ein?«

Er fuhr sie an, fast in Tränen jetzt, und sein Schmerz, sein unbewältigter Zorn erweckten in ihm den Wunsch, etwas zu zerstören; etwas Zerbrechliches zu packen und zu zertrümmern; jemanden so sehr zu verletzen, wie er verletzt worden war.

»Ich ...« Sie sah ihn wieder an, und sein Ausbruch hatte alle Bitterkeit, alle Eifersucht aus ihr vertrieben. »Oh, Yuan. Kleiner Yuan. Ich wußte nicht ...« Sie ging zu ihm und drückte ihn fest an sich, streichelte sein Haar und ignorierte den Schmerz, als er fest in ihre Seiten griff, wo sie Schrammen hatte. »Oh, Yuan. Mein armer kleiner Yuan. Es tut mir leid. Es tut mir schrecklich leid. Woher sollte ich das wissen, mein Kleiner? Woher sollte ich das wissen?«

* * *

Die Treppe führte auf einen geräumigen, mit Lattenkisten beladenen Treppenabsatz. Drei Korridore zweigten von dort ab. Zwei waren Sackgassen, ein dritter führte zu einem weiteren, sehr viel höheren Treppenschacht. Auden ging weiter nach oben, die Waffe vor sich ausgestreckt, den Sicherungshebel umgelegt, und sein Abzugsfinger schmerzte unter der Anspannung. Ebert war eine betäubende Last auf seiner Schulter.

Fast am obersten Treppenabsatz angekommen, wurde er langsamer und sah sich um, die Augen auf Höhe des Bodens, und seine Waffe suchte nach Zielen. Es war eine ausgedehnte, offene Fläche, wie das Geschoß eines Warenhauses, und überall traf der Blick auf große, rechteckige Blockhäuser. Die Decke war hoch über ihnen und ein Netzwerk von Trägern. Hier und dort standen Stapel von Lattenkisten, und unweit parkten elektrische Karren. Ansonsten war nichts zu sehen.

»Das gefällt mir nicht«, sagte Auden leise. »Nach allem, was uns bisher zugestoßen ist. Und dann nichts mehr. Wir können sie nicht alle erwischt haben. Und wo sind unsere Männer?«

»Was ist das?«

»Eine Art Ladegeschoß. Ziemlich groß. Und da stehen irgendwelche Blockhäuser. Scheinen leer zu sein, aber sind wohl leicht zu verteidigen.«

Ebert schluckte schmerzhaft. Sein Kopf schmerzte davon, kopfüber getragen zu werden, und allmählich wurde ihm übel. Seine Stimme klang jetzt schwach. »Suchen wir uns eine Deckung. Irgendwas, wo Sie mich absetzen können.«

Auden zögerte. »Ich weiß nicht recht, Sir. Mir kommt's vor wie eine Falle.«

Eine Spur Verärgerung färbte Eberts matte Stimme. »Kann sein. Aber haben wir eine Wahl? Wir können nicht wieder runtersteigen. Und wir können nicht mehr lang hier bleiben.«

Auden ignorierte die Schärfe in der Stimme seines Hauptmanns und durchsuchte noch einmal mit Blicken die scheinbare Leere des Ladegeschosses. Nichts. Er war sich fast sicher, daß da draußen nichts war. Und doch sagte ihm sein Instinkt etwas anderes. Er selbst hätte dasselbe getan. Hart zuschlagen, dann noch einmal hart zuschlagen und noch einmal und noch einmal. Und dann, wenn der Feind mit dem Schlimmsten rechnete, zog man sich zurück. Man ließ ihn glauben, er hätte gewonnen; erlaubte es ihm, ohne Gegenwehr auf einen zuzukommen; lockte sie mitten in die eigenen Verteidigungsreihen. Und dann …

Eberts Stimme erhob sich, störte die Stille. »Bei allen Göttern, Auden, stehen Sie nicht bloß da, tun Sie etwas! Ich sterbe!«

Auden erschauderte. »In Ordnung«, sagte er. »Wir

werden Deckung finden. Irgend etwas, wo ich Sie ablegen kann.«

Er holte ein paar Sekunden tief Luft, dann schleppte er sich die letzten Stufen hinauf und rechnete dabei in jedem Moment damit, von schwerem Automatikfeuer zersiebt oder von einem der großen Laser in zwei Hälften geschnitten zu werden, aber nichts geschah. Er lief so schnell er konnte, duckte sich keuchend. Eberts Gewicht war fast zuviel für ihn.

Er durchmaß die Strecke zwischen zwei Kistenstapeln und drehte sich noch einmal zur Treppe um. Einen Moment lang hätte er schwören können, einen Kopf dort gesehen zu haben, von wo sie eben gekommen waren. Er holte zweimal zitternd Luft, dann legte er seine Waffe ab und ließ Ebert sanft neben sich auf den Boden sinken.

»Wir müssen Hilfe für Sie holen, Sir. Sie haben viel Blut verloren.«

Ebert hatte die Augen geschlossen. »Ja«, sagte er gequält, seine Stimme nur noch ein Flüstern. »Na los! Beeilen Sie sich! Ich komme schon klar.«

Auden nickte und griff hinter sich nach seiner Waffe. Seine Hand suchte einen Moment, dann schloß sie sich langsam zur Faust. Instinkt. Er hätte seinem Instinkt trauen sollen. Indem er seine Hände hob, stand er auf und drehte sich langsam um, wandte sich dem Mann mit der Waffe zu, der nur drei Schritte entfernt stand.

»So ist's richtig, Feldwebel. Halten Sie die Hände oben, und machen Sie keine plötzlichen Bewegungen. Und jetzt kommen Sie raus ins Freie.«

Der Mann wich zurück, als Auden hervorkam, und hielt die Waffe im Anschlag. Es war ein großer, hagerer Mann mit einem langen pferdeartigen Gesicht und einem breiten Mund. Er trug eine blaßgrüne Uniform mit dem SimFic-Doppelhelix-Abzeichen auf dem Revers und der Mütze. Sein Brustabzeichen zeigte einen

Bären, der nach einem Schwarm winziger seidener Schmetterlinge schnappte, was bedeutete, daß er ein Offizier fünften Ranges war – ein Hauptmann. Als Auden ins Freie trat, kamen andere Wachen hinter den Kistenstapeln hervor und umringten ihn.

»Gut«, sagte der Hauptmann. Dann gab er einigen seiner Männer ein Zeichen. »Los jetzt! Bringt den anderen ins Lazarett. Wir wollen doch nicht, daß er stirbt, oder?«

Auden riß erstaunt die Augen auf, wandte sich halb um und sah, wie sie zu Ebert gingen und vorsichtig auf eine Bahre hoben. »Was geht hier vor?« fragte er und sah den SimFic-Hauptmann wieder an. »Was soll das Ganze?«

Der Hauptmann sah seine Gefährten Ebert wegtragen, dann wandte er sich wieder Auden zu und senkte seine Waffe. »Tut mir leid, Feldwebel, aber wir konnten keine Risiken eingehen. Ich wollte keine weiteren Männer durch ein Mißverständnis zwischen uns verlieren.« Unerwarteterweise lächelte er. »Sie sind jetzt in Sicherheit. Die Basis ist jetzt befreit. Die Revolte ist niedergeschlagen worden.«

Auden lachte, weil er nicht glauben konnte, was er da hörte. »Die Revolte? Was soll das heißen?«

Das Lächeln des Han wurde starr. »Ja. Ohne Wissen des Konzerns ist die Anlage infiltriert und von einer terroristischen Organisation übernommen worden. Wir haben erst heute morgen davon erfahren. Wir sind so schnell gekommen, wie wir konnten.«

»Was für ein Zufall«, sagte Auden benommen, als ihm auf einmal klarwurde, was geschehen war. Es war genauso, wie er es Ebert gesagt hatte. Sie waren aufgehetzt worden. Die ganze Sache war ein abgekartetes Spiel gewesen. Eine Scharade. Und all das, um SimFic vom Haken zu bekommen.

»Ja. Aber auch ein glücklich Zufall, nicht? Wenn wir nicht gekommen wären, würde keiner von Ihnen mehr leben. So sind mehr als ein Dutzend Ihrer Leute lebend davongekommen.«

Auden zitterte, als er an all die guten Männer dachte, an deren Seite er gekämpft hatte. Jetzt waren sie tot. Gestorben, um den Arsch von jemandem von den höheren Ebenen zu retten. »Und die Terroristen?«

»Alle tot. Sie haben sich in den Laboratorien verbarrikadiert. Es blieb uns nichts anderes übrig, als sie zu vergasen.«

»Wie passend.« Er sah den Han jetzt mit bitterer Miene an.

Der Hauptmann runzelte die Stirn. »Tut mir leid, aber ich verstehe Sie nicht, Feldwebel. Diese ganze Sache … es war ein unglückliches Zusammentreffen, aber kann denn jemand etwas dafür? Ich habe bei dem Kampf mehr als vierzig meiner eigenen Männer verloren.«

Auden starrte ihn an. Ja, dachte er, und ekelte sich vor dem schleimigen Gerede des Han, der vor ihm stand; Sie haben dreißig ›Männer‹ verloren – aber nicht an Terroristen, soviel steht fest!

* * *

Draußen aus dem Korridor waren laute Stimmen zu hören, und die Lampe an dem Gegensprechgerät auf seinem Schreibtisch fing an, heftig zu blinken. Soren Berdichow, Chef von SimFic, sah an den fünf Männern vorbei, die mit ihm um den Schreibtisch saßen, rückte seine kleine runde Brille zurecht und löschte die computererzeugten Graphiken, die auf ihrer Innenseite angezeigt wurden.

»Was, in Teufels Namen …?«

Es war kurz nach acht Uhr morgens, und ihre wöchentliche Strategiekonferenz war bereits seit zwei Stunden im Gange.

Der Mann neben ihm stand auf, drehte sich um und

machte eine Verbeugung. »Verzeihen Sie, Sir. Soll ich nachschauen, was da los ist?«

Berdichow legte seine Hand über die Abbruchtaste des Sprechgeräts und blickte zu seinem Oberdirektor auf. Er sprach kühl und streng. »Danke, Paul. Bitte tun Sie das. Wenn es Angehörige des Personals sind, schicken Sie sie sofort weg. Ich dulde ein solches Verhalten in diesen Räumlichkeiten nicht.«

Moore verbeugte sich erneut und wandte sich ab, um zu gehorchen. Aber er hatte den Raum kaum halb durchquert, als mit einem Krachen die Tür aufflog.

In der Tür stand Tolonen, groß und grauhaarig. Seine Augen brannten vor Zorn, seine ganze Haltung war bedrohlich. Er trug Kampfuniform, den Helm lose um den Hals, eine leichte Automatikwaffe im Halfter an seiner Hüfte, als habe er gerade einen Kampfeinsatz hinter sich. Hinter ihm standen mit gesenkten Köpfen einige Männer aus Berdichows Stab, die sich schämten, weil sie es nicht geschafft hatten, sein Eindringen zu verhindern.

Berdichow stand langsam auf und hielt seine Entrüstung streng unter Kontrolle. »General Tolonen ... Ich hoffe, Sie haben gute Gründe, hier so hereinzuplatzen.«

Tolonen ignorierte die Bemerkung. Er sah sich in dem Raum um, dann trat er ein und ging, ohne Moore eines Blickes zu würdigen, direkt auf Berdichow zu. Er drängte sich zwischen zwei der Sitzenden durch, beugte sich vor und hämmerte mit der Faust auf den Tisch.

»Sie wissen verdammt gut, warum ich hier bin, Sie Mauereidechse[62]!«

Berdichow lehnte sich gelassen zurück und verschränkte die Hände. »Ihr Benehmen läßt sehr zu wünschen übrig, General. Wenn Sie so höflich gewesen wären, mit meinem Sekretär zu sprechen, hätte ich Sie heute nachmittag empfangen. Aber jetzt ... Nun,

Sie können sicher sein, daß ich Ihr Verhalten dem Hausausschuß für Sicherheitsfragen melden werde. Dies sind private Büros, General, und nicht einmal Sie dürfen ohne Genehmigung eintreten.«

Tolonen richtete sich wütend auf, zog die Vollmacht aus der Tasche seines Uniformrocks und warf sie vor Berdichow auf den Tisch. »Jetzt erklären Sie mir das! Sonst werde ich die Wahrheit aus Ihnen herausprügeln!«

Berdichow hob die kleine, kartenartige Vollmacht auf und studierte sie einen Moment lang, dann warf er sie über den Tisch zu Tolonen zurück. »Also haben Sie ein Recht, hier zu sein. Aber Rechtmäßigkeit entschuldigt Ihr schlechtes Benehmen nicht, General. Meine Beschwerde bleibt. Ihr Benehmen war schrecklich. Sie haben mich beleidigt und vor Zeugen offen bedroht. Ich …«

Tolonen schnitt ihm das Wort ab. Er beugte sich über den Tisch und brüllte ihn an. »*Hsin fa ts'ai!* Was wissen Sie schon von Benehmen, Sie *Hsiao jen!*«

Zum erstenmal nahm Berdichow eine drohende Haltung an. Die Beleidigungen hatten ihn getroffen; aber innerlich empfand er einen Anflug von Befriedigung. Seine Taktik hatte den General nervös gemacht. Die Tatsache, daß er ins Mandarin verfallen war, machte deutlich, wie sehr Tolonen emotionell aus dem Gleichgewicht war.

Er beugte sich unerschrocken vor und sah dem General in die Augen. »Da Sie nun einmal hier sind, sagen Sie mir besser, was Sie wollen. Ich bin ein vielbeschäftigter Mann, ob *sozialer Emporkömmling* oder nicht, ob *kleiner Mann* oder nicht. Ich habe ein Imperium zu führen … wenn Sie mir die Phrase verzeihen.«

Tolonen starrte ihn einen Moment lang finster an, dann richtete er sich wieder auf. »Schicken Sie diese Männer weg. Ich muß allein mit Ihnen reden.«

Berdichow sah den Mann neben sich an und nickte

andeutungsweise. Langsam und widerwillig verließen sie den Raum. Sein oberster Geschäftsführer Moore blieb aber an seinem Platz und starrte seinen Vorgesetzten besorgt an. Erst als er sich abwandte und gehen wollte, erwiderte Berdichow den Blick.

»Paul… bitte bleiben Sie. Ich hätte gern jemanden dabei, der bezeugen kann, was hier gesagt wird.«

»Ich sagte…«, begann Tolonen, aber Berdichow unterbrach ihn.

»Ich versichere Ihnen, General, ich werde nichts sagen, ohne daß ein Zeuge dabei ist. Sie sehen, es gibt keine Kameras in diesem Raum, keine Speicherfolien. Hier wird viel gesprochen, was geheimen Charakter hat. Dinge, von denen wir nicht wünschen, daß sie zu unseren Konkurrenten durchdringen. Verstehen Sie mich, General? Abgesehen davon, Sie haben mich bedroht. Wie kann ich mich sicher fühlen, wenn keiner von meinen Leuten hier ist, um darauf zu achten, daß meine Rechte nicht verletzt werden?«

Tolonen schnaubte verächtlich. »Rechte! Schöne Worte von jemandem, der so wenig Respekt vor den Rechten anderer hat!«

Berdichow winkte ab und senkte den Blick. »Sie beleidigen mich wieder, General. Darf ich fragen, warum? Was habe ich getan, daß Sie mich so behandeln?«

»Sie wissen verdammt gut, was Sie getan haben! Und was immer Sie tun, damit können Sie diesmal nicht mehr Ihren Arsch retten! Sie stecken bis zum Hals drin, *Shih* Berdichow! Ich rede von dem Mord an Li Han Ch'in, nicht über eine belanglose Frage des Benehmens. Zwei ihrer Anlagen hängen direkt damit zusammen. Und das bedeutet, daß Sie Ihre Finger drin haben. Sie persönlich!«

Berdichow nahm seine Brille ab und polierte die Gläser, dann sah er den General wieder an. »Ich nehme an, Sie meinen die Sache in Hammerfest.«

Tolonen lachte, verblüfft von der schieren Unverschämtheit dieses Mannes. »Die Sache in Hammerfest... Ja. Ich meine Ihre Doppelzüngigkeit.«

Berdichow runzelte die Stirn und wandte sich Moore zu. »Meine Doppelzüngigkeit?« Er sah den General wieder an und schüttelte traurig den Kopf. »Ich verstehe Sie wieder nicht, General. Bin ich nicht völlig offen gewesen? Habe ich Ihnen nicht Kopien aller Dokumente ausgehändigt, die sowohl mit unserer Anlage in Punto Natales wie mit der Festung von Hammerfest zusammenhängen? Wären meine Männer nicht gewesen, hätten Sie, soviel ich weiß, Ihre ganzen Streitkräfte an die Terroristen verloren, darunter Klaus Eberts Sohn.«

»Terroristen! Sie wissen verdammt gut, daß es keine Terroristen waren!«

»Können Sie das beweisen, General?«

Tolonen senkte die Stimme. »Ich brauche das nicht zu beweisen. Ich weiß es. Hier.« Er tippte auf seine Brust. »Und hier.« Er tippte auf seinen Kopf.

»Und was bedeutet das?« Berdichow beugte sich vor. Sein schmales Gesicht wurde starr, seine Brille glänzte im Licht von der Decke. »Sie erheben hier schwere Anschuldigungen, General, und ich hoffe, Sie können sie untermauern. Ich bedauere, was in Hammerfest geschehen ist, *aber ich bin nicht dafür verantwortlich.*«

Tolonen schüttelte den Kopf. »Darin liegen Sie falsch, Berdichow. Die in beiden Anlagen unternommene Forschung war illegal und hing direkt mit dem Attentat auf Li Han Ch'in zusammen. Diese Arbeiten wurden im Namen von SimFic aufgenommen, mit von SimFic gemietetem Inventar ausgeführt und ausschließlich von SimFic finanziert. Als Chef von SimFic sind Sie direkt verantwortlich.«

»Da bin ich anderer Meinung. Einige in unserem Namen unternommene Projekte sind vielleicht illegal gewesen, wie Sie das ausdrücken. Möglicherweise –

aber das müßte schlüssig bewiesen werden – hingen sie mit Li Han Ch'ins unglücklichem Ableben zusammen. Aber nur weil etwas unter dem Namen unseres Konzerns unternommen wurde, bedeutet das noch lange nicht, daß wir davon wußten oder es gar gebilligt haben. Sie wissen, General, sobald ich herausfand, was vor sich ging, habe ich volle Zusammenarbeit mit den Sicherheitskräften angeordnet und sogar meinen eigenen Sicherheitstrupps befohlen, Ihnen beizustehen.«

Tolonen schwieg einen Moment lang, kalten Zorn im Gesicht. »Sie wollen mir weismachen, daß Sie nicht wußten, was vor sich ging?«

»Um offen zu sein, General, es ist mir herzlich gleichgültig, was *Sie* glauben. Mich interessiert nur, was die Wahrheit ist.« Er deutet an Tolonen vorbei auf eine große Schautafel an der rechten Wand. »Sehen Sie das da, General? Das ist eine graphische Darstellung meiner Organisation. Ihrer Struktur, wenn Sie so wollen. Sie können erkennen, wie sie unterteilt ist und die Untereinheiten weiter unterteilt sind. Wie gewisse Teile der Organisation ein Maß an Autonomie gewinnen. Wie andere tief in einer langen Kette von Unterstrukturen eingebettet sind. Ein Konzern wie SimFic ist eine komplexe Schöpfung. Ein lebendiger, funktionaler Organismus, der sich ständig verändert und entwickelt.«

»So?«

Berdichow verschränkte die Arme und lehnte sich wieder zurück. »Wie viele Männer befehligen Sie, General? Eine halbe Million? Eine Million?«

Tolonen straffte sich. »Ich kommandiere vier Standarten. Zwei Millionen Männer insgesamt.«

»Ich verstehe.« Er wandte sich seinem Oberdirektor zu. »Paul ... Wie viele Männer beschäftigen wir in unserem afrikanischen Zweigwerk?«

»Vierhundertachtzigtausend.«

»Und in Nordamerika?«
»Siebenhundertvierzigtausend.«
»Und in der asiatischen Filiale?«
»Eine Millionen, zweihunderttausend.«
Berdichow blickte wieder zu dem General auf. »Diese drei machen ein Drittel unseres Gesamtunternehmens aus, von dem der Großteil hier in der Stadt Europa ansässig ist. Sie sehen also, General, ich ›kommandiere‹ dreimal so viele Leute wie Sie. Und jetzt lassen Sie mich Ihnen eine Frage stellen. Wissen Sie, was alle *Ihre* Männer die ganze Zeit tun?«
Tolonen schnaubte. »Das ist doch absurd! Natürlich weiß ich es nicht!«
Berdichow lächelte kühl. »Und Sie erwarten von mir, daß ich immer weiß, was meine Manager vorhaben! Sie erwarten von *mir*, daß ich für Ihre Handlungen die Verantwortung übernehme! Sind Sie, wenn man es so betrachtet, nicht auch für DeVores Taten verantwortlich? Für seinen Verrat?«
Tolonen antwortete nicht, sondern starrte Berdichow bloß an, unverhüllte Abscheu im Blick.
»Nun?« fragte Berdichow nach einem Moment. »Sind Sie jetzt fertig?«
Tolonen schüttelte den Kopf; seine ganze Haltung hatte sich mit der Erwähnung von DeVore verändert. Er war jetzt kälter, distanzierter. »Ich habe Ihnen nur noch eins zu sagen, *Shih* Berdichow. Sie behaupten, nicht verantwortlich zu sein. Das sagen Sie. Dann werden Sie eben herausfinden, *wer* dafür verantwortlich war. Und Sie werden sie mir übergeben oder sich selbst, verstanden? Ich gebe Ihnen drei Tage Zeit.«
»Drei Tage!« Berdichow beugte sich vor. »Mit welcher Berechtigung ...?«
Tolonen ging zur Tür, dann drehte er sich um und sah Berdichow noch einmal an. »Drei Tage. Und wenn Sie nichts unternehmen, werde ich Sie mir persönlich vorknöpfen.«

Als er gegangen war, beugte Berdichow sich vor und legte eine Hand auf das Sprechgerät. »Haben Sie alles mitbekommen?«

Eine Stimme antwortete prompt. »Alles. Wir prüfen gerade nach, aber es sieht so aus, als hätten wir ihn aus allen sechs Winkeln gut eingefangen. Wir bringen Ihnen in einer Stunde die bearbeitete Folie.«

»Gut!« Er unterbrach die Verbindung und blickte zu Moore auf. »Nun, Paul?«

Moore starrte immer noch auf die Tür. »Sie haben ihn zu sehr gereizt, Soren. Er ist ein gefährlicher Mann. Sie sollten auf der Hut vor ihm sein.«

Berdichow lachte. »Tolonen? Ach was, er ist ein machtloser alter Idiot! Er kann sich ohne Erlaubnis des T'ang nicht mal den eigenen Arsch abwischen, und Li Shai Tung wird ihm in tausend Jahren nicht die Befugnis verleihen, gegen uns vorzugehen – nicht ehe er einen handfesten Beweis hat. Nein, wir haben genug getan, Paul. Das hier eben war nur Geschwätz und Getue. Keine Angst. Tolonen wird nichts gegen uns unternehmen, solang er keine Handhabe vom T'ang hat.«

* * *

Tolonens Audienz mit dem T'ang fand drei Stunden später statt. Shepherd, der Berater des T'ang, war einige Zeit früher gekommen und hatte Li Shai Tung über alle wichtigen Angelegenheiten auf den neusten Stand gebracht. Sobald Tolonen eintraf, machten sie sich daher gleich an wichtigere Dinge.

Der T'ang saß in einem Stuhl am Fuße des Podiums, trug das ungesäumte Trauergewand aus grobem Hanfstoff und wirkte ernst und farblos, als lasteten tausend Sorgen auf seinen Schultern. Seit dem Mord an seinem Sohn hatte er den Kaiserlichen Palast nicht verlassen, noch etwas gegessen. An seinen Hals war ein breites Rechteck aus weißem Stoff genäht, und in seiner Linken hielt er einen Bambusstab.[63] Beides symbolisierte seinen Schmerz.

Außer ihnen dreien hielt sich niemand in dem mächtigen Thronsaal mit der hohen Decke auf, und die Stimme des T'ang hallte zu ihnen zurück.

»Nun, Knut? Was schlagen Sie vor?«

Der General verbeugte sich, dann umriß er seinen Plan, mit dem er sich für einen Präventivschlag aussprach. Krieg, aber von zurückhaltender Natur, der sich auf den Angriff ausgesuchter Ziele beschränkte. Eine rasche Vergeltung, danach Friede mit allen anderen Parteien.

Li Shai Tung hörte zu, dann schien er tief in sich hineinzulauschen. »Ich habe das Kostbarste verloren, das ein Mann besitzen kann«, sagte er schließlich und sah beide nacheinander an. »Ich habe meinen ältesten Sohn verloren. In dieser Hinsicht kenne ich keine Aussöhnung. Noch kann ich meine Feinde lieben. Wenn ich tief in mein Herz blicke, muß ich gestehen, finde ich dort nur Haß für sie. Einen bitteren Haß.« Er atmete tief aus, dann starrte er Tolonen unbewegt an. »Ich würde sie wie Tiere abschlachten, wenn es damit zu Ende wäre, Knut. Aber das wäre es nicht. Es würde zum Krieg kommen, wie Sie schon sagten, aber nicht zu einem Krieg, wie Sie ihn sich vorstellen. Es wäre ein schmutziger, verstohlener, blutschänderischer Krieg, und wir würden ärmer daraus hervorgehen.«

Er lächelte seinen General düster an, dann sah er weg, und die Trübsal in seinen dunklen Augen war so vielsagend, daß Tolonen daraufhin seine eigenen Augen feucht werden spürte.

»Dieses eine Mal, mein guter General, glaube ich, daß Sie im Irrtum sind. Ich glaube nicht, daß wir einen kontrollierten Krieg führen können. Das wissen die Sieben eigentlich schon eine ganze Zeit. Ein solche Auseinandersetzung würde um sich greifen. So lang, bis die Familien sich der ganzen Macht der Oberen ge-

genübersähen, denn sie würden sie als Herausforderung begreifen; einen Angriff auf ihre Rechte – auf ihre schiere Existenz als Klasse.«

Tolonen senkte den Blick, erinnerte sich an den Ausdruck in Lehmanns Augen, die gemeine Unverschämtheit Berdichows, und erschauderte. »Was dann, *Chieh Hsia?*« fragte er barsch, fast streitlustig. »Sollen wir nichts tun? Ist das nicht ebenso schlecht?«

Li Shai Tung brachte ihn zum Schweigen, indem er abrupt die Hand hob. In den rund vierzig Jahren, die er den General kannte, hatte er das noch nie getan, und Tolonen sah ihn einen Moment lang mit weit aufgerissenen Augen an, ehe er den Kopf senkte.

Der T'ang sah den Stab an, den er hielt. Es war das klarste Symbol der Abhängigkeit; ein Zeichen dafür, wie Schmerz einen Menschen schwächen sollte. Doch die Wahrheit war umgekehrt. Der Mensch wurde durch sein Leid gestärkt; von ihm abgehärtet. Er sah den General wieder an und begriff seinen Zorn; sein Verlangen, gegen die zurückzuschlagen, die ihn verletzt hatten, »Ja, Knut, nichts zu tun ist tatsächlich schlecht. Aber nicht so schlecht wie überstürztes Handeln. Wir müssen schwach wirken. Wir müssen uns im Wind biegen; in der Sturmwoge schwanken und auf den rechten Augenblick warten. Vorläufig muß *Wuwei* Maßstab unserer Entscheidungen sein.«

Wuwei. Nicht-Handeln. Es war ein altes taoistisches Konzept. *Wuwei* bedeutete, Harmonie mit dem Lauf der Dinge zu bewahren – nichts tun, um diesen Lauf zu stören.

Für einen Moment herrschte angespannte Stille, dann schüttelte Tolonen fast wütend den Kopf. »Darf ich sagen, was ich fühle, *Chieh Hsia?*« Der förmliche Ton des Generals sprach Bände. So sehr waren die beiden Männer noch nie in die Nähe eines Streits geraten.

Der T'ang starrte seinen General einen Moment lang

an, dann sah er weg. »Sagen Sie, was Sie sagen müssen.«

Tolonen verbeugte sich tief, dann straffte er sich wieder. »Nur dies. Ihr irrt Euch, Li Shai Tung. Verzeiht mir, daß ich das sage, aber hört mich an. Ihr irrt Euch. Ich weiß es. Ich spüre es in meinem Innersten. Dies ist nicht die Zeit für *Wuwei*. Nicht die Zeit für Gelassenheit und einen kühlen Kopf. Wir müssen jetzt wie der Tiger sein. Wir müssen unsere Krallen und Zähne zeigen und zuschlagen. Entweder das oder bei lebendigem Leib gefressen werden.«

Der T'ang dachte einen Moment darüber nach, dann beugte er sich noch weiter vor. »Sie reden wie Han Ch'in«, sagte er, gleichermaßen Belustigung wie Bitterkeit in der Stimme. »Er hätte auch für Krieg gestimmt. ›Sie haben mich umgebracht, Vater‹, hätte er gesagt. ›Jetzt mußt du auch sie töten.‹« Er zitterte und schaute weg, plötzlich einen verwirrten Ausdruck im Gesicht. »Bei allen Göttern, Knut, ich habe lang und angestrengt darüber nachgedacht. Aber Hans Rat war immer unüberlegt, immer übereilt. Er dachte mit dem Herzen. Aber ich muß jetzt an meinen zweiten Sohn denken. Ich muß *ihm* Leben, Stabilität, Beständigkeit geben. Wenn wir einen Krieg führen, wird er sterben. Dessen bin ich mir völlig sicher. Die Mörder werden eine Gelegenheit finden – so wie sie eine Gelegenheit gefunden haben, an Han Ch'in heranzukommen. Und am Ende werden sie die Familien zerstören.«

Li Shai Tung wandte sich Shepherd zu, der während ihres Wortwechsels geschwiegen hatte. »Ich tue dies im Interesse der Lebenden. Sie verstehen das doch, Hal, oder?«

Shepherd lächelte traurig. »Ich verstehe, Shai Tung.«

»Und die Sieben?« Tolonen stand steif, in Habachtstellung da, und seine ganze Gestalt zitterte unter der Frustration, die er empfand. »Werdet Ihr ihnen nicht sagen, was Ihr in Eurem Herzen fühlt? Werdet Ihr ihnen *Wuwei* empfehlen?«

Der T'ang sah seinen General wieder an. »Die Sieben werden ihre eigene Entscheidung treffen. Aber ja, ich werde *Wuwei* empfehlen. Zum Besten aller.«

»Und was hat Li Yuan gesagt?«

Tolonens Frage kam unerwartet, war einer Beleidigung nah, aber Li Shai Tung ließ sie durchgehen. Er sah zu Boden und erinnerte sich an die Audienz mit seinem Sohn am Vormittag. »Ich tue es dir zuliebe«, hatte er gesagt. »Du verstehst doch, welchen Sinn das hat, nicht, Yuan?« Aber Li Yuan hatte gezögert, und der T'ang hatte in seinen Augen den Konflikt gesehen zwischen dem, was er fühlte, und der Pflicht gegenüber seinem Vater.

»Li Yuan hat mir zugestimmt. Wie ich erwartet habe.«

Er sah die Überraschung in den Augen seines Generals; dann bemerkte er, wie steif Tolonen dastand und darauf wartete, daß er entlassen wurde.

»Es tut mir leid, daß wir in dieser Sache nicht einer Meinung sind, Knut. Ich wünschte, es wäre anders. Dennoch danke ich Ihnen, daß Sie so offen gewesen sind. Wenn es Sie erleichtert, werde ich dem Rat Ihre Meinung vortragen.«

Tolonen blickte überrascht auf, dann verbeugte er sich tief. »Dafür bin ich zutiefst dankbar, *Chieh Hsia*.«

»Gut. Dann möchte ich Sie nicht weiter aufhalten.«

Nachdem Tolonen gegangen war, saß Li Shai Tung, tief in Gedanken versunken, eine ganze Zeitlang da. Trotz allem, was er gesagt hatte, hatte Tolonens Überzeugung ihn erschüttert. Er hatte nicht damit gerechnet. Als er sich schließlich Shepherd zuwandte, waren seine dunklen Augen schmerzerfüllt, sein Gesichtsausdruck besorgt. »Nun, Hal. Was denken Sie?«

»Knut trifft es persönlich. Und dies trübt sein Urteil. Ihr habt Euch nicht geirrt. Auch wenn Euer Herz blutet, vergeßt Ihr nicht, daß Ihr T'ang seid. Und ein T'ang muß alle Dinge klar sehen. Auch wenn wir den Toten unseren tiefsten Respekt schulden, müssen wir unsere Energien den Lebenden zuwenden. Euer Denken ist gesund, Li Shai Tung. Ihr müßt Li Shai Tungs Nachfolge sichern. Das ist und sollte Euer wichtigster Gesichtspunkt sein, wie sehr Euer Herz auch aufschreit.«

Li Shai Tung, T'ang, Seniormitglied des Rats der Sieben und Herrscher der Stadt Europa, stand auf und wandte sich von seinem Ratgeber ab. In einem Winkel eines seiner blutunterlaufenen Augen bildete sich eine Träne.

»Dann stimme ich für *Wuwei.*«

* * *

Das kleine Mädchen fuhr herum, und ihre Bewegungen waren flüssig wie die einer Tänzerin. Sie ließ den linken Arm in einer Kurve niederfahren und erwischte ihren Gegner an der Seite. Im selben Moment trat sie mit dem rechten Bein aus, traf mit der Fußspitze und entwaffnete so den Angreifer. Es war eine perfekte Bewegung, und obwohl der Mann fast doppelt so groß war wie sie, stolperte er zurück. Sie war sofort über ihm, und ein schriller Kampfschrei kam über ihre Lippen.

»Halt!«

Sie erstarrte und holte tief Luft, dann wandte sie den Kopf dem Ausbilder zu. Langsam entspannte sie ihre Haltung und zog sich von ihrem hingestreckten Angreifer zurück.

»Sehr gut. Diesmal hast du's richtig gemacht, Jelka. Kein Zögern.«

Ihr Ausbilder, ein Mann mittleren Alters, ein wahrer Riese, den sie als Siang kannte, kam auf sie zu und klopfte ihr auf die Schulter. Wenige Schritte weiter stand ihr Angreifer, ein professioneller Kämpfer, der eigens für diese morgendliche Trainingseinheit hergebracht worden war, langsam auf, klopfte sich den Staub von den Kleidern und verbeugte sich vor ihr. Er war sichtlich überrascht, von einem solch schmächtigen Mädchen geschlagen worden zu sein, aber Siang schickte ihn mit einem Wink weg, ohne ihn anzusehen.

Siang wich vor ihr zurück und umkreiste sie. Sie drehte sich um und behielt ihn im Auge, weil sie wußte, wie sehr er an Tricks Spaß hatte. Aber ehe sie ihre Deckung heben konnte, hatte er einen roten Klebestreifen auf die Stelle auf ihrem Körperpanzer angebracht, die sich über ihrem Herzen befand. Sie erwischte seine Hand, als er sie zurückzog, aber es war zu spät.

»Tot«, sagte er.

Sie wollte lachen, wagte es aber nicht. Sie wußte, wie ernst die Sache war. Schließlich wurde sie von ihrem Vater beobachtet, und sie wollte ihn nicht enttäuschen. »Tot«, erwiderte sie ernst.

Es gab solche und solche Spiele. Dieses Spiel war tödlich. Sie wußte, daß sie gut lernen wußte. Sie hatte mit eigenen Augen gesehen, welchen Preis man sonst bezahlte. Armer Han Ch'in. Sie hatte nach seinem Tod tagelang geweint.

Am anderen Ende der Trainingshalle öffnete sich eine Tür, und ihr Vater trat ein. Er trug eine vollständige Uniform, aber eine von den Stiefeln bis zur Kappe makellos weiße Uniform. Weiß. Bei den Han die Farbe des Todes.

Der General kam zu ihnen. Siang verbeugte sich tief und ging auf Abstand. Jelka, die von der Übung noch immer außer Atem war, lächelte und trat auf ihren Vater zu, umarmte ihn, als er sich herabbeugte, um sie zu küssen.

»Das war gut«, sagte er. »Du hast dich stark verbessert, seit ich dich das letzte Mal gesehen habe.«

Er sagte das voller Stolz, und seine Hand hielt und

drückte ihre, als er vor ihr stand und zu ihr hinabsah. In solchen Momenten empfand er eine seltsame Mischung von Gefühlen; Liebe und Besorgnis, Freude und einen leisen, bitteren Stich der Erinnerung. Sie hatte noch drei Monate bis zu ihrem siebenten Geburtstag, und mit jedem Tag schien sie ihrer Mutter ähnlicher zu werden.

»Wann bist du zurück?« fragte sie und blickte aus Augen zu ihm auf, die von einem ebenso hinreißenden Eisblau waren wie die ihrer Mutter.

»In ein paar Tagen. Ich muß nach der Beerdigung noch etwas Geschäftliches erledigen.«

Sie nickte, gewöhnt an die unklaren Bemerkungen über Geschäfte, und fragte etwas nachdenklicher: »Was wird Li Shai Tung tun, Vater?«

Er konnte die Bitterkeit in seinem Gesicht nicht verbergen, als er antwortete. »Nichts«, sagte er. »Er wird nichts tun.« Und als er das sagte, stellte er sich vor, daß es Jelkas Beerdigung sei, zu der er gehen würde; ihr Tod, den er durch die Augen anderer gesehen hatte; ihr Leichnam, der dort im Sarg lag, jung wie der Frühling, kalt wie der Winter.

Wenn du es wärst, meine Blume, würde ich Chung Kuo selbst niederreißen, um es ihnen heimzuzahlen.

Aber war das eine Schwäche von ihm? Waren seine Gefühle so unnatürlich? Oder lag der Mangel bei Li Shai Tung, darin, daß er das politische Notwendige über seine Gefühle stellte? Jene vernichten zu wollen, die die Menschen verletzt hatten, die man liebte – war das wirklich so falsch? War er deshalb weniger ein Mann, weil er das wollte?

Tolonen erschauderte, denn sich Jelka tot vorzustellen, erfüllte ihn mit einem seltsamen Gefühl der Vorahnung. Dann, als er merkte, daß seine Tochter ihn ansah, legte er die Hände auf ihre Schultern. Seine Hände waren so groß, ihre Knochen aber so zart, so zerbrechlich unter seinen Fingern.

»Ich muß jetzt gehen«, sagte er schlicht und ging in die Knie, um sie in die Arme zu schließen.

»Paß auf dich auf«, antwortete sie und lächelte ihn an.

Er erwiderte ihr Lächeln, aber ihre Worte hatten ihm den Magen zusammengekrampft. Dasselbe hatte ihre Mutter immer gesagt.

* * *

Von Westen, von den Hochebenen Tibets her, blies ein kalter Wind, sang in den Kronen des himmlischen Baumes[64] und kräuselte die Oberfläche des langen Teichs. Li Shai Tung stand allein unter dem Baum, den Stab in der Hand, das bare Haupt gesenkt, sein altes, aber wohlgeschnittenes Gesicht von Kummer zerfurcht. Zu seinen Füßen, ins dunkle Erdreich gedrückt, lag die Familientafel, eine mächtige rechteckige Platte aus hellem cremefarbenem Stein, in die die Symbole seiner Vorfahren eingeritzt waren. Mehr als die Hälfte des Steins – etwa eine Körperlänge von seinem Standort – war glatt wie Marmor, unberührt vom Meißel des Leichenbestatters. So wie die Zukunft, dachte er, während er Han Ch'ins frisch in den Stein geschnittenen Namen anstarrte. Die Zukunft … das Weiße, in das *alle* unsere Tode eingeritzt werden.

Er blickte auf. Es war ein kleiner, privater Ort, umschlossen von uralten Mauern. Am südlichen Ende führte ein einfaches Holztor in den nördlichen Palast. Bald würden sie von dort mit der Sänfte kommen.

Er sprach mit schmerzerfüllter und verzerrter Stimme, die wie der Wind in den Bäumen über ihm klang. »Oh, Han … Oh, mein süßer kleiner Junge, mein Liebling.«

Er wankte, dann biß er die Zähne aufeinander, als er sich plötzlich an Hans Mutter, seine erste Frau Lin Yua erinnerte, wie sie im Sonnenschein am Rande des östlichen Obstgartens am See saß, ihre Kleider um sich ausgebreitet, und wie Han, damals noch ein Baby, neben ihr zufrieden durchs Gras krabbelte.

Bring ihn zurück, bettelte er und schloß die Augen gegen den Schmerz; Kuan Yin, süße Göttin der Gnade, bring ihn zurück! Aber es gab kein Zurück. Sie waren tot. Alle tot. Und jener Tag war längst vorüber. Nur in seinen Gedanken nicht.

Er zitterte. Es war unerträglich. Einfach unerträglich...

Li Shai Tung raffte seinen Mantel an sich und machte sich langsam auf den Rückweg, stützte sich schwer auf den Stab, als er durchs Gras schritt, sein Herz ein kalter, dunkler Stein in seiner Brust.

Sie warteten auf ihn im Hof hinter der Mauer; all jene, die er eingeladen hatte. Die Söhne des Himmels und ihre Söhne, seine Vertrauten, sein Sohn, die Frau seines toten Sohnes und ihr Vater, seine Brüder, seine eigene dritte Frau, und schließlich seine Töchter. Alle sind sie da, dachte er. Alle außer Han Ch'in, den ich am meisten geliebt habe.

Sie begrüßten ihn feierlich, ihre Liebe, ihre geteilte Trauer nicht gespielt, dann drehten sie sich um und warteten auf die Sänfte.

Die Sänfte wurde von dreißig Männern getragen, die ihre geschorenen Köpfe gesenkt hielten und deren weiße, bodenlange Seidengewänder im Winde flatterten. Ihnen folgten vier Beamte in orangefarbenen Roben, ihnen wiederum zwei kleine Jungen, die eine winzige Sänfte trugen, auf der eine alte Glocke und ein Hammer lagen.

Han lag dort in diesem geräumigen Rosenholzsarg, gekleidet in den Gewändern, die er an seinem Hochzeitstag getragen hatte. Sein feines, dunkles Haar war gebürstet und geflochten, seinem Gesicht der Anschein vollkommener Gesundheit verliehen worden. Er war auf üppige Pelze gebettet und mit weißen Blüten bestreut worden, während um seinen Hals Hochzeitsgeschenke aus Juwelen und Gold und ein Stück karminroten, mit den Heiratsemblemen Drachen und Phoenix bestickten Stoffes hing.

Am Fuß des Sarges lag eine neun *ch'i* lange Bahn aus weißem Baumwollstoff, Han Ch'ins eigene symbolische Trauerbekundung für seinen Vater – denn die Tradition verlangte, daß immer erst der Sohn den Vater betrauerte, bevor er selbst betrauert wurde.

Li Yuan, der an der Seite seines Vaters stand, hielt den Atem an. Es war seit seinem Tod das erste Mal, daß er seinen Bruder sah, und einen ganz kurzen Moment lang hatte er geglaubt, er sei nicht tot, sondern schliefe bloß. Er sah mit offenem Mund zu, wie die Sänfte an ihm vorbeigetragen wurde, und das Herz schien ihm aus der Brust gerissen zu werden. Gnädige Götter, dachte er; süßer Han, wie konnten sie dich nur töten? Wie können sie dich der Erde übergeben?

Wie betäubt schloß er sich der schweigenden Prozession an und spürte nur vage die Gegenwart seines Vaters an seiner Seite, der großen Herren von Chung Kuo, die hinter ihm gingen, die Köpfe geschoren, die Gewänder schlicht und schmucklos. In Gedanken streckte er die Hand aus, um seinem Bruder einen Blütenzweig aus dem Haar zu pflücken, die Blütenblätter ein reines Weiß vor dem schwarzen Hintergrund.

Am anderen Ende des langen Teichs hielt die Prozession inne. Die Gruft war geöffnet, die große steinerne Tür aufgezogen. Dahinter führte eine Treppe in die kalte Erde hinab.

Die meisten Träger traten zurück und überließen es den sechs stärksten Männern, die Sänfte die Treppe hinunterzutragen. Langsam stiegen sie hinab, gefolgt von den Beamten und den beiden Jungen.

Sein Vater wandte sich ihm zu. »Komm, mein Sohn. Wir müssen deinen Bruder zur Ruhe betten.«

Li Yuan zögerte, für einen schrecklichen Moment

überwältigt von seiner Furcht vor der Kammer unter der Erde. Dann blickte er ins Gesicht seines Vaters auf, sah darin seine eigene Furcht widergespiegelt und fand die Kraft, sich zu verbeugen und ihm zu antworten.

»Ich bin bereit, Vater.«

Sie stiegen nach unten in Schatten und Kerzenlicht. Die Träger waren von der Sänfte zurückgetreten und knieten jetzt zu beiden Seiten, die Stirn in die Erde gedrückt. Han lag auf einem erhobenen Steintisch in der Mitte der Gruft, der Kopf nach Süden, die Füße nach Norden. Die Beamten standen in tiefer Verbeugung am Kopfende des Sargs und erwarteten den T'ang, während die beiden Jungen am Fußende des Sarges knieten. Einer hielt die Glocke vor sich hin, der andere den Hammer.

Li Yuan stand einen Moment lang am Fuß der Treppe, erstaunt über die Ausmaße der Gruft. Die Decke war hoch über ihren Köpfen und wurde von langen, schlanken Säulen gestützt, die in dem gefegten Boden eingegraben waren. In halbhoch in die Wände eingelassenen Nischen standen meisterhaft gefertigte, mit gelben, braunen und grünen *San-t'sai*-Glasuren überzogene Grabskulpturen, in deren hohlen Händen Kerzen brannten. Unter ihnen befanden sich die Gräber ihrer Ahnen. Große, in den Stein geschnittene Piktogramme gaben den Rang und Namen jedes einzelnen an. Auf vier von ihnen war ein weiteres Symbol gemeißelt – der *Ywe Lung*. Jene waren T'ang gewesen. Sein Vater war der fünfte T'ang der Familie Li. Er selbst würde, wenn seine Zeit kam, der sechste sein.

Ein Stück abseits auf einer Seite stand ein kleiner Tisch. Darauf lagen die Begräbnisobjekte. Li Yuan blickte wieder zu seinem Vater auf, dann stellte er sich neben den Tisch und wartete darauf, daß das Ritual begänne.

In der Stille ertönte die Glocke, ihr klarer, heller Ton

wie der Klang des Himmels selbst. Als er verstummt war, begannen die Beamten mit ihrem Gesang.

Er stand da und sah das Flackern der Schatten auf dem Stein, hörte die in einer uralten Sprache intonierten Worte und hatte das Gefühl, er verließe seinen Körper.

Der Mensch hat zwei Seelen, sangen die Beamten. Einmal die tierische Seele, die *P'o*, die im Moment der Empfängnis ins Dasein tritt, und dann die *Hun*, die geistige Seele, die im Moment der Geburt ins Dasein tritt. Im Leben sind beide gemischt, doch im Tode haben sie unterschiedliche Bestimmungen. Die *P'o* bleibt unten im Grab, während die *Hun*, die höhere Seele, zum Himmel aufsteigt.

Die Beamten verfielen in Schweigen. Die Glocke erklang erneut, hell und klar in der Stille. Li Yuan nahm den ersten der rituellen Gegenstände vom Tisch und trug ihn zu seinem Vater. Es war die *Pi*, das Symbol des Himmels, eine große Scheibe aus grüner Jade mit einem Loch in der Mitte. Sie stand für das Yin – das Positive, Helle, Männliche. Als die Beamten die Leichnam anhoben, legte Li Shai Tung sie unter Hans Rücken und trat zurück, als sie ihn zurücksinken ließen.

Wieder erklang die Glocke. Li Yuan ging zum Tisch zurück und brachte den zweiten der Gegenstände. Dies war das *Tsung*, ein hohles, rechteckiges Rohr aus Jade, das die Erde symbolisierte. Sie stand für Yang – das Negative, Dunkle, Weibliche. Er sah zu, wie sein Vater sie auf den Unterleib seines Bruders legte.

Jedesmal, wenn die Glocke erklang, nahm er einen Gegenstand vom Tisch und trug ihn zu seinem Vater. Zuerst das *Huang*, das Symbol des Winters und des Nordens, ein Halb-*Pi* aus schwarzer Jade, das sein Vater Han zu Füßen legte. Dann das *Chang*, Symbol des Sommers und des Südens, eine schmale konische Tafel aus roter Jade, die über Hans Kopf gelegt wurde. Ihm folgte das *Kuei*, das Symbol des Ostens und des

Frühlings, eine breite, konische Tafel aus grüner Jade, doppelt so groß wie das *Chang*, das neben Hans linke Hand gelegt wurde. Schließlich brachte Li Yuan den *Hu*, einen weißen Jadetiger, Symbol des Westens und des Herbstes. Er sah zu, wie sein Vater ihn neben die rechte Hand seines Bruders legte, dann ging er neben ihm in die Knie, als die Glocke einmal, zweimal, dann ein drittes Mal erklang.

Der Gesang fing wieder an. Von den heiligen Symbolen umgeben, war der Leichnam geschützt. Jade, selbst unzerstörbar, würde den Verfall des Körpers aufhalten. Die *P'o*, die animalische Seele, würde so gerettet werden.

Als er dort kniete, empfand Li Yuan Ehrfurcht vor der Macht und der Würde des Rituals. Aber bedeutete es etwas? Sein geliebter Han war tot, und nichts im Himmel und auf der Erde konnte ihn zurückbringen. Der Körper würde verfallen, ob mit oder ohne Jade. Und die Seelen...? Als der Gesang endete, setzte er sich auf die Fersen und sah umher, auf Stein und Erde und die kerzenbeleuchteten Figuren des Todes. Wenn nichts zurückkehrte, was der Rede wert war, wer wußte dann, ob die Seelen überhaupt existierten?

Wieder draußen, blieb er wie betäubt stehen. Der kalte Wind zerrte an seinem Haar, und nach dem flackernden Schatten der Gruft schmerzte das Nachmittagslicht in seinen Augen. Ein T'ang nach dem anderen trat vor, um seinem Vater seinen Respekt zu erweisen und nochmals sein Beileid zu bezeugen, der niedrigste von ihnen größer an Macht und Reichtum als die größten der Tang-, Sung- oder Ch'ing-Dynastie. Wang Hsien, ein großer, mondgesichtiger Mann, T'ang von Afrika. Hou Ti, ein schlanker Mann um vierzig, T'ang von Südamerika. Wei Feng, unter den Kollegen seines Vaters sein bester Freund, T'ang von Ostasien, sein sonst immerwährendes Lächeln dieses eine Mal nicht auf seinen Lippen. Chi Hu Wei, ein großer, unbeholfener Mann, T'ang von Australien und Ozeanien. Wu Shih, T'ang von Nordamerika, ein großer Mann, gebaut wie ein Kämpfer, dessen breite Schultern bebten, als er Li Yuans Vater umarmte. Und schließlich Tsu Tiao, T'ang von Westasien, ein alter Mann, der sich auf den Arm seines Sohnes stützte.

»Ihr hättet drin bleiben sollen«, sagte Li Shai Tung, schloß ihn in die Arme und küßte seine Wangen. »Dieser Wind ist bestimmt nicht gut für Euch, Tsu Tiao. Ich dachte, zwischen diesen Mauern seien wir geschützt.«

Tsu Tiao streckte eine Hand aus und faßte seinen Arm. Er wirkte zerbrechlich, doch sein Griff, wie auch seine Stimme, war stark. »Hohe Wände können den Wind nicht vom Wehen abhalten, hä, alter Freund? Ich weiß, wie es ist, einen Sohn zu verlieren. Nichts hätte mich davon abgehalten, Li Han Ch'in meinen Respekt zu erweisen.«

Li Shai Tung verneigte sich mit grimmiger Miene. »Das ist wahr, Tsu Tiao.« Er wandte sich an Tsu Tiaos Sohn. »Tsu Ma. Danke, daß Ihr gekommen seid. Ich wünschte, wir hätten uns unter glücklicheren Umständen getroffen.«

Tsu Ma verbeugte sich. Er war ein starker, gutaussehender Mann Ende Zwanzig, der bis vor kurzem ein eigensinniges, ausschweifendes Leben geführt hatte. Nun, da sein Vater krank war, war er gezwungen gewesen, sich zu ändern. Es ging das Gerücht, daß Tsu Tiao ihn für die Regentschaft aufbaute, aber dies war das erste Mal, daß er sich öffentlich an der Seite seines Vaters gezeigt hatte.

»Ich bedaure auch, daß wir uns so treffen mußten, *Chieh Hsia*. Vielleicht erlaubt Ihr mir, Euch zu besuchen, wenn die Dinge leichter sind?«

Sowohl Tsu Tiao wie Li Shai Tung nickten, erfreut über die Initiative. »Das wäre schön, Tsu Ma. Ich werde etwas arrangieren.«

Li Yuans Onkel waren als nächste an der Reihe; Li

Yun-Ti, Li Feng Chiang und Li Ch'i Chun. Als Berater von Li Shai Tung standen sie im selben Verhältnis zu seinem Vater wie er einst zu *seinem* Bruder. Sie lebten so, wie er vielleicht einmal gelebt hätte. Aber jetzt war es anders. Denn Han Ch'in war tot, und er, Li Yuan, sollte einmal T'ang werden.

Er hatte die plötzliche Veränderung an ihnen erlebt. Augen, die früher durch ihn hindurchgesehen hatten, änderten jetzt ihre Blickrichtung und nahmen ihn zur Kenntnis; als hätte der Tod seines Bruders ihm mehr Substanz verliehen. Er sah, wie kriecherisch sie geworden waren; wie aus ihrer distanzierten Freundlichkeit Furcht geworden war.

Ja, er sah es selbst jetzt; die Furcht hinter dem Lächeln.

Auf eine bittere Art amüsierte es ihn. Alte Männer hatten Angst vor einem Jungen, der nicht einmal neun war. Wäre ich, fragte er sich, wie sie aufgewachsen, hätten mich Furcht und Neid auch so verdreht? Vielleicht. Aber das werde ich jetzt nie erfahren.

Andere kamen und blieben vor ihnen stehen. Fei Yen und ihr Vater, ein alter Mann, der fast ebenso mitgenommen war wie seine Tochter, seine ernsten, freundlichen Augen blutunterlaufen. Dann die zweite Frau seines Vaters und ihre drei Töchter, alle vier Fremde für Li Yuan.

Die letzten waren die Leute seines Vaters; Hal Shepherd und der General.

»Ein schlimmer Tag, alter Freund«, sagte Shepherd. Er umarmte den T'ang, dann trat er zurück und sah umher. »Ich hoffe, ich muß diesen Ort bis zum Ende meines Lebens nie mehr sehen.«

»Ich auch«, sagte Tolonen. Für einen Moment starrte er zu den fernen Bergen des Ta Pa Shan[65] hinaus. Und als sein Blick auf die Gruft fiel, war es fast so, als läge *sein* Sohn unter der Erde, eine solch gebrochene Liebe lag in seinem Blick.

Tolonen starrte noch einen Moment lang auf die Gruft, dann sah er den T'ang wieder an. »Wir müssen handeln, *Chieh Hsia.* Solche Bitterkeit kann nicht ertragen werden.«

»Nein, Knut. Sie irren sich. Sie muß und kann ertragen werden. Wir müssen die Kraft finden, sie zu ertragen.«

»Hat der Rat seine Entscheidung getroffen?«

»Ja. Vor einer Stunde.«

Der General senkte den Kopf, und seine Enttäuschung war klar zu erkennen. »Dann also *Wuwei?*«

»Ja«, antwortete der T'ang leise. »*Wuwei.* Uns allen zuliebe.«

* * *

Im Haus fand eine Sitzung statt, und Sprecher Zakhar stand am Rednerpult und hielt eine Rede über Kapitalausweitung, als die großen Doppeltüren am anderen Ende der Kammer aufgestoßen wurden. Zakhar fuhr erstaunt herum.

»General Tolonen! Was soll das bedeuten?«

Dann sah Zakhar die bewaffneten Wachleute, die hinter dem General hereindrängten, und verstummte. Die Sicherheitsvorschriften des Hauses wurden übertreten. Dies waren die Männer des Generals – seine Elitewachleute. Sie stellten sich rings um die obere Ebene der Kammer auf und richteten ihre kurzläufigen Gewehre ins Herz der Versammlung.

Der General ignorierte den Proteststurm. Er ging schnell und zielstrebig auf die Bank zu, wo die Hauptabgeordneten saßen, und wandte sich direkt Untersekretär Lehmann zu.

Lehmann beschwerte sich so lautstark wie die anderen. Tolonen blieb kurz vor ihm stehen, als wollte er sichergehen, daß dies der Mann war, den er suchte, dann langte er über den Tisch, packte Lehmann an den Oberarmen und zog ihn an sich.

Für einen Moment herrschte schockierte Stille, dann wurde der Aufstand ohrenbetäubend. Tolonen hatte Lehmann über die Bank gezogen und schleifte ihn an den Haaren mit sich, als habe er mit dem niedrigsten Hund aus dem Lehm zu tun. Lehmanns Gesicht war von Schmerz und Zorn verzerrt, als er freizukommen versuchte, aber der General hatte ihn fest im Griff. Er zerrte ihn auf die freie Fläche zwischen den Bänken des Oberen Rats und den Sitzen der Generalversammlung, dann blieb er abrupt stehen und zog Lehmann auf die Beine. Lehmann keuchte, aber ehe er reagieren konnte, warf Tolonen ihn herum und drehte ihm hart den Arm auf den Rücken. Der General hatte seinen Zeremonialdolch gezogen und hielt ihn Lehmann an die Kehle.

Er stand da und wartete, daß es still wurde, und starrte jeden finster an, der ihm zu nahe kam. Über ihm hatten seine Männer schweigend die Kammer umstellt, ihre Lasergewehre an die Schultern gehoben.

Er mußte nur ein paar Sekunden warten. Im Haus trat tödliche Stille ein, und die Spannung in der Kammer war fast greifbar. Tolonen zog sanft an Lehmanns Arm, um ihn zum Schweigen zu bringen, und die Spitze seines Dolchs drang soweit in die Haut des Untersekretärs, daß ein winziger Tropfen Blut austrat.

»Ich bin der Gerechtigkeit willen gekommen«, sagte er, sah herausfordernd in die Runde und suchte nach den Gesichtern derer, von denen er wußte, daß sie in diesem Moment am meisten interessiert, am meisten verängstigt sein mußten. *Sie hätten nie für möglich gehalten, daß ich sie mir hier vornehme.* Der Gedanke brachte ihn fast zum Lächeln; das war nicht der richtige Moment zum Lächeln. Sein Gesicht blieb grimmig, entschlossen. Nichts würde ihn jetzt aufhalten.

Ein leises Murmeln hatte seine Worte begleitet, und von den hinteren Bänken erhoben sich vereinzelte Rufe. Er hatte hier in ein Hornissennest gestochen, und Li Shai Tung würde außer sich sein. Aber darauf kam es jetzt nicht an. Nur eins war jetzt wichtig. Er war gekommen, um Lehmann zu töten.

Während er dastand, brachten drei seiner Männer einen transportablen 3D-Vid-Projektor herunter und bauten ihn neben ihm auf. Das Bild von Lehmanns Gesicht, zehnmal größer als in natura, nahm in der Luft neben dem erschrockenen Original Gestalt an.

»Ich möchte Ihnen allen etwas zeigen«, sagte Tolonen und hob die Stimme. Er wirkte ruhig, trügerisch gelassen. »Es ist ein Film, den wir von unserem Freund hier auf Han Ch'ins Hochzeit aufgenommen haben. Bei der anschließenden privaten Zeremonie in den Kaiserlichen Gärten. Ich sollte es vielleicht erklären. Der Untersekretär schaut zu der Stelle, wo der Sohn des T'ang mit seiner Braut stand. Den Rest, glaube ich, werden Sie so verstehen.«

Tolonen sah über die vollbesetzten Sitzreihen hinweg und spürte, wie gespannt und erwartungsvoll die Männer geworden waren, dann drehte er sich um und nickte seinem Leutnant zu. Sofort erwachte das große Gesicht zum Leben, aber Tolonen sah es nicht an. Er hatte es schon zu oft gesehen; hatte seine Wirkung auf Li Yuan selbst miterlebt.

Die nächsten paar Minuten herrschte Stille. Erst während der letzten Sekunden des Films wurde ein beklommenes Murmeln immer lauter. Man brauchte den Männern nicht zu erklären, was vor sich ging. Das Bild in den vergrößerten Augen erzählte die Geschichte deutlicher als alle Worte.

Das Bild verblaßte in der Luft. Lehmann, der den Kopf gedreht hatte, um es zu sehen, fing wieder an, sich zu wehren, aber der General hatte ihn fest im Griff und drehte seinen Arm so weit herum, wie es möglich war, ohne ihn zu brechen. Lehmann wimmerte vor Schmerzen.

»Jetzt haben Sie es gesehen«, sagte Tolonen schlicht.

»Aber verstehen Sie. Ich tue dies nicht für Li Shai Tung oder für mich selbst. Sondern weil dieser Mann mir Schande bereitet hat. Und weil es auf eine solche Schändlichkeit eine Antwort geben muß.« Er hob herausfordernd das Kinn. »Dies ist meine Handlung. Verstehen Sie mich, *Ch'un tzu?* Einzig und allein meine!«

Die Worte waren kaum ausgesprochen, als Tolonen sein Messer langsam durch Lehmanns Kehle zog und die scharfe Klinge die gespannte Haut wie Reispapier durchschnitt.

Scheinbar eine Ewigkeit lang hielt der General den Körper nach vorn, aus dem das Blut spritzte, und sah ringsum in die schockierten Gesichter der Kammer. Dann ließ er die Leiche fallen, daß Blut spritze, als sie auf dem Boden aufschlug, und trat zurück, die Hose seiner weißen Zeremonienuniform mit Blut gesprenkelt.

Er machte keine Anstalten, es abzuwischen, sondern stand herausfordernd da, den Dolch gehoben, als wolle er noch einmal zustoßen.

ANHANG

中

國

NACHBEMERKUNG DES VERFASSERS

Die Transkription des Standard-Mandarin in eine europäische alphabetische Form wurde erstmals im siebzehnten Jahrhundert von dem Italiener Matteo Ricci vorgenommen, der 1583 die erste Jesuiten-Mission in China gründete und bis zu seinem Tod im Jahre 1610 leitete. Seitdem sind Dutzende Versuche unternommen worden, die Lautstruktur des Chinesischen, die von mehreren zehntausend unterschiedlichen Piktogrammen repräsentiert wird, auf eine leicht verständliche Phonetik für den westlichen Gebrauch zu reduzieren. Für eine geraume Zeit dominierten jedoch drei Systeme – jene, die von den drei bedeutendsten westlichen Mächten benutzt wurden, die im korrupten und zerfallenden Chinesischen Kaiserreich des neunzehnten Jahrhunderts um Einfluß wetteiferten: Großbritannien, Frankreich und Deutschland. Bei diesen Systemen handelte es sich um das Wades-Giles (Großbritannien und Amerika – manchmal bekannt als das Wade-System), das École Française de l'Extreme Orient (Frankreich) und das Lessingsche (Deutschland).

Seit 1958 haben sich aber auch die Chinesen selbst um eine einheitliche phonetische Form bemüht, die auf dem deutschen System beruht und als *Hanyu pinyin fang'an* (Schema für ein chinesisches phonetisches Alphabet) bezeichnet wird, allgemein als *Pinyin* bekannt, und in allen fremdsprachigen Büchern, die seit dem 1. Januar 1979 in China veröffentlicht wurden, ist *Pinyin* gebraucht worden. Außerdem wurde es neben den chinesischen Standard-Buchstaben in Schulen gelehrt. Für dieses Werk habe ich allerdings auf das ältere und, meiner Ansicht nach, elegantere Transkriptions-System zurückgegriffen, das Wade-Giles (in modifizierter Form). Für jene Leser, die an die härteren *Pinyin*-Laute gewöhnt sind, mag Folgendes als eine einfache Orientierung für die Umwandlung dienen, zuerst das Wade-Giles, danach das *Pinyin*.

p für b	ch' für q
ts' für c	j für r
ch' für ch	t' für t

t für d	hs für x
k für g	ts für z
ch für j	ch für zh

Auf diese Weise hoffe ich der weicheren, poetischeren Seite des originalen Mandarin gerecht worden zu sein, der mit dem modernen *Pinyin* meinem Empfinden nach schlecht gedient ist.

Das Spiel *Wei Chi*, das in diesem Band immer wieder erwähnt wird, ist übrigens besser unter seinem japanischen Namen *Go* bekannt und nicht bloß das älteste, sondern auch das eleganteste Spiel der Welt. Soweit dem Verfasser bekannt ist, besteht kein Zusammenhang mit dem gleichnamigen Trigram des *I Ching* – dem vierundsechzigsten, ›Vor der Vollendung‹, aber eine spielerische Ähnlichkeit, wie sie die Han mögen, könnte möglich sein.

THE GAME OF WEI CHI von D. Pecorini und T. Shu (mit einem Vorwort von Professor H. A. Giles) schließlich ist ein tatsächlich vorhandenes Buch und erschien 1929 bei Longmans, Green – Co. Es ist leider längst nicht mehr im Handel, und ich muß Brian Aldiss für sein wohlgehütetes Exemplar danken, das er mir für die Vorbereitung des CHUNG KUO leihweise zur Verfügung stellte. Ich habe die kühne Hoffnung, daß sein Gebrauch an dieser Stelle eines Tages zu einer Wiederveröffentlichung dieses schmalen Klassikers führen könnte.

David Wingrove, Dezember 1988

GLOSSAR DER MANDARIN-BEGRIFFE

Es ist nicht meine Absicht, dem Leser an dieser Stelle mit einer Unzahl geheimnisvoller Han-Ausdrücke zuzusetzen. Er wird feststellen, daß die meisten sich aus dem Zusammenhang erklären. Einige Mandarin-Begriffe werden im Text allerdings als selbstverständlich vorausgesetzt, so daß es mir sinnvoll erschien, sie hier kurz zu erläutern.

catty – der umgangssprachliche Ausdruck für eine Maßeinheit, die förmlich als ein *jin* bezeichnet wird. Ein Catty – wie es hier verstanden wird – entspricht ungefähr 1,1 Pfund (gesetzliches Handelsgewicht) oder (genau) 500 Gramm. Vor 1949 und der Angleichung der chinesischen Maße an einen metrischen Standard variierte dieses Maß von Bezirk zu Bezirk, wurde allgemein aber in 1,33 Pfund (gesetzliches Handelsgewicht) umgerechnet.

chang – zehn *ch'i,* also ungefähr zwölf westliche Fuß.

ch'i – ein chinesischer Fuß; ungefähr 37 cm.

ch'ian – ein allgemeiner Ausdruck für Geld.

Chieh hsia – bedeutet ›Euer Majestät‹ und leitet sich von dem Ausdruck ›Unter den Stufen‹ ab. Es war die förmliche Anrede der Minister, die ›unter den Stufen‹ standen, gegenüber dem Kaiser.

Ch'un tzu – ein alter chinesischer Begriff aus der Zeit der Streitenden Reiche, der eine bestimmte Klasse von Edelmännern bezeichnet, die von einem Codex der Moral und Ritterlichkeit – bekannt als die *Li* oder Riten – bestimmt wurde. Hier wird dieser Begriff grob, und manchmal ironisch, als ›Gentlemen‹ übersetzt. *Ch'un tzu* ist ebenso ein idealer Verhaltenszustand – wie er von Konfuzius in den *Analekten* beschrieben wurde –, als auch eine tatsächliche Klasse in Chung Kuo, obwohl ein gewisses Maß an finanzieller Unabhängigkeit und ein hoher Ausbildungsstandard als Voraussetzung betrachtet werden.

Fu jen – ›gnädige Frau‹, hier gebraucht im Gegensatz zu *T'ai t'ai* (Frau)

Hsiao jen – ›kleiner Mann/kleine Männer‹. In den *Lun-yü*[66],

Buch XIV, schreibt Konfuzius: »Der Gentleman erreicht das, was oben ist; der kleine Mann erreicht das, was unten ist.« Diese Unterscheidung zwischen ›Gentlemen‹ (*Ch'un tzu*) und ›kleinen Männern‹ (*Hsiao jen*), die schon in Konfuzius' Zeit nicht stimmte, ist dennoch eine Frage der sozialen Perspektive in Chung Kuo.

Hsien – historisch ein Verwaltungsbezirk von variabler Größe. Hier bezeichnet der Begriff ein besonderes administratives Gebiet: eines aus zehn Stöcken, von denen jeder aus dreißig Decks besteht. Jedes Deck ist ein sechseckiger Wohnbereich aus zehn Ebenen, zwei *li* oder annähernd ein Kilometer im Durchmesser. Ein Stock kann man sich als eine Honigwabe im gewaltigen Bienenkorb der Stadt vorstellen.

Kuan Yin – die Göttin der Gnade. Ursprünglich der männliche Bodhisattva Avalokitsevera (von den Han übersetzt als ›der den Klängen der Welt lauscht‹ oder *Kuan Yin*). Die Han hielten die wohlentwickelten Brüste des Heiligen für die einer Frau und verehrten Kuan Yin seit dem neunten Jahrhundert als eine solche. Bildnisse von Kuan Yin zeigen sie gewöhnlich als die Madonna des Ostens, die ein Kind in ihren Armen wiegt. Sie wird außerdem gelegentlich als die Frau von Kuan Kung betrachtet, dem chinesischen Gott des Krieges.

Kuo-yun – Mandarin, die im chinesischen Hauptgebiet gesprochene Sprache.

li – eine chinesische ›Meile‹, ungefähr ein halber Kilometer oder eine Drittel Meile. Bis 1949, als in China metrische Maße eingeführt wurden, konnte das *li* von Ort zu Ort variieren.

liang – eine chinesische Unze, etwa 32 Gramm. 16 *liang* ergeben ein *catty*.

Mao – eine Währungseinheit; siehe *Yuan*.

Mei mei – jüngere/kleinere Schwester.

mou – ein chinesischer Morgen, ungefähr 800 m^3. Etwa sechs *mou* ergeben einen westlichen Morgen, und ein 10 000-*mou*-Feld mißt rund 1666 Morgen oder etwas über zweieinhalb Quadratmeilen.

Shanshui – die wörtliche Bedeutung ist ›Berge und Wasser‹, aber der Begriff bezieht sich normalerweise auf einen Stil der Landschaftsmalerei, der zerklüftete Bergregionen mit Flußtälern im Vordergrund darstellt. Es ist ein sehr populäres Genre, das bis in die T'ang-Dynastie, ins siebente Jahrhundert n. Chr. zurückreicht.

Shih – ›Meister‹. Hier verwendet als Ausdruck des Respekts, der ungefähr unserer Anrede ›Sir‹ (›Herr‹) entspricht. Der Begriff wurde ursprünglich für die untersten Ränge der Staatsbeamten verwendet, um sie von den gewöhnlichen ›Herren‹ (*Hsieng sheng*) unter und den ›Gentlemen‹ (*Ch'un tzu*) über ihnen zu unterscheiden.

ts'un – ein chinesischer ›Zoll‹, ungefähr 1,4 europäische Zoll. Zehn *ts'un* bilden ein *ch'i*.

Weng – ›Alter‹. Gewöhnlich ein Ausdruck von Respekt.

Yuan – die Grundwährung von Chung Kuo (und des heutigen China). Umgangssprachlich (wenn auch nicht hier) auch als *Kwai* – ›Stück‹ oder ›Klumpen‹ – bezeichnet. Zehn *Mao* (oder förmlich *Jiao*) ergeben ein *Yuan*, während ein *Yuan* aus 100 *Fen* (oder ›Cents‹) besteht.

DANKSAGUNG

Mein Dank gilt allen, die in den fünf Jahren seiner Entstehung Teile der vielen Entwürfe von CHUNG KUO gelesen und kritisiert haben: meinen guten Freunden und ›Writers' Bloc‹-Gefährten – Chris Evans, David Garnett, Rob Holdstock, Garry Kilworth, Bobbie Lamming, Lisa Tuttle und Geoff Ryman – weil sie mir über das Schlimmste hinweggeholfen haben; John Murray – alias Richard Cowper – sowohl dafür, seine Kenntnisse zu teilen, als auch für lange Jahre geduldigen Haushaltens; meinem vielgeliebten und immer enthusiastischen Bruder Ian; Richie Smith, einem Freund, Trinkgefährten und ›Großen Mann‹; Andrew Motion – weil er ›A Perfect Art‹ nicht so perfekt fand und gute Gründe dafür nennen konnte; und meinen Agenten Hilary Rubinstein und Clarissa Rushdie – mögen sie lange so bleiben. Ihre Kommentare haben mir geholfen, vielen Fallen auszuweichen, und ohne Frage dem endgültigen Manuskript Gestalt gegeben.

Ich möchte außerdem Bruce Sterling für die Inspiration danken, die ich seinem ausgezeichneten Roman SCHISMATRIX verdanke … und für fünf seiner Worte, die in meinen Text eingegangen sind.

Besonderen Dank schulde ich außerdem zwei Freunden, deren Ermutigung, Rat und Kritik mir eine unschätzbare Hilfe waren: Brian Griffen, weil er ganz genau weiß (manchmal besser als ich), was ich vorhabe, und Robert Carter, nicht bloß für seine Einführung ins *Wei Chi* und seine geduldige und scharfsichtige Lektüre des entstehenden Buches, sondern auch für all die langen Jahre der Freundschaft. Euch beiden, *Kan Pei*!

Meinen Lektoren Nick Sayers von der New English Library und Brian DeFiore bei Delacorte kann ich nur Dank aussprechen für die freundliche Zusammenarbeit und die angenehme Atmosphäre, in der die Bearbeitung des Buches stattfinden konnte. Ihre Geduld, Heiterkeit und Ermutigung in den letzten Phasen waren weit mehr, als ich je erhoffen konnte. Ich freue mich auf meinen Besuch bei ihnen.

Christian Vauder und Magma danke ich für die Musik …

Mein letzter Dank gilt meinem Komplizen Brian Aldiss. Wenn überhaupt der Schatten eines anderen hinter diesem Werk liegt, dann wohl deiner.

ÜBER DEN VERFASSER

David Windgrove wurde 1954 in Battersea im Süden Londons geboren und besuchte die Battersea Grammar School. Er verließ die Schule 1972 für eine Karriere im Bankgewerbe und wurde eines der jüngsten Mitglieder im Institute of Bankers überhaupt. Erfolgreich, aber zutiefst enttäuscht verließ er die Bank 1979 am Tag vor seinem fünfundzwanzigsten Geburtstag und setzte seine Ausbildung fort, die er 1982 mit einem Abschluß in englischer und amerikanischer Literatur an der University of Kent in Canterbury beendete. Vom Erfolg berauscht, bewarb er sich um und erhielt eines von nur zehn Forschungsstipendien, die in diesem Jahr vom Ministerium für Bildung und Wissenschaft Großbritanniens vergeben wurden, und arbeitete die nächsten drei Jahre an seiner Doktorarbeit, einer Untersuchung der Werke von Thomas Hardy, D. H. Lawrence und William Golding. Nach dem Erwerb des Magister-Titels verfranzte er sich in verschiedenen Projekten – der Renovierung eines alten viktorianischen Hauses, diversen Bänden SF-Kritik, einer Teilzeittätigkeit als Herausgeber, der Erziehung seiner drei kleinen Töchter Jessica, Amy und Georgia und einem Roman mit dem Titel A SPRING DAY AT THE EDGE OF THE WORLD (später in CHUNG KUO umbenannt) – was dazu führte, daß er 1986 seine Doktorarbeit abbrach. In diesem Jahr erschien auch der umfangreiche und gewichtige Band DER MILLIARDEN-JAHRE-TRAUM: DIE GESCHICHTE DER SCIENCE FICTION, den er zusammen mit Brian Aldiss verfaßte – ein Buch, das im selben Jahr, neben anderen Auszeichnungen, den begehrten Hugo Award für das beste Sachbuch im Science Fiction-Bereich erhielt. Er lebt heute in Stoke Newington im Norden Londons.

NACHWORT DES ÜBERSETZERS

Als Wolfgang Jeschke mir auf der Frankfurter Buchmesse '89 erstmals anbot, David Wingroves umfangreiches Romanwerk CHUNG KUO zu übersetzen, war mir der Autor, wie wohl den meisten deutschen Lesern, lediglich als Mitverfasser von Brian W. Aldiss' Standardwerk über die Geschichte der Science Fiction TRILLION YEAR SPREE (dt. DER MILLIARDEN-JAHRE-TRAUM) bekannt. Später fiel mir in der Düsseldorfer Universitätsbibliothek auch eine von ihm in Zusammenarbeit mit Brian Griffin geschriebene Studie zum Werk von Brian Aldiss in die Hände. Als Erzähler war Wingrove bis dahin jedoch ein unbeschriebenes Blatt. Im Herbst 1990 bekam ich die Gelegenheit, ihn bei einem Besuch in London persönlich kennenzulernen und machte dabei die Bekanntschaft mit einer der interessantesten Persönlichkeiten, die mir in der SF-Szene des In- und Auslands begegnet sind. David Wingrove ist ein freundlicher, schmaler und ruhiger Mann Ende Dreißig, der im persönlichen Gespräch durch Redegewandtheit, Belesenheit und Kenntnisreichtum beeindruckt.* In England ist er als streitbarer Kritiker bekannt geworden, der heute wohl zu den besten Kennern der englischsprachigen Science Fiction gehört. Auf den Regalen seines Arbeitszimmers findet sich so ziemlich alles, was in der aktuellen und älteren SF von Belang ist. Als kritische Stimme ist er in der englischen SF-Szene alles andere als unumstritten, und wie ich einigen Beispielen aus seiner Korrespondenz entnehmen konnte, läßt er sich gern zu umfangreichen schriftlichen Erwiderungen hinreißen, wenn er irgendwo unsachlich angegriffen wird. Natürlich hat den Autor des CHUNG KUO viel von dem Unmut getroffen, den der Kritiker David Wingrove gegen sich aufgebracht hat. Im Laufe unserer Gespräche, in denen er mir seine Auseinandersetzungen mit Halbgebildeten schildert, die offenbar begierig die Gelegenheit wahrgenommen haben, sich mit oberflächlichen Verrissen auf das erste Werk des Romanciers David Wingrove zu

* Ein ausführliches Interview, das ich bei dieser Gelegenheit mit dem Autor führte, wird im SF-JAHR '95 (0605245) erscheinen.

stürzen, gewinne ich ein lebhaftes Bild der britische SF-Szene, die ich stets für so fruchtbar und der unseren für überlegen gehalten habe. Von kleinlichem Gezänk und Cliquenbildung, wie sie die deutsche kennzeichnen, ist auch sie nicht frei.

David Wingrove wohnt mit seiner Frau Susan und drei kleinen Töchtern in einem Reihenhaus in Stoke Newington im Norden Londons, nicht eben eine der vornehmsten Adressen der Stadt, sondern ein recht schäbiges Viertel, in dem sich Menschen der unterschiedlichsten Rassen und Nationalitäten mischen. Als Autor ist David einen schweren Weg gegangen. 1954 in Battersea in Südlondon geboren, begann er 1972 eine vielversprechende Bankkarriere, die er sieben Jahre später wieder abbrach, um an der Universität von Kent in Canterbury ein Studium der englischen und amerikanischen Literatur zu beginnen. Durchaus erfolgreich, mit einigen Stipendien und akademischen Graden ausgezeichnet, brach er 1986 auch seine Doktorarbeit ab, weil er sich inzwischen in eine Vielzahl literarischer Projekte verfranzt hatte. Er verfaßte einige Bände SF-Kritik, gab ›source books‹ zur SF und zum SF-Film heraus, arbeitete zeitweilig als Lektor und erhielt für die Mitarbeit an TRILLION YEAR SPREE den Hugo-Award für das beste SF-Sachbuch. Seine erzählerischen Arbeiten blieben lange Zeit ziellos und beschränkten sich auf Dutzende von Skizzen zu Romanen und Erzählungen, von denen erst CHUNG KUO zu einem ausgereiften Konzept gedieh. Die lange Durststrecke bis dahin überbrückte er im Schutze dessen, was man in Deutschland ein ›Schürzenstipendium‹ nennt, d. h. seine resolute Frau Susan, außer in ihrer Babypause Herausgeberin einer Frauenzeitschrift, sorgte für den Großteil des Familienunterhalts. Deshalb ist es für ihn auch heute noch selbstverständlich, sich am Haushalt und der Pflege der Kinder zu beteiligen. Der (auch finanzielle) Erfolg von CHUNG KUO hat es ihm ermöglicht, seiner Familie etwas von dem Vertrauen und der Geduld zurückzugeben, ohne die seine literarische Karriere undenkbar gewesen wäre. Das Leben als Autor bedeutete für ihn ebenso ein Wagnis wie eine Befreiung. Bei einem Spaziergang durch das Londoner Bankenviertel zeigt er mir das Unternehmen, für das er früher gearbeitet hat. Die bedrückend wuchtige Architektur erinnert mich nicht nur daran, womit sich London das Prädikat ›Weltstadt‹ verdient hat (im Gegensatz zu den heimischen Kuhkäffern, die sich lediglich gern so nennen), sondern macht mir auf Anhieb verständlich, warum ein kreativer und kritischer Geist wie David Wingrove es im Milieu der Geldschröpfer nicht lang aushalten konnte. »Das ist auch eine Methode, um das Volk draußen zu halten«, erklärt er, als wir an der riesigen, fensterlosen Rückfassade eines Bankgebäudes entlanggehen. »Man läßt einfach keine Löcher in den Wänden.«

Ein Großteil des erzählerischen Werks von David Wingrove ist unveröffentlicht und wird es bleiben. In seinem Arbeitszimmer steht ein ganzer Aktenschrank voller Manuskripte, die er nur in den seltensten Fällen Verlegern und Magazinen angeboten hat. Er hält das Material für schlecht und unbrauchbar, die Arbeit daran aber für einen notwendigen Schritt in seiner Entwicklung. Auch CHUNG KUO ist aus einer seiner zahllosen Versuche und Entwürfe hervorgegangen und machte viele Erweiterungen und Revisionen durch, bis endlich ein Konzept stand, das ihn zufriedenstellte. Aus der ursprünglichen Erzählung ist nun ein monumentales, auf acht Bände* angelegtes Epos geworden, das engagierte Verleger gefunden hat und mit nicht ganz unbedenklichem, vollmundigem Werbeaufwand in England und den USA publiziert wird. Als erstes Ergebnis des jahrelangen Tastens und Probierens eines jungen Autors, der seinen Stil noch nicht gefunden hat, ist dies ein höchst ehrgeiziges Projekt, nicht nur seines Umfangs, sondern inbesondere seines Sujets wegen. Vergessen wir für einen Moment die Werbeunterlagen der New English Library, die den Lesern und Kritikern von CHUNG KUO wahre Wunderdinge versprechen. Übertreibungen gehören zum Geschäft der Werber, und es ist unfair, diese dem Autor anzukreiden, wie es einige englische Kritiker getan haben. Versuchen wir statt dessen herauszufinden, um was es sich bei CHUNG KUO wirklich handelt.

Kritiker und Kenner, selbst Liebhaber der Science Fiction haben gelegentlich angemerkt, daß sich all die phantastischen Erfindungen der SF-Schreiber lächerlich und geistlos ausnehmen verglichen dem, was die modernen Naturwissenschaften als Eigenschaften der Wirklichkeit aufgedeckt haben. Einige

* Die deutsche Ausgabe erscheint in sechzehn Bänden, die in Absprache mit dem Autor aus dem Material der englischen Ausgabe und einzelnen Ergänzungen zusammengestellt werden.

Theoreme und Befunde der Quantenphysik, Kosmologie, Chaosforschung, auch der Neurophysiologie und Genetik haben ein Maß an Bizarrerie und phantastischer Abstraktheit erreicht, die das Vorstellungsvermögen mehr beanspruchen als alle Zeitparadoxa und Hyperräume der SF. Seltener wurde aber darauf hingewiesen, daß nicht nur die reale Wissenschaft den wissenschaftlichen Fiktionen in dieser Hinsicht voraus ist, sondern daß auch die sozialen und kulturellen Erscheinungen auf unserem Planeten reichhaltiger und bunter sind als die ausgefallensten SF-Welten. Es ist keine neue Erkenntnis, daß beispielsweise die US-amerikanische SF sich in der Regel damit begnügt hat, die Vorurteile und Dummheiten ihrer Zeit noch in die entlegensten Galaxien und fernsten Zukünfte zu projizieren. Wo schon der flüchtigste Blick auf fremde Länder und Kulturen davon überzeugen müßte, wie mannigfaltig allein das Leben unserer Rasse auf diesem Planeten ist, gab die SF oft billigste Exotik als Erzeugnis einer überschwenglichen Phantasie aus. Das schöpferische Nachdenken über die Entwicklung und die Schattierungen von Kulturen ist in der SF bis heute unterentwickelt.

David Wingroves CHUNG KUO ist der erste mir bekannte Versuch, eine außereuropäische Kultur zum Gegenstand eines umfangreichen SF-Entwurfs zu machen. Was das heißt und warum der Autor ebensoviel Skepsis für diesen Versuch wie Gnade für Mängel seiner Umsetzung verdient, sei an dieser Stelle besonders betont. Die meisten Mitteleuropäer haben sich daran gewöhnt, den europäischen Kulturkreis mit seinem geschichtslosen Ableger USA für den Nabel der Welt zu halten. Gern wird vergessen, daß es auf der Welt noch über ein Dutzend anderer Kulturkreise gibt, die in sich so vielfältig und widersprüchlich sind wie Europa von Gibraltar bis zum Ural. Der orientalische Kulturkreis von Nordafrika bis Arabien liegt uns aus stets aktuellem Anlaß noch relativ nah; der japanische als Wirtschaftskonkurrent noch mehr; vom indischen Subkontinent, einer völlig fremde Welt für sich, hört man auch gelegentlich etwas; für Schwarzafrika klappern die Sammelbüchsen der Hilfswerke; aber wer denkt schon viel über die drei Kulturkreise der Südsee, Melanesien, Mikronesien und Polynesien nach, die zerstörten und vergewaltigten Kulturen Nord-, Mittel- und Südamerikas, die kleinen Kulturkreise der Eskimos und australischen Ureinwohner, um nur einige zu nennen? Der Kontakt Europas mit diesen Teilen der Welt bestand und besteht im Wesentlichen aus ihrer Plünderung und Ausbeutung. Auch einem der ältesten und mächtigsten Kulturkreise der Erde, dem südostasiatischen, in dessen Mittelpunkt China mit seiner reichhaltigen und wechselvollen Geschichte steht, ist dieses Schicksal nicht erspart geblieben. Daß sich ein Vertreter der typisch westlichen Literaturform Science Fiction der Kultur der Chinesen widmet, ist daher ebenso löblich und interessant wie heikel, ein heikleres Unterfangen, als es auf den ersten Blick den Anschein hat. Chinas Sinn für das Praktische, für hohe soziale und politische Organisation macht es zunächst zu einem weniger fremden Land als etwa Indien. Doch wie das Zusammentreffen der Europäer und Chinesen im neunzehnten Jahrhundert gezeigt hat, könnte die Kluft zwischen beiden kaum größer sein.

Ist CHUNG KUO nun eine Art Kulturgeschichte Chinas im SF-Gewand? Oder wie muß man sich Wingroves Behandlung dieses Themas vorstellen? Welcher Form könnten die Anregungen sein, die ein westlicher Roman (als den Wingrove sein Werk versteht) aus der Kultur Chinas bezogen hat? CHUNG KUO schildert einen längeren Abschnitt aus der Geschichte eines künftigen chinesischen Weltreichs, das nach dem Untergang der Westmächte die Kontinente, um die gewaltig angewachsene Weltbevölkerung aufzunehmen, mit sieben riesigen, hunderte Ebenen hohen Städten überbaut hat. Die Gesamthandlung umfaßt die Vorzeichen, die Auseinandersetzungen und die Resultate einer Epoche der Umbrüche und Umstürze und konzentriert sich dabei auf die Lebensgeschichte von vier zentralen Charakteren unterschiedlicher Herkunft und unterschiedlichen Rangs. Es sind exemplarische Gestalten: Li Yuan, Thronerbe und Vertreter des Herrschergeschlechts, der später selbst zu einem der sieben ›T'ang‹ wird, die die Erde mit unbeschränkter Autorität regieren; Howard DeVore, der korrupte Rebell gegen die bestehende Ordnung, Kim Ward, das wissenschaftliche, und Ben Shepherd, das künstlerische Genie. Sie symbolisieren die verschiedenen in der Gesellschaft von CHUNG KUO wirksamen Kräfte, die konservativen und die umstürzlerischen auf der einen, sowie das Spektrum der unterdrückten geistigen Aktivitäten auf der anderen Seite. Zugleich sind sie Vertreter unterschiedlicher Schichten und Interessengemeinschaften. Li Yuan steht für die traditionelle chinesische

Gesellschaft, DeVore für den zersetzenden westlichen Einfluß. Ben ist ein Kind der Oberschicht, Kim ein Waise aus dem ›Lehm‹, der dunklen, barbarischen Welt unter den Fundamenten der ›Stadt Erde‹. Ihr Zusammenspiel spiegelt die Prozesse, die die Welt von CHUNG KUO als Ganzes verändern.

Obwohl David Wingrove darauf achtet, daß die Einzelbände von CHUNG KUO auch für sich lesbar sind und nicht die Kenntnis der vorangehenden Bände voraussetzen, wird man dem Werk wohl nicht gerecht, wenn man die Gesamtstruktur außer acht läßt, für die die Konstellation der Charaktere so etwas wie einen Schlüssel darstellt. David Wingrove ist nachhaltig von den großen Gesellschaftsentwürfen der Weltliteratur, etwa bei Thomas Mann, beeinflußt und legt besonderen Wert auf die Struktur, den quasi architektonischen Aufbau seines Romanwerks, die Entwicklung von Charakteren und Themen über einen längeren Zeitraum hinweg, die Funktion von einzelnen Ideen, Motiven, Schauplätzen im Gesamtzusammenhang. Man kann mit geringer Übertreibung behaupten, daß er diesen Aspekten manche Finessen im erzählerischen Detail geopfert hat. So ist der Leser beim ersten Anlesen vielleicht enttäuscht über die erstaunlich konventionelle, fast spartanische Erzählweise und verwirrt über den planlos wirkenden Aufbau. Doch dieser Eindruck mag sich im Laufe der Lektüre als voreilig herausstellen. Auch vermißt er vielleicht die Fülle an Details über Sitten, Gebräuche und das Alltagsleben, die bei einem Projekt mit diesem Anspruch nahegelegen hätte. David Wingroves in umfangreichen Vorstudien erworbene Kenntnisse über China sind sparsam und vielfach so unterschwellig in seinen Roman eingeflossen, daß ein englischer Kritiker sich zu der Behauptung versteigen konnte, der erste Band THE MIDDLE KINGDOM enthalte praktisch nichts über China. CHUNG KUO ist kein üppiges, vital und bunt erzähltes Portrait der chinesischen Kultur. Wingroves Absicht lag vielmehr darin, eine Essenz, einen Ertrag ihrer Geschichte herauszufiltern und an ihrem Beispiel Themen von allgemeinmenschlichem Interesse zu behandeln. Es geht um das Funktionieren und die Entwicklungsmechanismen einer Kultur und eines Staatswesens und insbesondere um das Aufeinandertreffen zweier Denk- und Lebensweisen, das Interesse an Tradition und Stabilität auf der einen, vertreten durch das neoklassische China in CHUNG KUO, der unbeirrte Glaube an

Wandel und Fortschritt, vertreten durch die Nachkommen der Europäer, auf der anderen Seite. Mag dieser Konflikt zuweilen auch etwas schematisch zugespitzt erscheinen, so verspricht dieser Ansatz doch mehr als ein von vornherein aussichtsloser Versuch, sich als Europäer in die Gedankenwelt der Chinesen hineinversetzen zu wollen.

Dem Leser sei versichert, daß mir davor graut, in folgendem einige Aspekte der chinesischen Kultur beschreiben zu müssen, geschieht dies doch in dem Bewußtsein, daß es eine Kühnheit, geradezu eine dreiste Tollkühnheit darstellt, auf wenigen Seiten etwas Gültiges über eine fremde Kultur aussagen zu wollen. Für einen Westmenschen, der nicht gerade jahrzehntelang im Ausland gelebt hat, ist es unmöglich, mehr als eine Ahnung von der Mentalität und dem Denken eines durchschnittlichen Japaners, Inders oder Chinesen mitzubekommen, was selbst für einen wohlinformierten Autor wie David Wingrove gilt. Warum diese apodiktische Behauptung? Eingelullt von unserem Alltagsleben, unterschätzen wir das Ausmaß an Wertmaßstäben, Moralvorstellungen und Lebensprämissen, die wir im Kopf mit uns herumtragen und für ganz selbstverständlich halten, obwohl sie nur das spezifische Erzeugnis unserer Zeit und unserer Geschichte sind. Die Idee der individuellen Freiheit etwa, wie sie für das Leben der Westeuropäer bestimmend ist, muß einem Japaner oder Chinesen, der an Arbeitsplatz, in der Familie und Sippe viel stärker in Pflichten und soziale Beziehungen eingebunden ist, ziemlich exotisch vorkommen. Die vom Einfluß der christlichen Kirchen geprägte Moral, selten hinterfragte Vorstellungen von Treue, Anständigkeit und Sauberkeit, sind den Menschen anderer Erdteile ganz fremd. Auch unsere künstlerischen Ausdrucksformen sind, bei allen individuellen Nuancen, Produkte einer spezifischen Erziehung. Wer in Kunstenzyklopädien, Musik- und Literaturlexika blättert, in denen das Schaffen außereuropäischer Völker meist nur am Rande behandelt wird, kann sich des Eindrucks nicht erwehren, daß Europa sich auf sein kulturelles Erbe besonders viel einbildet und es stillschweigend für überlegen hält. Das ist es natürlich nicht. Die klassische Musik Indiens ist unserer in Hinblick auf rhythmischen und melodischen Reichtum weit voraus. Die ›primitive‹ Kunst Afrikas hat europäischen Bildhauern und Malern der Moderne als Vorbild gedient. Und die Dichtung

Chinas hat, aufbauend auf besonderen Eigenschaften ihrer Sprache und Schrift, Ausdrucksweisen von einem Anspielungsreichtum und einer Subtilität hervorgebracht, die sich unmöglich in europäische Sprachen übersetzen lassen. Darauf ist zumindest kurz einzugehen, um einen Eindruck davon zu vermitteln, vor welche Schwierigkeiten ein Autor bei dem Versuch steht, etwas vom ›Flair‹ der chinesischen Kultur einzufangen.

In China ist zwischen der gesprochenen und der Schriftsprache sorgsam zu unterscheiden. Außer dem ›Hochchinesisch‹, dem Mandarin, gibt es in China zahllose Dialekte, die teils von Randvölkern wie den Mandschuren oder Tartaren beeinflußt wurden. Sie unterscheiden sich grundlegend von allen westlichen Sprachen. Das Chinesische kennt weder eine Grammatik noch ein Alphabet in unserem Sinne. Sie gehört in die Gruppe der einsilbigen Sprachen, setzt sich also aus einer Anzahl einsilbiger Wörter zusammen, die je nach Betonung oder Stellung im Satz als Substantiv, Verb, Adjektiv oder Adverb fungieren können. Es gibt nur einige hundert einsilbige Grundwörter, die jedoch die Bedeutungen von ca. 40 000 Schriftzeichen ausdrücken müssen. Dies geschieht, indem jedes Wort durch ansteigende, fallende, auf- und absteigende oder fehlende Betonungen in verschiedenen Nuancen ausgesprochen werden kann (darauf beruht der für unsere Ohren so seltsame Klang des gesprochenen Chinesisch). Je nach dem Sachzusammenhang können einzelne Grundwörter so in Dutzenden von Bedeutungsvarianten vorkommen.

War das gesprochene Chinesisch im Laufe seiner Geschichte großen Wandlungen unterworfen, so hat die chinesische Schriftsprache Epochen und räumliche Entfernungen überbrückt. Die ältesten aufgefundenen Schriftdokumente, Bronzeinschriften und Orakelsprüche auf Knochen und Schildkrötenschalen, enthalten im Prinzip dieselben Grundsymbole, die den heutigen komplexeren Schriftzeichen zugrunde liegen. Alle Zeichen, die einfachen wie die zusammengesetzten, sind (bis auf einige Ausnahmen) nicht etwa Kürzel für Sprachlaute wie die Buchstaben des europäischen Alphabets, die erst zu Wörtern zusammengesetzt werden müssen, sondern piktogrammartige Symbole, die einen Gegenstand oder eine Idee bildhaft darstellen (unter einer Idee kann man hier Eigenschaften wie z. B. eine Farbe, Formeigenschaften wie krumm, gerade oder rund, aber auch abstraktere Vorstellungen verstehen). Zusammengesetzte Schriftzeichen verbinden einfache Wörter oder Ideen zu komplizierteren. Die Zeichen für Sonne und Mond bedeuten zusammengesetzt ›Licht‹. Ein Mund und ein Vogel bedeuten zusammengenommen ›singen‹ usw. Man kann nur ahnen, welch ein kompliziertes Netz von semantischen und assoziativen Verbindungen zwischen den Wörtern so entsteht. Ein besonderer Aspekt dieser Schriftsprache ist übrigens, daß sie auch von Völkern benutzt und verstanden werden kann, die über eine andere gesprochene Sprache verfügen. So haben koreanische und japanische Dichter Beiträge zur chinesischen Literatur geleistet, ohne selbst einen chinesischen Dialekt zu sprechen. In Ostasien diente die chinesische Schrift lange als internationale Schriftsprache.

Die klassische chinesische Dichtung ist durch diese Voraussetzungen und ihre starke Traditionsbezogenheit in ein auf den ersten Blick enges Korsett von Konventionen gepreßt. Die strengen Vorschriften des chinesischen Satzbaus sowie überlieferte Gesetze und Richtlinien für das Versmaß und den Rhythmus schränken Variationsmöglichkeiten ein. Der ›Bedeutungshof‹, der in den Wörtern mitschwingt, die Assoziationen und mitgemeinten Querverbindungen zu anderen Begriffen, ermöglichen es, beim chinesischen Leser mit wenigen Zeilen eine komplexe Vorstellung hervorzurufen. Die chinesische Dichtung ist arm an bildhaften Ausdrücken und Metaphern, weil einzelne Wörter derartige Funktionen ausüben. Schlüsselwörter wie Jade, Lotos, Pflaumenblüten, Mond, Sonne usw. sind weniger Symbole als konkrete Bilder für Stimmungen, Gefühle, Situation, etwa für die Liebe, die Einsamkeit, die Melancholie usw. Abstraktes wird durch Zusammenfügen dieser konkreten Vorstellungen ausgedrückt. Dieses Reden und Verstehen in Bildern ist kein auf die klassische chinesische Literatur beschränkter Zug, sondern eine Grundcharakteristik der ganzen chinesischen Kultur, die sich bis ins Alltagsleben hineinzieht. (Zu dem Gesagten ist gleich einschränkend hinzuzufügen, daß damit lediglich die ›akademische‹ Schiene der chinesischen Literatur beschrieben ist. Gattungen wie der Roman und die Novelle, die in weniger strenger umgangssprachlicher Form verfaßt wurden, galten lange Zeit als minderwertig und erlebten erst seit der Sung-Dynastie als populäre Unterhaltungsliteratur eine weitere Verbreitung.

In diese ›bürgerliche‹ Tradition, die während der Mongolen-Herrschaft entscheidende Impulse erhielt, gehören aber eben auch Meisterwerke wie der berühmte Sittenepos *Chin-p'ing-mei*. Dies sei nur als ein Beispiel dafür erwähnt, wie sehr Verallgemeinerungen bei Bemerkungen zur chinesischen Kultur mit Vorsicht zu genießen sind.)

Es liegt auf der Hand, daß David Wingrove nichts davon direkt in einen in englischer Sprache geschriebenen Roman übernehmen konnte. Dem Englischen wie allen europäischen Sprachen fehlt nun einmal diese Form der Bildhaftigkeit. Der moderne Roman hat aber Techniken entwickelt, die es ermöglichen, Schlüsselbegriffe im Laufe der Handlung mehr und mehr mit zusätzlichen Bedeutungen und Assoziationen aufzuladen, indem einzelne Wendungen und Sätze in identischer Form quer durch ein Buch immer wieder auftauchen und die Zusammenhänge der einzelnen Textstellen ›mitnehmen‹. David Wingrove macht von einer dieser ›Leitmotivik‹ verwandten Technik Gebrauch. Aus dem Bildinventar der Chinesen entlehnt er zentrale Symbole, die an Schlüsselstellen auftauchen und wichtige Querverbindungen durch den Roman schaffen. Viele in dem Roman verarbeitete Kulturtatsachen erfüllen eine ähnliche Funktion, z. B. das Yin und das Yang, die Grundbegriffe der taoistischen Philosophie, oder das Spiel Wei Chi (in Europa besser unter seinem japanischen Namen Go bekannt). In den Kommentaren zu meiner Übersetzung habe ich versucht, die Funktion solcher Einzelheiten verständlicher zu machen, indem ich ihre Bedeutung im Kontext der chinesischen Kultur erkläre. Vom Leser wird freilich in jedem Fall ein hohes Maß an Aufmerksamkeit verlangt.

Ein weiteres Problem bestand für David Wingrove darin, was er denn plausiblerweise als das Typische, die Quintessenz der chinesischen Geschichte seinem Entwurf zugrunde legen konnte. Ein naheliegender Fehler hätte darin bestanden, nur das leicht Verständliche oder oberflächlich Exotische herauszugreifen und im Lichte des westlichen Weltbilds zu interpretieren (dem Einfluß, den China durch die Berichte der Jesuitenmissionen und die Reisen Marco Polos auf die europäische Aufklärung ausübte, lag z. B. ein ziemlich idealisiertes Bild Chinas zugrunde, das der fremden Kultur eine Utopie der eigenen Idealvorstellungen überstülpte). Der Frage, wie David Wingrove dieses Problem bewältigt hat, sei an dieser Stelle nicht nachgegangen, ein kurzer Überblick der chinesischen Geschichte könnte jedoch einen Eindruck vom Umfang der Schwierigkeiten verschaffen. Man sollte meinen, von keiner anderen Weltkultur lägen klarere historische Zeugnisse vor, war die Geschichtsschreibung in China doch schon seit den frühesten Dynastien eine dem Regierungsapparat unterstellte Institution. Bestimmte geschichtstheoretische Vorstellungen und Umdeutungen der Vergangenheit haben jedoch dazu beigetragen, daß die Forschung heute nur mit Mühe die tatsächlichen Abläufe aus den historischen Quellen rekonstruieren kann. Zu diesen Vorstellungen gehört die Idee des verworfenen Kaisers. Die chinesischen Historiker betrachten ihre Geschichte als eine Abfolge von Dynastien, die jeweils mit einem korrupten letzten Herrscher endeten, der dann vom Gründer der nächsten Dynastie gestürzt wurde. Späte Dynastieherrscher wurden daher oft in einem unangemessenen düsteren Licht gezeichnet, wie denn die chinesischen Geschichtsschreiber überhaupt gerne finstere und strahlende Gestalten einander gegenüberstellten. Hinzu kommt, daß schon in der Chou-Epoche die Vergangenheit in einem Maße idealisiert wurde, daß alles, was auf die legendären Urkaiser folgte (bei Konfuzius waren es noch zwei, nämlich Yao und Shun, spätere Interpretationen sprechen von den ›Drei Erhabenen‹, der Historiker Ssu-ma Ch'ien nennt die ›Fünf Kaiser‹), nur als Niedergang begriffen werden konnte. Dabei waren die Vorstellungen, die man sich von diesen Ahnherren machte, in die Vergangenheit projizierte Verhältnisse der Gegenwart. Den Kaiserhäusern war der Eindruck wichtig, auf eine möglichst lange Ahnenreihe zurückblicken und den Kaiserstaat so durch urzeitliche Traditionen rechtfertigen zu können, und so wurden aus den mystischen Gestalten, die das Volk früher verehrt hatte, Sippenhelden und -ahnen, nun einfach profane Kaiser mit Hofstaat und Verwaltung. Ähnliches geschah mit manchen früheren Göttergestalten, die sich unter den Händen der Historiker in Beamte am Hofe der Urkaiser verwandelten.

Die chinesische Kultur hat ihren Ursprung im Mittellauf des Gelben Flusses (*Huang-ho*), und über zwei frühe Kulturen, die Yang-shao- und die Lung-shan-Kultur, liegen archäologische Zeugnisse vor. Es gibt Hinweise darauf, daß der bezeugten Geschichte wie in Europa eine matriarchale Phase vorausging (für künftige Forschergenerationen könnte es aufschlußreich sein, Parallelen zur europäischen Vorgeschichte herzustellen, wie sie der Sexualwissenschaftler Ernest Bornemann in seinem Buch *Das Patriarchat* schildert). Die orthodoxe Geschichtsschreibung nennt die Dynastie Hsia als erstes Herrschergeschlecht, das angeblich von 2205 bis 1766 v. Chr. regierte, aber möglicherweise handelte sich dabei nur um einen Nachbarstaat der Dynastie Shang. Unter der Shang-Dynastie (1766–1122 v. Chr., einer anderen Chronologie zufolge 1523–1028 v. Chr.) erfolgte die eigentliche Begründung der chinesischen Hochkultur. Einflüsse indogermanischer oder vorderasiatischer Völker wirkten mit bei der Herausbildung der Sprache, Schrift und Kunst, während Auswanderer nach Nordamerika auf die dortigen Kulturen eingewirkt haben könnten. Die Ackerbaukultur bestimmte die religiösen Vorstellungen, die neben Lokal- und Naturgottheiten bereits die Ahnengeister (*Ti*) verehrte, deren oberster *Shang-ti* war. Politischer wie religiöser Kopf des Reiches war der König (*wang*), dem adelige Statthalter unterstanden, die über ihre Gebiete ähnlich souverän regierten wie der König über das Gesamtreich. In der Chou-Dynastie (1122–249 v. Chr.), der klassischen Epoche des feudalen China, konnten die Lehnsherren die von ihnen verwalteten Gebiete immer mehr ausweiten und drängten das Königshaus in eine vorwiegend repräsentative Rolle zurück. In der ›Frühling-und-Herbst-Periode‹ (771–481 v. Chr.), so benannt nach einer alten Chronik, brachen heftige Konflikte zwischen den Lehnsherren aus, und am Ende der Chou-Zeit, in der ›Zeit der Streitenden Reiche‹, zerbrach das Land in viele Kleinstaaten, unter denen der Staat Ch'in durch wirtschaftliche und politische Reformen als Sieger hervorging. Die späte Chou-Zeit war das goldene Zeitalter der chinesischen Philosophie. Zu den ›hundert Philosophenschulen‹ gehörten neben Konfuzius und seinen Nachfolgern die Yin-Yang-Schule und der daraus entstandene Taoismus, ferner die politisch so einflußreiche Schule der Legalisten. Unter Shi Huang Ti, dem Gründer der Ch'in-Dynastie (221–206 V. Chr.), wurde das zersplitterte China erstmals zu einem zusammenhängenden Reich vereint. Shih Huang Ti vereinheitlichte Maße, Geld und Schrift und führte Maßnahmen gegen die Anhänger der alten feudalen Ordnung durch. Die Ch'in-Dynastie war jedoch nur ein kurzlebiges Vorspiel zur Han-Dynastie, die – lediglich unterbrochen vom Interregnum Wang Mangs (9–23 n. Chr.) – bis 220 n. Chr. an der Macht blieb. In dieser Zeit wurde die Reichsverwaltung auf eine neue Grundlage gestellt, in der der Kaiser die legislative und exekutive Macht innehatte, die aber auch Formen der Lokalverwaltung unterstützte. Zugleich wuchs die Macht der Großgrundbesitzer, und die Volksbewegung der *Gelben Turbane* initiierte einen Aufstand, in dessen Verlauf die Machtergreifung abtrünniger Heerführer zum Untergang des Han-Reiches führte. Das Reich blieb daraufhin geraume Zeit gespalten, und weder die Chin-Dynastie (265–421 n. Chr.) noch die verschiedenen nördlichen und südlichen Dynastien (420 bis 589 n. Chr.) konnten eine dominierende Stellung gewinnen. Im Norden gingen zudem große Gebiete an Fremdvölker verloren. Der Buddhismus wurde in dieser Zeit die führende Religion und drängte den Taoismus zurück. Erst unter der kurzlebigen Sui-Dynastie (589–618 n. Chr.) wurde das Reich wiedervereinigt, die Grenzen gesichert, Verwaltung und Ökonomie neu aufgebaut. Die folgende T'ang-Dynastie (618–907 n. Chr.) war die Blütezeit des monarchistischen China (weshalb David Wingrove wohl den Namen T'ang für die Herrscher in seinem Roman gewählt hat). In ihr entstand die konfuzianische Bürokratie und das dazugehörige Ausbildungs- und Prüfungswesen, eine kompliziert gegliederte Zivil- und Militärverwaltung und die institutionalisierte Rechtsprechung. Mit Agrarreformen versuchte sie die Macht der Großgrundbesitzer einzuschränken, was jedoch mißlang, so daß ein Aufstand der verarmten Bauern zur Erstarkung der Provinzgouverneure führte und das T'ang-Reich unterminierte. Es folgten die Zeit der ›Fünf Dynastien‹ (907–960 n. Chr.) und der ›Zehn Staaten‹ in Südchina und die Sung-Dynastie (960–1280 n. Chr.), die das chinesische Landesgebiet mit anderen Staaten teilen mußte und sich um eine friedliche Koexistenz mit den nördlichen Nachbarn bemühte. Die Korruption des Beamtenstandes wurde mit diversen Reformen bekämpft, und die konfuzianische Tradition erlebte durch den Neokonfuzianismus eine neue Blüte. Die Feldzüge des Dschingis Khan gliederten China Ende des dreizehnten Jahrhunderts in das mongolische Weltreich ein. Sein Nachfolger Kublai Khan gründete die Dynastie Yüan, die 1368 nach Volksaufständen und der Flucht des letzten Mongolenkaisers ihr Ende fand.

Während der Ming-Dynastie (1368–1644) errichtete das Kaiserhaus eine absolute Monarchie und schränkte die Macht des akademischen Beamtentums stark ein. Nördlich von China schuf inzwischen der Zusammenschluß verschiedener mandschurischer Stämme unter Nurhaci die Voraussetzung für die mandschurische Herrschaft über China, die als Dynastie Ch'ing von 1644 bis 1911 andauerte. Sie war die letzte Blütezeit der traditionellen chinesischen Kultur. Unter den ›aufgeklärten‹ Kaisern K'ang-hsi, Yung-cheng und Ch'ien-lung förderte privates Mäzenatentum Wissenschaft und Kunst, entstanden große Enzyklopädien und Nachschlagewerke und nahm die technische Entwicklung durch die Jesuiten vermittelte Anstöße aus Europa auf. Von 1830 an wurde China das Opfer militärischer und ökonomischer Eingriffe der Westmächte, die um die neuen Absatzmärkte in Südostasien stritten. Die Folgen der beiden Opiumkriege 1839 und 1856 und des sogenannten Boxeraufstandes 1899 legten China schwere Folgelasten auf und stärkten den westlichen Einfluß. Der Bürgerkrieg durch den Aufstand der Bauernbewegung *T'ai-p'ing* (ab 1850) erschütterte das Land zudem von innen her. Reformversuche später Mandschu-Kaiser scheiterten. Die von Sun Yat-sen angeführte revolutionäre Bewegung gründete 1912 nach Abdankung der Ch'ing-Dynastie die Republik China, die formell bis 1949 bestand. Die Zentralregierung verlor jedoch während der Kämpfe zwischen lokalen Heerführern völlig an Einfluß. Den Bürgerkrieg 1949 entschied die kommunistische Bewegung für sich, die daraufhin die Volksrepublik China gründete.

Das Bemerkenswerte an dieser langen Geschichte ist die für europäische Maßstäbe unvorstellbare Kontinuität, eine seit der Shang-Dynastie ununterbrochene kulturelle Tradition, die immer wieder fremde Einflüsse und Volksgruppen in sich einzuschmelzen verstand. David Wingroves Interesse an China beruht nicht zuletzt auf der Möglichkeit, daß sich diese Kultur, deren Traditionen man mit der Gründung der Volksrepublik China nicht als abgeschnitten betrachten sollte, auch an die Erfordernisse der industrialisierten Gegenwart anpassen wird können. Weitsichtige Beobachter des Weltgeschehens haben wiederholt eine bevorstehende weltwirtschaftliche Dominanz Asiens prognostiziert. Der wirtschaftliche Erfolg der Japaner, Triumph einer in mancher Hinsicht überlegenen wirtschaftlichen und sozialen Organisation, die für Freiheit und Individualität im westlichen Sinne freilich keinen Platz hat, könnte nur das Vorspiel zu einem im 21. Jahrhundert folgenden Aufstieg insbesondere der Chinesen sein. Angesichts der Verheerungen durch europäische Invasoren, die China bis in die Mitte dieses Jahrhunderts erschüttert haben, fand der Kulturhistoriker Will Durant 1935 folgende prophetische Worte für seine Hochachtung vor der Widerstandskraft dieses Landes: »Kein Sieg der Waffen, kein fremder Geldgeber kann auf lange Sicht ein an Schätzen und Vitalität so reiches Volk unterdrücken. Den fremden Invasoren werden eher die Mittel oder die Geduld ausgehen, als daß China seine innere Widerstandskraft verliert. Innerhalb eines Jahrhunderts wird es seine Eroberer absorbiert und seiner Zivilisation angeglichen und all die Technik, die vorübergehend den Namen moderne Industrie trägt, in sich verarbeitet haben.«* Der Ausgang des Zweiten Weltkriegs hat einen Teil der Prophezeiung bereits erfüllt, und nur die blutige Niederschlagung der Demokratiebewegung 1989, die alle Reformbestrebungen zurückgeworfen hat, kann darüber hinwegtäuschen, daß letzteres im Gange ist. Die Volksrepublik China hat, bei allem, was kritisch anzumerken ist, unzweifelhafte Erfolge vorzuweisen. Die Alphabetisierungsrate wurde in den letzten Jahrzehnten kontinuierlich gesteigert, die Bevölkerungsexplosion gedrosselt, der baldige Rückerhalt der britischen Kronkolonie Hongkong wird nur ein Etappe auf dem Wege der wirtschaftlichen Entwicklung sein. Auch von unseren Fehlern hat sie gelernt, wie umfangreiche Aufforstungsprojekte zeigen. Wenn sich in Chinas Regierung erst gegen die Dogmatiker gemäßigte Kräfte durchgesetzt haben, denen es gelingt, das Bedürfnis der Bevölkerung nach individuellen Freiheiten zu stillen, ohne die Vorteile ihres Systems aufzugeben, könnte diesem Land eine glänzendere Zukunft bevorstehen als dem krisengeschüttelten Westen. Einem Europäer, auch David Wingrove, wie er zugibt, und auch mir, mag die Vorstellung ein Greuel sein, in den einengenden Bindungen und Verpflichtungen der chinesischen Gesellschaft zu leben. Ob die Profitorientierung und die damit verbundene Vereinzelung und der soziale Zerfall der westli-

* Will Durant: KULTURGESCHICHTE DER MENSCHHEIT, *Band 2: Der Ferne Osten und der Aufstieg Asiens*, Ullstein Verlag, Frankfurt/M, Berlin, Wien 1981, S. 182.

chen Industriegesellschaften eine erstrebenswerte Alternative dazu darstellt, darf allerdings bezweifelt werden.

David Wingroves CHUNG KUO kann unter diesem Blickwinkel eine Anregung für eine intensivere Beschäftigung mit dem ›Reich der Mitte‹ und ein Beitrag zur Horizonterweiterung seiner Leser sein. Darüber zu urteilen, inwieweit das Experiment gelungen ist, überlasse ich als Übersetzer, der dem Autor zu dienen hat, den Lesern und Kritikern. In der aktuellen Science Fiction ist das Romanwerk jedenfalls einer der ehrgeizigsten Versuche, neue Wege zu beschreiten.

AUSSPRACHE- UND UMSCHRIFTTABELLE

In der vorliegenden Übersetzung wurde die von David Wingrove verwendete Wade-Giles-Umschrift für chinesische Namen und Begriffe aus denselben Gründen beibehalten, die Wingrove in seiner Nachbemerkung nennt. Sie erscheint mir insgesamt klarer und lesbarer als das im internationalen Schriftverkehr übliche Pinyin-System. Bei der Aussprache gilt die Grundregel, daß die Vokale wie im Deutschen und die Konsonanten (bis auf p, t, k und l) wie im Englischen ausgesprochen werden. Zu beachten sind ferner:

o	offenes o wie in ›Tor‹
ou	geschlossenes o wie in ›Ofen‹
e	offenes e, ähnlich wie ä
ei	geschlossenes e wie in ›Tee‹
erh	ungefähr wie ›örl‹
ch	wie ›tsch‹ in ›Tscheche‹
m, n	nasale Laute wie in ›mir‹ und ›nie‹
f	stimmlos wie in ›Farbe‹
s/ss	stimmlos wie in ›Sonne‹
hs	stimmlos wie das ›ch‹ in ›ich‹
h	stimmlos wie das ›ch‹ in ›Dach‹
ts	stimmlos wie das z in ›Zug‹
sh	stimmloses ›sch‹
j	stimmhaftes ›sch‹

Für Leser, die Begriffe und Namen in dieser Übersetzung in Quellen nachschlagen möchten, die das Pinyin-System verwenden, seien hier die Silben der Wades-Giles- denen der Pinyin-Umschrift gegenübergestellt. Europäer neigen dazu, bestimmte chinesische Silben bei der Aussprach in zwei Silben aufzuteilen. So wird etwa *tao* eben nicht *ta-o* ausgesprochen sondern eher wie ›tau‹. Die zungenbrecherischen Schwierigkeiten, die es einem Europäer bereitet, Buchstabenfolgen wie *chieh* in eine Silbe zu pressen, können etwas von der Eigentümlichkeit der chinesischen Sprache, ihrer besonderen klanglichen Aura veranschaulichen.

Wades-Giles	*Pinyin*	*Wades-Giles*	*Pinyin*
a	a	chün	jun
ai	ai		
an	an	ch’a	cha
ang	ang	ch’ai	chai
		ch’an	chan
cha	zha	ch’ang	chang
chai	zhai	ch’ao	chao
chan	zhan	ch’e	che
chang	zhang	ch’en	chen
chao	zhao	ch’eng	cheng
che	zhe	chi’ih	chi
chei	zhei	ch’ung	chong
chen	zhen	ch’ou	chou
cheng	zheng	ch’u	chu
chih	zhi	ch’uai	chuai
chung	zhong	ch’uan	chuan
chou	zhou	ch’uang	chuang
chu	zhu	ch’ui	chui
chua	zhua	ch’un	chun
chuai	zhuai	ch’o	chuo
chuan	zhuan		
chuang	zhuang	ch’i	qi
chui	zhui	ch’ia	qia
chun	zhun	ch’ien	qian
cho	zhuo	ch’iang	qiang
		ch’iao	qiao
chi	ji	ch’ieh	qie
chia	jia	ch’in	qin
chien	jian	ch’ing	qing
chiang	jiang	ch’iung	qiong
chiao	jiao	ch’iu	qui
chieh	jie	ch’ü	qu
chin	jin	ch’üan	quan
ching	jing	ch’üeh	que
chiung	jiong	ch’ün	qun
chiu	jiu		
chü	ju	e (o)	e
chüan	juan	ei	ei
chüeh	jue	en	en

Wades-Giles	*Pinyin*
eng	eng
erh	er
fa	fa
fan	fan
fang	fang
fei	fei
fen	fen
feng	feng
fo	fo
fou	fou
fu	fu
ha	ha
hai	hai
han	han
hang	hang
hao	hao
ho	he
heh (hei)	hei
hen	hen
heng	heng
hung	hong
hou	hou
hu	hu
hua	hua
huai	huai
huan	huan
huang	huang
hui	hui
hun	hun
huo	huo
hsi	xi
hsia	xia
hsien	xian
hsiang	xiang
hsiao	xiao
hsieh	xie
hsin	xin
hsing	xing
hsiung	xiong
hsiu	xiu
hsü	xu
hsüan	xuan
hsüeh	xue
hsün	xun
jan	ran
jang	rang
jao	rao
je	re
jen	ren
jeng	reng
jih	ri
jung	rong
jou	rou
ju	ru
jua	rua
juan	ruan
jui	rui
jun	run
jo	ruo
ka	ga
kai	gai
kan	gan
kang	gang
kao	gao
ko	ge
kei	gei
ken	gen
keng	geng
kung	gong
kou	gou
ku	gu
kua	gua
kuai	guai

Wades-Giles	*Pinyin*	*Wades-Giles*	*Pinyin*
kuan	guan	lin	lin
kuang	guang	ling	ling
kuei	gui	liu	liu
kun	gun	lung	long
kuo	guo	lou	lou
		lu	lu
k'a	ka	lü	lü
k'ai	kai	luan	luan
k'an	kan	lüeh	lüe
k'ang	kang	lun	lun
k'ao	kao	lo	luo
k'o	ko		
k'en	ken	ma	ma
k'eng	keng	mai	mai
k'ung	kung	man	man
k'ou	kou	mang	mang
k'u	ku	mao	mao
k'ua	kua	me	me
k'uai	kuai	mei	mei
k'uan	kuan	men	men
k'uang	kuang	meng	meng
k'uei	kuei	mi	mi
k'un	kun	mien	mian
k'uo	kuo	miao	miao
		mieh	mie
la	la	min	min
lai	lai	ming	ming
lan	lan	miu	miu
lang	lang	mo	mo
lao	lao	mou	mou
le	le	mu	mu
lei	lei		
leng	leng	na	na
li	li	nai	nai
lia	lia	nan	nan
lien	lien	nang	nang
liang	liang	nao	nao
liao	liao	na (no)	ne
lieh	lie	nei	nei

Wades-Giles	Pinyin	Wades-Giles	Pinyin
nen (nun)	nen	p'ai	pai
neng	neng	p'an	pan
ni	ni	p'ang	pang
nien	nian	p'ao	pao
niang	niang	p'ei	pei
niao	niao	p'en	pen
nieh	nie	p'eng	peng
nin	nin	p'i	pi
ning	ning	p'ien	pian
niu	niu	p'iao	piao
nung	nong	p'ieh	pie
nou	nou	p'in	pin
nu	nu	p'ing	ping
nü	nü	p'o	po
nuan	nuan	p'ou	pou
nüeh	nüe	p'u	pu
nuo	no		
		sa	sa
o	o	sai	sai
ou	ou	san	san
		sang	sang
pa	ba	sao	sao
pai	bai	se	se
pan	ban	sen	sen
pang	bang	seng	seng
pao	bao	sha	sha
pei	bei	shai	shai
pen	ben	shan	shan
peng	beng	shang	shang
pi	bi	shao	shao
pien	bian	she	she
piao	biao	shei	shei
pieh	bie	shen	shen
pin	bin	sheng	sheng
ping	bing	shih	shi
po	bo	shou	shou
pu	bu	shu	shu
		shua	shua
p'a	pa	shuai	shuai

Wades-Giles	*Pinyin*	*Wades-Giles*	*Pinyin*
shuan	shuan	tsan	zan
shuang	shuang	tsang	zang
shui	shui	tsao	zao
shun	shun	tsei	zei
shuo	shuo	tsen	zen
ssu (szu)	si	tseng	zeng
sung	song	tzu	zi
sou	sou	tsung	zong
su	su	tsou	zou
suan	suan	tsu	zu
sui	sui	tsuan	zuan
sun	sun	tsui	zui
so	sou	tsun	zun
		tso	zuo
ta	da		
tai	dai	ts'a	ca
tan	dan	ts'ai	cai
tang	dang	ts'an	can
tao	dao	ts'ang	cang
te	de	ts'ao	cao
tei	dei	ts'e	ce
tun	den	ts'en	cen
teng	deng	ts'eng	ceng
ti	di	tz'u	ci
tien	dian	ts'ung	cong
tiao	diao	ts'ou	cou
tieh	die	ts'u	cu
ting	ding	ts'uan	cuan
tiu	diu	ts'ui	cui
tung	dong	ts'un	cun
tou	dou	ts'o	cuo
tu	du		
tuan	duan	t'a	ta
tui	dui	t'ai	tai
tun	dun	t'an	tan
to	duo	t'ang	tang
		t'ao	tao
tsa	za	t'e	te
tsai	zai	t'eng	teng

Wades-Giles	*Pinyin*	*Wades-Giles*	*Pinyin*
t'i	ti	weng	weng
t'ien	tian	wo	wo
t'iao	tiao	wu	wu
t'ieh	tie		
t'ing	ting	ya (yai)	ya
t'ung	tung	yen	yan
t'ou	tou	yang	yang
t'u	tu	yao	yao
t'uan	tuan	yeh	ye
t'ui	tui	yi (i)	yi
t'un	tun	yin	yin
t'o	tuo	ying	ying
		yo	yo
wa	wa	yung	yong
wai	wai	yu	you
wan	wan	yü	yu
wang	wang	yüan	yuan
wei	wei	yüeh	yueh
wen	wen	yün	yun

DAS SPIEL WEI CHI

Das Spiel Wei Chi, in Europa besser unter seinem japanischen Namen Go bekannt, dürfte das älteste und komplizierteste Brettspiel der Welt sein. Über seinen Ursprung besteht Unklarheit, es gibt jedoch Anzeichen dafür, daß es bereits über viertausend Jahre alt ist. Mehrere Legenden beschäftigen sich mit der Entstehung des Wei Chi. Der populärsten zufolge wurde das Spiel von dem Kaiser Yao (2255–2206 v. Chr.) erfunden und diente anfangs zur Veranschaulichung astronomischer Berechnungen.

Wei Chi wird mit schwarzen und weißen linsenförmigen Steinen auf einem Spielbrett mit einem rechtwinkligen Gitter von 19 mal 19 Linien gespielt. Zwei Spieler setzen abwechselnd ihre Steine auf Schnittpunkte der Linien mit dem Ziel, ein möglichst großes Gebiet mit eigenen Steinen zu umgrenzen. Das Spiel ist beendet, wenn alle 180 weißen und 181 schwarzen Steine – Schwarz beginnt – verbraucht sind. Gewinner ist der Spieler mit dem größten Gebietsgewinn. Ein einmal gesetzter Stein wird nicht mehr bewegt, es sei denn, er ist von gegnerischen Steinen gefangen und wird vom Brett genommen. Gefangen ist ein Stein oder eine Gruppe von Steinen auf benachbarten Brettpunkten dann, wenn alle Freiheiten des Steins oder der Gruppe, d. h. die von den entsprechenden Schnittpunkten ausgehenden Linien, zu Schnittpunkten führen, die von gegnerischen Steinen besetzt sind. Einige Spielregeln schränken die freie Wahl der Punkte, auf die Steine gesetzt werden können, dahingehend ein, daß die Opferung eigener Steine und sich endlos wiederholende Züge in einer gegenseitigen Bedrohungssituation vermieden werden. Ein Spiel kann ein vorzeitiges Ende finden, wenn kein Spieler mehr setzen will oder regelgerecht setzen kann.

Die einfachen Regeln stehen in krassem Gegensatz zu der enormen, für Ungeübten fast undurchschaubaren strategischen Komplexität, die ein Spiel zweier starker Wei-Chi-Spieler annehmen kann. In China und Japan ranken sich um das Wei Chi bzw. Go große Traditionen, und die Spieler teilen sich ähnlich wie in den asiatischen Kampfsportarten in viele

Schüler- und Meistergrade. Die philosophischen Implikationen des Wei Chi spielen bereits in diesem ersten Band von David Wingroves Roman eine wichtige Rolle (siehe Kapitel 3). In den Kommentaren späterer Bände werden weitere Einzelheiten des Spiels erläutert.

LITERATURHINWEISE

Caroline Blunden – Mark Elvin: *Weltatlas der Alten Kulturen: China*, München 1983, Christian Verlag.

Wolfram Eberhard: *Lexikon der chinesischen Symbole. Die Bildersprache der Chinesen*, Diederichs Gelbe Reihe, München 1983, Eugen Diederichs Verlag.

P. Eugen Feifel: *Geschichte der chinesischen Literatur*, Darmstadt 1959, Wissenschaftliche Buchgesellschaft.

Fischer Weltgeschichte, Band 19: Das chinesische Kaiserreich, hrg. von Herbert Franke – Rolf Trauzettel, Frankfurt a. M. 1968, Fischer Taschenbuch Verlag.

Michael Koulen: *Die Mitte des Himmels – Go – Geschichte, Philosophie, Partien, Spiel-Regeln*, dumont taschenbücher, Köln 1988, DuMont Buchverlag.

Hubert Schleichert: *Klassische chinesische Philosophie*, Frankfurt a. M. 1980, Vittorio Klostermann Verlag.

Orkar Weggel: *Geschichte Chinas im 20. Jahrhundert*, Stuttgart 1989, Alfred Kröner Verlag.

KOMMENTAR DES ÜBERSETZERS

Folgender Kommentar soll dem Verständnis des Lesers nicht vorgreifen, sondern lediglich Hilfestellungen zum Verständnis der historischen und kulturellen Bezüge leisten, die David Wingrove in seinem Roman reichlich verwendet. Er umfaßt sowohl Erläuterungen zu den symbolischen Bedeutungen, die bestimmte Gegenstände, Tiere, Farben etc. im chinesischen Kulturkreis haben, als auch biographische Anmerkungen zu historischen Personen, geographische Angaben, Nebenbedeutungen verwendeter Mandarin-Begriffe sowie diverse Zitatnachweise. Namen und Begriffe, die mir einer Kommentierung wert erschienen, werden in der Regel bei ihrem ersten Auftreten erläutert, an späteren Stellen und in späteren Bänden nur dann, wenn sie mit einer anderen Bedeutung auftreten. Die Quellen und Übersetzungen, auf die ich zurückgegriffen habe, werden an den entsprechenden Stellen genannt oder sind im Literaturverzeichnis des Nachworts aufgeführt. Teils entlegene Zitate aus Quellen, für die keine deutschen Übersetzungen aufzufinden waren, das gilt insbesondere für Auszüge aus der klassischen chinesischen Dichtung, wurden nach der englischen Vorlage übersetzt und werden hier nicht eigens nachgewiesen. Um mich dabei nicht zu weit vom chinesischen Original zu entfernen, habe ich mich einerseits um eine wortgetreue Übersetzung bemüht, andererseits auf mir vorliegende Gedichtübersetzungen als Muster für die Eindeutschung chinesischer Lyrik zurückgegriffen.

Meine Erläuterungen können keinen Anspruch auf Vollständigkeit und, da sie von keinem Fachwissenschaftler stammen, wissenschaftliche Exaktheit erheben, streben beides auch nicht an, sondern hoffen lediglich, dem interessierten Leser anhand ausgewählter Sachhintergründe Anregungen für die eingehendere Beschäftigung mit diesem Romanwerk zu geben. Themen wie etwa die vielfältigen Motive der chinesischen Zahlenmystik oder das taoistische Weltbild konnten hier allenfalls angedeutet werden. David Wingrove war mir in langen Gesprächen für ein besseres Verständnis der Zusammenhänge sehr hilfreich. Ihm schulde ich an dieser Stelle besonderen Dank.

Anmerkungen

1 Da das chinesische Kernland im Süden und Osten vom Meer, im Westen und Nordwesten vom Himalaya und seinen Ausläufern und im Norden von der Wüste Gobi begrenzt wird, blieb China während des Großteils seiner Geschichte – von Kontakten mit den Randvölkern abgesehen – weitgehend isoliert und betrachtete sich als Mittelpunkt der zivilisierten Welt. ›Das Reich der Mitte‹ ist nur eine der vielen umschreibenden Bezeichnungen für das Land, das auch *Szu hai* (›Zwischen den vier Meeren‹) oder *Chung hua kuo* (›Blühendes Reich der Mitte‹) genannt wird. Die klassischen chinesischen Kaiser konnten sich daher als generelle Herrscher dessen betrachten, ›was unter dem Himmel ist‹ (*T'ien hua*).

2 Shih Huang-ti (259–209 v. Chr.), Begründer der kurzlebigen Ch'in-Dynastie, dessen Geburtsname Chao Cheng lautete, führte wahrscheinlich als erster chinesischer Herrscher eine Reichseinigung herbei, indem er zum Ende der Chou-Dynastie, in der sogenannten ›Zeit der Streitenden Reiche‹, als König des Staates Ch'in die Kleinstaaten, in die China zerfallen war, annektierte und unter seiner Herrschaft vereinte. Er ließ Maße und Gewichte standardisieren, die Schrift vereinheitlichen, das Verkehrswesen verbessern und zum Schutz gegen die nördlichen Nachbarvölker die bisherigen Grenzanlagen zum ersten Bauabschnitt der berühmten Großen Mauer vervollständigen. Shih Huang-ti bekämpfte die bis dahin dominierende Aristokratie und ihre Traditionen u. a. mit großen Bücherverbrennungen, denen auch konfuzianische Klassiker zum Opfer fielen. Sein Titel *Hung-ti*, der gewöhnlich mit ›Kaiser‹ übersetzt wird, sollte ihn von den gewöhnlichen ›Königen‹ (*Wang*) absetzen. *Ti* bezeichnet im Ahnenkult der Chinesen den gottgleichen ersten Ahnen, *Shih Huang-ti* läßt sich als ›Erhabener Erster Kaiser‹ übersetzen. Die 1974 bei Ausschachtungsarbeiten in der Nähe der zentralchinesischen Stadt Hsi'ang entdeckte Armee von über 6000 lebensgroßen Kriegerfiguren aus Terrakotta, deren Fund weltweit Aufsehen erregte, gehört zum Grabmal Shih Huang-tis und sollte dem ›Ersten Kaiser‹ als Leibwache fürs Jenseits dienen.

3 Das Attribut ›Sohn des Himmels‹ (*T'ien-tzu*) erklärt sich daraus, daß in der Gestalt des Kaisers weltliche und sakrale Macht zusammenfielen. Rituale, Opferhandlungen und Ahnenverehrung gehörten ebenso zu den Aufgaben eines Kaisers wie die Regierungsgeschäfte. Sein Herrschaftsanspruch wurde als ›Mandat des Himmels‹ (*T'ien-ming*) begriffen, das ein Herrscher bei Mißbrauch seines Amtes freilich auch verlieren konnte.

4 Aus D. H. Lawrences Gedicht *Gloire de Dijon*, Zitat übersetzt von Michael Iwoleit.

5 Meng Chiao (auch Tung-yeh, 751–814 n. Chr.), ein Dichter aus der

Mitte der T'ang-Periode, der erst mit 50 Jahren den höchsten akademischen Grad des Chin-shih erwarb. Er lebte in bescheidenen Verhältnissen und blieb zu Lebzeiten weitgehend unbekannt.

6 Yin und Yang, die Grundbegriffe der taoistischen Philosophie, wurden bereits im vierten vorchristlichen Jahrhundert in der Naturphilosophie des Tsou Yen vorgeprägt. Das Prinzip *Yin* bezeichnet im allgemeinen das Passive, Weibliche, Dunkle, während *Yang* für das Aktive, Männliche, Helle steht.

7 Neben dem berühmten *Shih-ching*, dem ›Buch der Lieder‹, gehören die *Ch'u-tz'u*, die ›Lieder aus dem Süden‹, zu den klassischen Gedichtsammlungen vor der Ch'in-Dynastie. Sie enthält Werke des Hofbeamten Ch'ü Yüan (332–295 v. Chr.) und spätere Ergänzungen. Die Echtheit vieler Gedichte wird angezweifelt.

8 Mao Tse-tung (1893–1976), Mitbegründer der Kommunistischen Partei von China, proklamierte nach dem Bürgerkrieg von 1945–49 die Volksrepublik China und war von 1954–59 deren Staatsoberhaupt. Nach innerparteilichen Auseinandersetzungen und der ›Kulturrevolution‹ übernahm er 1969 erneut den Parteivorsitz. Nach seinem Tod erfolgte eine Rehabilitierung seiner politischen Gegner und eine Abwendung von seiner streng marxistischen Wirtschaftspolitik. Er verfaßte politische und militärische Schriften und zwischen 1923–65 bedeutende Dichtungen und literaturtheoretische Arbeiten.

9 Auf der Flucht vor den Truppen des Diktators Chiang Kai-shek zog sich die Rote Armee Chinas unter Mao Tse-tung und Chu Te 1934/35 durch elf Provinzen bis nach Shenshi zurück. Nach diesem legendär gewordenen ›Langen Marsch‹ errichtete sie dort einen neuen Stützpunkt.

10 P'an Ku, der erste Mensch, soll dem chinesischen Schöpfungsmythos zufolge auch Schöpfer der Menschen und des Universums gewesen sein. Seine unmittelbaren Nachfolger, die Drei Erhabenen (*San-huang*) und die Fünf Kaiser (*Wu-ti*), denen nicht nur das Verdienst, das barbarische Menschengeschlecht zivilisiert zu haben, sondern diverse kulturstiftende Leistungen auf wirtschaftlichem und wissenschaftlichem Gebiet zugeschrieben werden, sind aller Wahrscheinlichkeit nach lediglich fiktive Gestalten. Sie stellen in die sich im dunkeln verlierende Vorzeit projizierte Ideale dar, an denen die realen Herrscher sich immer wieder zu orientieren hatten.

11 Die Zahl Sieben (*ch'i*) spielt in der chinesischen Zahlenmystik eine wichtige Rolle, die wohl von der Vorstellung des Siebengestirns (*Ch'i-hsing*) herrührt: Sonne, Mond und die fünf Planeten, nämlich Venus, Erde, Mars, Jupiter und Saturn. Zum einen bestimmt die Sieben den Lebensrhythmus der Frau von der ersten Menstruation bis zum Klimakterium, zum anderen sind im Totenkult siebentägige Perioden, an deren Ende Opferhandlungen begangen werden, zur Verabschiedung der Toten wichtig.

12 Kulturrevolution ist ursprünglich ein von W. I. Lenin geprägter Begriff für die kommunistische Kulturpolitik, die eine Umerziehung des Menschen zum sozialistischen Ideal zum Ziel hat. Die ›Große Proletarische Kulturrevolution‹, von der hier die Rede ist, war eine 1965 von Mao Tse-tung in der Volksrepublik China initiierte Bewegung zur Umgestaltung von Staat und Partei und zur Überwindung der traditionellen Sitten und Gebräuche, in deren Verlauf die Exzesse der ›Roten Garden‹, angeblich spontan entstandene Schüler- und Studentenverbände, zu bürgerkriegsähnlichen Zuständen führten.

13 Der Mond ist eines der vielen Symbole für das weibliche Prinzip *Yin*, und damit verbunden auch die westliche Himmelsrichtung, da der Neumond im Westen erscheint, und die Herbstzeit (und Erntezeit), für die der Mond steht.

14 Der Ursprung der chinesischen Kultur liegt in den nordwestlichen Lößebenen entlang des ›Gelben Flusses‹ Huang-he. Die alte Vorstellung, daß der Mensch aus Erde (oder Lehm) geschaffen worden sei, um wieder zu Erde zu werden, stammt wahrscheinlich von dort. Die Erde (der Lehm) als eines der fünf Elemente der altchinesischen Naturphilosophie ist als Grundlage der menschlichen Existenz zu verstehen.

15 Während der T'ang-Dynastie galten literarische Bildung und literarische Fertigkeiten als unverzichtbares Rüstzeug jedes Gebildeten und erlebten daher insbesondere im Beamtenstand eine Blüte. Lediglich an offiziellen Ämtern gescheiterte Intellektuelle wurden zu unabhängigen Dichtern. Am Ende der T'ang-Dynastie, als das Herrscherhaus im Niedergang begriffen war, wandten sich immer mehr Dichter von der Politik ab und persönlicheren Themen zu. Neben Wen T'ing-yün gehörte Li Shang-yin (813–858 n. Chr.) zu den Hauptvertretern dieser Richtung. Seine Gedichte zeichnen sich durch vieldeutige Metaphern und reiche Anspielungen an Geschichte und klassische Literatur aus.

16 Konfuzius (latinisierter Name für K'ung-fu-tse, auch K'ung Ch'iu, 551–479 v. Chr.), der wohl einflußreichste Denker der Philosophiegeschichte, übte selbst nur verhältnismäßig kurze Zeit öffentliche Ämter im Staate Lu der feudalen Chou-Epoche aus, seine Lehre wurde jedoch zum Maßstab für die traditionelle gelehrte Beamtenschaft. Sein Menschenideal des ›Edlen‹ (*Chün-tzu*), die Betonung der Tugenden Gerechtigkeit, Güte und Folgsamkeit, seine Staats- und Gesellschaftslehre sowie das Gewicht, das er allgemein auf Erkenntnis und Wissenschaft legte, bedeuteten eine Abkehr von der Religiosität und den metaphysischen Vorstellungen der frühen Chou-Zeit. Er hinterließ fünf ihm als Verfasser oder Herausgeber zugeschriebene Werke, die als die ›Fünf *Ching*‹ (kanonischen Bücher) bekannt sind. Dazu gehören das *Li-Chi* (›Buch der Riten‹), seine Neufassung der überlieferten *Li* (Sitten und Regeln des Anstands); ein Kommentar zum Orakelbuch *I-Ching*; das *Shih-Ching* (›Buch der Lieder‹), eine Liedersammlung mit moralisch-didaktischen Absichten; die *Ch'un Ch'iu* (›Frühlings- und Herbstannalen‹), eine knappe Geschichte seines Heimatstaates Yu, und das *Shu-Ching* (›Buch der Urkunden‹), eine idealisierte Darstellung des chinesischen Altertums. Konfuzius' Urheberschaft an diesen Werken ist eher zweifelhaft. Zusammen mit den vier *Shu* (›Bücher der Philosophen‹), im Umkreis der konfuzianischen Schule entstandene Werke, bilden die *Ching* die ›Neun klassischen Bücher‹. Der anhaltende Einfluß des konfuzianischen Denkens durch die chinesische Geschichte zeigt sich beispielsweise an der Bewegung der Neukonfuzianismus in der Sung-Epoche, an der Staatsmänner, Philosophen, Literaten und Wirtschaftstheoretiker gleichermaßen mitwirkten und die den Konfuzianismus einerseits stärker zur Naturwissenschaft hin öffnete, in der Politik andererseits den traditionellen Staatskult, der auf Hierarchie und Pflichtenteilung besonderes Gewicht legt, neu belebte und stärkte.

17 Der für die chinesische Sittenlehre zentrale Begriff der *Li*, vor Konfuzius ritualisierte Anstandsregeln, wurde in seinem ›Buch der Riten‹ zum allgemeinen Leitfaden für die Charakterbildung des Menschen und für soziale Ordnung und Frieden. In der Lehre des späteren Konfuzianers Hsün-tzu (305–235 v. Chr.), nach der der Mensch von Natur aus böse ist und nur durch seine Erkenntnisfähigkeit und Erziehung zum Guten geläutert werden kann, dienen die *Li* der inneren und äußeren Formung des Menschen, der Bändigung seiner Emotionen und seiner Eingliederung in die Gesellschaft. Im Neokonfuzianismus der Sung-Zeit, etwa bei den Brüdern Ch'eng Hao (1032–1085 n. Chr.) und Ch'eng I. (1033–1108 n. Chr.), bezeichnet der Begriff *Li* ein umfassendes Ordnungsprinzip, das allen Naturerscheinungen wesenhaft innewohnt.

18 Eine aus Sojabohnen, Mehl, Zucker, Wasser, Gewürzen, Knoblauch und Chili zubereitete, würzig-süße Soße, die sowohl zum Kochen als auch zum Würzen am Tisch verwendet wird.

19 Kaiser Wen-ti (179–157 v. Chr.) führte nach dem Ende der Ch'in-Dynastie und der Gründung der Dynastie Han durch Kaiser Kao-tsu Maßnahmen zur Liberalisierung durch, ließ wieder Kritik an der Regierung zu, senkte Steuern, verbesserte das Verkehrswesen und verfolgte nach den Intrigen und Wirren der frühen Han-Zeit eine bedächtige Friedenspolitik gegenüber den Nachbarvölkern und den Königen konkurrierender Kleinstaaten.

20 Yen Li-pen (gest. 673 n. Chr.) war Hofmaler in der T'ang-Zeit. Seine *Idealporträts der Kaiser* zeigen dreizehn mit Tusche und Farben auf Seide gemalte Kaiser von der Han- bis zur Sui-Dynastie.

21 Die mittlere Phase der Fremdherrschaft der Mandschu- oder Ch'in-Dynastie ist durch das Wirken dreier Kaiser gekennzeichnet, die als Vertreter eines ›aufgeklärten Absolutismus‹ charakterisiert worden sind. K'ang Hsi (eigentlich: Hsüan-yeh, 1654–1722) beförderte die Industrialisierung insbesondere des Keramikhandwerks, gab Kunst und Literatur Anstöße und bemühte sich als Fremdherrscher um ein ausgeglichenes Verhältnis zur einheimischen Beamtenschaft, die dem konservativen Konfuzianismus anhing. Seine Nachfolger Yung-cheng (eigentlich: Yin-chen, 1678–1735) und Ch'ien-lung (eigentlich: Hung-li, 1711–1799), verfolgten einen ähnlichen Kurs zur Konsolidierung der wirtschaftlichen und politischen Grundlagen des Reiches und zur Abwendung von Gefahren aus den Grenzgebieten.

22 Im Ahnenkult der Chinesen, der dem individuellen Menschen nur die Rolle eines einzelnen Gliedes in der langen Kette zwischen Ahnen und Nachkommenschaft zubilligt, gewinnt der Erste Ahne (*Ti*) einer Familie, Sippe oder eines Volkes eine gottähnliche Stellung.

23 Die Chrysantheme ist ein Symbol des Herbstes und der Dauer. Ihr chinesischer Name *chü* ist gleichbedeutend mit ›verweilen‹.

24 Die Züchtung von Seidenraupen zur Seidengewinnung, deren Tradition bis ins zweite vorchristliche Jahrtausend zurückgeht, erreichte im China des achtzehnten Jahrhunderts industrielle Maßstäbe. Hohe Erträge wurden erzielt, indem man die Seidenraupen mit Blättern von Maulbeerbäumen fütterte, woraufhin sie sehr schnell ihr Maximalgewicht erreichten, und man sie anschließend zum Verpuppen in strohgedeckte Hütten brachte.

25 Pan Ch'ao (32–102 n. Chr.), Feldherr der späteren Han-Dynastie, stärkte den chinesischen Einfluß in Zentralasien und stieß bei Offensiven gegen aufständische Stämme der Hsiung-nu, die die nordwestliche Grenze des Reiches bedrohten, bis an den Rand des Tarimbeckens vor. 91 n. Chr. wurde er Protektor der Westgebiete und unternahm Feldzüge, die ihn bis ans Kaspische Meer, also fast bis zum Einflußbereich des Römischen Reiches führten. China war jedoch nicht in der Lage, die militärische Kontrolle über die riesigen Gebiete lange aufrechtzuerhalten.

26 Der Lotos spielt als Symbol der Reinheit insbesondere im chinesischen Buddhismus eine wichtige Rolle. Sein chinesischer Name *lien* ist gleichbedeutend mit ›verbinden‹, auch mit ›lieben‹. Sein zweiter Name *ho* bedeutet auch ›Einheit‹, und beides verweist auf die vielen erotischen Bedeutungen des Lotos. So kann eine Lotosblüte für das weibliche, ein Lotosstengel für das männliche Geschlechtsteil stehen.

27 Klassische sakrale und weltliche Bauten sind in China nach denselben Grundprinzipien errichtet, die den Traditionen der Sung-Zeit folgen. Sie stehen auf einer erhöhten Plattform, haben ein schweres Ziegeldach, das von Säulen und Tragesteinen gestützt wird, und sind nach Süden ausgerichtet. Die Stützkonstruktionen sind reich verziert, die Säulen gewöhnlich rot, die Plattform weiß, die Wände rot, die Tragesteine grün und blau und die Dachziegel gelb oder grün bemalt bzw. farbglasiert.

28 Ssu-ma Ch'ien (ca. 145–90 v. Chr.) gehört zu den bedeutendsten Historikern Chinas. Er bereicherte die chinesische Geschichtsschreibung um das Genre der dynastischen Universalgeschichte. Das von ihm zusammengetragene Werk *Shih-chi* (›Historische Aufzeichnungen‹) umfaßt mehr als dreitausend Jahre und enthält Herrscherbiographien, Zeittafeln, Artikel über einzelne kulturelle Bereiche und Annalen der Feudalstaaten. Die Vorstellung der fünf Urkaiser (*Wu-ti*, siehe Anmerkung 10) ist seine Interpretation.

29 Einem Mann viele Söhne zu wünschen, erklärt sich nicht nur daraus, daß in der chinesischen Männergesellschaft der Sohn den Fortbestand der Familientradition sicherte, sondern daß Söhne generell höher geschätzt werden als Töchter. Für die ländlichen Sippengemeinschaften bedeutete die Aufzucht einer Tochter die Investition in eine Arbeitskraft, die dann doch durch Heirat in einen anderen Haushalt überging. Viele weibliche Säuglinge wurden gleich nach der Geburt erstickt oder ertränkt. In China herrschte daher stets Frauenmangel.

30 Li Ch'eng war ein Maler aus der Zeit der Fünf Dynastien, dessen monumentaler Bildaufbau auf die vom Neokonfuzianismus inspirierte Landschaftsmalerei der Sung-Zeit wirkte.

31 Einige der Mädchennamen tragen symbolische Bedeutungen. Die Weide (*liu*) ist ein Symbol des Frühlings und daher auch des erotischen Verlangens. Ein junges Mädchen gilt als ›zarte Weide‹. Jade (*Yü*) ist ein Symbol der Reinheit, dient in Redewendungen aber auch zur Umschreibung sexueller Handlungen. ›Mit Jade spielen‹ (*nung yü*) z. B. meint den Geschlechtsverkehr.

32 Der Tiger (*hu*) ist eines der Symbole für das männliche Prinzip *Yang* und verkörpert Tapferkeit. Als das dritte Zeichen des chinesischen Tierkreises soll der Tiger gegen allerlei Dämonen schützen.

33 Die Schlange, das fünfte Zeichen des chinesischen Tierkreises, gilt als böse und verschlagen. An den chinesischen Flüssen blühten zuweilen Schlangenkulte, die die Flußgötter in Schlangengestalt verehrten. Auch die Schlange trägt erotische Bedeutungen, sie kann für das männliche Geschlechtsteil, mit dreieckigem Kopf aber auch für das weibliche stehen.

34 Das Wort *yü* für Fisch ist gleichbedeutend mit ›Überfluß‹, der Fisch ein Symbol des Reichtums. Verbunden mit einer Lotosblüte drückte ein Fisch den Wunsch an jemanden aus, er möge lange Jahre im Überfluß leben. Auch der Fisch gewinnt, verbunden mit anderen Symbolen, erotische Bedeutungen. Die Redewendung ›Fisch und Wasser zusammenbringen‹ meint den Geschlechtsverkehr. Früher konnte mit einem Fisch auch das männliche Glied gemeint sein.

35 Blumenstraßen und Weidengassen sind nur zwei anspielungsreiche Bezeichnungen für Freudenhäuser. Im Text kommen noch weitere vor.

36 Die Farbe Grün (*lü*) ist im allgemeinen die Farbe des Lebens, auch ein Symbol für den Frühling, und deutet, wo sie auftaucht, auf Frieden und Ruhe hin. ›Die Familie der grünen Lampen‹, gemeint ist die Gemeinschaft der Prostituierten, ist eine der Redewendungen, in denen die grüne Farbe einen negativen Zug erhält.

37 Der Kranich (*ho*) ist unter anderem ein Symbol der Langlebigkeit und wird als solches oft mit anderen, gleichbedeutenden Symbolen, etwa einer Schildkröte oder einem Hirsch, gemeinsam dargestellt. Er symbolisiert auch Weisheit. Ein Schmetterling kann einen verliebten Mann darstellen. Der Blütenkelch, aus dem er Nektar saugt, steht dann für die Frau, die er begehrt. Die erotischen Bedeutungen, die Schmetterlinge annehmen können, dürften in diesem Zusammenhang offenkundig sein.

38 In der chinesischen Umgangssprache ist Aal ein Wort für das männliche Glied. Ein ›Gelber Aal‹ ist ein Homosexueller, wohl deshalb, weil in jüngster Zeit unter ›gelben‹ Filmen oder Büchern pornographische Werke verstanden werden und die Farbe Gelb in diesem Zusammenhang zum Synonym für Unzüchtiges jeder Art wird.

39 Die Orchidee (*lan*, was auch Lilie oder Iris bedeuten kann) hat eine erotische Bedeutung vor allem auf Grund ihres Duftes. Ein ›Orchideenzimmer‹ kann das Zimmer eines jungen Mädchens oder das Schlafzimmer eines Ehepaars sein. Allgemein steht die Orchidee für Liebe und Schönheit und dient in Redewendungen zur Anspielung auf intime Verhältnisse unterschiedlicher Art. Die Farbe Weiß (*pai*) steht als Farbe des Herbstes zunächst für das Alter, im engeren Sinne als ›reines Weiß‹ (*ch'ing-pai*) aber auch für die Jungfräulichkeit.

40 Wolken (*yün*) in verschiedenen Farben sind Symbole für Glück und Frieden. Der Regenbogen (oder das Farbspektrum des Regenbogens) stellt die Vereinigung der beiden Prinzipien *Yin* und *Yang* dar und kann daher ein Symbol der Ehe sein. In anderen Zusammenhängen signalisiert er jedoch Unzüchtigkeit und drohendes Unheil.

41 Die Tätowierungen auf Karrs Brust tragen symbolische Bedeutungen. Drachen (*lung*) sind – anders als in Europa – gutartige Wesen, spielen in der Mythologie Chinas eine vielseitige Rolle als Schutzgeister und formende Kräfte in der Natur. Im Zusammenhang dieser Szene kommt wohl ihre Randbedeutung als Symbol der Männlichkeit zum Tragen. Raubvögel wie der Adler (*ying*) symbolisieren Kraft. Das Pferd (*ma*) ist das siebente Tier des chinesischen Tierkreises und steht in älteren Quellen wie dem *I-Ching* im Gegensatz zum Drachen für das weibliche Geschlecht.

42 Der *K'o t'ou* ist eine Unterwürfigkeitsgeste, bei der sich jemand zu Boden wirft und mit der Stirn den Boden berührt.

43 Dschings Khan (1155–1227), 1206 zum Oberhaupt aller mongolischen und türkischen Stämme in den innerasiatischen Steppen erhoben, führte zunächst Feldzüge gegen die Staaten Hsi-hsia und Chin, letzterer ein Konkurrent des Chinas unter der Sung-Dynastie, bevor er über die Wüste Gobi in die westlichen Provinzen einbrach und große Teile Nordchinas verwüstete. Unter seinen Nachfolgern wurde Sung-China dann endgültig Opfer des mongolischen Vormarschs und in das mongolische Weltreich eingegliedert. Kublai Khan (1215–1294) gründete schließlich die Dynastie Yüan und führte China zu neuer politischer und wirtschaftlicher Blüte, zeigte auch größeren Respekt vor der chinesischen Kultur als seine Vorgänger.

44 Der Hund (*kou*), das elfte Tier des chinesischen Tierkreises, trägt in Nord- und Südchina unterschiedliche symbolische Bedeutungen. Im Norden dienten Papierhunde, die man ins Wasser warf oder Toten beigab, zur Vertreibung böser Geister. Ein Hund ist Begleiter des

Gottes Erh-lang, der böse Geister bannt. Im Süden kursieren viele Geschichten, die den Hund als treuen Helfer des Menschen darstellen. Das südchinesische Volk der Yao verehrt einen Hund als ihren Ahnherrn. Mit einem schwarzen Hund ist gewöhnlich ein Schürzenjäger gemeint. Im Zusammenhang dieser Szene ist die Bedeutung der Farbe Schwarz als Symbol für den Tod und die Ehre allerdings wichtiger.

45 Mit der Zahl Zwölf verbinden sich in der chinesischen Zahlenmystik vielfältige Anspielungen. Das alte chinesische Jahr hatte zwölf Monate und folgte dabei dem Mondzyklus, der Tag hatte zwölf Doppelstunden. Dem Zwölferzyklus entspricht der Tierkreis mit seinen zwölf Symbolen. Es gab zwölf kaiserliche Amtszeichen.

46 Der manchmal manisch wirkende Gebrauch, den die Chinesen von runden Zahlen wie Hundert oder Zehntausend machen, ist leicht mißzuverstehen, wenn man sie allzu wörtlich nimmt. Im allgemeinen Sprachgebrauch ist Zehntausend (*wan*) das größte Zahlwort und bedeutet einfach ›sehr viele‹. Die Zehntausend ist in Gestalt eines Hakenkreuzes, eines Skorpions oder eines Wasserlaufs aber auch von Alters her ein Symbol für Unsterblichkeit. Einem Herrscher wünschte man, er möge ›zehntausend Jahre leben‹, und meinte damit keineswegs eine konkrete Zeitspanne.

47 Das ausführliche Interview, das ich mit David Wingrove führte und das im SF-JAHR 1995 erscheinen wird (0605245), enthält einige Ausführungen zur symbolischen Bedeutung der Reiterei (*ch'i-ma*).

48 Der Yangtse (der ›Lange Fluß‹, auch bekannt als Jangtsekiang), der sich über 6300 km vom tibetischen Hochland aus durch die südchinesische Ebene erstreckt, bestimmt Geographie und Klima von Südchina. Er führt enorme Wassermengen und kann in Regenzeiten Überschwemmungen verursachen. Insgesamt blieb sein Verlauf in der Geschichte jedoch viel stabiler als der unberechenbare ›Gelbe Fluß‹ Huang He, der Nordchina prägt. Der Yangtse und seine zahlreichen Nebenflüsse sorgen für eine gute Schiffbarkeit Südchinas.

49 Das Einhorn der chinesischen Mythologie (*chi-ling*) ist nicht mit dem europäischen zu verwechseln. Es kann auch zwei oder mehr Hörner haben und wird als hirschähnliches Tier beschrieben. Meistens symbolisiert es reichen Kindersegen – ihm wird die Kraft zugeschrieben, Söhne zu schenken –, in einem allgemeineren Sinn auch Glück und Segen schlechthin. In den chinesischen Fabeln hat es einen gutmütigen Charakter.

50 Die Provinz Sichuan (Ssu-ch'uan in der Wade-Giles-Umschrift) liegt im oberen Yangtse-Tal im Südwesten Chinas, grenzt im Westen an Tibet und ist die zweitgrößte chinesische Provinz. Zu allen Seiten von Bergketten umgeben, gehört das Sichuan-Becken, das nach diversen administrativen Teilungen unter der Ch'ing-Dynastie zur Provinz erhoben wurde, zu den am frühesten besiedelten Gebieten in China. Heute ist es eine der nach Bevölkerungszahl und Industrialisierung dichtesten Zonen des Landes und auch ein ertragreiches Reisanbaugebiet.

51 Wie in Europa ist die Schwalbe auch in China ein Bote des Frühlings und symbolisierte Glück, Erfolg und Kindersegen.

52 Die *Erhu* ist eine dreisaitige Röhrengeige mit unten offenem, mit Schlangenhaut bezogenem Schallkörper aus Bambus, Holz oder Kupfer, die mit einem unter die Seiten gezogenen Bogen aus Roßhaar gespielt wird.

53 Pfeil und Bogen können symbolisch für die Geburt eines Sohnes stehen. Es gab in China mit dem Bogen verbundene Rituale und Bräuche, die helfen sollten, Unglück von dem Neugeborenen abzuwenden. Die westchinesische Gottheit Chang-hsien wird oft als Mann dargestellt, der mit einem Bogen in die Luft schießt, und drückt den Wunsch nach vielen männlichen Nachkommen aus. Für den Zusammenhang dieser Szene ist wichtiger, daß die Chinesen von einem Meister in der alten Kunst des Bogenschießens annehmen, er verfüge in besonderem Maße über die Kraft *te*, eine von Konfuzius für den edlen Menschen geforderte sittliche Tugend, die ein Gleichgewicht aller inneren und äußeren Kräfte darstellt.

54 Rot ist außerdem die Farbe des Sommers und des Südens. Das Erscheinen eines roten Raben bedeutete nach alter Vorstellung den Anbruch eines neuen Zeitalters. Indirekt bezog sich auch die kommunistische Bewegung auf solche alten Ideen, indem sie ihre revolutionären Aktivitäten immer wieder mit der Farbe Rot verband (die ›Rote Armee‹, die ›Roten Garden‹ usw.).

55 Der chinesische Phönix (*feng-huang*) ist mit dem europäischen nicht zu vergleichen. Als Himmelszeichen (*fu-jui*) soll das Erscheinen des gefiederten Fabeltiers laut Konfuzius darauf hindeuten, daß das Land von einem guten Herrscher regiert werde. Möglicherweise meint *feng* ursprünglich einen männlichen und *huang* einen weiblichen Phönix und der *feng-huang* symbolisiert die geschlechtliche Vereinigung. Vermutlich rühren daher die sexuellen Nebenbedeutungen des Phönix, der in vielen Redewendungen auftaucht, die sich auf die Geschlechter und den Geschlechtsverkehr beziehen.

56 Bei der Verbotenen Stadt handelt es sich um den einstigen Kaiserlichen Palastbezirk im Zentrum von Pei-ching (Peking), der während der Ming- und Ch'ing-Dynastie nach Plänen aus der Zeit der Mongolenherrschaft errichtet wurde. Die von einem Graben und einer Mauer umgebene Anlage erstreckte sich vom Meridian-Tor nördlich des Mausoleums Mao Tse-tungs am Platz des Himmlischen Friedens (*Tiananmen*-Platz) über nahezu acht Kilometer entlang einer Nord/Süd-Achse, der die symmetrische Anordnung ihrer zahllosen Hallen, Paläste und Unterkünfte folgt, bis zum Ching-Shan-Park. Die Architektur der Palastbauten entspricht den in Anmerkung 27 geschilderten Prinzipien.

57 Pei Ching (in Europa meist Peking genannt), die etwa hundert Kilometer vom Golf von Chihli im Nordosten der nordchinesischen Ebene gelegene Hauptstadt der Volksrepublik China, gehörte bereits in der Han-Zeit zu den größten nordchinesischen Städten, wurde aber

erst unter dem Mongolenherrscher Kublai Khan als eine von zwei Hauptstädten (neben der Sommerresidenz Shang-tu) zum Regierungssitz, woraus sich ihr Name ›Nördliche Hauptstadt‹ erklärt. 1382 wurde sie unter dem Ming-Kaiser Chu Yüan-chang (auch: T'ai-tsu, 1328–1398) zur alleinigen Hauptstadt erhoben und in den folgenden Jahrhunderten durch immer neue Bauten erweitert. Die sogenannte äußere Stadt kam unter der Ch'ing-Dynastie hinzu.

58 Gelb (*huang*) als die Farbe der Erde (diese Assoziation ergibt sich aus der Farbe der Lößablagerungen in Nordchina) ist auch die Farbe des Kaiserhauses, da sie zugleich die Mitte symbolisiert und der Kaiser als Herrscher über die Mitte der Welt verstanden wurde (siehe Anmerkung 1). Die Farbe trägt positive Bedeutungen als Zeichen für Ruhm und Entfaltung. Wurde schon Huang-ti, der erste der legendären Fünf Kaiser (siehe Anmerkung 10), auch als der ›Gelbe Kaiser‹ bezeichnet, entwickelte sich Gelb bis zum sechsten Jahrhundert n. Chr. allmählich zur ausschließlich dem Kaiserhaus vorbehaltenen Ehrenfarbe. Negative Assoziationen lösten erst in jüngster Zeit aufgekommene Nebenbedeutungen aus (siehe Anmerkung 38).

59 Laternen und Lampen unterschiedlicher Art sind in China Symbole für die Fruchtbarkeit und spielen in verschiedenen Gebräuchen eine Rolle, die für reichen Kindersegen sorgen sollen. Für die Buddhisten stehen die Lichter für Erkenntnis und Erleuchtung, ferner dienen sie in einem allgemeineren Sinne als Wegweiser für Gäste wie auch für die Seelen der Toten.

60 Das Feuer (*huo*) ist neben Holz, Metall, Wasser und Erde eines der fünf Elemente (*wu-hsing*) der chinesischen Naturphilosophie. Sie sind nicht zu vergleichen mit den vier Elementen der altgriechischen Philosophie, sondern vielmehr als unterschiedliche Erscheinungsformen (›Wandelzustände‹) einer einzigen Ursubstanz zu verstehen. Das Feuer taucht in einigen Glaubensrichtungen als männliches Symbol auf. *Huo*, das Wort für Feuer, ist außerdem gleichbedeutend mit ›lebendig‹, und es gibt Feuerrituale beim Neujahrsfest, die zu einem guten Leben verhelfen sollen.

61 Der Begriff *wuwei* stammt ursprünglich aus dem Taoismus, eine von Lao-tse (geb. um 600 v. Chr., sofern man ihn überhaupt als historische Gestalt für plausibel halten kann) in seinem Werk *Tao-te-ching* begründete Glaubens- und philosophische Richtung, die im Laufe ihrer langen Tradition durch ihre antiautoritären und antistaatlichen Züge immer ein Gegengewicht zum Konfuzianismus bildete. Der Taoismus ist bemüht, den Menschen fern von allen profanen Bestrebungen in Zurückgezogenheit und Askese in Einklang mit der Natur zu bringen, und folgt dem Ideal eines goldenen Zeitalters, einer primitiven Urgemeinschaft, in der die Zwanglosigkeit des Nicht-Handelns oder Nicht-Eingreifens (*wuwei*) in die natürlichen Abläufe herrschte. Auch bei den Legalisten, einer einflußreichen philosophisch-politischen Schule der Chou-Zeit, die die Autorität und gesellschaftsformende Kraft der Gesetzte betonte, taucht der Begriff *wuwei* auf. Er bezeichnet hier einen Zustand, in dem ein Herrscher durch den unpersönlichen Mechanismus der Gesetze die Gesellschaft so reibungslos ins Laufen gebracht hat, daß er auf weiteres Eingreifen verzichten kann. Beim Übergreifen des Buddhismus auf China, als Sanskrittexte ins Chinesische übersetzt werden mußten, wurde *wuwei* für den Begriff Nirwana verwendet.

62 Jemanden als eine Mauereidechse zu beschimpfen, ist etwas ähnliches, wie ihn einen Gecko zu nennen. Der Gecko (*pi-hu*) als eines der fünf Gifttiere (*wu-tu*) der chinesischen Mythologie, wozu auch der Tausendfüßler, die Schlange, der Skorpion und die Kröte gehören, spielte in Südchina bei magischen Ritualen eine Rolle. Die fünf Gifttiere stehen symbolisch für fünf Übel, die den Menschen bedrohen, und wurden in jeder Epoche anders interpretiert.

63 Weiß wird gelegentlich als die chinesische Trauerfarbe mißverstanden. Das in diesem Zusammenhang gebrauchte Wort *su* meinte ursprünglich jedoch ungebleichten Stoff. Der Bambus (*chu*), eines der wichtigsten Naturprodukte Chinas, der als Baustoff ebenso Verwendung findet wie als Nahrungsmittel, symbolisiert die Tugend der Bescheidenheit und als immergrüne Pflanze das Alter. Das Wort für Bambus ist gleichbedeutend mit ›beten‹ und ›wünschen‹, und so kann der Bambus auch ein Sinnbild des Friedens und der Ruhe sein.

64 Gemeint ist die Kiefer (*sung*), die wegen ihrer Kältebeständigkeit und weil sie ihre Nadeln nicht verliert Symbol für ein langes Leben ist. Sie ist in der chinesischen Dichtung ein häufig gebrauchtes Motiv und Sinnbild der Bäume schlechthin. Auf Gräbern eine Kiefer zu pflanzen, ist eine alte Sitte.

65 Das Ta-pa-shan- und das Ch'in-ling-Gebirge, Ausläufer der Kunlun-Gebirgskette am Nordende des tibetischen Hochlandes, bilden eine natürliche Barriere, die das chinesische Kernland ungefähr auf Höhe des 35. Breitengrades in Nord- und Südchina teilt und mit für die unterschiedlichen klimatischen Verhältnisse in beiden Gebieten verantwortlich ist.

66 Die *Lun-yü*, die ›Gespräche des Konfuzius‹, gehören zu den vier *Shuh* (siehe Anmerkung 16) und stammen nicht direkt von Konfuzius, sondern sind von seinen Schülern festgehaltene knappe Formulierungen seiner Lehrmeinungen.

DANKSAGUNG DES ÜBERSETZERS

Ohne die Unterstützung verschiedener Freunde und Kollegen hätte diese Übersetzung in ihrer vorliegenden Form nicht zustande kommen können. David und Susan Wingrove danke ich für ihre Gastfreundschaft bei diversen Besuchen in London, ihm für seine zahllosen Hinweise und Anregungen, besonders aber für seine geduldige Hilfe bei der Korrektur des Textes. Meinem Lektor Wolfgang Jeschke und seinen Mitarbeiterinnen Frau Friedel Wahren und Frau Gisela Frerichs danke ich für Ihre große Geduld bei diversen Anlaufschwierigkeiten zu diesem umfangreichen Projekt. Thorsten Lauf, der mich demnächst vielleicht mit Vor-Ort-Berichten aus China versorgen kann, hat meine Aufmerksamkeit auf praktische Aspekte der von der europäischen so unterschiedlichen Denkweise der Chinesen gelenkt. Die Anregungen durch meinen Kollegen Horst Pukallus waren mir stets eine Stütze bei schwierigen Phasen dieser Arbeit. Ihnen allen hoffe ich irgendwann auf ähnliche Weise behilflich sein zu können.

Michael Iwoleit, September 1993